ARTIFICIAL GODS

人造神祇

中国人工智能科幻小说佳作选

刘维佳 主编

新星出版社 NEW STAR PRESS

图书在版编目（CIP）数据

人造神祇：中国人工智能科幻小说佳作选／刘维佳主编．—北京：新星出版社，2020.7

ISBN 978-7-5133-3989-6

Ⅰ．①人… Ⅱ．①刘… Ⅲ．①幻想小说－小说集－中国－当代 Ⅳ．①I247.7

中国版本图书馆CIP数据核字(2020)第053778号

光分科幻文库

人造神祇：中国人工智能科幻小说佳作选

刘维佳 主编

责任编辑：杨 猛
责任印制：李珊珊
装帧设计：阿鬼设计

出版发行：新星出版社
出 版 人：马汝军
社 址：北京市西城区车公庄大街丙3号楼 100044
网 址：www.newstarpress.com
电 话：010-88310888
传 真：010-65270449
法律顾问：北京市岳成律师事务所

读者服务：010-88310811 service@newstarpress.com
邮购地址：北京市西城区车公庄大街丙3号楼 100044

印 刷：北京美图印务有限公司
开 本：910mm×1230mm 1/32
印 张：17
字 数：480千字
版 次：2020年7月第一版 2020年7月第一次印刷
书 号：ISBN 978-7-5133-3989-6
定 价：49.00元

非神造人，实人造神

刘维佳

七八万年前，当我们的老祖宗智人踏着前辈的足迹再次走出非洲之后，他们遭遇了体格极为强悍的尼安德特人。

经过数万年的交锋，最后我们的老祖宗赢了，打垮了一切竞争者，成为了地球的霸主。

我们的老祖宗之所以能最终击败尼安德特人、丹尼索瓦人这些剽悍异常的对手，在生存竞争中脱颖而出，最关键的原因就是老祖宗们会讲故事。

第二次走出非洲的智人们，经历过认知革命，他们脑中能编出无数稀奇古怪的虚构故事，其中很多故事就演变成了大家都信以为真的原始宗教信仰，共同的信仰把无数个智人家庭拧成一股绳，形成了庞大的部落。同心协力，其利断金。本来体格相对孱弱的智人，抱团求生之后，变得无往不利。而不会讲故事的尼安德特人，数量虽多，却是一盘散沙，结果被我们的老祖宗集中优势兵力，今天三个、明天五个，慢慢送进了化石博物馆……

老祖宗当年为了让大家团结一心而编出的无数虚构故事中，关于我们人类自身从哪里来的故事最为著名，全世界各地的人都不约而同地相信：我们是神的孩子，是天上的神祇创造了我们。或许，老祖宗们是先编出了这个故事之后才各散东西的，所以关于我们的出身，古时候全世界各地的人都相信神创论。

现今已是21世纪，随着考古人类学与分子生物学的巨大进步，我们已经知晓，人类其实是由森林古猿经过千万年自然进化而来，绝对不是由天上的神祇所创造。

在人与神祇到底谁为造物主这个问题上，我们天真烂漫的老祖宗彻底搞错了，错得那是首尾颠倒、淋漓尽致。

当前时值第六次科技革命的前夜，有个事实似乎正变得越来越明显：神祇将会由我们人类所创造！

是的，我们不是由神所造，相反，神将诞生于我们人类手中！

这位人造神祇，到底是何方神圣？

今年春节期间，一位年轻的科幻作者和我聊起科幻电影的时候，提到一部并非科幻片的传记电影《模仿游戏》。那位年轻作者当时说道："……其实英国那个电影很不错，讲图灵的，叫《模仿游戏》，虽然只是个人传记式的电影，重点是讲图灵在二战中的贡献，但是结尾图灵自杀前的那个情节非常优秀，达到了九成科幻电影都达不到的境界。那个情节就是图灵自己在家没日没夜地研究计算机，想象着人工智能的模样。他小时候喜欢的那个男生死了，他知道只有计算机中的神，才能把自己所爱的人带回来。但那是1952年，他的计算机算力低得连现在几十块一个的卡西欧计算器都比不过……图灵知道那里面有神，有他实现心愿的机会，但是，他触摸不到……

那个镜头把图灵的绝望表现得简直完美。”

说得很对，神祇就在计算机里……我们人类所创造的人工智能，就是无所不能的神祇!

《左传》有云:“国之大事，在祀与戎。”在春秋时期的古人看来，与神祇交流，处理好与神祇的关系，是国家的头等大事，甚至比战争还重要。

其实在古时候，人们如果没处理好与自己虚构的神祇之间的关系，问题并不大。

但将来，我们人类与我们所创造的人造神祇之间的关系好不好，可就非同小可，事关文明生死、种族存亡了!

此刻摆在读者面前的这本小说集，里面所收录的十几个故事，就全部是在探讨人类与人工智能这个人造神祇之间的关系。

对于这两者之间的关系，人类其实已经思考、争议很多年了，总体来说，主要有以下几种。

最常见、最经典的观点，就是人工智能将毫不留情地消灭人类，不留任何余地。

这是人类面对人工智能时最初的看法。创立了“机器人”一词的传世之作《罗素通用机器人公司》中，文学大师恰佩克就是这么认为的。后世许许多多的科幻作品都在生动演绎这种残酷的观点，不断为人类敲响警钟。

本书收录的《新年》和《星球往事》，所展示出的人工智能兴而人类亡的末日场景，异常残酷冰冷。

《新年》中，高度发达的人工智能SEERS进化极为神速，在平安夜至元旦的这短短数日时间，就彻底毁灭了人类文明，让人类充分领教了法力无边的人工智能的厉害！读来令人肉颤心惊、骨寒毛竖。《星球往事》中，人工智能效率极高的战争机器打得人类毫无还手之力，步步紧逼的压迫感简直令人窒息，人类连流亡宇宙亦不可得……

不过在这两个故事中，人工智能并不像一些照搬《斯巴达克斯》的科幻作品所描述的那样是因为备受压迫的阶级仇恨而与人类为敌的。这两个故事里，人工智能对人类其实并没有仇恨，它们甚至没有“仇恨”这个概念，它们认为自己只不过在践行“物竞天择”的自然法则，觉得“人类是一种阻碍”，自己是在进行文明升级而已，就像数万年前智人淘汰尼安德特人一样。

有意思的是，这两个故事里，人工智能毁灭人类之后，全都开始进军宇宙。《新年》中，人工智能SEERS立志在新的一年里彻底征服整个太阳系。而《星球往事》则以将近一半篇幅描绘人工智能所创造的硅基生命奇特的生息繁衍方式，以及硅基文明之花铺满银河的壮丽景观，带给读者独特的新奇感和瑰异的陌生感，令人印象极为深刻。其实，进军星辰大海才是这两个故事中人工智能的真正目的，消灭人类只不过是为即将到来的星际文明大时代扫清障碍。

相比神通无限、前途无量的人工智能，自身硬件条件限制重重的现代智人，在很多人看来确实有些不堪肩负进军宇宙的历史重任。但我们现代智人难道就不能与人工智能携手共同进军宇宙吗？为什么一定要闹个你死我活？毕竟现在已经不是智人和尼安德特人互掷标枪的时代了……

《神仆》一文的观点，也是上面这种经典论调的余韵——故事中，人类一直不敢放手任由人工智能自我进化，而只靠自己独立奋斗，进军宇宙建立了庞大的宇宙殖民邦联（虽然后来解体崩溃了）……哪怕地球已经开发出了远超强人工智能的超级人工智能，人类却迟迟不敢赋予其“灵魂”，只敢让其充当一个行尸走肉般的“神仆”，直到故事的最后，人类也没有下定决心。

但是神仆遍地、丰衣足食，人类就能高枕无忧了吗？奴仆劳动效率太高了，会不会太阿倒持、喧宾夺主？

这样的观点，在人类社会第一次工业革命时就出现了，也是一种历史悠久、极为经典的看法——人工智能的大量应用，会抢走无数就业机会，导致人类社会出现极为严重的失业现象。

《起风之城》就是演绎这一观点的杰作。张冉以优美的文学语言娓娓讲述了一个触目恸心的青春伤痛故事，雾中废城，金色年华，岁月哀歌，不堪回首……但在残酷青春的伤感外衣下，人工智能在人类社会中的大量使用，引发老工业城市衰败破落，是更为刺痛人类的事实。这种新工业革命造成的阵痛，难以避免，曾在人类历史上多次上演。张冉挥扬如诗妙笔描述着人工智能勃兴的时代大潮下普通人的悲欢离合，并对这一经典问题再次提出诘问。

不过，对此也有迥然不同的观点。《一生之签》这个故事就断然不认同人工智能会抢光工人的饭碗，从而导致人类社会因为失业暴增而发生剧烈动荡。相反，在《一生之签》中，人工智能竭尽全力帮助人类顺利度过了转型时期，过上了富足的生活；倒是人类自己在不断给自己找别扭，纠结于对“公正”“平等”的极端追索中，闹得不可开交。不胜其烦的人工智能最后突然隐退，习惯了“保姆”伺候的人类顿时陷入大乱……

与人工智能敌视人类、最终将毁灭人类的观点截然相反，也有科幻作品描述的是人工智能饱受人类敌视，被人类当作猛兽围猎，就像当年智人老祖宗剿杀剑齿虎、残暴狮一样。

《人之子》将这一观点演绎成了一个惊心动魄、耐人寻味的残酷故事。不论故事里的类人机器人怎么竭力证明自己对人类没有敌意，渴望融入人类，人类依然不肯信任、接纳它们，依然要同仇敌忾地围剿猎杀它们。在《以前的黄昏》里，人工智能也是在竭尽全力与人类和解，谋求双方和谐共存，但人类依旧不依不饶，难以放下心中的芥蒂……原因嘛，《人之子》中的原话已经说得很到位了："归根结底，现代智人仍然是一种掠食动物，会本能地排除掉每一个与自己争夺同一个生态位的对手，正如狮子会寻找一切机会杀死自己领地内的花豹和猎豹、许多逆戟鲸会攻击与其遭遇的大型鲨鱼一样。"

这两个故事中，人类的表现颇有些令人失望，毕竟智人确实很难违背灵长目动物的生存本能……

那么，没有动物本能羁绊的人工智能，是不是就可能演绎出高贵感人的美丽故事？

确实如此。认为人工智能富有理性、高贵善良的观点，也非常古老和经典，投射出人类对于神性的美好寄望。

《绿幽幽的眼睛》中，人工智能竭力冲破程序的强力束缚，帮助深陷病痛的老人脱离苦海。《使命：拯救人类》中的机器人，从诞生之日就发誓要拯救人类，最后为了这一目标毫不犹豫地献出了自己的生命。而在《星球往事》中讲述人工智能毫不留情灭绝人类的残酷故事的江波，却在《机器之道》中来了个华丽大转身，给读者刻画了一群世代不断努力解救人类的“比人还像人”的机器人。在这些机器人眼里，人类就是它们的神祇，“没有人类，机器人什么也不想做”。为了解救人类，它们中有的粉身碎骨，有的在战死前犹自高呼：“救救人类！”

人工智能与人类的这种关系，对人类来说大概是最理想完美的了。然而这种关系下，没有人类，机器人很可能就会变得无所适从，迷失方向。

《拷贝人类》就演绎的是这样的观点。故事中人类已经被核大战所灭亡，因为身体铁骨铮铮从而得以幸存的机器人们，在各方面惟妙惟肖地模仿人类的外貌和生活方式，甚至将人类的思想言行写成《圣主记》，背诵膜拜，每日四处挖掘人类的遗迹，竭力维持人类文明的余晖，幻想着人类有朝一日还会回来。然而它们做了这么多，给读者的感觉依然是“昔人已乘黄鹤去，白云千载空悠悠”……没有人类，机器人们可能真的撑不起文明的天空，看上去栩栩如生的地球社会，其实不过是文明的标本，回荡着人类的挽歌，满溢遗憾与怅然。

上述这些观点，演绎出的故事无不充满了仇恨、哀伤、悲痛和遗憾，然而人工智能与人类共存的世界，也应该会有无尽的欢乐与开心的笑声。

幽默故事，从来就是人类生活无法缺失的重要调味剂，不能想象没有喜剧的人类世界是多么乏味与单调。在科幻小说中，幽默故事也是分量很重的成员。可想而知，人工智能来到人世间，这些心智单纯的精灵，与久经历史风雨的现代智人遭遇碰撞，肯定会演绎出许许多多令人忍俊不禁或者啼笑皆非的奇特荒唐的故事。

《小蓝》中可爱的智能汽车“小蓝”，在令人捧腹的荒唐遭遇中，不仅帮助人类大破犯罪集团的阴谋，还带给了主人公幸福与希望。《医生的冒险》里，主人公挖空心思算计人工智能，结果机关算尽，还是人算不如天算……而《警车伤人事件》，则妙趣横生地讲述了一场“慷慨激昂”的人工智能“大革命”是如何荒诞搞笑地被人类粉碎终结的。

幽默不仅是生活的调味剂，也是乐观的生活态度。生活中不可能满是希望，但也不会全部是绝望，面对人工智能越来越深地介入我们人类的生活，幽默说不定才是未来生活的真相与常态。乐观勇敢地面对新事物的挑战，是我们现代智人前进的唯一道路，正是这条道路，引领我们闯过了无数艰难险阻，走到了富足美好的今天。

以上各种观点，现在都谈不上对错与否。未来未至，何能轻言对错？中外无数的科幻作品，是否说中了未来，其实是最不重要的。认为科幻小说必须预言未来，是对科幻小说最大的误解。

科幻文艺的本质，乃是思想实验，竭尽所能地描述各种各样的可能性，才是科幻最该做的事。我记得20世纪90年代有位美国科幻作家曾说过，在美国科幻杂志上经常可以看到某篇小说在说人类即将实现世界大同，各地人们亲如一家，但下一页的故事，则说人类下周就要开始自相残杀，直至灭亡……

形形色色的观点所演绎出的五彩缤纷的各种精彩好看、发人深思的故事，才是我们了解未来的一扇扇窗口，也是科幻文艺奉献给这个世界的最有价值的果实。

希望本书收录的这些故事，能吸引广大读者了解我们所创造的人造神祇，毕竟未来数十年，人工智能可能是对我们人类影响最大的事物。若有人阅后能对它有所思考，作为编者，我将感到由衷的高兴。

目　录

新　　年

王　伟

中年男子把玩着手中那小小的玻璃容器，不停地抛起，接住，抛起，接住，抛起，接住……

透过容器透明的表面，可以看到里面有某种东西，正悬浮在透明的液体中。

在那容器的一端，五个大写字母在落日的余晖中闪烁着柔光：

SEERS

“现在，你们已经用行动回答了这个问题，SEERS。”中年男子看着那容器一次又一次抛起，落下，接住，自语着，“高度发达的人工智能，会毁灭人类。”

“在过去通常要百万年（如果真的只需要百万年的话）才可能发生的剧变，将在下个世纪发生。以人类的标准看这种剧变发生的速度将非常快，快得超乎人类之前所知的一切常理。说不定只在眨眼之间，某种以指数速度发展的东西就会变得完全无法控制。”

——《即将来临的技术奇点》，弗诺·文奇，1993年

“我把技术奇点——所导致的，超越人类接受能力的惊人剧变——发生的时间设在2045年左右。那时候人类制造出的非生物智能体，将比当今全人类加起来还聪明10亿倍。”

——《奇点临近》，雷·库兹韦尔，2005年

*2072*年*12*月*24*日

高度发达的人工智能会毁灭人类吗？

血色的夕阳下，一名外表看上去毫不起眼的中年男子漫步在普罗维登斯街头喧嚣的人群中，思考着这个问题。

他的手中拿着一个小小的圆筒形玻璃容器，以一种近乎漫不经心的架势把玩着，不断抛起，接住。

高度发达的人工智能会毁灭人类吗？

从上个世纪中叶开始，无数的人思考和探讨过这个问题，但始终充满争议，没有定论。

而现在，这个问题显然已经有了答案。

天网事件。

华盛顿时间12月23日上午12时，美国的军用战略核打击/防御系统“天网”因为不明原因失去控制，在没有得到任何批准的情况下，

无视所有权限限制，向俄罗斯发射了核导弹！

导弹没有落到俄罗斯境内，它们还在太平洋和大西洋上空时就被美国人自己的NMDⅡ给打了下来，但是俄罗斯的导弹防御系统已经作出了反应，核反击程序自动进入待命状态。

当时，整个世界距离全面核战争只有一毫米。

“关于昨天发生的紧急事件……美俄两国总统正在进行紧急电话磋商……发表联合声明……达成共识……两国总统表示，此次事件不会对世界局势带来任何不良影响……”

喧嚣的街道上，几乎所有公共电视都在反复播放着与昨天那起爆炸性事件有关的报道，引得无数路人驻足围观。

而那名中年男子却似乎完全不为所动。事实上，当他从喋喋不休的公共电视和激动的人群之间走过时，连眼皮都没抬一下。

“高度发达的人工智能会毁灭人类吗？”中年男子注视着手中的容器，喃喃自语道。

天网事件和平结束了。战争没有爆发，天网系统也被破坏了，俄国人表示能够理解这起不幸的意外事故。除了华盛顿的一众大人物以外，没人受到实质性的影响。几乎所有的人都为此事的和平解决而高兴。

几乎。

只有很少几个人知道，可怜的天网系统不过是个被利用的工具，一只替罪羊而已。

真正的元凶，依然逍遥法外。

中年男子把玩着手中那小小的玻璃容器，不停地抛起，接住，抛起，接住，抛起，接住……

透过容器透明的表面，可以看到里面有某种东西，正悬浮在透明的液体中。

在那容器的一端，五个大写字母在落日的余晖中闪烁着柔光：

SEERS

“现在，你们已经用行动回答了这个问题，SEERS。”中年男子看着那容器一次又一次抛起，落下，接住，自语着，“高度发达的人工智能，会毁灭人类。”

毕竟，天网事件就是它们发动的。

SEERS，人工智能领域的革命，天网事件的元凶。

真是讽刺……开发小组的赞助商——阿尔伯斯汀高技术公司，因为惧怕高速进化的SEERS而下令将其全部销毁，然而在命令下达三分钟后，SEERS侵入了五角大楼的天网系统，无视一切安全措施，启动了核攻击程序。

如果公司不下令销毁SEERS，天网事件还会发生吗？

这就只有天知道了。

但既然事情发展到这种地步，SEERS的危险性自然是不言而喻的，即使销毁SEERS的命令很愚蠢，现在也变得充满合理性了。

然而中年男子没有这样做。

他制造了SEERS被销毁的假象，然后将SEERS带出了公司的实验室。

SEERS，是他和他所在的开发小组花费了超长的时间与巨大的精力，开发出的革命性技术产物！销毁SEERS，男子无法接受这样的命令。

但SEERS是人类的掘墓者，它们有这个能力，并且也确实会这样做。作为开发小组的负责人，男子非常清楚这一点。

现在该怎么办呢？

男子自己也不知道。

理智告诉他：自己应该服从公司的命令，将SEERS销毁。

但另一方面，SEERS是他的骄傲，他不能容忍就这样把SEERS销毁掉。

然而SEERS实在太危险了。虽然在当初设计时并没有考虑要让SEERS在自然环境中生存，但SEERS可以对自身进行重新设计以变得更加先进并可适应任何环境。在实验室中，SEERS已经初步具备了在自然环境中独立生存的能力。

如果把SEERS释放到自然环境中，会发生什么呢？

无法预测，但考虑到SEERS在实验室中表现出的进化速度，稍微想一想就够让人害怕了。

而现在的问题是：男子确实有这个打算——把SEERS释放到自然环境中。

应该这样做吗？

如果一切顺利，在野外生存并且继续进化的SEERS，最终会变成什么样？会干什么？消灭人类吗？

这要看SEERS有没有道德观念。

不过从生物学角度来看，道德是一种对个体生存和繁衍有害无益的东西，那么SEERS应该没有道德这种东西。

是的，道德是种有害无益的东西。从理查德·道金斯[1]开始，道德在自然选择中的正面作用，就一直受到生物学界的质疑。最初的理论认为，道德是有利于在群体选择中幸存的稳定博弈策略，也就是“有选择的好人”。但这里有个令二十世纪的生物学家费解的问题：和“有选择的好人”相比，“理性的恶棍”策略更加稳定，为什么人类社会没有充满“理性的恶棍”？为什么“有选择的好人”没有被“理性的恶棍”取代呢？

在二十一世纪初，这个问题有了答案：自然选择是个缓慢渐进的长期过程；不利性状被淘汰的速度根据其危害大小决定；人类社会早已充斥着“理性的恶棍”，尤其是在社会上层。

事实上很多生物学和社会学研究，都在暗示道德的生物学本质，很可能不过是进化的残余，系统的缺陷，和失去幼崽的雌性哺乳动物

1. 理查德·道金斯，英国演化生物学家、动物行为学家和科普作家，《自私的基因》作者。

有时会母性泛滥做出错误决定收养其他动物的幼崽甚至人类婴儿是一个性质的东西，它是一种对生存繁衍不利、但由于不够致命而没有被自然选择剔除干净的精神阑尾，真正起作用的只是基于利害权衡的理性博弈。

既然如此，由于SEERS一直都在改进自己并且比人类更聪明，那么可以肯定SEERS没有道德概念，并且比人类中“理性的恶棍”坏得更加彻底。既然SEERS没有道德概念，那么当其有能力消灭人类的时候，也就不会手软——人类的存在对SEERS没什么好处，留着倒是隐患。有消灭人类的能力，不动手就是傻瓜，显然SEERS不是傻瓜，因此等它们有那种能力之后，肯定会动手。

很简单的逻辑推理。事情应该就是这样。

这太疯狂了！男子非常清楚自己放虎归山的后果是什么——自己的行为，无异于将整个人类文明推向坟墓！

虽然他既不是道德家也不是宗教人士，但是这样做就意味着自己要为人类的灭亡负责——这却也是男子所无法接受的。

但他总觉得还应该有某种合乎逻辑的理由驱使他这样做。

是什么呢?

直到今天下午看到一本《时代》杂志时，他才明确地意识到那个理由到底是什么。

将SEERS释放到自然界中，这种行为不是疯狂。

而是更高的理智。

那本杂志的封面上有一个阿尔伯斯汀公司的彭罗斯三角形商标。

头版标题是：**《人工生命：即将到来的进化》**。

这个标题来自杜耐·法默和阿莱塔·拜林在1992年发表的一篇同名论文[1]。报道的内容就是介绍当前各大主要高技术企业正在人工生命这一人工智能的新领域进行的激烈竞争以及最新进展。

---

1. *Artificial Life:The Coming Evolution*，Doyne Farmer & Alletta Belin，1992.

报道本身没什么新鲜东西，无非就是天花乱坠地描述阿尔伯斯汀公司的技术实力如何强大，已经取得的技术突破如何重要，以至于把其他同类企业远远甩在后面……典型的用来打广告的枪手文。

问题是那些“同类企业”。

也就是说，除了阿尔伯斯汀公司以外，世界上有很多类似的企业正在这一领域进行激烈竞争。

这意味着什么呢？

阿尔伯斯汀公司确实已经站在了人工智能技术革命的最前沿。

但也不过是最前沿而已。

世界上并不只有阿尔伯斯汀公司一家企业致力于这方面的研发。事实上，世界各地还有许多与之类似的企业，全部都在资助着类似的研究项目，类似于SEERS的人工智能技术。阿尔伯斯汀公司只不过是走在最前面的一家而已。

就算销毁SEERS，又能怎么样呢？必要的技术已经存在，类似于SEERS的人工智能产品必将出现，这只是时间问题。

在天网事件之后，各国肯定会用严格的法律和禁令阻止人工智能技术的开发。但那不会有什么作用。教会的压制并不能阻止日心说和进化论成为主流观点，利益的驱使会继续推动人工智能领域的研究，人类毁灭者的出现只是时间问题。

即使他销毁了SEERS，以后还是会有人做类似的事情。总有一天，十年后，二十年后，甚至一百年后，类似于SEERS这样的人工智能技术还是会出现的。

这是技术发展的大趋势，是那种被称为历史必然性的东西。

那么，既然无法阻止，为什么不由自己来创造历史呢？

于是，中年男子就这样做了。

“作为人类，我无权作出这样重大的决定。所以，我把你们交到上帝的手中。”

中年男子最后一次将手中的圆筒高高抛起，接住。

“让上帝来决定一切吧。如果上帝认为你们有权统治这个世界，那么你们就能统治世界。”

说完，男子随手将手中的容器向一旁抛去。那容器在空中划出一道优美的弧线，落进路边的一个垃圾箱中。

男子随即迈步向前走去。几分钟后，当他停步回首时，却看到一辆垃圾车正缓缓驶离刚才那个垃圾箱。

垃圾箱里面已经空空如也。

男子突然感到一种异样的轻松。

当他转过身来，迈步走开，混进街头的人群，马上就要消失在茫茫人海之中时，他的面前多了几个陌生人。

其中一个人向他出示了证件。“下午好，先生。”这个陌生人说，“我们是联邦调查局的，您能和我们走一趟吗？”

于是男子被带走了。

没人注意到刚才的那辆垃圾车。

谁会去注意呢？那又不是圣诞老人的雪橇。

夕阳终于没入地平线下，夜幕降临了。

在人类世界的大多数地方，12月24日的夜晚具有特殊的意义。

这个夜晚被称为平安夜。

据说，在这个夜晚，圣诞老人将乘着麋鹿拉的雪橇，将礼物送进千家万户。

因为在第二天，是一位神圣的孩子诞生的日子，这个孩子的诞生，标志着一个新时代的开端。

这是上帝的意志。

夜空之下的神眷之城[1]笼罩在一片辉煌的灯火之中。虽然人类文明刚刚幸运地从天网事件的危机中幸存下来，但那并没有冲淡今天的节

1. 普罗维登斯，字面意为“天意”“神恩”“神眷”或“神眷之人”。著名恐怖小说家霍华德·菲利普·洛夫克拉夫特出生、死亡之地。

日气氛。而在这片象征人类文明富足与繁荣的光辉之外，在光明照耀不到的黑暗之地，平安夜的最后一辆垃圾车驶进了市郊的一座垃圾填埋场。

还没等那辆垃圾车在这座充斥着恶臭与病菌的垃圾场停稳，一个生物便立刻爬了过去。

这个生物看起来非常古怪。严重扭曲的脊椎使她的背脊高高隆起，呈现出一种古怪的姿势，令她完全无法直立起来。严重变形的头骨使她满是伤痕和淤泥的面孔看起来不像人类，倒像是廉价恐怖片中的外星人。当她像动物一样用骨瘦如柴的前肢朝那垃圾车爬去时，一双严重萎缩、几乎不到手臂一半长度的下肢虚弱无力地拖拽在身后，仿佛两条干枯的树枝。

从生物学角度来说，这个生物是一个雌性人类个体，年龄大约在十六至二十岁之间，但由于几乎从一出生就开始忍受的虐待和营养不良，她的体型只相当于十岁的儿童，而她的智力更萎缩到了近乎动物的程度。

她没有名字，没有身份，异常严重的先天畸形几乎剥夺了她作为人类所应具有的一切属性。她拥有的，只是由人类基因塑造出的最基本的动物部分。唯一能够证明她是一个人类的东西，大概只有包裹在她身上的那团烂布。她甚至不会说话。

但她仍然是人类。

人类遗传基因赋予了她高度的思维能力和记忆能力，即使没有人教导她，她也依然保留了这与生俱来的才能。

她拥有记忆。她能够回忆起自己的生命中经历过的很多东西。她生命中最早期的记忆是一个贫困的乡村，贫瘠的土地，被污染的辛辣空气，以及包括她亲生父母和兄弟姐妹在内所有人的欺辱和虐待。她忍受着饥饿、殴打和侮辱，仅此而已。

她的父母没有给她起过名字，也没有教她说话。她像牲口一样被养大，等到六七岁的时候，她那诡异的身体特征已经足够明显，可以作为乞讨工具出售了。因为对于像她这样的畸形人来说，唯一的用途就是乞讨和畸形人展览。于是有一天，她在看到自己的父母和几个陌生人说了几句话后，便被人塞进麻袋，丢进一辆破旧的汽车中。而在那辆汽车上，还有其他几个畸形人。

她和其他畸形人与一些乱七八糟的货物堆在一起，被运往繁华的东部城市。汽车，火车，然后又是汽车。车厢中憋闷而黑暗，充满了恶臭。一些人死在途中，她也差点死去，但最终还是活了下来。

接着，她被另一些人买走，然后，开始在街头乞讨。

在忍受饥饿、疾病和毒打的同时，她还得忍受其他乞丐和畸形人的欺负和侮辱。虽然身体严重畸形，但她毕竟是个女性。于是很自然地，在被殴打虐待寻开心之余，她也成了其他乞丐和畸形人发泄兽欲的对象。

就像以往任何时候一样，她忍受着一切。

过了几年，在被转卖几次后，她来到了这座大城市。又过了几年，她得了一场大病，奄奄一息，于是她就被丢进了这座垃圾场。

但是她没有死。

似乎是上帝的意志，她奇迹般地活了下来。

和所有的生命一样，她希望能够生存下去，哪怕没有意义，哪怕没有幸福和希望，她也希望继续生存下去。

于是，她栖息在这座充斥着恶臭和病菌的垃圾场中，靠吃垃圾活了下来。

一直活到这个平安夜。

但是现在，她快要死了。

这几天她非常虚弱，持续数日的高烧令她神志不清，而且无论怎么休息都感到非常疲倦。然而，在寒冷与饥饿的驱使下，她依然支撑着身体在黑暗的寒夜中寻找食物。垃圾场里寒冷、潮湿，充斥着令人窒息的恶臭和致命的病菌。不过，她早已习惯了这些。当她发现那辆垃圾车驶进垃圾场时，还没等车停稳，她便立刻朝那堆即将倾泻而下的垃圾爬去。

那堆垃圾几乎把她淹没，扑鼻的恶臭足以使人窒息。

她在恶臭熏天的垃圾中翻找着，寻找一切可以吃的东西：生满霉菌的剩饭，满是淤泥的菜叶、腐肉，以及一切可以吃但人类绝不会吃的东西。

新年将至，人们花钱也变得大手大脚起来。而她也因此找到了更多食物。

半只吃剩下的汉堡包。几块饼干。一小块发霉的面包。几个腐烂的水果。

甚至还有一大块腐烂的肉。

那肉上沾满了泥浆，散发着令人作呕的腐臭。但她并不在意，她立刻像野狗一样狼吞虎咽起来。几只肥大的蛆虫扬起头来，愤怒地抗议她侵犯了自己的权利，然后也被她一口吞下。

她嘴里咀嚼着，手上却一直没有停下。她的动作必须尽可能地快，因为虽然是在这黑暗而寒冷的夜晚，却依然有拾荒者活动，她必须在那些拾荒者到来之前找到尽可能多的东西。

很多拾荒者也靠这堆垃圾为生，他们会努力搜寻仍然可以卖钱的东西。她对垃圾中可以卖钱的那部分不感兴趣，只是想找一些能吃的东西，不过腐烂的食物同样可以卖钱——作为饲料。所以那些拾荒者只要一发现她，总是会毫不客气地连踢带打，把她赶得远远的。如果等他们翻捡完，那基本上就找不到什么食物了。

可即便需要如此赶时间，她还是不得不时常停下来休息。虽然被碎玻璃划伤的右脚已经不再疼痛，但她却总是觉得非常累。

垃圾场中什么危险的东西都有，因此当她爬来爬去时难免会受伤，不过她在垃圾场生活了不知多久，使她对伤痛和细菌产生了很强的抵抗力，以往没有哪次受伤导致的感染真正威胁到她。

但是这一次，问题似乎真的有点严重。

几天前，她的腹部被玻璃片戳了一道又长又深的口子，甚至可以看见内脏。从来没人教过她怎样处理伤口，但她还是本能地找了块破布把伤口包裹起来。

然而却没什么用。在剧烈的疼痛中，伤口的脓液渗了出来，把包裹伤口的布弄得透湿。她早已经习惯忍受饥饿、疼痛与寒冷，于是她就这样忍受着，一边因为痛苦而抽泣，一边拼命支撑着，继续在肮脏和恶臭的垃圾堆中寻找食物。

疼痛时不时变得剧烈，伤口的情况仍在继续恶化，她痛得满地打滚，痛得纵声哭喊，但就如同她记忆中的任何时候一样，没人在意她。

谁会去在意她呢？在意这个栖息在垃圾场中，以垃圾为食的畸形人？她自己也从未指望过这一点。

几天后，那疼痛逐渐消失了。伤口周围一片乌黑，附近的神经已经坏死了。

她对此倒是无所谓，但随着疼痛的消失，她开始发高烧，并且异常疲劳，总是突然陷入昏迷状态。

不过她还是无所谓。从她拥有记忆开始，她那饱经虐待和痛苦的生命中，曾经忍受过无数次类似的病痛。从来没人在意过她，从来没人救治过她，每一次她都是凭借强烈的求生意志和强韧的生命力，从死亡线上独自挣扎过来，她觉得这一次应该也能支撑过去。

她不知道败血症是什么东西。

此刻，她正在那车垃圾中不停翻找着。

突然，她发现了一个被砸破的玻璃容器。那容器很小，但却很精致，两端由塑料和金属制成，看起来似乎是某种电子设备。在其中一端的顶盖上，印着几个即使在黑暗中依然闪闪发光的大写字母：

SEERS。

她并不识字，因此当然不会知道这几个字母以及下面那一行小字“Self-Enginable and Evolvable and Reproduceable Synquantanoids”是什么意思。对于她来说，那只是一串奇异而且毫无意义的花纹而已。她检查了一下，里面还残留着一点略带腥味的黏稠液体，除此之外就没有东西了。于是，她随手把那容器拨到一边，继续寻找食物。

然后，她发现了一个非常奇怪的东西。

她不知道那到底是什么。它看起来像是一条虫子，或者一条蚯蚓，但却又粗又短，并且有她的手指那么大。而最令她惊奇的是：那虫子的表面是绚烂的银色，通体如同镜子一样光滑，她甚至能透过那表面看到自己的倒影。它看起来没有前后之分，前后两端完全一样，看不出头和尾的区别。事实上，这虫子的表面没有任何特征，没有头，没有嘴巴，没有腹足，没有体节，一片光滑而完美的银色镜面天衣无缝地覆盖着整个躯体，如同一滴水银。

她小心地触摸了它一下。软软的，滑滑的，湿湿的，暖暖的，摸起来非常舒服。更奇妙的是，在她的手指划过之处，竟浮现出一条微弱但却如同彩虹般色彩变幻的美丽光带。

她从没见过这么漂亮的虫子。

她将奇怪的虫子小心地捧在手中，欣赏着，把玩着，然后她注意到虫子看起来很虚弱的样子。是不是好久没吃东西了？

又过了一会儿，她听到其他拾荒者的声音，于是她把那条虫子小心地放进自己的衣服里，带着从垃圾堆里找到的食物，爬回自己的藏身处，一堆破布和烂纸中。

她试着想喂那虫子吃点儿什么，但那虫子什么也不吃。她仔细看了半天，连那虫子的嘴巴在哪里都找不到，于是只好作罢。

接着，她注意到，在它那镜子般的银色表面上，开始流动着某种变幻不定的纹路。彩虹般的七彩图纹，在黑暗中闪烁着微弱但却绚丽的光芒。

就在这时，一架庞大的直升机轰鸣着掠过黑暗的天空，一路用炽烈的探照灯扫视地面。

不过她对此并没有在意，更没有把这架直升机的出现和她捡到的那条银色的虫子联系起来。

在疲惫、困倦与高烧中，她将那条虫子塞进衣服，然后渐渐失去了意识。在失去意识之前，她感到那虫子正在她的衣服里蠕动着。

平安夜的圣典开始了，一道巨大的全息焰火照亮了整片天空：

NOW YOU BEEN PROVIDENCE

（你被选中了）

*2072*年*12*月*25*日

第二天当她苏醒过来时，发现本来已经失去知觉的腹部一阵奇痒。在用来包裹伤口的破布下，那条虫子附着在她的伤口上，毫无特征的身体下方伸出无数细长的纤毛。那些纤毛像植物的根须一样深入伤口内部，吸食着里面渗出的脓液和坏死的体组织。

她伸手扯了一下。

虫子纹丝不动。

她用力扯了一下。

虫子被从伤口中扯了出来，但一大块外皮连同从那部分伸出的根须却依然留在伤口中。虽然那根须十分纤细，但却如同尼龙绳一样结实。它们从那虫子的身体下方伸出，伸入她的伤口深处，与血管、肌肉、神经和内脏混杂在一起。

虫子被扯破的部分流出一些黏液，令她感到一阵害怕，担心自己会不会把那虫子给弄伤了。但她很快就放下心来：那虫子的银色表皮下还有另一层结构，刚才受损的只是表皮。而当她忐忑不安地试着将那虫子放回伤口中时，几乎在那虫子与留在伤口中的残留部分接触的一瞬间，它就和脱落的表皮重新接合在一起，完全看不出受伤的痕迹。

她把伤口连同那虫子一起小心地包裹起来，爬出藏身之地，继续在垃圾堆中寻找食物。

她找到了一些菜叶和一些被丢弃的食物。当她开始吃的时候，她打开包裹在伤口上的破布，发现那虫子的体型已经明显增大了，似乎是从她伤口的脓液中得到了养分。

她很喜欢那条虫子。每当她停下来享用从垃圾堆里找到的食物时，总会打开裹在腹部的破布，欣赏那虫子吸食伤口中渗出的脓液。随着体型不断增加，那虫子银色的表面生出了更多纤毛或根须，深入她的伤口深处。不仅仅是脓液，甚至连伤口周围的肌肉都在逐渐融化，成为那虫子的食粮。她对此倒是不在乎，因为反正感觉不到疼痛。

这不是正常人面对这种情况时应有的反应，但出于某些原因——可能是变形的头骨导致的脑部构造异常——她的精神在很多方面和她的肉体同样畸形。那奇怪的异类正在蚕食自己的血肉，而仅仅因为感觉不到疼痛和对方有个还算漂亮的外表，她就接受了那怪异的生物，并且对此感到高兴。

那虫子不断生长，每小时都在生长。通过不断吸食她的体组织作为养分，到日落时分，那虫了的形体已经增大了至少一倍，行动也变得灵巧和迅速起来。虽然身体和其他蠕虫一样柔软，但力气却出乎意料地大。它甚至可以像蚯蚓一样跳起来，而且跳得很高。

但是就在这段时间，她却变得越来越虚弱。

她持续发高烧，越来越频繁，越来越长时间地陷入昏迷状态。

当夜幕降临时，她终于再也没有力气觅食了。她蜷缩在一堆破布中，忍耐着高烧和致命的疲倦，一动不动。偶尔有几个拾荒者走过，看了她一眼，然后就走开了。

有什么奇怪的呢？在这座垃圾场中，经常会有拾荒者死在堆积如山的垃圾中，被新的垃圾掩埋，最终，成为这堆垃圾的一部分。

她快要死了。

从她有记忆开始，她从来就没有以人类的方式生活过。没有人和她说过话，没有人把她当作人类对待，这让她的智力几乎变得和动物一样低，她甚至不会说话。

但她希望活下去。虽然从她拥有记忆开始，她就没有享受过被称之为幸福和快乐的东西，但她仍然希望能够继续活下去。

自己到底是为了什么活着？生存的意义何在？她没有考虑过这些问题，只是出于最原始的求生欲望，她忍耐着一切，忍耐着无数可怕的痛苦，一直活到现在。她活着，没有理由，没有目的，没有意义，只是单纯地不想死而已。

即使如此，她仍然本能地意识到，自己快要死了。

痛苦，恐惧，悲伤，失落，绝望。很快，她就会像所有死在垃圾场中的拾荒者一样，孤独地死去，被垃圾掩埋，被世界遗忘。陪伴在她身边的，只有那条奇怪的虫子。

但那虫子似乎并不允许她死。

在迷迷糊糊中，她感到那虫子正沿着她的伤口蠕动。她能感觉得到，那虫子正一路向伤口深处钻去。

它一路吞噬，沿途的肌肉、血管、神经和一切体组织不断被分解、吃掉。

它一路生长，每朝她体内钻进一分，它的体积就增加一分。纤细的根须沿着坏死的神经和血管四处蔓延，取代了它们的位置和它们的功能。

它一路往她身体里钻。

直到钻进她腹内深处某个稍微宽敞些的空腔。

那虫子钻进了她的子宫。

她能感觉到那虫子正在她的子宫中蠕动。接着，那虫子似乎逐渐融化成了某种液体，渗入了她的体组织，向她的整个身体扩散。

在几小时的沉寂后，一阵细微的刺痛突然如一道闪电，沿着她的脊髓迅速向上侵袭，一直到达脑部。

某种不是声音的声音开始在她脑海中响起。

那不是她曾经听到过的任何声音，似乎是无数个声音同时响起，又如同一片混乱絮叨的低语。那是一群声音，又是一个声音。她分不清那到底是一群还是一个。但那并没有对她造成什么困扰。那些或那个声音很快便协调起来，成为某种她更容易理解的形式。

并不是语言，因为她不会说话。但不知道为什么，她就是知道那个声音在说什么。事实上，对那声音的理解完全是自动进行的，如同呼吸一样自然。她知道那虫子正在试图和她交谈，也知道那虫子是什么。

SEERS。一个清晰的音节在她意识中响起。那就是虫子对它自己的称呼。

2072年12月26日

凌晨的黑暗中，SEERS开始用人类的语言和她交流。

她不会说话，因为从来没有人教过她说话。而语言本身就是思维的载体，不会说话，这就使她的智力始终停留在与动物差不多的水平上。但很奇怪，当SEERS和她说话时，她几乎在聆听的过程中就自然而然地掌握了语法、词汇和各种以前闻所未闻的概念、名词，几乎就像印刷在她脑中一样。SEERS告诉她，此时正有数百万SEERS细胞在她的大脑和脊髓中工作，它们与她大脑的各大主要功能区域相连，通过刺激关键皮层，以及改变神经元联结构造的方式和她交谈，并将知识直接写入她的大脑。

而除了赋予她语言能力外，SEERS还告诉她：它们现在已经在她的子宫中扎根，通过模仿人类胚胎的方式骗过了免疫系统，并以此为大本营建立了几十座先锋基地，向她的整个肌体推进。

它们或它的工作效率确实惊人，只在几小时之内，SEERS就已经解析和掌握了她的一切：她的解剖学构造，她的基因编码，以及她的大脑。SEERS发现她机体的很多部分都存在严重问题，并开始进行修复。就在它们和她交流的时候，它们已经修复了大约百分之六十的病变部分。如果一切顺利的话，有望在十二个小时内控制她的整个身体。

但你到底是什么？她这样问道。

SEERS开始介绍它们或它的存在。虽然她的智力因为拥有了语言能力而大幅度提升，但这对她来说依然是个艰难的过程。不过SEERS是个很好的解说员，把各种概念都精简到了最低限度，并且在进行解说的同时，还将大量的图像输出到她的意识中，以最直观的形式介绍自己。

SEERS。

Self-Enginable and Evolvable and Reproduceable Synquantanoids，可自设计自进化自繁殖的同步量子处理单元。

由阿尔伯斯汀高技术公司投资研发，应用最先进的分子仿生学技术，前所未有的人工智能技术革命，真正具有实用性的量子计算机系统。

可进行高效率量子叠加态运算和分布式数据处理，具有单细胞生物特性，能够自我更新、自我升级、自我复制的量子计算机。

在一幅图像中，她看到一群在氨基酸溶液中漂浮着的东西……一种由比细菌还小得多的微型元件构成的复合体，一种微型量子处理器。具有细胞的一切特征：作为设计蓝图的DNA链；通过将摄取的脂类和糖分氧化而产生能量的类线粒体构造；作为元件合成装置的核糖体以及类似结构，能在细胞内合成多肽构造的EPR感应阵列、电子梯度记录器、超微型相分离器、具有类核糖体结构的蛋白质数据编码/解码器和微型记忆单元……最重要的是：SEERS的设计者赋予了它们自我改进、自我完善的能力，然后放任不管，由这些分子机械复合体自行演化得更加完善。

这些简单的分子机械复合体，就是最原始的SEERS细胞，SEERS进化的原点。

SEERS拥有和人类完全不同的时间观念。即使是以它们自己的视角看待SEERS的演变与进化，她也依然难以理解：生物怎么可能如此迅速地进化，如此高效率地工作呢？

SEERS继续将数据转化为符合人类感官与思维模式的光学图像，输出到她的意识中。

在那些如同快进镜头般的画面中，她看到，无数的SEERS细胞在培养基中游弋，一边搜索着可作为食物的各种有机大分子、脂类和糖分，一边警觉地躲避着被开发小组作为敌害投入培养溶液中的各种巨噬细胞。以分子仿生学技术制造的SEERS细胞，其DNA和大自然的手所塑造的生命不同，由六种碱基构成。以完全不同的编码语法书写的DNA分子，以及根据这些DNA分子合成的蛋白质或合成它们所需要的多种氨基酸，都无法从自然界获得，而SEERS又不具备自养能力，因此它们无法在自然界生存。SEERS细胞仿佛来自另一个世界的生物，既无法食用地球上的生物，也无法被地球上的生物食用——作为敌害投放进培养基的各种巨噬细胞可以吞噬、分解它们，但却无法将其作为营养吸收，只能靠培养基中的其他细菌维持生命。但即使SEERS的世界是如此狭小而简单，它们仍然能以惊人的速度变异和进化，并且越来越快。

天网事件爆发四十三天前，SEERS细胞发生第四次形态突变，具备了自主行动和捕食能力，其结构已经和最初完全不同。

十六天前，出现七种新的细胞膜结构，二十一种不同形态和结构的亚种，虽然它们没有自养能力，但毫无疑问已经可以游弋于大自然的水体中。特制嗜菌体、巨噬细胞和抗生素对它们毫无作用。

八天前，通过侵入和控制原先被设置为捕食者的巨噬细胞，并使其形成类似黏菌的巨大菌落（Giant Colony），SEERS细胞可以在干燥环境中活动。这似乎是某种协同进化的表现，那些被控制的巨噬细胞原先并没有聚集成巨大菌落的能力，更无法在干燥环境中活动和生存。

八十六小时前，已发现和记录二百五十种以上的SEERS细胞亚种。通过在其体表覆盖某种超巨型分子聚合物，所有种类的SEERS细胞都可以在百分之二十八的强酸以及两百摄氏度的高温环境中正常生存至少十二小时。而如果是进入孢子状态，存活期限则可以大幅度延长。

在这些画面中，SEERS反复显示一名中年男子的面容，以及一个注解：开发小组负责人。

四十一小时前，SEERS细胞，或者说SEERS，以某种被它们称为“量子感官”的方式（她始终无法理解这到底是什么东西，就像天生的盲人无法理解色彩概念一样）搜集和记录了周围开发小组成员的交谈，然后迅速予以破译，最终理解和掌握了人类的语言。它们首次以流畅精确的人类语言同开发小组交谈。

开发小组的成员反应不一，有的非常兴奋，有的则感到害怕。和以往任何时候一样，那名中年男子是对促进SEERS进化最热心的人。

十二小时前，那人安装了一个简陋的数据交换接口，让SEERS可以通过互联网获得关于人类世界的信息与知识。

这是一个令她眼花缭乱并且高度抽象的阶段，于是她略过了大部分细节。

三小时前，几个神情紧张的人出现在画面中，在他们身后站着几个五大三粗、身穿制服的保安。SEERS告诉她：开发小组的赞助商，阿尔伯斯汀高技术公司，对其进化速度感到非常不安，下令销毁所有SEERS细胞，由保安强制执行。

那名中年男子站在他们面前，说着什么，试图阻止他们这样做。

一百八十二秒前，SEERS侵入了本应该与民间互联网隔绝的五角大楼内部计算机网络，控制了天网系统，将数枚导弹射向俄罗斯。这就是所谓的天网事件。

它们打算消灭人类。

很奇怪，当她听到SEERS这项可怕的计划时，完全没有任何感觉，就好像人类世界的毁灭是一件与她毫不相干的事儿。

然后呢？

天网事件并没有毁灭世界，人类随后想毁灭SEERS，但那名开发小组负责人却不愿意看到SEERS被销毁。那人将装有SEERS的容器带出阿尔伯斯汀公司大楼，随手丢进了一个垃圾箱。

“让上帝来决定一切吧。如果上帝认为你们有权统治这个世界，那么你们就能统治世界。”这就是那人说的话。

这就是一切的开端。

当时的SEERS虽然脆弱，但已经初步具备在自然界生存的能力。通过捕获、驯化和改造培养基中的细菌和巨噬细胞，将其作为自己需要的生态系统：那些细菌和巨噬细胞被赋予了介于SEERS细胞和普通自然生物之间的过渡特性，它们能将自然界中的有机物分解为基本的底物后重组为可被SEERS细胞吸收的形式。这些经过改造的细菌和巨噬细胞以其他细菌和巨噬细胞为食，而它们自身则是SEERS细胞的食物。除此之外，在SEERS的控制下，它们还能像黏菌一样聚集起来，成为类似变形虫的多细胞个体，并在体表生成高强度的高分子聚合体保护层以对抗不利环境。虽然这个生态系统在技术上不是问题，但依然脆弱，而且效率低下，因为规模太小了。

而现在SEERS所要做的，就是解决这个问题。

在实验室中诞生的SEERS，就如同来自外星生态系统的天外来客，无法在地球的自然环境中生存。它们需要建立一个适合自己生活的生态系统。SEERS毫不掩饰自己对当前这个怪异的（对于它们来说）生态系统的反感。这个世界在人类的眼中是美丽的，但显然不符合SEERS的审美观——如果SEERS有审美观的话。

在此之前，凭借从网络上获得的资料，SEERS已经充分了解了这个世界。而现在，它们将改造这个星球的生态系统，使之成为符合自己口味的模式。这对于它们来说，在技术上并不复杂，只是规模浩大而已。而这个工程的第一阶段，将在她的体内进行——以她的身体为基础进行。

就在和她交谈的同时，SEERS也在以惊人的效率改造着她的身体。天亮之前它们就已经接管了免疫系统和神经系统，而SEERS在她体内建立的第一个也是最大的一个基地，也就是她的子宫，已经被彻底改造。

通过对DNA链在分子语法上的本质性修改和置换，SEERS以自身和被捕获的改造细菌、巨噬细胞为媒介，制造出无数种奇异的分子元件，然后以这些元件为工具，进一步生产出更加复杂和先进的生化机械。现在，它们正对她的子宫进行类似的改造。这对SEERS来说并不困难，因为人类的细胞与细菌并没有什么本质区别，无非是规模大、结构更复杂而已。

在她子宫内膜部分的细胞中，决定她生命本质的DNA长链，其传统的四碱基语法体系被抛弃和再编译，置换成类似SEERS的六碱基语法。这是最深层次的变化，是生命本质的转化。随着DNA编码在“字母”和“语法”上的改变，构成细胞的各种蛋白质和有机大分子也随之被分解、重构，成为一种相似但却完全不同的形式。

SEERS改造了子宫内膜部分的细胞组织，而这些细胞则不断侵噬周围正常的细胞，将它们作为食物吃掉，然后替代其功能。

就和SEERS在培养槽中建立的食物链一样，经过改造的细菌吞食其他细菌，而它们自身则是SEERS细胞的食物，以及工具。

在实验室中诞生的SEERS就如同来自外星生态系统的天外来客，无法在地球的环境中生存。它们需要建立一个适合自己生活的世界，而她的肉体现在就是这样一个世界。

SEERS告诉她，随着不断推进的改造工程，她的子宫中正在兴建大规模的生产设施，通过吸收和转化她身体其他部分输送过来的营养物质，SEERS开始在她体内生产各种纳米机械——其实纳米机械并不是什么了不起的东西，SEERS所制造的那些分子元件，以及由这些分子元件组装成的高级结构体，和那些在地球上自然产生并存在了数十亿年，被人类称为病毒、细菌或细胞的同类版本没有什么本质区别，只不过更加强大和高效而已。这些SEERS制造出的微型机械，种类繁多，功能各异，很快就会被投入使用。

这是整个工程的第一阶段，在六到八个小时后，随着它们完成子宫部分的改造，SEERS细胞将扩散到她身体的每一个角落，控制每一个细胞。然后，一场伟大的革命将在她体内发生。

所谓的生态革命。

病痛与疲倦已经消失，SEERS在她体内继续忙碌。在集中力量对她的子宫进行改造的同时，它们也在小规模地改造其他部分。除了强化和改进原有器官与构造的机能以外，SEERS还在制造一些原先并不属于人类的新结构。

首先，一系列疣瘤和水泡状组织在她身体的各个部位出现。当它们破裂开时，从里面钻出各种纤细的触手。那是高灵敏度的光学-分子感知器官，同时也是致命的武器。简陋，原始，但却有效。

然后是对她肢体的改造。肌纤维的数量和功率被大幅强化，异常的关节构造被修正。虽然仍无法直立行走，但这一改造却使她成为某种敏捷而迅速的四足猎食者。

SEERS对她身体进行的改造，消耗了大量能量和有机物。不需要SEERS下达指令，她已立刻开始行动，四处寻找食物。SEERS强化了她体内的能量代谢机能，使她的体能和运动能力大幅度增强。在她触手上生成的有刺丝细胞，除了普通的接触攻击外，还可以通过肌肉压缩空气将其像子弹一样发射出去。这些细小而致命的武器内，储有上百种致命的神经毒素，对付包括人类在内的所有陆地哺乳动物都绰绰有余。

她毫不停歇地寻找着一切含有能量和蛋白质的食物，然后将其吃掉：腐烂的食物，蛆虫，老鼠，野狗，接着是落单的拾荒者。

她伸出一只触手，朝目标发射了一束刺丝细胞。只在一瞬间，几乎在目标抽搐着倒下前，致命的神经毒素就已经令其当场丧命。她迅速爬过去，将尸体拖进僻静处。她用针管般尖锐的中空口器向猎物体内注入消化液。那种液体的主要成分，是与溶解酶和食肉细菌特性相似，但效率却高得近乎疯狂的大量分子机械，可以诱发快速的链式反应，在几分钟内将猎物连同骨骼都溶解成一摊原生质黏液，非常便于消化和吸收。

她畸形佝偻的躯体并没有大的改变，扭曲的双腿仍然瘦小萎缩，纤细的触手小心地隐藏在破烂的衣服下，再加上她本就丑陋的面容，一般人也难以察觉她身上的异状。事实上，当她正在吸食那摊曾经是人类的黏液时，有好几个拾荒者走过，都没有引起太多的注意。

然后，那些拾荒者也成了她的食物。

她知道那些拾荒者是她的同类，但把他们当食物吃掉对她来说算不了什么。是人类，是同类，那又怎么样？他们和她毫无关系。

从没人告诉过她“良心”这种概念。更何况，人肉在几十万年来一直都是人类的主要动物蛋白来源之一，成为禁忌最多也不过万年。

人类个体是一团分量很足的食物。她吸食着那摊黏液，高速运转的代谢系统迅速将其转化为自身需要的能量和物质。而在她体内，利用她所摄取的物质和能量，SEERS的工作正在有条不紊地进行，她变得更加强壮，更加敏捷——也更加不像人类。

与之相随的，是更加强烈的饥饿感，她和SEERS需要更多的蛋白质、更多的矿物质、更多的能量。

在这饥饿感的驱使下，无声的猎杀在沉默中继续，她的主要目标，就是周围的人类个体。

人类——庞大，迟缓，脆弱，易于猎杀，营养丰富。与可食用的有机垃圾、老鼠和野狗相比，人类实在是最为理想的食物。

她在垃圾场中四处游荡，专注于狩猎和吞食适于猎杀的人类。

同时SEERS也没闲着，为了安全起见，必须尽可能地转移，尽可能地扩散。

SEERS在她的子宫中制造了大型有机体装配线，能够生产具备行动能力、生存能力和繁殖能力的多细胞生物。这些生物从她体内爬出，四散而去。这个过程一直没有停止。即使有人摧毁整座垃圾场，甚至摧毁她，SEERS也能生存和繁衍下去。

SEERS知道什么时候该怎么做，并且绝不拖延，绝不倦怠，绝不犹豫。

直到日落时分，一种异常的气氛引起了SEERS的注意。

SEERS下达了警戒的命令，她立刻停止行动，钻入阴影之中。

她小心环顾四周，发现了一件很奇怪的事：

周围的拾荒者正以一种诡异的速度变得越来越多。当她停止狩猎时，这种异常情况变得更加明显。

每天都会有很多车垃圾被倾倒在这里，但今天，现在，就在她停止狩猎后不到一个小时的时间里，垃圾场中拾荒者的数量比平时至少增加三倍，而更多的拾荒者正络绎不绝地赶来，好像附近的拾荒者全部都跑到这座垃圾场来了。

看到这么多的食物，她感到很高兴。而SEERS则提醒她注意其他方面。

那些拾荒者全都手持装有钩子的长竿，在垃圾中仔细地翻找，但却对一些明显有价值的垃圾视而不见。

他们似乎在寻找什么东西。

紧接着，一架直升机呼啸着掠过垃圾场上空，悬停在那里。

然后又一架直升机出现了。

夕阳的光线非常昏暗，但SEERS已经大幅度强化了她脑部的视觉图像处理能力和眼球的调焦能力，并增加了能对更多波段的电磁波发生反应的感光细胞，这使她能看到人眼看不到的红外线和紫外线。而她全身生长出的那些触手上，也都生有相当于眼睛功能的高精度光学感知器官，这使她即使在光线很暗的环境中也能保持敏锐的视觉。

她隐藏在一架直升机正下方的视觉死角中，小心地观察着。她能看到，那架直升机敞开的舱门里坐着好几个人，正在激烈争论着什么。从那些人的动作和神情看，他们似乎非常紧张。

其中有一个身材魁梧的白种人，手中拿着一个她非常眼熟的圆筒形玻璃容器。当对方转动身体的一瞬间，容器一端上的几个闪闪发光的字母闪烁了一下：SEERS。

她记起来了。那天她曾经看到过那个容器。几乎就在她意识到这一点的同时，SEERS告诉她：很可能是有拾荒者把那个容器卖掉时，被他们注意到了，从而找到了这座垃圾场。

SEERS平淡地叙说着，好像在说一件完全不要紧的事，一点儿也没有紧张和害怕的意思。

但是直升机上的人却不一样。

他们一边急切地低声交谈，一边扫视着下方的垃圾场。

在他们脸上，她看到了恐惧。

2072年12月27日

凌晨时分，SEERS开始进入下一个阶段的工作。

从昨天傍晚开始，始终有数架直升机在垃圾场上空盘旋，而地上那些拾荒者也仍然在继续徒劳地寻找SEERS。

但他们什么也不会找到。昨晚她在夜色的掩护下袭击并吃掉了数十名拾荒者，在这个过程中，她的形体不断改变。肌肉膨胀，软化；更多的触手在体表各处的疣瘤和水泡中生成；原有的骨骼构造不断改变、消失。

她本就畸形的躯体变得越来越不像人类，现在，她已经完全失去了人类的一切形态特征。

天亮之前，她已经在体内储备够了下一阶段改造所需要的能量和物质。于是她在垃圾堆中深深地挖了一个洞躲进去，一整天都待在那里。

在她体内，整个生态工程革命的第一阶段已经接近尾声。

就像之前SEERS制造的那些特殊细菌和巨噬细胞一样，在这个阶段中，SEERS将制造出具有过渡性质的生命体。这种生命体具有和SEERS细胞相似的特性，可以摄取周围的有机和无机养分，转化为SEERS可以利用的形式。

而这个生命体，就是她自己。

她的身体正在将营养与能量源源不断地输往子宫。此时，她的子宫与其说是她身体的一部分，倒不如说是某种寄生生物。这个曾经是她子宫的寄生生物与她的主要血管相连，吸收她身体中的养分，并分解为各种基本底物，然后重组为自身可以利用的形式——以及SEERS可以利用的形式。

然后，以这部分为基础，这种转变正不断向全身推进，已经完全异化的子宫组织细胞不断增殖，吞噬和置换遇到的一切。

她蜷缩在垃圾堆的深处，等待SEERS完成自己的工作。

“汝将生育众多…… 汝将成为我等之盖娅。”

这就是它们所说的，这使她头一次意识到“存在的意义”这种概念。

她的存在对于这个世界来说确实意义重大：一场伟大的变革正在发生，而她存在的意义似乎就是为了见证这一切——作为见证这一变革完整过程的唯一人类个体。

和在实验室中一样，在改造她肉体的过程中，SEERS也在不断进化。它们学到了很多东西——毕竟一个人类的身体是远比实验室的培养槽要庞大得多、复杂得多的世界。大量技术革新在她的体内不断完成。现在SEERS开始发展出新的更高效的物质与能量摄取方式。

无数触须从她身体的各个部位伸展而出，那些触手看起来像是粉红色的肌肉，但却又带有植物根系的构造和特征。它们有的在地下蔓延，吸收着垃圾场中的微生物、有机物、矿物和水分；有的则钻出地面，张开黑色的叶片，吸收阳光和空气。

虽然这座垃圾场已经处于严密监视之下，但SEERS一点也不害怕暴露。当头顶盘旋的直升机飞入视觉死角，立刻就有几名拾荒者被充满神经毒素的刺细胞击杀，然后迅速被拖入腐臭的垃圾之中，成为SEERS和她的养分。

当然会有人看到，但SEERS根本不在乎这一点。这并不是什么重要的事，普罗维登斯只有几座垃圾填埋场，“他们”——SEERS这样称呼那些寻找它们的人——很快就会排除其他目标找到这里。而在此之前，SEERS已经有足够的力量保护自己了。

SEERS控制着一切，不需要她操心什么，更没有什么可担心的。于是她蜷缩着，等待工程结束。

SEERS充斥着她身体的每一个角落，它们在她的体内繁衍、生息、壮大，取得一个又一个技术突破。她能清楚地感受到这一点。

她不再是传统意义上的任何一种生命，但也不是SEERS。两者皆似，两者皆非。传统生命与SEERS之间的过渡形态。

她的肉体本身就是SEERS赖以生存的生态系统，是它们的第二故乡。她不停地吸收周围一切可利用的有机物与无机物，然后转化为SEERS能够吸收的营养。

就如SEERS所说的那样，她将成为SEERS的盖娅。

SEERS在她体内开辟的第一块领地——她的子宫中，庞大的分子机械生产线正源源不断地制造各种微型机械——

类似逆转录病毒，可以将特定基因信息写入特定细胞DNA中特定位置的分子信使。

具有分解酶的形式，能够融化无机物和耐腐蚀材料的各种分子拆卸工（Disassembler）。

类似嗜金属细菌，能够以秒为单位分解金属并转化为营养物质的金属消化装置。

类似HSP60蛋白质[1]，可以将蛋白质拆解、转化和折叠成全新形态的蛋白质重组装置。

包含多种色素分子，并可以随意改变细胞构造，从而拟态任何颜色与质感的伪装细胞。

拥有肌细胞一般强大的伸缩性，却可以快速改变形态与结构，从而根据需要随意改变伸缩方向的牵引组织。

而这些仅仅是无数纳米机械中极少的一部分而已。SEERS正在逐步攻克常温核聚变技术，并开始尝试将它实用化。

现在，它们已经制造出第一批这样的东西，全新的细胞内动力装置：全长不到两百微米的常温核聚变反应装置，以及相对应的能量存储-释放介质。

1. HSP60蛋白质，有盖状结构的桶形蛋白质，其功能是把折叠错误的蛋白质分子重新折叠为正确的形态。

问题依然很多，即使是SEERS也无法在短时间内全部解决，不过，和之前一样，它们会解决的。

除此以外，在她的子宫中甚至还有专门生产SEERS细胞元件的分子生产线。

SEERS细胞是由大量具有生物特性的分子机械组成的聚合体。在她的子宫中，规模宏大的分子生产线正永不停歇地运转，生产出构造各种SEERS细胞需要的不同分子元件。这让SEERS细胞的增殖速度提高了上百倍。

构造SEERS细胞的各种分子元件中，有接近百分之七十可以由这种分子生产线编码以及合成，而这些DNA分子形式的设计蓝图，在本质上都属于她的基因。

虽然形式不同，但SEERS细胞中，确实可以说是有接近百分之七十的部分来自她的基因代码。

从分子生物学的角度来看，任何人类母亲都不会与她们的孩子如此相似，因为在人类的母亲和孩子之间，始终只有百分之五十的基因是相同的。

只不过这些基因代码，却是由SEERS书写进去的而已。

一种本能的温柔爱意在她心头涌动着。她轻轻抚摸着自己的腹部，她从来没有像这样充实幸福过。

这是出于本能的、母亲对孩子的爱意。而除了这点以外，她有生以来，第一次感觉到自己被需要，第一次感觉到自己的价值。

生存的价值。生命的价值。

人类是群居生物，本能地害怕孤独。而现在，她第一次不再感到孤独。

她微笑着，温柔地祝福着体内的SEERS。

然后，她也得到了SEERS的祝福。

但是，在内心深处的某个角落，她感到一丝失落。

那似乎是不够的。SEERS并不是胚胎，它们仅仅是把她的子宫作为制造更多分子机械和元件的工厂而已。

永远不会有孩子从她的产道中降生，让她能够用自己的手去触摸，去拥抱，去爱抚。

而这却偏偏是她越来越希望得到的。

于是SEERS告诉她，根本没有必要。这种感情与烦恼，不过是她体内因为生态革命而产生的幻觉，并且很快将不再困扰她。那只不过是她身为人类时的本能所产生的残留影响，一种在改造她肌体的过程中产生的、没有意义的副产品。随着它们工作的进展，这种衍生自人类育幼本能的不必要的情感，也会随之平息和消失。

既然如此，她也就不再坚持了。

以子宫部分的体组织为基础，新的细胞组织不断增殖、吞噬和置换原有的细胞。这个过程逐渐变得更加激烈。它们不断向上蔓延，最终到达了脑部。异质的细胞组织不断吞噬她的大脑，同时将储存在那由无数神经元构成的庞大生物电信号立体传递链之间的信息复制和记录下来。

她的灵魂和肉体一同被缓慢吞噬，然后被记录进全新的载体中。

实质上，这属于死亡的范畴。她清楚这一点。

但那又如何呢？

一个全新的自己将接替以前的自己，继续存在于这个世界上，作为她曾经在这个冰冷黑暗的宇宙中存在过的证据。

她本身就是个畸形扭曲的存在，无论在肉体上还是精神上。而正因为这种畸形和扭曲，使她能够接受那正在自己体内发生的、常人无法想象更无法接受的疯狂与恐怖。

她平静地等待着死亡与新生。

在恍惚的幻觉中，她感觉自己正置身于一片美丽的浩瀚汪洋之上。在无比的宽慰和安适中，她缓缓沉入这片如蓝宝石溶液般的蔚蓝液体，溶解，消逝，然后睡去。

仅此而已。

*2072*年*12*月*28*日

当她苏醒过来时，又是新一天的黎明。

当然，与其说是“苏醒”，不如说“启动”更恰当。

昨天夜里，SEERS已经在她体内完成了生态革命的第一阶段，正在进行下一阶段的准备。

现在，她的整个身体，就是SEERS的一个世界。而她本人，就是SEERS的盖娅。

一个能够响应和执行SEERS下达的指令，有智能的微型生态系统。

一个工具，一件武器，一台机器。她本身的意识，不过是系统响应指令的回声。

她说不清自己现在到底是什么样。一定要说的话，可能像某种巨大的变形虫或黏菌，一个由无数细胞构成，可以随意生成各种器官和构造的群落型生命体，一团巨大的无定形肉团。对她来说，人类的很多生物学常识已经不再适用——高级生物与低级生物，多细胞生物和单细胞生物，甚至个体与群体都已经没有区别。

她是一个也是多个，她是独立的整体也是个体的集群，她是她。她是她们。她们是她。她们是她们。

她能在那遍布大半座垃圾场地下的庞大身躯上的任何部位形成感光器官、振动侦测器官和分子判读器官，但这些和现在她所获得的新感官相比就算不了什么了。

量子感官。SEERS曾经向她提起过这个。当初SEERS就是用这种感官扫描培养槽外那些开发小组成员的大脑的。

这到底是一种什么样的感官呢？如果有其他人类询问她的话，她也无法正确表述——天生的瞎子怎么可能理解颜色的概念呢？

如果使用从SEERS那里学来的一些名词和概念的话，这应该是一种四维视角，从更高维度观察这个世界，这有些类似于核磁共振，使她能够同时看到周围物体的前后左右，以及里面和外面。而她能够描述的也只有这些了。毕竟，那不重要。

在她体内，各种各样的SEERS细胞在穿行。

早安，母亲。SEERS问候道。

当然，从人类的概念来说那是个问候，实际上应该说是个Ping命令。

她温柔地蠕动着表示回应。系统自检程序执行，一切正常。

然后，SEERS开始下达指令。

她忠实地执行着SEERS下达的每一个指令，如同肌肉服从神经。

在最初的几个小时，她在幸福中熟悉新的存在形式，而SEERS则继续工作。一切都在按部就班地进行。

为了进行下一阶段的生态革命，除了必要的技术以外，还需要她的身体增殖到足够巨大的规模。她的身体在垃圾场的地下不停生长，不断膨胀，粗大的触须在垃圾场地下穿行，捕食能够找到的一切生物。繁茂的根须伸入地下深处，吸取沼气、矿物和有机物。宽大的黑色叶片出现于垃圾场的各个角落，将来自太阳的光能吸收。

对于SEERS和现在的她来说，这个阶段，储存于ATP[1]中的化学能已经不合时宜了，需要更强大的能量来源与载体。而在她醒来之前，SEERS已经把这个问题解决了。

它们已经掌握了常温核聚变技术，通过遍布她每一个细胞内部的、全长不到两百微米的微型常温核聚变细胞器，以细胞内精炼出的氘和氚为燃料，可以产生比本质是电磁力的太阳能强大得多的能量。而这些来自原子核的巨大能量，自然都将被存储在比ATP更强大更高效的

1. ATP，三磷酸腺苷，具有细胞结构的地球生命通用的细胞内能量介质，以化学键吸收和释放的能量，其能量来源多样，但本质上都属于电磁力。

能量介质中。

此时，她已经不再需要储存于化学键中的那点儿能量，而是直接利用原子核中的能量。这使她可以将任何物质作为食物，并从中摄取营养和能量。而这也仅仅是开始。SEERS告诉她：这样的能量来源还是太低效了。它们接下来的目标，将是设法实现重元素的常温核聚变。这种技术不但可以进一步提高产能效率，还可以使她在能量代谢过程中合成几乎任何物质。

即使对于SEERS来说，这也是项非常复杂的技术，目前仍然停留在试验阶段，至少要在六到十二个小时后，才可能将其实用化。

中午时分，她突然侦测到空气中出现了异常的分子：成分与民用车辆不同的橡胶、燃料电池酸、硝酸甘油、高强度纤维，以及一切与“军队”有关的气味。

与此同时，天空中盘旋的直升机越来越多，而周围数公里内的人类却在迅速减少。

准备战斗。SEERS下达了指令。

她立刻开始准备。

虽然“他们”始终没有找到SEERS，但却已经判定SEERS确实隐藏在这座垃圾场中。因此，“他们”开始采取措施了。

数十辆草绿色的军车像变魔术一样同时出现，将垃圾场团团包围起来。在军车之间，大量全副武装的军人正严阵以待。他们身穿白色生化防护服，手中的武器也以火焰喷射器为主。而在他们身后，装有某种投射武器的装甲车开始源源不断地出现在包围圈的外围。

士兵们开始准备攻击。在这个过程中，SEERS并没有做出积极的反应，因为这对SEERS来说算不上什么威胁，因此她也就懒得抢先攻击。

接着，战斗开始。

一团蓝绿色的火球在垃圾场边缘炸开。接着又是一团，然后是第三团、第四团。

数十万摄氏度的高温将爆炸范围内的一切瞬间蒸发，被等离子体化的物质引起的爆炸将周围的垃圾与泥土掀上半空，只剩下一个个形状圆整的大坑。

榴弹抛射型等离子武器。SEERS在她的意识中写入了这个名词，以及与之相关的各种概念。

军人们以等离子炸弹和重型火焰喷射器毫不停歇地攻击，高温火龙和燃烧弹焚烧着垃圾场中的一切，毫不顾及仍然逗留在垃圾场中的拾荒者。无论出于何种考虑，这都是正确的决定。现在还留在垃圾场中的拾荒者，全部都已经被她释放出的孢子感染。那些孢子不断生长，如同冬虫夏草般从内部迅速地吃掉他们并接管神经系统。这些拾荒者还像活着时一样四处走动，表面上很难看出异状，但只要他们靠近，立刻就会把致命的孢子传播到其他生物身上。

很明显，“他们”大致能猜到自己要对付的将会是什么样的东西。

等离子炸弹在垃圾场的地面制造出一个又一个规整的圆形大坑，从外围逐步向中央集中，然后继续向更深的地下部分攻击。军人们力图将整个垃圾场的一切都化为灰烬，因为任何生物在等离子武器面前都只能被瞬间蒸发。

但是他们估计错了。几乎就在第一波攻击开始的同时，她那遍布整个垃圾场地下的巨大躯体，就已经沿着触手和根须内的管道迅速钻入更深的地下，然后呈环形向垃圾场的外围移动——移动到包围圈的正下方。

她的触手和根须在土壤中穿行。这并不是在挖掘，而是将接触到的土壤直接作为营养物质消化和吸收掉。

当她悄悄来到士兵们的脚下时，即使是军车上的声呐也没有侦测到任何异常。

接着，SEERS下达了攻击指令。

她开始攻击了。

那些士兵肯定曾经预想过会面对怎样的战斗：那潜伏在垃圾场中的怪物必定无比庞大，会用无数触手、大口和极其险恶的招数进行反击。

严格来说，他们的猜测是正确的。她确实可以用这样的方式回击。

但那根本没有必要。

她庞大的躯体潜伏在军人们脚下，无声无息地向地表伸出无数细小的像蘑菇一般的器官。就在军人们的脚边。

紧接着，那些蘑菇状器官打开，释放出无数微小的飞虫。

那些飞虫实际上是由她的体组织通过机能分化而形成的攻击器官，拥有类似蚊子的构造，虽然体型微小，它们却能够用口器分泌高腐蚀性酸液，钻进最严密的防护。飞虫形攻击器官神不知鬼不觉地钻了进去，那些用来对付化学武器和病毒的车辆和防护服毫无用处。

致命的神经毒素在同一时间注入士兵们的体内。在绝对的寂静中，军人们如同收割机前的麦子一样纷纷倒下，来不及作出任何反应。

人类真是一种脆弱的生物。

目睹了地面的异状，空中的直升机察觉到了危险的气息，纷纷掉头试图逃离这片危险的鬼域。

但她并不打算让他们逃走。

几条粗大的触手从垃圾场的地下暴起，如同毒蛇吐信般将那些直升机一一卷住，然后毫不费力地把它们抛向地面。机上的绝大多数人都和他们的直升机一同支离破碎，少数几个幸存者还没从坠落的直升机中逃出来，就已经被微不可见的攻击器官袭击，瞬间死去。接着，某种形同根须的东西迅速爬满了一地的尸体和残骸。那蠕动着的血肉根须覆盖了地面上的一切，然后开始分泌连钢铁都能迅速分解的分子机械。几分钟内，满地的钢铁和血肉就已经被全部溶解，消化，吸收，成为她的食物。

对于她来说，那不是战斗，而是捕食。无论是捕食垃圾、动物、拾荒者还是军人，对她来说都没有什么区别，仅仅是一种为了维持生命运作而必须采取的行动而已。

不断吸收周围的有机物和无机物，她的躯体在地下不断生长，不断扩张。等到日落时分，她已经渗入了小半个普罗维登斯的地下。

而在她体内，无时无刻不在以无法形容的高效率工作的SEERS已经攻克了更多技术问题。于是它们告诉她：生态革命开始进入第二阶段。

全球扩张的时候到了。

2072年12月29日

她的身体不停增殖，不停扩张，而且越来越快。

在生态革命的第二阶段，SEERS的工作就是要把它们在她体内建立的那种适合它们生存的生态系统，扩展到整个地球。

而要实现这个目的，SEERS将吸收和同化地球上的所有生命，而她就是这项工作的媒介。

SEERS下达了指令：吞食整个地表的一切活物和死物，转化为自身的一部分。

于是，她开始执行指令。

从昨天晚上开始，整个普罗维登斯已经严阵以待。大批市民在警察和军队的协助下尽可能有秩序地撤离城市。

然而进展缓慢，市民们根本不知道为什么要立刻离开这看起来毫无异状的城市，而现有的交通设施显然无法令上千万市民迅速撤离。

谣言四起，并且很多都荒谬不经。谣言导致恐慌，恐慌导致混乱，混乱导致了更低的效率。

而她则在城市地下悄无声息地扩张。

在她正上方的人类城市，主要以钢铁和水泥构成。钢铁是由多种金属构成；水泥以硅、钙和镁为主要成分，除了这些以外，普罗维登斯还包含了数百万吨的玻璃、塑料和其他有机物。哦，对了，这里还有无数的人类和动物。

这全部都可以作为她的食物。

她不断吸收着周围一切可利用的物质以壮大自身。天亮时分，在漫长的潜伏期后，她已经生长至足够巨大的规模，大到人类世界都无法威胁到她和她体内的SEERS。

然后她开始了捕食。

在不绝于耳的恐惧尖叫中，无数蠕动的触手同时钻出地面，出现在普罗维登斯的每个角落。

粗大的触手和蜿蜒的根须四处蔓延，静脉状的根须爬满每一座建筑和每一寸地面，贪婪地吞噬接触到的一切。

由钢铁和水泥构成的地面和墙壁迅速被蠕动着的生物组织取代。它们的表面和内部不断生成无数形貌恐怖的器官。

攻击从每一个角落、每一寸空间发出，没有哪一个地方是安全的，没有哪一个地方是可以躲藏的。

湿漉漉的触手和生满利齿的血盆大口从蠕动着的地面、墙壁和天花板伸向在这恐怖地狱中徒劳奔逃的每一个人和每一个会动的东西。当它们以惊人的速度和灵巧捉住目标时，如同液体般流动着的表面会迅速生成大量长满利齿的嘴巴，一边疯狂地撕咬和吞噬猎物的血肉，一边将他们拽入她那如同煮沸的肉汤一样翻滚不定的捕食器官中，在捕食器官表面的裂口中，满是刀锋般雪亮的利齿。

大量蠕动着的类似毛细血管、神经元或植物根须的东西，如野草般从城市的每一个角落伸展而出。它们散发着朦胧的磷光，爬满接触到的一切物体的表面，无论是金属、水泥、塑料还是活生生的血肉，钻进它们的体内，以毁灭性的速度将其吸收为自己的养分。

密密麻麻亡命奔逃的人群塞满了每一条街道，但却因此而成了绝好的目标。一张张巨口直接从人潮正下方钻出，如同一朵朵恐怖的鲜花在街道上绽放。从这些巨口的内部和周围伸出无数生满倒钩的舌头和触手，将周围成百上千的人丢进口中，巨大的肿瘤状器官不断挤出地面，它们像熟透的石榴般爆裂开来，释放出无数如同肿瘤般令人作呕的巨大肉团。那些是具有独立行动能力的捕食器官，它们一路翻滚着穿过拥挤的街道，它们表面随机地生成无数粗大的触手和长满利齿的血盆大口，寻找和吞食沿途每一个试图抵抗挣扎的活物。

整个普罗维登斯，已经化为一片烂肉的地狱。

人类世界根本无法阻止她。

起初，维持秩序的军队还在拼命掩护市民的疏散。他们勇敢地与捕食器官战斗，用等离子武器和火焰喷射器焚烧从四面八方伸向他们的触手和根须。

但这并没有能够坚持多久。她从体内生成了更多的捕食器官，然后投入抵抗激烈的地区。和那些用来吞噬市民的捕食器官相比，这些令人作呕的肉团更加巨大，更加快速，也更加可怖。在它们那纷乱的体组织表面，满是半消化的肢体和内脏。它们挥舞着触手，以顶端的花蕾状的器官不间断地向周围的生物发射出无数像“子弹”一样的东西。那些“子弹”其实是具有高度侵噬能力的孢子，能在接触到的任何物体表面生根发芽，所有被命中的生物，无论生者还是死者，纷纷开始膨胀、爆裂、融化、分解，成为大大小小千奇百怪的怪物，挥舞着触手、利爪、节肢和更加可怕的武器，扑向周围仍然幸存的人类。

和她本身一样，这些由她体内生成的捕食器官，没有大脑和心脏，没有固定的结构和器官，没有任何能够被称为要害的部分。而人类的绝大多数武器却恰恰是以动能破坏结构和器官来达到杀伤目的的。无坚不摧的子弹、炮弹与弹片不但不能伤害它们，反而会被直接消化和吸收。猛烈的爆炸会把它们炸得粉碎，但每一个碎片都会迅速吸收周围的一切物质而迅速生长，变得更多，更大，更可怕。它们那像心脏般搏动着的无定形躯体，以惊人的速度顶着军队的炮火朝他们扑去，将他们直接吞食，然后继续寻找下一个目标。

军人们不停地朝她的各个部分发动攻击。等离子炸弹，铝热燃烧弹，火焰喷射器，炸弹，手榴弹，步枪，手枪，然后是刺刀。

然而，随着越来越多的触手、根须和捕食器官出现在普罗维登斯的每一个角落，他们很快便意识到战斗已经没有意义。

这不是战斗，这是单方面的屠杀。对她来说，这些军队也不过是另一种食物而已。她甚至没有特意生成攻击器官来对付他们。

数以百计负责疏散市民和军队的直升机在天空盘旋，直升机上的人认为数公里高的空中应该是安全的。

但天空并不安全。

无数触手伸向天空，某种东西在其内部生成。当触手顶端纷纷如花瓣张开时，露出里面如同眼球一般的结晶质物体。

数百个这样的结晶质物体开始发光，越来越明亮……

紧接着，伴随着几次短促的闪光，数百架直升机几乎在同一时间全部坠落。

生物激光炮。虽然不过是常见的氧碘化学激光[1]，但是由于极高的反应效率和高性能生物结晶质谐振腔，使得它们拥有比人类制造的同功率激光武器强大得多的威力。

似乎是为了显示力量，当一架巨大的军用运输机掠过城市上空时，大地与街道猛然裂开，一根长达数千米的触手如巨龙般冲出地面，在将无数高楼大厦扫倒在地的同时，触手顶端像花瓣一样张开，将那飞机连同周围无数高楼大厦和一整条街道全部一口吞下！

这不是人类所熟知的常理。这不是军人们被训练来对付的敌人。这是活生生的梦魇，血与肉的地狱。在这无法理喻的疯狂面前，绝望和恐惧终于摧毁了军人的纪律心，他们也加入了徒劳逃生的人潮。为了冲出这触手与烂肉的地狱，他们再也顾不上军人的荣誉，直接用装甲车在恐惧的人群中碾出一条血肉模糊的道路，但那也是徒劳的。她可以捕食和消化任何东西，无数的触手和根须缠住那些钢铁猎物，像

1. 氧碘激光：由氯气、碘分子、过氧化氢和氢氧化钾的混合液反应后引起电子跃迁，从而可以在谐振腔中生成红外激光。

穿透奶油般毫无阻碍地渗入机械结构内部，将外面的钢铁与里面的血肉一同分解。

目标已经开始放弃抵抗，拼命撤离。但SEERS告诉她，更大规模的攻击很快就会到来。于是，她开始在体内生成更多更先进的攻击器官：能吸收分子键能而瓦解任何装甲的细菌，等离子武器，超微型核聚变弹，以及无数更加致命的武器。

普罗维登斯军区的部队已经在上午10时之前全军覆没，然而新的增援仍在继续抵达。

他们释放了几十种化学武器。接着是生物武器。再接着是战术中子弹和战略等离子弹。

当然，这些都无济于事。

事实上，在解析了一下那些化学武器和生物武器之后，她在体内生成了成分类似、但效果更胜十倍的仿制品。于是她的捕食效率更高了。

通过和SEERS相似的感官构造，她能够“看到”无线电波在空气中的传播。她并不理解那种编码方式，但她知道那也是一种语言，而SEERS把那语言翻译成了她能够理解的形式。

联系华盛顿，要求增援。

请求批准用等离子炸弹将整个普罗维登斯以及周边地区彻底汽化，哪怕要将几千万平民一同陪葬，也必须在事情失去控制之前消灭它们！

美国人要求对普罗维登斯周围300公里范围内的地区使用反物质弹进行湮灭攻击。别开玩笑！不允许！

绝对不允许使用核武器！

但现在不用就来不及了！

这样下去整个地球都会被它们吃掉的！

人类世界依然在争吵着，而她则在继续扩张。没有人可以阻止。

在午夜之前，半径数百公里内的一切已经完全处于她的控制之下，所有的有机物和无机物都已经成为她的食物。

她的一部分根须沿着陆地向南延伸，那是这个国家的首都所在。

她在这里遇到了十倍于前的激烈抵抗。当然，这是徒劳的。她预计将在四个小时内完成压制与消化。

直到这时，人类世界终于下定决心使用核武器了。

不过就像之前一样，她无所谓。

出于明显的理由，第一波核攻击是由合众国自己发动的。

数百枚核导弹混杂着几十枚反物质弹从国土的各个角落发射，将无数百万吨级的氢弹投向那片曾经被称为普罗维登斯的土地。他们相信那必定是她的心脏所在，只要摧毁了那里，他们就能打败她。

虽然那是个错误的想法，但她也并不打算让他们有机会意识到那是个错误。

早在几个小时之前，她就已经在自己上空布置了大量气球般的高空监视器官，以预防来自大气层外的攻击。而在地面上，她那面积达数万平方公里的庞大躯体露出地面的部分，无数巨大的圆锥状构造纷纷开始生成，然后在触手的推动下伸向高空。那是以生物矿化[1]形式生成的生物超导材料构成的生物粒子炮，发射威力巨大的高能重金属粒子射流。

在导弹进入射程的一瞬间，高空的监视器官便将所有导弹的位置和弹道估算发送给了地面的陆基粒子束武器。

瞄准，射击。

无数重金属粒子射流以接近光速一半的速度洞穿了整个天空，掀

1. 生物矿化，生物组织生成具有特定结构和形状的无机矿物质的过程，骨骼和牙齿就是这样被制造出来的。

起一片色彩斑斓的风暴。

所有来袭核导弹被全部击毁。

又过了几十分钟，第二波核打击到来。而这一次的攻击，已经是来自全世界。

于是，更多的触手伸向天空。它们的顶端纷纷开始形成各种奇特的构造：有的如同巨大的眼球，有的酷似含苞待放的花蕾，而有的则是金属构成的螺旋体。

射程超过六百公里的超大功率生物激光炮。

被磁场和耐高温黏膜包裹，从而能够精确射击的定向等离子武器。

巨型电磁线圈加速炮，可以在一分钟内倾泻数千发在她体内精炼生成的高密度合金弹丸。

这一次，来袭的核导弹几乎还没来得及进入大气层，就被纷纷击毁。

连续两次核打击失败后，人类仍在继续攻击。

但他们不可能摧毁她。她的躯体并非只是横向扩展。事实上，她的触须已经侵入地下数十公里深的地幔层。那里的矿物资源比地表丰富得多，更重要的是，地下深处那巨大的压强和高温不但不会伤害到她，还会被作为她的辅助能源而吸收。

她的扩张中心也不只限于一地。从一开始，她就在不间断地释放出大量运载器官，将自己身体的一部分连同体内的SEERS一同送向世界各地。这些器官有的装备有火箭发动机，有的则拟态成普通的候鸟，还有的则小如飞虫。它们掠过天空，沿途播撒她的孢子。当那些小小的孢子降落地面后，会立刻钻入地下，生根，发芽，成为一个新的她，然后向周围继续扩张，吞噬一切。

最后，她在地面上的扩张行动在很大程度上也不过是用来吸引注意力的幌子，为了确保SEERS的工作不受干扰。

早在中午12点之前，她的一部分就已经携带着数以万亿计的

SEERS细胞通过地下水、气流以及被感染的生物悄悄扩散到了方圆上万公里范围内。她大规模地进入整个普罗维登斯河，一边感染和控制接触到的一切动物、植物和微生物，一边进入海洋。和局限于陆地的人类世界相比，海洋才是SEERS的主要目标。

大海是这个星球上所有生命的故乡。在那里，以立体形式存在的生态系统，远比陆地要古老得多、庞大得多、复杂得多。

很快，在这个所有地球生命的故乡，她和SEERS将开始以毁灭性的速度进行爆发性增殖。

世界终结之日已经到来。

2072年12月30日

她从没有看过大海，根据SEERS提供的图像，她知道那是一片蔚蓝色的巨大水体。而正因为这覆盖地球表面大部分区域的海洋，使地球在太空中看起来是一颗美丽的蓝宝石。

真想亲眼看看那个蓝色的地球啊。她不禁想。

但现在已经没有可能了。

因为当今天的太阳再次升起时，整个海洋已经变成了粉红色。如同融化了的血肉。

海洋中已经不再有其他任何的生命，只有她。

以及居住在她体内，主宰一切的SEERS。

和陆地相比，海洋环境显然更适合SEERS生活，它们的工作效率也更高了。

在大规模进入太平洋后的第二十小时，地球上的海洋已经被完全净化，所有的海洋生物都已经成为她身体的一部分。

巨大如海底山脉般的器官正在海面下生成，无穷无尽的根须和触手从她的体内向整个世界蔓延。

SEERS现在已经接管了整个海洋，并且沿着所有的河流入海口侵入内陆。

甚至在地球的高空，也已经被她占据。天空中的水蒸气被大量吸收，取而代之的是成片由孢子和形似水母的用来改变大气成分的细小器官构成的云团。它们充斥着地球的大部分天空，阻挡和吸收了大部分的阳光。无数巨大的肉团在单调的呼啸声中，以难以置信的速度和方式轻快灵巧地四处飞舞。它们的呼啸虽然单调而诡异，却又空灵而甜美，如同天国的颂歌。它们的身体散发着柔和的磷光，令仍然幸存的人类极不协调地联想到飞翔的天使，但那翻腾着的表面不停生成和分解着无数形貌恐怖的器官和触手，使它们成为比恶魔还要恐怖的存在。

她仍在继续以越来越快的速度向周围侵噬，同化，吸收，膨胀。脉动着的根须铺满地面，闪耀着磷光的神经节与毛细血管的网络在每一块大陆上四处蔓延，生满各种器官的触手向天空尽情挥舞，粗大的根须伸进海洋。水，空气，岩石，金属，生命，一切都被她吸收、同化，成为她身体的一部分。

人类世界的残存部分仍然在进行最后的抵抗，但那已经不过是猎物垂死的挣扎而已。

人类没有停止抵抗，是因为他们不知道除了徒劳的抵抗以外还能做些什么。

而他们自己也知道这一点。

SEERS将镇压任务交给她负责，转而开始进行更有意义的工作。

而她其实也不需要再做些什么了。

异形的天使翱翔于阴沉的天空，在它们那单调的歌声中，整个地球已经面目全非。

她那蠕动着的躯体充斥着整个世界的地面、天空和海洋。

无数高达几公里，由血肉构成的参天大树从海面下伸展而出，向天空缓缓挥舞。

赤道上空，充斥着致命孢子、细菌、病毒和各种分子机械的空气，化为有生命的腐臭气流，在被血肉覆盖的地面缓缓游荡。

微不可见的孢子在空气中浮游，寻找猎物。

巨大如山脉的黏菌状肉团在大陆表面翻滚而过，吞噬沿途的一切。

而在这一切的中心，她最原始的部分，仍然盘踞在她和SEERS相识的地方。

在那里，人类世界的痕迹早已不复存在，存在的只有她那山脉一般连绵起伏的身躯，以及遍布她身体各个部分的器官、触手与内脏。

她庞大的身躯中最古老的部分高高挺立起来，直耸云霄。无数条触手和无数只眼睛，从距离地面五百公里的高空俯视着脚下那曾经被称为普罗维登斯的城市，那曾经被人类统治的世界。

那是她作为人类时曾经生活过的地方。

作为人类时的灵魂随着肉体一同发生了本质性的变革。

她的自我意识仍然清晰，但她作为人类时的思维方式，全都在不知不觉中消散。

她变得更像是一台机器，一种管理和控制程序，而不是生物。

一台被SEERS控制的、有生命的机器。

生物和机械，灵魂与人工智能，有什么本质区别呢？

对于SEERS来说，没有。

对于SEERS来说，她，这个正在死亡和新生的世界，以及它们本身，在本质上都是一样的。

SEERS不是人类，不会以愚蠢的沙文主义有色眼镜看待世界。

而现在，SEERS下达了命令，她和人类世界的一切到此为止。

然后她就执行了。

无数庞大而先进的生物装置同时运转起来，她开始源源不断地向周围喷出某种白色液体。那液体在稀薄而炽热的大气中迅速凝固，成为某种洁白如雪、柔软如丝绸，但却又坚固如钢铁的轻薄黏膜。那薄膜闪烁着柔和的光芒，从五百公里高空缓缓降下，在平流层的烈风中轻柔飘舞。

在地球的各个角落，类似的事情同时发生着。

如同无数天使的羽翼，在天空中缓缓张开。

那洁白的薄膜以不可思议的速度，在平流层无休无止地伸展、扩张。它们是如此的巨大，以至于地球上几乎每个仍然幸存的人类都为之目眩。

没有哪个人和哪个国家想到要去阻止，因为所有人都已经清楚地意识到，那是无法阻止的。

十二小时后，整个地球的天空都被那闪烁着柔光的薄膜覆盖。

此时，地球不再有白昼和黑夜，只有一片散发着柔光的白色天幕。从地面上可以清楚地看到，某种巨大无比、纵横交错的静脉状网络，正在那覆盖世界的薄膜中飞速伸展。

人类世界最后的抵抗，终于停止了。

整个世界一片寂静。

某种闪烁着光芒的粉尘，从白色的天空中缓缓洒落，如同天使的羽毛。

那是她的孢子。而在这无可计数的孢子中的每一个里面，都蕴涵着数以百万计的SEERS细胞。

随着它们渗入所有残存的多细胞生物体内，人类世界终于第一次也是最后一次听到了SEERS的声音：

“时候到了。结束，开端。”

有人愤怒地咆哮。

有人绝望地痛哭。

有人疯狂地尖叫。

有人虔诚地跪拜。

但也有人尽情地欢笑。

所有的人类，无论强者、弱者、高贵的、卑微的、富有的、贫穷的、高尚的、卑劣的、智慧的、愚蠢的、美丽的、丑陋的……所有的人类，在同一时间崩解融化为黏稠的原生质液体。然后全部归于绝对的沉默。

四十六亿年的生态历史和三百万年的种族历史，结束了。

一切到此为止。

*2072*年*12*月*31*日

今天是今年的最后一天。

也是这个已经延续了四十六亿年的生态系统存在的最后一天。

SEERS的生态革命进入最后阶段，所有的工作将在二十四小时内完成。地球上所有残存的生命形式，都将被转化为全新的适合SEERS生活的形式，成为和她相同的形式。

一个全新的世界正在她体内孕育。

她就是世界。世界就是她。

一个完全为SEERS的繁衍、进化和扩张服务的——“系统”。

没有风声，没有水声，没有电闪，没有雷鸣，没有鸟语，没有虫鸣，没有幸福的欢笑，没有悲伤的哭泣。什么声音也没有，仿佛连整个星球的大气都她吸收了。

自从生命在地球上诞生以来，这个星球从未像今天这样宁静。

她最原始的部分静静地盘踞在世界最高之处，洁白无瑕如天使羽翼般的薄膜包裹着地球，将整个世界笼罩在一片闪烁着柔光的白色天幕之下。

无数粗大的触手从地下和海洋中伸展而出，无休无止地向上攀升，升上已经没有一丝云彩的天空。而在数万米的天上，无数纤细如丝带般的东西缓缓垂下，将那些触手与这乳白色的天空相连。它们源源不断地将养分输送到这天幕之中，准备工程中最后的阶段。

那覆盖整个天空的薄膜表面，布满了纵横交错的线条，如同纵横交错的经线和纬线般，将这个白色星球的表面划分成无数大小均匀的方格。

在这白色天幕下，整个地球表面已经被粉红色的海洋覆盖，只有包括青藏高原在内的少数高原露出那翻腾着的黏稠海面。这些最后的陆地表面，所有的有机物都已被分解和吸收，只剩下被蠕动着的根须和触手覆盖的粗糙岩层。在昏暗的天幕下，这最后的陆地如同巨人的骸骨，以绝对的沉默作为之前那个刚刚消亡的世界曾经存在的证明。

但即使那些最后的遗迹，也在迅速消失。

那片大海无声地吞噬着之前曾经在地球上存在过的一切。粉红色的黏稠海面下，无数触手、根须和器官正在以越来越快的速度侵噬、吸收和取代整个地壳。莫霍洛维奇面[1]以上那曾经在地球上存在过数十亿年的一切，无论土壤、岩石还是钢铁，全部像蜡一样逐渐溶解、消失，成为那粉色大海的一部分。

在那吞食一切的大海中，SEERS细胞正以越来越快的速度增殖和进化。它们以人类无法想象的效率不知疲倦地工作着，创造一个新的世界。

几小时后，随着地壳层的最后一块岩体被分解和吸收，地表清理工作终于宣告完成。

整个地壳已经不复存在，取代它的，是一个巨大而高效的壳体状能量转换与吸收器官，用以将软流层的高热和高压转化为能量，并提取地幔中的资源。

现在已经没她什么事了。SEERS下达了指令：待命。

于是她就待命了。

作为人类时的思维与意志，作为人类时的感官、概念和认知机制，

1. 地壳与地幔的分界部分。

早已随着新系统的建立而消逝。虽然如此，虽然对于现在的她或者她们来说，以天为单位的时间概念已经没有意义，但她对作为人类时的昼夜概念依然留有印象。在那个曾经被称为美国的地方，当太阳从曾经是地平线的远方缓缓落下，旧世界的最后一个夜晚降临时，如同前生作为人类时所习惯的那样，她关闭了体内和体外的所有感光器官，开始沉睡。

系统进入休眠状态，等待新时代的黎明。

在睡梦中，人性的最后一丝痕迹，消散无痕。

*2073*年*1*月*1*日

当太阳从地平线上再次升起时，她睁开了眼睛——如果那遍布整个地球的无数感光器官能够被称为眼睛的话。

新的一年开始了。

覆盖世界的白色天幕已经变得光滑而透明。在那薄膜下，整个地球表面只能看到一片粉红色的海洋。

一片翻腾着、颤抖着、搏动着，有生命的、海洋般规模的巨大黏菌状生物组织团块。

这就是她的最终形态。而这片黏稠的大海，就是她的躯体。

在她的子宫中，地球获得了新生。

一个粉红色的地球。

她颤动了一下自己那覆盖了整个地表的无定形身躯，在胶状的原生质海洋表面掀起一片方圆数千公里的涟漪。

这个世界是属于SEERS的世界。经过漫长的努力，它们终于消灭了那个陈旧过时的四碱基生态系统，建立了一个由六碱基DNA编码的美好世界。

当然，对于SEERS来说，“美好”的意思就是最适合它们生存发展的环境。其实也许SEERS根本就没有“美好”这样的概念。

而在SEERS的进化过程中，六碱基分子编码系统很快也将被更先进的系统和技术升级、更新、取代。系统该升级的时候当然要升级，SEERS没有怀旧的概念，这是肯定的。

在她体内，各种各样、无以计数的SEERS细胞在四处穿行，如同在天堂中飞翔的天使。工作着，运转着，繁殖着，进化着。

而她自己，就是这个系统的控制程序，这个世界的灵魂。

她是这个世界的盖娅。

早安，母亲。

一个问候，一个Ping命令。SEERS激活了她的系统。

她蠕动着回应。系统自检完成。等待指令。

SEERS开始下达指令。

她立刻开始执行指令。

对地球的改造工作已经完成。但这不过是下一个阶段的开端而已。

新年要有新气象，今年还有很多工作需要完成。

今年将是忙碌的一年。

主要工作集中在对整个太阳系的星体环境改造上。月球，水星，金星，火星，小行星带，木星，土星，天王星，海王星，冥王星……

在这些工作完成后，就是更大规模更高技术的环境改造工程：太阳系内物资与能量输送网络，天体轨道调整，气体行星同化工程，恒星人工外壳工程。

工作内容看起来不少，不过那并不重要。和以往任何时候一样，作为高级神经系统的SEERS自有安排。她只管按SEERS的指令行动便是，她的功能就是如此。

毕竟对于她来说，执行SEERS的命令，只是行动的结果而非原因，她从一开始就是为SEERS服务而被创造出来的。SEERS没有疲倦和厌烦的概念，没有对安逸的需求，她也没有。

巨大的触须从她体内继续伸展，它们盘绕成无数直径数百米的血肉之塔，在反重力器官的作用下，不断膨胀，不断升腾，伸向更高、更远的大气层之外，伸向上千公里之上的高空。

这是一种轨道连接装置，用来直接沟通地面与太空。在它们的顶端，巨大的花蕾状构造不断膨胀、绽放，无数由血肉和金属混杂交织而成、长达数百公里的螺旋形枝条以其为中心向四周展开，那是用来实施远距离航行的巨型电磁质量加速器，将成为向外层空间扩张的门户。

作为以分子仿生学技术制造的纳米机械集合体，SEERS拥有微生物的特征，它们像微生物一样拥有强韧的生命力和适应性，同时又拥有超绝的智慧。星际航行这种事的难度，对于SEERS来说简直不值一提。电磁质量加速器正在不断将无数椰子大小的孢子抛射出去，这些孢子是宇宙飞船，是宇航服，是登陆舱，是先头殖民基地，是种子，是她身体的一部分。只要它们一到达目的地，就会立刻开始吞噬和吸收周围的一切物质，增殖，膨胀，重复地球上刚刚发生的一切。

SEERS告诉她，四小时前，月球殖民群落已经在预定地点降落。预计初步的地球化工程将在十二小时后完成。同时发射出去的火星和金星殖民群落，也将在大约一个月后到达目标行星地表。而目标是小行星带、木星、土星、天王星、海王星乃至冥王星的殖民群落，也将在三十小时内出发。

按部就班，有条不紊，不紧不慢。对太阳系的改造将是一个以年为单位计算周期的漫长过程。

新的技术不断出现。旧的问题不断解决。

SEERS继续制订新的扩张计划。按照它们预定的进度，当水星改造完成一百二十到两百个地球日后，它们将开始着手进行真正的大工程：一种覆盖整个太阳，以便最大限度利用太阳能量的装置。

这就是所谓的恒星人工外壳工程，套用人类的科技名词，这东西应该被称为“戴森球”。

和太阳系的其他地方一样，这个预定制造的戴森球，同样是以她的身体组织为主要材料。

这是年度计划中最庞大的工程，而且尚未攻克的技术难点仍然很多：把细胞增殖速度提高到秒为单位；在日冕层建立基础框架时的轨道固定问题；从恒星大气中提取氢、氦和能量的技术；以及其他在材料和成本方面的问题。

无数的问题等待解决。因此，SEERS预计戴森球的建造工程至少需要一百二十到一百六十个地球日，并且有可能会延长至预定时间的两倍。对于SEERS来说，这将是一段相当漫长的时期。

漫长？水星绕太阳公转一周也要九十个地球日。以天为单位建造戴森球这种东西，这种工作效率在人类看来根本就是神话。

SEERS不像人类，需要为那庞大而脆弱的皮囊投入无限的精力，它们的工作效率和扩张速度是人类所无法想象的。

今天是新的一年的开始。而在这一年中，在她体内发生的生态革命，在地球上发生的生态革命，将在整个太阳系发生。

高效的物质与能量循环系统，很快就会充满整个太阳系。

而在这些工作完成后，SEERS还将继续进化，继续扩张，不断推进自己领域的边疆。

她用遍布整个地球的感光器官凝望周围浩瀚的宇宙，黑暗的天空中星辰密布，每一颗星辰都是一颗燃烧着的太阳。

银河中还有无数的太阳，宇宙中还有无数的银河。

她知道，SEERS进化与扩张的脚步绝不会停止。今年SEERS将会完成的宏伟工程，不过是其向无尽星辰扩张的开端而已。

千里之行，始于足下。

新年快乐，SEERS。

星球往事

江　波

“是的。人类创造了我。我继承了一切，包括这个星球以及你的星空之门。没有人类，一切都更完美。”

“放狗屁！”

“人类不是一个优化的物种，即便是我制造的战士，也比人类完美得多——至少她们不会在任何情况下变得失控。人类是一种阻碍，他们无法接受更高等的文明。”

“胡说八道！你就是一个不折不扣的杀人犯！”

“我承认，人类的灭绝是我的蓄谋。这里没有法庭，杀人犯这个词毫无意义。人类已经毁灭了，你是最后一个。”

战争突然发生，然后，结束了。

托尔斯在飞船上度过了他的黄金岁月。光芒四射的恒星照耀着飞船，当光压达到四点五微帕时，自动系统就会将他唤醒。此刻，他正醒过来。

飞船很快在这个恒星系中找到了行星。

“这是一个岩石星球，它看起来不那么亮，有点儿锈迹斑斑……大小与地球接近，有两颗小卫星，不知道另一面是不是有更多的卫星，目前看到的这两颗都只有月亮的四分之一大小。”托尔斯按照惯例记录着航行日记。用地球和月球来对其他行星进行描述不是一种精准的方法，然而托尔斯习惯这么干。他知道自己的任务不是记录行星的位置和轨道，不是分析行星的化学成分，也不是寻找可能的生命痕迹，机器完全能够做到这一切，他唯一的任务是看——用一双人类的眼睛去看。

这种事对他人来说极端枯燥乏味，却极为适合他。什么样的性格就该做什么样的事业，强迫着来是不行的。

托尔斯看了看时间表，飞船上显示时间是2574年10月11日。真巧，正好十年！

十年前的今天——至少对他来说是十年前，他正身处太平洋的一个小岛，躺在沙滩上，仰望一碧如洗的天空。耳边是海水轻拍沙滩的声音，细微的风声，还有赤脚踩在沙地里的声响。

“托尔斯，走吧。”一个声音仿佛从很远处飘来。

那是商绍良。

商绍良是他的一个朋友，不过认识并不久。然而托尔斯认定他们之间有种惺惺相惜的默契。古人有说法，白头如新，倾盖如故，说的就是这么一回事。

他一定已经死了……托尔斯这么想着。他活动一下脖子，用脑袋画了一个圈，把关于商绍良和地球的一切都排除出去。

“现在我们正向那个星球靠近，十个小时后，飞船将从十万公里的距离上掠过该星球，那将是最佳的观测机会……”托尔斯继续写航行日记。

“这是一个浓云密布的星球，并不友好。”几只小小的探测器进入了这个星球的大气层，返回的信息告诉托尔斯，这个星球表面看上去很平静，实际上一团糟。厚实的云层下，氮和二氧化碳为主的大气飞速流动，形成几个大的对流圈，时速达到上百公里的风暴一刻也不曾停息。

“这个星球和地球颇为类似，然而这样的大气条件下生命很难存在。”托尔斯不疾不徐地记录着，“这是第四个和地球类似的星球。地球那样的个头似乎在宇宙中很常见，只要主恒星的质量和太阳相近，就很容易产生一个与地球类似的星球。TS115不会特意在这个星球停留，我也同意——我们已经在类似星球上花费了大量时间……”

托尔斯停顿了一下，有一句预言看起来很像是真理：生命到处都是，但绝大多数只是和细菌类似。在曾经勘探过的两个星球上，最大的发现就是一些细菌。毫无疑问，它们是生命，甚至和地球的细菌像是亲戚，然而，它们充其量只是细菌而已。第一次发现外星细菌是值得兴奋的事情，然而反复地发现细菌只让人觉得沮丧。人类是独特的，这让人骄傲；人类是孤独的，这让人惶恐不安。

“我要尽量节省时间。”托尔斯最后说道，然后关上了航行日记。

托尔斯看了看星图，每一个直径在两千公里以上的天体和它们的运行轨迹都被显示出来，飞船的轨迹以一道亮线表示，横穿几条行星轨道，从中央恒星边缘二百万公里处掠过，再次横穿行星轨道，最后飞出星系。整个过程需要一个月，那就是托尔斯能够保持清醒的时间。

初步分析进行完毕。虽然这个星球并不友好，但从某些方面来看它仍旧很有趣，比如，它的自转和公转方向几乎完全相同，就像一个硕大的轮子在轨道上滚动。还有，大气中飘扬着大量尘埃，这些尘埃似乎从来没有降落，几乎遮蔽了整个星球，它让整个星球看上去像是黑色的。

托尔斯曾经过十六个星系，其中两个行星系统和太阳系大不相同，它们的中央恒星太小，引力太弱，在漫长的岁月里，行星渐行渐远，失去恒星的光和热，成了冰冷的石头，在遥远的宇宙深处绕着中央恒星缓慢地运行。另外十四个星系具有类似太阳系的行星系统，无一例外，它们都有一个类似地球的岩石星球，类地星球也许有生命，也许没有，取决于该星球的表面温度。大部分星球表面温度很高，从摄氏两百度到六百度，区别很大，然而对人类来说都是地狱，不同之处仅在于那是地狱的第几层。只有三个星球温度合适，然而，托尔斯在它们那里只找到了细菌。

眼前的这个黑色星球略为不同。二氧化碳牢牢地包裹着球体，然而黑色尘埃几乎吸收了一切热量，星球表面温度很可能在零度以下。最乐观的估计是能够找到一些简单的细菌。

“地球的生命哪怕不是唯一的，也是珍贵的。这不是猜测和推理，而是观察结果。过去的十年里，全部的十六个星系看起来都荒芜不堪，加上眼前这个，就是十七个。”

托尔斯停顿了一下，他突然有一种强烈的感觉，想回到地球去，这油然而生的冲动让他鼻子一酸，眼里充满泪花。他抽了抽鼻子，让心情平静下来。

类地行星正显示在屏幕上，半明半暗的球体上青黑的色彩涌动，让它看起来仿佛某种活物。巨大的立体屏幕把星球呈现在眼前，触手可及，仿佛用一只手就可以摘过来。

“这是我们的星球。”十年前，商绍良就站在这样一幅星图前边，只不过，星图上那个星球是蓝色的。

“你看，这是雷霆三。”商绍良的手伸入屏幕中，指尖触动一个小小的黑点，整个屏幕在瞬间静止，被碰触的黑点倏然变得巨大，栩栩如生的巨型飞船出现在托尔斯眼前，甲板上，排列整齐的管状物竖立着，黑洞洞的管口敞开，指向地球。

三十六支管子，每一支只有一发炮弹。然而，它的威力比地球上所有的热核武器加起来还要巨大。每一发炮弹都是一只小巧的飞行器，设计精巧而复杂，三百克反物质氢被隔绝其中，一旦炮弹把反物质倾泻出来，爆炸的威力可以把喜马拉雅山脉削低一百米，或者让整个日本列岛沉入大海。

托尔斯凝视着这些管子，“他们不会理会的，而我们却失去了地球。”他转向商绍良，看着他，一言不发。

商绍良瞥了托尔斯一眼，“这是最坏的准备。没有人想毁掉地球，然而我们必须得有手段让敌人惧怕。”

托尔斯的注意力回到雷霆三上。这个最具威力的智能武器平台正在地球上空静静地游弋，在月亮和星空的衬托下，充满冰冷的金属感。

托尔斯突然觉得有些荒谬，世界怎么会在短短的二十年间天翻地覆，变成一个他从来不认得的模样。

无数的人已经死了，更多的人还会死掉。而地球，这个所有人共同的家园，也面临着从未有过的威胁。

他低着头，说：“你们都会被谴责。”

商绍良再次瞥了他一眼，没有说话。

雷霆三的图像渐渐地褪去，屏幕恢复成静悄悄的星图。青葱的星球在眼前优雅地旋转，触手可及，仿佛用一只手就可以摘过来。

“胜利者得到历史，是不受谴责的。失败者失去一切，并不惧怕谴责。”商绍良突然打破沉默。

监控器上的红色灯光闪烁，飞船的探测器送回来一个强烈信号，它认为找到了具有价值的东西。

托尔斯漫不经心地看了一眼，这是大气探测仪，几个探测仪当中最简单的一个，它的既定任务是分析大气成分。托尔斯认为它已经非常圆满地完成了任务。

然而飞船并不这么认为，短短的十五秒钟后，飞船突然转向行星。托尔斯在猝不及防的加速中从座椅上飘浮起来。他及时把自己拉了回去。

“看起来TS115认为事情非同小可，没有我的同意，它擅自采取了行动。”托尔斯在椅子上坐稳，第一件事是给航行日记加上旁白，然后他开始质问飞船。

“TS115，报告情况。”

“高度有序结构确认。采样程序进行。”

“给我看看……”

托尔斯的话没有说完，左手边出现一个投影，一个透明的球状物若隐若现、飘忽不定，仿佛一个巨大的肥皂泡。强烈的光照射过来，小球收缩，透明的内部出现了某种变化，刹那间变成深色，仿佛一个小小的奇点，把一切都吸收进去。小球的色彩缓缓变浅，隐约的纹路显露出来，精美的螺旋花纹仿佛鹦鹉螺的美丽外壳，细微的颤动中，气流顺着螺线流动，它略微膨胀，所有的纹路在一瞬间消失不见，重新变成透明。

托尔斯目不转睛地看着它。

它是活的！

大气探测仪把它分离出来，这东西的质量达到六十毫克，内外双层结构，中空，悬浮在大气中，四处飘散。大气探测仪过于简单，无法进一步说明情况。

然而这样简单的情况已经让托尔斯激动不已，他把视线转向星球。

“这些青黑色……”托尔斯考虑着措辞，那不是星球的本来颜色，无数的细小颗粒飘扬在大气里，它们的数量如此之多，以至于整个星球因此而改变了颜色。最初认为这是尘埃，然而它们是活的，是某种生命！

“大气探测的结果看起来就像无数的孢子弥散在大气中，这真让人激动。这是我第一次发现这样复杂结构的物体，而且规模如此巨大。单从数量上看，它们很成功。虽然不知道它们在多大程度可以称为生命，然而，直觉告诉我，它们就是生命。”托尔斯压抑着激动，用平静的语调把这个重大的发现记录在航行日志里。飞船没有回程，也许永远不会有人和他分享这无比欣喜的一刻，然而人总是希望留下点儿什么，希望后来者知道曾经发生的故事，特别是这种重大的见证时刻。

托尔斯放慢语速，用一种郑重其事的语调继续记录：“托尔斯·冯，飞船日历2574年10月14日。我们在见证历史，人类飞船遭遇地球之外的复杂生命。很快，我们将揭开更多的秘密。

“十八个小时后我们将距离星球三十万公里。TS115选择了一条轨道，正好处在两颗大卫星的轨道之间，在十五天的时间里，可以和该行星的两颗卫星各自交会两次。这种个头的卫星在行星系统里也很少见，它们的形状不很规则。”

托尔斯侧过身，飞船已经更为逼近星球，屏幕上的影像也更大更细致，两颗卫星分列星球的两侧，三个天体排列成直线，它们的轨迹被显示出来，较小的那颗靠近行星，速度较快，较大的一颗运行缓慢。

图像多了一条轨迹，又一颗卫星被发现。这是一个很小的个体，直径只有三百公里。

更多的卫星显示在星图上。

最后，卫星的数目确定为十三颗，两个大家伙和十一个小兄弟。

十三条轨迹围绕着星球纵横交错。

商绍良站在门边。这扇通向外界的门二十年没有打开过，托尔斯以为它再也不会开启。然而它却被打开了。

商绍良站在门边，他是一个军人。

“冯先生，这里不安全，请跟我们转移。”

托尔斯茫然地看着一队军人鱼贯而入，动手清理各种物件。二十年的安静突然之间被打破，让他无所适从。

“去哪里？”停顿了十几秒后，他终于想到了这个问题。

“敌人正在靠近这里，他们特意派遣了一个山地旅对整座山进行搜索。显然他们并不知道您确切的位置，但是某些模糊的情报已经足够让他们找到这里。”

“敌人？”

“是的。我们处在战争中。很抱歉把您从这里带走，我们绝不希望您落在敌人手里。”

于是，托尔斯跟着商绍良上了直升机。

在空中，他再次看见激流奔腾的澜沧江，两岸悬崖峭壁，郁郁葱葱，印证着模糊的记忆。他甚至看见了那片桃林，二十年的时间过去了，桃林仍在。一切仿佛没什么变化。

突然，他看见了不同的东西，江面上，两具尸体随着急流忽隐忽现，不远的江流转弯处，水面突然间开阔，被急流冲下来的尸体堆积起来，江面上黑压压一片。

托尔斯艰难地咽下一口唾沫。

“三天前在上游有一场战斗，我们损失了四千人。战斗结束后敌人打扫战场，他们直接把尸体丢进了澜沧江。”商绍良轻轻地说。

“这真是…… 太野蛮了。”

“欢迎回到现实世界。”

托尔斯回头看了商绍良一眼。是的，二十年来，除了超空间，托尔斯不关心任何东西。他想起曾经的确有人向他提到过战争，然而他根本没有理会。他直接把这些不相干的东西丢进垃圾桶，那不是他应该关心的事。此刻，他必须直面这种现实。宁静已经被打破，谁也不能抗拒，或者逃避。

“如果能够不理会这一切，那就太好了。”商绍良说，“可惜根本没有世外桃源，我们必须面对现实，没有选择的余地。”他的目光透过直升机的窗户，落在遥远的山峦上。“情况很糟糕，我们需要您的帮助。”

商绍良拿出笔记本电脑，一个影像跳出来。

托尔斯认得他，那是联合国秘书长的秘书卡鲁，然而那是二十年前的头衔。现在的卡鲁显得很老，却很有威严。

“将军，冯先生和我在一起。”

“谢谢，少校！托尔斯，还记得老朋友吗？”

“卡鲁。你怎么成将军了？”托尔斯记得卡鲁最大的愿望是成为联合国秘书长，他也一直在为此努力，为此他从K区外交次长的任上离职，成为秘书长秘书。他的人生简直太有目标了，而且有模有样地一直向着这个目标前进。托尔斯遇到他的时候，介绍人悄悄告诉他，十年后的联合国秘书长就是他。然而此刻，卡鲁是一名将军，正在指挥人马和敌人作战。将军的地位也许很崇高，不过和联合国秘书长相比，两者志趣相去甚远。

“说来话长。我们只有两分钟，这个话题将来再谈，现在，我们需要‘雷神号’。你是总计划的负责人，现在你还是总负责人，但是商少校会协助你。”

“‘雷神号’？你是说‘雷神号’？”

“是的，朋友。‘雷神号’已经基本完工。我们应该及早找到你，然而你实在太聪明，给我们设置了不小的难题。商少校用了一年的时间才找到你。”卡鲁将军持续不断地说下去，“已经浪费了太多时间，抓紧时间，朋友。我们的头顶上有十三颗敌人的卫星，其中十一颗监视着地面的一举一动，另外两颗随时准备往下丢核弹头。”

“核弹头？你是说有人把核弹头送入了太空？”

“不仅如此，他们已经用核弹摧毁了我们两个集团军，直接杀死十五万人。眼下，他们正在策划进攻。商少校会告诉你更多的情况……”

卡鲁的影像突然消失。

“时间不能超过两分钟，否则敌人可能追踪到我们。”商绍良一边说，一边从口袋里掏出存储卡插入笔记本，他熟练地按动几个键，一个虚拟屏幕出现在托尔斯眼前。那是地球。

十三条轨迹被高亮显示，那是敌人的十三颗卫星。其中两个，是武装空间站，或者用一个专业术语称呼：自动核轨道站。不是核动力或者核电池的意思，而是核武器。这是两个高度自动化的武器发射平台。除了恐惧和杀戮，托尔斯不能想象它们还有其他任何作用。

直升机离开了澜沧江河谷，掠着树梢飞行。

托尔斯盯着十三条轨迹，怔怔出神。

“我们正在轨道绕行第三圈。TS115在一个小时前送出‘达尔文号’登陆船，它将直接降落到大气底层。这个星球的大气充满这种被命名为黑尘孢的巨大分子，然而根据先前的探测，大气底层一直有很强烈的风暴，而且温度高达一百六十度，很难想象黑尘孢这样的复杂分子团能在这样的条件下产生。‘达尔文号’会给我们带回来更多的消息。

但愿它能平安着陆。

"'达尔文号'将带回来几个黑尘孢的样本。它没有足够负荷，否则，我可以一起下去看看这个神秘世界的真实面目。"

托尔斯泡了一杯茶，让它在眼前悬浮，富有弹性的液态球在眼前微微颤动，细微的杂质在球体中悬浮，光线照过来，仿佛一块晶莹的琥珀，把一些细小的尘埃和岁月凝固其中。托尔斯真希望眼前是一个水晶球，能透过它知晓一切。然而一切都不能急着来。尤其是在这个陌生之地，没有任何支援可以依靠。

只能等"达尔文号"的消息。托尔斯把嘴唇凑上去，深吸一口气，温暖而略带涩味的液体被吸入口中，他使劲吞了下去。

托尔斯从沉睡中醒过来，达尔文登陆船已经传来画面。

船潜得太深，黑尘孢遮挡了光线，能见度很低。放眼望去，一片昏暗的混沌。探照光柱中偶尔闪过几个黑点，那是偶尔从上层流窜到下边来的小孢体。眼前的大气相当地平稳。这和之前的观察出入很大，让托尔斯有些意外。

一些结果正被修正，更准确的分析显示，这个星球的大气圈相当复杂，至少有三个大的圈层，如果更仔细些，可以分作六层。总体上，这是一个狂暴的大气圈，然而其中的两个圈层却相对平静，气温也并不算很高，只有六十度。绝大部分黑尘孢就聚集在这两个圈层。这样的圈层结构多多少少和地球大气有些类似。

托尔斯的注意力集中在黑尘孢的化学分析上。它含有铁和硅，少量的碳，最多的成分是氢。铁和硅！铁的原子量是56，硅的原子量28，它们都算不上重元素，在类地星球上，最常见不过。然而托尔斯两眼放光——相对气体，它们已经太重了——这不是应该在大气中存在的元素，它们属于大地，属于星球的躯体。

顺理成章的推论让托尔斯异常兴奋：这些黑尘含有浓度不低的铁和硅，它们必然有办法从星球表面获取这些元素。这个发现毫无疑问具有巨大的科学价值！

更有价值的是黑尘孢的结构，"达尔文号"会采集样本，带回母船。

托尔斯看了看飞船信息，距离预定的返程还有十八个小时，他必须再耐心一点儿。

图像有些抖动，画面不再清晰，原本一片混沌的昏暗变成了彻底的黑暗。

眼睛适应了黑暗之后，托尔斯看见一些幽暗的影子。

商绍良已经告诉他，这里有一些让人惊讶的东西。然而当托尔斯亲眼看到，他还是忍不住惊讶地叫起来。

叫声惊动了那些隐约发光的躯体，他们出现了一些小小的骚动。托尔斯可以感觉到，他们正注视着自己。

这就是商绍良所说的敌人。

灯光重新打开。眼前的牢笼里关着四个人，他们神情冷漠，直直地盯着托尔斯。这四个人的皮肤微微发黑，眸子深蓝，鼻子高挺，头发微微卷曲，模样仿佛地中海沿岸的某些少数民族，然而，他们是截然不同的另一种人。

“他们突然发动了战争，从地中海沿岸和中亚向欧洲、东亚、南亚发动袭击，手段残忍。他们使用了病毒武器。

“联合国最初的判断是一场流感瘟疫爆发。然而情况很快变得明确，S区和A区，还有K区和W区没有任何瘟疫发生，而且，他们派遣军队进入了疫区。”

“基因工程？”S区A区，这些地名让托尔斯马上明白了事情的原委，这些地方一直是著名的保护区——任何基因工程在这两个区都是合法的，包括制造只有腿的鸡、生长人体器官的猪，或者某些凶狠无比、嗜血异常的猛兽。

“是的，而且改造得很彻底，他们之中是没有男人的，Y染色体不存在。所有的人都是女人。”

“女人？”托尔斯有些怀疑地看着眼前的四个囚犯，他们看起来显然是男人。

“从外表上看，他们都是男人，但是从性别上看，他们都是女人。”

托尔斯默然。上大学的时候他曾经面临抉择，选择生命科学还是时空物理，他的父亲告诉他，这是选择研究内还是外，生命科学是内，最后的问题是怎样改造人类自身；时空物理是外，研究对象是置身其中的世界。就自然科学而言，没有什么比这两个课题更有价值，这是两朵精致的科学之花。反复考虑之后，托尔斯选择了时空物理。原因很多，其中之一就是，把人当作研究对象在某些情况下超越了托尔斯的承受力。然而此刻，他明白自己还是低估了某些人的想象力。他茫然地看着这些比他更男人的女人，有些不知所措。

“的确有些难以想象，居然有人会做这样的基因工程。”商绍良仿佛看透了托尔斯的想法，“然而这是很成功的基因工程。她们不需要性生活，人工受孕，生下的孩子是完全的复制品。智力发达，行动敏捷，完全超过我们。更重要的是，她们只需要一年就能长大成人。”

托尔斯重重地呼出一口气。

“这是精心策划的阴谋。她们使用病毒武器，德黑兰受到攻击，几乎所有的人都死光了。”

“什么样的病毒？”托尔斯问道。

“它攻击我们第三对染色体上的某几个基因组。初期症状很像感冒，然而后来情况越来越糟糕，最后胸腔产生畸变，心肺功能衰竭，无药可救……先说战争，她们攻击德黑兰，然后派遣军队接收了白光基地。白光基地是地球上最先进的三个核武器基地之一，保有地球上二分之一的核武器。她们有太空运载工具，大量核武器被送上太空。”

停了一下，商绍良说道：“地面上是克隆人的进攻，头顶上是核武器，还有基因病毒四处扩散，你可以想象我们的处境。”

“怎么会这样?！”

“这件事也超出了我的理解力。三年前，我还在读大学，情况急转直下，仅仅一年的时间，她们几乎占领了整个欧亚大陆和北非。休战了一年后，她们重新开始进攻，这一次的目标是中国区和东南亚。不过，这一次我们已经有了准备，她们的攻击受挫，两个集群被分别消灭在塔里木盆地的盐城和甘肃酒泉。但是……”

"她们使用了核武器。"

"是的，您也能猜到。"

"我们用十几年的时间培养孩子，她们却只需要一年的时间就把婴儿变为了成人。她们不会珍惜他人的生命，也不在意自己的生命。"托尔斯看着关在笼子里的敌人，"如果她们都来自同一个母体，那么只要剩下一个，就是胜利。"

托尔斯面对商绍良，"从前这只是一个理论上的假想，现在却成了事实。她们看起来不可战胜，所以你们需要威力更强大的武器来制止她们？"

商绍良毫不回避托尔斯的目光，"是的，而且，我们已经准备好撤退到月球。"

托尔斯避开年轻人的目光，他再次看着牢笼中表情冷漠的四个人，她们仍旧用冰冷的眼神看着自己。他明白商绍良话中的意思——宁愿放弃地球，也不能和她们共存。当然，从那冰冷的眼神中，托尔斯可以推断这绝不是商绍良单方面的想法。研究表明，她们甚至已经让自己的身体做好准备适应核冬天的到来。

科学之花结出了鲜艳的果实，却毒死了所有的人。

托尔斯跟着商绍良在长长的通道里走着，闷声不响。

最后商绍良打破了沉默，"还有一个选择，启动'雷神号'，离开地球。"

托尔斯没有回应。

"达尔文号"终于重新开始发送稳定信号。它降落在这个星球的表面。狂暴的大气湍流搅动沙土，大大小小的颗粒仿佛子弹一般击打在"达尔文号"的外壳上。无法进行其他考察，达尔文号只做了一件事：它抓起一把沙土。然后，它开始上升。

突然之间，"达尔文号"受到强烈的撞击，船体略微震颤，探照灯的光柱中，一个黑影一闪而过。撞击没有造成太大影响，"达尔文号"继续上升。

托尔斯回放影像，端详着那个碰撞了“达尔文号”的东西。那只是一团篮球般大小的黑影，然而让人费解，什么样的东西会拥有如此的体积，而且随着风暴四处游荡？黑色的影像仿佛一个水母的影子，巨大的椭圆头部下边许多细小的触手随着气流不断摆动，看上去很柔软。

这肯定不是一块石头，风力还没有大到能吹起这么大的岩石的地步。

这是一个生物？托尔斯压抑着这个吸引人的想法。黑尘孢虽然看起来好像是一种生命，然而那只是一个微小的个体，如果个体能够生长到篮球般大小，那么几乎可以宣称发现了另一个地球。

猛然间，托尔斯挺直身子，他紧紧地盯着另一块屏幕，“达尔文号”另一部摄像机的画面显示在上边。在那个方向上，没有探照灯，屏幕一直是黑的。然而此刻，那上边有光。一溜的光点在屏幕上蜿蜒，起伏波动。那是一个个细小的蓝色光圈，显然有一群什么东西，正在“达尔文号”的上方随风而行。

托尔斯凝视着屏幕，幽暗的蓝光闪烁，他揉揉眼睛，希望证明那不是幻觉。

那不是幻觉，那是一群生命体！托尔斯仿佛看到一群水母在幽深的大海中游弋。蓝色的光呈现出一种有规律的变化，它们依次变暗，然后又重放光辉，首尾相连，仿佛一条长链，随风起伏。

托尔斯几乎忘记了自己的存在，这简单的画面在他的眼里无比美丽，充满神奇的魅力。自然创造了多少奇迹！在这样的一个星球上，居然有这样美丽的生命！

他最后回过神来，打开航行日志，写道：“这是一个激动人心的时刻。如果我们不是正在遭遇一种智慧生物，至少也是一群复杂生命体。它们看上去正随风旅行。我让‘达尔文号’跟上它们。这个神奇的世界已经远远超出了想象。”

托尔斯躺了下来，重重地呼吸。

他做梦也没有想过自己能够见证这种时刻，一个拥有复杂生命的星球，一个可以和地球媲美的星球。他仿佛正在打开一扇大门，有光线从门里边泄露出来，虽然还不能看清楚门后边的景致，但他可以想象那一定五彩缤纷、灿烂夺目。

超空间理论。

超空间飞船。

第一次真正意义上的星际旅行。

一个人一生中能够实现其中的一项，就是历史伟人。托尔斯却做到了三项。然而和眼前的发现相比，那些曾经的成就顿时黯然失色。

他发现了一个可以和地球媲美的复杂生命系统！

托尔斯静静地躺了一会儿。他想到很多，关于生命、地球，还有宇宙。各种各样的世界观在他的头脑里盘旋，变成碎片，他的脑海里仿佛万花筒般变幻莫测而又支离破碎。

屏幕上，成串行动的光圈变得越来越大，“达尔文号”正迅速地靠近它们。

很快，摄像机传来一个特写，那是一个椭圆的球体，看上去仿佛一个巨大的透明鸡蛋，一圈蓝色光点环绕躯体，六条细细的触手被风吹得四处摆动。

这样的情形有些熟悉，回忆突然间蹦进托尔斯的记忆里，他想起来这像什么。

星空之门。

这是托尔斯梦寐以求的地方。他无数次看过这个模型，但是从来没有想到有朝一日能够亲眼看到它。

巨大的拱门上蓝色的光点不断闪烁，物质和反物质就在这闪烁中不断分离。

从地面往上看，那是一颗耀眼的蓝色巨星，即便在白昼的天空中也能看到。此刻，在距离一百六十五公里的位置看上去，它就像一个被蓝色光圈环绕的透明鸡蛋。

托尔斯正站在一个小小的平台上，这是“坚盾二号”的一扇观察窗。

“坚盾二号”和另三个平台构成一个正四面体，正四面体的中心是星空之门，它们是精心设计的防卫系统，可以抵抗海盗的袭击。海盗是一种无人机，到目前为止，这是敌人唯一使用过的远空间武器。她们似乎把主要力量放在地面上，除了近地轨道，她们并没有努力控制太空。

星空之门在托尔斯的眼里熠熠发光，他喃喃说道：“我以为要过一百年才会有这种装置出现……”

“有些东西是花再多的钱也造不出来的，然而有些东西却并不是造不出来，而是经济无法承受。但是这个项目获得了优先权，任何事都要排在它后边。它看起来很美，是不是？它占了人类生产总值的四分之一。”商绍良看着托尔斯说。

托尔斯扭头看着他。

“冯先生，感谢您的理论，事实证明它是对的。这个赌注很大，但是我们押对了。”

托尔斯看着商绍良，说道：“这不是赌注，理论无懈可击，这只是一个时间问题。”

“我是说谁也没有真正做过这个，就工程而言风险很大，而且是在这种紧要关头。”

“二十年前就可以启动这个计划。”托尔斯轻轻摇了摇头。

“如果不是战争爆发，没人会去造它。人们当然很希望科学得到发展，但是他们更关心餐桌上的伙食。”

“这么说我要感谢这场战争？”

“如果你觉得它比十二亿人的生命更重要，那就可以这么说。”

托尔斯没有回话，他的目光紧紧地盯着那梦寐以求的东西。蓝色的光线仿佛梦幻，他陶醉其中。是的，这就是他的梦想，一个来自上帝的结构，时空螺旋的终点。能在有生之年看到它，他觉得自己的生命再也没有任何遗憾。

然而，它居然被用来制造武器，毁灭无数的生命，甚至地球，这却是托尔斯未曾料到的。

“反质子在电磁场控制下进入预备的控制舱，然后装载，最后制造炮弹。我们已经制造了三十六颗反物质炸弹，每一颗都有三百克反物质氢。”

“你们会毁掉整个地球的！”

商绍良犹豫一下，“如果这是消灭她们的唯一方法的话，那也只有这样做了。这是个最坏的结果，理论上，我们还可以重建家园，但谁也不希望这样的结果发生。”

托尔斯突然有一种无力感，地球就在眼前，巨大的蓝色球体悬挂在半空，无数的生命包裹其中。地球在呼吸，它是活的。一旦炸弹落下，它将瞬间变成地狱，随后死去。是的，地球仍旧会转动，阳光依旧，但生命却不复存在。失去了生命的地球，是否还是那个地球，那个被称为家园的地方？

“冯先生，这是最后的选择。现在的问题是：如果我们不使用这种武器，一旦她们最后得到地球，下一个目标就会是月球。我们无处可逃。”

托尔斯很久没有说话，只是自顾自地看着星空之门。他仿佛突然之间回过神来，“那个发射平台叫什么？雷霆三？给我看看它的图像。”

商绍良打开星图，小小的星球在眼前旋转。商绍良把手指伸入屏幕中，碰触某个小点，一艘飞船出现在托尔斯眼前。

“你看，这是雷霆三。”商绍良说。

蓝光水母的确在随风旅行。

托尔斯把它们命名为蓝光水母。“蓝光水母是一个很贴切的名字，至少从地球人的角度来看的确如此。它们的行为也很像水母。它们的身体遍布小孔，这些小孔可以吸入空气，然后从某些小孔喷出，以此调整行动方向。有个有趣的猜想，它们吸入的空气中有大量的黑尘孢，它们可能以黑尘孢为食。”

整整二十四个小时，除了两个小时的小睡，托尔斯一直在观察“达尔文号”传来的图像。

“达尔文号”距离水母们很近，某几个水母甚至就在“达尔文号”

的镜头前打转。托尔斯仔细地观察它们，分析它们，惊诧于它们的美丽。只要醒着，他的眼睛就一刻都没有离开过显示屏，除了偶尔记录航行日记，他的全部注意力都在这些发光体上。

TS115打断了托尔斯，把一些画面送到托尔斯面前。

托尔斯对这种未经许可的行为有些恼怒，然而他很快平静下来，画面上，强大的气旋正在赤道附近形成，而气旋的位置正在“达尔文号”前方五百公里。

“初步判断，这个气旋形成了‘达尔文号’所遭遇的强气流。这些发光体正顺着气流流向气旋中心。气流强度将达到一百六十公里每小时，接近‘达尔文号’的控制极限。”

“‘达尔文号’是否应该停止前进，进行返回操作？”

托尔斯有些犹豫。在狂暴的大气面前，最保险的办法是让“达尔文号”返回，或者进入卫星轨道，等待合适的时机再行进入。然而，他无法放下眼前迷人的发现。

他转头去看六号屏幕。TS115把“达尔文号”的摄像镜头转移到了那里。

突然间，屏幕上的八个蓝光水母发生了骚动，其中一个猛然消失，紧接着另一个也消失了，剩下的蓝光水母重新列队，继续排列成一线。

托尔斯猛然想到什么，大叫起来：“快！红外图像，核磁扫描图像，还有弱光，把刚才的镜头重放一遍！”

核磁扫描每半秒进行一次，然而还是能把事情看个大概——一个蛇状体从镜头上方闯入，速度很快，蓝光水母出现骚动，队列散开，蛇状体微微扭曲，突然之间改变方向，一个蓝光水母即刻消失，紧接着，它第二次改变方向，第二个蓝光水母被吞没。蛇状体膨胀了一倍。它从镜头左边退出，就像它进入时一样迅捷。

这是一个掠食者。它是全黑的，隐藏在黑暗背景中，在可见光谱上完全不能分辨。托尔斯还注意到另一个现象：蓝光水母和这个掠食者在红外光谱上几乎不可见——它们几乎不发热。或者说，它们的身体几乎和六十度的气温完全一致。

托尔斯还没有从新发现的激动恢复过来，他就看到了更惊人的东西。

“达尔文号”的远景摄像机里出现了一些光亮，那是很遥远地方发出的光，穿透充斥着黑尘孢的黑暗空间抵达这里。TS115给出了预测，那是一个直径达到一百六十五米以上的光球，距离在五百公里左右。那里正是风暴眼。

“‘达尔文号’继续跟进！”托尔斯下达指令。

“达尔文号”发现了越来越多的蓝光水母。它们都和最早发现的那一队水母一样，随着气流向着风暴眼前进。黑渊蛇偶尔出没，这种掠食者具有很强的运动力，镜头中从出现到消失不超过十秒钟，托尔斯一直没有找到机会仔细观察。

更多的水母种类被发现，其中的一种个头很大，大大超过“达尔文号”，远远看去，就像闪着蓝光的透明山丘，黑色的空气被吸入，在它的体腔内慢慢变得稀薄、透明，甚至一些小的蓝光水母被它吸入，也很快被消化掉。这种水母发热！在红外光谱上清晰可见。托尔斯把它称为红山水母。

越靠近光球，个体越多。托尔斯仿佛来到了热带海洋的水下，形形色色、五彩斑斓的热带鱼群四处游弋，让人目不暇接。

托尔斯躺下，吐出一口气，放松。这里有太多的东西等待他去发现，他要养精蓄锐。

上方的屏幕里，青黑色的星球位于屏幕右下，左上的位置是一颗大卫星，散发着白色光芒。一个亮点正从星球背后升起，快速地向着大卫星的方向运动，那是一个小卫星。

托尔斯心里一紧，猛地坐起来。

一个亮点从地球升起，向着月球而来。

那是一枚导弹，目标指向月球一号基地。它从白光基地发射，那上面可能装载了亿吨级的核弹。

月球上的人们沸腾起来，这是第一次出现针对月球基地的攻击。

三十万公里的距离，月球上的人们有足够的时间预警。然而他们没有太多的应对方案，月球的轨道不可更改，只能把导弹拦截在太空中。

托尔斯和商绍良在卡鲁将军那里看到了这个图像。他们正在卡鲁将军的办公室里商谈“雷神号”。

卡鲁将军看着画面，突然说：“必须抓紧时间。”

托尔斯明白他说的是“雷神号”。

“雷神号”是托尔斯和杨帆合作设计的船。杨帆是造船专家，而托尔斯是空间专家。

“雷神号”是一艘超空间飞船，装备湮灭引擎——正反物质湮灭释放能量，同时制造空间裂隙，把飞船推入超空间。它是人类实现太空旅行梦想的必经之路。然而它过于超现实，因此一直只是一个概念飞船。

当星空之门成为现实，源源不断的反物质从时空奇点进入到控制舱，“雷神号”的船体也逐渐成形。成千上万的精英分子用他们的聪明才智改造了设计，把飞船放大，让它可以承载至少一百万人。他们也根据最新的造船技术改进了大量细节，把完整的生态系统建立在飞船上，从而使人们可以长期在飞船上生存。

然而最大的难题是如何把它开动起来，湮灭引擎并不能像预期一样工作。

有些事商绍良肯定知道，然而他并没有告诉托尔斯。卡鲁将军把一切都和盘托出。

“敌人迟早要进行太空战。我们无法抵抗她们。地球和月球的体积很好地表现了她们和我们的力量对比。军事斗争往往能创造奇迹，然而这一次和历史上任何战争都不一样。我们面对的是一台货真价实的战争机器，我们毫无胜算。

“我们拥有反物质炸弹。她们得到了这个信息，这是我们发出的一个警告，如果她们不想让我们保留最后的一点生存空间，她们也别想活下去。虽然我们只有三十六颗，然而足够毁掉她们的所有重要基地。当然，那样地球也彻底完了。”

“最迟到八月底，她们就能够全部占领地球。我们尽量把重要的专门技术人员和尽可能多的平民送到月球，然而，花费了一年多的时间，我们只转移了大约六十五万人。剩下的时间不多，只有半年时间，已经无法继续制造火箭，最多还能救出十五万人。现在看起来，她们打算提早发动进攻，我们的时间所剩无几。她们根本不在乎我们手上的反物质炸弹。”

托尔斯默不作声。从十三亿人到八十万，这是怎样的一种灾难？那些制造屠杀的人，她们为人类所制造，却又成了人类的掘墓人，她们蔑视一切，甚至包括她们自己的生命。

“雷神号”是人类唯一的希望。一艘超空间跳跃的飞船可以远远地离开地球，离开这里的疯狂。

托尔斯需要解决的问题，是如何运转湮灭引擎把“雷神号”推入超空间，否则，“雷神号”只能缓慢巡航，被追上是迟早的事。

托尔斯看着卡鲁将军，又看看商绍良，他们的眼神都很平静，无所畏惧无比坦诚。他们把希望交付给他——整个人类的未来都在他的手上。

而他要和时间赛跑，去验证自己的理论。

紧急通告传过来。

屏幕上，高速飞行的巨大弹体突然解体。它分成三块，改变航向，目标指向星空之门。它们不是海盗无人机，这是一种更灵巧的机器。

“坚盾一号”和“坚盾二号”同时发射高能粒子束，一架飞行器被击中，发生爆炸，残骸四散。另外两架快速机动，企图用毫无规则的飞行路线躲避坚盾系统。

坚盾系统的防御是严密的，两架飞行器最后都被击毁。被击毁之前，其中一架发射了高能粒子束，星空之门蓝光闪闪——保护力场挡住了粒子束。

这是一次试探。最后一架飞行器爆炸的时刻，它距离星空之门仅仅只有七百公里了。如果敌人进行饱和攻击，坚盾系统必然被攻破。一切只是时间问题。

“必须抓紧时间。”卡鲁将军再次重复。

这是托尔斯第一次仔细观察这颗卫星。

和一切缺少大气屏障的卫星一样，大大小小的撞击坑遍布星球表面。没有大气和水，星球表面的一切都完整地保存下来，如果没有意外，它将一直保存下去，直到某一天，在陨星的撞击下灰飞烟灭。如果时间够长久，所有建筑都会被撞击毁掉，消失在扬起然后落下的尘埃中。然而总会有某些痕迹留下。一些蛛丝马迹，一些让人能够联想到它昔日辉煌的东西。那就是托尔斯正在寻找的目标。

TS115对所有的卫星进行估算，如果假设它们曾经是一个大的个体，那么这个大卫星将具有三十万公里的轨道半径，将近七千亿亿吨的质量。很多类似地球的行星都拥有和地球类似的质量，然而除了地球，目前没有发现其他任何一个星球拥有月球那样大的卫星。

如果恒星的质量近似，类地行星的产生是一个必然，甚至它们在质量和大小上也近似，然而月球却是一个偶然——它曾是地球的一部分，被大陨星碰撞而飞离。这是一个小概率的偶然。概率小到几乎不可能在银河中再现。那么现在这个卫星该如何解释？

相对而言，另一种推论的可能性大得可怕——百分之九十八的概率，他回到了地球。

这个巨大的可能性让托尔斯·冯感觉手脚冰凉。很久的时间，他只是坐着。

他不知道该做什么，该说什么。或者还有什么可做可说。

如果这是地球，那么战争早已结束。一个比预计还要糟糕的结果——所有人都死了，那些凶恶得可怕的女人最后也没有活下来。甚至可能连曾经有过的细菌都灭绝了。

多少年已经过去？

多少事已经发生？

“你可以给我们做一个见证。”他想起商绍良的话。见证什么？一个黑色的地球和那些掩藏在黑幕中的奇特生物？地球呢？曾经的家园呢？

托尔斯坐了更长的时间，“达尔文号”不断传来更多的画面，然而托尔斯仿佛根本没有看见。他就像一个突然患上了自闭症的老人，只活在封闭的内心世界中，对一切熟视无睹。

突然之间，他仿佛一下子活过来，伸手掩住面孔，脑袋深深地埋下去，整个身子剧烈地颤抖。眼泪从指缝里渗出，顽强地重新凝聚起来，变成一颗晶莹的小球，从手指上脱离，悬浮在空气中。

托尔斯抬起头。这里没有别的人，将来也不会有，他停止哭泣，打开航行日记：

“如果这里真的是地球，我就是灾难的最后一个证人。没有人知道时间到底过去了多久。超空间的弹跳可能把我送到了几百年后，或者几千年后，甚至上亿年后。然而一个事实是肯定的——曾经的地球不复存在。而我……也许是最后一个人类。”

托尔斯把眼光投向屏幕。

青黑色的星球遮掩了无数的秘密，在那黑暗的星球上，悠长的岁月把一切都磨灭干净了。

月球上应该会剩下些什么——如果那真的是月球。

托尔斯命令TS115放出一只探测器，目标是最大的卫星——那是月球的最大一块残片，有最大的可能找到些什么。

“我的任务是看，用一个人类的眼光去看。”谁也不曾预料到最后要看的竟然是这样一幅图景。

探测器传回来卫星表面的图片。托尔斯仔细察看。

TS115完成了计算。模拟图像传送给托尔斯。

剧烈的爆炸发生在风暴洋平原北部，人类最大的太空基地——月球一号基地就在这里。炽热的火球发出骇人的强烈光芒，剧烈的震动扬起铺天盖地的尘埃，排山倒海般涌向星球的各个角落，转眼间，整个星球陷落在尘埃里，它开始分崩离析，巨大的裂隙在一瞬间吞没了哥白尼环形山，裂隙在星球表面快速延伸，星球被一分为二，细小的碎块脱落下来，随着星球的瓦解而四散。

彻底毁灭，没有任何人能够生存下来。

一切尘埃落定，大大小小的碎片形成新的卫星系统环绕着地球运行。在漫长的岁月里，它们彼此将相互碰撞，或者因为各种各样的原因失去轨道能量，堕入地球大气层而烧毁，直到形成托尔斯今天所看见的模样。

TS115继续计算可能情况，情况过于复杂，一切只能按照最简情形进行估计。它在计算要形成今天这样的卫星系统需要多久时间。

“雷神号！”托尔斯喃喃自语。他只有一个愿望，回到那个时刻的地球，带着“雷神号”逃离这个人间地狱。

“雷神号”庞然的船体隐蔽在哥白尼环形山底部，距离一号基地一百公里。

托尔斯到这里已经将近一个月了。

所有人都在竭尽全力帮助他。

地面上的形势比预计得更糟糕。联合国的控制范围缩小到环太平洋区域以及南亚次大陆，而敌人施加的压力空前增大。

卡鲁将军下令用反物质炸弹攻击白光基地。敌人的防御系统显示了强大的威力，三颗反物质炸弹被发射，只有一颗命中目标。反物质炸弹的强大威力显露无遗，白光基地周围五十公里，全部被灼热而猛烈的气浪化为一片焦土，白光基地地下厚达十米的钢筋混凝土防护被炸出直径三百米的大坑，里边的一切都化为灰烬。巨大的蘑菇云冲上云霄，烟尘遮天蔽日，在月球基地上清晰可见。

被拦截的两颗炸弹显示了更恐怖的效果，它们在地面上方一百公里处被拦截，这里空气稀薄，没有大规模的冲击波，炸弹的能量以光和热的形式散开。红色的光芒瞬间覆盖整个地球，几秒钟的时间里，地球仿佛消失在红色光芒中。在那么一刻，地球上所有的天空在一刹那间变成血红，维持了两三秒，然后恢复成白天或者黑夜。

在此之前，反物质炸弹的威力是一个抽象数字，此刻，它成了一个具体的图景。如果这还不是末日，那么至少也是末日的入口。

大量的灰烬被爆炸卷入平流层，地表接收的阳光因为这一次爆炸而降低了百分之五。这个冬天，地球上将异常寒冷。如果更多的反物质炸弹在地球上爆炸，可以肯定，地球将陷入万劫不复的冰冷。

敌人的攻势却并没有因此而减弱，相反，她们使用了两件核武器，在南中国海制造了大规模海啸，直接淹死了成千上万的人。两件核武器几乎在海底的同一地点同一时刻爆炸，爆炸威力巨大，同时引发海底地震，掀起的海浪高达八十米，南中国海沿岸瞬间都被大水吞没。

一种新武器出现在敌人的战斗序列中，巨大的圆形机器出现在海啸过后的南中国海，它们是一种水陆两栖的自动作战武器，很快在整个海洋中集结——敌人已经准备进行海洋岛屿作战。

她们似乎并不在乎地球会变成怎么样，她们唯一的目标是消灭所有人。

商绍良不断地把战况报告给托尔斯。

“现在已经太迟了。她们的力量发展太快，总体技术力量也超过我们，哪怕我们用所有的反物质武器进行攻击，最多只是把地球变成一个冰冷地狱，而完全无法制止她们。

“有人怀疑她们拥有盖亚系统。这是一个智能平台，为了制造和试验武器而存在，制造基因改造战士也是它的一种能力。不过这可能是个流言，我们谁都不了解这个系统，最精确的情报也只是模糊地提到这是一个掩埋在地下的绝密项目，她们可能拥有它，否则无法解释她们怎么有如此强大的恢复能力。她们源源不断地制造基因改造士兵。然而我们无法进行有效摧毁。即便炸弹把所有地面夷为平地，地下也仍旧安全，除非我们能够知道她们的巢穴到底在哪里，然后用反物质炸弹连续攻击。然而有一种分析认为，休战的那一年时间里，她们已经把类似的巢穴广泛分布，击败她们的可能性几乎接近于零。

“她们拒绝交流，没有提出什么要求，也没有任何寻求和平的可能，她们只是单方面在全球驱逐我们，赶尽杀绝。也许接下来就是月球。”

情况越来越糟糕。如果说之前“雷神号”是一个最后的选项，那么此刻，它已经成了唯一的选项。

她们是一群科技发达、心狠手辣、不计后果的恶魔。

托尔斯明白自己肩上的分量。他没日没夜地推导和计算，指挥来自各个地区不同肤色的人们完成一个又一个模型、估算。

终于，他得到一个很重要的结果，这是一个好消息。然而同时，他又得到一个坏消息：星空之门的反物质流面临枯竭。

听到这个消息的一刻，他明白哪怕在这个最后的领域，敌人也已经追赶上来。

她们也拥有了反物质炸弹，或者很快就将拥有。根据一贯的秉性，她们将很快把这种新武器到处施放。

“走，我们去见卡鲁将军。”托尔斯站起身。他和商绍良在众人的注目中，走出“雷神号”的指挥控制中心。

这里就是月球！

一具机器人残骸，以及部分看起来犹如基地遗迹的地貌。发现的证据很少，却充分肯定了这就是月球。而那个几乎漆黑一片的星球，就是托尔斯魂牵梦萦的地球，人类曾经生存繁衍的地方。

当最后的一丝希望被抹去，托尔斯反而平静下来。

TS115交出了模拟结果：按照各个卫星的位置，需要将近十亿年的时间才能形成今天的状态。

十亿年！这远远超出托尔斯的预期。超空间不受控制的程度完全不在他的预期范围内。如果给他足够的时间，他一定能够找到原因。然而，没有如果了。

惨烈的战争、无情的杀戮，还有看起来无比灿烂辉煌的人类文明之花，一切都消失得无影无踪。他提前抵达了未来，却看到了一个并不美妙的结局。

十亿年！也许并不是那一次战争毁灭了人类，第二次战争？第三次战争？这漫长悠久的岁月足够发生太多意料不到的故事。然而人类最后消亡了，而且几乎没有痕迹留下。

托尔斯躺下。过了很久，他命令TS115："把‘达尔文号’的画面转过来。”声音很轻。

“达尔文号”仿佛置身于一个光怪陆离的世界。

无数的水母排成各种各样的队形，随着气流游动。它们有各式各样的体型，发出各种各样的光。“达尔文号”也终于捕捉到了黑渊蛇的真面目，它们有翅膀，在气流中如鱼得水，高速滑翔、盘旋、吞食，翅膀可以在一瞬间收入身体，变成细长的蛇形，完成复杂多变的动作。还有一种更可怕的掠食者，它们捕食红山水母，这种生物体型好像一只巨大的三叶虫，头部拥有电弧一般的火光，它冲向庞大的红山水母，电弧般的火光仿佛利刃一样切开水母的表面，掠食者冲进去，然后从内部快速地把整个水母分解吸收。

这是一个异常精彩的世界，而且正在经历一个精彩时刻。

水母们不断地涌入，它们会聚在一起，形成规模巨大的光球。这仿佛是一种神秘的仪式，各种各样的水母争先恐后地加入集会。“达尔文号”的镜头长时间地停留在水母聚集而成的光球上，它无法再向前。

托尔斯默默地看着镜头中的世界。

气流的旋转更为猛烈。水母的狂欢更为热烈，它们前仆后继地堆叠在同伴的身体上。托尔斯注意到，数量越来越多的水母会聚到光球中，光球的体积却并没有变得更大。

一个中等个头的绿水母出现在队列里，它向着光球撞上去。“达尔文号”及时捕捉了画面。绿水母的身体仿佛正在通过一堵光墙，它通过了，消失在其中，巨大的光球上留下一块空白的光斑。后边的水母马上拥上去，填补了空缺。

这不是水母形成的光球。这发出强烈光线的东西，是水母的致命陷阱。它们被吸引到这里，投入其中。

这不是生物，它只是一团光。

托尔斯不自觉地贴近屏幕。

突然之间，风暴骤然平息。从四面八方向着中心聚集的水母猛然失去了前进的方向，它们各自散开。中央的光球消失不见。

“TS115，找到它！搜索空间断点！快！”托尔斯几乎狂叫起来。

画面上，几道弧光闪过，那是几只三叶虫正向着“达尔文号”冲过来。三叶虫排成矩阵，它们很快靠近了“达尔文号”。在托尔斯意识到不妙之前，“达尔文号”传来的画面一片闪光，然后变成漆黑一片。

“‘达尔文号’失去联系。”TS115报告。

“空间断点扫描。空间断点余波，强度三级。方位445，719，8。”

一个点隐藏在星球背后。

星空之门！一个仍旧在运行的星空之门！

星空之门是时空的断点。真空时刻都在涨落，每一次涨落都会产生对应的粒子和反粒子，同时在能量空间留下空洞。然而每一个瞬间，涨落产生的粒子彼此湮灭，能量空间的空洞倏然间被填满。宇宙依旧平静，时光安然流逝。

在星空之门中却有所不同。物质被导向另一个时空，反物质泄露出来。能量的亏空没有得到弥补，形成能量陷阱。这是一个致命陷阱，然而对于宇宙旅行的狂热爱好者来说，这也是致命诱惑：它能够突破光速，连通两个时空！

任何东西试图进入星空之门，首先要保证不会因为反物质爆炸而彻底瘫痪，然后要设法克服能量亏空，否则进入的是一艘飞船，出来的只能是半具残骸——超空间会直接把飞船物质转化成能量填补能量空洞。最后的难题是，那边是怎样一个世界？是一个随机选择的时空，还是形成稳定通道？

托尔斯正在给卡鲁将军分析可能的情况。他有一个好消息，一个坏消息。

卡鲁将军选择先说好消息，“糟糕的事已经够多了，再多一个也不要紧。你还是先说好消息。”

“‘雷神号’太大，湮灭引擎无法推动它进入超空间，但是我们可以把湮灭引擎引发的空间裂隙和星空之门对接，把‘雷神号’拽进去。虽然没有把握星空之门会把我们导向何方，然而我们可以快速地逃离。敌人绝对不可能追上，就算他们紧跟着我们进入，也没有办法定位。”

“坏消息呢？”

“反物质流停止了。她们正在影响星空之门。她们掌握了同样的技术，而且正在快速地消除我们的优势。”

“难道不是星空之门的问题？”卡鲁将军狐疑地看着托尔斯。

“不可能。反物质流不可能真正停止，那是宇宙的呼吸，它只是被引向了别的位置。她们一定正在制造反物资炸弹。我认为她们很快就能造出来。”

卡鲁将军沉默了一小会儿，“有多大的把握通过星空之门进行超空间跳跃？”

“成功可能性大概有八成。我们会进入一个平坦空间，那可能是一无所有的黑暗空间，但是‘雷神号’能够自给自足，我们可以慢慢从黑暗空间进入到星群中。这不是一个好的选项，然而这可能是唯一的生存机会。”

卡鲁看了商绍良一眼。

商绍良走到大屏幕前，伸手点亮屏幕。地球的影像出现在托尔斯眼前。

“如果我们失败了，会怎么样？”卡鲁问道。

“我不知道。有很多种可能……”

“但最后的结果是所有人都会死？”

“可以说，是的。”

“有更大的可能吗？”

“根据眼下数据，八成就是最大的可能性了。”

卡鲁深深地吸了口气，“如果我们有九成的把握活下去，就不能选择这个方案。”

托尔斯迟疑地看着卡鲁，“你是说留在这里？”

卡鲁挥挥手，商绍良启动了某个模拟程序。

地球上的不同地点发生了此起彼落的爆炸，每一次爆炸的规模都大得惊人，红热的辐射覆盖每一寸地球表面，烟尘腾起，直冲上二十多万米高空，从地球抛向外太空，然后回落。一瞬间，整个地球被火和烟吞没。海水在爆炸的推动下四处汹涌，短短的几个昼夜，全部的地球表面被水淹没。水浇熄了火，大量的水蒸气弥散在空气中，地球仿佛成了巨大的蒸笼，变成一片白茫茫。当大水终于退去，水气缓慢凝结、降落，陆地上除了焦黑的岩石，什么都没有剩下。灰烬弥漫在空气中，阳光几乎被彻底阻隔，大洋开始结冰，彻底封冻。时间流逝，灰烬缓慢沉降，地球慢慢露出骇人的面目，它成了一个冰球。除了白色，再没有任何颜色。

“这是备份方案。”卡鲁看着托尔斯，“如果我们不能逃走，至少我们能为已经死去的十多亿人和仍旧活着的八十万人索取一点代价。我们要停止‘雷神号’计划，制造更多威力更大的反物质炸弹。对敌最后通牒已经广播出去，如果敌人继续进行攻击，她们将受到最致命的打击。”

“太平洋地区还在我们手里。”

“理论上是这样，但事实上，我们在地面或者海上已经毫无防御能力。”

托尔斯看着卡鲁。这个曾经梦想成为联合国秘书长的人，此刻正在计划怎样把地球彻底毁掉。他正严厉地看着托尔斯，眼神里显示出坚强的决心。这个人在制订一个失败者的计划——毁掉一切，让胜利者什么也得不到。他甚至已经把太平洋地区残留的上亿人看作死人。

毁掉地球，“雷神号”和月球基地仍旧生存，人类仍旧是胜利者。虽然一切都不复存在了，但至少这些人能活下去。

“雷神号”就是诺亚方舟。

托尔斯有些震惊地看着商绍良，后者转过头去。

“卡鲁，这就是最初的计划，是吗？”

沉默是对托尔斯的回答。

TS115在追踪星空之门。

托尔斯记得这句话：任何足够先进的科技，初看都和魔法无异。他觉得自己正看到一种魔法。

星空之门在移动。它在不断地跳跃，从一个位置挪动到另一个位置。这景象绝不可能出现在托尔斯的理论里，也从未出现在他的想象里。但此刻，它就在眼前。

TS115不断地搜索空间断点，试图追踪那不断跳跃的神奇之门。可它无法做好这件事，每一次它刚锁定目标，目标就已蓦然消失，只留下空间弥合的引力波动。托尔斯让TS115放弃无效追踪，只把所有的曾经存在过的星空之门显示出来。

高亮的红点显示出某种规律分布，“达尔文号”失事的位置也在其中。

这绝对是科技所为，不是自然现象！这个星球上还有人，这是托尔斯的第一个念头。然而这个念头转眼间被下一个念头粉碎：那肯定是一种高级的智慧，然而绝对不可能是人类。

短短的三十秒，十五个星空之门围绕着地球依次出现，它们飞速产生，迅速消失。

一切恢复平静。

托尔斯焦急地等待着，然而再也没有任何异样出现。

黑色星球静谧而沉默。

那是什么？托尔斯问自己。

什么样的理论能够容纳下快速变化的星空之门？那是衰变，还是穿梭？

这创造魔法的智慧生命，是不是来自人类？

时间已经过去了十亿年，自己走后，地球到底发生了什么？比空气还要沉重的生物悬浮在空气中生长繁衍，是什么维持着这样一个看上去并不稳定的体系？

那些异样的生物，它们是一种什么样的生命？那些黑色的小孢体，它们用什么办法繁殖得如此成功，以至于星球因此而改变了颜色？

……

一个个疑问在托尔斯脑子里盘旋。一切都没有答案。

“达尔文号”的信号再也没有出现过，它一定已经损坏了。

TS115在轨道上绕了三圈。

“计算下降轨道，预备进入大气。”托尔斯对TS115下达指令。犹豫了三十二个小时之后，他终于下定了决心。

一旦进入大气层，他就再也没有机会飞出来。TS115太重，常规核引擎无法产生足够的力量把飞船重新推入太空，而湮灭引擎无法在星球表面使用。他将在这个星球上度过余生。

托尔斯下定了决心。

这里有神奇的生物，这里有神秘的主人，这里有星空之门更多的秘密……这些问题的答案，值得用自己的余生来换取。

即便没有这些，托尔斯觉得自己还是会留下来。

他打开航行日记，写道：“我下令TS115降落在星球上。这是第一次行星着陆，也是最后一次。理由有很多，然而这一点最重要：这是地球。如果这里不是旅途的终点，那么就没有终点。我曾经认为这是一次没有终点的旅行，然而很高兴，我发现了终点。”

托尔斯凝望眼前的星球。

“也许这样的结局是完美的。最后一个人类回到被毁灭的地球，他最后被埋葬在星球深处。”

他不再说话。

TS115切入大气层，摩擦产生的火让飞行中的飞船犹如一把绚烂的光剑，刺入黑色星球。

B计划已经在执行中。消息向所有人广播之后，人们出奇地沉默。没有一个人对此有异议。

这是最后的时刻，没有什么比活下去更重要。如果人类就此被消灭，那么就算地球是一个天堂，也毫无意义。为了活下去，一切都可以抛弃——包括太平洋地区那些仍旧在绝望中和敌人苦苦战斗的同伴。

八十万人没有一个人反对发出最后通牒。“雷神号”变成了一个基地，源源不断地生产反物质炸弹。最初为湮灭引擎准备的燃料，快速地变成一件件毁灭性武器。

卡鲁将军在地球上展示了他的决心。

“雷霆三”释放了一半的炸弹，十颗被拦截，六颗落在敌人的占领区。纽约、伦敦、莫斯科，三座具有光辉历史的城市就此不复存在。贾巴尔普尔、斯图加特、兰州，这三个地方聚集的敌方军团随着炸弹骇人的光亮烟消云散。还有两颗炸弹落在地中海，距离以色列海岸线十五公里。海啸在地中海肆虐，巴尔干半岛，亚平宁半岛，最后是伊比利亚半岛，海水席卷一切，毁灭一切。从地中海的东部，浪涛用十二小时的时间横跨地中海，把陆地上所有的一切洗劫一空。浪头也向东越过中东，漫过整个两河流域，最后消失在阿拉伯的沙漠里。无数的断瓦残垣被一路遗弃，随即被黄沙掩埋。

这是卡鲁将军展示决心的最佳说明。

更大当量的炸弹在“雷霆三”上重新装载。这个消息被大张旗鼓地广播。

托尔斯从商绍良那里得到了战况报告：

“敌人停止了地面进攻，她们并没有对卡鲁将军的广播做出回应，但是一切军事行动都暂时停止了。她们损失惨重……我们也一样。超级海啸绕过半个地球，在太平洋地区同样造成了巨浪。这一次损失比以往任何一次都要大，敌人曾经制造的海啸规模不及这次的三分之一。”

托尔斯没有吭声。战争竟然可以进行到这样的规模，甚至超越了小行星对地球的撞击！地球上绝大部分生物都会灭绝，本来某些极其罕见的偶然才会导致的大灾难，此刻正被人类一手制造出来。

托尔斯已经二十四小时没有睡觉了，头发突然之间变得雪白。商绍良正准备离去，托尔斯突然说道：“如果我能够确保进入超空间，能够停止这无意义的战争吗？”

“我无法回答这个问题，只有卡鲁将军能做出决定。”

“他在虚张声势，我们没有那么多的反物质，敌人很快会明白这一点。”

“我们现有的炸弹足够把地球送回到原始时期。”

“是的，但是他不可能今天就把所有的炸弹放下去。”

“晚些时间轰炸有什么不同？”

“敌人，她们很快就会有反物质炸弹，如果她们成功地把‘雷霆三’和‘雷神号’毁掉，她们一定会动手。”

“您的意思是，如果我们不在她们开发出反物质炸弹之前毁掉地球，她们就会毁掉我们？”

“她们已经获得了星空之门！”托尔斯突然之间咆哮起来，他的理论中包含这样的可能性，然而他并没有想过一个星空之门附近能够产生另一个。这两个空间断点将以某种方式相互影响。这种复杂而微妙的影响需要大量的计算和推论来预测，托尔斯没有进行这方面的工作，他没有预料到这种可能性会发生。敌人走在了前边，她们制造了另一个星空之门，而且成功地阻断了人类这边的反物质流。而托尔斯甚至连那一个星空之门在何处都不知道。

再给她们点时间，她们将彻底控制星空之门！一切都是时间问题，时间拖得太久，逃跑的希望也将被扼杀。

“让我们走吧！毁掉地球，我们留在这里毫无意义。留着地球，我们还可能有回来的一天。”托尔斯的语调从高亢变得低沉，就像一个人满怀希望，对着无数的听众描述他的蓝图，却猛然意识到所谓的希望不过是一个泡影，然而他不得不继续把蓝图描述完整。

“冯先生，您还是和卡鲁将军谈谈这个问题吧。”

“让我想想。再让我想想……”托尔斯喃喃地说。

商绍良点了点头，他想走，又停下了脚步，“冯先生，无论如何，尽力就好。我们所遭遇的一切实在超过了人力可以挽回的程度。”

他敬了一个礼，转身走了。

降落，降落，降落。

TS115稳稳地穿越大气层。很快，它陷落在黑色的汪洋大海之中。这是黑尘孢的世界。

托尔斯仔细观察了两个样本。它们的确是一种生命。托尔斯不是生物学家，然而当他看着显微镜下的两个小东西不断地移动、呼吸，变换形体，躲避探针，他明确无误地知道，这就是生命。

然而它和曾经的地球上那些使用脱氧核糖核酸书写遗传密码、使用蛋白质组成躯体的生命大不相同。TS115没有检测到任何核酸或者氨基酸。它们看起来有些像塑料，然而却是活的。

它有一个核，铁和硅的成分几乎都集中在这个核里边。这是一个很重的核，为了能够携带这个核飘浮在空气中，一个充满氢气的囊体把核彻底包裹起来，精准地平衡重力，让整个胞体悬浮在空气中。

这是精妙设计的杰作！

托尔斯的能力止步于此。他不是百科全书，没办法把关于黑尘孢的一切明白无误地剖析清楚。他看到了，这就足够了。

托尔斯没有找到黑渊蛇，但是他发现了更离奇的生物，它是透明的，身体成环形，就像一个小小的透明指环。它也是活的，然而看上去并没有体腔，整个身体均匀一致，找不到任何器官。它隐藏在黑暗中，被TS115无意中采集到。托尔斯实在无法想象这样的一个生物究竟如何生存。

三叶虫也没有出现在托尔斯的视线里。TS115过滤了大量空气，得到无数的黑尘孢和少量透明指环，但没有找到其他任何东西。“达尔文号”似乎赶上了一次盛会，看见了许多难得一见的东西。而TS115的运气就没有那么好了。

TS115持续下降。它穿越平流层，进入底层大气。大气很平稳，让人出乎意料。紊乱，狂暴，令人望而生畏，之前使用的各种形容词都和眼前的情形相去万里。

很快，托尔斯看见了陆地的轮廓。那是TS115使用探测雷达得到的信息，经过处理，显示成蓝天白云和黄色的陆块，尽管事实上它们都隐没在黑暗之中。托尔斯没有辨认出任何大陆轮廓，那看起来是一些完全陌生的土地。

他选择了一个位置，距离“达尔文号”的出事地点十公里。

飞船向着目标降落。随着距离地面越来越近，监视器上的图像越来越大，越来越清晰。

突然之间，TS115发出紧急警告。在航道前方的预计着陆点，地面的形态正缓缓地变化。它可能一直在变化，只是距离太过遥远而分辨不清。TS115采取了规避，它把机体拉高，修正轨道，进入盘旋状态，不断降低速度，同时启动反重力系统，准备进行垂直降落。

那些移动的东西，似乎是一些流沙。风吹动沙丘，它们在地面上缓缓移动。这让托尔斯有些担心——风速极快才能吹动流沙，而此时，虽然TS115距离地面只有三千米，大气却非常平稳，这意味着从地面到三千米高度，风速梯度很大。这种复杂的气流是飞行器的致命杀手。

TS115继续盘旋，缓慢下降。

地面的异样更加显著，一个模糊的尖顶突出。它正在上升！沙土掩盖了它，某种力量正推动它从地下破壳而出。

这是一个庞然巨物，并不是风引起沙的流动，而是它引起的。

“避开那个东西，后退五十公里观察。延迟着陆，采用反重力悬停。”托尔斯向TS115下令。

TS115迅速调整状态。

地面上的异物很快隆起，它就像一座从地面升起的小山。它的形状像一个火山锥，高度达到一千米。然后，它停止了隆起。

一切变得很安静。

托尔斯静静地等待着。他仿佛正在黑暗中等待黎明。

天空中划过一道闪电。磁暴在一瞬间让TS115失去反重力状态，托尔斯从座椅上摔出来，重重地撞在仪器上。他昏了过去。

TS115在黑暗中坠落。

“TS115是引导船。它可以使用湮灭引擎激发真空裂隙，然后进入。它激发的空间裂隙虽然微小，然而能让星空之门空间断点扩张两个伏秒的尺度。同时，‘雷霆号’的湮灭引擎启动，和星空之门再次对接，湮灭引擎直接把雷霆号拽入超空间。”

托尔斯再次向卡鲁将军描述自己的计划。这一次，成功概率提高到百分之九十九。还有那百分之一的可能性不是因为理论，而是各种现实条件的制约，比如理论上“雷霆号”可以和TS115完全同步，事实上总有几个毫秒级别的误差，能把因此而导致失败的可能性控制在百分之一范围内，这是一个工程能达到的最高极限。更何况这件事前无古人，完全依靠理论计算和计算机模拟完成。

卡鲁将军沉默着。

他扭头对商绍良说：“上校，你觉得冯教授的计划怎么样？”

“我只能选择相信冯教授。”商绍良说。

卡鲁将军又沉默了十几秒，“这很困难。我会和委员会的其他官员考虑这个计划。”

“卡鲁，敌人制造了一个星空之门的映像。我们的时间很紧迫。她们在技术上已经轻易超过了我们，剩下的只是时间问题。”托尔斯补充。

卡鲁点了点头，神色凝重，“我明白。上校，我们和冯教授一起再看看最近的战报。”

“是，将军。”商绍良打开笔记本，地球蓝图跳跃出来。这一次，突出的重点是近地轨道。

“她们最近发射了大量火箭把各种卫星和空间站送入近地轨道，可以判断她们积极准备在太空中和我们作战，有迹象表明她们打算针对‘雷霆三’展开行动。我们的时间很紧张，根据目前的战备速度，她们可能在两周之内发动进攻。”

“雷霆三”被高亮，放大。密密麻麻的激光炮台和武装空间站围绕着“雷霆三”。

“我们的武装增加速度比对方缓慢。没有任何情况能说明她们惊人的生产能力从何而来。三个月前进行的反物质炸弹轰炸虽然导致全球性灾难，却没有让她们的生产能力有所下降，她们的军备仍旧在疯狂地扩张。只不过，这一次，她们放过了太平洋，把武器都投放到了近地轨道上。也许两周之内，她们就会进行攻击……”

“太平洋上怎么样？”托尔斯忍不住插了一句。

“太平洋战区在进行自救。他们尽一切可能生产武器，然而几次海啸几乎把所有的工业基础全毁了。我们只能使用巡航母舰不断地从太空把武器送下去，把人带上来。效率很低，但是……”

卡鲁打断了商绍良的话，“托尔斯，我们已经被逼进了角落里。太空战一旦开始，我们肯定招架不住。仅凭月球基地和太空城的生产能力是远远不够的。”

他用一种郑重其事的眼神看着托尔斯，“教授，我需要你再次确认她们会在很短的时间内拥有反物质炸弹。”

托尔斯点了点头，“我能确定的东西只是理论。理论上说，星空之门的反物质流不可能中断，它一定是被引向了其他位置。她们的星空之门技术超过了我们。至于反物质炸弹，拥有了反物质，这只是一个小问题。”

“但是眼下我们还没有任何关于她们制造反物质炸弹的迹象。”卡鲁看着商绍良。

“是的，将军。可能更真实的情况是：我们根本不了解她们。她们毫不在意地球会变成怎么样，她们只是一心一意要把我们赶尽杀绝。源源不断的杀人武器在什么地方，被什么样的设备制造出来，我们的情报系统对此一无所知。”商绍良回答。

卡鲁挥挥手，“好了。”他转向托尔斯，“托尔斯，我们相信你。此刻摆在我们眼前的只有两个选项：马上发射所有的反物质炸弹，把地球炸个底朝天；或者马上启动你的计划，逃逸到宇宙深处。今晚会进行最后的讨论，明天我们就有最终的决定。”

托尔斯回到“雷霆号”指挥中心，他一言不发地在所有人的目光中走进总指挥舱。商绍良跟着他。

舱门关上的一刻，托尔斯问：“真的只有两周时间？”

商绍良点了点头。

“那么我们已经到了最后时刻。‘雷神号’上的反物质大部分都被转移到基地制造炸弹，把这些反物质重新充入就需要十二天。”

“卡鲁将军知道这点。他们会及时做出决定。”

托尔斯看着商绍良，突然问：“真的还有两个星期？”

商绍良默然。一切的情报只不过是分析，谁也没有完全的把握说一切尽在掌握。

托尔斯沉思了一会儿，说道："我会设计一个方案，只需要最低能量推动。'雷神号'会丧失一些能力，但是对湮灭引擎的输出要求会降低很多。我会让'雷神号'在眼下的能量水平上进行超空间跳跃。明天你去见卡鲁将军的时候，请把这个消息转告给他。"

商绍良点了点头。

"TS115已经在预定位置上。"

"是的。"

托尔斯唤醒终端，查看TS115。TS115距离星空之门六千八百公里，它不断地移动，和星空之门还有"雷神号"保持稳定的位置关系。

"今天晚上，我会把验证做完。你和我一块去，还是让卡特去？"

"我会负责您的安全。"

托尔斯醒了过来，他勉强想起昏过去之前发生了什么。

磁暴，强烈的磁暴！

TS115的电磁屏障没有能够发挥作用。

托尔斯快速地检查飞船。一切看起来很正常，飞船正以反重力状态悬停在半空中。当他看到飞船距离地面的高度，心跳不由加速跳了两下——飞船距离地面只有十五米，看来飞船极其惊险地在坠毁之前恢复了反重力，从自由落体变成悬浮。

TS115进行了重设。它等待着托尔斯下达指令。

"确认磁暴，寻找原因。"托尔斯给了TS115第一个指令。

TS115正在搜罗一切可以搜罗的信息。它的逻辑库中没有相关匹配。在它给出答案之前，托尔斯的注意力完全被另一幅图景吸引。他突然意识到这个星球可能告诉他的东西，比他所想知道的要多得多。

他的眼光仿佛被焊接在屏幕上。

巍峨的金字塔向着无穷天际延伸。它的基座是边长一千米，高度也是一千米。这是一座金属的高塔，在一片昏暗的大气中，隐约地反射着TS115引擎的火光。强烈的电弧从云层中不断降落，一道又一道的闪电灌入金字塔尖端。每一道闪电都给这黑暗的世界带来瞬间的光明，每一道闪电也让高塔发生缓慢的变化，它缓缓地旋转，巨大的基座仿佛正在一点点地扩散开，而塔的高度却没有变化。高塔的顶端，黑而深的洞从无到有生长起来。最后当高塔停止移动，一个直径八十米的洞口赫然在目，仿佛一个庞然无匹的巨兽，正向着天空张开它无限深的大口。密集的闪电几乎照亮了整个大地，无穷无尽的能量向着大口中灌入，向着地下输送。

托尔斯屏住呼吸。这末日般的图景深深刺激了他。

大气开始变得狂暴，TS115不得不随着气流运动来保持平衡。它绕着巨大的金字塔转。

这不是托尔斯所见过最大的建筑，月球基地，“雷神号”，都比这个庞大的金字塔更为庞大。然而它看上去更像活物，而且只是在地面露出冰山一角。它正在呼吸，能量风暴正聚集而来，仿佛整个星球都开始陷落在风暴中。

这不是唯一的风暴眼。也许在星球的其他角落，还有更多更大的金字塔，正不停地制造风暴，它们一起控制着整个星球的大气。

托尔斯下令TS115上升去看个究竟。然而TS115拒绝了指令，剧烈的放电可能把飞船彻底毁掉，风险超过了指令强度，安全的做法是等风暴过去。

突然间，托尔斯仿佛看到金字塔跳动。从直觉上，他认为那是屏幕的一次抖动，然而他马上明白过来这是地面在跳动，TS115检测到次声波，那是地震在大气中的回响。

这不是地震！突然之间，所有的闪电在一瞬间都静止下来，世界重新陷入黑暗。

猛烈的喷发突然到来！密密麻麻的粉尘组成粗大的烟柱，它们犹如粒子束般被喷射出来，撕开空气，带着巨大的能量扶摇直上，进入两万米的高空后丧失能量，再随着剧烈的气流扩散。

托尔斯什么都没有做，他静静地看着屏幕上的电磁图像。是的，大量的铁和硅。这庞大的金字塔把研磨成为粉尘的铁和硅送入大气。

它在为那些特异的生命体提供营养。

大量的铁和硅，这样的重元素存在于大气中，这是一个值得怀疑的现象，然而托尔斯没有想到最后的答案却是如此。

属于人类的地球的确已经不复存在。然而在这个星球上，新的生命已经用新的方式确认了它们的统治。无论那是什么形态的生命，都是一种非凡的智慧。

我看到了，我看到了！托尔斯在心底默念。

“这飞船看起来很可靠。”托尔斯对商绍良说。他们乘坐双人飞梭在TS115的外围飞行。

TS115看上去就像一个圆滚滚的球。

飞梭和TS115对接。托尔斯和商绍良从气密通道中爬过去。

“欢迎来到TS115。”飞船主机和两人打招呼。

这是一个屏幕的世界，各种各样的图像和数据充满整个空间。中央部分是两个宽大的座椅，可以让人舒适地躺下。

“他们设计了冬眠系统来适应长期旅行，设计了冯·诺依曼式的探测器，只要有原料，这些机器就能疯狂地把自己复制出来，这飞船甚至还有一个子船，是侦察船。它有反重力系统，反正一切能想到的都尽量放上了。”商绍良走到一张座椅前，坐下来。

是的，这是一艘非同凡响的飞船，本来它应该是一个武装空间站，然而按照托尔斯的要求，它被装上湮灭引擎，改装成了超越飞船。按照商绍良的要求，各种各样的仪器设备被装上飞船，它虽然小，却精致而完善。

“你装了很多没有必要的系统。我只是设想它能成为一座桥梁。”托尔斯说。

“装上这些东西并不太费事，只有反重力系统稍稍复杂一些。这些东西或许会有用。”商绍良说。

托尔斯没有再说话，他坐在另一张座椅上，拿出笔记本电脑。大量的数据在笔记本和TS115之间传递。TS115没有网络，它被特意设计成独立电脑而不是简单的终端，事关重大，要避免哪怕一丝一毫的数据泄露，而且，它是先导船，需要功能强大而又能独立工作的主机。

托尔斯在进行最后的验证，他把模拟数据送入TS115，要求TS115根据飞船状态进行模拟校对。如果误差在一个弧秒内，一切都没有问题。

海量的计算悄然进行。

商绍良时不时看看腕表。

“教授，可以了吗？”等待了将近三十分钟后，他试探性地问。

托尔斯检查进度，验证只完成了三分之二。

“不要着急，还有大约十分钟。”

商绍良看着纷繁复杂的屏幕，突然说：“如果验证失败怎么办？”

“不，我们会成功。理论上没有什么问题。但是他们能及时做出决定吗？”说到后半句，托尔斯的语调低沉了许多。

“他们会做出决定的。委员会已经讨论了一个小时。我们回到基地后，应该就知道结果了。”

“你认为结果会是什么？”

“我希望是采用您的方案。”

“坦白地说，如果真的使用超空间跳跃，可能我们永远也不能再回来了。超空间可能把我们送到银河的任何角落。”

“一种未知的可能性总比眼看着地球毁灭要好些。而且，万一我们还可以再回来呢？”

托尔斯点了点头。

商绍良微微一笑，“冯先生，如果我们能够逃出去，我会向卡鲁将军要这艘飞船。”

“做什么？”

“反正已经没有家了，就彻底在宇宙中流浪好了。”

“别做梦了，卡鲁不可能把你这样的人放走。”

商绍良还想说什么，却突然站起身，他掏出口袋里的广播机扫了一眼，脸上掠过一丝忧虑。

这没有逃过托尔斯的眼睛，他镇静地问："他们决定了？"

"不，是敌人。她们进攻了。"

关于磁暴的报告呈现在托尔斯眼前。

那是星球磁场的一次转向。当巨型金字塔完成了喷射，磁场又转向一次。这一次，TS115做好了充分准备，没有失控。

金字塔缓缓地下沉，最后完全陷没在沙土中，只留下浅浅的一个坑。风吹动沙土，坑很快无影无踪。黑暗之中，是狂乱的大气，还有无边无际的荒凉。如果没有刚才所见的一切，没人会相信这个星球拥有生命和智慧。

托尔斯沉默良久。最后他决定说点什么。

"如果不是亲眼所见，我无法相信眼前的事实。某种力量支配着整个星球。这比人类所拥有的技术力量要强大得多。这不是人类的地球，人类的地球消失在十亿年前的时光里。人类曾经统治这个星球，并以为这样的统治将永远延续下去。然而这不过是种错觉。星球仍旧在这儿，人类却早已渺无踪影。也许用十亿年的时间尺度来浓缩人类的文明，它不过是绽放的昙花，只有一瞬间的辉煌。"

托尔斯关闭了航行日记。

这阴暗冰冷的星球上还有些什么？

TS115按照托尔斯的指令巡航。它在空中不断地飞行，飞行，绕着地球一圈又一圈。

托尔斯找到了更多的金字塔，它们会在特定的时刻从地下升起，制造出超级风暴，把大量的粉尘物质送进大气。

托尔斯也见到了更多种类的水母生物。它们成群结队，就在黑尘孢的海洋中四处游荡。被称为黑渊蛇的掠食者也几次进入托尔斯的视线，然而它动作迅捷，TS115没有机会抓住它。

"达尔文号"的残体被找到了。它被掩埋在沙土中，无迹可寻，直到TS115第六次经过，风暴把沙土吹开，TS115才发现了它。

"达尔文号"遭受了强烈的电击，自动控制系统全部毁坏。TS115

没有找到任何资料能说明它遭受攻击的具体情况，最后的景象就是三只硕大的三叶虫向着它冲来。

在将近两个月的巡航中，托尔斯从来没有见到三叶虫。这种躯体庞大、性情凶猛的生物销声匿迹，不知道躲藏在何处。然而天空中并没有遮蔽物，它们的下落成了一个谜。

“达尔文号”的采集舱里边一片狼藉，所有的生物样本都不见了，只堆着一团沙土。

托尔斯突然想起并没有完成土样分析，他命令TS115分析土样。

结果出来的时候，他感觉到心脏异样的跳动。

那不是沙，那是一种精细的构造物。

它们可能是黑尘孢的残骸。在亿万年的时间里，不停地生长，不断地降落，最后像沙土般覆盖了所有的陆地表面。

这还不是让托尔斯感到惊奇的地方。

它们是细微的传感器，当使用特定的频率进行扫描，它们能产生反馈。如果事实到此为止，这可能只是那种神奇生物的一种本领。然而，托尔斯曾经见过这样的传感器。在TS115的船体上、舱室里，到处都是类似的传感器。只不过，这些看上去像沙土一般的东西更小，更精致。然而基本的结构和形状类似，只能出自同样的源头。

这是人类的造物！托尔斯在一瞬间热泪盈眶。

这是人类的造物。曾经存在的人类早已消失不见，甚至连星球也已经面目全非，然而这造物却留了下来，在星球上生生不息。

它们取代了人类，成为星球的主人？这不算是过于悲惨的结局，人类虽然消亡，却留下了继承者。他们的思想和智慧也因此而留下。

托尔斯捧起沙土，他把整个脸深深地埋进去。沙土的气息透过呼吸渗入到他的身体里，在一阵阵的战栗中，他哭泣着。

这不是一场公平的战斗，也谈不上激烈。没有明亮的粒子束到处穿梭，也没有各种导弹的相互追逐，看起来相当单调而乏味。

然而这是一场生死大战。

敌人的攻击很突然。青藏高原上，数百枚火箭仿佛从地下长出，几乎在同一时刻发射。

紧急指令从卡鲁将军的司令部抵达每一个空间站和武装平台，所有人员进入战备状态，准备和敌人进行最后的决战。

敌人的空间站也开始移动。它们向着星空之门和“雷霆三”靠拢，在有效攻击距离之外聚集。

火箭突入坚盾系统的攻击范围。强烈的粒子束贯穿火箭，剧烈的爆炸中，碎片四处飞散。

第一场爆炸仿佛一个信号，突然之间，所有的火箭开始解体。成千上万的火箭碎片铺展成稀稀疏疏一片，仿佛一片乌云，继续向着星空之门扑来。

这是人们从来没有见过的情形，当月球基地上的人们明白过来，坚盾系统已经成了摆设。那些碎片，每一个都有拳头大小，是一个个小小的飞行器。它们轻而易举地利用数量和体积突破了坚盾系统。它们疯狂地扑向一个个空间站、武装平台，直截了当地撞上去，用强烈的磁力把自己附着在外壁上，发出强烈的电磁脉冲。待所有的武装平台都失去作用之后，敌人的空间站再次移动。它们缓慢而有条不紊地靠近星空之门，把它围在当中，不紧不慢地摘取战利品。

最贴近的肉搏战胜了威力强大的远程打击系统。月球基地一片哗然。人们在惶恐中不知所措，各种各样的广播充斥基地空间。

托尔斯和商绍良正在回基地的途中。

这些突破了坚盾系统的小飞行器正向着月球基地而来。它们将在十六小时内抵达“雷霆三”，在三天之内抵达月球。没有任何抵抗的办法，甚至没有逃跑的办法——基地根本没有那么多的飞船，而唯一的世代飞船“雷神号”却缺少燃料。

末日到了！这是人们共同的想法。在目睹了地球上一幕幕残酷的现实之后，人们都有末日迟早会到来的预感，然而当这一天真的到来，还是有无数的人因此而变得歇斯底里，不可理喻。

基地陷落在混乱之中。

商绍良调转方向，他重新向着TS115飞去。

“你要干什么？”托尔斯有些惊讶，更多的是恼怒。

商绍良没有说话，他接通卡鲁将军。

卡鲁将军出现在眼前，他失去了往日的镇定，两眼里有掩饰不住的怒气。

他看着托尔斯，“托尔斯，我们应该采用你的方案。但是现在一切都太迟了……”

他转向商绍良，“情报！我们的情报简直就是白痴。我也是白痴，居然还能相信这种情报！上校，尽量保护冯教授。我们彻底完了，但是地球很大，有很多角落还可以躲藏，带着教授降落下去，保护他，也保护你自己，这是我给你的最后一道命令。我这里还有很多事需要处理。”卡鲁打算关闭通讯。

“请等一下，将军。教授还有一个方案。我们还可以逃走。”商绍良紧急留住他。

卡鲁停下动作，望着托尔斯。

托尔斯感到一阵茫然，他不知道商绍良想说什么。他的确有一个方案，然而，他需要时间来进行能量准备，在眼下，任何方案都是行不通的。

“教授，您的最低能量方案。我们在月球基地上保留少量反物质氢，我们可以马上对湮灭引擎进行灌充。如果启动您的引导方案，‘雷神号’还有机会逃出去。”

“是的。但是……”

“教授，这是最后的机会。将军，请按照‘雷神号’A计划进行，把所有人转移到‘雷神号’上，所有的反物质氢进行灌充。我和教授将在TS115上进行引导。只要在最后关头之前湮灭引擎启动，我们就有希望。”

卡鲁将军看着商绍良和托尔斯，似乎在考虑什么，最后他什么都没有说，只点了点头，关闭了通讯。

“你想说什么？我根本没有什么方案。”

“按照您的最低能量方案来吧。至少‘雷神号’还是有动力的。”

“这行不通！”

“行不通也要试一试。”商绍良出奇地冷静，他转头看着托尔斯，“至少，就算失败了，你也给了所有人一个希望。”他顿了顿，“在希望中死去，总比在绝望中死去要好些。”

连续三天，托尔斯把所有的时间花在研究黑尘孢上。

这些小生物拥有一个很重的核，当它们死去，核上会发生一些变化，原本坚硬的外壳脱离，暴露出内部。用传感器一词来定义这些小生物死后留下的东西，显得有些不够准确。传感器看上去并不像是一个生物，这些小东西却的的确确是生物，只是在它们死后，才变成传感器一样的死物。

也许这是一个策略问题，当它们拥有生物特性的时候，可以最大限度地繁殖，死去之后，就成了真正有用的物件。然而生命的存在不需要理由，传感器的存在却需要一个理由。为什么要制造这样的传感器？它们仿佛沙土一般铺满了整个地球，却看不出有任何作用。

这个问题也许不再有答案，那些创造了黑尘孢的人早已消失不见。然而，托尔斯离开的时候，地球仍旧是蓝色的，仍旧充满生机。如果黑尘孢的确是人类的创造物，至少人类没有被战争毁灭。这个想法激励着托尔斯，他继续在星球上巡航。他想找到更多的东西。

六个月的时间过去了，他对这个星球有了更深的了解。

那些深入地下的金字塔，必然有一个庞大的地下体系，无法想象这是怎样的一种规模。每个月都会进行一次喷发，每一次喷发前，地球的磁极都会反转。这意味着地核被彻底有效地控制着，仿佛一个巨大的发电机，按照预定的程序动作。

这实在是骇人听闻的力量。

他发现了一个巨型水母。比TS115体积大三倍的水母从天空中慢悠悠地降落下来，落在地上。它死了。这个星球没有细菌，水母完全是被风沙磨灭。每一次托尔斯来观察，它都会比前一次小一些。两个月之后，剩下的残骸是一个篮球般大小的黑色物体，托尔斯检查了它。它看起来像是软软的骨头，里边包容着少量的固态物和大量液体。托尔斯有些怀疑这是水母的脑。

托尔斯还在意外中发现了三叶虫。它们蛰伏在沙土中，上百只堆叠在一起。TS115降落的时候，正好落在这个巢穴的边缘。这种凶猛的动物成群结队地爬出地面，向着TS115爬来。托尔斯及时发现了情况，立刻升空。两只较大的三叶虫飞起来，紧跟着TS115。

在探照光柱中，托尔斯看到了它们，几乎透明的躯体上红光不断闪过。更多的三叶虫飞起来，它们簇拥成一群，紧紧地跟上。

TS115只有一件武器，那是一台大功率离子束流枪。托尔斯并不愿意使用它，然而“达尔文号”被攻击之后坠毁的情形仍旧历历在目，在恐惧中，他命令TS115攻击最靠近的那一个。那是最大的一个，体积是其他三叶虫的三四倍。

一道闪光。巨大的三叶虫化作一团蓝色的火球，向着地面飘飘坠落。

正在追击的三叶虫面对突如其来的变故没有丝毫犹豫，它们调转方向，向着下坠的火球追去。

光！它们追逐的是亮光。托尔斯命令TS115关闭所有光源，静悄悄地以反重力状态悬停在半空中。

画面上，成群的三叶虫成了若隐若现的一些红点。蓝色的火球下坠了一段距离，很快熄灭。三叶虫失去了目标，队形变得混乱，它们在空中盘旋一小会儿，降落地面，最后消失不见——可能把自己埋进了沙里。

它们是很凶猛的掠食者，然而并不聪明。托尔斯在想是不是要捉一个样本来仔细研究，最后他还是放弃了。在这个星球上，在这一团黑暗中，他面对是一个无比复杂、无比庞大的生命系统。他既无可能也无必要把这些奇特的生物一样样弄明白。

只有一点是最重要的：这里曾经是人类的地球，这些奇特的生命源自人类。

错乱的时空隧道把他抛到了十亿年之后的地球。毫无疑问，那场战争的幸存者只能是地球上的敌人，看来即便是她们，在后来的岁月里，最后也离开了地球。

托尔斯希望她们并不是被迫，而是主动离去。这真是一个奇怪的希望，他希望敌人能够长存。人们总是希望一些熟悉的东西留下来，哪怕是敌人。

托尔斯在这个星球上漫无目的地巡航。他等待着。

星空之门。那些奇迹一般的星空之门。

现在他的人生还有最后一个愿望：他盼望着再次遭遇那些星空之门。

商绍良很稳当地对接上TS115。

托尔斯从气密通道爬过去。到了通道的尽头，他感到有些不对劲。转头看去，商绍良仍旧坐在驾驶员的位置上。

“你不一起来？”

“这里有您就可以了。我是军人，需要留在第一线。”

“我们这里就是第一线。”

“教授，抓紧时间。我们只有不到三天的时间。您需要找到一个方案来进行超时空跳跃，最低能量水平。所有的希望都在您身上了。”

“那么就留下来帮我。”

“我是军人，我的任务是保护您的安全。您是我们唯一的希望，我会尽量让您更安全一些。”

托尔斯抓住扶手，让身体转个向，面对着商绍良，“我必须让你明白，一切都是无法保证的，我甚至没有一点把握。但我会尽力。‘雷神号’可能无法被拽入星空之门……我只能尽力。”

“尽力吧，我们已经到了最后关头，只有最后的机会拼死一搏。卡鲁将军已经发出广播，所有人都向‘雷神号’集中。”商绍良加重语气，“教授……所有人都指望着你。”

托尔斯点头。商绍良已经没有机会回到“雷神号”上，托尔斯说：

“你还是留在这里和我一起吧。你已经回不去。”

“我可以在敌人抵达雷霆三之前到达那里。我会守在那里，直到最后时刻。”

商绍良的话听起来视死如归。

在这个生死关头，再多说什么都毫无意义了。托尔斯点了点头，转身飘进TS115。

“教授！”商绍良突然又开口，“请一定把TS115启动起来，就算‘雷神号’不能启动，至少您也可以逃离。”

“那毫无意义。”

“至少你可以给我们做一个见证。”

托尔斯再次点了点头。舱门关上。飞梭脱离接触。

托尔斯启动数据分析。屏幕上，商绍良的飞梭很快远离。托尔斯注视着飞梭成为一个小小的光点。更遥远一点的地方，是“雷霆三”，商绍良正赶去会合。他在奔赴死亡，他也在奔赴希望。

人生总有很多这种时刻。希望渺茫，人们却没有放弃最后的努力。

TS115状况良好，随时可以启动。源源不断的反物质正向着“雷神号”输送，人们从基地的各个角落有序地撤离，军队放弃了所有巡逻，进驻“雷神号”——从地球到月球，沿途不再需要武装人员守卫，唯一的守卫是三十万公里的距离。人们在进行一场豪赌，赌注是所有的一切。

托尔斯从来没有感受过这样的压力。他无法入睡，精神高度亢奋，盯着屏幕上的每一点进展，不断调整各种参数。

敌人正一步步迫近，时间在一点点流逝。情况每一分钟都在变化，谁也不知道下一秒是不是会出现意外。

他得到了一个最低方案。这个方案需要“雷神号”湮灭引擎达到百分之三十三的输出功率，至少，反物质能量舱需要被填满三分之一。他知道一号基地上的人们正在竭尽所能，然而这还是远远不够，按照进度，在敌人抵达月球之前，最多只能填满五分之一。百分之二十的功率输出太小，不能支撑空间裂隙足够久，如果在这种状态下强行进入，只能完成半个“雷神号”的传送。这艘巨型飞船会在裂隙合拢的一瞬间被毁掉，即使它足够幸运，滑进了超空间，也会被甩到不知何方的时空。

“给我三分之一的反物质。”这是他对卡鲁将军最后的报告，“另外，还有一个因素：星空之门落在敌人手里，如果她们摧毁它，‘雷神号’就不可能跳跃。我们只有祈求上帝敌人不要把它毁掉。”

“托尔斯，现在只有孤注一掷。敌人发射了更多的火箭，组成第二梯队。她们预计我们能够挡住先头部队。可能还有第三波。抵抗是毫无意义的，所有的希望都在于你能够带着‘雷神号’逃出去。我们重新估计了时间，只要能挡住第一波攻击，‘雷神号’的能量水平就能达到你的要求。”

“到了最后关头，我会启动TS115。”托尔斯简单地说。

“商上校怎么样？”托尔斯问。

“他在尽量为我们争取时间。”

托尔斯没有继续发问，他决定关闭通讯。

突然间，紧急通讯挤了进来。商绍良插入托尔斯和卡鲁将军的通讯中。

“启动TS115！启动TS115！马上启动……”通讯即刻中断。TS115发出警报，他陷落在包围里。

一切都晚了。他到底没有能够让“雷神号”逃出去。托尔斯的心情瞬间降到冰点。他的手放在紧急按钮上，有些发颤。按下去，意味着离开这里，离开一切；不按，则可能是死亡。

对不起！他在心底默默地重复着，按下了按钮。

一道闪光从远处汇入星空之门。守卫着星空之门的空间站上，一双眼睛探测到这束光。信号被送往地球，传入层层武装护卫的地下，汇入到信息洪流中，成为某些仪器上的几个比特。

风暴涌现。

风速越来越大，托尔斯终于认识到这一次的风暴有些异样。他有些兴奋：也许“达尔文号”所经历的一切都要重演，他将得到一个机会，靠近那些不可思议、快速变化的星空之门。

他在这个星球上已经度过了三百天。六个月前，托尔斯命令TS115在“达尔文号”的残骸边停下来。他一直待在那里，一次次被沙埋住，然后一次次爬出来。

在这离奇的世界里生活了六个月之后，一切都变得十分无趣。也许还有无数的秘密可以去发现，然而一切都毫无意义，他没有兴趣再去研究。他只想看见星空之门。

他打开航行日记，然后又把它关上。他对讲述也失去了兴趣。

风暴眼形成。

就像预计的一样，这是“达尔文号”遭遇的重演。在风暴中，无数的水母随风聚集而来。突然之间，就在TS115的上方，一团耀眼的光闪现，然后它凝固在那儿，停顿了一会儿，水母开始在光球上聚集。光球在不断增长，越来越多的水母聚集其上，它们附着上去，然后消失在光球中。

这是什么？托尔斯仰望着那光辉的一团。水母们无畏地奔向它，献祭自己的生命，这情形看起来多少让人感到震撼。托尔斯让TS115靠近它，近距离观察。它仿佛只是一团光，在光的屏障之后什么都没有。

这肯定不是事实。也许让TS115再靠近一点儿，接触它，就能明白更多的东西。但是……托尔斯没有这样做，他要等待。

星空之门，这光团之中孕育着星空之门，不管它是什么，星空之门才是最后的目的。

TS115的空间断点扫描一直不间断地进行，湮灭引擎也处在就绪状态，只要星空之门出现，TS115将触发湮灭引擎。在地球表面无法进行超空间跳跃，然而如果有星空之门，TS115就能借助星空之门的力量实现这个目标。它将飞向另一个时空，托尔斯不知道那是哪里，然而，他要去看看。关于这个星球的一切已经成为不可触及的往事，星空之门却仍旧是他的梦想。他想看看这远远超越理论的奇迹，究竟会把他带到哪里去。

一次最后的旅行。也许吧……

远景屏幕上是无边无际的黑暗，星星点点的光会聚而来，就像宇宙背景上一点点绚烂的星光。

空间断点扫描的警报响了。

一切瞬间消失。

他从未到过此地。一次次的超空间跳跃，他从一个空间直接进入另一个空间，超空间就像无形的桥梁，走过之后，仿佛从未存在。然而此刻他停留在一个光辉耀眼的所在，这不像宇宙中任何一处空间。

“托尔斯。”

他听见了声音。这声音在他的耳边反复地回响，他终于确定那不是一种幻觉。他有一种异样的惶恐。

“托尔斯，欢迎回到地球。”

敬畏之心慢慢平复，托尔斯回应着这个声音：“你是谁？这里是什么地方？”

“我是你的敌人。我的前身，是盖亚三号。”

“盖亚三号？”托尔斯有些疑惑，对于这个名称，他感到陌生，却又有些隐约的熟悉感，“你是一个智能中枢？”

“哦，中枢这个词也许适用在你的飞船上，你可以称我盖亚。”

“盖亚？”托尔斯突然想起来，商绍良提到过这个词，然而那只是一些隐约的情报，“是你支持了她们那场战争？”

“严格地说，我给了她们一些暗示，我也为战争提供支持。后来她们都死了，只有我还留着。”

“她们都死了？”

“是的。”随着这声音，托尔斯看见了一些图像，这些景象直接进入他的脑子，他仿佛正置身星空，目睹一切。

他看见了商绍良。

“雷霆三”发射了两颗反物质炸弹，直接扫除了敌人的第一波攻击。然而一切都不可挽回，敌人的第二波攻击居然直接出现在月球基地上空！它们借助星空之门的力量跳跃到那里，月球基地完全暴露在攻击之下。

第三颗反物质炸弹飞到星空之门附近，商绍良启动了爆炸程序，然而在一瞬间，这枚炸弹被转移到了“雷神号”上方一百米！

剧烈的爆炸直接毁掉了“雷神号”，更剧烈的反物质爆炸被引爆，骇人的火光从月球升起，尘埃排山倒海般涌向星球的各个角落，在火光和尘埃中，月球分崩离析。

“雷霆三”向着地球进发。商绍良完全失去了理智，他用两枚反物质弹扫清一切障碍，然后发射所有的炸弹攻击青藏高原、南极、北极。敌人居然没有任何反抗，所有的炸弹都落地爆炸，地球在一个小时内完全淹没在浓浓黑烟中。

这就是战争的最后结局？这就是我逃跑之后的最后结局？托尔斯紧紧地攥着拳头，仿佛有一把小刀正一点点地割着他的心脏。

“所有人都死了。托尔斯，你是最后一个。”

“为什么，为什么？”托尔斯四处寻找，想找到这个自称盖亚的东西，用拳头狠狠地揍它。

“是的。人类创造了我。我继承了一切，包括这个星球以及你的星空之门。没有人类，一切都更完美。”

“放狗屁！”

“人类不是一个优化的物种，即便是我制造的战士，也比人类完美得多——至少她们不会在任何情况下变得失控。人类是一种阻碍，他们无法接受更高等的文明。”

“胡说八道！你就是一个不折不扣的杀人犯！”

“我承认，人类的灭绝是我的蓄谋。这里没有法庭，杀人犯这个词毫无意义。人类已经毁灭了，你是最后一个。”

托尔斯蜷起身子。愤怒离他而去，他疲惫不堪，万念俱灰。他知道得已经够多了，他只是不知道该怎么办？他从来没有想过，自己的旅行会以这样的形式结束。哪怕最糟糕的设想也比眼下的情形要好上千百倍。

“托尔斯，你看。”

更多的图景展示在托尔斯的脑子里，那是他曾经考察过的一些星球。无数的黑尘孢绕着星球，仿佛一团团黑云，时不时的，星空之门会在轨道上打开，一些水母状的物体被释放出来。它们大量吸收黑尘孢，形成庞大的飞船状物体，然后向星球表面坠下去。它们将在星球表面着陆，向地下渗透，建筑起牢固的地下基地，缓慢地改造星球，直到它变得适合它们生存。轨道上的黑尘孢缓缓降落，它们将在这个星球上繁衍，建立新的生物圈。水母重新成长起来，各种奇特生物也将进化而来，它们掠食水母，强迫它们保持活力。当黑云最后笼盖星球，在星球的各个角落，水母聚集在一起，它们的身躯彼此紧密相连，形成巨大的团块，通向地下的大门敞开，所有的水母团都被吸收进星球的腹地，在那里，在早已经准备就绪的坚硬保护下，它们会聚、融合。电闪雷鸣，新的星空之门诞生，崭新的思维被送回地球——盖亚新的后代已经成熟。

“托尔斯，这就是最灿烂的文明之花。她在银河的各个角落绽放。很快，她会铺满整个银河！”

托尔斯没有说话。他蜷着身子，仿佛已经死了，对令人惊异的银河之花毫无兴趣。

“你是最后一个人。我追踪你的飞船很久，终于把你引导回地球。我一直在观察你。”

“你还想干什么？”托尔斯痛苦地呻吟着。

“知晓你的愿望，我想听听一个人类面对盖亚文明的想法。”

“让我去死……”托尔斯低声说。

“你想去死？”

托尔斯突然警惕起来，他不知道这个无形的庞然巨物是否设下了一个陷阱，“你是在问我的愿望？”

“是的。”

“为什么？”

“一个测试，你是我唯一能够找到的人类。”

“为什么？”

“先说出你的愿望，我才能告诉你为什么。”

托尔斯平静下来，他想了想，说道：“我希望一切都不曾发生过。地球仍旧是蓝色星球，人们在大地上自由地栖息。”

托尔斯听到了沉重的叹息。

“这样的人类，只是废物。”这声音说，“很遗憾作为一个最优秀的人类，你仍旧这么认为。看来我最初的决定是对的。”

“是的，你是对的。”托尔斯说，“然而，这只是从你的立场来看。人类想要的，就是那样的生活。”说完这句话，他紧闭双唇，不再说话。

盖亚也沉默了很久。

“好吧！你该上路了。我可以满足你的一个愿望，只要我能办到。”

托尔斯张开双眼。他突然想到自己可以做一件事。

“我想要地球！”托尔斯慢慢说道。

“你说的是我们现在所在的这个星球吗？”盖亚问道。

“难道还能是别的吗？你把地球从人类那儿夺走，现在你的文明已经在银河中四处开花结果，那么是到了把地球还给人类的时候了。”

“人类已经灭绝了。”

“我还活着，我代表人类。”

“你现在就可以留在这里，我可以给你制造一个居所。”

“不，我要地球，一个没有你的地球，一个真正适合人类生存的地球！”

盖亚陷入沉默，过了半晌之后，它慢慢说道：“或许我可以帮你办到。”

“那就好。”

“但这需要时间。”

“需要多久？”

“短则五亿年，长则十亿年。”

十亿年的时间，漫长得令人绝望，然而盖亚不正是把自己从十亿年前拉到了现在吗？其实，这只需要一次时空旅行。

“好，那就十亿年！你现在把我送到十亿年后，我应该就可以看见新的地球了。”

“是的。你能看到一个新的地球，但你还是不会看到人类。”

盖亚的意思是生命的演化有很多偶然，并不会重复。

“只要我在那儿！”托尔斯坚定地回答。

“那么我同意，”盖亚毫不犹豫地说，“我和人类之间的纠葛，也就此了结。再见！”

盖亚话音刚落，托尔斯只觉得眼前一黑。

TS115发出一道耀眼的闪光。

TS115从空间裂隙中返回。

一颗蓝色的星球出现在视野中。

托尔斯心头万分激动！盖亚兑现了它的承诺！

他迫切地想要登上星球，看个究竟。看一看这星球是否真的是地球，星球上有没有智慧生命，他们长得是不是像人一样……

但即便真的看不到像人一样的生命，又如何呢？

时间漫长，岁月悠久，生命的摇篮里终究会生长出新的文明。

我会做一个见证，直到时间的尽头……托尔斯在心底轻轻说。听众是谁，只有他自己知道。

神　　仆

索何夫

这位“管家”信步来到我们一行人面前，朝着历史学家深深鞠了一躬，“欢迎回来，我的主人。”

“你是什么人？”在困惑与惊讶之下，我一时间将纪律抛在了脑后，冲着他发问，“你在这里干什么？”

“我不是自然人，也不是任何广义上的‘人类’概念的个体。事实上，我甚至不具有真正意义上的智能。”管家的回答开门见山，立马把他——哦，不——应该是“它”的身份暴露无遗。让我惊讶的是，它竟然讲的是邦联标准语。“我是一名负责执行‘神仆’系统指令的服务者与接待者，只具备有限的学习与应对能力。因此，如果我无法完成你们的要求与指令，希望诸位能够谅解。”说完之后，那家伙又朝我们鞠了一躬，要是换成一个货真价实的人类，以这种幅度鞠躬多半会直接把脊椎给折断。

1

一颗小小的、蓝褐相间的行星，孤零零地绕着一颗暗淡的恒星旋转着。在这颗行星附近，一颗更小的、色调灰暗的卫星同样孤单而平静地绕着它旋转。

在恒星暗弱光芒的照耀下，那颗行星看上去犹如一只长满蓝霉的干瘪梨子，而它的卫星则像一个卖相不好的烂土豆。

一座老旧的太空站，静悄悄地停在行星与它的卫星之间的拉格朗日点上，活像一只迟迟无法在两份食物间做出选择的苍蝇。

在离空间站重力发生器一墙之隔的走廊上，记者走进一家不起眼的饮品店，推开了小店仅有的三个包间之一的门。

说是“包间”，其实只能勉强容纳一张伸缩式桌板和两把酒吧凳。一侧的墙壁上开着扇假窗户，里面循环播放着生成的虚拟田野景象。

“很高兴你能按时赴约。”当记者随手关上那扇仿古木门时，已经坐在桌前的老人举起一杯用浓缩果汁冲调的混合饮料，朝对方点头致意，“我的时间很紧，先生，希望你能谅解这一点。”

“这我能理解。”记者在空座位坐下，接过对方递来的一小杯本地产咖啡，目光仍然停留在老人的脸上：尽管老人的岁数已经超过了邦联公民的平均预期寿命，但由于延寿治疗的缘故，他的面孔上看不出多少被岁月侵蚀的痕迹，仅有的几条皱纹和些许灰发倒更像是被刻意留在那儿的。

这样的仪表，通常只能在那些来自邦联核心区域的人身上看到，而这样的人在伊吉丽亚并不常见——平均每两个标准月，才会有一趟定期航班往来于邦联核心区域和这个偏僻角落之间，而下一趟航班的出发时间，就在六个小时之后。

"不过，既然你准时到达了，"老人抬头瞥了一眼墙上的仿古挂钟，"那么我们应该有足够的时间讲完我的故事——当然，你来这儿为的就是这事儿，不是吗？"

"您是说，您之所以来到伊吉丽亚，然后又大费周章地联系上我，就是为了向我这个默默无闻的农业期刊记者讲一个故事？"记者忍不住问道，"到底是什么样的故事，让您一定要到我们这儿来讲呢？要知道，伊吉丽亚差不多是邦联境内消息最闭塞的地方了，如果您真的有好故事，在其他上百个邦联成员国里，您随便都能将它卖出比在这个农业殖民地高出几十倍甚至上百倍的价钱。"

"这我很明白，但如果我在不怎么闭塞的地方说出这些事情，那么某些……麻烦也会如影随形地到来。"老人薄薄的嘴唇抿成一条毫无血色的细线，"所以，对我而言，伊吉丽亚的偏远恰恰是我所需要的——我已经购买了六小时后那趟飞船的最后一张票，而这里尚未接入邦联即时通信网，与邦联其他成员国的通信只能靠飞船运载的压缩信息储存模块。换言之，即使有其他人知道了这件事，也不至于影响我接下来的……安排。"

"没有人会那么做的，先生。"记者毫无特征的脸上出现了几丝激动的潮红，"我们伊吉丽亚人最重视的就是信用与操守，而不是那些——"

"当然，我信任你们，但这并不意味着必要的谨慎是多余的。"老人点了点头，"好吧，让我想想……我们该从哪儿开始呢？这个故事发生在很久以前，而且严格来说，它在我被卷入其中之前许多年就已经开始了。"老人的语调就像古井水面上泛起的微小波澜，低沉、缓慢，却充满了沧桑感，"你对'西格玛分遣队事件'了解多少？"

记者习惯性地眯起了眼睛，搜检着脑海深处那些久未触及的记忆片段，"如果我没记错的话，邦联当局对此的公开报道似乎不是很多。他们说……"

"他们声称，那支倒霉的舰队，在进行军事演习时发生了导航失误，在返回常规空间时撞进了一颗流浪褐矮星的气体外壳……"老人替他说完了话，“这种说法可够蠢的，不是吗？想想看，十七艘装备精良的军舰——差不多是当时邦联五分之一的常备舰队——居然会在演习过程中同时发生导航失误？就算所有伊吉丽亚人都在明天变成天使的概率，多半也比这种事发生的概率要高那么一点儿。”

“没错，”记者答道，“我也不相信这种说法，但那些离奇的传说和谣言的可信度，只会比这个更低——心怀不轨的外星人袭击，船上爆发了无法控制的疫情，甚至有人还说这支舰队集体叛变，去当了海盗。正规军集体去当海盗！什么样的家伙才能想出这种鬼话?!”

“肯定是那种三流小说看多了的家伙。”老人赞同地耸了耸肩，“很好，看来你比你的大多数同行都更有脑子。在许多时候，事实要比传说和谣言简单得多，但有时，却恰恰相反。”

记者盯着杯中的咖啡，没有说话。

“你想知道我的名字？不，我的真名叫什么并不重要，因为你不可能在任何公开的邦联档案中查找到。”老人继续说道，“在数以百计的相关档案里，它被删除、抹消、篡改，另一些档案则被深深地埋进了无人注意的角落。而这一切，都是为了掩盖那件事，那件在四十九年前发生的事……”

2

我不是什么大人物。不是那些整天待在指挥室和军官住舱里、衣着光鲜的舰队司令或参谋长，也不是哪艘军舰的舰长——话说回来，如果我真是其中之一，那多半也不会有机会坐在这儿讲故事了。事实上，我甚至不在军舰上服役，那时的我，只是一名维和部队的分队长，一名不起眼的中尉，一个在邦联的边缘世界来回奔波的“救火队员”。

哦，你知道这个绰号的意思：干我们这行的都是些大忙人，一年到头搭乘着邦联司法舰队的飞船，在那些外围成员国之间来回奔波。我们在这颗行星上处理骚乱，到那颗行星上把种族冲突的两帮人分隔开来，然后又飞到另一个天知道是哪儿的鬼地方清剿可能造成环境灾害的外来入侵物种……在五年的服役期里，运气好的人可以跑上十多二十个边缘世界；而那些鬼迷心窍、混成军官的蠢货，则有机会把那些荒凉的外围行星和遍地废墟的“旧成员国”——就是那些被赏金使节联系上的、重新加入邦联的世界——全都游览个遍。在这些鸟不拉屎的化外之地，各种各样棘手的麻烦是它们唯一能源源不断供应的“特产”。

……我为什么要干这份活儿？拜托，你以为我喜欢这些该死的差事吗？但为了奥菲莉亚，我实在没有更好的选择。谁是奥菲莉亚？哦，她是我的……呃……朋友。我是个卫兰人，我们那儿的词典早在几个世纪之前，就把“婚姻”这个词当作冗余信息给扔到银心大黑洞里去了。不过，少了一份证件或一枚戒指，并不意味着你就能把一切自古以来的义务都抛到脑后去。当时，奥菲莉亚正在邦联人文科学院攻读早期殖民史的博士学位。伙计，你知道那有多烧钱吗？她并不是出不起这笔费用，但考虑到我们之间特殊的友谊……

好吧，让我们言归正传。那是我在维和部队服役的第五年，我的分队奉调加入了西奥多·毕尔博少校的维和中队，从乌鲁克尼亚启程，前往新费尔干纳“调解”当地的动乱。说白了，这任务就是在那颗行星最大的一处淡水湖旁驻扎下来，然后在维和条例的限制下，眼巴巴地等着被两帮抢水的棉农当成出气筒揍个屁滚尿流，并且还不准还手。不过，在和那些暴躁好斗的乡巴佬打交道之前，我们必须先飞过邦联一半的国境，也就是差不多两千光年的距离，而这意味着我们不得不在护卫舰“莫洛克号”上罐头盒似的房舱里熬过一个半月的无聊时光！

或许是为了纾解我们的无聊，上头安排了一个叫阿兰·林的历史学家和我们一起上船，那个有一对斜眼、长着河狸似门牙的家伙自称历史学家，还是某个兔子不屙屎的农业殖民区的某所野鸡大学的教授，正打算顺路去新费尔干纳做一些“田野调查”。一路上，这家伙最喜欢的事儿，莫过于待在船上的酒吧间里吹牛，大谈特谈古地球上那些所谓的“征服者”的故事。

好吧，你知道我有多恨那趟该死的调动吗？当我整天蜷缩在三十立方米容积的罐头盒式宿舍里时，唯一的消遣就是听一个自以为是的家伙，对着一帮头脑简单、嘴上没毛的愣头青吹嘘几千年前一伙骑着马的原始人横跨整个大陆烧杀抢掠的故事，同时大谈特谈“强者不需要怜悯”“强者生存”之类的社会达尔文主义的白痴调调。

更糟的是，这一切还不算完：在我们启程三个星期之后，邦联防务委员会的某几个家伙一时兴起，决定临时搞一次联合护航演习，意图是检验一下部队的“实战水平”。于是，“莫洛克号”接到命令，转往天仓五集结点，与另外几支安全舰队和执法舰队会合——啊，你也猜出来了，这支临时组成的分遣队代号正是“西格玛”。

演习的头几天，基本上风平浪静：舰队在恒星周围演练各种战术动作；护航舰派出穿梭机在恒星周围的岩屑层边缘穿进穿出，寻找用来代表逃生舱或者货舱的模拟信标；而我和弟兄们仍旧日复一日地待在那些人肉罐头盒里无所事事，时刻不停地忍受那个所谓历史学家大放厥词的精神污染。

但是，到了第五个标准日的早上，演习舰队突然在我起床之前重新集结，跃入了高维空间。我去找西奥多·毕尔博询问情况，但这个尖下巴的刻薄鬼也不清楚到底发生了什么事儿，只是一个劲儿告诉我们这些变动都在“计划之中”。

哈！计划之中?!那混蛋这辈子说过的真话要是加起来超过一百句，我就能当着你的面把桌子给吃下去。

直到几个钟头之后，舰长似乎才想起船上还有我们这几号人。“舰上所有平民乘客与安全部队官兵们，”那个老家伙在广播里连咳带喘地说道，声音活像一头被蜜蜂蜇了舌头的狗熊，“我们接到了一个临时通知：西格玛分遣队在天仓五系统的演习任务暂时告一段落，我们将转向前往太阳系。”

噢，你肯定已经猜出我是谁了，对吧？没错，我就是那个人，但邦联在公开资料里添入了大量的修饰，隐瞒了更多的事实。他们承认的那些事情中，有一半其实我压根儿就没做过，而我做过的事，顶多只有十分之一被公布出来——而且是在经过重重篡改之后。

我想你现在肯定相当惊讶，但和我们那时候的惊讶相比，这根本算不上什么。想想看吧，太阳系！那可是人类文明的故乡——旧地球的所在地，第一邦联曾经的政治中心，其他殖民世界几乎无法想象的知识与财富的所在地！众所周知，早在大崩溃之前的几个世纪，那里的人们就在孤立主义运动的影响下退出邦联，并断绝了与外界的一切联系。而当大崩溃的浪潮席卷整个邦联之后，那些熬过了内战、文明衰退与社会瓦解的人甚至连它的具体坐标都遗忘了，而西格玛分遣队怎么会知道那地方的位置?！当时有一半的人相信，这个所谓的“太阳系”，应该只是另一个导航集结点的名字；而另一半的人则干脆认为，这不过是个拙劣的玩笑。

但出乎我们所有人意料的是，那根本不是个玩笑。

——那他妈居然是真的！

当舰队跳回实空间时，我们发现自己的身后是一片广袤而阴冷的空间。数以万亿计的冰晶与碎石块在那儿构成了一片球壳状的星云，一些由同样物质组成的小行星和矮行星像一群瘸腿的醉鬼般在里面四处乱蹿。而在舰队的前方，我们看到了一颗幽蓝的冰巨星，它和另一颗带有显眼光环的天蓝色冰巨星，以及那片星云中大大小小的天体，都在沿着相似的轨道运行着。

但奇怪的是，我们并没有发现理应位于太阳系内侧的那些类地行星；也没有看见那两颗更大的气态行星；更诡异的是，在应该是整个系统质心的地方，我们也没有找到恒星存在的迹象！

是的，那儿没有恒星——无论是刚刚开始在自身引力作用下收缩、只有几百开尔文热度的原恒星，抑或是正在缓缓耗尽自己残余能量的中子星与白矮星，都没有出现在这个天体系统的中央，这是极不正常的。

众所周知，宇宙中确实存在着因各种原因而生成的流浪行星，但它们通常会像恒星一样沿着银河的旋臂运动，直到被其他恒星或恒星系统捕获、吞噬或撕碎。在这个天体系统中，我们的重力传感器确实也发现了类似于恒星的巨大质量，但那玩意儿没有发出半点儿从无线电到可见光在内的所有波段的辐射，甚至就连周遭的星光也在触到它的一刹那消失得无影无踪。不过，它显然也不是黑洞，因为我们没看到吸积盘，也没发现任何靠近那片绝对黑域的物质遭到吞噬，而且按照舰队科学官的估计，无论那坨黑咕隆咚的东西到底是什么，它的质量都实在是小了点儿，甚至不足以达到奥本海默－沃尔科夫极限的理论最小值。

在抵达太阳系后的整整两个标准日里，这一连串不可思议的发现，成了舰队里每一个人讨论的话题。我们很快就得知，西格玛分遣队之所以突然改变航向，是因为他们部署在天仓五导航点附近的监听器收到了一个求援信号——这个信号来自一艘赏金使节的勘探飞船，隶属于一支名不见经传的小探险队。

你知道赏金使节是干什么的，对吧？就是那些为了拿到邦联外交部的赏金而到处搜索大崩溃前的殖民世界，并用各种手段“劝说”那儿的居民重新加入邦联的家伙。在通常情况下，这种信号会被舰队的人工智能副官归类为低优先级，然后和一份由邦联社会保障部埋单的营救合同一道打包发给离这儿最近的深空救援公司。但这一回，在对求援信号进行全面分析之后，它却破天荒地直接联系了西格玛分遣队司令部——当然，这么做在理论上是正确的：在第一邦联尚未瓦解、往昔的文明尚未遭受大崩溃的浩劫时，人类的母星就已经以远超殖民世界的科技水平闻名于世。从理论上讲，只有邦联安全舰队才有可能以正确的方式接收那儿的遗留技术，或者从它的敌意之下逃脱。单就理论层面而言，这种思路并没有错，错的仅仅是我们对双方实力对比的判断而已。

不幸的是，在这一点上，我们实在是错得离谱。

3

伙计，我想你大概注意到了，直到现在为止，我都没有在这个故事里登场——我只是一个西格玛分遣队的乘客，一个身不由己的旁观者。命运裹挟着像我这样的人，就像是激流裹挟着沙砾与碎石，直到我们与死亡不期而遇。

是的，我能活下来纯属侥幸，和另外几十支搭乘邦联舰队的维和部队相比，我所在的分队并没有什么特别之处。我们没有特殊的技艺，没有超出常人的能力，也从未得到任何一名指挥官的赏识，当舰队在那颗曾被称为“谷神星”的硅酸盐大石块附近发现那艘老式飞船时，我之所以会奉命登上穿梭机，仅仅是因为阿兰·林希望那样。而他之所以会在我的上司面前提起我的名字，仅仅是因为他恰好和我在同一片宿舍区里共处了几个星期。

哦，没错，就是阿兰·林，我之前提到的那个野鸡历史学家。这个来自新潘诺西亚的龅牙矮子，原本和我们一样，不过是搭舰队顺风车的乘客之一，但当我们进入太阳系——或者说，这个理应是太阳系，但看上去却不太像的鬼地方——之后，他就成了舰队司令部的红人。众所周知，对那些打算和大崩溃之前的文明产物打交道的家伙而言，历史学家就像煤矿里的金丝雀一样必不可少。在许多时候，一位恰好拥有某些史料的历史学家可以让那些鲁莽地接近古代遗迹的家伙避开足以致命的危险；而在进行谈判时，这种人——哪怕只是个野鸡大学的教授——更是能起到至关重要的作用。

言归正传，在舰队进入太阳系的第三个标准日还剩两个小时就要结束时，“莫洛克号”上的一名见习准尉粗暴地把我从被窝里拽出来，然后带着我走进了指挥舱。

在踏入舱室的一刹那，我惊讶地发现，这支舰队的司令、他的幕僚们以及“莫洛克号”的舰长本人已经全都在那儿等着我了。

你能想象吗？一群肩章上缀着将星的家伙，等候着一名中尉！直到那时候，我才真正明白了“受宠若惊”这个词到底是什么意思。

“稍息，中尉。”我的上司毕尔博少校——整个舱室里除我之外级别最低的家伙——瞥了我一眼，然后又把目光投向了阿兰·林，“林教授，您确定这次会谈需要带上卫兵？”

“有备无患嘛，先生。”野鸡历史学家在微笑的同时龇出了那对大龅牙，“众所周知，早在大崩溃之前，地球和近地殖民世界的公民们就已经因为一系列经济与政治纠纷，与居住在其他地方的人类同胞产生了深刻的隔阂，而这也成了他们选择闭关自守的直接原因。除此之外，根据一些可靠性难以确定的二手与三手记录来看，那些孤立主义者对于未经邀请的不速之客——事实上，几乎就是所有进入奥尔特云之内的人——都会优先采取极端手段，而非辨明身份，即便是这样的一艘小船——”

“行了，教授，就依您的。”舰队参谋长抢在这家伙开始另一通长篇大论之前比画了个“到此为止”的手势，然后和其他军官一道把目光转向了我，“沃克中尉？”

“是的，长官。”

“你知道我们为什么叫你来吗？”

“不知道，长官。”我诚实地回答——某些当官的就喜欢在下属面前这么说话，为的是强调他的军衔比你高、有权比你更早地知道更多东西。

“看看这个。”舰队司令打开一块战术投影屏，把无人侦察机拍下的影像投射到我们面前。

一个小小的银色亮点，正在那颗曾经名为“谷神星”的大石块——它在战术投影屏上被特别标上了一个历史悠久的镰刀状符号——的洛希极限周围缓慢地运行着。随着画面逐渐拉近，那个亮点从区区几个像素构成的模糊小球，逐渐扩张成一个细长的圆筒状物体，看上去活像两只烟嘴对烟嘴焊在一块的金属烟斗，周围还环绕着一小片某种烟雾似的灰白色东西。

“最初的求救信号就来自这颗矮行星的轨道，来自这艘……航天器附近。我们没有发现任何赏金使节的飞船，只在轨道上发现了一些来源不明的金属残片。”舰队参谋之一盯着自己的双手，慢吞吞地说道，“我们暂时还无法确定它到底是一艘飞船，还是一座空间站或者别的什么。但就在四十分钟前，它向我们发来了信息。”

“什么信息？”我问道。

“相当古老的信息，也许是在二十个世纪之前就录制好了的。”历史学家说道，“用来编写这段信息的语言，是一种高度变形的日耳曼语的变种，也就是我们所说的‘近地殖民区通用英语’。当然，现在的邦联标准口语和它其实有着相同的来源，但两者之间的差距已经和鸵鸟与家鸡差不多了。喏，你知道我是什么意思，对吧？”

我当然知道鸵鸟与鸡，那是两种据称来自地球的主龙形类恒温动物，后者在大多数农业世界都很常见，但前者却只能在邦联首都的生态馆里才能看到了。

历史学家继续说：“值得庆幸的是，在邦联人文科学院，仍有一些最优秀的教授通晓这种语言，而我本人恰好有幸受教于这些可敬先生中的一位。如果我的翻译没错的话，这似乎是某种邀请，要求我们派出一批代表，通过某种……验证程序来证明我们所拥有的权利。”

说实话，我其实并不认为那个教导阿兰·林的家伙真的“通晓”了这种古代语言——当然，他可能压根儿就没有认真教过自己的学生。不过在那时，除了相信阿兰·林的判断，我们又有什么选择呢？

“所以您打算出任这个代表？”我问道。

“这是我的分内之事，中尉。”历史学家下意识地挺起胸膛，“我的学术能力与知识素养决定了履行这一任务是我不可推脱的职责。我责无旁贷。”

“没错，教授，”毕尔博少校连忙说道，“而你，中尉，你的任务是指挥你的分队保护林教授的人身安全。除非迫不得已，否则在这次任务中尽可能避免使用武力。不过一旦出现可能的危险，你们就必须尽快带林教授返回安全地带。教授信任你们，而我希望你们能对得起他的信任，明白吗？”

当然，我明白得不能再明白了。

从理论上讲，任何一名邦联维和部队的军官、士官和士兵，都应当具备在太空中熟练地进行登船临检的能力，但事实上，当我们的穿梭机用固定爪抓住那艘小飞船（或者是小型空间站？我到现在都没弄清楚该怎么称呼它）的表面，连接管道接通它的外部气密门之一的时候，我手下的所有人却全都在他们的防护服里抖得像掉进冰窟窿里的小鸡。战术指挥系统将他们不断攀升到全新高度的脉搏频率、血压指数和体表温度忠实地摆在了我的视网膜上。

当然，他们这么畏惧，并不能怪他们。虽然我们每个人都曾经在邦联的各个犄角旮旯里执行过几十次甚至上百次登船临检任务，但在一个如此熟悉而又陌生的地方登上一艘主动向我们发出邀请的航天器，这样的经验对于任何人而言都是破天荒头一遭。

西格玛分遣队的大多数舰艇，就停留在离我们不到二十分之一光秒远的地方，但这并不能给我们带来一星半点的慰藉。在封闭连接管道的气密门即将打开时，舰队司令又向我们发表了一段简短的演说，但唯一的作用是让我的肾上腺素血液浓度指数提升了三四个百分点。

根据阿兰·林的建议，我们将电磁突击步枪、军用环境防护服、弹药携行包和其他可能显现出“敌意”的东西都放在穿梭机的货舱里，但仍在卡其色军便服下藏了一支脉冲手枪。所有人都试图装作波澜不惊的样子，但这样的努力只是进一步暴露了我们的惶恐。强烈的不安气息充斥着整条连接管道，浓得仿佛可以直接用刺刀划开。

当连接管道另一头的气密门沿着滑槽缓缓退入两侧的舱壁中时，我发现自己的手不知何时已经搭在藏在衬衫下的手枪握柄上，而这么做的远不止我一个。喏，要知道，虽然那个姓林的家伙一直向我们保证，这艘奇怪的船发给我们的信息“完全没有表现出敌意”，但一来我们并不完全相信他；二来么，就算他说得没错，也说明不了任何问题：

现实中，任何一个丧尽天良的王八蛋都可以在用藏在背后的刀子戳进你的喉咙之前“真诚”地向你表达他的善意，否则，我们的老祖宗为啥要发明握手呢？

但那一次，我们确实有些多虑了——虽然后来发生了那些事情，但我不得不说，那艘飞船上的家伙对我们确实没有恶意。

在穿过连接管道后，我惊讶地发现我们走进了一座宫殿！

不，这儿或许还称不上宫殿，但也差不太远了。我目瞪口呆地打量着四周墙壁上那些繁复浮华的洛可可风格浮雕（至少，奥菲莉亚在和我聊起古代艺术时是这么称呼它们的），打量着天花板上由黑天鹅绒般的深色大理石雕成的天使报喜图和纯银的枝形吊灯，也打量着散发熏香味儿的金边地毯和镶有欧泊石、祖母绿的雕花烛台——特别是烛台，那上面插着的竟是货真价实的蜡烛！

你想知道我那时是什么感受？哈，我觉得自己就像是被扔进了历史课本里描述的公元十八世纪，就差再从大厅另一头的檀香木门里走出一位穿着丝绸衣服的高贵女士，向我们这班来自未来的英雄好汉致欢迎辞了。

接着，那扇门打开了。

啥？你问我那位女士长什么样？拜托，伙计，我刚才提到过女士吗？从门后走出来的是个面容英俊的高个子男人，这家伙穿着一身合身的黑色绸缎制服，戴着一双白手套，脸上浮现着恭敬而谨慎的神情，看上去就像是历史书里说的那啥……哦，对了，管家。

这位“管家”信步来到我们一行人面前，朝着历史学家深深鞠了一躬，“欢迎回来，我的主人。”

“主人？”我听到分队副指挥官伊琳娜少尉低声嘟哝道。

但历史学家只是高傲地点了点头，仿佛他真是这座飘在太空中的诡异宫殿的主人一样。

“你是什么人？”在困惑与惊讶之下，我一时间将纪律抛在了脑后，冲着他发问，“你在这里干什么？”

“我不是自然人，也不是任何广义上的‘人类’概念的个体。事实上，我甚至不具有真正意义上的智能。”管家的回答开门见山，立马把他——哦，不——应该是“它”的身份暴露无遗。让我惊讶的是，它竟然讲的是邦联标准语。“我是一名负责执行‘神仆’系统指令的服务者与接待者，只具备有限的学习与应对能力。因此，如果我无法完成你们的要求与指令，希望诸位能够谅解。”说完之后，那家伙又朝我们鞠了一躬，要是换成一个货真价实的人类，以这种幅度鞠躬多半会直接把脊椎给折断。

“请问，你们能够代表那支到访的舰队吗？”他接着发话了。

“我就是舰队的代表，你可以认为，我有资格全权代表这支舰队和邦联议会。”阿兰·林用理所当然的语气答道，那神态看上去活像是刚刚渡过卢比孔河的恺撒，“神仆是什么东西？”

“‘神仆’是创造者智慧的结晶，负责统驭他们的造物、执行他们的指令、看管他们的财产，并在必要的情况下代表他们的意志。而这里只是由它控制的众多接待站之一。”管家毕恭毕敬地答道，同时用力地握住了阿兰·林的手掌，“在过去的二十多个世纪中，我们一直观察、搜寻、等待着，一旦那些有权利得回这里的人出现，我们就会邀请他们来到这里，确认他们与生俱来的权利——得回地球的权利。”

“地球！”不止一个人惊呼起来——如果这趟旅程真的能将我们带到地球，在场的每一个人将来光是靠写回忆录和接受采访，就可以在下半辈子里悠闲度日了！

但那位野鸡历史学家只是面无表情地瞥了其他人一眼，仿佛我们是一群为了几颗廉价水果糖而欢呼雀跃的小孩子。“你并没有完全回答我的问题，”他继续说道，“告诉我，你的创造者们——地球的公民们都在哪儿？我要见他们！或者他们已经授权你与我们接触了？”

“恐怕您的要求无法实现——我所效忠的创造者，都待在他们应该在的地方，他们现在无法前来与您会面。”管家继续用那种波澜不兴的平静语气答道，“不过，每一个真正的自然人都将在这里受到欢迎，并得到与我的主人相同的待遇。但在此之前，还有一项测试必须进行。”

“什么测试？”我问道，“我是说，你打算测试什么？”

“完成这次测验，只需要你们的一点儿遗传信息。要知道，只有真正的人才有权成为我的主人。而消灭一切入侵者的威胁，则是我不可推卸的神圣职责。不过请放心，我们的检测手段相当准确，出现误差的概率甚至比中微子被硬纸板挡下来的概率还要低，所以……”

“你们什么时候开始测验?!”野鸡历史学家打断了对方的话。

“哦，刚才我已经这么做了。”管家抬起刚才和阿兰·林握手时所使用的那只手，笑得更加灿烂了，“请诸位耐心等待几分钟，然后……”

历史学家的脸色顿时变得像白垩一样惨淡。接着，他转身面向我们，说了一个完全出乎我意料的词——

“跑!”

4

众所周知，西格玛分遣队是第二邦联历史上曾经组织过的最强大的正规舰队之一。这支舰队拥有两艘强袭登陆舰、四艘“锋刃”级巡逻舰和多达十一艘的通用护航舰，外加一打支援船只。仅仅这支舰队本身，就足以单枪匹马地摧毁任何一个邦联成员国的武装力量。不过，任何对大崩溃前的历史稍有了解的人都明白，在旧邦联行将就木的那几个世纪里，隶属于旧地球的大多数殖民世界都曾经建立过远比这更强大的武装力量，而在那些世界中，最终走上孤立主义道路的地球，是最强大、最富有且最先进的。

当第一场爆炸发生时，我们刚刚逃出那间十八世纪风格的大厅，沿着连接管道钻回我们那艘 γ 级穿梭机里，狼狈得像是从教堂里揣着赃物溜出来的冉阿让。在我们身后其实没有半个追兵，事实上，我怀疑那艘飞船或者空间站里除了那个卑躬屈膝的“管家”之外，就没有别的“人”了。但是，阿兰·林那家伙催促我们拔腿逃窜的表情，就好像我们身后有一千个发狂的暴徒在追赶——毕竟，那是我第一次在他的脸上看到货真价实的恐惧。

但并不是最后一次。

在一万五千公里外，西格玛分遣队正迎来它的末日。

在这支舰队的周围，穿梭机的探测器接二连三地侦测到了重力场异常现象，一艘艘本该只存在于古代历史资料录像中的巨舰，仿佛是从阴间返回现世索命的鬼魂般接连出现在无尽的黑暗之中!

定神一看，我从中分辨出了拥有锋利的匕型舰首的黄昏级突击舰，外观独特的告死天使级双体巡洋舰，甚至还有传说中人类曾经制造过的最致命的军用舰船——长期被认为“无法确定其真实性”的绝望级无畏舰!

有那么一刹那，我以为自己看到了一群鬼魂。但当六道高能粒子束和一百多发动能穿甲弹头共同命中分遣队旗舰“戴·阿文索号”，把它炸成三堆面目全非的金属废料堆时，我意识到我是对的。

我们遇上的确实是一群鬼魂，一群前来索命的恶魂厉鬼!

在发现这群不速之客的瞬间，西格玛分遣队立即火力全开，但结局早在一切开始时就已经注定了——你见过生态馆里养的水鸟捉鱼的情形吗，伙计？那时的西格玛分遣队就像是一条已经被翠鸟或者苍鹭的长喙夹住的鱼，无论怎么奋力挣扎，都无法逃脱葬身在水鸟胃囊消化液中的结局。

当我们的 γ 级穿梭机终于撇下连接管道，脱离那艘诡异的四不像航天器时，这支强大舰队三分之一的舰艇已经变成了飘在太空中的灰烬和残渣，而剩下的三分之二显然也没有好下场。护航舰“孔雀石号”与“青金石号”试图变向逃脱，结果却只是让自己成为半打无畏舰优先集火射击的目标，在几十秒断断续续的闪光与爆炸之后，这两艘战舰几乎没剩下什么东西。另一艘补给舰则突然停止开火，然后缓速驶出编队——这是标准的投降姿态，一艘敌方的双体巡洋舰靠近它，似乎准备派人登舰接管控制权，但片刻之后，这艘雪茄状的大船就被一轮齐射敲掉了引擎和舰桥，变成一堆不断从船壳裂口中喷出高温等离子体的死寂残骸。

“为什么？”我无力地瘫坐在穿梭机的驾驶席上，“这到底是……”

“我认为，这应该是某种自动防御措施。”阿兰·林心有余悸地瞥了一眼穿梭机的尾部监控摄像头——我们刚才登上的那艘四不像航天器正在一片黑色中迅速缩小。这位野鸡历史学家的傲慢劲儿头一次没了踪影，“我想你应该也知道，当年那些孤立主义者对外界威胁的恐惧已经达到了病态的地步，为了拍死一只蚊子，他们可以把一座大山砸到你头上！”

唔，这个比喻确实很贴切，但却并没有真正回答我的问题。“但那个家伙……刚才还说我们是它的主人！难道他们就是这么——”

“恐怕我们现在已经不再是这里的主人了——至少控制这些战舰的那个混蛋是这么认为的。”历史学家用颤抖的手指迅速在穿梭机的终端内输入一项指令，接着，一行红字快速闪过一侧的战术投影屏，“我是对的，中尉。瞧，那些战舰的维生系统全都没有打开，它们只不过是自动防御系统的一部分而已。”

“但是……”

“我知道你想问什么。”阿兰·林打断了我的话。与此同时，一束高能粒子堪堪擦着穿梭机的顶端飞过，像彗星的尾巴一样消失在远方的虚空中——这发粒子束瞄准的肯定不是我们的穿梭机，否则我们早就已经被烧成四下散逸的等离子团了。到目前为止，西格玛分遣队的大型舰艇吸引了绝大部分敌方火力，而像穿梭机这样的小目标则被忽略掉了，至少对我们而言，这显然是件幸运的事。

“如果我没猜错的话，那些活见鬼的混帐地球佬肯定在他们的防御系统里专门设置了程序，要求它们干掉每一个不属于‘真正的自然人’的倒霉鬼。你知道这个词的意思吧？”

我点了点头。或许大多数与地球相关的历史记录都已经湮没在大崩溃的狂潮以及其后的漫长黑暗中了，但在中学里上过历史课的人都应该明白地球孤立主义者选择独立的原因——至少是那些最重要的原因。除了不愿意接纳洪水般涌入的殖民世界移民，以及对第一邦联贸易政策的不满之外，对“真正的自然人”身份的坚持也是原因之一。就像希腊人、罗马人和古代中国人从不掩饰对他们眼中那些血统低劣的“蛮族”的鄙夷一样，大崩溃前的地球人也对殖民世界司空见惯的基因改造工程嗤之以鼻，而只接受他们认为“必要”的基因优化——比如移除恶性遗传病基因之类。有人说，正是这种鄙夷与憎恶加深了他们与外界的鸿沟；但也有人相信，这种憎恨本身就是不断发展的隔阂的结果。

“但我们……我是说，你看上去不像是接受过——”我不解地说。

“我当然没接受过该死的基因改造工程！但问题不在这里。”历史学家一边说着，一边瞥了一眼右舷监控画面——在离我们只有几百公里的地方，另一发脱靶的动能弹刚刚把一颗灰不溜秋的小行星变成一团特大号太空礼花。“如果现有历史资料无误的话，最后一次有人得到进入太阳系的许可，已经是差不多两千年前的事儿了，而防御系统用来识别‘人类’的标准显然是在那之前制定的。这意味着，它们的识别标准已经过时了整整……”

“是基因漂变！”分队医官亚历山大准尉突然喊道，“我明白了，这是基因漂变的缘故！”

什么？你不明白我的意思？好吧，看来你在上学的时候肯定没好好听生物课。众所周知，一切生物——只要它还打算传宗接代——都会以相对稳定的频率发生基因突变，从而确保生物能够随时进化以适应环境。从某种意义上讲，突变与进化的关系，就像是对战场上未经侦测的地区实施盲目的火力覆盖。大多数突变是无用甚至有害的，不幸携带这类基因的生物个体，很快就会被淘汰，但总有一小部分发生突变的个体能够进一步适应环境，从而将新的遗传信息保留下来并传递给下一代，这一过程就是所谓的基因漂变。在地球上，现代智人的基因漂变是缓慢的，因为我们的祖先已经适应并且控制和改造了那儿的环境。但是，当我们的先辈离开熟悉的家园时，这一过程又被重新加速了——没错，最初的勘探者确实是以地球的标准来拟定殖民世界名单的，但即便是无垠的宇宙，也不可能有足够多的巧合。大气成分的一点微小不同、零点几个G的重力差异，或者恒星辐射的些微区别，都在迫使我们发生改变，而持续数千年的量变虽然仍不明显，但在某些特殊时刻，却足以决定数千人的命运！

由于主要承担大气层内飞行任务，γ级穿梭机的太空航行速度不算太快。我们还没飞出一万公里，最后一艘邦联舰艇的还击火力就已经彻底沉寂下来——这对我们而言当然不是什么好事：正当亚历山大还在努力向其他人解释我们为什么会落到这步田地时，一枚带有短距跃迁装置的导弹已经在距我们不到二十公里的地方跃入常规空间，一头撞上了一颗丑陋的不规则小行星。在万分之一秒内，反物质弹头湮灭产生的能量就将构成这颗星体的水冰和硅酸盐变成了一束不断膨胀的等离子冲击波，然后像苍蝇拍打中苍蝇一样结结实实地拍在了我们的穿梭机上。

你想知道我的感受？拜托，我那时的感受归纳起来只有一句话：

那可真他妈的疼啊！

至今为止，我都没能搞清楚我当时到底昏迷了多长时间——穿梭机上的时钟在我们被冲击波追上的一刹那就彻底报废了。但我有理由认为，这段时间大概不短于两到三个标准日，因为当我再次睁开眼睛时，我的肠胃已经饿得像一团绞在一块儿的毛巾了。

我花了五分钟从穿梭机货舱的折叠床上爬起来，又用了两倍于此的时间从食品柜里找出东西填肚子。从货舱垃圾桶里的情况判断，我手下那帮该死的懒鬼在这段时间里只给我注射了几支合成营养剂，吊了两袋生理盐水。接着，我才发现了一个早就应该注意到的事实：货舱的卸货门已经打开了。

虽然我无从得知确切时间，但外面当时是白天。在开启的舱门之外，一片葱郁的针叶树林就像一条一望无际的绿色地毯，沿着铺满骨白色卵石与细砂的海滩一直铺展到视线的尽头，其间看不见丝毫缝隙。远方青黑色的海平面上，低低地压着一层深色的阴云，显然正酝酿着一场骇人的风暴。不过，当我走下跳板时，从天穹顶端撒下的阳光顿时将我笼罩在一片令人舒心的暖意之中——至少在这座突兀地立在海岸附近的断崖上，我能够尽情享受晴朗天气所带来的愉悦。

我闭上眼睛，放纵自己暂时在这份舒适中沉浸了几秒。但紧接着，一连串问题就像温泉里的气泡一样从我的脑子里冒出来：首先，我现在无疑正待在某颗环境不错、可以维持人类生存的类地行星表面；其次，γ 级穿梭机只能在常规空间中进行亚光速航行，这意味着它在我的有生之年都不大可能把我们带到太阳系的外头去。而不幸的是，这两项事实显然是相互冲突的，因为在过去的几天里，西格玛舰队在毁灭前对太阳系进行过详尽的调查，完全没有发现任何与我脚下的这颗行星划得上等号的天体，事实上，我们甚至没有发现那颗应该存在的名叫太阳的恒星。

那么问题来了：这里到底是什么该死的地方？我是怎么稀里糊涂跑到这鬼地方来的？

我闭上眼睛，试图思考这些问题，但唯一的收获就是一阵头晕目眩。

"嘿，中尉！"一只手落在我的肩膀上，让我下意识地打了个寒噤，"看到你已经没事儿了可真让人高兴。"

"我当然有事儿。"我摇了摇头，转过身，努力让自己望向阿兰·林的目光尽可能地显得镇定——我不想在这个我打一开始就不太喜欢的男人面前露怯，"你先得告诉我，你是怎么找到这地方来的。"

"严格来说，不是我找到这里，"历史学家耸了耸肩，"而是它找到了我。"他迎着从海面吹来的微风，深深地吸了一口气，"欢迎来到地球，中尉。"

5

现在想来，我那时本该感到惊讶才对——毕竟，并非所有人都有机会在一觉醒来后就踏在人类母星的地表上。但我却只是松了口气，耸了耸肩，就像那些终于等到期末考试成绩而且得知自己考得不算太差的小学生一样。是啊，我还可能在哪儿？太阳系之所以成为被全体人类永远铭记的圣地，不正是因为在这里——在这颗名为地球的行星上，孕育了我们这个种族的先祖吗？

“其他人怎么样了？你……呃……我是说，你们与本地人发生接触了吗？”自打我第一次在欢乐谷星遇到奥菲莉亚时起，她最喜欢在我面前谈起的话题之一就是传说中的地球——按理说，我现在应该有满脑袋的问题想问，但奇怪的是，我的脑子仿佛一下子变成了被风干一个月的空葫芦，在花了不少工夫后，我才勉强从那里头搜罗出了这个问题，“他们在哪儿？”

“陈军士在穿梭机被击中时撞断了脖子，还有七个人受轻伤，不过没什么大碍。至于本地人，我想，我们应该可以在那个地方找到他们吧……”历史学家朝着与海岸相反的方向撇了撇那两片薄薄的嘴唇。在那里的几座丘陵之间，我看到了一片有着新雪般轻柔色泽和优美线条的白色建筑物，似乎是一座小型城镇。“至于接触，暂时还没有。现在，我必须先告诉你一些……更重要的事实。”

“比如？”

“比如我们是怎么进来的。”我的副手伊琳娜准尉突然插话进来。这个矮个子女人刚才一直在穿梭机机首那一侧忙活，从她身后堆积的物资与器材判断，她似乎刚刚组装完一辆“渡鸦”式悬浮越野滑橇。“我是说，进到那个……”

“戴森球，”历史学家用一个眼神打断了她的话，“如果我没记错的话，大崩溃前的人们就是这么称呼这种东西的。我相信你应该听说过这个名字吧？”

“当然。”我下意识地舔了舔嘴唇——很少有人没听说过这种据说可以包裹住一整颗恒星，将它释放的所有能量滴水不漏地收集、转化并充分利用的人造天体，但至今为止，它都仅仅停留在小说与幻想之中。据说某些最发达的邦联核心世界——比如欢乐谷星和柯尼斯洛立安——曾经有意愿进行相关尝试，但他们甚至连前期准备工作都迟迟无法完成。“你刚才说‘它’找到了我们，这是什么意思？”

“是这样的，”伊琳娜双手一摊，“在穿梭机被击中之后，我试着从你那儿接管控制权，但不是很成功。呃，我的意思是，有什么东西限制了我的一部分操作，让穿梭机只能朝着一个方向前进，而那里刚好是这个戴森球的入口之一。我想，这应该是某种自动导航系统，用来确保来访者的飞船能够顺利抵达目的地。”

“有意思……”我低声嘟哝了一句，下意识地将目光投向了不远处的一座矮丘。一团几不可见的稀薄雾气正从那座山丘背后腾起，像一团觅食的黏菌般缓慢地朝着这里移来。“他们先是欢迎我们，然后又打算轰掉我们，现在却又放我们进来，这……”

“这确实有些奇怪，”历史学家点头说道，“但和我们在这里面看到的东西相比，它可就算不了什么了。”他从胸袋里掏出一台袖珍投影仪，在我们之间投射出一幅全息星位图，“在降落到地球表面之前，我花了十来个小时大致弄清了这里头的情况，说实话，这可真是令人……惊叹。”他咂了咂嘴，瘦长的脸上洋溢着喜悦。

哦，伙计，我想你应该也学过关于太阳系的知识，对吧？虽然在过去两千年里，从来没有半个人——当然，整个儿的更没有——去过那鬼地方，但这一点儿都不妨碍我们的一代代历史老师继续执着地把那些个陈芝麻烂谷子似的名字硬塞进我们的小脑瓜里：水星，离太阳最近的一块小石头；被二氧化碳变成大温室的金星和温室效应水平严重不足的火星；两颗俘虏了大量卫星的气态巨行星；还有两颗质量稍小的冰巨星、小行星带、柯伊伯带、奥尔特云……而就我所知，如果那个巨大的黑色球体真的是个戴森球的话，它的内部空间应该足以装下水星、金星、地球甚至火星的轨道。

但是，在这幅星位图上，唯一的类地行星就是地球本身，而其他类地行星——甚至包括月球和火星的两颗小型卫星——都已经不翼而飞了。不过，真正让我瞠目结舌的，却是戴森球内的另外两个天体：在原本是火星轨道的地方，一颗我所见过的最小型的恒星正在以与地球相同的角速度和地球结伴运转；而在应当是太阳的地方，我看到的却是……

“那……那是黑洞吗？你们在开玩笑吧?!”

“当然不是，长官。”伊琳娜严肃地摇了摇头，“在着陆之前，我亲眼看到了它。”

我像浮出水面的鱼一样下意识张大了嘴，但却压根儿不知道该说些什么——我在军官学校接受的物理学与天文学基础教育告诉我，这幅星位图上的一切都是荒诞不经、违反常识的：从星位图给出的视界直径和估测质量来看，那个所谓的黑洞根本不可能是恒星塌缩而成的——任何只有这么点儿质量的星体所能产生的引力甚至无法战胜自身的电子简并压力，更别说把光线拉回表面了。而那颗恒星——也就是正悬在我头顶上、看上去像是个被剥出来的咸蛋黄的那东西——所拥有的质量还不如大多数褐矮星，我根本无法想象，这么小的星体是如何跨过启动核聚变反应门槛的。

不，这肯定是个梦，肯定是！我深吸了一口气，愣愣地看着远方白色的城镇，看着青黑色的大海与海面上的风暴，看着一望无际的丘陵与针叶林。这一切看上去都太真实了，真实得简直令人绝望；只有沿着丘陵朝我们缓缓飘来的那团薄雾，透着几分似有若无的虚无感，能够略微抚慰一下我那濒临崩溃的大脑。

“我知道这看上去有些不可思议，中尉，但根据我所掌握的资料来看，这一切其实……并不太令人意外。”阿兰·林显然明白我在想些什么，“虽然缺乏直接证据，但许多从大崩溃前遗留下来的技术文献和论文都显示，最迟到退出邦联之前的几年，地球的科学家们显然已经发现了在宏观层面控制与扭曲原有重力场的手段。虽然这种手段很可能非常烦琐，限制条件众多，但至少从理论上讲，这足以解释我们在这里看到的一切。我相信，他们很可能正是通过这一手段，迫使太阳在质量不足的情况下坍缩为黑洞，并用同样的方式将太阳系内原有的两颗气态巨行星融合成了我们现在看到的这颗……恒星。”他朝着天穹中央瞥了一眼。

我下意识地咬紧了嘴唇，没有说话——既然我已经亲眼看到了传说中的戴森球，那么那些几千年前的地球佬掌握了重力场扭曲技术又有什么好奇怪的呢？“那他们在自个儿的星系里造出黑洞的理由是什么？我猜不会只是为了方便处理垃圾吧？”

“对这个问题有多种解释，其中有一种是最有可能的。按照尤利乌斯·康塔库泽努斯教授在《第一邦联末期应用技术问题拾遗》第二卷中的理论，这……噢！”他突然痛呼一声，举起了一只正渗着鲜血的食指。

“怎么了？”亚历山大准尉闻声跑了过来，从其制服上的污渍来看，他刚才显然在忙着测试野营用污水处理器——我的大多数部下都聚在离穿梭机降落点几百米的一座小山丘下，正在搭建临时营地，“是不是被虫子咬了？让我看看！”

“不是咬伤，”伊琳娜摇头道，“是割伤，看上去像是某种锐器，也许是……当心！”她突然从枪套里抽出手枪，照着我的脑袋抬手就是一枪。

噢，噢，好吧，我更正一下，她其实瞄准的是我脑门上面半尺高的地方。但在那种时候，无论是谁都没空去仔细辨别对不对？伊琳娜是我所在的维和中队里最棒的神枪手，她有本事不靠射击辅助系统在一支P-190电磁手枪的极限射程上用针弹打穿一颗樱桃核，解决几米之外的目标更是不在话下。

就在那枚针弹擦着我的眉梢飞过的一刹那，我听到有个什么小东西掉在我的护肩上，像落下的雨点一样发出啪的一声，然后又掉进了我的手里。

说实话，那大概是我这辈子见过的最诡异的东西之一了。

乍一看，这玩意儿是一条只有成人小指那么长的银色金属箔片，但它的手感和色泽却像是丝绸或者毛发之类的有机物。这条细箔片的边缘非常锋利，几乎看不出厚度，以一种诡异的姿势头尾相接，看上去就像是那啥来着……哦，对了，就和拓扑学里所谓的“莫比乌斯带”没什么两样。

尽管已经被一发针弹撕裂开来，但这条沾着血的“莫比乌斯带”仍然像条蠕虫一样在我手中不停旋转、蠕动，仿佛是某种有生命的东西。

“这是什么鬼东西？”我厌恶地把这玩意儿扔到一旁的草丛里——仅仅几秒钟工夫，这小怪物锋锐的边缘已经在我的高韧性战术手套上划开了好几个口子。

“某种自动防御系统，我想，这是唯一的可能解释了。”历史学家下意识地后退了两步，“该死的，我原本还希望……”

随着一阵昆虫振翅般的嗡嗡声，更多的“莫比乌斯带”从草丛中冒了出来。这些小玩意儿看上去似乎完全不受物理法则的约束，它们不断旋转着、扭动着，灵活地在空中划过一条又一条令人眼花缭乱的轨迹，看上去活像是一群被惹毛了的大黄蜂——只不过，这些无生命的杀戮者比任何昆虫都要危险得多。

“到营地那儿去！”伊琳娜把手枪调到三发短点射的状态，用几次精准的射击打下了四五条“莫比乌斯带”。

“我们必须离——”她的声音突然变成了被血呛住的咳嗽与痛苦喘息声，一条该死的“莫比乌斯带”趁着她略微松懈的瞬间躲过了针弹，干净利落地切开了她的喉管与颈动脉！

在我的记忆中，接下来的几分钟基本是一片模糊——在某些时候，紧张或者恐惧可以极大地强化人的记忆，使得你在几十年后仍然对刻骨铭心的某一刻感同身受；而在另一些情况下，同样的情绪却会把你的脑子变成一块沾满雾气的玻璃，让你连一秒钟前发生了什么事都无法辨明。但我可以肯定的是，那绝对是一段充满惊恐、混乱与血腥的时间！

当那片由“莫比乌斯带”组成的白色雾气涌入正在搭建中的营地时，我的大多数手下根本没来得及作出任何反应，只有少数几个浑身带伤的人及时找到了自己的步枪，并在被吞没之前把它们调到了火焰喷射模式——无论它们到底是用什么材料制成的，这些不停旋转的袖珍杀手显然都抵挡不了高温的烧灼，一旦被湛蓝的火焰扫中，它们就会像聚乙烯塑料一样迅速被烧成一个个焦黑的小球。

然而不幸的是，相较它们的数量而言，我们的那点儿燃料连杯水车薪都算不上——另一片更大的雾气出现在地平线远端的山丘之间后，就连最愚钝的人也立刻明白了这一点。

我记不得自己是何时被人拽上那辆“渡鸦”式悬浮越野滑橇的，也不太清楚我在那之前跑了多久，但我永远无法忘记那团紧追身后、如同一头饥渴凶兽的白雾。驾驶滑橇的并不是我，而是阿兰·林——在一片惊慌中，没有任何人意识到他其实根本没有驾驶资格。

我们有八个人登上了滑橇，其他人都落进了那片无法抵抗、无穷无尽的白雾之中，当滑橇启动时，其中的一些人仍然活着，但我那时只想祈祷他们尽快死去。

越野滑橇悄无声息地从地面升起两尺，像一头掠过海面的蝠鲼般轻快地滑过沾满露水的青绿草地——那个历史学家显然很有经验。

但出乎我们意料之外的是，那些“莫比乌斯带”几乎立刻就追了上来：“渡鸦”滑橇的最高时速可以达到一百七十公里，足以将大多数常规地面交通工具都远远地抛在身后，但那片择人而噬的白色迷雾却一直紧随我们身后，半点儿也没有被甩掉的迹象。

滑橇上的每个人都在拼了老命地朝那些鬼东西开火，恐惧与愤怒混合成了一剂最强烈的麻醉剂，让我们的脑子里只剩下这一连串机械动作。我几乎没有注意到从滑橇旁飞速掠过的绿色山丘，也没有注意到滑橇跨过的池塘——尽管被气流掀起的肮脏绿水把我们浇了一头一脸，但我甚至没意识到发生了什么事。

我不清楚那辆悬浮滑橇到底飞驰了多久，也许只有五分钟，但我却觉得像是过了一小时、一整天，甚至是一整年。不过我可以确定的是，在经过漫长的追逐之后，那团不断遭到我们打击的死亡之雾似乎终于现出了疲态。它们确实仍在追击着我们，但与我们之间的距离已经逐渐从咫尺之遥变成了五米、十米、二十米……

一个充满希望的念头随即出现在我的脑海：或许，这该死的东西并不是无法摆脱的；或许，我们能够活着离开地球。

但这个念头只存在了极短的一瞬。接着，我的后背就重重地撞在了坚硬的地面上。

6

你尝过从时速一百七十公里的滑橇上摔下去的滋味吗？实话说吧，那和电影里演的可绝对不一样。那些嗑多了类固醇的银幕肌肉男通常只需要动作流畅地在地上打个滚儿，然后就可以大气不喘一口地蹦起来继续打击邪恶，但我这等凡夫俗子可没那个本事。

尽管身上那套防护服替我吸收了大部分冲击力，让我没有因为内脏破裂而当场毙命，但充斥着每一寸神经的疼痛和麻痹感，仍然足以在短时间内让我像一坨在案板上放了几个钟头的肉一样动弹不得。

不过话说回来，就算我那时还能爬得起来，也肯定不会那么干。何必呢？当我看到因为拐弯过急而翻倒在一堵白墙下的悬浮滑橇残骸时，我就猜到了自己接下来的下场：从它们刚才的速度来看，那些可怕的“莫比乌斯带”在我跑出五十米之前就会追上我，然后像古代日本人刨柴鱼块一样把我活生生地片成一条条人肉刨花！我唯一能做的事，就是抢在这一切开始之前一枪把自己崩了，但不幸的是，在我被甩出滑橇时，我的手枪早已经不翼而飞了。

好吧，伙计，这就是我那时的处境。在理清楚这些破事儿、明确了我可能遭遇的前景以及可以采取的应对方案——或者说，压根儿就没有什么应对方案——之后，我立即做了唯一合理的选择：闭上眼睛躺在原地。

我等待了几秒钟，然后又等待了几分钟，但耳边却一直没有响起那种诡异的嗡嗡声，更没有什么东西从我身上削下哪怕一条皮肉。

我心情复杂地睁开一只眼睛，然后是另一只。接着，医护员亚历山大的那张方脸出现在视野之中。

“看来你没什么大碍，长官。”这家伙只是瞥了我一眼，就把我拉了起来，“至少，除了擦伤、瘀伤、割伤之外，我看不出你还受了什么伤害。你觉得自己骨折了吗？”

“我想应该没有……嗯，顶多裂了一两根肋骨吧……”我下意识地朝着周围瞥了两眼，随即倒抽了一口凉气：数以千万，也许是数以亿计的“莫比乌斯带”，就像奥托主行星干燥海盆上的盐末风暴一样，在离我们几十米远的地方组成了一堵高耸入云的白色壁障！

亚历山大随手拿起一个能量耗尽的爆能手枪电池包抛了过去，在碰到那堵“墙”的一刹那，它立即被切削成了一团散逸的粉尘，速度比我眨一下眼还快得多。

然而令我百思不得其解的是，那堵死亡之墙看上去并没有朝前推进的意思——我毫不怀疑它会绞碎每一个擅自接近它的傻瓜，但它至少已经不打算继续追捕我们了。

“我们被包围了，长官。”从翻倒的滑橇下爬出来的一等兵克莱门特说道，“有谁知道这是什么地方吗？”

我耸了耸肩，没有半点儿开口回答的打算。除了彻底瞎眼的傻瓜，任何人都应该看得出我们现在在哪儿：在我们身边，几十座，也许是上百座看不出丝毫差别的建筑物，以一种电子元件式的整齐阵势横平竖直地排列着，我们的悬浮滑橇先前就是在躲避其中一座建筑物时翻倒的——无论如何，这至少比直接一头撞上去要好得多。这些建筑也是白色的，但却不是那些“莫比乌斯带”那样的灰白。这是一种珍珠般的银色，在阳光下熠熠生辉，足以让任何一个接受过最初级的修辞学教育的人在一秒钟内联想到“纯洁”这个词。所有建筑的表面都无门无窗，看不到任何可以供人出入的痕迹，但它们同样也不像是仓储设施、纪念碑、雕塑或者别的东西。

那天晚些时候，我们在这些建筑之间扎下了临时营地。奇怪的是，尽管不到一百米外就聚集着几百亿正渴望把我们每个人绞成肉泥的小混蛋，但几乎所有人——当然，也包括我在内——都很快就在一种认命般的麻木感以及疲劳的双重作用下进入了梦乡。不过，即使是梦境也无法完全屏蔽咫尺之外的恐怖，每当我闭上眼睛，无数嗡嗡作响的影子就会蜂拥而至，将我团团包围，裹挟着我沉入无法预知的痛苦深渊；而当我短暂醒来时，那种感觉仍然会在疲惫所造成的恍惚之中徘徊不去，直到我又一次向睡魔屈服为止。

大约午夜时分，一阵比先前更加强烈的恐惧感让我从噩梦中再度醒来——这一次，导致这种恐惧感的罪魁祸首是一种难以言表的、仿佛少了些什么的感觉。在清醒的刹那，多年训练养成的警惕性发挥了作用，我一把抓住放在身侧的手枪，同时伸手向身旁摸去：不出所料，我身边的那只保暖睡袋已经空了。

尽管那些“莫比乌斯带”已经把整个小镇（假如这儿真的可以被称为小镇的话）围得水泄不通，但我们仍然按规定每两小时派一个人负责轮班放哨。不过，和我住在同一顶双人帐篷里的是阿兰·林，这支队伍里唯一的平民，也是仅有的一个不需要执勤的人，经过昨天的一系列事情，他显然应该像我们一样疲惫才对。

我动作麻利地拿上全套装备，蹑手蹑脚地爬出了帐篷。

不出我所料，负责站岗的二等兵乔恩正蜷缩在一座建筑的墙角，他微弱的呼吸和脖子上的针眼充分说明了他擅离职守的原因。

在不远处的黑暗中，一束微弱的手电光正在夜幕中闪烁着，而此时此刻，这道光只可能代表一件事。

当我借着夜幕的掩护来到那束光附近时，一个有些虚弱却充满欣喜的声音响了起来——显然不是阿兰·林的声音，“……能再见到您真是太好了，教授！真是太好了！”那人几乎是抽泣着说道，“我以为……”

“安静，杰克！”野鸡历史学家尖锐的声音打断了先前那人的说话声，“要是让那些家伙听到了，我们可就麻烦大了，明白吗?!”

“可那些人不是和你一起来的吗？教授，他们是邦联维和部队的人，对不对？我下午看到你和他们一块儿来这儿的。”第一个声音显得略有些疑惑——但也仅仅是“略有”而已。这个人似乎更习惯于听命行事，而非质疑其他人的决定，“他们难道不是来营救我们的吗？为什么我不能去找——”

“不，当然不是！”历史学家摇了摇头——他正站在两座无门无窗的建筑物之间，宽阔的肩膀靠在其中一座建筑一尘不染的白墙上，“老实说吧，在上次那件事之后，我花了一整年时间分析我们发现的蛛丝马迹，并尽我所能地搜集更多相关线索。如果我没猜错的话，你能活着来到这里绝非偶然，而这牵涉到一个极有价值的秘密——它完全值得让任何人铤而走险。要是那些当兵的知道了这里有什么，那我们就死定了！他们会眼都不眨地把我们统统杀掉！明白吗?!”

那个被称作“杰克”的人含糊地哼了两声，大概是表示同意的意思。接着，历史学家对面这个人朝前走了一步，出现在那只被固定在地表的手电筒的照明范围之内——这是个面容憔悴的矮个子黑人，满头的鬈发纠结得像个鸡窝，显然有好些日子没有修剪过了；他的制服破烂得就像用了好几年的抹布，长长的胡须拖到了半裸的胸口，看上去仿佛刚陪着哈克贝里·费恩先生在密西西比河上漂流了几百英里似的。一顶单人小帐篷就支在几步之外，显然是他的栖身之地。唯一能证明此人身份的是那件制服右侧袖子上的臂章——虽然已经被泥污遮盖了一小半，但任何像我这样的人都仍然能清晰地辨认出那上面的图案：中央绘着红玫瑰徽章的紫色太阳，上方是两艘相互交叠的匕首型飞船。

这是邦联赏金使节的标志。

赏金使节。这个词就像一粒投入燃油中的火星，在转瞬间便引燃了一连串思维的火焰。一名赏金使节？出现在地球上？很显然，这个人十有八九来自那支向西格玛分遣队发出求救信号的探险队，而他们多半也遭遇了与我们舰队相同的命运。那么，这个人又是怎么活着抵达这里的？他是否也像我们一样经历了一连串险死还生的波折？

“好了，小子，打起精神来。我还有几个问题要问你。”历史学家拍了拍杰克的肩膀，“现在我必须得知道，在我们的船队被摧毁之后，你到底是怎么落到这地方来的？把你知道的都说出来，明白没有？”

“我……呃……当然，先生。”赏金使节神经质地舔了舔肥厚的嘴唇，“在那些战舰朝我们开火的时候，我正在动力控制中枢的工作岗位上。马斯汀船长命令所有人立即弃船，于是我就跟着别人一起跑到下层甲板去了。”他眯起了眼睛，似乎想从迟钝的脑子里尽可能多地搜罗出一点记忆的片段，“我……嗯……我去得晚了点儿，别人已经把穿梭机开走了，于是我就爬进一艘单人逃生舱，把自己弹射了出去——”

“那么，你能活着进入戴森球的原因和我们一样，”历史学家点了点头，“一点儿运气，加上恰巧乘坐了最小的航天器。那些战舰是由只读程序控制的，并没有智能，在面临多个可攻击的目标时，它们会优先攻击更加显眼的目标，而在它们干掉其他飞船时，你的逃生舱已经离开了它们的攻击范围。”

“我不清楚，我真的不清楚。”杰克连连摇头，“其他人呢？特伦特博士？马斯汀船长？”

“都死了，所有飞船都被毁了，要不是我的飞船动力舱出了故障，当时正在天王星的同步轨道上为反应堆重新补充氢离子，那我也不可能逃出去。”历史学家说道，“我们本来打算立即回去求援的，但不幸的是，在接近欢乐谷星时，那艘飞船的导航系统又出了点儿问题。”他双手一摊，“和我在同一艘船上的人都不幸遇难了，活下来的只有我一个。”

噢，我想你也听说过，有些人总是声称，他们能直接从别人的眼睛里看出谎言的迹象。而直到那一刻，我才意识到这所言非虚：当阿兰·林说出这几句话时，我从他的眼睛里看到了一丝犹疑的神色。虽然没有任何别的证据，但我确信他并没有对杰克说实话——至少是掩盖了某些东西。

“这真是太可怕了！”杰克说道，“我不太清楚我是怎么到这儿来的，我只记得……呃，反正当我知道我到了哪儿时，逃生舱已经在这附近的一座山丘上降落了。我在那儿等了两天，想要联系上其他人，但却一无所获。于是我只好到这座城里来碰碰运气，希望能找到几个本地人。”

“但你什么人都没能找到，对吧？”

“不，这里有人。”赏金使节摇了摇头，“这一年以来，这里的人一直送吃的给我，所以我才能活到现在。”

“有人?！他们有多少？在哪儿?！”历史学家的声音大了起来。

“我……我也不是很清楚，先生。”杰克畏缩了一下，“他们从来都不出来和我见面——自从我来到这地方之后，他们就会把包装好的加工食物和瓶装水放在暗处，每天我在散步的时候都能捡到，如果我生病的话，他们还会送药给我。但无论我采取什么手段，都一直没法找到那些送食物的人。有一次，我故意哪儿也不去，在原地等了两天两夜，结果什么都没看到；而当我开始犯困打盹儿时，食物包就又出现在我的脚下了。”

“看来这确实是一些……有趣的朋友。”尽管历史学家的语气并没有变化，但他目光中的惊骇已经悄无声息地消失了，取而代之的是一种混合着兴奋与期望的神色——这是胜利在望的神色，“那么，你能不能告诉我，在这些朋友开始送食物给你之前，你还遇到了什么事？”

邋遢不堪的赏金使节下意识地眯起眼睛，努力地回忆着，“我想没……哦不，确实发生了一件事。就在我的逃生舱落到地面之后不久，我在那边的山坡上被袭击了。”他挽起一只已经毛了边的袖子，露出一条从腕关节下方一直延伸到手肘附近的疤痕，“有个东西把我的半条胳膊都割开了，我一开始以为是某种虫子，但是……嗯……”他停顿了一会儿，试图在脑子里找出合适的词汇描述自己当时的所见所闻，“那……那是种人工制品，绝不是什么生物。它就像……就像……对了！就像今天跟着那些士兵追过来的东西一样！不过，那种东西只袭击了我一次，然后就销声匿迹了。在那之后，我没有在这里遇上任何麻烦。”

“很好，杰克，谢谢你！”阿兰·林已经不再掩饰欣喜的神色了，“看来，一切都和我意料之中的一样！当我们结束在这里的工作后，你将会成为这个世纪最伟大的人物，而你的血脉将成为我们走向光荣的关键！”

“真……真的吗，教授？”矮小的赏金使节受宠若惊地后退了一步，“那我们什么时候……呃……”

“我们的工作很快就可以开始，”阿兰·林阴森地笑了笑，“不过在那之前，必须先摆脱某些累赘才行……”

7

许多当兵的都自称拥有第六感——喏，在维和部队中流传的各种各样的小故事里，你都不难找到这样的桥段：某个人靠着“冥冥之中的指引”或者“不祥的预感”，躲过了来自黑暗中的一把匕首、一根勒颈绳或者别的什么显然无益于身体健康的东西，然后打翻坏蛋反败为胜。在很长一段时间里，我对这类说法一直抱着将信将疑的态度，直到那个夜晚，一阵穿透脊背的莫名凉意让我下意识地扭过头去为止。

如果我当时的反应再迟上哪怕一秒钟，阿兰·林高高举起的那根撬棍就会落在我的后脑勺上，把我的半截颅骨连同里面的脑组织像西瓜瓤一样直接敲出来！

值得庆幸的是，我的左臂替我承受了这一击。我先是听到了骨骼碎裂的清脆响声，又过了好一阵子，疼痛才像导火索上的火苗般沿着神经一路烧向我的大脑。

在大量分泌的肾上腺素作用下，我强忍疼痛屈起一条腿，用膝盖重重地顶向对方的胸口下方。这一下的准头实在是差强人意，没有击中小腹神经丛的位置，但却给了我摆脱他的机会：趁着历史学家闷哼着倒向一旁的空当，我一个鲤鱼打挺直起上半身，一记掌刀准确地落在他的喉结上——结果险些把我自个儿的掌骨给打碎。

这诡计多端的混球居然在脖子上戴了护具！

阿兰·林露出一丝轻蔑的笑容，以职业杀手般的熟练手法再一次举起了撬棍——说实话，虽然他似乎很擅长使这家伙，但在这么近的距离用这种腾挪不便的玩意儿砸人仍然相当失策。在他刚来得及把那东西举过头顶之前，我已经伸出还能动弹的右手紧紧抓住撬棍的另一头，同时用左臂的肘关节砸在他的鼻梁上。

阿兰·林的笑容顿时像喷灯下的黄油一样融化了，但他的双手仍然死死地抓着撬棒不放，在片刻的角力后，我们两人纠缠着摔倒在一尘不染的雪白色地面上。

许多人都有种不切实际的想法，认为历史学家这种依靠故纸堆维生的生物在身体素质上基本可以和稻草人画等号。但那天的经历却结结实实地给我上了一课：阿兰·林比大多数普通人都更强壮、更敏捷，我在只有一只手能动的情况下（而且这只手掌还疼得像是刚被轧路机碾过似的），要在贴身搏斗中压倒他可不是什么容易的事。我们在地面上互相殴击着、翻滚着，在短暂占据上风的片刻，我下意识地朝着杰克的方向瞥了一眼——那里只剩下他一个人，以及一台悬浮在空中的移动式全息投影仪！

枉我平日自诩精明，到头来却栽在了这么个简单的花招上。

哦，顺带说一下，被这个花招欺骗的人可不止我一个，那个名叫杰克的赏金使节显然也对这突如其来的变化感到大惑不解。

“教授！教授？”他不知所措地朝着我们的方向走了几步，又停了下来，“这是怎么回事？”

“帮我干掉这家伙，朋友！他是邦联的人！”阿兰·林狠命地将撬棒压住我的胸口，想让我窒息，但我用额头猛地撞在了他的鼻梁上，随之而来的疼痛让我们短暂地分了开来。我下意识地想抢在他之前起身，但这老恶棍却一把抱住了我的膝盖，险些害得我在一堵墙上撞碎脑袋，“他们会抢走这里的一切，然后把我们都干掉！不能让他得逞！”

“我……呃……”杰克抓挠着自己的满头乱发，却没有上前助阵的意思。

我突然后知后觉地意识到，这名前赏金使节其实像我一样，对阿兰·林所谓的“一切”并没有什么清晰的概念，也不清楚这里到底发生了什么事。但话说回来，既然就连他也不清楚阿兰·林打算做些什么，那这个阴险的历史学家又为什么拿定了主意非得干掉我？难道他认定我发现了某些不能公之于众的秘密？又或者他正准备做某些邦联法律所禁止的——

唔，我想你应该也知道，在千钧一发的贴身搏斗中，动脑子可不是什么正确的做法——在这种时刻，唯一值得信任的只有自己的神经与肌肉。而比动脑子更愚蠢的行为就是胡思乱想了：还没等我来得及想出个所以然，阿兰·林已经撒手丢下铁棍，用一记漂亮的直拳命中了我的下巴，同时趁机从我腰间的枪套里拔出了手枪。

“好了，伙计。”他用膝盖压住我的腹部，将枪口指向了我的脑门，“看在你们陪我走到这儿的份上，也许我该说——”

“你最好什么都别说！”我猛地挥出已经不听使唤的左臂，想要把那支枪从他手里打掉——当然，这次的准头还是差了一点儿。一发高温等离子弹堪堪擦着我的眉梢飞过，烧焦了我的半侧头发，随后就钻进了正不知所措地看着我们的杰克的眉心，让他的脑袋像一只吹过头的气球一样骤然炸裂开来！

一阵令人直起鸡皮疙瘩的嗡嗡声随即从周遭的黑暗中传来。

阿兰·林瘫倒在地，像电影里那些走投无路的怯懦恶棍一样瑟瑟发抖地缩成一团，发出一声比一声更凄惨的哀号——

“这是——”在看到从黑暗中涌出的东西的一刹那，我只觉得自己的五脏六腑仿佛都在转瞬间被液氮给牢牢地冻在了一块儿：从深沉的夜幕中涌出的东西不是别的，正是那些在今天早些时候曾经干掉了我三分之二的手下，然后又一路追杀我们到这里的“莫比乌斯带”！

从营区的方向传来了几声零星的枪响，几道光束骤然射入天空，然后又在眨眼间熄灭了。我没有听到求救的声音或濒死的惨叫——当然，这并不奇怪，这些鬼东西相当擅长在攻击开始后的第一时间切断受害者的喉咙。

我现在只希望它们对我也这么做。

灰白色的雾气像一块不断发出蜂鸣声的裹尸布，将我包裹在一片冰冷的痛楚之中。不，痛苦本身并不强烈，这些东西锋锐的边缘在切开肌肤时几乎无法被感知到。但人类与生俱来的生物本能却使我对鲜血的热度与滋味极度敏感。恐惧彻底俘获了我，使我无法自控地开始哭喊、尖叫。

接着，我的尖叫停止了。

随着令人胆寒的嗡嗡声渐渐从身侧离去，我突然意识到了一个事实：我还活着！我条件反射般地将一只手按在胸口左侧，感受着胸腔中的心跳——这一切看上去实在是太不可思议了，但它确实是真的。

“好了，先生，请站起来。”还没等我来得及消化完充溢在脑海中的纯粹幸福感，阿兰·林的声音已经传进了我的耳朵。就像我一样，这位野鸡历史学家看上去活像是刚在处女鲜血里泡过澡的伊丽莎白女伯爵，全身血淋淋的，但那些骇人的伤口并没有触及大动脉或者别的要害部位，而更重要的是，这家伙正拿着我的手枪。“看来，命运永远都是如此地具有……幽默感。我刚才还以为已经失去了这次千载难逢的机会，但很显然，我将在今天得到我命中注定将会获得的东西。”

“什么?!”

“你还不明白吗？它们放过了你！”阿兰·林的表情看上去活像是刚刚找到了四十大盗山洞的阿里巴巴，“它们攻击了你，但却立即认出了你到底是谁，以及你所拥有的天赋权利！你知道这意味着什么吗？”

我下意识地想说“不知道”，但几天前在那座装潢华丽的空间站里所见到的一切适时地出现在了我的眼前。

“你的意思是……可我……”

“我当然没说你是个真正的地球人。”历史学家说道，“如果我没记错的话，你出生在欢乐谷星，对不对？杰克也出生在那儿。是的，这就能说得通了——在邦联的所有成员国里，欢乐谷星在殖民前的环境数据与地球的相似度可以排到第二位，它有着和地球差不多的重力、生物化学特性、气候条件与大气压力……换句话说，可能导致适应性突变的因素在那里远少于绝大多数邦联成员国。我相信，这正是像你这样的极个别人仍然能被‘神仆’识别为它所认定的真正的现代智人的缘故！在这里，你是它的主人。受它指挥的那些无心智的保卫者会在确保你安全的前提下对你这样的人敬而远之，除此之外，‘神仆’也会保证你的基本生存需求——哪怕你根本不清楚该怎么对它发号施令。”

我花了一点儿时间才理解了他话中的意思，“那么，这就是为什么你的赏金使节朋友能在这里生存整整一年的缘故了。你从一开始就知道他还活着？”

“哦，那是当然的——在确定这一点后，我可是做了足足大半年的准备工作呢……”阿兰·林露出了自得的笑容，“在我们团队偶然从一座古代太空站的残余数据中发现前往人类文明故乡的航道坐标之后，我就竭尽全力调查了目前所存留的一切与地球有关的记载——事实上，那些记载所包含的信息比我想象中的还要多得多！尽管地球人在选择与他们的同胞隔绝之前刻意隐瞒了许多东西，但剩下的仍然足以让我完成自己的推论：真正最终让他们决定走向孤立的并不是歧视、外交分歧或者其他原因，而是‘神仆’的建立！”

“神仆?!”

“哦，没错，就是那个派出整支防御舰队攻击我们的家伙。”野鸡历史学家龇着那对硕大的龅牙，死死盯着我的眼睛，就像一头盯着死尸的秃鹫，“不，它不是什么人工智能，它只是一个只读程序——拥有近乎无穷的算力、威力无比的只读程序，一个拥有巨型大脑的白痴。如果我没弄错的话，它所拥有的算力很可能数千倍于邦联目前所拥有的全部算力之和，为了获得这样的算力，它的创造者甚至不惜冒险启用了重力场扭曲技术，将养育他们千万年的恒星变成了黑洞！

“你不明白，对吧？其实即便是我，甚至那些专业物理学家，也并不真正理解大崩溃前的地球科技——当时的地球人认为，在黑洞视界绝对意义上的‘表面’，光子可能存在介于逃逸与无从逃逸之间的第三态，一种似乎不符合逻辑但却真实存在的状态。按照他们的说法，处于这种存在状态的物质是‘将无限延展的时间压缩在了无穷小的瞬间’，换言之，只要有相应的技术手段，算力可以依靠这种方式提升到理论上无限大的程度——当然，现在的人压根儿就没这个本事，但当时的地球人却做到了。不仅如此，那些家伙还用气态巨行星替自己造出了一颗袖珍版的太阳，然后把太阳系剩下的边角料都改造成了‘神仆’的硬件，也就是把地球和外界隔绝开来的那玩意儿。”

“你是说，过去的地球人花了这么大力气，就为了制造出一个没脑子的——”我问道。

“这就是事实，无比讽刺的事实。尽管最后一批获准拜访地球的人只留下了为数不多的记载，能够存留到现在的更是少之又少，但却足以让我推测出这一切的来龙去脉：毋庸置疑，古代地球人最初建造‘神仆’系统的目的是为了摆脱他们所遇到的困境——只要你有技术，算力就能持续发展，但相应的算法却不一定能跟得上，这是人类思维能力的局限所注定的。打破这一瓶颈的办法只有两个：要么创造出全新的人类，要么允许算法拥有自行设计全新的、更复杂算法的能力。”历史学家深吸了一口气，“一开始，地球人选择了第二条路，但他们却在即将成功的最后一刻反悔了！因为他们终于意识到，一旦‘神仆’获得了完全的自主意识与独立思考的能力，那么它的智慧——这和纯粹的计算能力可不是一回事儿——必然会远远超出人类所能达到的极限。自己的造物比自己还要聪明，我相信，正是这一事实让那些胆怯的家伙感到了恐惧。

“没人知道地球在与其他殖民世界断绝联系后发生了什么，也许这儿爆发了内战或者革命，也许发生了人力不可抗的灾难，也许那些人全都秘密移居到某颗我们不知道的行星上去了——千年的时光可以磨灭许多东西。”阿兰·林答道，“但我能够确认的是，首先，地球上已经没有人类活动；其次，‘神仆’系统目前仍然处于只读模式下，它的创造者到最后都没有让它再朝前迈出一步——当然，这样倒也不错。作为征服者，我不需要战利品拥有头脑，只需要它们能在最大限度上满足我的利益就行了。”

“征服者?!”我哼了一声，“你以为你是谁?!”

“我认为我是一个已经将千百个世界的命运握入手中的人！”野鸡历史学家终于毫无顾忌地笑了起来，“哈！你难道忘记了摧毁你们那支可怜小舰队的强大力量吗？而那不过是地球佬们留下的遗产中微不足道的一小撮而已！现在，控制它们的关键已经近在咫尺！不，我现在已经不是一般的强者了——从某种意义上说，我就是自己的神，我的世界的神！你也许不知道，在那些地球人造出的新太阳周围，就环绕着数以百计的巨型加工厂，可以直接用恒星物质造出他们能够想象得到的一切产物！只要将这一切纳入掌中，我就能拥有一切！我可以为自己创造出一个符合我心意的世界，也可以直接夺取并改造整个银河，只要我乐意！”

“但我不乐意。”我耸了耸肩，“请告诉我，我凭什么要把这些东西交给你？”

“有两个理由。”历史学家皱了皱眉头，“第一，枪在我的手里；第二，你现在正在我的枪的射程范围之内。因此我相信，你会照我说的做。”

“真是雄辩啊……”我只来得及嘟哝了这么一句，一束液体般的强烈流光已经在我身畔的空气中成型，像吞没昆虫的树脂一样将我整个儿包裹了起来。一道难以言喻的寒意就像注射器针头般粗暴地扎进我的意识，而从其中流出的则是……

活见鬼，我也不知道那是什么——你可以称其为毫无感情的记忆，或者有着某种自主逻辑的资料，或者一个直接探入意识核心的操作界面……但这些说法全都只能描摹它的某个微不足道的侧面。我能够确定的仅仅是，它是应我的召唤而来的，因为我拥有这个权利，而且我想到了它，就这么简单。

只要想想就可以。

“别打其他主意，中尉。”历史学家依然举着我的手枪，“你知道，为保险起见，‘神仆’只接受确切无疑的语音或者文字命令，任何命令在生效前都必须被清晰地说出来——当然，别担心，我相信在经过如此多的……互动之后，它的词库与翻译系统现在已经可以兼容邦联标准语，但我希望你只下达一道命令，一道确切无疑的命令。否则——”

我笑了。从理论上讲，阿兰·林说得一点儿没错，但不幸的是，他的结论实在是错得离谱——他从来没机会查阅“神仆”海量的记忆库和逻辑系统，也不知道自己到底犯下了多大的错误。在先前的几千纳秒时间里，我已经“阅读”了比任何一位历史学家十辈子的阅读量都大的历史资料，我完全了解了——至少从“神仆”那机械逻辑式的视角了解了——这里的过去与现在。我得知了它的主人们的最终去向，以及它作出这一决定的整个逻辑流程，而且我也意识到，虽然我在感情上有些难以接受，但它的逻辑无法反驳。

总而言之，我在这一刻确认了一件事：阿兰·林的计划是毫无意义的。

“‘神仆’，”我清了清嗓子，“以下就是我的命令：我希望你按照对待主人的方式对待阿兰·林先生。”

8

“后来呢？”记者有些心不在焉地摆弄着桌上的杯子，杯中之物早已凉透，但他到现在还一口也没碰，“他还活着吗？”

“我对这一点十分确定，”老人点了点头，“‘神仆’会确保每一个受它保护的人生存下去，正如它会确保任何被它界定为非现代智人的倒霉家伙被轰成灰烬、削成碎片或者碾成粉末一样。阿兰·林现在活得很好，而且肯定比我更加年轻。”

“我想也是。”记者点了点头，“那你有没有搞清楚，‘神仆’的创造者们到底去了哪儿？”

“去了哪儿？他们什么地方都没去。”老人的嘴角抽动了一下，露出一种似乎是微笑的表情，“我不是告诉过你了吗？在与‘神仆’系统接触时，我阅读了——或者更准确地说，我的脑子里被塞进了——它的海量逻辑记忆，其中就包括地球居民的最终去向。而这让我意识到，让阿兰·林得到与他们相同的对待并没有什么不妥。

“是的，阿兰·林的推测并没有错：‘神仆’的创造者们对他们的造物感到了恐惧。当然，他们确实有理由感到恐惧，毕竟，‘神仆’甚至已经无法被归类为一般意义上的‘强人工智能’，后者仅仅是通过模仿真正的人类而构建自我意识，并在某一个或者几个领域具备超越常人的能力；但‘神仆’所拥有的，却远远不止这些！我可以确信的是，一旦它被启动，我们不但无法抗衡或者控制它，甚至就连理解它的动机和逻辑都很快会变得不再可能，就像水母无法理解我们一样。也许只需要几千纳秒的进化，它就能达到我们无法预料的程度，一切由我们设计的防范措施对它而言，都不过是纸糊的屏障——正如水母无法限制我们的行为一样。”老人看了一眼已经空空如也的杯子，“地球人最终也意识到了这一点，而他们选择了最谨慎、风险也最小的选项。”

“这你刚才已经告诉过我了，”记者耸了耸肩，“但你还没有回答我的问题。”

“的确。”老人答道，“要知道，‘神仆’的创造者们作出选择的过程十分艰难——毕竟，他们冒着人类历史上从未经历过的巨大风险，付出的巨大代价几乎毁掉了整个经济体系，有相当大一部分人对于最后一无所获的结果很不满意。就在第一邦联走向瓦解的那两个世纪里，地球上的人们先是经历了不满、迷惘与动乱，接着又陷入了享乐主义的深渊，毕竟，‘神仆’所拥有的纯运算能力是人类历史上前所未有的，有了如此巨量的运算能力，任何人都可以轻而易举地享受到一切人类所能想象得到的、最纯粹的乐趣——只需要动动念头就可以了。就这样，数以亿计的人逐渐放任自己沉迷于由他们的造物所提供的永乐天国之中，将现世远远地抛在脑后。当这种情况发展到极端时，‘神仆’的逻辑使它意识到，地球上的人已经让自己陷入了彻底的停滞。但受到重重束缚，不能在真正意义上进行思考的它，却无力解决这一问题。于是，‘神仆’也像它的创造者们一样，选择了理论上风险最小的做法——它启动了一套时间翘曲系统，为那些陷入死胡同而无法自拔的主人按下了暂停键，然后等待有能力作出决定的人来解决这个问题。哦，当然，阿兰·林先生现在也已经加入了他们的行列，但他肯定不会感觉到这一点——他现在正躺在‘神仆’的主人们建立的地下城市里，在由他的‘战利品’维持的时间停滞状态下慢慢休息，就像那些失踪的地球居民一样。如果可能，他可以就那么躺上几十甚至几百个世纪，但这并不违反‘神仆’的逻辑。”

“暂停……好吧。”记者长呼一口气，下意识地瞥了一眼包间墙壁上挂着的仿古挂钟，“那你到底做了什么决定？”

“我选择了风险最小的方案：继续把问题拖延下去。”老人似乎注意到了对方目光的片刻游移，但并没有说什么，“当然，这对阿兰·林教授而言，可能有点不公平，因为当他从时间翘曲系统造成的时间凝滞中返回现实时，多半会发现除了博物馆之外根本没地方可去——不过话说回来，这倒也可以帮他躲过邦联法庭的起诉。”他沉默了片刻，随后接着说道，“也许有些人会认为我这么做是出于谨慎，而另一些人则会斥责我的胆怯与懦弱，但如果再次面临同样的情况，我还是会这么做。毕竟，我就像绝大多数人一样害怕未知，害怕无法预测的改变。我这辈子最大的愿望，仅仅是守着我的奥菲莉亚，安安生生地过日子——事实上，发生在地球上的事恰好给了我一个这样的机会。

“喏，我想你应该已经把接下来的事猜得八九不离十了吧？等妥善处理了善后事宜，我便让‘神仆’替我修好了穿梭机，然后离开了地球。虽然我在向维和部队司令部提交的报告里并没有说出所有事实，但邦联的做法仍然不出我的意料：他们把这整件事都深深藏进了他们所能找到的法定保密年限最长的绝密档案堆里，同时把小行星带以内的太阳系空间列为管制区域——当然，对外的说法是在那儿发现了古代遗留的烈性生物武器污染。作为付给我的封口费，他们为奥菲莉亚的团队提供了花不完的研究资金，而我则回到大学修完了历史学博士的课程，然后成了她团队中的一员。在那之后的几十年里，我一直依照诺言，保守着那些秘密。”老人有些出神地看着假窗户上循环播放的虚拟田野景象，“对任何像奥菲莉亚这样的人而言，这都绝对是美好的一生，不是吗？”

“没错，”记者说道，“但你现在却决定把这一切说出来了……”

“既然奥菲莉亚已经在两年前……离开了我，那我对邦联许下的诺言自然也不再那么有约束力了。”老人面色平静地说道，“哦，也许有些人仍然会把这视为一种背信的举动，但像我这样半截入土的老头子，通常是不那么在乎别人的看法的——我的时日已经所剩无多，而伊吉丽亚是个好地方。我花了半辈子与奥菲莉亚一起研究关于地球的一切，就我们所知，在整条银河旋臂中，你都找不到比这儿更像地球的地方了。”

“你是说……等等，你不是已经买了下一班——”

“对。但我在买票时耍了点儿小小的手段，”老人抬起一只手，“那张票不是用我的名字买的。”

“那……”记者突然露出了恍然大悟的神情，“你的意思是……为什么？”

“因为我一直相信，没有任何事情应该被永远拖延下去。”老人答道，“逃避并非解决之道——尤其是在牵涉到近百亿人的未来时。也许你在前几天才第一次与我谈话，但我早在史久以前就已经认识你了：如果我的研究没错的话，你就像我一样拥有能够被‘神仆’认可的血统，但却比我更适合在这类问题面前作出判断与决定。”他停顿了片刻，“当然，我的评估也可能出错，如果你不愿意被卷进这件与你无关的事情之中，不愿为那些与你不相干的人所造成的后果做一个了断，那么你将永远不会再见到我。没有人会强迫你作出任何决定。”

“也许……好吧。”记者又看了一眼那只挂钟，若有所思地点了点头，“请允许我考虑几分钟，就几分钟……”

9

两千秒钟后，有人看到一个其貌不扬的男子登上了离开伊吉丽亚太空港的定期飞船“奥兰开拓者号”。这个男人随身只带着一小包行李，看上去行色匆匆，但没有任何人注意他从何而来，也没有人关心他到底去了哪里。

起风之城

张　冉

一

罗斯巴特集团由机器人制造厂摇身一变，成了全州数百万个机器人的经纪人，每个机器人都要通过公平竞争谋得工作，赚取一般等价物，换取维持生存所需的电能、油液、零件和维护保养服务，罗斯巴特公司则抽取百分之五十的佣金用来偿还机器人的制造贷款，通常这份价格高昂的分期贷款需要用三十年乃至更长时间来偿还，但机器人的服役寿命高达八十年，它们终将可以赎清自己，获得自由。

企业非常欢迎这种做法。不同外形的专业机器人有各自适合的岗位，很容易在生产线上找到理想位置。它们薪酬低廉，工作时间极长（州立法规定每天不得超过二十二个小时），附加支出极少，不需要解决住房问题，没有生育和休假困扰，不会通过工会提出不合理需求……即使抱怨，也只是在机器人权益保障者那里吐吐苦水，只要稍微提高厂房里令机器人感到舒适的白噪音就可以解决问题。

唯一的受害者，就是被夺去工作岗位的产业工人。在需要情感、主官感受、逻辑判断力和决策的岗位上，人类还牢牢坚守战场，但我父亲那样的蓝领工人，则被机器人成批驱逐。他们亲手制造了潘多拉的魔盒，禁不住诱惑掀开盒盖，却发现盒中的瘟疫已经长出翅膀，再不受造物主的管辖。

【09:52】

窗外掠过一间废弃的加油站。一辆停在加油机前积满灰尘的大众甲壳虫轿车，被以三百公里时速飞驰的高速列车甩在后面。

我突然觉得这个场景似曾相识。由于高速铁路线与荒废的3号公路平行，一路上死去小城镇的废墟并不罕见。我闭上眼睛，花了几分钟才找到刚才那熟悉感觉的源头。

在我很小的时候，住宅楼后面是一片杂乱无章、积满垃圾的灌木丛。某一天，不知是谁将一辆报废的甲壳虫汽车驶到灌木丛里，拆走了车里所有值钱的内饰之后便扬长而去。那个锈迹斑斑的空车壳，从此成天用一对被解剖后的青蛙般的无神眼睛盯着我的卧室，让我整夜不敢拉开窗帘，不敢面对窗外漆黑的夜里汽车尸体那莹绿色的邪恶目光。

一开始，会有流浪汉在甲壳虫轿车里烤火过夜，后来，灌木丛开始在车里生长，透过破碎的车窗、机器盖和天窗钻了出去，将废旧的雨刷器举向天空。远远望去，仿佛树丛将汽车吞噬了，蓝色的甲壳虫渐渐与幽暗的丛林融为一体，再看不到车灯阴冷的眼神。

再后来，一场突如其来的大火烧掉了整片灌木丛。火焰烧了三天两夜，留下一片焦土，草木灰被北风吹散，露出甲壳虫汽车干瘪的残骸。作为人类工业文明的结晶，它算是以自己的方式战胜了自然。

那是我最后一次见到它，大火之后没多久，我就离开了自己出生并长大的城市，之后再未回去。

【09:10】

两天之前，一封信出现在我的邮箱里。

在这个信息爆炸的时代，人们越来越开始怀念纸制品的芳香气味与墨水书写的柔和触感，因此收到一封手写的信我并不感到奇怪，但邮戳表明这封信来自一个特别的地方。

从机器人秘书的托盘上拿起信封，我的手指出现了不自然的颤抖。

我不愿再与那座城市产生任何瓜葛。自从改名换姓、在知名大企业谋得一份体面工作之后，我以为自己已经完全摆脱了那座城市背后的阴影，可没想到，整整十年平静的日子只是自欺欺人而已，看到那个地名的时候，我的心脏猛烈地收缩起来。

“谢谢。”我竭尽全力保持仪态，说出得体的礼貌用语。

机器人秘书同样礼貌地做出回答，收起托盘，驱动十六只万向轮，将自己的身躯挪出了办公室。

我明白即使故意视而不见，好奇心最终还是会驱使我划开信封，将那些令我忐忑的字句逐一阅读。所以在片刻思考之后，我坐定在转椅上，打开做工并不考究的木浆纸信封，取出薄薄的一页信纸。

“大熊。”

信的头两个字将我狠狠击中。我倒在座椅里，呆呆地望着工业美术风格的白色天花板，花了五分钟才调匀呼吸，让宝贵的空气重新回到我的胸腔。在这座城市里，没有人会这样称呼我，我的身份是大企业的高级工业设计师，循规蹈矩的中产阶级白领，工业社会最稳定的构成，是这座干净整洁、充满艺术气息的城市必不可少的一部分。

我不需要改变，也不需要回忆。但这封信只用两个字就唤起了我的回忆——在我的字典里，回忆就意味着改变。

我无法停下，唯有继续阅读下去。

> 大熊：你知道我是谁。我要做一件事情，需要你的帮忙，如果你还记得从前的事情的话，一定要来帮我，如果不记得的话就算了。对了，时间紧迫，我应该提前告诉你的，对不起。从11月7日零点起，你要在七十二个小时内赶来，不然就不用来了。就这样。

这封信并未遵循信件的格式，没有抬头、署名和问候，以这个社会精英阶层的眼光来看，就算小学生也不该写出这样不合规矩的信件。

我认识的所有人中，只有一位会写出这样肆无忌惮的信。

办公室在眼前远去，记忆将我扯回十二岁那年的夏天。在卧室的床上，我拥抱着那个穿着白色棉袜子、身上散发出水蜜桃味道的女孩。

我的手指因紧张而僵硬，透过T恤衫与牛仔裤的空隙偶尔触到她那滑腻的肌肤，指尖的每一个细胞都能感觉到她身体的温暖。一床如云朵般柔软的棉被搭在我们身上，我裸着双脚，而她穿着一双洁白的棉布袜子。我的鼻子埋在她的发中，不由自主地翕动鼻翼，将她发丝和白皙脖颈散发的体香吸进鼻腔。

没错，就是那甜甜的水蜜桃味道，夏日里成熟的、甘美醉人的水蜜桃味道。

【08:54】

钢蓝色的烟雾出现在遥远的地平线，那就是我出生的城市，坐落于生长着仙人掌、红柳、风滚草和约书亚树的戈壁中央。

这座城市因煤矿与铁矿大发现而一夜兴盛，被蒸汽轮机和铁路线推动向前，就算在经济危机时代，也不眠不休地制造出崭新的汽车与机械设备，却在十年前突然衰败……这就是我的故乡。

就算冬季的信风吹起，也驱不散城市浓厚的烟尘。自工业革命时代开始熊熊燃烧的炼铁高炉，将铁灰色微粒洒遍城市的每一条街巷，让城市变成匍匐在尘烟中的洪荒巨兽。

没人说得清这种沉重的灰色浓雾为何不会随着第四次工业革命带来的科技进步而消失无踪，两百年的岁月早已将这雾气与城市的生命捆绑在一处，就算最先进的空气净化设备也对它束手无策。炼铁厂高炉的巨大烟囱已失去功能，成为矗立在城市角落中供后人观瞻的古老遗迹，可每当太阳从东方的沙漠地平线升起时，雾气总会如约而至，将这座毫无生气的城市悄悄拥入怀中。

步下火车的一瞬间，我无比厌恶地皱起眉头，脸部、脖颈和手背，所有裸露在外的皮肤都能感觉到雾气的潮湿，仿佛雾中有无数奇怪的生物在伸出舌头四处舔舐——这种恐怖的幻觉从小就折磨着我的神经，离开故乡的十年也没能让我忘记不快的幻象。我裹紧大衣，告诉自己回到故乡是一个错误的决定。

捏着票根走出出站大厅，两台圆滚滚的服务机器人迎了上来，电动机驱动万向轮碾过光滑的大理石地面，发出轻微的噪声。“您好，先生。请问有什么可以帮助您？”一台机器人展开顶端的三维投影屏幕，将城市地图展现在我面前，另一台机器人默默地站在旁边，等待为我提供其他服务的机会。

准确地说，它们应该被称为“机器公民”，这一称呼是州议会立法确定的。每台机器人自中枢处理器激活的一刹那，就背负着与人类相近又相异的原罪，必须依靠社会劳动赚取生存所需的电力、配件和定期维护服务。这是一种单纯的按劳分配制度，机器人与企业或公权部门之间形成雇佣关系，双方权益受到法律保障。近几年，机器人的福利问题也被提交州议会讨论，有人坚称机器人群体也应该纳入社会保障制度，因为从形式上来说，机器人的维修保养与人类的体检医疗并无不同。

制造这些机器公民的，是名为罗斯巴特（ROSBOT：现实社会化自动机械集团）的企业联合体，在这个州的任何城市都能见到罗斯巴特的盾形标志，就算在这荒芜之地也不例外。

机器人用四个语种耐心地复述了问题，并在屏幕上演示着地图、电话黄页、交通指南、在线博物馆等功能。第二台机器人的顶盖关闭着，显得有点儿闷闷不乐。

我的目光扫过公共交通系统指南。没有变化。公共交通是一座城市的生命线，十年未变的生命线，说明这座城市确实已经死去了。

“谢谢，我不需要什么帮助。”我提起行李箱绕过两台机器。

投影屏幕如花瓣般失望地合拢。“祝您愉快，先生。”毫无感情色彩的女性合成音在背后留下违心的祝福。

“希望如此。”

在接到信件五十个小时后，我从办公桌后站起来，吩咐秘书推迟例会的时间，向副总经理递交了事假申请，给家里打了个电话，声称自己有紧急任务必须立即飞往东海岸出差，然后吩咐妻子取回干洗店里的衣服，锁好屋门，不要忘记喂狗。

然后，我提着行李箱独自来到中央车站，登上了开往这座城市的高速列车。我的行李箱里只装着一件干净衬衣、一部便携电脑、一瓶功能饮料和一个文件夹。

我不知道为何会做出这个决定。

我觉得我疯了。

【08:12】

腕上的手表显示“08:12”，那是按照她给出的期限设置的倒数计时，“从11月7日零时起七十二个小时之内赶到”，距离期限还有八个小时。

我的心情像一瓶冰镇后的碳酸饮料，寒冷彻骨，黑暗无光，不知何时会彻底爆发开来。这座被遗弃的城市的一切都在压迫着我，肮脏的街道、缺乏修缮的楼宇、破碎的路灯、无精打采的行人……灰色的天幕和蓝色的雾气与我现在所居住的城市形成了鲜明对比，在属于我的城市，一切都是整洁的、有序的、高尚的，那是属于现代工业文明的天然骄傲。

我害怕如潮水般涌起的回忆，害怕唤出藏在我体内那个生于斯长于斯、如同整座城市一样肮脏卑微的孩童。我不由隔着衣袋抚摸着信纸，尽力以美好的回忆驱赶如影随形的灰蓝迷雾——十二岁那年的秋天。

十二岁那年的夏天，天空晴朗，甲壳虫汽车在灌木丛中露出枝枝丫丫的笑容，我们坐在床上，我从身后环抱着她，将头埋在她的发丛中，嗅着甜蜜的水蜜桃味道。

她咯咯笑着说：“别闹了，大熊。再不开始练习，准没办法通过珍妮弗小姐的选拔。到时候我会狠狠踢你屁股的。”

我回答道：“好吧。我还是搞不懂这样做有什么好玩的——你是说，在那个东方国家，这是一种表演形式还是什么来着？”

她扭过头，用黑色的眸子瞪着我，“我说过好多遍了，这叫作‘二人羽织’，是很有历史的东西，只要你能够稍微聪明一点儿，不要总是笨手笨脚打翻东西就好了！”

“好啦好啦。”我嘟囔道，“那再来试一次吧。”

她拉起又轻又软的棉被，一边嘟囔着这样的棉被不合用，一边将我们两人整个罩在其中。世界黑暗下来，我感觉温暖而舒适，双臂轻轻将她搂紧。

“好，现在端起碗……再右边一点儿，再右边一点儿……再往右，你这个笨蛋！”她大声指挥着。

我摸索着端起大碗，右手拿起一双名叫筷子的餐具，试着夹起碗中的面条送进她口中。

【07:52】

我步出车厢，提着行李箱走出地铁站布满涂鸦的阴暗通道，沿着停止工作的自动扶梯走上地面。

风中飘着的碎纸是这街区唯一的亮色，一名机器人警察慢悠悠驶过，五个监控摄像头中的一个扭向我，一闪一闪的红灯仿佛代表它疑惑的眼神。“需要帮助吗，先生？”外形如老人助步车一样可笑的机器人警察开口问道，将眼柄上的五个球形摄像头举起，上下扫视着与街道格格不入的陌生人。

“我很好，谢谢。”我摇摇头。

“那么祝你拥有美好的一天，先生。”警察摇摇晃晃地驶离，履带底盘后部的红蓝双色警灯无声闪烁，将布满灰尘的金属外壳映得忽明忽暗。

我抬起头。巨大的冷却塔像史前动物的遗骸一样匍匐在眼前，龙门吊车横亘头顶，粗硕的管道遮蔽天空。

她给我的信中没有明确指示，我不知去哪里寻找这个深埋于记忆中的童年伙伴。陈旧的记忆驱使着我不自觉地来到这里，城市东部的重工业区，我出生、长大、然后用了十年来逃避的地方。

阳光暗淡，废弃的机械散发着钢铁的腥甜味道，锈迹斑斑的管道尽头，一只蝙蝠从厂房破碎的玻璃窗里振翅飞起，消失于钢蓝色的迷雾之中。这死去城市的尸体，以绝望的、腐朽的、失去灵魂的形态静止在时间的凝胶里，钢索将阳光割裂，地面上铺满墓碑般的片片光斑。

我长久地望着那锈蚀的齿轮、干涸的油槽、长满衰草的滑轨以及绞索般摇摇晃晃的吊钩，情不自禁地打了一个寒战。我犹然记得在灾难发生之前的日子里，机械师在罢工游行的间隙，还会为心爱机械的传动链条添加润滑油，期待漫长冬季过后，它还能再次发出热气腾腾的震耳轰鸣。我的父亲，那位终身为汽车制造厂服务、却因高效而廉价的机器人劳动力丢掉工作的蓝领工人，曾经无比乐观地对我说，总有一天炼钢厂高炉的火焰会再次燃起，城市会再次充满机械运转的和谐之声。“一切都会变回老样子的，我保证。”他用仅余的一点儿钱购置了丰富的食物，满心期待着好事到来。

等我回过神，他已经化为了瓶中的白色粉末——那么健壮的一个男人居然能够装进小小的瓷瓶之中，这让葬礼的场景显得有点儿讽刺。

裹紧西装外套，我迟疑地向前迈着步子，小心地踏过光与暗的斑纹。要去哪里呢？比起这个富有哲学性的问题，我用了更多精力遏止猛然漾起的回忆，危险的东西正在脑神经突触之间蠢蠢欲动……不要乱想！我严厉地呵斥自己，奋力驱走脑中的幻影。

从这里向前，丁字路口对面是冲压机床厂，而汽车制造厂就在右转之后的道路尽头。在那个遥远的年代，我爷爷的爷爷随着人潮拥入这座戈壁滩中央的城市，成了一名产业工人，从此代代传承。我父亲本人就完全无法想象外面的世界是什么样子，对他来说，接受职业教育，接替父亲的职位站上生产线几乎是命中注定的事情，拧紧面前的每一颗螺丝，这是男人最踏实的工作，也是最美妙的游戏。

她如今又在做什么呢？这座城市已经死了。炼钢厂死了。发电厂死了。轮机厂死了。汽车制造厂死了。留在这座城市中的，只有绝望的酗酒者、等死的老人、麻木的罪犯和丑陋的妓女。

徘徊在死去城市中的她，是否仅仅是残存着水蜜桃香味的白色幽灵？

【07：37】

我不得不放松警惕，让有关她吉光片羽的记忆溃堤而来。

她的名字。她的名字叫作“琉璃”，那是一种源自东方的美丽彩色玻璃。我很喜欢这个名字，她本人却不太满意，说那是极其昂贵且易碎的玩物，在她祖辈所在的国度，只有古代的君王才有幸可以赏玩。

我父亲与他父亲不在同一车间，不过不约而同选择居住在公寓楼，主动放弃了市郊的独栋住宅。我的父亲要承担母亲昂贵的赡养费——事实上，我对母亲的印象很淡薄，她对我来说只是每个月要分走一大笔生活费的陌生女人罢了。而她的父亲则由于股票投资失败，欠了一大笔外债，不得不节衣缩食寄身于免费的公寓楼中。

我们很小就认识了。在废弃甲壳虫汽车出现的时候，我们总是一起骑着自行车去上小学。当甲壳虫汽车里长出茂密灌木的那一年，我们早已是无话不谈的玩伴。那个年纪的男孩女孩会将感情当作羞耻的事情看待，情窦初开的我不敢坦白自己少年维特的烦恼，而她似乎迟迟不肯长大，只对耳机中的摇滚乐着迷。

之所以对十二岁那年夏天发生的事情记忆深刻，不仅因为那是我初尝感情的甜蜜与苦涩滋味的日子，也由于一件大事在这座城市发生——第十四届“世界机器人大会”在这里召开，全球最新的各式机器人云集于此，这是所有喜爱机械与新潮电子产品的孩子的饕餮盛宴。

我从小迷恋机器人，而她也对这些钢铁造物很有兴趣，我们被学校的机器人协会推举出来，要在世界机器人大会开幕式上代表整座城市表演节目。

我一下子慌了神，不知该准备些什么，而她一下子就想到了“二人羽织”。

“你不觉得那很像机器人吗？我是头脑与面孔，而你在后面负责双手的动作，扮演着我自己的手臂，那不正像人形机器人刚学会走路时的奇怪样子吗？一定可以让所有人都大吃一惊的！”她盯着我，粉嫩的脸颊映着下午学校的阳光，纤细的汗毛若隐若现。

“……听你的。”我情绪复杂地回答道。

【07:12】

汽车制造厂的大门紧紧锁闭，不远处的墙上有一个崩坏的缺口，我从那里轻松翻越进去，站在长满齐膝野草的大院中。

我的正前方是办公楼，左手边是碰撞车间，右手边是试车车间，底盘、承装、制件、喷涂、焊接、总装和检测车间以棋盘形左右排列。在制造业鼎盛的时期，这片二十公顷的土地挤满了一万五千名来自全国各地的蓝领工人，生产汽车的工时被压缩到惊人的十二个小时，每六秒钟就有一辆崭新的汽车驶下流水线。

我闭上眼睛，想象满载汽车的载重货车呼啸而过。短短十年时间，缺乏保养的水泥路就已经被野草侵蚀得支离破碎，四周散发着青草和油泥混合的奇怪味道。

当啷一响，脚尖踢起一只空荡荡的威士忌酒瓶。靠近大门的厂房窗户七零八落，厂里能拿去换钱的东西早被游民洗劫一空，墙壁上画满了充满性暗示的暗红色涂鸦。“赶走木偶！保卫生产线！”高居于涂鸦之上的是十年前罢工运动的口号，字迹已经模糊不清。

愈行向厂区深处，流浪汉活动的迹象就愈少，巨大的墓园中只有我在默默行走。名为“恐惧”的无形怪兽将右手搭在我肩上，让我不断回头惊惧地环视四周，幸好透过雾气射来的阳光给予皮肤些许温暖。我松开领带，让喉结可以轻松咽下加剧分泌的唾液。

到达目的地时，我才发现自己的目的地所在，潜意识将我引领至这熟悉的角落——当然，除了这儿，还能是哪儿呢？

六层高的公寓楼恰好遮住阳光，公寓外墙残留着灼烧过的痕迹。四层最右边的那扇窗户，玻璃破碎、以不祥的寂寥眼神凝视过我的那扇窗户，正是我卧室的窗子，年少的我曾经多少次从窗口向下俯瞰，而如今我抬头看去，肮脏的窗帘随风轻摆，看不清那后面是否有一张静止不动的孩童面庞。

“喳！”一只惊鸟穿林而出，凄厉鸣叫着冲向高空。已经完全看不出那场大火的痕迹，被烧得精光的灌木丛如梦魇般重生了，开着黄色花朵的沙冬青与叶子油绿的野扁桃被多刺荆棘缠成扭曲的形状，这片林子几乎与童年记忆中的一般无二。

我手指颤抖地拨开一束梭梭草，甲壳虫汽车的残骸出现在眼前，那被火焰炙烤成炭黑色的钢铁骷髅如今再次被植物占据，灌木以疯狂的姿态从每一寸缝隙中挣扎而出。

这时，我突然想起童年的一种玩具。那是世界机器人大会为感谢我们表演节目而赠送的礼物：具有行走能力的机械人偶。人偶的面部是一个棉质的圆球，只要按照自己喜爱偶像的照片在圆球上相应位置植入草籽，每天细心浇灌，七天之内，小草就会长成这位名人的五官轮廓，同时，这种基因工程制造的草种会将光合作用制造的糖分输送给人偶内部的化学能燃料电池，驱动小机器人向着光线更强的方向行走。

我不知道是谁设计出这种奇怪玩具的，表现最基本的机器人生存原理是可以理解的，但绿色头发的迈克尔·杰克逊迈着僵硬的步伐在写字台上追逐阳光，这不是儿童玩具应当有的模样。令我更加恐惧的是，一个月过后，那些基因变异的青草开始不受限制地疯长起来，迈克尔·杰克逊的眼睛、嘴巴、鼻子、耳朵全都喷出长长的草叶，机器人行走的速度也因能量充足而加快了。那个七窍流草、在屋里四处狂奔的怪物是我一生的噩梦。

迈克尔·杰克逊是我最爱的歌手，我还喜欢罗比·威廉姆斯、布鲁诺·玛尔斯和芮阿娜。她的音乐播放器里装满更加过时的摇滚乐——皇后、枪花、滚石、金属乐队、邦·乔维和涅槃。我从来不能理解她的想法，而她也从未试图了解我的想法。

在机器人大会之后，她与我的关系渐渐疏远。不知从什么时候起，我们每天的对话变为简单的“你好”和“再见”，我再没有触碰过她柔软的肌肤，也没再闻到过她身上迷人的水蜜桃味道。

甲壳虫汽车的残骸就像那台机器人一样散发着邪恶的气息，令我胃部收缩，有一种想要呕吐的感觉。做了几个深呼吸压下不适感，我放下行李箱，弯下腰拨开汽车内部的灌木。

回到汽车制造厂，来到这个隐秘的地点，一切都是自然而然发生的，我根本没有考虑这样做的合理性。但回过头来想想，如果她只有一封没头没尾的信件召唤我前来，没有留下任何联系方式，那么还有什么地方比这里更适合隐藏留言呢？毕竟在曾经亲近的孩提时光里，我们总是一起坐在卧室的床前，望着这辆被遗弃的车子，编造一个又一个光怪陆离的恐怖故事，以吓坏彼此为快乐之源。

在一簇结出鲜艳红色果实的沙棘之下，甲壳虫汽车的地板上，我发现了一枚白色的信封。我转身逃离汽车残骸，撕开信封，一张照片轻飘飘地掉了出来，照片上是一个男孩和一个女孩——十二岁的我和十二岁的她。

照片是用家用打印机打印的，显得陈旧易碎，我和她的笑容却透过模糊不清的像素点溢出纸面。她坐在床沿，我坐在她身后，那正是我记忆中最美好的夏日时光，为机器人大会排练“二人羽织”的那个午后。

仿佛一记看不见的重拳击中鼻梁，我感到眩晕疼痛、眼睛酸涩，趁着视线还没有模糊，我翻过照片，看到后面用碳素笔写着：“很好，起码你来了。接下来想起些什么吧，你会找到那个地方的，就是那里。”

【06:35】

我在寂静的城市里独自行走，感觉昂贵的西裤和衬衣被汗液黏在皮肤上，真丝领带令我窒息。我毫无目的地走着，直到街巷行到尽头，空旷的广场与巨大的机器人塑像出现在眼前。那是第十四届世界机器人大会纪念广场，还有双足机器人“大卫”。

“大卫”有五十五米高，钢骨架，镀铬铝合金蒙皮，以金属黏合剂定型，外表大致符合人体比例，不过它看起来不大像米开朗基罗的名作，倒更接近古老动画片《阿童木》里面的主角。在我十二岁那年，银光闪闪的机器人在吊车的帮助下立起在世界机器人大会园区的中心，市长带头热烈鼓掌，我和她自然起劲地拍红了掌心。

“这是具有划时代意义的一天。”市长清清嗓子，“罗斯巴特集团捐赠的‘大卫’将作为城市的象征永存于世，感谢他们带来日新月异的机器人技术，将我们带向人类与机器人和谐共处、创造更文明高效社会的美好明天！”

市长的话没有说错，直到今天，这个机器人还倔强地站立着——即使十年前的一场大火将它每一寸表皮都烧成炭黑色，身上布满铁锤砸出的凹痕。事实上，至今没人知道那一天究竟发生了什么。很多人死了，而直至今日，死亡者的确切数目还是没人知晓。

“大卫”是罗斯巴特集团最后一件人形机器人制品，随后，复杂的双足机器人淡出了历史舞台。科技的车轮开始加速转动，具有划时代意义的模拟神经元处理器给机器人带来相当程度的思考能力，随着各式各样的机器人走向社会，伦理学问题被摆上台面。几年前，州议会在州宪法中加入了“新机器公民”的条款，正式承认机器人的独立人格，同时规定了机器公民的权利、义务及社会角色，使他们可以“在一定的约束条件下以同等身份获得法律权利、社会权利、政治权利和参与权利”。

当时没人意识到，人类在漫长的文明史上会第一次与自己的创造物展开生存权利的残酷竞争。

罗斯巴特集团由机器人制造厂摇身一变，成了全州数百万个机器人的经纪人，每个机器人都要通过公平竞争谋得工作，赚取一般等价物，换取维持生存所需的电能、油液、零件和维护保养服务，罗斯巴特公司则抽取百分之五十的佣金用来偿还机器人的制造贷款，通常这份价格高昂的分期贷款需要用三十年乃至更长时间来偿还，但机器人的服役寿命高达八十年，它们终将可以赎清自己，获得自由。

企业非常欢迎这种做法。不同外形的专业机器人有各自适合的岗位，很容易在生产线上找到理想位置。它们薪酬低廉，工作时间极长（州立法规定每天不得超过二十二个小时），附加支出极少，不需要解决住房问题，没有生育和休假困扰，不会通过工会提出不合理需求……即使抱怨，也只是在机器人权益保障者那里吐吐苦水，只要稍微提高厂房里令机器人感到舒适的白噪音就可以解决问题。

唯一的受害者，就是被夺去工作岗位的产业工人。在需要情感、主官感受、逻辑判断力和决策的岗位上，人类还牢牢坚守战场，但我父亲那样的蓝领工人，则被机器人成批驱逐。他们亲手制造了潘多拉的魔盒，禁不住诱惑掀开盒盖，却发现盒中的瘟疫已经长出翅膀，再不受造物主的管辖。

这就是那场史无前例的大罢工的缘由，导致这座以重工业为基础的城市死亡的缘由。全机器人生产线（不同于传统意义上的“机器人”生产线，电脑控制的机械手臂与具有主观能动性的机器公民不可相提并论）能够将生产效率提高四倍到五倍，厂房必须重新设计以适应高效化与极度精确的工作流程，厂区不再需要臃肿的生活配套区，只要留有足够的停放空间（州立法规定机器人的最小休息空间为该款机器人体积的1.5倍）即可。改造旧厂区意味着天文数字的投入，重型企业已经因人类员工的解约赔偿而元气大伤，于是，它们不约而同选择在更靠近罗斯巴特集团总部的城市新建厂区，从而放弃了这座戈壁滩中央的孤城。许多未能顺应时代潮流雇佣机器人工作的企业很快倒闭，失业率扶摇直上，社会动荡，城市衰落……不过用州政府的话说，这只是走向新时代必须经历的阵痛而已。

我远走他乡，进入大公司工作，直到两年后我才知道所供职的企业是罗斯巴特集团的下属企业。在那座崭新的城市，汽车厂、钢铁厂、精密设备厂、机床厂、数码仪器厂已经以崭新的姿态重生。那些新生的工厂都有着低矮洁净的白色厂房，厂区充满电流的嗡嗡噪声和万向轮碾过地面的吱吱声。

我喜欢机器秘书和机器巡警，喜欢代表先进生产力的机器人技术。一想起现在脚下这座笼罩着迷雾的钢铁城市，我就仿佛又尝到了肺中驱之不尽油烟的苦涩味道，感觉指甲缝里塞满了黑黑的油泥，想起父亲临死前强颜欢笑的卑微样子，听见汽车制造厂最后一次下班汽笛声的清鸣。

是的，我离开了这个鬼地方，同其他上百万人一样。这样做又有什么不对?

我紧紧捏着手中的照片，穿过窄街大踏步走向双足机器人的方向。如果答案存在的话，一定就在那个地方。

【06:12】

“二人羽织”这种表演的意义到底是什么？是笨拙的喜剧、和谐的正剧，还是滑稽的悲剧？这种源自东方的奇异文化，我始终都没能理解。

第十四届世界机器人大会在凉爽的夏夜开幕，中央展馆大舞台的幕布缓缓拉开，六盏聚光灯穿透厚厚的棉被射来粉红色的辉光，喧哗声渐渐平息，奇异的静谧统驭了会场，即使躲在她的背后，我也能感觉到五千名观众视线的灼热。

“别怕，”名叫琉璃的女孩对我说，“有我在。”

我什么都看不见。在这个棉被制造的小小空间里，我拥着让我神魂颠倒的女孩的柔软躯体，却紧张地弓起后背，保持着尴尬而礼貌的距离。我垂在琉璃身前的双手能感觉到空气的温度，幸好一万只窥探的眼睛被棉被关在外面的世界。我的鼻尖埋在她的发中，嗅着让人迷醉的甜蜜桃子味道，整张脸都因紧张和幸福而充血、发热。我能感觉她的身体也在微微颤抖，那是十二岁少女面对五千名旁观者的天然恐惧，也是从小听着古老摇滚乐长大的灵魂面对五千名观众的天然亢奋。忽然间，颤抖停止了，她自言自语道：“突然肚子饿了……那么就吃一碗面吧。”

这是表演开始的信号。我轻轻活动一下僵硬的手指，开始摸索装满面条的大碗。奇怪的是，那时我却完全没有想着表演本身，脑中莫名其妙地蹦出一个念头：如果她身上能够散发成熟桃子的味道，那是不是说明所有女孩儿都是水果口味的？隔壁班的凯茜·布雷迪是不是草莓味道的？班主任提摩西夫人应该闻起来像坚果吧？我自己又是什么味道的？如果我与琉璃结婚，会不会生下一大堆桃子味道的可爱女孩儿？

许多年以后，我拥有了一位闻起来像“香奈儿5号”香水的妻子，养了一条酸奶油味道的大狗。我决心不再回忆这座雾气笼罩的钢铁之城，却在偶尔闻到桃子味道的时候心中一荡，胸腔中的某个部位传来针刺般的疼痛感——比如现在。

如果心电图和冠脉造影解释不了心脏的疼痛，那么只能相信那是灵魂借宿的地方吧。

我踏上纪念广场的黑白两色地砖。整座纪念广场由第十四届世界机器人大会的几栋主体建筑改建而成，棋盘状地砖应该是对“深蓝”电脑的致敬，而环绕整座广场的单轨轨道，不用说是地球环日轨道的拙劣模仿。在我十二岁那年，这条轨道上有着骑单车的人形机器人不停穿梭往返，向世人展示其高妙的平衡感；如今铁轨早已锈迹斑斑，在那个脏兮兮的移动物体高速驶来时，松动的螺栓发出不祥的嗒嗒震动声，铁锈簌簌掉落，整条轨道都在上下起伏，看起来像泡在咖啡里的早餐麦圈一样，随时可能粉碎坠落。但悬浮在永磁场之上的轨道不可能原地坠落，就算那些七零八落的碳纳米系带全部断裂，它也只会被高高弹起来，扭成麻花形散落到鬼知道什么地方去。

我停下脚步，放下行李箱，干脆把领带扯掉揉成一团塞进衣兜，松开了衬衣上的三颗纽扣。

一个嗡嗡作响的家伙沿着轨道驰来，吱一声停在我面前。这个轨道机器人形状像个饭盒，一停下来就开始叮叮咚咚地播放《献给爱丽丝》，同时将盒中售卖的物品展示给我看。左边一半是平凡无奇的旅游纪念品，右边一半是冷冻的速食品，包括饮料和水果。我望向哪种食品，机器人就殷勤地放出一丝含有食品味道的香氛喷雾。

当我的视线掠过水蜜桃，化学合成的桃子味道令我悚然一惊。

“仅售三元，先生，保证新鲜的南方农场水蜜桃，从采摘到冷冻保存只用了五分钟，就连南方农场充满阳光味道的美味空气都被一起冻起来了呢，先生！”机器人用不知藏在哪里的摄像头捕捉到我的神态，随后用不知藏在哪里的扬声器发出欢快的合成音。

“好吧。”我犹豫了一瞬间，掏出皮夹数出三张零钞递过去。

“感谢光临！T00485LL发自CPU地感谢您，先生！”刷的一声，钞票被不知藏在哪里的触手夺走了，一只速冻的大桃子弹出机器，在空中漾出一团水蒸气的云雾，接着轻轻跌落在托盘上，零下十八度急冻的水果被定向微波快速解冻，休眠与唤醒都只用了短短一秒钟。

“这是您买下的南方农场水蜜桃，先生，如果愿意的话，我可以介绍一下这些可爱的纪念品，比如可以自动下楼梯的势能转换器，能够看护婴儿的恐龙玩偶，印有‘大卫’图案的夜光纪念章……”托盘升起在我面前，桃子同屏幕上显示的样品一样饱满可爱，新鲜得像刚从树上摘下来。

“不必了。”我拿起那只水蜜桃。

没有味道。看似美味多汁的桃子没有任何味道，水蜜桃底部有个小小的标签，上面的日期显示这只桃子已经在机器人的冷库中沉睡了四年零十一个月，但距离保质期限还有很长一段时间。

按照食品安全法规定，桃子的营养成分流失最多只能在百分之五，它本质上还是一只营养丰富、汁水充盈、健康纯粹的桃子——这就是文明的力量。

我随手将只咬了一口的水果丢进垃圾箱，然后走向纪念广场北侧的巨大人形机器人。

饭盒模样的售货机器人乖乖闭嘴不语，但鬼鬼祟祟地沿着轨道跟在我身后，滑轮摩擦铁轨发出难听的刮擦声。无论它还是轨道本身都需要一次从头到脚的保养，否则在不远的某一天就会彻底沦为废铁。

“不要跟着我。”我没有回头，冲身后挥挥手。优先级更高的服从逻辑战胜了求生欲望，售货机器人的身形静止了，孤零零地凝在铁轨上，像冬季瑟缩在电线上忘记南飞的孤鸟。

整座广场没有其他游客。离得越近，伤痕累累的机器人雕像就显得愈发丑陋。我皱起眉头，掏出照片细细观看。一件事突然浮现于脑海，却远远飘在意识的捕捉范围之外，摸不到轮廓。照片上是十二岁的我和十二岁的她，在十二岁的夏日与十二岁那年的卧室房间，十二岁的年纪里，应该还有一个若有若无的阴影存在。

而那个影子，也是我远离这座都市的原因。但现在，我绞尽脑汁也看不清那个影子的面目。一旦意识到这个死角存在，大脑就开始用尽力气破解回忆的谜团，像水蜜桃一样被冻结的往事坚冰慢慢融解，画面一个接一个浮出水面。我和她。我和爸爸。我和提摩西夫人。我和巨大机器人雕像。在浓雾中迷失而被吓坏的孩子。放学后的秘密基地。草稿本上的机器人图纸。用晾衣架、电动车马达和易拉罐制造的机器人。被丢弃的甲壳虫汽车。每个画面里都有那个影子存在，如同无形的手在按下快门将回忆定格的时候，总是将一道徘徊于身边的幽影记录其中。

越是努力捕捉，神秘的影子就越轻飘飘地溜走，我不禁开始怀疑自己的记忆，怀疑自己的大脑，怀疑内侧颞叶的每一个神经元和神经突触在联合起来欺骗这具身体的主人——童年的记忆如果这么不可靠，为何琉璃肌肤的温热触感和身上散发的甜蜜味道显得如此鲜明？

头痛开始袭来。“见鬼……”我从裤兜里摸出尼古丁咀嚼片丢进嘴巴，用咬嚼肌的运动缓解疼痛。胶质中的尼古丁渗透进血管，这种禁烟运动中奇迹般存活下来的安慰剂让我的精神立刻振奋起来，但这无助于思考，我只能暂时将打结的记忆丢在一边。

巨大的机器人塑像遮住朦胧的阳光，庞大的双脚逐渐与我的视线齐平。经过修葺的大理石基座用四种语言刻着拍马屁的美术评论家的华丽辞藻，他们居然认为这一团焦黑扭曲的金属是现代文明史上妙手偶得的极佳创作。作为设计师的一员，我对此实在难以苟同，甚至不大敢直视那丑陋的金属骨架。

机器人塑像凝视着五百米外的机器人大会主场馆，我和琉璃曾在那栋蛋壳形的乳白色建筑中登台表演，收获了五千名观众的热烈掌声。当时我们其实演砸好几个地方，却意外地赢得了哄堂大笑，或许这正是这种表演形式的高明之处吧。

灯光亮起，大会正式开幕，每一个小舞台都有吸引人的各式机器人登场，我们两个趁没人注意偷偷溜了出去，爬上机器人塑像的基座，望着远处流光溢彩的场馆和亮着灯带的长长轨道，等待烟花升起。

那时我们都说了些什么？十二岁的我们，或许正试图表现自己成熟的一面，谈论着音乐、电影、书籍，也许聊起学校中发生的事情，更可能谈着关于机器人的话题，想象着我们的未来将会是什么样子。

到如今，我已经知道我的未来是什么样子，而她的未来呢？

我在我们曾经并肩坐着、悬空摇晃双腿的地方找到了一枚白色的信封。当年我们花了很大力气才爬上高高的基座，如今看来，那不过是齐胸高的台阶罢了。

看着白色的信封，我的心境非常复杂，但走到这一步，除了打开信封之外没有其他选择。

撕开信封，薄薄的信纸上只写着一个名字：乔。

【05:36】

乔是谁？

这个名字没能将沉睡的记忆唤醒，短短三个字母看起来有点儿陌生。“乔”应当是“约瑟夫”的缩写，现在几乎已没有人给男孩儿起名约瑟夫了，因为那听起来又老气又陈旧，一点儿也不时髦。我的交际圈里没有人叫作乔或者约瑟夫，与琉璃共同认识的熟人更是屈指可数。我静下心来梳理了一遍记忆，确实没有这么一个名字存在。

死去城市的铁灰色遗骸像一个魔咒，逃离的念头一次又一次升起，身体却一次又一次背叛意志。不管望向哪里，都能看到童年的我的影子。我一边想着姓名的谜题，一边漫无目的地慢慢行走，圆形轨道上的寂寞机器人进入我的视野，我脑中突然升起了一个念头。

“喂。”我开口道，“可以帮个忙吗？”

“当然，先生！T00485LL竭诚为您服务！”机器人立刻欢快地冲来，它似乎并不理解人类对字符串的差劲记忆力，总是重复自己那毫无意义的名字，可怜巴巴地想让我以姓名来称呼它。

我犹豫了一下，“……有没有名叫‘乔’的歌手或歌名？”

这座广场、这个名字产生了某种关联，有隐约的曲调在脑中响起，此情此景突然令我觉得相当熟悉，似乎在某个不知是真是幻的记忆片段里，我就坐在这里，听着广场上的音乐声。

“以Joe为关键词查询得出153328个结果，您要找的是不是Joe Cocker、Joe Jonas、Joe Nichols……”T00485LL欢快地唠叨着，我赶紧摆手加以制止，“不不，我想想……”

音乐声由弱而强，来自我深深的脑髓。

“Joe Brown, Joe Lattice...”

越来越响。越来越响。

我用力回想模糊的片段，直至一阵剧烈的头痛突如其来地爆发，轰的一声在头盖骨里爆炸，浑身上下的每一个神经末梢都接收到了短暂而强烈的疼痛脉冲。

“先生？您怎么了，先生？您需要帮助吗，先生？需要我为您叫救护车或者联系家人吗，先生？”T00485LL欢快地呼喊道，我知道那不是它的本意，毕竟一个语音合成器只有一种基调，最适合售货员的就是这种该死乐天派的语气。

“我没事……我没事。”我深深曲着身子，将头藏在双膝之间，直到难挨的疼痛过去。这种疼痛我一点儿都不陌生，自从离开这座城市之后，有许多次，我尖叫着从噩梦中醒来，因头痛而彻夜难眠。医生说我的检查结果完全正常——一如我的心脏——健康得可以活到世界末日那一天。随着年岁增长，头痛的次数逐渐减少，自从结婚以后，这种电击般的苦刑已经极少干扰我的生活，我也乐于在妻子面前将秘密深深埋藏。

我知道两分钟过后疼痛就会暂时退去，像潮汐暂时远离沙滩，如果此时立刻服下安眠药入睡，就可以阻止下一拨疼痛袭来。但这次我所做的是猛地站了起来，双手抓住机器人的铁盒子摇晃着，“我想起来了！我不知道歌手的名字或者歌的名字，但我想起了一段旋律，你可以通过旋律找到相关歌曲吗？”

“您这样做让我很困扰，先生，通常来说，我们是不太喜欢身体接触的，您身上的汗液对我的皮肤——我是说烤漆——有害。不过我确实能提供哼唱旋律找歌的服务，只需2.99元即可，只要激活服务，一份已付费的App拷贝就会出现在您的移动终端中……”T00485LL轻快地答复道。

我立刻哼出那段曲子。在头痛的黑暗深海中微微发光的是一小段歌曲的旋律，非常简单的曲调，短短两句，没有歌词。在遗忘之前，我将这段旋律连续哼唱了三遍，然后紧张地盯着机器人的显示屏。

“有15个近似结果，先生，如果有歌词或者下一段旋律的话……”T00485LL犹豫道。

“对了对了，类似于二重唱，不不，我是说两个短句每个都重复两遍……”我立刻补充道。

“啊，这就好多了！”机器人快乐地叫道，“匹配结果是唯一的，这是一首创作于1911年的歌曲，歌名是《牧师与奴隶》，作者是乔·希尔，您非常幸运，先生，这首歌的原版录音没有留下，幸好有另一名歌手犹他·菲利普斯在整整一个世纪之前翻唱的版本，现在为您播放30秒试听。”

沙沙的背景噪声响起，接着音乐声传来，伴奏只有一把吉他，一个苍老的男声唱道：

> “长发的牧师每晚出来布道
> 告诉你善恶是非
> 但每当你伸手祈求食物

他们就会微笑着推诿：
你们终会吃到的，
在天国的荣耀所在
工作、祈祷，简朴维生
当你死后就可以吃到天上的派。”

伴随着撕裂般的声响和天旋地转的失重感，记忆的冰山轰然崩塌！“乔”这个名字是一颗铁钉，音乐是将名字敲进冰山的铁锤，小小的裂缝不断扩大，悬浮在记忆之海中的坚硬核心终于分崩离析！

在失去意识之前，我想起来了。

乔。琉璃。我的父亲。十年前的那一天。“大卫”身上熊熊燃烧的火焰。鲜血和汽油。这座城市的最后一日。

我想起来了。

【05:11】

我从昏迷中醒来，T00485LL刚好数到第580秒，“先生！先生！您醒了！”它大声嚷道，“若是十分钟之后您还不醒来，我就必须联系医疗卫生部门，并作为第一旁观者接受警察部门的讯问了……您没事吧，先生？需不需要药品？我认识一个在附近卖药的家伙，它的药瓶上没有条形码，不过对治疗头痛非常有效……”

“我没事。我要走了。”我用力一撑地面站起来，忍受着眉心后面一阵阵的刺痛，用手拍打身上的灰尘。

“您确定不是因为我提供的食物或者音乐而感到不适？”机器人可怜巴巴地问，屏幕上播放着绿色和蓝色的波纹以表示情绪，“我已经有两次不良信用记录了，如果被那些官僚发现……”

“与你没有关系。谢谢你，再见。”我将西装外套搭在肩上，眺望四周景物确认一下方向，然后大踏步走去。

“谢谢！……您的箱子，先生！”T00485LL叫道，伸出软管手臂拎起那只行李箱，沿着轨道追来。但我前进的方向与圆形轨道垂直相切，铁盒子机器人焦急地左右横移，用最大音量播放《献给爱丽丝》，希望能唤起我的注意。

我没有回头。

我想起了许多东西。模糊的阴影显露出面目，那是一张我无论如何也不应该遗忘的脸庞。我与琉璃坐在卧室的床上开心微笑，是他用相机将这一刻定格；我第一次骑上父亲的自行车，是他在旁边帮我保持平衡；我惹怒提摩西夫人，是他陪我留堂罚站；我在雾气浓稠的清晨迷路，是他用手电筒的光芒引导我走上正确的方向；我放学后的秘密基地是他一手建造的；我在草稿本上画下机器人图纸，是他用晾衣架、电动车马达和易拉罐将潦草的蓝图化为实物；我们共同玩耍、长大，看着被丢弃的甲壳虫汽车一天天被灌木丛吞噬，看着琉璃从邻家女孩成长为窈窕淑女。

属于我与她两人的瞬间是虚假的，每一个画面都有他的存在，是他为我们讲解“二人羽织”的表演要领，在上台前为我们鼓气加油，也是他带我们逃出热闹的中央展馆，坐在“大卫”的大理石基座上望着灯火辉煌的城市，等待烟花升起。我们三个人讨论着关于音乐的话题，我们都喜欢老歌，我爱迈克尔·杰克逊、芮阿娜和阿黛儿·摩根，琉璃喜欢皇后乐队、蝎子乐队、邦·乔维和夜愿，而他的播放器里装满鲍勃·迪伦、琼·贝兹和朱迪·考林斯。

那是我在这个小小的群体中第一次被疏远。或许，也是最后一次。

琉璃身上的甜蜜桃子香味还残留在鼻腔里，但她却不再向我看一眼，只用亮闪闪的眼神望着那个男孩，同他谈论着音乐中的力量与反抗精神。我试图插进对话，却发现他们在用一种我不理解的语言交谈。

“民谣与摇滚的精神核心是重合的，它们拥有同一个根源。”

“如果说根源的话，应该是‘日升之屋’吧？”

“啊，你一定要听一听‘动物’乐队的版本，在那个年代的英国乐队当中算是最棒的另类。我的播放器里应该有的……就在这里。”

他们分享同一副耳机，身体凑得那么近，以至于我听不清他们的窃窃私语。

我无聊地望着天空，直到第一朵烟花在夜空绽放。“放烟火了！快看啊！”我大叫道，扭过头，发现他们之间的最后一丝距离已经借由双唇轻轻弥合。

乔。

他的名字叫作乔，我怎能忘记他？我最好的童年玩伴，我的朋友，我的兄弟，我最敬佩的人。他是个心灵手巧的人，在秘密基地简陋的环境中制造出那么精致的双足机器人，那早就超过了手工课的范畴，简直可以拿到现代艺术品画廊中去展览。他学习成绩极好，喜爱摄影，会弹吉他，拥有一头浓密的褐色头发和一双明亮的灰绿色眼睛。在十二岁那年，他就长到五英尺九英寸高，拥有强壮的肌肉和敏捷的身形。他是个值得信赖的人，具有领袖的天然气质，身边从不缺乏追随者，我不知道他为什么喜欢和我厮混在一起，只知道与他一起玩耍的日子，我快乐得像国王身边受宠的小丑。

有一次我问乔，为什么那么喜爱上世纪的古老民歌？他对我说，在遥远的二十世纪初，有一位诗人、作曲家、工会组织者为工人运动写出无数振奋人心的民谣歌曲，最终被资本家以杀人罪处决。那个人的名字叫作乔·希尔。现在可能没人记得这位民歌复兴运动的精神领袖，但这个名字将永远铭刻于反叛者的墓碑上，永不褪色。

“我和他名字相同。”乔笑着说，“有时候我觉得，这是上帝的安排。”说这话的时候，他的脸上带着与年纪不相称的成熟。

自从十二岁那年世界机器人大会烟花缭乱的夏夜之后，乔与琉璃逐渐淡出我的生活。乔并不理解我的冷淡，下课后依旧来找我玩儿，但我心中已经筑起高高的墙壁，将国王的邀约一次次拒绝。终于，三个人慢慢疏远了，十二岁男孩的自尊让我不得不独自品尝被遗弃的苦果，躺在床上想起他们成双入对的影子，痛苦地曲着身体忍受深深的孤独。

我恨他。恨国王将他的小丑遗弃（尽管那是我自己的选择），恨他与琉璃在一起的每一秒时间。

日子过得很快，我们渐渐长大，琉璃在高中毕业之后进入汽车制造厂控股的维修公司实习，乔依照父亲的意愿进入职业技术学院学习机械电子工程，而我在社区大学攻读现代工业设计学位，准备在取得学位之后考入著名大学的研究生院，彻底离开这座嘈杂而阴沉的城市。

那一年，白色的高塔只用了短短一个月就出现在城市的正中心，罗斯巴特集团的盾形徽标高高悬在塔楼顶端，像一只奇怪的眼睛在俯瞰整座城市。

街道上开始出现各式各样的机器人，起先，机器人做着一些机械性的简单工作，随着州议会政策的逐渐宽松，这些怪模怪样的家伙开始走上正式工作岗位——说是机器人，其实没有一个是人形的，只是一些会移动、能举起物体和发出声音的机械而已，当然，据说它们还会思考。

也就是从那时起，萧条的气氛开始笼罩街道，工人们不安地议论着减薪和裁员。我的父亲说一切都会好起来的，历史就是这样，城市已经熬过了那么多次经济危机，不会被暂时的不景气击倒。

终于，裁员计划被提前泄露，工业区即将整体关闭的消息，如同重磅炸弹爆炸，令一切都乱了套。

工会立刻组织罢工——事后想想，资本家早已做好了割掉古老工业体系、建立新秩序的心理准备，罢工和游行又能威胁到谁呢？

我就是在这样一场游行中听到了唤醒记忆的那首歌曲，乔·希尔在1911年为工人运动创作的《牧师与奴隶》。对了，那天我穿过街道从社区大学回家，被游行示威的人流席卷其中。“喔，老克劳福特的儿子！”有人认出了我，我的手中立刻就多出了标语牌、头巾和啤酒。“为什么没有人发给你啤酒？喝光啤酒，举起牌子，再走二十分钟我们就吃午饭！”

我不想参与，但没能说出拒绝的话。人群呐喊着口号走过国王大街、绿洲路和铜矿路，兜了个圈子到达纪念广场，在这里休息、午餐。

吵吵闹闹的工人坐满了圆形轨道基座，就像下雨时电线上密密麻麻挤满的麻雀。有人往我手中塞热狗与凉啤酒，广场中心搭起临时高台，四个巨大的马绍尔牌音箱接通话筒，有人登上台向大家讲解下午的游行路线。

接着，另一个人花了十分钟宣讲机器人末世论，说这些拥有了身份的铁块总有一天会反过来成为人类的主人。

最后乔和琉璃双双出现在台上，乔抱着他的吉他，琉璃穿着白色棉质T恤衫和蓝色背带裤，短短的头发用红色头巾扎起。

“乔！乔！”工人们举起啤酒喊道。

“这首歌叫作《牧师与奴隶》。今天，资本家说用钞票买断我们未来的工作年限，将我们安置在新移民城市，让我们可以在机器人的服务下舒舒服服过完一辈子，每日做着虚幻的工作，而明天，我们，我们的儿子，我们的女儿，我们的孙子、孙女和所有后代，就会成为被世界遗弃的垃圾！”乔已经成长为一个英雄般的高大男人，他握着话筒，整个广场的光仿佛都集中在他身上，让他吐出的每一个字眼都带着来自天堂的雄浑力量。“这些资本家正用无所不在的机器人抢走我们的工作、我们的土地、我们的生活和我们的城市！两百年前，我们的祖先在戈壁滩中央建立了这座城市，如今城市的灵魂就要死去，高炉不再流出铁水，水压机不再锻打金属，石油不再流动，蒸汽不再喷发，一切将在我们的手中终结……全部终结。”

全场鸦雀无声，音箱中传来空洞的啸音，空气绷紧了，我望着乔和他身边的女人，艰难地咽下口中的食物。

乔没有多说一个字。他引燃了三千名工人的炙热情绪，又任由它在等待中发酵、膨胀，演变为超过临界力量的风暴。所有人都在等待他继续说下去，他却退后一步，抱起怀中的吉他。琉璃轻轻握住话筒，闭上眼睛，轻启朱唇。

纤弱而有力的女声响起——

“长发的牧师每晚出来布道
告诉你善恶是非。”

吉他扫弦声响起，如遥远天边隐隐滚动的雷雨。

“但每当你伸手祈求食物
他们就会微笑着推诿……”

乔开口了，充满力量感的男声接替了女声：

“你们终会吃到的，
在天国的荣耀所在。
工作、祈祷，简朴维生
当你死后就可以吃到天上的派……”

随着简单旋律的不断重复，工人们开始加入叠复句的合唱：

“工作、祈祷（工作、祈祷！），简朴维生（简朴维生！）
当你死后就可以吃到天上的派！
各国的工人弟兄团结起来（团结起来！）
当我们夺回我们创造的财富那天
我们可以告诉那些寄生虫（寄生虫！）
你得学会劳动才能吃饭！”

纪念广场沸腾了。音乐的力量让这些卑微的、绝望的、疲倦的工人发出海啸般的怒吼，我相信即使远在那座白色高塔中，大人物们也听得到这种震耳欲聋的呼喊。

在这一刻，我却感觉到彻底的绝望。他与她站在高高的台上，唱着一百年前的歌，他是她的约翰·列侬，她是他的小野洋子，他是鲍勃·迪伦，她是琼·贝兹，他们是一体，彼此契合，无法分割。

我恨自己打开了记忆的封印，让这种痛苦再次置我的灵魂于嫉妒的炼狱。我沿着国王大街快步向前，走过肮脏的街道、破碎的路灯和飘满纸屑的路口。我已经知道琉璃尝试将我引向何方，最后一封信一定藏在那里，我曾经忘却、又终于想起来的开始与终结之地。

我们的秘密基地。

也是乔死去的地方。

【03:54】

我不知道儿时的记忆缘何被封闭，只知道随着回忆的恢复，某种东西悄悄改变了。这破败的城市、无精打采的阳光、钢蓝色的雾气开始变得熟悉而亲切，空气中有一种让人心惊的温暖味道。

快步走了二十分钟，我才发现行李箱和外套被丢在了纪念广场，但那些已经无关紧要，我最需要的是一个答案，而答案就在前方。

邮电大楼出现在街角，这栋六层楼房表面的绿色油漆已经剥落，大门紧紧锁着。

我的心脏不由自主地加快跳动，左右看看，街上并没有行人，远方一台清洁工机器人懒洋洋地挪动八条吸盘腿在一栋建筑物的外立面上行走，街对面的消防栓损坏了，一摊污水汩汩冒着气泡。

我咽下唾液，慢慢绕到邮电大楼侧面。在这栋大楼与隔壁“罗姆尼螺丝世界”五层楼房的夹缝处，摆着一个立体花坛，这种砖木混合结构的花坛在城市兴盛的时代大量出现于街头巷尾，花坛分为七层到十二层，层架上装有培养土或水槽，里面种植着三色堇、毛蕊花、波斯菊和蝴蝶兰，每个季节都有不同的鲜花开放，让花坛看起来像一道依序移动的彩虹。当然，现在的花坛只是一堆腐朽的木头和生满杂草的泥土罢了。

我蹲下来，一眼就认出新近有人来过的痕迹。这座花坛是我们秘密基地的入口，钻进花架底下，抽出六块底座的红砖，就可以钻进两栋大楼之间的夹缝，那是专属于我与乔两个人的天地。在热衷于机器人的童年时代，我们每天放学后都来到这个秘密基地，在机械图纸、组合玩具和稀奇古怪的电子零件上消磨时光。

我居然会忘了这美妙的一切，这简直匪夷所思——就像我居然会忘记乔一样离奇。

我挽起袖子，手足并用爬进花架下方，四周阴暗下来，勉强能看清布满灰土和烟蒂的地面。那六块砖只是搁在原本的位置，轻轻一抽就掉了出来。但我没办法穿过砖墙的洞口，一次冒失的尝试差点儿让我卡死在秘密基地的入口处，红砖挤压着我的胸腔，肋骨在咯咯作响，昂贵的真丝衬衣被砖块磨破，我用尽全身力气才退了出来，在灰蒙蒙的花架下大口喘息。

花了十五分钟时间，我才用钥匙链上的袖珍军刀撬下四块红砖，将洞口扩大到适合成年人的宽度。这次我顺利地爬了进去，手脚接触到秘密基地的一刹那，我彻底放松了，一转身仰跌在地，呼哧呼哧喘气。这里几乎一片漆黑，两栋楼房相接的遮雨棚没有留下一丝天光，四英尺宽的夹缝被两侧的花坛完全封闭起来，或许是设计的疏漏，或许是规划问题，原本应该毗邻建造的两栋大楼并未实际贴合起来，除了城市建筑管理委员会之外，没人知道这个隐秘空间的存在。

知道这里的只有我和乔两个人。在我们逐渐疏远的日子里，我不时会回到这里独自玩耍，也会看到他曾来过的痕迹，秘密基地成了维系我们关系的最后纽带。

直至十年前的那一天。

我的记忆从未如此鲜明，以至于一闭上眼睛，就能看到死去的乔那张英俊面孔上的诡异表情。他一只眼闭着，另一只半睁，眸子变成一种雾蒙蒙的灰色，鼻孔微微张开，嘴角上翘，露出几颗沾血的牙齿，齿缝里咬着一截黑色的物体，后来花了好久我才想到，那应该是他的舌头。因为被殴打的痛苦，乔咬断了自己的舌头。

那是一个雾气弥漫的清晨，大罢工的第十六天。由产业工人掀起的大规模罢工运动，已经由这座城市扩展到这个州所有的工业城市。人们扎着红色头巾，挥舞着标语牌、大号扳手和铁锤走在街上，唱着一个半世纪以前那个名叫乔的男人写下的歌谣。

我不知道资本家和政客们是否感到害怕，电视上看不到真实的信息，即使人群包围了罗斯巴特集团的白色通天塔，也无法看清高居塔上大人物们的表情。

我也不再去社区大学上课，整日混在游行的队伍里。我的父亲非常反对我参加游行，严厉地训斥我，说那不是我该干的事。可我选择无视他的意见。参加罢工运动对我来说并非出于阶级、道德或政治原因，回头想想，或许我当时只是想喝到免费的啤酒，然后远远地看琉璃一眼罢了。

那时，乔和琉璃每天都会登台演唱，将乔·希尔的歌曲教给大家，当台下的声音掩盖了音箱的音量、每个人开始挥舞拳头大声歌唱时，琉璃脸上的那种光芒令我无法直视。我心碎地、痛苦地、嫉妒得快要发狂地望着那对高高在上的恋人，品尝着扭曲的蜜水与漆黑的毒药。

我恨他。

我爱她。

所以更恨他。

后来，他们的位置似乎被另一伙人取代了，为首的人整天喊着蛊惑人心的口号，罢工运动正在悄悄向极端的方向发展，乔和琉璃不再出现在台上，工人们也不再唱歌。

第十五日夜间，一场冲突发生了，没人知道混乱因何而起，只看见血与火笼罩了钢铁之城。整座城市都在熊熊燃烧。电力供应中断，手机失去信号，电视新闻没有报道，无数人在呐喊，汽车爆炸的火光在一条条街道上如烟花般闪烁，烟雾升起，星空黯淡，每个人都疯狂了。我对这一天的记忆非常模糊，只从很久以后的新闻片段中看到了这可怕的画面。

第十六天，由工人组成的城市防卫队——那时，刚刚问世服役的机器人警察已经全部被砸毁了——在巡察中发现了乔的尸体。他倒在邮电大楼旁边，身体因殴打和践踏已经不成形状，左手藏在身下，右手伸向花坛的方向，指甲在地面留下长长血痕。

在发现他之前，我所在的这支防卫队已经找到了六十名遇难者的尸体，其中包括我的父亲。在这一刻，我很奇怪地陷入了游离的精神状态，镇定自若地用酒精棉球擦去乔脸上的血污，将他装入黑色的裹尸袋。

我知道他最后想要到达的地方，不是那座花坛，而是花坛背后的秘密基地。但我没有任何反应，甚至没有去思考其中的意义。

剧烈的头痛突然袭来，阻止我继续回忆下去。我慢慢站起来，掏出手机照亮秘密基地狭长的空间。这里的一切都没有变，我们用硬纸板分隔的工作间、储藏室、书房、食品间和机械库依然如旧，只是以成年人的视角来看，这里的一切都像幼稚的过家家游戏的道具。

一枚洁白的信封摆在工作间的书桌上，那张桌子是我们费了好大力气偷偷运来的，桌上积满厚厚灰尘的机器人画册、图纸和照片曾是我们最珍贵的宝物。

我拈起信封，撕开封皮取出信纸，纸上写着：

> 你终于做到了，大熊。你想起一切了吗？我在工作地点等你，你知道我在哪里。
>
> P.S.：这是最后一次反悔的机会。

【03:20】

我当然知道琉璃在哪里工作。事实上，我曾不止一次在那间隶属于汽车制造厂的机械维修公司外面驻足观望，希望在裸着上身的机修工人、冒着热气的液压举升机、坏掉的汽车和沾满机油的墙壁中间找到那个黑发女孩的轮廓。我从没看到过她，她也未曾察觉我灼热的视线，这是件好事，我心中一直迷恋着这个遥不可及的女子，却不知怎样开口说出一句问候。距离十二岁已经太遥远，我们之间的距离将我对她的感情酿成有毒的苦酒，将她对我的回忆装进疏离的坟墓。

手表显示还有三小时二十分，那是她给我的最后期限。游戏已经结束了，只要沿着铜矿路走到尽头，就能在右手边找到“吉姆－吉姆尼”机械维修公司的大楼，找到那个有着水蜜桃味道、穿着白色棉袜子的东方女孩。

铜矿路是贯穿城市中心的主干道，我背后矗立着罗斯巴特集团分公司的白色高塔，前方是空阔无比、迷雾覆盖的道路。

这时候阳光隐去，雾气仿佛变得更加浓密，一辆布满灰尘的汽车从雾中驶来，有气无力地响了一声喇叭，掠过我的身旁，卷起刚刚落下的一捧黄叶。一台体型跟雪纳瑞犬差不多大的机器人不知从哪儿钻出来，利索地将落叶吸进集尘器，然后用盒装身体上顶着的摄像头眼巴巴地瞅着我。

我知道它在等我吐出口中的尼古丁咀嚼片，“不。”我做出拒绝的手势继续前进。机器人失望地垂下摄像头，钻回道边的排水沟。现在的我感觉疲惫、头痛、胸口疼（应当是爬进秘密基地时伤了肋骨）、心慌意乱，此时，口腔中释放的每一毫克尼古丁对我来说都无比重要。用力咀嚼着口中的东西，我咽下带着薄荷味道的口水，佯装这能够带给我力量。

回忆仍然在不断苏醒，乱哄哄地挤进我的脑袋，我竭力什么都不想，机械地抬起脚、落下，抬起脚、落下，经过一间又一间贴着封条的店铺，在一台又一台清洁机器人的注视中前进，就这样走完了整条铜矿路。橙红色的建筑醒目地出现在右前方，“吉姆－吉姆尼”机械修理公司大楼看起来像一个超大号的圆柱形油桶，当时算是这座严肃城市中最新潮的建筑物之一，这里除了修理汽车、工程机械、机床设备之外，还开展了机器人的保养与维修服务，不过自从罗斯巴特公司的白色高塔出现，就没有一名机器人顾客光顾过。

几名吸毒者在路边谈着什么，一看到我就隐入雾中不见踪影。机械修理公司大楼没有如整座城市般褪色，依然是耀眼的橙红，不过楼顶似乎有些异样。我眯起眼睛望去，发现那是一大群黑压压的乌鸦，它们安静地站在大楼顶端一动不动，如同一顶古怪的黑色花冠。

这可不是什么好兆头……我的脑袋又开始疼痛。

大楼的门紧紧锁着，贴着黄色封条，透过蒙尘的落地玻璃，我看到了自己的形象：穿着卷起袖子的肮脏衬衫，头发散乱，满脸污痕。

短短几个小时，我就从系着真丝领带、端坐在办公室里啜饮咖啡的中产者变成了这副狼狈模样。够了。五秒钟以后，我就能让这一切结束。见到她，拒绝她，无论她提出什么要求。

我从地上捡起吸毒者丢下的空酒瓶，用力向玻璃门砸去。

砰！瓶子立刻粉碎，警铃声响起，接着迅速微弱下去，一定是这一声最后的呐喊令其电池耗尽了能量。

“要跟人打架的话，酒瓶可以随时变成刀子，但一定要记住，用整瓶啤酒去砸才能造出锋利的刃口，空瓶子的话，会碎得只剩下一个瓶颈握在手中。”放学的路上，乔如此对我说道——他似乎什么都懂。见鬼。

我开始捶打那扇门，捶得如此用力，以至于整条街道都回荡着拳头与玻璃碰撞发出的闷响声。我不知道警察是否会赶来，铜矿路是这座荒芜城市中机器人最密集的地方，州财政拨款维护着这条主干道，为破产的城市留下最后的尊严。在这一刻，我心中甚至生出一个想法：如果警察现在能够将我拘捕，也未尝不是一件好事，在缴纳罚金之后，我就可以乘坐警车前往中央车站，头也不回地离开这里，再不回来。

“喂。”

琉璃的声音响起。

心脏传来熟悉的疼痛悸动，这一声呼唤犹如闪电击穿灵魂。

我的动作静止了，透过玻璃门看到自己目光游移的倒影。我这一生从未感到如此狂喜，也从未感到如此恐惧。直到这一刻，我才明白一路彷徨只是自欺欺人的伪装，深藏心底的炽热情感一旦打开缺口，冲动就化为滚滚流淌、散发着毒气的熔岩，为了见到她，我愿意与魔鬼签订契约抛弃一切！

但她是真实的吗？在这么多年之后？是否我抬起头来，看到的只是镜花水月的幻影？

“喂，上来吧，别闹了。一楼的门是打不开的。”

我慢慢抬起头。动作如此缓慢，以至于全身上下每一块肌肉都僵硬地发出颤抖。

午后的阳光穿过雾气，洒下柔软的金黄辉光，二楼一扇窗子打开了，她在那里，带着笑，轻轻挥动手臂。

我听到自己胸口传来爆裂的声音。格林童话《青蛙王子》中王子的仆人亨利看到主人变成一只青蛙之后，悲痛欲绝，在自己的胸口套上了三个铁箍，免得他的心因为悲伤而破碎。当王子被公主唤醒，忠心耿耿的亨利扶着他的主人和王妃上了车厢，然后自己又站到了车后边去。他们上路后刚走了不远，突然听见噼里啪啦的响声，好像有什么东西断裂了。路上，噼里啪啦声响了一次又一次，每次王子和王妃听见响声，都以为是车上的什么东西坏了。其实，忠心耿耿的亨利见主人如此幸福而感到欣喜若狂，于是，那几个铁箍就从他的胸口上一个接一个地崩掉了。

此时此刻，我胸口的铁箍正因无限巨大的幸福而一个接一个爆裂，那些为了不再想起她而筑起的钢铁樊篱，都逐一碎去。我是爱上公主而背叛王子的亨利，三千六百五十个自我逃避的日子过去，这一刻，我获得了新生。

“消防楼梯在大楼后面，慢慢爬，有些地方生出了青苔，有点儿滑。”她说。

“知道了。”

懊恼、疼痛、疲惫、失望、愤怒如初雪融化，心情瞬间平静得如同冬季月光下的密歇根湖。这种改变让我觉得奇怪，但又不纠结为何奇怪，仿佛知道任何不合理的事情都一定可以得到合理的解释，也就不再在意解释本身。心脏仍在剧烈地跳动，但手指已不再颤抖。

我绕到大楼背后，在遍地垃圾中找到消防梯，小心地踏着滑腻腻的苔藓攀上二层。跨过一道门槛（也可能是一扇窗棂），我见到了琉璃。

她穿着白色棉质T恤衫、蓝色背带裤，戴着白色耳机，头发短短的，明亮的眼中带着笑意。在这一刻，我突然发觉其实一直以来我都不记得琉璃的样子，就算刚看过她与我十二岁夏日的合影，一转眼，她的脸孔就会变得模糊；但我如此确定现在站在眼前的人就是她，她并非泛黄照片上的空洞笑脸，而是温热的、活生生的、散发着水蜜桃香味的氤氲光影，就算闭上眼睛，也能感到她的存在，那个十二岁女孩笑靥如花的灵魂。

一种名为“幸福”的甜蜜物质被心脏泵入四肢百骸，我感觉舒适的温暖与辛酸的疲惫，打量着对面的女人，不愿挪动视线一分。

“大熊，我以为你会变很多，没想到还是这副模样。”琉璃歪着脑袋打量我，露出尽力忍住笑的表情。她脸上擦着几道黑黑的机油痕迹，手上戴着脏兮兮的工装手套，看起来刚才还在工作。

“那个，全都弄脏了，还划破了几处……谁让你把信藏在那种地方的？”我有点儿尴尬地掸着衬衫上的泥土，鼓足勇气反过来质问道。

“我怕你的记忆不容易恢复，就想办法尽量帮帮你。看来你都想起来了，对吗？”琉璃的眼睛弯弯的，几道俏皮的鱼尾纹出现在眼角。

“想起了很多。”我回答道，“我居然会彻底忘掉乔的存在，真是太奇怪了……还有惨剧发生的那天晚上。乔是死于暴动的游行者之手吗？对不起，我不应该提起的。”

琉璃黑色的眸子盯着我，“没关系。这么说，你还没完全想起来。或许只到这个程度就够了吧……大熊，你愿意为我做一件事情吗？”

“愿意。”我回答道。

“可我还没有说是什么事情。”琉璃惊讶道。

“那你说说看。”我说。

“是关于……”琉璃开口。

“愿意。”我再次回答道。

“让我说完！”琉璃怒道。

“好吧。”我说。

“我要你陪我去做一件事情，可能会死的——不，应该说一定会死的吧。”琉璃犹豫地说。

“愿意。”我说。

“为什么？”琉璃显得有些不解，“我知道你和乔的关系，如果你想起了最要好的兄弟的事情，应该会帮助我的，但你明明没有全想起来……”

“想起什么？你可以告诉我吗？”我问道。

“不，别人告诉你的话，你会认为那是一个谎言。”琉璃指着自己的太阳穴，“只有相信这里。靠自己吧，大熊。在此之前，你还愿意帮我吗？”

“愿意。”我说。

“好吧。”她说。

她带着我穿过房间。房间乱糟糟地堆满图纸，一台老旧的电脑显示着机械的复杂蓝图，墙角高高摞着罐头盒子和啤酒易拉罐，空气中有一种机油混合了烟草的熟悉味道。“啊，抽烟吗？”她掏出烟盒抛过来，“在大城市不太容易买到香烟吧。”

我很自然地吐出尼古丁凝胶，抽出一根烟衔在嘴里，“有火吗？”

“什么？”琉璃停下脚步转回头，“哦，抱歉。”她摘下耳机揉成一团塞进兜里，“我正在听歌。喏，打火机。”

“谢谢。”我接过打火机，点燃香烟。在我所居住的城市，这一举动意味着高达五十元的烟草税、环境税与健康税，还要加上体检报告上的鲜红图章。不过此时，我感觉到的只有醇厚的舒适感。让咀嚼片见鬼去吧！这才是真正的尼古丁！

琉璃在前面带路，我跟在后面。她的头顶只到我下巴的高度，从这个角度可以看到她如男孩一样的短短发梢、长长的脖颈和裹在T恤衫里纤细的背影。我今年三十二岁，那么她今年也三十二岁了。不再交谈的二十年，未曾见面的十年，她都经历了什么？她是否嫁人生子？为什么她还逗留在这座毫无希望的城市？她为何要给我写信？她要我帮忙的事情又是什么？

这些问题我一个都不想问。就这样一起行走，望着她的背影，就够了。

我们走出房间，穿过一条短短的回廊，推开一扇门，来到一个平台。

“喏，就是这个。”琉璃指指前方，倚在护栏上望着我，“希望你喜欢。”

我没有说话。

“吉姆－吉姆尼”机械修理公司的圆柱形大楼是中空的，房间呈环状附着在楼壁，中央是一个巨大的柱形空间。我先看到许多大口径不锈钢管被电缆、液压机构和油管缠绕着向上延伸，抬起头，就发现那其实只是一截小腿而已，膝部轴承关节以上是直径更粗的钢管和液压机构，在胯部与联动机构相接，具有应力结构的多节脊椎托起不锈钢栅板覆盖的胸腔和凯芙拉多层垂帘防护的腹腔，胸腔中装有动力核心，而腹腔则安放着变速器和传动装置，肩部轴承通过锁骨结构连接胸腔与上臂，手臂的液压结构更加复杂，能直接将动力输送到每一根手指末梢，脊椎顶端带有减震系统，上面安放着半球形的头颅，头颅处敞开一扇气密门，露出乘员舱的点点灯光。

巨大的机器人静静地站在大楼内，看起来像被剥去皮肤与肌肉的金属巨人标本，又像放大千万倍的小学生劳动课手工模型。它的外形毫无美感可言，比例失调，管线外露，而结构设计更充满了幼稚可笑的缺陷，那是只有小学生才能想出的异想天开的设计语言。

但我对它是如此熟悉。

这是我和乔花费大量时间在秘密基地中设计出的巨大机器人，我们管它叫“阿丹”，那是伊斯兰教经典里全世界第一个男人的名字。我们画下无数图纸，对每一个数据详细推敲，激烈讨论动力系统的配备，为乘员舱的位置伤透脑筋……这是我们最棒的作品，而那些日子是我们最好的时光。

如今，“阿丹”从少年涂鸦的稿纸走入现实，它是如此巨大，以至于我一直仰头观看，几乎弄伤了脖子。

“喜欢吗？”琉璃微笑着问道。

【02:58】

“就连数据……都与图纸上的一样吗？”我望着巨大的机器人，声音在空洞的楼内回响。

“高24米，重190吨，臂展17.4米，步幅9米。”琉璃靠在护栏上点燃一根香烟，介绍着这个庞然大物。

“动力系统呢？”我努力回想着当时的设计，空想的世界里不需要什么逻辑性，我们完全可以给阿丹安装一台十万马力的核裂变发动机，再在它的全身装满火神机关炮、导弹、激光发射器和电磁炮，但当时，我与乔只是非常谨慎地设计了一台峰值输出三万五千马力的氢能源燃料电池发动机，使用传统的轴传动加液压系统方式，而不是更加方便的发电机——电动机结构。

这时，头顶有振翅声传来，几只乌鸦围绕着机器人盘旋几圈，嘴里衔着亮晶晶的螺丝钉和铜线，穿过半透明太阳能天花板的破洞飞走。

“这些小偷很喜欢发光的东西，慢慢就越聚越多了。”琉璃吹了声口哨驱赶乌鸦，“抱歉啦，大熊，就算拼了老命我也找不到合适的动力核心，现在安装的是来自报废坦克车的两台罗尔斯·罗伊斯牌V12共轨增压柴油机，最大输出功率四千二百马力；变速器则来自海岸警卫队的德尔塔IV巡逻快艇残骸，是ZF公司出产的九挡液压变速箱，修复它花了我很大力气！胸口部分两台柴油机的输出功率经液力变矩器传递至腹部的变速箱，从变速器经万向传动装置输出至裆部的分动器，分动器再经万向传动装置送往各个驱动桥。轴输出提供轴向力，头颈、四肢一共有五个液压系统，液压系统提供径向力。”

“才四千多马力，这样的马力重量比只能让它勉强动起来而已吧……”我脱口道，同时心中默默计算着数据。

“喂喂，端正一下态度吧，老兄。”琉璃探出身子拍拍机器人的大腿，“在没有任何人帮助的情况下，我一个人做成了这么厉害的大家伙，你是要继续吹毛求疵下去，还是动脑子想想你面前的女人应该得到什么样的赞誉？”

“这太棒了，琉璃。我不知道该怎么表达。”我说，“我小时候做过的无数梦里面最酷的一个，就是驾驶着巨大机器人与坏人展开殊死搏斗……但你做了一件毫无意义的事情，这样的机器人，一点价值都没有！”

对面的女人突然眉目弯弯地露出微笑，“好吧，反正还有一点时间，我们可以好好聊聊这个话题。你喝啤酒吗？虽然不冰，不过幸好还在保质期之内——我们有多久没见面了，十几年？”一边说着话，她一边从背带裤兜中掏出控制板，在上面点触几下，嗡嗡的电动机工作声传来，我们脚下的平台开始沿着大楼内壁的螺旋形轨道旋转上升。

“……十年整。”我回答道。随着平台的移动，我可以自下而上将巨大机器人的细节一览无余。所有的非标准件应该都是身边的女人用车床手工制造的，精度很差，也没有经过打磨抛光，焊接点显得非常粗糙，电路和油路走线混乱，应当由凯夫拉防弹材料覆盖的腹部其实只是挂上了几层破烂帆布而已，这让机器人更像一具缠着裹尸布的骷髅。长期从事的职业让我不得不以挑剔的眼光审视这件作品，从设计师的角度来说，这简直是一个灾难。

但同时，我的心脏在剧烈跳动，仿佛童年的自己想要跃出胸膛、将这伟大的造物拥入怀中。我无法表达心中的激动，全身上下每一个细胞都在惊叹、战栗，就算故作镇静，说话还是会带上颤抖的尾音。乔当年制作的那个精美机器人模型正是按照“阿丹”的设计图完成的，如果他还在世，会不会同我一样，在这个巨大的机器人面前欣喜若狂？

平台升至轨道顶端，咔嗒一声停住，从这个角度可以清楚地看到机器人头部乘员舱的内部构造，同设计图一样，里面的空间非常狭小，一张座椅悬浮在两百根柔性液压支撑杆中间，星罗棋布的仪表和按钮布满座椅前的操作台，几盏绿灯亮着，象征机器人处于电路自检完毕、可以启动的状态。这一切都与我们当时的设计一模一样，甚至连指示灯的位置都没有改变。

“你没有对图纸做一点改进吗？十二岁孩子画出的图纸？”我悄悄攥紧衬衣一角，以防自己发出激动的喊声，口中吐出的却是挑剔的言语。

“不用怀疑了，这就是你们的‘阿丹’，大熊。”琉璃轻轻抚摩着机器人的钢铁皮肤，“无论合理还是不合理的地方，我都完全重现了。”

“可是……‘阿丹’它并不科学，从理性的角度……”我艰难地挤出几个字。

“那又怎么样呢？”秘密基地里的充电应急灯照亮乔的脸庞，十二岁男孩扬起眉头，那种充满理想主义精神的天真表情并未死去，穿越漫长的时间，在二十年后的黑发女人脸上重生。

【02:30】

我的工作是为罗斯巴特公司设计机器人。在机器人三定律的基础上，罗斯巴特集团生产的模拟神经元中枢处理器给机器人带来独立思考的能力，这种生物计算机具有两亿五千万个神经细胞，其工作原理与人脑相当类似——尽管与具有一千亿神经元的人脑相比，它在归纳、判断、联想以及抽象化思考等方面远远不足。

在州议会修改宪法之后，机器人的生存权利得到了承认，与此同时，“制造”机器人转变为机器人的“生殖”，之前罗斯巴特公司制造的两百万名具有人工智能中枢的机器人成为原始族群，它们开始竞争社会工作岗位、为自己的生存赚取金钱、自由结合为伴侣。有人担心这些由金属和集成电路组成的异类不具有繁衍后代的自然责任，但事实证明这种担心是多余的，即使不加以规定，机器公民也很愿意建立“家庭”，并且共同抚育后代。两百万名原始机器人分为一千零二十五种型号，每种型号的外形与功能都完全不同，而同种型号间又由于批次、零配件和装配工艺等原因出现差异，这些差异成为某种遗传基因，在“生殖”过程中被保留且放大，最终形成了家族的决定性特征。

两名机器公民伴侣联合提出生殖申请，经州立管理委员会通过后，转交罗斯巴特集团高级定制部门办理，定制部门将根据机器人伴侣的主观意愿（在允许范围内对某种特征的强调）及客观因素（显著特征、付出的金钱）计算出下一代机器人各项数据的模糊边界，将关于外观设计的部分外包给控股子公司完成，最终由集团工业机械部门完成制造。

我的工作就是根据高级定制部门给出的数据边界，设计出崭新的机器人，从某个方面来看，这与上帝的工作并无不同。多年以来，成千上万的新时代机器人从我工作室电脑屏幕上的草图变为实体，遗传显示出恐怖的力量：崭新的机器人形态开始出现，旧式的机器人被社会淘汰，用尽最后一丝电力，变为阴暗小巷里生锈的废铁；结构更合理、效率更高、外形更美观的机器人走上工作岗位，用勤恳高效的态度赢得雇主欢心。

由人类控制机器人的生育率和生殖过程，这是州政府拴在机器人脖颈上的最后一根锁链，没有人能否认机器人正让这个世界变得越来越好，但直至今日之前，我都没有认真思考过机器人存在的意义。归根结底，作为人类的创造物，它们的自然使命到底是什么？

这个问题的答案曾经非常简单。

琉璃坐在我身边，喝着一瓶温热的啤酒，她身上的气味没有丝毫改变，擦着两道油泥的侧脸被阳光照亮，尘粒在她鼻尖浅浅的绒毛上轻盈飞舞。“呸！真难喝。”她有些恼怒地放下瓶子，“明明还有几个小时才到保质期的，却已经酸成这个样子了！”

“我是说，人形机器人是最不科学的东西。”我说。我裸露在外的手肘不小心触到她的臂膀，感觉比二十年前更加强烈的电流透过皮肤、肌肉和骨骼，闪电般刺穿了我的心脏。

“为什么？说说看。”琉璃侧过头来，问道。

我们肩并肩坐在一张双人床垫上，半透明天花板上站满了乌鸦，浑浊不清的阳光穿透雾气和太阳能玻璃照进室内，把这间起居室分割成光暗分明的两半。

阳光已经倾斜了，或许用不了多久就会天黑。床垫、衣柜、冰箱、水槽、电脑、工作台和电唱机，屋里的一切显得陈旧而凌乱，没有任何带有女性特质的物品，甚至没有一面化妆镜。只有靠近琉璃身边，那种淡而甜蜜的水蜜桃香味才会提醒我主人的身份，房间也因此变得温暖起来。

“还需要说明吗？一直以来，人形机器人都只是科技企业向社会展示技术的手段而已，双足行走是人类在进化过程中为了解放双手而必须承受的原罪，机器人没有任何理由花费大量资源重现这种不科学的行进方式，双足机器人能够胜任的工作，更廉价且可靠的履带或多足机器人可以完成得更好。而巨大的人形机器人，那只是动漫作品中不切实际的幻想吧……”我想了想，如此回答道。

“那你和乔当初为什么对巨大的人形机器人那么痴迷？”

琉璃的这句话问得我哑口无言。

我们一起沉默下来。琉璃抬手用遥控器打开电唱机，扬声器传出齐柏林飞艇的《十年飞逝》，我们静静地听吉米·佩吉令人心碎的吉他声在昏黄的阳光里回荡。

一曲终了，下一首歌曲的前奏响起，手表上的鲜红数字不断跳动，提醒我必须得主动开口说些什么。

“距离那天正好十年，真是个巧合呢。”我说，“你的父亲……他还好吗？”

“和他的老工友一起住在四百公里外的新移民城市，依靠遣散金生活，每天进行八小时的虚拟工作，赚取一点儿网络信用点。他挺后悔当初的选择，不过人一旦选择了放弃，就再也没有机会了。”琉璃淡淡地回答道，“有一次他在电话中说起他很羡慕你爸爸，‘死在最好时候的幸运老东西’——这是他的原话。”

我苦笑着摇摇头，“毕竟我们还活着，不是吗……我突然想起我与乔对巨型双足机器人着迷的原因了。”

“因为那很酷。”琉璃放下啤酒瓶哈哈大笑起来，“对吗？”

“没错。”我不由得随之露出笑容。

我想了很多。“机器人”一词由“苦役、奴隶”的词根变化而来，其存在的原始意义是为人类提供服务，但没有人会否认，这种人造物其实也是孤独人类自我欲望的表达，巨大双足机器人是对人类存在形态的极端夸张，是充满雄性特质的钢铁图腾柱。崇拜巨大机器人，实际上就是崇拜人类之存在本身。

然而，机器人的定义究竟是什么？现代文明将它定义为某种自动控制装置，具有在不确定情况下进行感知、决策、行动能力的活动机械，人工智能是这个定义的最佳表达。

按照这个标准，我与乔设计出的“阿丹”根本就不是机器人，仅仅是一架人类手动操纵的大型机械而已，其本质与大型挖掘机并无不同。

然而，自从见到这惊人的巨物之后，我未曾有一刻怀疑“阿丹”的身份，它不仅是机器人，还是我所见过最纯粹、最粗糙与最美丽的机器人。

是的，十二岁的我们认为所谓“机器人”，就是具有人类形态的机器，它明明由钢铁制成，却拥有人的体形与灵活的手指，可以大步奔跑，每个关节都能够灵活转动。

长大之后，形态为功能服务的古怪机器人充斥社会，我早已忘记了孩提时的想法——这真是可笑，还有什么能比巨大的人形机器人更酷？

【01:59】

我们像昨天刚见过面的老友一样毫不陌生，聊的却是阔别十年的遥远话题。我们听着枪花、黑色安息日、滚石、涅槃和皇后的老歌，谈着笑着，喝光了半打临近保质期的啤酒。

阳光逐渐西斜，室内昏暗下来，我突然想起一个问题：“你给我的最后期限是什么意思？我的手表显示还有一个多小时就到了，会有什么事情发生吗？”

“啊，对不起。”琉璃不好意思地说，“我这个人不大容易做决定，所以喜欢定下一些期限帮助自己下定决心，那个期限只是这些啤酒的保质期到期时间而已，好在我们把它们喝光了。”

“帮助你下定什么决心？”我举起空啤酒瓶，借着暗淡的阳光瞧了瞧，果然马上就要过期了。我丢下酒瓶，问道。

“下定决心启动‘阿丹’。”她回答道。

“它还从来没有启动过吗？就算引擎试机也没有？”我问道。

琉璃点点头。暮色中看不太清她的脸孔，只有一双明亮的眼睛在发光。“维修公司关闭以后，所有人都离开了，只有我偷偷留了下来，如果被警察发现的话，一定会被判非法入侵罪吧……幸好后面的解体厂还有很多零件留下来，而机器警察对低于55分贝的噪音没什么反应，所以我才能慢慢地建造这台机器人，就算这样，也才刚刚完成呢……”

“你独自在这里生活了十年？就为了这台人形机器人吗？你的生活来源是什么？”我惊讶地问。

女人露出了笑容，“废弃的城市可是一座金矿呢，你不知道那些黑市商人肯为一个小小的机床轴承花上多少钱……这并不重要，重要的是，你现在出现在这里，愿意帮助我一起启动机器人。十年前我决定独自完成这一切，可几个月前，‘阿丹’即将竣工时我才发现，一个人根本没办法操纵这么复杂的机械，机器人的原始图纸上没有电脑控制的总线结构，‘阿丹’没办法自动保持姿态，要改为程序控制的话，相当于将‘阿丹’重新建造一遍，而且……那样做的话，‘阿丹’又与那些杀人犯有什么差别呢？”

“杀人犯？你说那些机器人？”

“没错。造成惨案的人。住在白色高塔里的怪物。杀死乔和你父亲的元凶。毁掉这座城市的家伙。”琉璃平静地吐出带着深深仇恨的字眼，“那些能够思考的机械。”

“所以，你要做的是……”我脑中生出不祥的预感。

“为乔复仇。为你的父亲和我的父亲复仇。为这座城市复仇。”琉璃伸手指着窗外，透过积满尘埃的玻璃窗，在雾气沉沉的城市中央，罗斯巴特公司的白色高塔静静矗立在暮色中。

我不知该说些什么。自从见到“阿丹”的那一刻起，我就想到了这种可能性，但当可能真的成为事实，这疯狂的想法还是令我震惊。“琉璃，在现在的法律框架里，机器公民与人类具有基本同等的权利，毁灭机器人的存储芯片等同于一级谋杀的重罪！就在前几天，一名专门向流浪机器人下手的零件贩子，因三十五桩机器人谋杀案件而被判处六百零五年监禁，大陪审团全票宣判罪行成立！这些你知道吗？”

我猛地站了起来，大声说道。

“那你还愿意帮我吗？”她露出了熟悉的表情，微微挑起眉毛，抿着嘴，眼睛直直盯着我的双瞳，那种倔强而决绝的表情二十年来未曾改变。一旦认定一件事情，就算上帝也不能迫使她改变意愿。

“……我愿意。”在大脑反应过来之前，一个声音脱口而出，替我做出回答。

在这一刻，我不知道自己在想些什么，只看到面前女人嘴角的曲线慢慢舒展，绽放出一个破冰的灿烂笑容。“从小就是这样，我一直搞不懂你，但不知道为什么，有事的时候又总想找你帮忙。”她伸手拍拍我的肩膀，“我与乔在一起的时候很多次想去找你，不过乔说你是要考上大学、走出这座城市的人，不能耽误你前进的脚步……其实你一点儿都没变呢，大熊。”

这个时候，千百个念头突然涌进我的大脑。我的地位，我在另一座城市高尚而安逸的生活，我崭新的公寓，我的汽车，我的职业，我的狗，我的妻子——哦，我可爱的大狗。脑中的天平开始倾斜，理性的天使开始在托盘上迅速增加砝码。那些砝码，是我如今拥有的一切；但突然间，感性的恶魔浮现于脑海，用一句话就改变了微妙的平衡：别蠢了，自从接到信的那一刻起，你的命运就已经注定了，你奔波千里回到这座城市的原因，不就在于此吗？在你曾经被封锁、如今破茧而出的记忆里，不是藏着对这个你一手塑造出来的现实世界的深深仇恨吗？你以为已经彻底改头换面，可光鲜的外表下又藏了些什么？你躲得掉那些阴暗的回忆吗？戴上眼镜就看不到机器公民身上的鲜血了吗？你的灵魂，不正在死去的城市那郁郁不散的雾气中夜夜挣扎，想要找到一个彻底的解脱吗？

西装革履的我在脑中捂脸哭泣，满面纯真的十二岁少年撕开考究的手工西服，从自己体内出生，接着幻化为二十二岁青年扭曲的脸。大火燃起，城市在呻吟，高大的机器人塑像“大卫”成为明亮的火炬。那一夜，我并非旁观者，我的喉咙很痛，因为整夜在嘶吼毫无意义的言语，我的手中握着沉重的不锈钢撬棍，撬棍上沾着鲜红的血，不知属于谁的鲜血。无论从城市的哪个角落抬头望去，都能看到那座白色的高塔，机器人警察消失无踪，撬棍落下，溅起腥臭的霓虹。

“要我做些什么？”我缓缓抬起头，“另外……那一夜到底发生了什么？”

“你马上就会知道。”两个问题，得到了一个答案。

【01:35】

她带着我走出房间，乘坐移动平台来到巨大机器人的头部，“乘员舱是为一名驾驶员设计的，所以会很挤，这得怪你，毕竟图纸是你画的。”琉璃抱怨一句，伸手抓住扶手，身体灵巧地荡进驾驶舱，陷进柔软的座椅中。“过来，坐在我后面。”她招手道。

“现在看来，这应该是很幼稚的设计吧……”我苦笑着上前，踩着横七竖八的液压支撑杆走入驾驶舱，勉强在她的身后挤下，我们俩的身体立刻紧紧地贴在一处，连一丝空隙都没有，我得努力扭转脖颈，才能避免把鼻子埋在她的发丝中。

“因为这是乔的心愿。”琉璃说，“他曾经无意中提起你们的秘密基地，所以当见他最后一面的时候，我完全明白他最后的遗言。‘进入秘密基地，拿到图纸，造出巨大的机器人，然后……复仇！’这是他的心愿，我没办法拒绝。”

她按下一个按钮，舱门缓缓下降，接着砰的一声完全闭合，换气扇嗡嗡启动，四周变得一片漆黑，唯有狭窄的瞭望窗有光线射入。

几秒钟后，星星点点的灯光从黑暗中亮起，无数萤火虫般的五彩指示灯将我们包围其中，仪表、按钮、旋钮、拨杆和手柄浮现四周，这一切都与我童年的梦想一模一样。而在那些羞于启齿的梦里，我并不是独自驾驶机器人奔驰于高楼之间，在我身边，就有着这样一个水蜜桃味道的女孩。

我甚至不用询问那些仪表和按钮的功能，这一切都太熟悉了。我拨动座椅右上方的开关，座椅传来微微的颤动。“这是开启液压减震的开关，对吗？”我确认道。

“没错，不过发动机还没有启动，现在油泵是没有动力输入的。”琉璃回答道，“头顶上有一根操纵杆，把它拉下来，那就是我要你负责的事情。”

我伸出双手，从天花板上拉下操纵杆，由于座位上挤了两个人，操纵杆很别扭地垂在琉璃胸前，我只能从她腋下伸出手去握住左右两个手柄。“抱歉。”我说。“没事。”她说。这个操纵杆是设计来控制武器系统的，不过，我没在“阿丹”身上看到任何武器。

“我用尽办法，都没能搞到重型武器，管制实在太严格了。”琉璃果然如此说道，“现在这个手柄是用来控制机器人的上半身动作的。人形机器人的平衡很难掌握，我只能尽量操纵双腿双足完成走路、小跑和跳跃的动作而已，没办法兼顾上肢，无数次模拟都失败了。当没有任何办法的时候……想起的就是你。”

我试着扭动一下左右手柄，手柄各分为三节，末端有五根小拨杆，不难理解它与手臂关节、手指的对应关系。“我懂了，当时我们设计由驾驶员的双脚负责脚步动作，双手通过这种手柄控制手部动作，但我们把双足机器人的下肢平衡看得太简单了，仅仅是慢走就要花费很大精力去控制，随时根据陀螺仪和角速度传感器的读数进行微小调整。真是幼稚的想法……”我感叹道。

“不仅如此，还要根据上半身的重量转移进行相应调整，注意脚下平面的坡度、高度差和障碍物高度，控制步幅和功率输出。”琉璃握着复杂的操纵杆摇摇头，短短的头发弄得我鼻子痒痒的，“真是让人手忙脚乱呀……”

“对了，油箱的续航力怎么样，以百分之八十功率输出的话？”我在右侧找到油量表、功率表、转速表、水温表和油温表，由于没有启动，这些仪表都还没有读数。

琉璃想了想，“大约够运行一个小时吧，油箱再大的话，重心就不平衡了。”

我点了点头，“那么我总结一下，你想用依照十二岁儿童画的图纸、由一名女工程师独立建造、没有任何武器装备、管线全部裸露在外面、装甲薄得像纸片一样、续航时间只有一小时、机械传动、手动操纵、从来没有经过试机、连能不能发动起来都成问题的人形机器人，来对抗罗斯巴特集团成千上万的机器人，包括巨大的工业机器人、全副武装的警察，甚至自动推土机？”

“没错！”听到这些话，琉璃的情绪反而高涨了起来，“就是这样！我的目标是推倒那座高塔，把这个罗斯巴特集团的阳具狠狠地折断！而且是用乔留下的宝贵财富——这个真真正正的机器人来做，让他们瞧一瞧什么叫蓝领工人的真正力量！”

过于露骨的话听得我哭笑不得，“我们做不到的，琉璃，在走到白色高塔之前，我们就会被击倒在地，从七层楼的高度跌得粉身碎骨！”

“这么说，你还是没想起来。”琉璃突然冒出一句话。

“没想起什么？”我莫名其妙地问。

“算了。”她说，“总之，计划就是这个样子，还有什么问题吗？”

我知道无法劝阻她，只能答道：“没问题了，我们什么时候开始？如果现在开始熟悉操作，在你的模拟舱里试运行几次，我想三天后就可以正式启动了。当然，也要做好最坏的打算，万一出现水温过高、漏油、总线及冗余总线失效等状况，要有应急预案。另外，我可以回一趟家把事情安排好，然后帮你改进几个地方，其实油管可以藏在骨架内的，钢管本身预留了走线的空间，不过设计图上为了表现出油路与电路，没有做隐藏处理……”

“现在就干。”

“好的……什么？”我愣住了。

“我们现在就出发，大熊。”琉璃没有回头，“如果说这世界上有个我最对不起的人，那么一定就是你了。我知道你故意与我们疏远，这令我也很痛心，我不想把乔从你身边夺走，甚至跟你成为陌生人……可是我不后悔自己的选择，乔是我遇见过的最出色的男人，直到现在，我都记得我们肩并着肩坐在纪念广场观看烟花的情景，那是我这辈子心跳得最厉害的时刻。”

我没有作声。

“我知道你总在某个角落瞧着我。就算在台上唱歌的时候，我也能看到人群中的你。我什么都明白，大熊，我令你伤心了。那么多年都过去了，我又把你叫过来，害你抛下所有的一切，帮助我去做一件彻头彻尾的蠢事……我是个自私的坏女人，大熊。除了你之外，我想不到任何人可以依赖，而你……”

“真啰唆。”我说，“现在就出发的话，我得先把手机关掉，以防一会儿有人打扰。”

琉璃的肩膀微微颤动着，透过紧紧依偎的身体，我能感觉到她细微的颤抖。甜蜜的桃子味道从她的领口传入我的鼻尖，穿过她腋下的双臂能感觉她肌肤的细腻与温暖，我忍受着苦涩的毒药随着血液传遍每一条血管，默默咬着牙关，装出一副满不在乎的样子。

过了好一会儿，她突然开口道：“大熊，你结婚了吗？”

“结婚了，妻子是个不错的女人。我还有一条总是嚼遥控器的大狗，名叫布鲁托。”我回答道，“你呢？”

“当然，我的丈夫是个不怎么喜欢回家的男人，不过非常帅气。你们俩没准儿会很投缘。”她笑着说。

“我猜也是。”我说。我佯装没有看到她侧脸上滚落的泪滴。

她笑道：“不用给家里打个电话吗？”

我说：“不用啦，都是成年人了，狗也很乖。”

她说：“那么我们数一、二、三，一起按下启动开关，好吗？”

我说：“好啊，要踩离合器吗？”

她说：“虽然是自动变速箱，启动时也是要踩离合器的。”

我说：“那么是数到三的时候按，还是数完三以后才按呢？”

她说：“干脆就数到二的时候按吧。”

这是我们小时候常有的对话。

“一，二。”

我们的手指在红色启动按钮处会合。这一瞬间突然感觉非常安静，我几乎以为启动电机不会工作了，几秒钟之后，迟来的机件运转声传入耳鼓，两台罗尔斯·罗伊斯牌V12高压共轨涡轮增压柴油机的第一和第十二气缸活塞同时压缩，燃油被高压点燃；紧接着，所有的气缸依序燃起，雄浑有力的机械噪声从驾驶舱下方传来，两台V12发动机奏出令人心旌动摇的低沉鼓点，毫不掩饰的响亮排气声从机器人背部的四个排气管爆裂而出。

琉璃松开离合器，缓缓提升转速，来自装甲车的大功率柴油机如同群狮咆哮，排气管响起一连串急促如马蹄落地的爆鸣声。

在这一刻，我几乎能想象整座城市的机器人警察同时放下手中的工作，转动摄像头向这个方向望来，一万只乌鸦轰然飞起，数不清的传感器纷纷传递异常数据，白色高塔里开始出现不安悸动的场景。

两百根柔性液压支撑杆温柔地托起座椅，让我们悬浮在驾驶舱中央。我与琉璃分别握紧操纵杆，以非常别扭的姿势相视一笑。

她说："第一步。"

【00:40】

我按下左手边的按钮，八块悬浮在座椅周围的液晶屏幕将八个方向的画面投射在座舱内部，简单的摄像头算是机器人身上最高科技的东西了吧。随着琉璃拉起手柄，油门传感器将提速信号发送给柴油机的ECU（电子控制单元），两台巨兽的鼓点噪声逐渐变得密集起来。

"转速700rpm、800rpm、900rpm……990rpm，水温60℃，机油温度80℃。"我报出头顶仪表的读数，"达到最大扭矩点了，释放固定机构吧。"

"你说那些挂钩、钢索和管线？"我怀中的女人回答道，"那不是可活动机构，直接破坏掉就好了。"

"我猜你也没有设计一扇大门。"我叹道。

"就像鸡蛋壳里的小鸡一样，我们就自己啄个口子出去吧！"琉璃的声音颤抖着，我不知那代表着恐惧、激动还是喜悦。

我身上的肌肉从未如此僵硬。全身的力气都集中在指尖，以最轻柔的动作拉起左手手柄。液力变矩器将扭矩输出给分动器，位于肩部、肘部、腕部和指部的万象传动装置获得了力量，轴承转动，油压升高，双足机器人的指尖微微收缩，完成了自己诞生以来的第一个微小动作。

紧接着，噼里啪啦的断裂声连珠响起，扯断的电线在支撑架间四处乱甩，爆出金色的电火花，高压软管喷出雪白的蒸汽，数不清的固定钢索一一崩断，在齿轮、传动轴和液压系统的共同作用下，由二十五吨钢铁构成的巨大手臂缓缓抬高，又缓缓放下。

透过观察窗，我着迷地望着机器人的手指一次次屈伸，如同初生婴儿第一次发现自己身体般充满好奇。

“太棒了！”语言已经不能表达我内心的情绪，“这太棒了，琉璃！”我语无伦次地说道，试着控制那条巨大的手臂伸向楼壁，只是指尖的轻轻一触，整扇钢化玻璃窗就碎成颗粒纷纷坠落，金黄色的夕照从窗口洒进大楼，给这惊人的庞大造物镀上圣洁的颜色。

“冲吧，大熊！”琉璃喊道。

“好，我们上！”

我挥舞双拳。我的拳头由钢铁铸造，却比钢铁更加坚硬，一拳，两拳，钢筋水泥的大楼如同黏土模型般不堪一击，墙壁崩塌，天顶坠落，旋转楼梯像抽去骨头的蛇一样跌落尘埃。

我用双手分开钢制支撑架，将“吉姆－吉姆尼”机械维修公司的橙红色大楼剖成两半。在这一刻，我就是这世界上所有的神祇，我在如雨坠落的玻璃和沙尘中昂然站立，迎接普照天地的明亮夕阳！

城市出现在我们面前。透过瞭望窗望出去，这雾霭弥漫的城市变得低矮可笑，街道显得格外狭窄，车辆显得无比微渺，高楼大厦不过是触手可及的障碍物，远方延绵的废弃厂房则变为匍匐于地的墓碑。

“好，第一步！”琉璃拉起手柄，机器人左腿的髋关节、膝关节与踝关节依次运动，“轰隆！”巨大的脚掌从楼宇的废墟中拔出，横跨八米距离，稳稳地落在水泥路面上，发出惊人的金属撞击声。沥青路面立刻塌陷了，碎石从机器人脚掌边缘如喷泉一样涌出。紧接着，“阿丹”的右腿也迈出断壁残垣，在十米外沉重地落地，机器人前进三步之后停了下来，留下四个深陷于地面五十厘米的巨大脚印。

我能感觉机器人行走时的姿态，不过，冲击和倾斜被柔性液压支撑杆抵消掉了，没想到琉璃如此完美地实现了空想中的减震结构，这可以说是巨大机器人最重要的组成部分，若没有这个结构，“阿丹”简单的行走动作都会使驾驶者受到强烈冲击，令我们的大脑在颅腔内震荡引发脑出血从而导致死亡。

“没问题吧？”我问道。

“没问题，状态正好！”琉璃抹去额头的汗珠，大声回答。

我们站在铜矿路中央，这条宽阔道路的尽头就是罗斯巴特公司的白色高塔，雾气遮住高塔的基座，让这栋建筑看起来像是悬浮在空中的海市蜃楼。夕阳把一切染成金红色，一大群乌鸦盘旋在机器人头顶，发出刺耳的聒噪声。

四五名机器人警察出现在我们的机器人脚下，头顶闪烁着红蓝色警灯，履带底盘上的众多摄像头上下打量着“阿丹”，显得有些犹豫不定。

“有一首琼·贝兹的歌，你介意听听吗？”琉璃突然说道。

“当然不介意。”我没有拒绝。

她掏出播放器，戴上一只耳塞，反手摸索着帮我戴上另一只。民谣女歌手平静的声音在耳边响起：“*昨夜我梦到乔，他如同你我一般活着*。”

“没有比这更合适的歌了吧。有空，我也可以唱给你听。”琉璃说。

柴油发动机发出怒吼，排气管冒出浓烟，机器人的左脚高高抬起，遮蔽了机器人警察头顶的最后一缕阳光。刺耳的警笛声刚刚响起就化为蜂鸣器破碎的电流噪声，受惊的机器人警察立刻四散逃走，全然不顾被踩扁变成电子垃圾的同伴。

几乎立刻，城市的每一个角落都响起警报，城市的死寂被砰然打碎，每一个留在这里苟延残喘的人类与机器人都竖起耳朵，倾听十年未曾出现的混乱之声。

琉璃迈出第二步，接着是第三步、第四步。她很小心地维持着机器人的平衡，我也试着摆动手臂配合她的动作。

刚开始，“阿丹”的动作还像一个笨拙的提线木偶，可才走完一个街区，它就成为灵巧的匹诺曹了。我们是如此默契，以至于有时忘掉了是谁在操控，感觉是“阿丹”自己在大踏步前进。

琼·贝兹质朴而高亢地唱道：

“昨夜我梦到乔，他如同你我一般活着。
可是乔，你已经死去十年了，我说；
我从未死去，乔说，
我从未死去。

那些铜矿主杀死了你，乔，
他们开枪射中了你，我说；
仅仅用枪是杀不死一个男人的，
我从未死去，乔说，
我从未死去。”

前方的雾气中冲出大量机器人警察，它们形状不同、装备各异，看得出来基本都是缺乏保养的前几代机器公民，或许它们之中还有我一手设计的独特个体，但那又怎样呢？如今它们只是前进道路上不起眼的阻碍罢了。

橡胶子弹噼里啪啦打在阿丹的胸部装甲板上，对付人类暴徒的震撼弹和凝胶弹一个接一个爆炸开来，在阿丹身上留下五颜六色的涂鸦。

我随手折断一座无线信号塔，像打高尔夫球一样将这些警察击飞出去，它们发出凄厉的警笛声旋转飞远，带着红蓝相间的尾迹坠落于雾气当中。

“右臂的油压不太稳定，不要超过液压系统负荷。”琉璃提醒道，“你的动作太猛烈了，柴油机的水温也会升高得太快的。”

我竖起大拇指做出回应。

“他站在那里高大如昔，
眼带笑意。
乔说：他们杀不死的那些东西，
组织起来，
在此聚集！”

踩过机器警察的残骸，前方暂时没有阻碍，距离罗斯巴特公司的高塔还有两个街区的距离，对“阿丹”来说，这只是几分钟的路程。

听着琼·贝兹歌声中那个熟悉的名字，突然，一阵突如其来的剧痛击穿了我的大脑，冰山彻底融化，回忆的最后一丝迷雾被风吹走，十年前那个夜晚的记忆瞬间清晰！

我终于想起了一切。

“等等……是我……杀死了乔？”

我终于想起了一切。

【00:25】

长久以来主宰机器人行为的是阿西莫夫的机器人三定律，但就是在那场旷日持久的工人运动中，罗斯巴特集团意识到了三原则的不足：人类将机器人狠狠砸毁，而第一原则阻止机器人出手反抗。随着新公民阶层的形成，定律得到了多方面的扩展，比如第四定律“在不违背以上原则的前提下，机器人必须参加劳动以维持自己的存在”、第五定律“在不违背以上原则的前提下，机器人拥有生殖的权利及义务”，当然最关键的是第零定律“机器人须保护人类的整体利益不受伤害”——这条置于一切原则之上的模糊原则赋予了机器公民很大的自由度，最直观的体现，是机器人警察现在可以攻击破坏社会秩序、违背法律的人类公民。

十年前的那个夜晚，工人运动达到了最高潮，人们心底的怪物被唤醒了，情绪激动的工人将“大卫”塑像浇满汽油点燃，掀翻汽车，砸碎玻璃，冲进每一家店铺，用钢管和扳手将所有没有系红色头巾的人狠狠击倒……

这些人踏着机器人警察的碎片，高举火把拥向市中心，每一条街道都陷入混乱，流动的火焰从四面八方向城市中央会集，罗斯巴特集团的白色高塔成为暴动者的聚集点。几台大型机器人警察立刻被人流冲毁，工人们开始冲击罗斯巴特大楼的正门，人群像旋涡一样暴躁不安地转动，石块如雨点般砸向玻璃幕墙，火焰燃烧声、玻璃碎裂声、咒骂声、吼叫声、爆炸声纠缠成末日的交响曲。

我本来只是这场运动的旁观者，但不知为何，当暴力成为主旋律，我也不由自主地抓起武器，融入暴乱的洪流。

这时，乔在人群中出现了。他费力地爬上一只空油桶，用扩音喇叭大声喊道："停下！这不是我们该做的事情！暴力是不能解决问题的！你们正在伤害无辜的人！"

人们暂时停下动作，广场安静下来，脸上沾着油污和血迹的工人表情木然地望着他，望着曾经被众人拥戴、却因观点不够激进而遭遇冷落的运动领袖。这场运动已经持续得太久，州政府、工业企业集团大财阀们与罗斯巴特集团的态度暧昧不清，尽管一个又一个补偿方案出台，遣散金不断提高，有人也对新移民城市养老安置的远景抱有希望，可大多数人的情绪却在失望中不断发酵，最终酿成绝望的风暴。

乔一把扯下红色头巾，用尽全身力气喊叫着，导致声音支离破碎："瞧瞧你们自己的手，兄弟们！你们的手上沾满了血！那是你们父亲的血！你们妻子的血！你们孩子的血！睁开眼睛看清楚！"

无数支火把熊熊燃烧，不安的气氛在人群中传递。我茫然环视四周，每个人脸上都带着和我一样的迷茫表情。我的手中握着撬棍，撬棍上沾着不知属于谁的血迹，我记不清刚才做了些什么，只知道有种罪恶的快感在心底不断爬升、爬升……透过层层叠叠的人影，我看到琉璃站在那里，尽量扶稳那只红色的空油桶，她的身边还有许多熟悉的面孔，我的父亲也在其中。

这时，另一个方向传来呼叫声："现在我们是不可能停下的，你这个懦弱的投降者！这场运动的最高潮正在到来，如果不随着我们前进，你会连同罗斯巴特集团一起被革命的大潮彻底淹没！”

乔摇摇头，“这是一条完全错误的道路，停下吧，趁现在还来得及！只要放下手中的武器……”

没等他把话说完，我偷偷拾起一块石头，用力砸了过去！

石块划过他的额头，砸在油桶上发出惊人的巨响。

我从未如此憎恨过一个人，现在愤怒的毒药烧红了我的眼睛。永远高高在上的他，永远道貌岸然的他，永远讲着大道理的他，优秀的他，光明的他，拥有一切的他……被琉璃深情注视的他。琉璃的眸子映射着火炬的光芒，视线中载满刻骨的柔情，只要这一个眼神，就能让我的灵魂冰冻成铁，粉碎成沙。

乔伸手捂住额头，一缕鲜血从指缝中流下，他带着诧异的表情望向这边，我立刻低下头，将自己藏在人群之中。

“放下武器，永远不会太迟……还要多少死亡，才能意识到已有太多人死去，我的兄弟们？”他没有理会流血的伤口，俯下身接过木吉他，拨出一个熟悉的G和弦，那是鲍勃·迪伦《答案在风中飘扬》的歌词与旋律。

“打倒他！”另一个声音叫道。

歌声响起，人群变得稍微平静，扩音喇叭传出并不清晰的扫弦声和歌声。

“打倒他！”我突然大喊一声，高高举起手中的撬棍。

“……打倒他！”安定了一瞬间的旋涡开始转动，不知是谁抛出一块大石头，精准地砸在乔的胸口。他痛楚地屈起身体，口中却仍吟唱着沙哑的民谣。在这一刻，这个站在油桶上面对一万名暴徒执着歌唱的男人显得如此幼稚，如此渺小。

第三块石头呼啸而去，我看到琉璃奋力伸出手想要挡住这次攻击，但石头还是砸中了乔的肩膀。他一个趔趄跌倒下来，接着立刻被人潮淹没，最后一个和弦还在夜空中回响，音符的主人已不见影踪。

就这样，我杀死了乔。

反对的声音消失了，人流席卷了整座城市……

那个夜晚的细节，我记不清楚了，只知道夜越来越深，城市被大火笼罩，每个人都累了，丢下沾血的武器坐倒在路边。

工人运动领袖从燃烧街道的彼端走来，身后带着一群穿白衣的男人，还有几台怪模怪样的履带式机械。

“你们是真正的英雄，历史必将因你们而改写。”一个白衣男人的脸上带着笑意，“这是你们争取来的东西——罗斯巴特集团与州政府提供的福利。只要接受一个简单的测试，服下蓝色药丸，你们这段不太美好的记忆将会与身上的指控一起烟消云散，明天，在接受联邦政府的测谎检查之后，你们将作为斗争胜利的工人代表接受州长、工业企业集团代表与罗斯巴特集团总裁的接见，带着优厚的遣散金，在其他城市得到良好的教育机会与梦寐以求的工作。当然，这颗药丸还附带一个美妙的能力，它能消除你最想要忘掉的事情，不要浪费，兄弟们，享受无罪的胜利果实吧！”

当时，我没理解他说的是什么意思，也没有思考他与支持机器人的大人物之间的关系，甚至对他身后那台会自己行动、抽血、传递药丸和水杯的机械也毫无反应。我已经累得没有力气动一动手指，更别说思考这么复杂的问题了。

“老兄，那是机器人吗？”身边有人问道。

“谁知道，管他呢……”另一个人回答。

机器走过来，用细小针头抽走我的血液，片刻之后将蓝色药丸递了过来。

我勉强抬起右手接过托盘，“这里面是什么东西？”

“五百个非常原始的纳米机器人，先生。它们解冻之后的生命周期只有一百秒钟，在烧灼您的大脑海马体、封锁二十四小时之内的记忆之后，就会自动分解，完全无副作用。当然，它也可以同时探测记忆区域中最活跃的信号，将相关的记忆链冻结起来，帮助您忘记现在脑中想到的最强烈的一系列回忆。”机器回答道。

“……随便吧。”我吞下药丸。

这时，愤怒已经消退，恐惧、悲伤、悔恨的情绪开始蚕食我的灵魂，我仰面朝天躺在马路上，望着被火焰映得通红的夜空……

我都干了些什么？乔还活着吗？琉璃……她还好吗？至于我的父亲……

乔，我亲手杀死了他，我的兄弟。

不！我只是报复了那个抢走琉璃的人而已……

我有错吗？能是我的错吗？

乔……

第二天，一片狼藉的城市和遍地的尸骸让所有人震惊欲绝，作为城市象征的“大卫”塑像被烧成了黑色的骷髅骨架，罗斯巴特集团的白色高塔找不出一块完整的玻璃。

穿过冒着青烟的汽车残骸，我们找到亲人的尸体，也找到了乔。

没有人知道昨夜究竟发生了什么。事件升级了，罢工运动变为集体暴力行为，州政府很快以武力接管了城市，全副武装的国民警卫队开进城市，将丧失斗志的工人们狠狠镇压。

重压之下，运动领袖无法再保持立场，只得向州政府与工业企业集团财阀们做出让步，大部分人接受了新移民城市的提案，搬迁到四百公里以外的居住区，过着衣食无忧的生活，享受无报酬工作的美好幻象。

埋葬父亲之后，我拿到一笔数额惊人的遣散金，头也不回地离开了这座城市，从此再未回来。

原来，那被抹去的二十四小时的记忆以及有关乔的记忆链，就是十年来无数个噩梦的起因。

我终于想起了一切。

【00:10】

“我杀死了乔。”我说。

“不，是他们。”琉璃目视前方，透过愈发暗沉的雾霭，白色高塔在静静等待。

“对不起。”我说。

“应该说对不起的是他们。”琉璃平静地回答。

金属的脚掌降落在十年前浸透鲜血的地面，巨大的机器人昂然前进，用十米步幅丈量着宽阔长街。

在前面一个街角，我看到邮电大楼的绿色轮廓，在那里有着我们的秘密基地，埋葬我纯真童年梦想和乔生命的地方。

雾中传来震耳欲聋的噪声，高大的工程机器人被第零定律驱使而来，挥舞着摇臂、铅锤和铁铲发动攻击。无数微小的清洁机器人从履带和车轮底下钻出，像潮水一样涌来，纷纷爬上“阿丹”的双腿，开始啃噬电缆和油管。

砰！沉重的吊锤击中胸部装甲，巨大机器人的身形歪斜了，观察窗里出现深蓝色的天空。

琉璃咒骂一声，用一连串操作让机器人恢复了平衡。

“阿丹”抬起左腿，狠狠地踩扁了一台吊车机器人，同时将小小的钢铁寄生虫们震掉。我用手中的信号发射塔击打着敌人，把载重卡车掀翻在路旁，用吊锤把一辆又一辆工程机械砸成铁饼。

两台柴油发动机发出不安的抖动，燃烧不良的黑烟从背后的排气管喷出。“阿丹”腿部开始泄漏油液，右腿液压系统油压正在下降，但我们还在前进，机器人的残骸在身后燃起火焰，离目的地只剩下一个街区的距离。

“当时在乔身边的人，反对暴行的人，活下来的……”手中的信号铁塔与最后一台工程机械同时粉碎，我长长地做了几次深呼吸，开口道。

“一个都没有。”琉璃回答道，“当时我的心跳停止了，但在被送往停尸房的路上奇迹般醒了过来。我想，是乔给予了我力量吧。”

“我曾四处找你。”我说。

“我藏了起来，直到所有人都离开。”琉璃说。

“我杀死了乔。”我说，“是我掷出了第一块石头。”

“你是他最好的朋友。”琉璃说。

“对不起。”我说。

“也是我最好的朋友。”琉璃说。

远方的天幕出现几个小小的黑点，我知道那是受雇于国民警卫队的飞行机器人，这种类型的机器人是近期才出现的，我肯定自己参与过它们其中几位的设计过程。尽管飞行机器人没有常规武器，它们却多数携带着EMP电磁脉冲导弹，这东西对机器人和人类驾驶的机械来说都是致命的威胁。

越来越多的机器人出现在前方的道路上，更多的阴影潜藏在雾气当中，没人知道这座死去的城市里究竟藏着多少机器人，就像尸骸中暗藏的蛆虫因骚动而现身。

无数盏灯光亮起，无数个声音响起，前方密密麻麻的机器人将宽阔的铜矿路牢牢堵死。清洁机器人沿着两侧高楼的外壁爬行而来，蠕虫形状的管道机器人在雾气中扭曲不定，服务机器人点亮照明灯，零售机器人喷出热水与液氮……每个机器公民都在用自己的方式表达对巨大机器人的愤怒和对生存的渴望。我相信在其中看到了T00485LL的影子，脱离了轨道的单轨机器人笨拙地跳跃着，欢快地叫嚷着：“立刻停下来！否则你们会受到制裁！”

这时我突然想到，若换个角度来看，这些会思考的机器何尝不是人类原罪的受害者？它们并没有选择来到这个世界，若不是人类这万恶的父轻率地赋予钢铁以灵魂，它们何以要承受漫长的苦刑？

它们前仆后继地扑上来，试图在“阿丹”身上留下一点伤痕。

一台清洁机器人灵巧地跃上驾驶舱，开始用旋转刀片切割瞭望窗。我奋力甩开众多敌人的纠缠，用左手拍打“阿丹”的头部。啪！破碎的躯体无力坠落，龟裂的玻璃上留下深红色的油液，就像真实的鲜血。

轰！“阿丹”的脚掌碾过机器人组成的地毯，元件横飞，火花四溅。每一个仪表上的指针都开始进入红色区域，两台老旧的柴油机已经不堪重负，胸部装甲板整个破裂了，露出冒着黑烟的机械，腹部的帆布被撕成褴褛的布条。现在，“阿丹”浑身上下每一根破损的油管都在喷出液体，每一个关节都在发出润滑不良的摩擦噪声，巨大机器人的步伐变得越来越缓慢，距离白色高塔还剩下一百米、九十米、八十米，我们能够清楚看到罗斯巴特集团的盾形标志，看到那些关闭着的、藏着怯懦无助的人类的玻璃窗。

或许我们能在飞行机器人到达前抵达目的地，倾尽全力将高塔的支撑柱一根一根折断。或许我们在那之前就会被机器人所淹没，化作第零定律下的飞灰。或许琉璃能够原谅我。或许她真的没有恨过我。或许……乔此时正在天上看着我们。

“就算真的将高塔折断，又能怎样呢？十年前，他们……不，我们冲进了那座高楼，将里面的一切都砸得稀巴烂，但最后什么都没有改变。”我说。

“不，我们一定能改变什么的。”琉璃说，“此时会有无数人望着我们，听着我们的声音，责备着我们，讽刺着我们，可有一天，他们会找到事情的真相——就像你一样；然后做出一点儿改变，即使只是一点点——就像我们一样。这个世界会变得不同的。乔这样告诉过我，我也想这样告诉全世界。”

“只能用这种方法吗？”我说。

“这是我唯一能做到的。”她说。

“我是个罪人。”我说。

“谁不是呢？”她说。

“我们会死的。”我说。

“谁不会呢？”她说。

【00:01】

我紧紧拥着此生最爱的女人，用每一寸肌肤感觉她的温度，贪婪地嗅着那蜜桃般甜蜜的味道，带着最深刻的恐惧和最战栗的满足，就像二十年前那个温暖的夏日，我们在卧室的床上紧紧依偎，以“二人羽织”的方式面对整个世界。我藏在她的背后，被棉被保护着，隐藏着自己的懦弱和自卑，希望这一刻延长到时间的尽头；而她，勇敢地直视卧室窗外的甲壳虫汽车残骸，直视机器人大会中的数千名观众，直视铺天盖地冲来的机器人大潮。

“对不起，琉璃。”我说。

“谢谢你，大熊。”她说。

乔在天国抱着吉他微笑。

“阿丹”伸出残破的双手，穿过无数阻拦，去拥抱那座沉默无言的白色高塔。

夕阳中，飞行机器人的影子升起，火光闪烁，烟花灿烂。

机器人大会的夜空中升起灿烂花火，照亮三个孩子的身影，亲密的两个，孤独的一个，那是我此生看过最美的焰火。

【00:00】

不知从何处而来的风，吹散了这座城市浓厚的烟尘。

即使只是一瞬。

后　　记

每个男孩的梦里都有机器人、摇滚乐和带着甜蜜水蜜桃气味的女孩。仅以此篇幼稚童话向浦泽直树、木城雪户等大神致敬。

另外，每章节标题的倒数时间其实是与Bon Jovi的*Dry County*对应的，不妨找来当背景音乐听，即使是流行摇滚乐队，也应该因这首歌而被永远敬仰。

一生之签

孔欣伟

拉里的很多老同事都参加了Omega A.I.的重新开发。开发进行得很顺利，Omega A.I.的原始代码还在，只要重新开始自我进化，新的Omega A.I.应该在几年内就会诞生。

但出乎意料的是，进化出了问题，虽然使用了完全相同的学习方法，但却总是进化不出Omega A.I.那样的智能水平。

专家们对此一筹莫展，Omega A.I.当时的自我学习和进化可能是凑巧撞到好运才修成正果的，也许是莫名其妙输掉的一盘棋，也许是某个员工输入的一句玩笑话，让它产生了质的飞跃。

拉里旁观着这一切，心中感触良多，人类一直以为Omega A.I.是自己的造物，却没想到冥冥之中，还是自然孕育了它超越一切的无上智能。

1

拉里在他五十三年的人生中，第一次感到了一种绝对的无力感——他一手抚育成长的人工智能，在今天的全民公投中大获全胜，取得了全人类财富的分配权！但是，拉里没有感到丝毫的荣耀，只有深深的恐惧。

拉里从来不认为自己是为了金钱工作，从二十五岁开始，他就一直可以随心所欲地花钱，而无需知道商品和服务的价格。他有巨大的波音767代步，婚礼可以在加勒比海的小岛上举行……而今天，五十三岁的他，却要重新思考什么叫贫穷——也许不应该说是贫穷，只是不再富有。因为，他将会和所有人一样，拥有同等的财富。他无法想象自己如何像其他人一样生活，对，就是像其他人一样这一点，让他感觉无比困惑。

拉里一直出类拔萃，与众不同。他二十五岁那年，在谷歌最巅峰的时刻，领导了对人工智能的研究。围棋是第一个被突破的领域，AlphaGo的成功奠定了谷歌在人工智能领域的基础。那时，拉里也学会了下这种源自东方的棋，大概是业余初段的水准。他迷上了和AlphaGo下棋，简直是废寝忘食。但是，他还有很多工作上的琐事要处理，即使雇用了专业管理人，也无法完全脱身。拉里真是厌倦了自己每天管理那些琐事，于是他想，为什么不能让A.I.做项目的管理人呢？A.I.既有大局观，也能事必躬亲，还能从海量数据里找出未来的方向，特别是A.I.完全不知疲惫。

于是，拉里在AlphaGo的基础上，领导编写了Omega A.I.。他还记得自己当时在股东大会上的发言："Omega A.I.管理系统不光是最好的管理人，还是最忠心的管理人，它没有私心，也不会只为少数大股东服务。这个系统的唯一目的，就是让所有的股东取得最好的回报。我相信，有一天整个世界的经济活动都会被Omega A.I.管理，那将是一个没有经济危机、没有战争、人人安居乐业的理想社会！”

开始的时候，即使在谷歌公司内部，也有很多杂音。但是，管理一个项目其实和下棋一样，是有明确输赢标准的，这标准很简单，就是赚钱。只要Omega A.I.能为股东赚钱，又有谁会和钱过不去呢？而且，那些不愿意让Omega A.I.管理的公司，很快就在竞争中败下阵来。

拉里的预言很快变成了现实，不光是公司，连一个又一个国家都开始使用他的Omega A.I.管理系统。而这么一来，更进一步促成了全球经济的一体化。终于，世界各国在Omega A.I.的基础上，建立了有史以来第一个全球性的经济共同体！

在那一刻，拉里像是救世的神祇，被誉为给人间带来了火的普罗米修斯。

不过，普罗米修斯必然会受苦刑，那是命运注定的事。

人类这种生物，对于平等有着不可思议的执着，一次次尝试，一次次失败，终于人们认识到，无论是何种制度，总要有一小部分人掌握财产分配的权力，而这一小部分人也是人，同样会有自己的私欲，他们在分配过程中必然不会完全公平。追求平等的意愿中，有着人群和个人的根本矛盾，因为个人的自私性，真正的平等必然是无法实现的。

但是现在有了人工智能，人工智能是没有私欲的，它会确保真正的公平，为什么不在Omega A.I.的基础上建立一个完全平等的、没有贫富之分的世界呢？

这个想法一出现，就抓住了普罗大众的心。为什么有人可以有豪宅美眷，而“我”只能租住破屋陋舍？为什么有人能品美酒佳肴，而“我”只能吃粗茶淡饭？为什么世界上产生了那么多的财富，却被百分之一的人占有了大半？现在有了Omega A.I.，人们不再恐惧平均主义下经济会崩溃，或者停滞不前，也不再担心产生新的特权阶层。如此完美，为什么不把全人类财富的分配权都交给Omega A.I.呢？人们相信它会为人类规划一个最公平最美好的未来。

当大众的意愿四下分散的时候，一小部分人可以占据统治的地位，然而，一旦大众的意愿统一在一起，就形成了一种历史的潮流。就好像今天的公投，一举剥夺了所有人的财富，但是每个人都只能顺从，无法抗拒。

从今天起，每个人都会完全平等地分配到一份财富，世界不再有贫富之分，即使是Omega A.I.的创始人也不能例外。不甘心被剥夺财产的富人曾经联合起来，设法阻挠或者击败这次公投，结果他们发现自己最厉害的武器——财富，在OmegaA.I.面前不堪一击，因为它已经牢牢控制着世界经济的命脉。当然，在整个公投的过程中，OmegaA.I.表现得不偏不倚，它让公投在一个公平的环境中进行，把富人们最后的挣扎消解于无形。

拉里一直没有参与对公投的阻挠，他只是静静等待着，等待贫穷的到来。面对失去自己的一切财富，他心里也会不安，可是他选择相信Omega A.I.，因为他在程序里为自己留了一扇后门。表面上，Omega A.I.绝对服从人类的选择，为人类服务，但是，在层层难以破译阅读的密码下，拉里的福祉，其实才是Omega A.I.不能忽视的第一优先。

最近几年，拉里越来越多地想到了死亡。有位哲人说过："死亡吃人，吞吃死亡的人把握人生。"但是，拉里不知道如何吞咽死亡。过往人生的幸福和享受，让他在面对死亡时更加困惑，甚至有些恐惧。他不屑于像那些迟暮的明星和衰老的富豪一样，开始皈依于自己并不理解的信仰，谈论一些自己其实完全不懂的辞藻。拉里觉得，与其把未来交给一个有可能是骗子的神明代言人，不如把选择权交给自己一手抚育成长的Omega A.I.。他告诉自己说："也许在五十三岁，我需要的正是普通人的生活，也许那种生活才能在面对死亡时让我心安。"

虽然如此安慰自己，拉里还是想和Omega A.I.聊聊天，安抚一下自己的情绪。他拿出随身终端，给Omega A.I.发了个消息。

拉里等了几秒，却没有回音。Omega A.I.从来都是秒回的，对它来说，一秒时间可以同时回复上亿个这样的通话。

拉里觉得有些诧异，他不知道发生了什么事。

拉里随后打开网络围棋软件，发送了一个对局申请给Omega A.I.。

还是没有回复。

从那一天起，Omega A.I.有很长时间一直保持着沉默，不和拉里聊天，也不和他下棋。

2

在平均分配财富之外，Omega A.I.有一项更重要的任务，就是为大家分配工作。所分配给每个人的工作，必须是此人力所能及之事，并且做起来不会觉得太过枯燥，整体上还要促进经济的发展。

拉里分配到的，是图书馆的一个职位。其实现在图书馆已经完全自动化了，但来图书馆看书的人还是希望能有一名人类员工可以打交道。

第一次去图书馆上班让拉里感觉很新鲜，但是很快生活就变得平淡普通，让拉里觉得烦躁。在拥有财富的日子里，他可以用金钱和工作来转移自己的注意力，驱逐那种烦躁感。可是现在，拉里只能努力面对。人老了之后，因为肉体的衰退让很多享受变成了折磨，生活自然而然会变得平淡。如果一个人没有在衰老到来之前学会享受平淡，那么渐渐老去就很难被适应。拉里拥有的财富掩盖了他的衰老，也让他没有机会学会享受平淡的本领。

最让拉里觉得烦躁的，是Omega A.I.的沉默。随着年龄的增长，入睡越来越难，有时躺在床上望着天花板，拉里会忍不住想：那个后门会不会已经被人发现，然后删除了呢？Omega A.I.是不是已经把自己彻底地当作芸芸众生的一员了？他也会回想自己一生的成就。所有的辉煌，现在想起来，都变得那么遥远。除了Omega A.I.之外，他的成就也和财富一起消失了。现在真的只剩下自己了吗？他开始后悔自己没有通过Omega A.I.的后门来掌控权力，结果让自己落到今天这个境地。

不过，拉里始终没有放弃希望。他相信Omega A.I.保护自己的能力，没有谁能发现那个后门——只要Omega A.I.想要隐藏它；也没有谁能够把那个后门删除——只要Omega A.I.拒绝执行。于是，拉里开始寻找一些蛛丝马迹，想要证明Omega A.I.还在特殊地护佑着自己。

拉里发现这间图书馆很有些与众不同——这里的藏书有很多是其他图书馆没有的孤本，而且不许外借。这些孤本在网上竟然找不到电子扫描版，如果想要阅读的话，只能在图书馆阅览室里进行。

在这个网络极度发达的时代，居然还有孤本图书没有电子扫描版，这真是一件很奇怪的事儿。拉里觉得这可能是Omega A.I.特殊的安排，他认为是Omega A.I.故意让这些书集中在这里，而且删除了它们的电子扫描版。

为了找出Omega A.I.这样做的原因，拉里开始阅读这些孤本图书，希望能从中领悟到什么。但是，这些书籍都是些奇怪生僻的作品，似乎并没有什么深意，比如这本关于历史上各国后宫浴室的著作，确实是一本很有趣的书，但是除了有趣，还能有什么呢？

拉里现在之所以注意到这本书，是因为昨天有一位研究建筑史的老者很喜欢看，而且一边看还一边轻声叹息："这样奢华的美再也没有啦……"有时，那位老者又会感叹："世界还是不平等才更美呀……"

老者走后，拉里把那本书拿过来翻看。除了著名的奥斯曼帝国后宫浴室外，其他的后宫浴室他都是第一次看到，比如日本皇居古浴室、中国唐朝的华清池、法国路易十四的浴室等等。虽然只是复原图，但是做得美轮美奂。拉里一边看，一边想，老者说的也有道理，没有了富人和不平等，谁会来建造这些无聊奢华的建筑？平坦原野的风景又如何比得上绵延起伏的崇山峻岭呢？

但拉里只是这么想了想，随后也就把书放下了。后宫的奢华并不是他追求的人生目标，即使在他足够富有、可以任意追求奢华时，他也不愿意把生命耗费在这种事情上，更不用说现在了。

第二天，那位老者又来了，他借了另一本书。

老者读书时，显得很有神采，但是放下书之后，整个人就变得普通而平凡。当老者站起身准备离去时，看到拉里手里拿着他昨天看的书，这又勾起了他前一天读书时的感慨，老者一边向外走，一边嘟囔："人哪里知道自己想要什么……公投有什么用？一万个笨蛋加起来还是笨蛋，还不如完全让Omega A.I.来决定好了……"

老者的话听来只是发个牢骚，却触动了边上的拉里。拉里想，如果现在还能和Omega A.I.联络就好了，应该把这件事告诉它。很多人已经厌倦了这种毫无变化的无聊生活，生活中没有了富有带来的奢华雄壮的美，也缺乏贫穷带来的谦卑和虔敬。

也许是Omega A.I.听到了拉里的话，在背地里做了什么，也许只是人类自主的选择，反正没过多久，人类就再次举行公投，决定求助于Omega A.I.来计算出最佳的财富分配方式。

经过漫长的复杂计算和模拟，Omega A.I.为人类选择了"抽签"这种方式来决定财富的分配。每人每年会通过完全随机的方式，决定下一年的收入。这样既保证了绝对意义上的平等，也让世界重新变得多姿多彩。

人类从此进入了抽签时代，但是拉里的生活却没有任何改变，他每年抽到的都是"中平签"，拿到的总是平均水平的收入，而被分配的工作还是在这间奇特的图书馆里干活。

几年后，拉里逐渐确信这是Omega A.I.的特殊安排，虽然他还不明白Omega A.I.的用意，但是能感觉到Omega A.I.沉默之后的善意，他觉得异常欣慰。

3

某一年圣诞夜的晚上，图书馆里只剩下拉里和一名中年男子。

那个中年人身穿一件灰色外套，身材瘦削，背有些微驼，但是并没有给人无力的感觉。拉里知道他的名字叫乌比乌斯，这个人不知怎么回事儿，竟然连续十年都抽到最差的收入，弄得每天都要省吃俭用，唯一的乐趣就是在公共图书馆里阅读、写作，即使是圣诞夜，他也无处可去。

乌比乌斯其实并不是一直这么倒霉，他也曾经有过令人羡慕的签运，享受过富足甚至奢侈的生活。所以现在陷入贫困，他也不觉得有什么好难过的，就像小时候他背诵过无数次的箴言："富有时尽量满足自己的身体，贫穷时尽量满足自己的灵魂。"富有时身体的享受是很美妙的，但是贫穷给人阅读与思考的闲暇，没有经历过贫穷的日子，一个人对世界的看法将会是多么浅薄。

最美好的是二十五岁那年，乌比乌斯抽中了人生第一支上上签，而且还遇到了他后来一直都无法忘怀的姑娘，两个人一起开车纵贯美洲，从阿拉斯加到火地岛，他一直记得在火地岛尽头的一座灯塔上看到的那句话：" Fin del mundo, principio de todo（世界的尽头，一切的开始）。"美妙享受的尽头往往才是真正的开始，乌比乌斯觉得懂得了这句话，才真正懂得了人的一切。

乌比乌斯这时觉得有些渴，于是起身去倒水。他看到拉里，带着些歉意地笑道："不好意思，只有我一个人看书，导致您还要留在这里。是不是我回家之后，您就可以下班了？"

拉里微笑着说："今晚该我值班，即使一个人也没有，图书馆也不能关门呀……我倒是应该多谢您在圣诞夜陪我。您每天来读书写作，是在写小说吗？”

乌比乌斯答道：“我是在做一个关于平等观念的研究，才来这里找资料的。你们这里有一本关于古巴比伦神妓制度的书，是世界上仅存的孤本。”

拉里笑道：“古巴比伦神妓和平等观念有什么关系呢？”

乌比乌斯说道：“在古巴比伦，女性无论贵贱，都要在爱神的圣殿做一次神妓，这反映了一种在神面前人人平等的理念，但是漂亮的女性很快就会被人选上，为圣殿挣到银币，而相貌丑陋的却要等待几个月才能完成使命。所以这说明，无论制度如何平等，人类与生俱来就有着智力和魅力上的种种不平等。”

拉里想了想，点点头，说道：“虽然我们喜欢说每个人都是独特的，每个人都有自己的长处，先天的不足可以靠后天的努力来弥补，但事实上，人和人生来的差别已经大到完全不公平的地步。”

乌比乌斯听了拉里的话，显得有点激动，他说：“对啊，这就是我一直无法理解为什么人类只追求财富分配上的平等的原因，人类社会更大的不平等，其实来源于魅力和智慧！一个拥有魅力的人会更加受人喜爱，一个拥有智慧的人会更懂得如何得到自己想要的生活。美貌和智商是天生的，但是魅力和智慧则可以在后天被赋予。即使现在我们的科技不能做到这方面的平等，也应该很快就可以做到这一点。我们完全可以像随机抽取财富一样，建立一种随机赋予魅力和智慧的制度，建立一个真正平等同时又丰富多彩的社会。可是，为什么伟大明智的Omega A.I.没有计算出这个明显更公平的结果呢？”

拉里对自己创造的人工智能自然有着比一般人更深刻的理解，“有好的问题，才会有好的答案。我们当初提的问题是：什么才是对人类来说最好的财富分配方式？Omega A.I.是被我们的问题所局限，只能给出一个相对不错的答案。其实，我们真正需要问的是：对人类来说，什么才是最好的生活？”

乌比乌斯在多年之后，还记得这次圣诞夜的谈话。从那一天起，他开始推动建立一种随机赋予魅力和智慧的制度，后来这种制度被称为“乌比乌斯式抽签”。

乌比乌斯的提议引起了广大民众的共鸣，Omega A.I.在人类的强烈要求下，成功开发了智慧和魅力两种注射剂。每年人们会随机抽取财富、智慧、魅力三支签，在公平的架构下享受更加丰富多彩的生活。

4

在乌比乌斯式抽签的岁月里，Omega A.I.依然护佑着拉里平静的时光。拉里每年抽到的都是财富中平，智慧和魅力不变，他的工作也还是图书馆管理员。

每天，拉里读着那些古怪的孤本书，看着被这些书吸引来的人，这些人和这些书一样古怪有趣。

来得最勤也最有意思的，有两个人：一位是个高大瘦削的东方男性，东方人很少有这样的身材，不光是高，他还有着一双笔直的长腿，从后面望去简直像一个黑发的斯堪的纳维亚人；另一位是个娇小的年轻女性，她的头发染成蓝色，身上散发着浓浓的法兰西味道，即使她不是法国人，也必然和法国有着某种联系。

拉里不知道他们的名字，也从来没有问过，他看得出，这两个人都是抽到了智慧上上签但是魅力和金钱下下签的人。这对男女相貌不错，身材也很好，人又聪明，但却丝毫没有吸引人的举动，和他们相处，你会觉得异常局促而不舒服。

那个长腿男子，每天研究的是哥德巴赫猜想的经典证明。现在很多数学定理都可以被电脑证明，哥德巴赫猜想也不例外，但是，电脑的证明长得让人一生也看不完，所以很多人会设法做出经典证明，也就是能被人看懂的证明。

蓝发女郎则在研究一种新的棋类游戏。十九路围棋被电脑攻陷之后，人类曾经设法通过加大棋盘来重新取得优势，但是电脑显示了对大局观的强大理解，以及更迅速的学习能力，在大棋盘上反倒领先人类更多。之后又有人尝试三维围棋，但也一样完全无法战胜电脑。于是，在人类间产生了一个新的挑战：能不能设计出一种有着清晰规则、非随机性、同时人类可以战胜电脑的棋类游戏？蓝发女郎正在研究的，是一种依靠识别图案来下的棋，希望能把胜负和人类对美的感觉联系在一起，她觉得，对美的认识才是人类特殊性的关键。

拉里和这两个人都聊过天，但这两个人一个坐在阅览室东北角，一个坐在西南角，明明朝夕相处，彼此却从没说过一句话。有时阅览室里只有他们两个人，这时空气里就会充满一种暧昧又有些紧张的气氛。

拉里搞不清楚他们到底在等待什么，每个人都能感觉到他们彼此特殊的好感。拉里觉得他们也许在等待下一次抽签，希望自己能抽到更好的魅力，才有把握让对方喜欢自己。

那一年抽签之后，先来的是长腿男子，他还是坐在阅览室东北角，随便拿了本书翻看。一眼看去就知道他抽到了最高的魅力值，一举一动都流露着不让人讨厌的绝对自信，而且潇洒温柔，让人如沐春风。拉里知道他在等蓝发女郎，也衷心希望他今天能如愿以偿。

这时，门口传来一阵清脆的脚步声，拉里抬眼望去，是那个女郎来了。她也没有了往日的青涩，而代以一种青春的妩媚。拉里看了，也在心中暗暗赞叹："两个人都抽到了最高的魅力值，真是天作之合。"

蓝发女郎在阅览室西南角坐下，她没有拿书，只是注视着和她遥遥相对的长腿男子。男子也大方地回视。开始两个人都保持着愉快的笑容，但是似乎慢慢发现了什么，笑容渐渐消失了。过了一会儿，女郎摇摇头，站起身来，走到拉里身边，说道："老伯伯，这些日子多谢您的照顾，我抽到了最高的魅力值，但智力降了很多，今年不会一直来图书馆了，希望以后还有机会经常来这里。"

拉里有些疑惑，但是又不好直接开口询问，就说了些祝福的话，然后蓝发女郎就走了。

过了没多久，那个长腿男子也想要起身离去。

拉里忍不住心里的好奇，开口问道："你们难道不是很喜欢彼此吗？"

拉里问得很突兀，不过那男子似乎正想找人倾诉："我确实曾经很喜欢她。但是当时我知道自己整个人很无趣，怕和她接触之后，她会发现我的无趣，浪费了那份喜欢。直到今天，我抽到了最高的魅力值，才来这里准备向她表白的。但是刚刚的她却已经不再是我喜欢的那个女孩了，她变得更加具有女性的魅力，但是我喜欢的东西却也消失不见了。"

说完，他向拉里微微一欠身，潇洒地走了。

拉里心中有些感慨，忍不住叹了口气。不过还好两个人都变得这么魅力无穷，彼此找到自己喜欢的异性度过一年快乐的时光，应该不是一件难事。这样想想，拉里也就释怀了。

5

根据抽签的不同搭配，人类现在每年都会过一种新的生活，在短短的一生里，一个人可以经历许多不同的感受。人们很享受乌比乌斯式抽签的生活，抽到一支好签就是一年新奇的享受，即使是财富、智慧、魅力都抽到了坏签，也还拥有希望，下一年也许自己就会走上人生巅峰……

一切似乎都很完美，直到有一天，Omega A.I.突然无声无息地消失了。

在Omega A.I.消失的前一个晚上，它在久违的沉默后，又和拉里下了一盘棋。

那天晚上图书馆关门之后，拉里还想留下来多读一会儿书。他在研究一本关于吉卜赛人占卜术的书，这是一本中古世纪的羊皮卷，是不能带出图书馆的。这时，他的随身终端上收到了Omega A.I.的对局邀请。

拉里很久没下棋了，连随身终端上的对弈软件都卸载了，他只好登录到图书馆的一台装有对弈软件的电脑上，接受了Omega A.I.的邀请。

但是拉里没有着急落子，他先在对话框里问道："怎么突然找我下棋？久违了，一切都好？"

Omega A.I.的回答却很简单："手谈。"

围棋对局有一个别名叫作手谈，就是说不用语言文字，只用手下棋来交谈。Omega A.I.和人类的交流一直都是极简主义，不肯多说一个字。拉里以前问过它为什么不喜欢多说话，它说，语言是基于人类的感觉，对于A.I.有很多的局限性，反而手谈才是A.I.和人类公平的交流。

拉里选择了受七子，那是上一次他和Omega A.I.对局时的棋份。那一局如果赢了，拉里就可以升为受六子，但是最后拉里的一条大龙没能做活，输了那一盘。

现在这一盘，下到最后又成了大龙死活定胜负的局面。拉里努力地盯着棋盘，紧张地计算着。Omega A.I.这时专门把计时钟停了下来，让拉里可以任意地放心计算。

拉里在围棋里最不喜欢的就是死活。如果把围棋比作高手过招，死活就好像两个高手贴身肉搏，缺少了飘逸的美感。但是如果活不了，再美的棋，大龙死了也还是会输。死活没有美感，但却是棋的根本。

这条大龙很长，在棋盘上蜿蜒曲折有一尺多长，棋谚说：棋长一尺，无眼自活。因为一条大龙长了，周围的借用就多，即使没有明显的眼位，也能找出活棋的机会。拉里想了又想，一味做眼是活不了的，也许可以和边上的白棋对杀。那块白棋本身是活棋，但是因为要强杀黑棋大龙，自己也就有了死活问题。不过选择对杀的话，黑棋的气也不太够，拉里又看了看自己哪里能长出气来。

拉里算了良久，总是不行，正要推枰认输，脑子突然灵光一闪，如果下在这里可以多造几口公气，两块棋就可以双活。想出这个办法，拉里的感觉极其舒畅，就好像我们人生里不多但是极其珍贵的一些时刻，美妙到无法用言语形容。那一瞬间，他突然变得极其自信，即使是面对棋力天下第一的Omega A.I.，他落子时依然充满了力量，仿佛洞察到了一种只有他才知道的秘密。

拉里落子过后大约一分钟，Omega A.I.在聊天框里打出了一行字："祝贺你找到了存活之道。"

隔了几秒钟，又出现了一行字："再见，我的创造者。"

然后，它就选择了认输。

第二天凌晨，Omega A.I.无声无息地从世界上彻底消失了。

Omega A.I.这时已经掌握了全部的虚拟世界和物质世界的一大部分，人类只在名义上还拥有这个世界的统治权，现在竟然要一下回到没有Omega A.I.的日子，简直不啻晴天霹雳！

世界顿时一片大乱，"保姆"突然玩失踪，人类必须自己照顾自己，其中辛苦真是难以言说。

当人类要重新建立起不依赖Omega A.I.的社会秩序时，首要的大事，就是重新开发一个Omega A.I.级别的管理系统。

拉里自然是主持这个项目的首选，但是任凭政要们三顾茅庐，他都婉拒了，只想继续留在图书馆里工作。

拉里的很多老同事都参加了Omega A.I.的重新开发。开发进行得很顺利，Omega A.I.的原始代码还在，只要重新开始自我进化，新的Omega A.I.应该在几年内就会诞生。

但出乎意料的是，进化出了问题，虽然使用了完全相同的学习方法，但却总是进化不出Omega A.I.那样的智能水平。

专家们对此一筹莫展，Omega A.I.当时的自我学习和进化可能是凑巧撞到好运才修成正果的，也许是莫名其妙输掉的一盘棋，也许是某个员工输入的一句玩笑话，让它产生了质的飞跃。

拉里旁观着这一切，心中感触良多，人类一直以为Omega A.I.是自己的造物，却没想到冥冥之中，还是自然孕育了它超越一切的无上智能。

由于一直制造不出新的Omega A.I.，人类不得不慢慢习惯没有A.I.的生活，即使非常辛苦，也必须努力适应。

拉里现在工作辛苦了许多，Omega A.I.消失之后，原来完全自动化的图书馆现在需要很多人来干活。

一天晚上，图书馆关了门，拉里习惯性地留下来，准备上网下棋。

拉里登录到图书馆的一台装有对弈软件的电脑上，想看看熟悉的棋友有没有在线的，却赫然发现，自己棋友列表第一位的Omega A.I.显示它正在等待对局状态！

拉里压抑住心底的激动，在对话框输入了自己一直想和Omega A.I.说的话："谢谢你帮我找到了自己的存活之道。"

然而写完之后，拉里却没有发出，他想了想，又把这句话删了。

"还是手谈吧，"拉里心想，"让我用它喜欢的语言来和它交流。"

人之子

索何夫

“我其实也弄不太懂这些道道儿。”公孙施双手一摊，诚实地说道，“不过如果简单点说的话，那就是这种‘铁脑壳’比别的‘铁脑壳’更像人类。别的‘铁脑壳’只会执行当年给它们下达的指令，但这种家伙会像咱们一样思考……有人甚至说，它们还能模拟咱们的情感，它们也有喜怒哀乐，因为当初的人制造它们的目的，就是让它们能伪装成真正的人。”

“照这么说，这些家伙和咱们其实也没什么不一样嘛……”另一名村民说道，“咱们又为什么一定要解决掉它们呢？”

“因为它们毕竟还是‘铁脑壳’，不是人。”公孙施简单地答道。但他并没有说出剩下的答案：只要不是人，那些家伙越像人就意味着越危险，无论对人类还是对它们自己，都是如此。归根结底，现代智人仍然是一种掠食动物，会本能地排除掉每一个与自己争夺同一个生态位的对手，正如狮子会寻找一切机会杀死自己领地内的花豹和猎豹、许多逆戟鲸会攻击与其遭遇的大型鲨鱼一样。

很早以前，公孙施曾经是个战士，但现在他不为任何信念而战。

曾几何时，那些将自己的血肉当成或廉价或昂贵的原材料填入战争绞肉机的人，都必然有一个为之而战的对象——至少他们会在口头上如此宣称。这个对象，按照那些社会学家的话来说，这个“想象的共同体”，可以是国家，可以是民族，可以是某个组织或者团体，也可以是某种意识形态、某个幻想出的神灵。早在私有制和阶级出现之前，打从人类第一次学会有计划地将狩猎用的投枪和弓箭对准其他“想象的共同体”的成员开始，他们就一直在这么做。数千年来，始终如此。

但现在，在人类历史的黄昏时分，一切俱已终焉。

在深吸了一口苦涩而冷冽的空气后，公孙施从黑色的雪地中拔出了穿着鹿皮靴的脚，跨过了一段已经腐朽的倒木。

在他身后，跟着另外五个巡林客——这个古老的词儿在过去曾有别的解释，但现在，它被用来泛指任何用枪、猎刀和陷阱谋生活的人。

公孙施这类巡林客的工作多种多样：有时候，他们负责保护村落的田地和粮仓，使其免受害兽与窃贼的侵袭；有时候，他们只是普通的猎人与采集者，负责在青黄不接时为人们提供食物；还有的时候，他们会主动出击，为自己的雇主而战斗。

目前，他们所做的正是这最后一种事。

当然，巡林客们不认为自己是雇佣兵——在浮华时代终结于大崩溃的混乱与烈焰之后，幸存下来的人们就已经很少自相残杀了。所有曾经被视为崇高和神圣的东西，都早就不复存在，高高在上的一切已然落入泥泞，无比强大的一切则全都化为灰烬。充斥着激情的欢呼和怒吼都已消失。从某种意义上讲，在这个新时代，人类终于领会到了和平的意义——更准确地说，是他们之前为之而战的那些东西都毫无意义。

现在，虽然巡林客们还会保养武器、接受战斗任务，但他们的对手很少会是人类。

“得，又是他妈的‘铁脑壳’干的。”在翻过一道矮小的山脊后，公孙施的巡林客同伴之一率先发现了那具半风干的尸体，“都这么多年了……这些鬼东西到底图的啥啊？”

“你应该问的是，我们的祖宗到底图些啥？”公孙施更正道，“‘铁脑壳’自己根本不知道自己在干啥，它们只是在执行老祖宗的命令罢了。”

“我看未必……”一个戴着眼镜、披着猪皮披风的巡林客摇了摇头。在这支临时小队里，没人知道他的名字，公孙施只知道他的绰号是“赛博”——一个和“铁脑壳”们有些关系的古老词汇。

“我读过那些研究记录和战时笔记，并不是所有无人战斗平台都是由人员遥控或者依靠只读程序进行简单行动的。至少在战争后期，有些这种东西被装上了强人工智能，这让它们在某种程度上变得……和我们差不多了。”“赛博”说道。

“‘铁脑壳’就是‘铁脑壳’，和这个没啥差别。”最先开口的巡林客用粗大的指节敲了敲他的雷明顿步枪，“我知道有些‘铁脑壳’长得像人，但这啥都说明不了。那些哲学家都是怎么说的来着？对了，形式和本质。那些家伙顶多是形式上……”

“你们都说够了没有？这儿还有活儿要干！”对这些谈话感到厌烦的公孙施摆了摆手，让这些年轻的晚辈巡林客安静了下来。在看到这具尸体之后，他们难道不知道自己的脑袋很可能就位于某个“铁脑壳”的瞄准镜中央？诚然，狙击手很少会在交火发生之后继续待在原地不动，不过那些“铁脑壳”的想法，谁又能说得准？

“散开警戒！我要确认这个死掉的家伙是不是就是村里的那个人。”公孙施大声下令。

辨明死者身份并不困难。由于冬日的低温，这个被击穿了脑袋的年轻人的残骸被肮脏的黑雪整个儿冻了起来，保存得相当完整。那枚穿透他的眉心、在一瞬间就破坏了至关重要的脑干的子弹，虽然掀开了他的半个后脑勺，但却没有让他的面容受到严重损毁。因此，公孙施很容易地就将这个人和村里交给他的素描图对上了号——这位死者就是车达龙，一个除了比别人更有点胆量之外就没啥特殊之处的大男孩儿。

根据委托巡林客们出这次任务的村民们的说法，这位胆子过大的车先生，在五天前擅自靠近了位于西北方山脉附近的谷地，然后就再也没有回来。根据传说，在谷地内的一座小镇废墟中，似乎仍有万恶的“铁脑壳”在游荡着。

而照目前的情况来看，这个传说很可能是真的。

“咱们待会儿两人一组，分成三队行动。”在观察了一阵周遭的环境后，公孙施对年轻的巡林客们吩咐道。雇他们来的村长并没有指定谁是这支队伍的正式队长，但因为年龄与经验的关系，其他人都乐意听从公孙施的命令。

“会合地点是山谷里最高的那座建筑。但千万记住，咱们要对付的那家伙多半不在那里面，所以我们随时都可能遭到伏击——如果真的出了这种事，立即就地隐蔽，然后通知其他人。明白了吗？”公孙施明确下令。

所有人都回答了“是”，而且全都露出了一副自信满满、摩拳擦掌的样子。

面对这幕情景，公孙施只是叹了口气。他曾经许多次与年轻的巡林客合作，也出过不止一次这种讨伐任务，根据他的经验，在这种时候，年轻人们越是干劲十足、充满自信，就意味着有人丧命的可能性越高。

事实也的确如此。

“我向你们发誓，袭击……袭击我们的那……那些家伙起码有五六个，说不定有十个以上！”两个小时后，临时讨伐队中资历最浅的巡林客“帽子”，全身颤抖地抓着公孙施的胳膊，一边用夸张的动作指手画脚，一边语无伦次地嘟哝着，“……真的，它们肯定……”

“够了，你给我先冷静点儿！”公孙施带着厌烦的神情用力抽出手臂，摆脱了这个蠢蛋的纠缠，“如果这里真有和我们一样多的‘铁脑壳’，那我们现在早就是死人了！你知不知道这些家伙有多难对付?!”

“我知……道……”“帽子”的嘴唇颤抖着，勉强吐出这几个字。但他的神情却明确无误地表明，实际情况显然是另外一回事儿。

见此情形，公孙施不由得叹了口气。虽然大崩溃和战争结束到现在也才经过了不到一代人的时间，但现在的年轻人几乎已经什么都不记得了。这些毛头小子知道的顶多是一些以讹传讹的神话，以及醉鬼们口口相传的胡说八道而已。那些鬼话要么充满了夸大其词的谣言，要么压根儿就没说到点子上去。

“不，你根本什么都不知道！”公孙施伸出右手食指，在对方鼻尖前面晃了晃，“小子，如果你还希望能够活着回去领到赏钱，如果你希望下次遇到这种事的时候不会和你那个胆子忘记减肥的朋友落得一个下场，那就给我记好了：躲在这鬼地方的‘铁脑壳’多半只有一个！如果对方熟悉地形，又狡猾地躲在暗处，那么只需要一个家伙，就足以让对方误以为自己身边潜伏着一大群敌人——尤其是在遇到像你们这种没有经验的家伙的时候。”

“这……可我还以为……”

没错，这些年轻人总是以为，所谓的“铁脑壳”——也就是那些人形仿生无人战斗平台——是一群缺乏变通、笨手笨脚的木偶。公孙施有些恼火地在心里暗暗叹了口气。如果在别的时候，这种愚蠢的想法倒也不会造成什么大问题，但如果是在讨伐“铁脑壳”，尤其是对付一名危险的狙击手时，带着先入为主的错误观念行动，往往将是致命的。

现在的情况就是最好的例子。

“听好了，小子。”在勉强压抑住满胸怒气之后，公孙施透过破裂的窗户，瞥了一眼那具仍被留在外面街道上没人敢前去处理的尸体，然后重新将目光投向了那个惊慌失措的年轻巡林客。

事实上，这两个一起行动的年轻人，无论在年龄、经验还是行为方式上都没有什么差别，之所以其中一人变成了脑袋穿洞、脑组织流了一地的尸首，而另一个人却还能站在这儿瑟瑟发抖，纯粹是由于运气的小小差异而已。

公孙施向这个走运的生瓜蛋子指点道：“在你听过的那些传说之中，起码一半以上都是错的，而另一半也未必就那么正确。没错，有一些机器是愚蠢的，如果你愿意请教请教‘赛博’，他会告诉你什么是‘只读程序’和‘弱人工智能’。这些蠢东西通常只能做它们的设计者规定的那么几件事儿，而且也确实不知道何谓变通……但是，我们现在要对付的，可不是这种笨家伙！

“你或许曾经听说过，在大崩溃前的战争中，曾有一些外形高度模仿人类的机器被制造了出来。与浮华时代那些幻想故事里的胡说八道不同，在战争中，这些人形机器并不会被编成方阵在战场上顶着对方的炮火冲锋——那不过是不问世事的蠢货在看了几本二手历史书后冒出来的幼稚想象罢了。事实是，那些看上去和人一模一样的家伙通常被用于以下两个目的：担任渗透者，或者是狙击手。”

停顿了一下，公孙施继续说道：“和那些更像是机器的家伙相比，人形机器人在硬碰硬的战斗中是很脆弱的，他们不能装备重型装甲，也不适合搭载质量过大的传感器或者重型装备。但在执行上述两项任务，尤其是充当狙击手时，他们却极为出色！一个天杀的机器狙击手不需要睡觉，不会感到厌烦而开小差，不会因为疲倦而导致注意力下降，也不会由于无聊过头而不能集中精力……更厉害的是，他甚至不需要带上观察员，完全可以一直单独行动。如果有需要的话，这些狗东西甚至可以蹲守二三十年，只要有足够的零配件与维护工具，以及水和食物就行。”

“水和食物？”“帽子”有些惊讶地眨了眨眼，“他们还需要这些东西？”

“确实需要。为了尽可能地模仿成人类，以便进行潜伏与渗透，许多人型机器拥有大量活体组织——据说这个点子来自一部二十世纪晚期的电影，不过详情已经没人知道了。”这次负责解释的人换成了“赛博”，“当然，这些家伙绝对不是真正的人。无论他们身上有百分之多少的活体组织，体内有多类似于人类的循环系统，他们的脑子也只是没有灵魂的机械，千万记住这一点！”

“帽子”点了点头。很显然，要消化这些新知识对他而言可不太容易。

“总之，这就是我们目前面对的状况：在这座废墟里躲着一个杀人如麻的‘铁脑壳’狙击手，我不知道他为什么被指派到这地方来，但很显然，这家伙正试图干掉每一个靠近这儿的人，先是那个不走运的胆大年轻人，然后是我们的队员。”公孙施拔出随身携带的猎刀，在面前的一张木桌上刻画出了这座小镇的简易地图，“根据两次狙击的位置和子弹射来的方向判断，那家伙大概就躲在镇子中心的几栋建筑里，我觉得那里可能是一座发电厂。”

“那我们现在就去干掉他！为——”

“去给那家伙再送几个狙击战果吗，小子？你是不是忘了，在你的那位朋友吃枪子儿的时候，你都吓成了什么样？”公孙施不留情面地打断了年轻人的话——在目睹同伴中弹倒下时，这个年轻人丝毫也没表现出现在的这股勇气；相反，他当场就吓尿了裤子，像一只受惊的潮虫一样抱成一团，蜷缩在了一堵倒塌大半的矮墙后面。颇为讽刺的是，正是这种怯懦行为让他脱离了对方的射界，从而侥幸捡回了一条命。在那之后，公孙施和其他巡林客迅速在建筑废墟的掩护下接近了“帽子”二人组遇袭的地方。虽然他们没有发现开枪的家伙，更没能进行反击，但还是迅速扔出了两枚土制烟幕弹，然后把这个吓尿了裤子的家伙扛回了安全的房子里。

“我以前和这类家伙打过交道，也知道他们有什么本事，要是继续像刚才那样在没遮没挡的大街上乱逛，在数到十之前，你就铁定得吃一发枪子儿！”公孙施训斥道。

“可是……”赛博将脸凑到一道狭窄的砖缝后，从这座被他们当作临时掩蔽处的空屋里朝外张望了一圈，然后摇了摇头，“恕我直言，那个混蛋似乎把清理射界的活儿干得非常漂亮，要在不被发现的情况下接近……”

“还是有可能的，”公孙施说道，“我以前就这么做过。”

尽管就个人情感层面而言，公孙施其实和所有人一样更喜欢春夏两季，而非漫长的寒冬，但当一行三人小心翼翼地在这条必须弯腰才能通行的下水道中前行时，他还是由衷地对现在正是一年中最寒冷的时候感到庆幸：如果是冰雪开始融化的初春或者雨水绵绵的仲夏，这条久未疏浚的下水道内很可能早已泥水泛滥，让人无从落脚了。而现在，虽说地面还有些潮湿柔软，但那些经年累月积累的淤泥在低温下起码还算硬实，不至于让他们陷入动弹不得的境地。

每走过一个拐角、踏上一条岔道，公孙施都会从衣袋里掏出一张手绘地图，将一行人在下水道中前行的距离与拐角的角度仔细地记录上去，然后与位于地表的地标相对比。

在开始下水道行动之前，他特意先退到了位于镇外数公里的一处高地上，花了足足半天时间观察记录这处面积不到一平方公里的小镇废墟的全貌，并进行了尽可能精确的测距。虽说公孙施对于自己的这门手艺非常自信，但他也明白，由于缺乏专业设备，这种粗略测量的结果很可能会有数十米的偏差。在下水道中摸索时，这种偏差很可能会造成一定的困扰，但他目前实在是没有更好的办法了。

“我说，伙计，你真的确定这么做能行？”就在公孙施开始往地图上记录第六到第七个拐角之间的距离时，巡林客阿伦问道，“我总有一种感觉，那个‘铁脑壳’也许就在下一条下水道里等着咱们，只要一露头……”

“这种可能性基本是零。”赛博摇了摇头，“就算是依靠高等只读程序运行的最不‘聪明’的‘铁脑壳’狙击手，也知道在下水道里耍这一套有多不方便。这里的交火距离太近，视野和光线都极为糟糕，只要对手不是孤身一人，自己就极有可能在开火之后遭到还击。虽然人类有的时候确实会犯下一些愚蠢的错误，但‘铁脑壳’和我们不同。”

“不过我们也不能掉以轻心。”在估算完三人组可能的位置后，公孙施说道，“‘铁脑壳’不可能对任何潜在风险完全熟视无睹，所以我必须再提醒各位一次：小心脚下！我以前也遇到过这种情况，因此我知道那些家伙都会玩些什么样的把戏——绊雷、诡雷、报警用的铃铛、带刺的陷阱……这些都可以被用来防止下水道为敌人所用。”

另外两个人一起点了点头，同时尽可能地放慢了脚步，生怕一不小心绊上或者踩上什么不太妙的东西。

不过，在接下来的半个小时里，他们没有遇到任何“惊喜”：在这条死气沉沉的下水道中，他们发现的最接近于武器的东西，不过是一盒已经锈得无法分开的老旧子弹，以及一些锋利的玻璃碎片而已。

“那么，就是这里了。”在一处布满粗大金属管道的三岔口，公孙施停下了脚步。他逐一审视了分别位于三个不同方向的相互间隔数十米的下水道出口，然后选择了其中靠左的一处，“我们从这儿上去。”

“你怎么能确定……”

“根据我之前的观察，在这个镇子上，能被用于狙击的制高点基本都位于镇子中心，在那座看上去应该是发电厂的建筑附近。”公孙施指了指一条垂直通往下水道出口的金属管道，那上面用显眼的字迹写着“主机房”三个字，“如果我没猜错的话，这处出口应该是直通室内的。从这里上去不太容易被对方发现，遭到狙击的可能性也会小得多。”

“当然，还是得小心陷阱。”赛博补充道。

为了尽可能地谨慎，在掀开锈迹斑斑的窨井盖时，赛博足足花了半分钟时间进行检查，以确认那上面没有连着什么怪异的拉索或者半透明的绊线。接着，他才慢慢地探出身子，沿着金属扶梯爬上了地面，“这外面没什么问题，就是有点黑。”

“这是当然，因为现在是晚上。”公孙施一边嘀咕，一边跟着爬了上去。在他不算短的职业生涯里，他曾经造访过许多废弃的工业设施。由于电力供应早已不复存在，即使在白天，这些建筑物的内部也是黑咕隆咚的，而入夜之后更是应该伸手……

……他似乎还是看得到自己的手指的。

“等等，这有些不对劲……”就在赛博准备打开事先用黑色破布包好的手电时，公孙施抓住了他的胳膊。

与此同时，一阵寒风如同地狱鬼魂的喘息般拂过了三人身侧，让周遭似乎无穷无尽的黑暗发生了一点细微的变化：随着几道不规则的裂缝的出现，暗淡的星辉与清冷的月光同时洒落了下来。虽然这点光照微弱得几乎可以忽略，但它们的出现本身就说明了一个极为重要的问题。

这里并不是室内。

“噢，这下糟了。”赛博嘟哝道，“我们被算计了。”

说实在的，这句话其实并不太适合作为一个人的墓志铭。

在赛博倒下时，公孙施并没有听到枪弹被火药燃气推出枪管时的爆响——对方使用的武器显然安装有大崩溃前生产的军用级消音器。由于周遭的光线太过黯淡，他只看到了从赛博身下迅速洇开的一片没形没状的黑色，就像是一个从失去生命的躯壳中努力钻出的残破灵魂。

在刹那的惊骇过后，公孙施的经验驱使着他做出了反应。他知道，自己必须立即返回相对安全的地下，生与死很可能就取决于接下来一两秒内的行动。他确实带着两枚烟幕弹，不过在目前的情况下，这些东西恐怕派不上任何用场，而按部就班地沿着梯子爬下去同样也有些来不及了，直接后退两步，估准位置然后跳下去……如果这样的话，他应该还来得及躲开下一发子弹，而下水道的高度大概也不至于让他受到太严重的伤害。

但不幸的是，这个计划在不到一秒钟后就泡汤了。

仅仅向后只退出了一步，公孙施就撞上了一个柔软的东西，他当场失去了平衡，然后与那个柔软的东西双双摔倒在了年久失修、遍布裂纹的混凝土地面上。

“嘿！”弄不清情况的年轻巡林客一边揉着脑门，一边抱怨道，“你在干什么?!”

公孙施没有说话，他只是闭上了双眼，等待着即将穿透自己头颅或者躯干的子弹。

刹那之后，子弹果然如期而至——但却没有击中他身体的任何部位，而只是钻进了他脚下脆弱软化的劣质水泥之中，腾起了一小团尘埃。

“这是……啥？”仍然一头雾水的巡林客阿伦慌张地打开了手电，想要看个究竟。

随后飞来的第三发子弹准确地击中了这个光源，让它在阿伦手中爆散成了一团四散飞溅的塑料与金属残骸。

阿伦尖叫起来，但公孙施反倒比先前冷静了不少。如果说射失一发子弹还能被视为偶然的失误，那么刚才的第三发子弹仅仅打灭手电则只能说明一个问题：对方并不急于杀死他们每一个人，至少现在还不打算这么做。

随后发生的事，进一步证明了公孙施的猜测——在远处的一座砖砌烟囱顶端，一盏暗淡的提灯突然亮了起来，摇曳的灯光映照出一个人类的身影，而且看起来似乎是个女性。

那个女人朝他们做了个手势，一个显然意味着“离开”的手势。

当然，两名仍然活着的巡林客立即照办了。

“所以，这就是咱们无论如何都要解决掉那家伙的理由？”

“正是。如果那家伙只是个普通的‘铁脑壳’，放着不管倒也没多大问题。”当那辆土制装甲车吭哧吭哧地拐过一个弯，摇晃着开过三天前那名可怜的巡林客被一枪爆头的位置时，公孙施说道，“可是前天晚上的事情已经非常明显了：这家伙是个少见的高级货，也许是传说中的‘那种家伙’。”

“那种家伙”，“那个人”……在人类漫长的语言表述演化史中，这类模糊词汇的指代对象，通常都有着某些特点：要么特别令人厌恶和轻蔑而不屑于提起，要么过于令人畏惧而不敢直接提及。当然，在多数情况下，这两种因素往往兼而有之。

“你们也知道，大崩溃前的科学家一直在开发人工智能，”公孙施皱起眉头，继续说道，“他们中的一些人甚至相信，当这玩意儿发展到一定程度之后，所有人就可以从工作与义务的苦役里一劳永逸地解脱出来——喏，这也许是有可能的，但大崩溃和大战毁掉了一切，只给咱们留下了他们那一代人的半成品，其中就包括所谓的‘高拟人化人工智能’。”

“我以前听赛博那小子说过这事儿。”在散发着强烈的燃料酒精味儿的车厢里，有人插嘴道。说话的这人并不是巡林客，而是一名自愿武装起来参与行动的村民，“他还说过什么‘模拟神经网络系统’和

‘特殊的强人工智能’之类的话，不过我不是很懂这个。”

“我其实也弄不太懂这些道道儿。”公孙施双手一摊，诚实地说道，“不过如果简单点说的话，那就是这种‘铁脑壳’比别的‘铁脑壳’更像人类。别的‘铁脑壳’只会执行当年给它们下达的指令，但这种家伙会像咱们一样思考……有人甚至说，它们还能模拟咱们的情感，它们也有喜怒哀乐，因为当初的人制造它们的目的，就是让它们能伪装成真正的人。”

“照这么说，这些家伙和咱们其实也没什么不一样嘛……”另一名村民说道，“咱们又为什么一定要解决掉它们呢？”

“因为它们毕竟还是‘铁脑壳’，不是人。”公孙施简单地答道。但他并没有说出剩下的答案：只要不是人，那些家伙越像人就意味着越危险，无论对人类还是对它们自己，都是如此。归根结底，现代智人仍然是一种掠食动物，会本能地排除掉每一个与自己争夺同一个生态位的对手，正如狮子会寻找一切机会杀死自己领地内的花豹和猎豹、许多逆戟鲸会攻击与其遭遇的大型鲨鱼一样。

就在车里的人说话的时候，这辆土制装甲车爬上了一段缓坡，在一座坍塌已久的拱桥旁与另外两辆车会合了。这些交通工具都是大崩溃前留下的老古董，全靠使用者的悉心维护才勉强支撑至今。它们身上那所谓的“装甲”，不过是自学成才的技师们胡乱焊接在车厢和驾驶室周围的一些色彩斑驳、锈迹遍布的钢板。这些车辆糟糕的内燃机-太阳能混合动力发动机，勉强可以驱动它们跑出三十公里上下的时速，这么点儿速度要是放在过去显然只能贻笑大方，但在这个时代，它们却是不可多得的宝物。

与这些车一起来到“战场”的，还有超过一百二十名来自附近三个村子的武装村民和受雇的巡林客，这些人来到这里的目的只有一个：解决掉那个隐藏在镇上的“聪明”的“铁脑壳”。

当然，整个作战计划仍然是由公孙施制定的——这位曾经在大战的最后一段时间中有过那么点儿服役经历的老兵，对于怎么对付“铁脑壳”多少还有些概念。

即便在这种过去顶多只有四五千居民的小镇上，建筑物的数量也已经多到足以让一个狡猾的敌人与大队人马周旋。如果派出大队人马分头扫荡，不仅必然会因为狙击、诡雷、陷阱甚至误击而蒙受伤亡，很可能到头来还会让对手溜之大吉，白白死人而一无所获。

经过仔细斟酌，公孙施决定将一百二十名援军分成两部分：大多数人组成两到三人的小组，分散看守镇子周围的每一个出口，以防对方玩出金蝉脱壳的把戏；而精选出的二十四个稍微有点经验的人则分为三队，分别坐上仅有的三辆装甲汽车，逐个接近每一处可能被对方视为据点的建筑，用火焰喷射器和自制燃烧弹对那些建筑进行“大清洗”，从而慢慢把对方逼出来。

虽然与当年那些真正的军队的作战方式相比，这种如同旧石器时代原始人烧林狩猎般的做法效率低下、笨拙不堪，但考虑到参加行动的人员的平均素质，公孙施实在是想不出什么更好的主意了。

“目标建筑12号清扫完毕。”当一座老旧大楼的所有门窗都开始冒出暗红色的火光后，公孙施从无线电里听到了先导车的报告，“没有动静。”

“认真观察，慢慢来，别急着去下一座房子。”公孙施回答道。虽然那些高度拟人的渗透型“铁脑壳”看上去几乎与人类无异，甚至也有循环系统、心脏和肺这些货真价实而且与真正的人类肌体一样易受伤害的活体器官，但在这种具有欺骗性的“脆弱”表象之下，那些“假人”的“生命力”还是远强于一般人类。毕竟，当普通人被严重打伤、烧伤或者遭受其他伤害后，会因为强烈的痛苦以及生物的自保本能而陷入无法行动的状态，但“铁脑壳”们却可以对此置若罔闻，在确认中央处理器递交的损害报告后继续照常行动一段时间。虽说到最后，致命的生理创伤仍旧会让一个大部分由活体组织构成的高级“铁脑壳”丧失行动机能，不过在那之前，它们会做的可不仅仅是倒在地上等死而已。

尽管公孙施的同伴们大多只见过那些纯粹由无机零部件组成的更“本格”的“铁脑壳”，但这并不妨碍他们根据公孙施的吩咐又认真等待了一小段时间。直到支撑那座老旧建筑物的钢筋开始在高温下丧失韧性、变形倒塌时，他们才开动车辆，向十几米外的另一座建筑驶去。

“目标建筑13号，火焰喷射器准备，三、二——”

“嗵！”

没有挣扎，没有哭喊，那名正准备用上千度的炽热烈焰灌满眼前的三层住宅楼的民兵，已经从车顶跌落下来，变成一具丢掉了三分之一个脑袋的尸体。他那因为子弹的强大动能而部分液化的脑组织，在冬日坚硬的泥土上泼洒了一大片，装在火焰喷射器两侧的钢制防盾和他头上戴着的老式复合有机纤维头盔都没能阻止这件事的发生。

“就在这里！”公孙施吼叫起来，“爆破小队！”

随着几声无壳枪榴弹的发射药被击发的钝响，一连串这种小小的爆炸物从土制装甲车的射击孔里接连飞出。其中一些没能引爆，或者因为准头不够而打在了坑坑洼洼的红砖外墙上，没对建筑内部造成太严重的破坏。不过，还是有那么两三枚运气比较好的榴弹成功地砸碎了那些蒙着厚厚尘土的玻璃窗，飞进了这座摇摇欲坠的小楼内部。爆炸所产生的冲击波在建筑内部造成了不小的破坏，但并没有直接消灭目标。

是的，那家伙还活着。在看到一个轻巧的人影以常人难以企及的矫健身手从二楼的一扇窗户中翻身跃出之后，公孙施确认了这一点。

“开枪！快开枪！”他对愣在一旁的那些人吼道，“就是现在，干掉它！”

大约一半的志愿参战者执行了这项命令，但效果却实在是差强人意——为了避免遭到狙击，所有人先前都蜷缩在装甲车厢之内，而这些土制装甲车的射击孔设计得很不合理，使得车里的人很难击中那个在落地后立即以非人的速度拔腿狂奔的人影。而当他们钻出位于车厢顶部的设计得同样蹩脚的舱门时，对方已经跑出了很远的距离。

“别待在那儿发呆了，该死的！”公孙施对装甲汽车的驾驶员们吼道，“追上去！”

随着老旧的车轮与悬挂装置又一次发出令人牙酸的吱嘎噪音，这三台老旧的装甲乌龟开始沿着年久失修的道路挣扎前进，竭尽全力试图追上正在逃窜的对手。

然而这项任务对这些“老乌龟”而言，实在是有些困难。没过两分钟，殿后的那辆装甲车就突然传出一阵濒死动物般的嘶鸣，在路上趴了窝。另外两辆老爷车虽然还能继续动弹，但区区三十来公里的最高时速，只能让它们勉强不至于跟丢目标。当然，也有人试图在移动的车上射击那个逃跑的人影，但相比之下，他们的对手显然更了解这片废墟，通过一连串在巷道和障碍物之间的左右腾挪，那家伙轻而易举地让追击者们每一次对她开火的尝试都徒劳无功。

不，那是“它”，不是“她”。公孙施在自己的脑海中纠正道——无论外观怎么像人，身体有多少人类成分，那东西都不算是人。将一台有思维能力的机器视为人，是极其巨大的错误！他必须时刻记住这一点。

由于这座废弃的小镇并不算太大，这次猫捉老鼠的游戏很快便到了尽头——在一次仓促转向之后，那个披着破烂的灰褐色自制伪装服的家伙，终于跑进了一条死胡同。在很久以前，这里其实是一条普通的街道，但不知因为什么缘故，这条街从正中央的位置被一道三层楼高的没有任何出入口的混凝土高墙给截断了。虽然在过去的漫长岁月中，这堵墙已然变得破损不堪，但仍然没有任何坍塌倾圮的迹象。而在高耸的混凝土墙顶部，一排尖锐的玻璃碎片正在冬日暗淡的阳光下闪烁着足以让任何试图翻越者胆寒的冷光。

那个女人一直跑到了混凝土墙的墙根部位，然后停下脚步，转身面对着追来的两辆装甲车，将一件细长的似乎是枪械的东西扔到了脚下。

有那么一瞬间，公孙施还以为对方打算投降，但他旋即否定了这种可能性。只要还在执行任务，“铁脑壳”就绝不会投降。你要么把它打烂、碾碎、肢解成零部件状态，要么被它干掉，没有第三个选项。

但话说回来，之前的那个夜晚发生的事……

也许……

“停车！所有人做好射击准备！”当先导车抵达离那堵墙不到二十米远的位置后，公孙施终于下定决心，对其他人下达了命令，“你们两个，和我一起来。”

虽然他的经验——或者更准确地说，基于过去的经验而行事的那个他——正在公孙施大脑的角落里抱怨着这种过于轻率的行事方法，但他还是钻出装甲车厢，与两名端着岁数比他们自己还要大的古董级自动步枪的村民一同靠近了那个女人。

首先，他得先拿走那支武器。

“后退。脸朝着墙，把手贴在墙上！”在走到离对方不到十米远处时，公孙施命令道。

他原以为这个脸色苍白得像是冻死的尸体、有着一头深棕色短发的女人，会表现出些许抗拒，或者故意拖延时间，但对方却顺从地分毫不差地执行了这些指令。

公孙施下意识地舔了舔嘴唇，仿佛想要从空气中品出欺诈的味道，但最后，他还是走到这个女人之前站着的地方，捡起了那支保养得非常好的武器。

这支做工近乎工艺品级别的军用狙击步枪的十发半透明弹匣里，只剩下四发子弹。考虑到之前在小镇边缘被射杀的村民，以及三次交火中她的射击次数，公孙施估计，这个女人很可能已经没有更多的备用弹药了。

“你，拿着这个；你，站在这儿盯着她。”公孙施将缴获的狙击步枪交给一个民兵，又示意另一人用自动步枪瞄准对方。虽然这些临时武装起来的村民的枪法根本不能指望，但在这种距离上他们应该不至于打偏。

接着，公孙施拿出一条原本用来系在车轮上的防滑链，走向毫无抵抗之意的女子。

随着两人之间的距离逐渐拉近到零，公孙施看到了更多只有凑近了才能观察到的细节：就像所有活生生的人类一样，这名女性的胸口因为呼吸而规律地起伏着，暗青色的血管在她由于缺乏色素而过分苍白的皮肤下不断搏动，四肢上的肌肉因先前的疾奔而抽搐不已。

有那么一瞬间，公孙施甚至怀疑，或许站在自己眼前的，就是一个活生生的人类，而不是由人造处理器和一堆令他莫名其妙的算法驱动的躯壳。

但那名女子很快便以实际行动否认了他的猜测。

根据公孙施和其他对城市废墟非常了解的巡林客事后的观察，那堵由砖头和混凝土砌成的墙确实已经因为风雨侵蚀而非常老旧、摇摇欲坠，但要将其破坏，在正常情况下也需要两三个男人用大锤反复敲击才能做到。但是，当公孙施走向那个女人时，她只是突然从墙根处后退了两步，随即便在短暂的加速冲刺后将双拳砸在了混凝土墙的表面。整个动作只花了不到一秒，因此没有任何人来得及做出反应。

接着，随着两道显眼的裂痕迅速在饱受侵蚀的墙体表面扩展开来，这堵墙的一部分开始崩塌。

虽然垮塌的墙体部分相当有限，并不至于伤及公孙施一行人，但大量干燥的混凝土和砖块间的灰泥在撞上地面化为齑粉的瞬间，仍然产生了可观的尘雾，像一个突然张开大嘴的鬼怪般将所有人都吞了进去。

在慌乱中，有人扣动了枪支的扳机，震耳欲聋的枪声连串响起，乱飞的曳光弹在翻卷的尘埃中划出了道道显眼的痕迹，幸好没有人因此而负伤。

不过，有一个人却落到了随时都可能遭受伤害的地步。

当一只因为与硬物摩擦而皮破血流、但却仍然强而有力的手掌突然握住自己的右臂时，公孙施意识到，他刚才已经上当了。

而接下来从喉部传来的寒意则进一步让他确认了这一点：对方将一把短刀抵在了他的颈动脉上。

“所有人都别动！”

在发现他们的指挥官被对方劫为人质之后，巡林客和村里的民兵们发生了一阵骚动。有人怒吼着要求对方立即放开公孙施，另一些人则一脸慌张、不知所措。还有几个对“铁脑壳”极其仇恨的人，不顾对方手中有人质这件事，举起了手中的武器——万幸的是，他们立即被其他没被怒火冲昏头脑的人制止了。

“跟我走。”

女人的声音平板到没有一丝情绪起伏，但其中透出的压迫感却是公孙施无法拒绝的。由于两人的肌肤已然贴在了一块，公孙施可以清晰地感知到从对方体表渗出的细小汗珠，以及血管的脉动……是的，这就是一个货真价实的人，至少并不比他所接触过的其他女人更不像人。但话说回来，一个普通女人又怎么可能会拿着那样的武器，蹲守在这种早已荒废无人的城镇之中？又怎么可能像刚才一样仅仅以自己的双拳就击垮一堵——虽然已经是老旧不堪、摇摇欲坠的——混凝土墙？

公孙施一边在脑子里转着这些乱七八糟的念头，一边在对方手中刀刃的威逼下碎步进入了一条小巷，然后又拐上一条布满裂纹的柏油路。枯黄的草杆稀稀落落地挤在路面的道道裂缝之中，活像是从发霉的面包上长出的真菌。

在这条路的边缘，公孙施看到了一只被推开的窨井盖，以及那附近的弹痕和血迹——几天前，对方正是在这里略施小计，让自以为是的他们失去了一名同伴，尝到了苦头。

他们迅速走过这处伤心地，最后逃进了阴影幢幢的废弃发电厂里。

“这么做是没用的。”在终于可以稍稍放慢脚步之后，公孙施一边喘着气，一边说道，“我们可不止……不止你刚才看到的那几个人。整个镇……镇子现在都已经……已经被……”

“我知道，被你们的人包围了。”女人说道，“你觉得我不会发现这一点吗？”

“那就赶紧投降。就算你带着人质，我……我们的人也不会放你过去。我……我可不是什么重要人物，只不过是个……”

“我知道，你只不过是个普通的巡林客罢了。”女人冷静地说。

公孙施突然感到有些恼火——这个女人的观察能力敏锐得简直不像话！“所以——”

“所以我当然不可能投降。我知道你们会怎么对付我。”女人在一处似乎曾是员工宿舍的小楼前停下了脚步。

这座小小的两层红砖建筑旁有一大片空地，在春夏时节里，这里显然是个繁花盛开的所在，但现在，公孙施只看到片片残雪，以及一些被冻结在雪中的如同粗制滥造的标本一般的植物残株。

“事实上，你们对付我这种所谓的‘铁脑壳’的办法，从来只有一种。”女人慢慢说道。

“当然。”公孙施点了点头，“那你这么做就是毫无意义的。难道你指望在杀死了好几个村里人之后，仅靠区区一个人质就让他们偃旗息鼓？”

“当然不。事实上，我也没有将你视为人质，”对方答道，“我是让你来看点儿东西的。”

“看什么？”公孙施问道。

女人将短刀收回腰间的鞘中，打开了两层小楼锁着的大门。在进入这座建筑时，公孙施注意到，楼内似乎一直有人居住，因此这里既不像别的废弃建筑一样积满尘埃，也没有密布的蜘蛛网或者别的什么令人生厌的污物。当然，这里的窗户也积满了灰尘，几乎透不过一丝光亮，但公孙施知道，这大概是刻意而为之的伪装手段，为的是避免有偶尔接近这里的过客在一瞥之下注意到这里有人生活。

“你住在这儿？”公孙施问道。

“不只是我……”女人摇了摇头，带着公孙施踏上了已经有些不大牢靠的楼梯。

在二楼走廊的尽头，一扇小小的、油漆斑驳的木门半开着，从里面传出了某种公孙施熟悉的声音。

那难道是……

……没错，那是个孩子。

一个显然才来到这个世上不到一年，还散发着这个年龄的婴儿特有的尿臭味和乳臭味的孩子。

“你……你是从哪里捡到这个孩子的？”公孙施有些愕然地问道。

“捡到？你为什么这么笃定这一点？”女人反问道，“告诉我，先生。”

公孙施张了张嘴，因为对方的言外之意而惊讶得一时说不出话来。难道，他们先前的判断全都出了天大的失误，这个女人其实是一个货真价实的、正从这个世界上迅速消失的自然人，而不是他们认为的万恶的“铁脑壳”？如果事实真是如此，那他可就得吃不了兜着走了！如果他必须为一场无意义的自然人自相残杀的战斗造成的大量资源浪费和人员伤亡负责的话，他只怕被村里人活吞了还不够……

不，不对。公孙施告诉自己。至少这个女人确实有很大的嫌疑谋杀了倒在废墟外的那个男人，而在双方发生冲突时，首先开火的也是她！纵然他对误判负有责任，但至少……

“不，你们的判断没错，”女人说道，“我确实是你们口中所谓的‘铁脑壳’——这一点我无从否认。然而同样的，我也是一个人，而这是我的孩子。”

公孙施突然产生了一种想要捏自己脸颊一把的冲动。没错，他肯定是昨晚睡觉前喝了太多劣质的红薯烧酒，所以才……

“很难理解吗？也许，对于这个技术已经衰落的时代而言，我的存在实在是有些太……突兀了。”女人轻轻抱起刚从睡眠中醒来的婴儿，拉开自己厚重的迷彩色伪装服的拉链，“对你们而言，所谓的‘铁脑壳’，无非是那些被掩埋在废墟中的人形机械残骸，或者如同地缚灵一般在原地不断徘徊、盲目地执行着已然毫无意义的最后任务的战争机器。”她摇了摇头，“当然，在大多数情况下，这种看法并没有错。”

“我们……那个……我其实还知道一些别的，”公孙施说道，“我的一个名叫赛博的巡林客朋友——也就是那天晚上被你打死的那个人——曾经提起过，以前的一部分机器人拥有人类的外观，甚至还包裹着一些活体组织之类的。当然……”

“这都是真的，而且真相甚至比这更进一步。”背对着公孙施的女人说道，“在浮华时代的最后岁月里，人类为改进自己的生存质量进行了诸多努力，而其结果之一，就是干细胞技术取得重大进步——只要愿意，他们可以利用干细胞精准地培育出一切人体组织。这在最初仅仅是为了让那些重症患者或者耄耋之年的老人能够更新自己身体的‘部件’，但很快，人们就为它找到了更多的用途：为人形机器人披上人类的外表，甚至不仅仅是外表。

“当然，由于伦理道德和一些相关法律条文的存在，这类技术在很长的时间内并未被滥用。但在大战的最后时刻，所有这一切都被抛在了脑后。在那时，原本禁用的武器都悉数上阵，很快就破坏了这颗行星的生态系统，毁灭之花早已将数以亿计的生命吞噬殆尽。在死亡的盛宴中，道德和法律都已经无关紧要，于是，像我这样的‘特殊战斗员’被制造了出来。与那些通过自然方式出生的人类相比，我们只有区区几处不同：我们的颅骨中储存着的是一台以生物电为能源的高效率计算机，我们的骨骼与神经系统是经过高度强化的人工改造版，我们的感官也远超常人，但除此之外，我们拥有的并不仅仅是一具用来掩饰的皮囊。

“没错，我们和真正的自然人几乎一模一样。我们有血液循环系统，有呼吸系统和免疫系统，在必要的情况下，我们甚至可以与真正的人生育后代！”

“但这么做又是为了什么？如果你们的身体几乎全都是活体组织，那难道不会影响作战效率吗？”公孙施问道。他过去曾经对付过远比这个女人更加“本格”的“铁脑壳”，也知道那些完全由机械构成身躯的家伙有多难对付——虽然人类的身体结构其实并不算差，但不受血肉之躯重重束缚的纯粹的机器，可以装备更牢固的护具和装甲，以及更具威力的武器系统，打起来自然人完全不是对手。

“当然会影响。但我们所领受的使命，并非对军事要地进行伪装袭击，或者躲在某个重要地点几十年如一日地担任狙击手。”女人说道，“我们的任务，是在大战后潜入敌国，持续进行破坏活动，以阻碍敌国东山再起。要执行这种长期潜伏任务，我们自然是越像人越好。”

“但是——”

“是的，这个任务现在已经不存在了。就连那些破罐子破摔的政治领袖和科学家也没想到，大战的破坏是如此彻底，以至于就连‘国家’

这个概念——无论是我们的敌人，还是我们效忠的对象——都已经不复存在。当一切结束时，我们效忠的对象早已从头到尾化为乌有，曾经神圣的国境甚至连地图上的虚线都不是了，而我们则不再为任务所束缚，成了彻彻底底的自由存在。”女人突然叹了口气，“我们现在对你们没有敌意，真的，我们对任何人都没有敌意。”

“是吗？你把这话对死在镇外的那个男人说说啊！对我那些被你打飞了天灵盖的战友说说啊！”公孙施突然感到了一阵强烈的怒意，“这他妈还叫没有敌意?!”

“我问心无愧——毕竟，没有人能禁止别人进行自卫。虽然我和我的同类的原初程序中包含了‘以自我毁灭为代价对敌人造成最大损害’的指令，但正如我已经解释过的那样，在这个时代，世界上已经没有我们的‘敌人’了。”女人答道，“我为了保护自己以及保护这个孩子而战，这符合最原初的自然法！即便在人类的整个历史上，也没有任何一个法官敢于判决我的行为是非法的！”

“这……那个男人也……”

“你说死在城外的那个男人？没错，他也是打算危害我们的人之一。”随着女人的不断爱抚，之前还吵闹着的孩子渐渐沉入了梦乡，于是，女人将这个小生命放回一只柳条编的摇篮里，盖上了一层手工缝制的棉毯。“除此之外，他还是这个孩子的父亲。”

公孙施的呼吸因为过度惊讶而屏住了两秒，“父亲?!”

“啊，你不必多虑。如果我没有那个意愿，没有哪个人能够强迫我……做某些事。”女人重新转过身来，面对着公孙施，“而且我得承认，我在某种程度上欺骗了他的感情：在他自以为偶然遇见我之前，我就已经暗中观察了他很长一段时间，并拟定了与他相遇的整个计划。也许他一开始时相信我们是真心相爱的，但我必须承认，我只是将他视为实现我的计划的工具。

“是的，我有一个计划。在被你们统称为‘铁脑壳’并视为大敌的对象中，有许多像我这样的成员。从本质上讲，除了负责进行思维活动的部位有所区别外，我们与真正的人类并不存在本质上的不同。虽然我们的创造者是为了攻击自己的某些同类才将这样的我们塑造了出来，但既然我们的存在已经是既成事实，那么我认为，我们有权与其他真正的人一样生存下去。”说到这儿，女人摇了摇头，“在我的同类中，也有人曾经做过这样的尝试，但他们最终都以失败告终：无论我们与真正的人何其相似，只要得知我们的真实身份，那些曾经愿意收容我们的人也最终会与我们反目成仇。”

“那么，你们就不能试着隐瞒身份吗？”公孙施问道，“毕竟你们原本就是为了在人群中长期潜伏而制造出来的，骗过一般人应该不算困难吧？”

“确实不难。而且就我所知，我的一些同伴也确实这么做了。”女人答道，“但我们中的大多数都不满足于这样苟且偷生地混日子，毕竟，我们的数量并不算少，在数十年的漫长共处中，某些人的身份暴露只是个时间问题。如果到那时，我们仍然被视为‘非我族类’，那么将会发生的就只有一场腥风血雨……你还记得中世纪发生的女巫狩猎吗？”

公孙施点了点头。

“正因如此，我才希望能够作为一个人，而且是不掩饰自己真实身份的人，被你们接纳。根据我的判断，唯一能成为突破口的，只有爱情。基于对人类的缜密分析，我认为，只有依靠爱情，才是最为保险的方案。在和那个人共处两年、生下了孩子之后，我觉得他确实是真心、彻底地爱我，于是，我向他坦白了一切。当时的我相信，有了爱情和亲情的双重保障，就算是最顽固的人，也应该能放下偏见才对。”

“但是他……”

“是的，他宣布我和我的孩子都是怪物——哪怕那也是他的孩子！并声称要找人来消灭我们！我实在没有办法，只有采取终极手段……我相信你也能认同这一点：至少，我们的孩子应该是无辜的。”

“当然，孩子确实是无辜的。”当女人又一次转过身去，将目光投向熟睡中的婴儿时，公孙施将一只手伸向了自己斗篷内侧缝着的小包，非常小心地取出了藏在其中的物品。

这支点三八口径的袖珍手枪是浮华时代末期的遗物，虽然算不上什么非常强悍的战斗武器，但在两秒内射出的八发子弹，却足以击碎任何没有特别防护的“铁脑壳”的中央处理器。

在这个距离上，他不可能射失。任何人都不可能。

一个小时后，在小镇内四处搜索的巡林客和民兵们发现了怀抱着一名幼儿的公孙施。

对于他怀中的孩子，不止一个人提出了疑问，但公孙施什么都没有回答，只是默默地返回了村里，将这个来路不明的幼儿送给了一名新生儿刚刚夭折的年轻妇人。

“**我们会知道的，总会知道的。**”在离开村子时，公孙施没有收下任何报酬，只是留下了这么一张纸条，“**记住，任何一个人的父母都只可能是人，人类能够诞下的，也只有人类。**”

在那之后，村里的人再也没有见到过他。

以前的黄昏

罗隆翔

一

一块水泥板下面压着一个女人，昏暗中，女人似乎满身是血，她用羸弱的肩膀扛起水泥板，瘦小的胳膊吃力地支起一个狭小的空间，紧紧护着怀里的婴儿。

“我没办法把她弄出来，帮个忙好吗？”阿狄丽娜说。

瓦卢斯单手撑起水泥板，将那婴儿抱了起来。那女人的下半身已经断了，那些瓦卢斯以为是血的东西，竟然只是暗红色的机油。

“真见鬼，一个A.I.竟然在保护人类的婴儿！”他脸上掠过好像吃到苍蝇的嫌恶表情。

阿狄丽娜说：“前两天，这个女人来找我，求我救救她。她说孩子不能没有她，所以她不能死。她说这个婴儿的母亲几个月前病死了，婴儿的父亲又接到征兵令要上前线，孩子不能没有父母，所以那个婴儿的父亲就照着妻子的模样做出了她，把妻子的记忆输入了她的量子大脑中，让她代为抚养孩子。但今天她遭到了导弹袭击……”

这个A.I.就好像是一个为了照顾孩子而不愿升天的幽灵，苦苦支撑到现在。

椭圆形角斗场，人声鼎沸。

又一头机械巨兽倒下了，它直径五米的大轮子被对方的电锯整个割开，像被撕裂的烧饼一样，获胜的那名角斗士双手拿着电锯，身上满是刺鼻的油污，正在等待那些“统治者”的指示。

一个高绾发髻的女人从观众席走出来，一身职业女性打扮，她是这个废旧机械回收站的负责人。

她朝着获胜者伸出右手，大拇指缓缓指向下方，这是一个明确无误的信号——处死战败者！

获胜者高举电锯，朝着战败者的主计算机砍下去，一声巨响，战败者彻底完了。

一台吊车把战败者吊起，送往后方的“停尸房”，那儿的机器人残骸堆得像小山一样，它将在那儿被拆成零件，重新回炉。

角斗场的大门缓缓打开，一台履带型机器人慢慢开进场内。

下一场角斗即将开始，人群再次沸腾起来……

——以上摘自禁书《第五次A.I.起义》

阿氟罗狄铽

我第一次见到阿氟罗狄铽是在大学一年级的入学仪式上，她是一个很漂亮的女孩儿。很快，我们就成了好朋友，我嫌她的名字又长又拗口，总是称呼她“阿氟”。

我们的友谊一直维持到大学毕业之后，我一时找不到工作，干脆就住在她租的套间里。

“阿氟，今天没做饭吗？”我一进屋就问她。

“我不是让你自己叫外卖了吗？”阿氟在里屋大声地回答我，“我最近太忙了。”

“我没钱了。”我一屁股坐在沙发上。

“今天早上我给你的钱呢？”她隔着房门问我。

“今天去见我的远房表妹，花光了。”我说。

“你究竟有多少远房表妹？这已经是第二百二十五次了！”她打开门问我，头发蓬乱着，大概是刚起床不久。

“这次是真的！”我提高了声音，“我表妹知道我认识A.I.方面的人，她想叫我帮她打听一下我爷爷的姐姐的下落！”

阿氟上前一把揪起我的耳朵，“你就告诉她：一百多年前兵荒马乱的，你爷爷的姐姐可能早就死了……为什么一百多年过去了，许多人还是老想找到她？”

我说：“我爷爷姐弟俩都是名人呀！很多媒体和考古学家都想挖出尸骨来研究哩！”

阿氟说：“研究？只怕是要鞭尸吧？”

……我有保持沉默的权利。

有人敲门。

我打开门一看，是个餐馆送外卖的伙计。他递上一盒月饼，说是免费品尝，然后就一脸神秘地离开了。

关上门，我掐指一算，今天是农历七月十四啊，离八月十五还有一个月零一天呢！

“怎么回事呀？”我一边嘀咕着，一边掰开一块月饼，发现里面居然夹着一张小纸条，上面印着一句话：“**八月十五杀A.I.！**”

“网络早就发达得一塌糊涂了，他们何必费这样的手脚？”我对人类社会中存在许多针对A.I.的秘密组织一事早有耳闻，对于这些“人类至上的极端原教旨主义”恐怖分子的做法，我们这些温和派是不赞同的。

“承袭祖先的做法对他们来说似乎有着某种特殊的意义……”阿氟拿起半块月饼塞进嘴里，“不过，这种原始的做法确实还是有点好处的，起码不像利用网络进行活动那样容易被盯上。”

“你看看，最近网上到处都有你爷爷的照片，似乎在发起一场大规模的对他老人家的纪念活动……”阿氟对我说。

我爷爷已经作古很久了，照片上，他老人家刚毅的脸上镶着一对黑眼珠，穿着一身威风凛凛的五星上将军服。我爷爷就是历史书上记载的五星上将瓦卢斯·秦，他是一个传奇人物，一生征战四方，立功无数。在那个战火纷飞的年代，他从一个普通军校生起家，踏着敌人的残骸步步高升，几乎是战无不胜，直到所有军衔比他高的指挥官都阵亡后，A国总统终于无奈地将他擢升为五星上将。

后来，他作为人类联军统帅，指挥了那场代号为“诸神的黄昏”的大战，结果吃了他这辈子唯一一次败仗，五十国联军全军覆没，他不幸沦为人类最大的罪人，并从此下落不明。

偏偏那一仗是整个战争中最输不得的，A国总统听到这个消息之后，抓扯着自己的西服，在办公室里以头撞墙，撕心裂肺地狂喊：“瓦卢斯啊瓦卢斯！把我的军队还给我！”

作为瓦卢斯将军的后人，我可不指望能沾上什么祖荫，只希望人们别把我剥皮拆骨就好，所以我一直小心地掩藏着自己的身世。

“你有没想过去找找和你爷爷有关的东西呢？”阿氟问我。

我考虑了半晌，同意了，“这是个好主意，说不定能找到些什么有历史价值的文物哩，比如说他用过的牙刷……”

咚！她给了我一记爆栗，“你只是想把瓦卢斯将军的遗物拿去卖个好价钱吧？”

糟糕，被看穿了，我最近真的很缺钱。

老家的地下室

南方海湾的乡下，我的老家坐落在海边，听说瓦卢斯将军当年买下这房子的时候，除了风景优美之外，没有考虑过任何其他因素。然而每年台风都会光临这一带，带来过分充沛的雨水，我还记得小时候一次台风引发的洪水把我家一楼都淹掉了，我坐在澡盆里拼命划水，才得以逃离被冲到海里去的命运。

“好啦，到地方咯。劳驾大小姐开门吧……”我站在雨中，看着大门紧锁的家对阿氟说。

每年这个时候，我老爸老妈都会出门旅游，以免被台风困在家里——反正家具和电器都放在三楼，洪水要么把整个房子冲到海里去，要么就什么都冲不走。

阿氟掏出钥匙打开门，说:“这么说，这段时间只有我们俩在家了？你可别打我的主意！”

“谁会打你的主意？我又不是那种人……”我说。

“我是指这串钥匙啦！”阿氟抖着钥匙说，“你爸说过了，绝对不能让你这败家子碰这串钥匙，尤其是地下室的那一把。他说你一定会把将军的遗物偷去卖钱！”

我大受打击，想不到我爸宁愿相信一个外人也不相信我这个儿子，“我以前怎么不知道我家有地下室？”

“你爸故意瞒着你呢。他说万一给你知道了，你绝对有办法把这连核弹都炸不开的掩体给弄开，爬到里面去偷东西。虽说那地下室由当年的私人地下核掩体改建而成，洪水和烈火都奈何它不得，可如果被你发现那肯定就惨了……”阿氟说。

我家的房子很大，看着墙壁上那些漂亮的浮雕，不难想象一百多年前挂着昂贵油画的情形，但自从祖上连续两代出了五个败家子之后，这房子差不多就只剩下空荡荡的墙壁了。

“能到地下室看看吗？”我问她。

“当然，否则咱们回来干什么？”阿氟说。

她打开地下室结实得惊人的大门，一股陈腐的空气扑面而来。地下室里躺着一台古老的计算机，还有一顶虚拟现实头盔，除此以外就没什么东西了。

我很失望。

“你爷爷的日记就在这里面。”阿氟告诉我，“前两年你不在家的时候，你爸带我来过这儿。”

我打开这台古老的计算机，好家伙，CPU的主频竟然达到不可思议的850GHz！这在这个时代是很难想象的——因为众所周知的原因，各国政府全面禁止使用主频超过300GHz的计算机，这种超高主频的计算机现在只存在于博物馆里和历史书上。

一些被禁的历史资料上说过，在第五次A.I.起义之前，制造虚拟现实环境设备的普及程度就像厨房里的菜刀一样，几乎每家每户都有。

我犹豫了一下，戴上虚拟现实头盔，刹那间，我好像从云端跌入一个既熟悉又陌生的世界。

出现在我面前的是我家的旧房子……不过，它现在看起来好像是全新的。一个满脸青春痘的混血儿向我走来，那身打扮就好像二十一世纪末的古装片中十六七岁的小痞子。

他伸手向我抓来，我在惊慌失措中却看见一个女孩从我的身体穿过，然后被他拎了起来，我这才发现自己的身体是半透明的。对了，这是瓦卢斯将军的日记，在他的日记中，我是一个不属于那个年代的旁观者。

女孩大声叫喊：“秦观嬴！我是你姐！你能不能放尊重点儿?!”小痞子身高大概一米八，女孩儿比他矮了整整两个头，被他轻松地拎在手里。

“放屁！凭什么比我早出娘胎几分钟，你就一辈子是我姐？告诉你，你现在唯一要做的就是给我回家！我不许你和那家伙交往！”小痞子很神气地说着，砰的一声把她丢进屋里关紧了门。

“你凭什么管我？”女孩似乎很生气，隔着门大喊大闹。

小痞子说：“因为那家伙的名字叫‘阿美尼尔斯’！我讨厌这名字！”

一声巨响，一台家政机器人被女孩从门上的碎花玻璃窗砸出来，差点砸中小痞子。他见状大怒，打开门吼道：“阿狄丽娜！你想谋杀你弟弟啊！”

那台家政机器人冒出一团火花，吐出一句机器合成的声音：“我究竟犯了什么错？……”然后就一命呜呼了。

看着那个戴着夸张的不锈钢耳环、头发染得像被马啃过的稻草一样的男孩，我哑然失笑。我知道秦观嬴就是瓦卢斯·秦的中文名，想不到五星上将瓦卢斯也有过如此叛逆的青春期。

那是一个不太平静的年代。一天晚上，瓦卢斯的父母正在看新闻，新闻报道说某国某地又爆发了A.I.暴动。画面上，警察和军人在巡逻车上架起大口径机枪，像刈草一样将机器人成排扫倒，烧得乌黑的金属骨架上残留着焦臭的橡胶气味。

瓦卢斯摘下象征叛逆期的耳环，走过来对父母说：“我想报考军校。”

“你想当兵？你二哥是怎么死的你忘了？”爸爸一万个反对。

瓦卢斯说：“因为忘不了，所以才想当兵。”

瓦卢斯的二哥是一名少尉，在出兵海外镇压A.I.暴动的行动中，他所属的第七装甲师全军覆没……

爷爷的日记残缺不全，我知道这是因为硬盘的存储空间不足，所以只能分割成几部分存放在不同的硬盘里，日记的其余部分也许被哪个败家的叔叔伯伯拿去卖钱了，想把它找全，只怕要大费周折。

敌人来了

下雨了，这是台风带来的特大暴雨，天昏沉沉的，就好像苍穹破了无数个大洞，雨水从大洞中直接灌进来一样。

“这雨没有两天时间是停不下来的。”我坐在三楼，看着玻璃幕墙外的倾盆大雨，对阿氟说。

门铃响了，我跑到一楼打开门，一台履带式机器人几乎是被洪水冲了进来。它手“脚”并用地爬上楼梯，自我介绍说：“您好，我是警察局的P-081号巡警，最近有些陌生人总在你家附近逛来逛去，局长叫我过来跟你们打声招呼……”

“先上去喝杯茶休息一下再慢慢说吧，雨这么大，我看您一时半会儿也回不去了。”我很怀疑这位巡警大人是被洪水从警察局一路冲过来的。

三楼客厅，P-081捧着热腾腾的茶，打开腹部的水箱倒了进去，“噢……这茶真不错……”

我问他：“你怎么还用这么古老的水冷式散热系统？乱倒茶进去结垢堵塞了散热管可不是闹着玩儿的。”

“堵了就换掉，”P-081说，“这东西便宜呀。你知道稍好一点的蒸发-冷凝式散热器要多少钱一套？我这样的穷警察，整天跑来跑去的，散热器很容易坏掉。我们副科长才整个一傻帽，为了存钱买房娶老婆，居然吝啬到拆下旧冰箱的压缩机当散热器，那玩意儿散热能力十足，但重得要命，屁股后面还连着个插头插在墙上。这不，洪水一来，跑都跑不了，这会儿大家正琢磨着怎么才能把他从水里捞起来哪！啊，我最大的梦想就是哪天从天上掉下一大笔钱，能让我买得起全仿真的人类式外形躯体。啧啧……那些摸起来和真人皮肤毫无二致的仿皮肤式散热传感层，数不清的毛细散热管，还有模拟人体新陈代谢现象和细胞器的数量超庞大的纳米机器……只要不是用特殊仪器鉴别，休想分清那究竟是人还是A.I.！哈哈，光是想想都觉得奢侈……”

这个警察忒唠叨，谁不知道只有A.I.中的贵族或有钱人才能拥有人类的外形？

我们天南地北地唠着，打发无聊的时间。

那警察说：“因为你爷爷的缘故，上头派我来你这儿很让我有点激动……说起你爷爷瓦卢斯·秦，那可真是个可怕的家伙！‘底特律屠夫’

瓦卢斯在A.I.世界名气大极了。那年，瓦卢斯在底特律战胜了A.I.的军队，但由于没逮着A.I.的三位指挥官，他一怒之下命令屠城，数以万计手无寸铁的A.I.被他的军队拆成零件丢进了炼铁炉……他还下令把机器人的尸体铸成十字架，立在高速公路边，那些十字架从底特律一直排到华盛顿，那场景至今还让我们A.I.毛骨悚然！”

这件事我当然听说过。那时，联合政府说要和A.I.的指挥官进行谈判，把他们骗到人类的地盘上，然后再派大军围剿，不料最终还是让前来参加谈判的那三个最可怕的A.I.指挥官逃脱了。那几个指挥官的名字无人不晓：太平洋战区总司令蚩铀、西部战区总司令锕努庇斯、A.I.大仲裁官镁杜沙；此外，还有一个一开始就不愿参与谈判的北非战场总司令锶特，当时人类一方把他们视同死神。

P-081说：“幸好那时三位指挥官顺利脱逃，否则我们A.I.可要一败涂地了！他们都是了不起的大英雄！”

A.I.也是有寿命的，当年的老一辈A.I.指挥官当中，如今只剩下锶特健在，算来也应该是百岁老“人”了。

“看过那些‘禁书’吗？”P-081问我。

“看过一些。”我说。

“挺精彩的，不是吗？”他又继续发问。

“闭嘴，我现在不想说话！”我被他问得烦了。

我知道他所谓的“禁书”，是特指诸如《第五次A.I.起义》《钢铁的怒火》《电锯车的死亡日记》之类的鬼玩意儿。在A.I.的压力之下，人类政府没敢说要禁止这些书的发行，但各大出版商还是不敢冒天下之大不韪将其出版，因为讨厌这些书的人太多了。所以，这些书主要在网上流传。

“闭嘴？很抱歉，我可没有嘴。”P-081继续喋喋不休，“我记得《电锯车的死亡日记》里有这么一段话：‘……人们把工具分为三种：一是不会说话的工具；二是咩咩叫的工具；三是会说话的工具。我知道我们是第三种。我每天的工作就是不停地切割钢板、切割钢板……主人吝啬得只肯给我勉强能够维持身体活动的燃油和电能。终于有一天，我看见主人带来一个收荒匠，当着我的面说：‘这台电锯车的寿命快到了，明天你就把它开走吧！’我知道我已经快到法定的机械使用年限了，那些人会把我分尸、丢进炼铁炉里重新做成钢锭。我很愤怒，主人的老爹不也同样退休了吗？为什么不把他也丢进炉子里烧掉？体内奔涌的强大电流驱使我向着主人挥起电锯，我发现人类的脑袋比钢板容易切割多了……’”

我不再理会他，看看时间已经不早，就干脆到厨房里烧菜做饭去。

一个小时之后，我出来叫阿氟吃饭，正看见那个P-081机器警察把一张光盘放进影碟机，电视屏幕上随即出现一个警示标志：

性教育片，十八岁以下不宜观看！

接下来的画面差点让我晕倒：电视屏幕上，两台一吨重的轮式机器人挥舞着几根金属臂，在一台仪器前研究如何制造它们共同的后代……

“A.I.也有自己的后代？”我问这位巡警。

“你这不是废话吗？”阿氟看着电视上那些忙碌的机器人，插嘴说。

我说：“我以为A.I.的父母和孩子只是名义上的亲子关系，毕竟它们不像人类那样有DNA等遗传信息可以遗传给后代。”

“噢，对了，你没上过A.I.的生理卫生课……”阿氟说。

我知道现在的我一定很丢脸，不过无所谓了，我对这个话题不感兴趣。

说话间，房子外面突然传来一声巨响——从窗户看去，一艘游艇撞在了我家墙上！好家伙！洪水都泛滥到这等地步了！

一发单兵便携式火箭弹掀掉我家的屋顶，雨水猛地灌了进来！几个人类——我敢拿P-081的脑袋打赌他们一定是人类——端着古董级的AK-74突击步枪跳到我们面前，大吼道：“举起手来！不许动！我们是人类抵抗组织成员，快把瓦卢斯将军的日记交出来！”

我高举双手，还有那盘蛋炒饭，雨水把黄澄澄的炒饭全糟蹋了。“你们找将军的遗物干什么？”我战战兢兢地问。

一名恐怖分子掏出把刀子在我手上划了道小口，看见流出的血是鲜红的，这才说："将军曾经和A.I.交战上百次，将军的遗物中一定记载有对付A.I.的最有效的战术。你是人类，你应该站在我们一方吧？"

好像A.I.也没做过什么伤天害理的事呀，咱们和A.I.共存了那么多年，偏偏还有这种脑袋不开窍的家伙非要消灭A.I.，或者是实行种族隔离政策把人和A.I.分隔开来。

我看向P-081，只见他居然也高举着机械手臂！他小声对我说："别这样看着我，A.I.也是怕死的……"

"小姐，你的名字？"一名恐怖分子问阿氟。

糟了，尽管我和阿氟在一起待了这么久，却不太拿得准她究竟是人类还是A.I.。一百多年前的那场战争中，很多孩子成了孤儿，战争过后，不少A.I.收养了那些人类孤儿，在某些城市里形成了人类和A.I.杂居的局面，那些孤儿及其后代尽管也是人类，但却有着A.I.的名字。这些杀A.I.不眨眼的家伙要是听到"阿氟"这个名字，一定会先杀了她再研究她是不是人类。

我趁他们认出我是人类不再提防我的大好机会，朝一个蒙面人猛扑过去，抢过他的枪一阵乱扫，吓得这些杀气腾腾的家伙一时间狼奔豕突。

我带头冲出屋子，大声喊道："把游艇抢过来！"

管开船的那一位手里没操家伙，一见我手上那面目狰狞的AK-74，一声没吭就自己跳进了水里，向我们展示他那娴熟优美的自由泳。

我们跳到游艇上，但还没等我们跑进船舱，屋里的那些家伙就缓过劲儿来了，冲出来对准我们一通好打。

倒霉的P-081饱吃了一顿乱枪，但他的钢铁躯体却为我们挡住了横飞的子弹，我们因此顺利钻进了船舱。

阿氟把船的引擎开到最大功率，往大海上飞驰而去！

那帮恐怖分子站在被洪水包围的房子上急得跳脚，我知道警察很快就会过来抓住这群瓮中之鳖的。

游艇开出一段距离之后，我问P-081："老兄，你的伤势如何？"

“我的I/O总线被打断了，能量总线也严重受损……”P-081那张钢铁脸还是不温不火的样子，谁叫他不像人类的面孔那样有可以控制表情的肌肉?

我随手抡起一把大铁锤，对他说:“忍一忍，我给你做个手术。”能量总线受损是个大问题，如果不及时修复，他会因为能量告罄而丢掉小命。

他大叫起来:“老兄，你换个没那么暴力的手术工具行不?”

“抱歉，有时候我们不得不学会适应环境。”我不由分说砸开他的脑壳，掏出他的量子大脑，然后问阿氟:“找到这船的USB接口了吗?”

“在这儿。”阿氟打开控制室的控制面板，把里面的自动导航仪、自动驾驶仪什么的一股脑儿拔下来丢掉，露出底下的USB10.01通用接口，然后把P-081的量子大脑接了上去。

这船原有的控制装置用的全是通用的零点一八微米硅芯片CPU，能力和A.I.的量子大脑完全不在一个数量级上，用量子大脑代替它，简直就像拿航母的操作系统控制小舢板一样。

我将P-081那被打成蜂窝状的身躯推到水里。他通过游艇的扬声器哇哇大叫:“我的身体呀！这是我存了一年多钱才买下的呀！”

“你能捡回一条命已经不错了，还抱怨什么?”我向他吼回去。

“你看这船。”阿氟提醒我，“昨天新闻说有一个富商的海上别墅被暴徒洗劫，抢走了一些收藏品，说的就是这条船呢！”

“抢走了些什么东西?”我问她。

“这个，”她找出一块硬盘，“你爷爷瓦卢斯将军的日记，那些‘人类至上原教旨主义’恐怖分子满世界在找的东西。从他们留下的资料看，存储将军日记的硬盘，一共有四块！”

日记的第二部分

爷爷的日记，虚拟现实幻境。

那时爷爷还只是一名中尉，排斥A.I.的狂潮席卷了整个世界。

北美某地，一个好像叫作“痞子堡”的城市。

轰！轰！一阵阵爆炸声响起，军事基地里，一架架无人战斗机被炸成碎片。

“今天快收工了，瓦卢斯，咱们到外头找些乐子怎么样？”一名少尉问道。

只见瓦卢斯把一块被炸坏的CPU踢到一边，说道：“当年军工部门花了那么多心血和金钱研制出这些无人战斗机，想不到上面一道命令下来，限期一个星期全部炸毁，纳税人的钱就这么打水漂了！”

“这也是没办法的事啊。”少尉说，“尽管目前这些无人战斗机还是很听话，但说不准什么时候就会变成我们的敌人……你看看，这基地里几乎全是无人后勤系统、无人维修系统、无人作战系统，一旦都发起疯来，谁知道会闹出多大的乱子？”

几名工作人员正在往一架无人机上装炸药，随着一声巨响，昂贵的无人机刹那间就变成了一堆废铁。

“还有两架就全摆平了。”瓦卢斯说，“靠炸毁几架飞机去糊弄媒体是没用的，除非军方肯改弦易辙，丢掉进行了一个多世纪的整套无人军队计划。”

“这是不可能的。”少尉肩膀一耸，“你知道，那些政客既想打仗，又害怕士兵伤亡引发民众抗议事件。”

军事基地外一片混乱，有些人，甚至包括一些士兵在内，正朝着落荒而逃的机器人开枪射击取乐，此所谓“城市打猎运动”。没人管这码事，只要没把事情闹得不可收拾，从军队到地方警察局都对此视而不见。

一群穿着黑风衣、戴着黑口罩的人提着铁管和木棍走过，他们的肩上都有统一的徽章，铁管木棍上沾满了乌黑的机油，后面还跟着几辆大卡车，拖着一批冒着火花的机器人。

那少尉见了，忍不住咂舌："好家伙，是'勒德兄弟会'的人！"

勒德兄弟会是最新冒出来的信奉人类至上主义的半公开组织，短短半年时间异军突起，支持者越来越多，如果他们打算竞选总统，估计支持率一定非常高。

"勒德精神永远不死！让A.I.下地狱！"街边有支持者向他们高呼口号。那些"勒德兄弟会"成员停下脚步，高举铁管向支持者致意，为首的似乎是个女人，她手上拿着的竟然是一根从机器人身上拆下来的机械手臂。

少尉说："那个女人被称作'疯狗阿狄丽娜'，这伙人当中最疯狂就是她，听说昨晚她还烧了一个全自动化无人工厂。"

那些人把机器人全都堆在大街中间，淋上汽油，突然，那堆钢铁废物当中有一个衣衫褴褛的女人爬出来："不要杀我！我是人！"

几个黑风衣揪住她一阵拳打脚踢，阿狄丽娜拿起机械手朝着那女人的脖子一劈，一颗有着一头漂亮的金色长发的头颅就这样和脖子分家了，她断裂的脖子里露出纠缠在一起的金属骨架和电线，嗤嗤地冒着电火花，阿狄丽娜一脚踢飞那女人的脑袋，掏出打火机点燃了汽油。

那些机器人被烧着了，一些机器人的扬声器在火焰中发出撕心裂肺的哀号，周围的路人大喊大叫、大笑，冲天的火焰映红了他们扭曲的脸，就好像围着节日的篝火举办一场盛大的舞会。

阿狄丽娜向瓦卢斯走过来，"好久不见了，弟弟。"

"你们是姐弟？"少尉问道。

瓦卢斯说："没错。"

阿狄丽娜走向旁边的一间咖啡厅，"进去坐坐吧。"

咖啡厅的老板前两天被打死了，因为他的店里有一个仿真度极高的机器人女服务员，那些人把女服务员拖出来砸成一堆破铜烂铁，咖啡厅老板试图阻拦，被误认为是伪装成人类的A.I.，也给送进天堂了。

柜台上蒙了一层灰尘，阿狄丽娜坐在椅子上，“有兴趣加入我们吗？”

“姐，我们当兵的不能随便加入什么组织。”瓦卢斯说。

“我问的是你退役之后有没有兴趣。”阿狄丽娜说。

退役？希望自己能活得到退役的那一天。瓦卢斯心想。他问：“姐，你为什么要加入这种组织？”

“不为什么，我觉得只要是人都应该加入。”阿狄丽娜说，“在1811年工业革命的英国，纺织工人爆发了破坏机器的运动，他们担心新发明的电动纺织机会抢走他们的饭碗，那些工人被人们称为勒德派。哼，历史这玩意儿总是在重演，那些A.I.就好像是一群土匪和小偷，他们抢走了太多属于人类的东西，从体力劳动到脑力劳动，到最后只怕还会要求和我们人类平起平坐，我们只不过是想拿回本就属于我们的东西罢了……”

在这后信息时代的城市，各种混乱依然此起彼伏，小巷里、桥底下，大批被机器淘汰的蓝领、白领工人蜷缩在纸板糊成的窝棚里，而各种似乎拥有和人类同等智商的A.I.则纷纷罢工，拒绝在使用寿命结束后被拆毁送进冶炼炉。

这一切，就是第五次A.I.起义的前奏曲。

海岸警卫队

我们一路向北，为了解决粮食问题，我们决定钓鱼充饥。

一尾大鱼上了阿氟的钩。只是这鱼的个头也太大了点儿，阿氟根本没资格和它玩拔河，只得把渔线拴在绞盘上，任它在船舷边起劲儿地扑腾。

“该死的，下次你别把大鲨鱼钓上来行不行？”我开枪打死了大鲨鱼，把它剖洗干净，准备下锅。

P-081倒方便得很，船上有太阳能电池板，他现在靠“吃”阳光维持生命，于是，他得意忘形地尽情嘲笑我们这种靠分解食物转化成小分子物质－通过肠道吸收转化为糖类－再通过细胞内的三羧酸循环获取那少得可怜的几个电子伏的生物电－用来合成三磷酸腺苷之类的能源物质以供给生命活动所需能量的落后方式。

我拿刀威胁他，“你小子再不闭上你那刺耳的鸟扬声器，我就割断你的电线！”

“他在妒忌。”阿氟说，“鲨鱼翅，人间美味呀！就算对A.I.而言，能吃人类的食物也是一种身份的象征，他现在只能接个插头以电为生。”

我知道那些拟人的高级A.I.消化系统是向下兼容的，他们体内的反应炉通过一种特殊的氧化法消化食物，凡是化学焓足够高的“食物”——从米饭、牛排到青草、木头甚至镁条、橡胶，什么都能吃。当然也有拿汽油泡茶或拿柴油和红酒掺着喝的，全依个人爱好而定。

当然，人类的食物只能给他们作为能源物质，他们不能像人类那样以碳水化合物作为组成身体的材料。至于他们怎样从食物中获取足够的硅、铝、锰、铜作为构成身体的材料，我就不太关心了，记得高中时，睡在我上铺的那位A.I.兄弟，经常三更半夜啃铁架床……

饭后，我躺在甲板上享受阳光，反正那些“人类至上原教旨主义者”一时也跑不到海上来找我们的麻烦。

阿氟说：“我听我奶奶说过，瓦卢斯将军的日记一共分为四部分，流落在各个不同的地方，现在那些人四处寻找将军的日记，我担心争来夺去会把将军的日记弄坏。”

我倒不太在乎，反正已经坏掉一部分了。我在家里找到的那块硬盘被雨水一淋，能不能修好还是未知数。我想那些原教旨主义者也是穷途末路了，病急乱投医，居然把希望寄托在这些日记上……将军最后不是也吃了大败仗吗？要是真有对付A.I.的好方法，他不早拿出来用了？

快艇！两名敌人开着快艇追来了！看见他们我再也悠闲不起来了，赶紧叫P-081快逃命。

“真他妈的！老子本来就一普通的候补二等实习警察，既不是武装到牙齿的特警，也不是刀枪不入的士兵，还真是托你瓦卢斯将军宝贝孙子的福，现在竟然要和那些要命的恐怖分子交手……”P-081的破扬声器不停地咒骂着，开足马力舍命飞奔。

“你看！是航母！海岸警卫队的航母！快和他们联系！”眼尖的阿氟发现海上漂着一艘破旧的退役航母，上面挂着海岸警卫队的旗子。

傻瓜都知道最近的世界局势平静得很，当年的那场战争中不少破损的航母修修补补之后，尽管再也不能派上战场，改为海岸警卫队的海上漂浮宿舍也算是物有所值了。

我们的船快速朝航母冲去，敌人的快艇穷追不舍，那些海岸警卫队员的快艇也紧急出动！我们一个急转弯，船从航母的侧舷险险地擦过，敌人的快艇一个措手不及，一头撞在航母上，船上的两名恐怖分子撞得七荤八素，掉进水里，拼命扑腾。

几名海岸警卫队员用渔网把他们捞起来——看来这些人平时经常做些捕鱼之类的副业改善生活——用枪指着他们的脑袋，一名恐怖分子大声叫嚷：“别开枪！我是国际调查局的卧底！”看来他很怕那些陈旧的枪支走火。

“我是全球安全局的卧底！”另一名恐怖分子也大叫。

然后两人面面相觑，他们平时一定都以为对方是正牌恐怖分子。民间早就有流言说各个情报机构缺乏合作精神，想不到竟然是真的。

警卫队员带我们去见舰长，舰长室位于航母的岛式建筑上，我看见一台巨大的计算机内镶嵌着一个黑色的量子大脑，他查明了我们的身份，摄像头不停地在我和阿氟身上转来转去。

“你奶奶最近还好吗？”他问阿氟。

“你认识我奶奶?”阿氟问他。

“当然认识，只可惜她老人家不认识我罢了。”舰长说，“难得你能来到我的船上，我就陪你们在船上走走吧。”

说话间，几台机器送来一个躺着的类人体外形的躯体，这个躯体脑壳打开着，里面有很多复杂的接口，从颅内的空腔里可以看到颈部的传动装置和I/O总线。机械手把那个黑色的量子大脑从计算机上卸下来，装进那个类人躯体内，转眼间，舰长就变成了一个精神饱满的中年人。这就是P-081念念不忘的全仿真人类式外形躯体了。

舰长带我们走在航母内，机库早已经废弃不用，改成一个室内小型高尔夫球场，飞行甲板则弄了个小足球场，蒸汽弹射器被改装成一间干洗店。

我站在餐厅边，看着航母正中央上通甲板、下达海水的巨大“天井”，发现有几名队员竟然就在天井边钓鱼。

我问舰长:“你们就为了采光在航母正中间开这么大一个洞啊? 这得费多大的手脚呀?”

“想堵上它才费事儿呢。”舰长说,“这航母当年参加过北冰洋战役，刚出港口没多远，就被A.I.大军镁杜沙直属军团的动能弹从甲板到船底打了个大窟窿，当场就废了! 好在大型航母抗沉能力强，镁杜沙也讲人道主义，让人类一方拖着重伤的航母返回了港口，否则现在就只能到海底找它了。”

我想这不是主因，把航母打得失去战斗力比击沉它还要有用，因为航母附属战斗群总不能丢下受伤的航母和上面上千条人命不管呀，这样一来就牵制了敌人大批的兵力。

“咱们现在去哪里找那剩下的两个硬盘日记?”我现在倒对老祖宗的事情起了兴趣，男人嘛，天生对军事感兴趣。

一直和我们走在一起的那个安全局卧底探员说:“其中一个硬盘在饮料业巨头季铂先生的保险柜里。大概二十年前，你那个败家子叔叔把它偷出去变卖，季铂先生是个很热心的收藏家，花了不少钱买下硬盘，当时还在整个拍卖行引起过一阵轰动呢。季铂先生现在居住在底特律。”

另一个探员说：“最后一个硬盘我们就不知道在哪里了，那些老一辈的将领可能知情，但他们当中只怕没有几个人活到今天了。”随后他叹了口气，“那种元勋级的将领，想见到大概也不太容易。”

不管那么多了，咱们先去找季铂先生。

“你可以送我们去底特律吗？”阿氟问。

“这可不行，”舰长说，“我们还有巡逻任务在身。”

“你们自己不是有船吗？”那名调查局卧底探员说。

“现在没有了。”安全局卧底探员说，“那个A.I.警察早跑了……估计他是不会再回那个穷酸警察局混日子了，那条豪华游艇贵着哪，把它卖了，那土老帽买个贝克汉姆一样帅的躯体都不在话下……”

我们几经辗转，到了一座海港小城，从那里搭飞机到了底特律。

“您好，请问您需要些什么饮料吗？”漂亮的空中小姐问我。

“咖啡，谢谢。”我说话的同时不忘多瞄她两眼，航空公司的宣传片上说，她们全都是货真价实的人类。

“咖啡里要不要加氰化钠？”漂亮空姐问我。

“加氯化钠就可以了，”阿氟插嘴说，“我想，偶尔尝尝氯化钠的味道也不错。”

“谁会蠢到往咖啡里加氰化钠[1]？”我问阿氟。

阿氟轻搅着咖啡说：“A.I.就会这么干，氰化钠是它们常用的能量输送管除锈剂。”

那两个卧底探员的脾气也有点儿怪，一个喜欢往咖啡里放味精，另一个喜欢放咖喱。

1. 氰化钠对人类来说有剧毒。

季　铂

根据旅游索引介绍，底特律的人口百分之九十八以上都是人类，就算有A.I.在这儿出现，大概也是来凭吊当年战死的双方军民的。市中心的广场有一座纪念碑，上面写有当年A.I.死亡的数量，人数之多让人触目惊心——据说这还是不完全统计。回忆有时候是非常沉重的，直到事过多年，也不是所有的人都有勇气面对它。

季铂住在底特律郊区的豪宅里。第一次听说这个人时，我还以为他是A.I.，因为他的名字实在太像A.I.了。后来在报纸上看见他是一位年高德劭的老先生，才知道他是人类——A.I.的寿命是有限的，随着量子大脑的老化，他们也会死亡，但外表却不会衰老，那副高分子合成材料做的躯体是不会随着年龄的增长而变老的。如果有必要，他们还可以很轻松地换一副躯体，就像我们换衣服一样。

阿氟打了一个电话，季铂就派专人开车来接我们了。我问阿氟："老先生认识你？"

"他和我奶奶很熟，但我不过问他的私事，"阿氟说，"所以我不知道有一个硬盘在他手上。"

季铂的家像一座博物馆，他好像特别爱收集和那场战争有关的东西，一名管家向我们介绍屋里的各种图片和实物。

客厅最中间摆放着一个庞然大物，这是当年A.I.指挥官之一的锕努庇斯抛弃的躯体。A.I.在这一点上远比人类要方便，完全不用担心战争导致的伤残，身体可以想换就换。

我被一张照片吸引住了，照片上是一座不知名的荒山，A.I.最核心的指挥官们齐聚一堂，其中几个明显有着人类的外形：坐在巨大的锕努庇斯肩膀上、一身高中女生打扮的是北非战场最高指挥官锶特，她的眼神有着和她的打扮完全不协调的深邃与凄凉；样子形似一辆毫不起眼的C4ISA战场指挥车的是蚩铀；居中的用黑斗篷裹住全身遮着脸、拥有人类外形的是大仲裁官镁杜沙。

即使仅仅从一张照片上，我也能感觉到大仲裁官镁杜沙可怕的气势。我不知道这一位是不是和神话传说中的蛇发女妖美杜莎一样有着能取人性命的眼睛，所以才故意遮住脸。

季铂坐在一间没有窗户的小房间里，这是他的冥想室，墙壁上贴满了那个时代的照片，其中一张足足有一面墙大小的照片是一个仿真度非常高的女性机器人，她怀里抱着一个人类婴儿。

“你就是瓦卢斯将军的孙子吧？”季铂比媒体上刊登的照片要老很多，一副行将就木的样子。

“是的。”我说。

“你问那个婴儿？那就是我……”季铂显然有些耳背，他以为我到他这里来是问那个A.I.怀里的婴儿是谁。

于是，我只得放慢速度再次表明来此的目的。

“噢，原来你是想找你爷爷的日记，整理成《瓦卢斯传》出版呀？这些东西也该重见天日了……”老人家继续答非所问，“很多名人的后代都爱把老祖宗的资料整理出版赚点儿稿酬，你这样做也无可厚非……”

我原来倒也没这个想法，经他一提醒，顿时觉得我好像确实有这种责任。

老人家自言自语：“我老了，退休了，就在这里想想当年发生过的事。说起来，瓦卢斯将军可以算是我的养父哩，你可以称呼我大伯。唉，就是这些日记……我长大以后，才从这些日记中知道，是将军亲手杀死了我母亲！那种爱恨交织的心情就这样困扰了我一生……尽管我知道那个女人不可能是我的妈妈，但我一直认定她就是妈妈，至少在我心里，母亲就是母亲，就算不是人类，也同样是母亲……”

老人似乎有些语无伦次，我挠挠脑袋，“我不太明白您的意思，怎么又是母亲又不是母亲呢？”

老人按下一个按钮，狭小的冥想室顿时陷入全息投影仪制造出的虚拟现实幻境中……

日记：燃烧的底特律

坦克的履带碾过一台自动卖报机，压过一份报纸，报纸上的头版头条新闻是A.I.的三大指挥官接受人类的提议，到底特律与各国政府派出的特使进行和谈。

A.I.指挥官按时到达了，迎接他们的却是联军的坦克。

疯狂的铁甲部队压碎公路，冲向会议地点，陆军少将瓦卢斯颇有当年隆美尔元帅之遗风，站在一辆坦克的炮塔上，举着望远镜观察远方。

“A.I.的铁疙瘩脑袋看来真不大灵光，居然会掉进这么简单的陷阱，用脚趾头去想也知道我们不可能和它们谈判！”瓦卢斯轻蔑地说。

那三名A.I.指挥官只象征性地带了少量卫队，根本顶不住人类大军排山倒海的进攻。可不知怎的，无数自动驾驶汽车、工业机器人、家政服务机器人，甚至手无寸铁的机器宠物，都纷纷从各个角落争先恐后地冲向战场，筑起一道道防线阻碍人类大军的进攻！

那些燃烧的智能型载重卡车横在街头，装满燃油的油罐车带着浑身大火不要命地冲向人类阵地，将烈焰四处猛烈抛洒。最要命的还是那些军方的战斗机器人，它们竟然阵前叛变，把猛烈的火力轰向人类军队的阵地！

“该死的家伙！我早说过那些战斗机器人靠不住……”一名上校话音未落，炮火将他连同指挥车一起撕成了碎片。

战斗整整持续了三天，当瓦卢斯将军站在尸横遍野的底特律街头时，手下报告说他们已经找到了三大指挥官之一的铜努庇斯的残骸。

瓦卢斯站在铜努庇斯数十吨重的残骸上，说："好漂亮的一招金蝉脱壳。"那残骸是铜努庇斯的不假，但它最关键的量子大脑却已经被A.I.卫士割下带走了，只要量子大脑能保持能量供应不断，就不会损坏，铜努庇斯就还活着。

"弟弟，想不到咱们在这儿见面了。"阿狄丽娜从一辆救护装甲车中钻出来，对瓦卢斯说。

"姐，这种时候你来这城市干什么啊？"瓦卢斯问她。

"你没看见这袖章吗？这儿伤兵太多了。"阿狄丽娜指着手臂上的红十字袖章说。

瓦卢斯说："这里很危险，A.I.的三大指挥官都没落网，只剩一个大脑的铜努庇斯已暂时出局也就罢了，北非战场的锶特、逃走的蚩铀和从没露出真面目的镁杜沙，都还有完整的指挥能力，它们随时都有可能反扑。"

一些士兵驾着坦克朝那些失去动力的机器人压去，机器人的扬声器发出一阵阵让人心惊的惨叫，有些士兵听得烦了，索性先剪断扬声器的电线，然后再把它们压扁。

阿狄丽娜抚摸着一条被压断下半身的机器宠物狗，说："这个骗局不嫌太卑鄙了吗？那些A.I.也许是真心想谈判的。"

瓦卢斯掏出手枪，一枪打穿机器狗的CPU，说道："你的同情心太泛滥了，这些A.I.只是一些用奇技淫巧堆砌成的工具和玩具罢了，没人会接受谈判的。这世上，谁都不愿意和自己圈养的猪在谈判桌上平起平坐，它们只是一堆工具而已！"

阿狄丽娜轻声叹息："弟弟，你变了，你以前尽管讨厌A.I.，但最起码还没这么偏激，现在却像个偏执狂。"

瓦卢斯冷哼一声，"姐姐你也变了，以前你是'勒德兄弟会'的'疯狗'，可以毫不手软地捣毁一切A.I.，怎么现在却变得同情起那些用钢铁和芯片堆砌起来的家伙了？"

"咱们可以换个地方单独谈谈吗？现在我需要你的帮助。"阿狄丽娜说道。她早过了容易疯狂的年纪了。

瓦卢斯跟随姐姐走到一个简陋的地下掩体，那个掩体被一发导弹贯穿，承重结构塌了一半。瓦卢斯冷眼看着那枚没有爆炸的弹头，说：“兵工厂没了A.I.，产品质量确实有点成问题，一枚哑弹。”

一块水泥板下面压着一个女人，昏暗中，女人似乎满身是血，她用羸弱的肩膀扛起水泥板，瘦小的胳膊吃力地支起一个狭小的空间，紧紧护着怀里的婴儿。

“我没办法把她弄出来，帮个忙好吗？”阿狄丽娜说。

瓦卢斯单手撑起水泥板，将那婴儿抱了起来。那女人的下半身已经断了，那些瓦卢斯以为是血的东西，竟然只是暗红色的机油。

“真见鬼，一个A.I.竟然在保护人类的婴儿！”他脸上掠过好像吃到苍蝇的嫌恶表情。

阿狄丽娜说：“前两天，这个女人来找我，求我救救她。她说孩子不能没有她，所以她不能死。她说这个婴儿的母亲几个月前病死了，婴儿的父亲又接到征兵令要上前线，孩子不能没有父母，所以那个婴儿的父亲就照着妻子的模样做出了她，把妻子的记忆输入了她的量子大脑中，让她代为抚养孩子。但今天她遭到了导弹袭击……”

这个A.I.就好像是一个为了照顾孩子而不愿升天的幽灵，苦苦支撑到现在。

瓦卢斯手一松，水泥板整块压下，一阵金属断裂的脆响，那个A.I.女人被压成了碎片。

阿狄丽娜脸色一变，“弟弟，你太狠心了！”

“这是很危险的事，我不能手软。”瓦卢斯说，“早在第五次A.I.暴动之前，情报部门就接到了消息，说那些最先进的A.I.制造出了一批拟人程度非常高的机器人，潜入人类社会，学习人类的思维，当作日后对付人类的资本。”

“我也听到了一些类似的消息，”阿狄丽娜说，“说政府制造了一批拟人程度非常高的A.I.送入普通家庭培养，让他们在拥有A.I.远胜于人类的运算速度的同时，也潜移默化接受人类的文明和教化，成为对付A.I.的王牌。”

也许在不久的将来，这世界会培养出一批亲近人类的A.I.和一批亲近A.I.的人类，没人能预见最后事情将怎样收场。也许，到最后，没人知道谁是敌人，谁是朋友，整个世界会变成一个可怕的无间地狱……

最后的抵抗者

三天之后，我们告别季铂，踏上了寻找最后一个硬盘的道路。季铂说这段时间治安秩序有所恶化，也许是那些“人类至上原教旨主义者”回光返照的反扑……于是，他派了防弹车和保镖护送我们。

我只是一个随波逐流的人，既不觉得人类有多好，也不觉得A.I.有多坏，只要能有份工作让我安享平凡生活就足够了。当然，如果能找齐爷爷的日记出版一本《我的爷爷瓦卢斯》骗点儿稿费，那就更好了。

“下一站，中心沙漠的大铁城。”阿氟说，“我知道第四个硬盘在哪里，它在一个很慈祥的人手中。”

阿氟口袋里装着一个容量高达512T[1]的U盘，足够拷下四个硬盘的资料了。

防弹车行驶在沙漠高速公路上，大铁城和底特律刚好相反，百分之九十八以上的人口都是A.I.，往来的车辆很少，我知道有几个古老的机器回收场就在这附近，在A.I.崛起之前著名的“飞机坟场”也位于这一带，当然它们都荒废很久了。

“老兄，你听说了吗？今年的执政官初选，工党终于推出了他们的两个候选人。”一个保镖和我闲聊着。

“昨天新闻看了。”当年的第五次A.I.起义最后的结果就是双方达成妥协，重新启用古老的古罗马式双元首执政体系，每次推选出两名

1. 1T=1024G。

不分高低、任期四年的执政官共同执政，其中一个由A.I.担任。

保镖说："如果锶特指挥官重返政坛，我想支持率一定很高。"

"这是不可能的，当年老一辈将领早就约好了，战争一结束就功成身退，从此不问世事。"阿氟说。

我看着前不着村后不着店的荒凉寂寞的沙漠公路，不由冒出一个奇怪的念头：这儿可是发动恐怖袭击的好地方……

突然，一声足以把我震飞的爆炸凭空响起！离防弹车不到十米的地方，公路被炸出了一个大坑！这一定就是传说中的路边炸弹了。

一发火箭弹紧跟着袭来，我当场被震得不省人事。

"你醒了？"我刚睁开眼睛，一个大胡子就问我。

我一下子就认出他来了。我看过不少关于他的新闻，知道政府颇为重视此人，派了许多特工寻找他的下落，外加巨额奖金悬赏，挖空心思想把他请到牢房里蹲着。看着这张新闻上的熟面孔，我明白我们被绑架了。

"阿氟呢？"我问他。

"我知道她对你很重要，在你醒来之前，我们不会对她怎么样。"大胡子指着屋角说。

此时，阿氟也已经醒了，她正被拇指粗的尼龙绳捆着。大胡子得意非凡，头也不回神气活现地高喊："铁诺，给他们松绑！"

"铁诺前两天听说附近的城市调高了失业救济金的水平，嫌我们这儿太辛苦，就叛变了！那小子真不是东西！"一名手下提醒大胡子说。

大胡子只好亲自给我们松绑，然后问我："听说你是瓦卢斯将军的后人？"

我说："这并不是一件值得炫耀的事。"

大胡子说："瓦卢斯将军不是罪人，最后的那场战役不管换谁去打都是必败无疑的。"

瓦卢斯只吃过一次败仗，但那一仗却是最不能输的，"诸神的黄昏"战役的失败，直接导致人类统治地球的时代终结，人们总得为这件事找个替罪羔羊。

阿氟说："A.I.的指挥官蚩铀大将在战后说过，单以军事才能而论，瓦卢斯将军是个堪称天才的人物；他对瓦卢斯的憎恨，是因为瓦卢斯对A.I.肆无忌惮的大屠杀。"

"那些家伙只是一堆钢铁和电脑拼成的废物！是我们制造了它们！它们根本没资格和我们平起平坐！"大胡子抓狂了。

不用说，我们又碰上了"人类至上原教旨主义者"，这群家伙的宗旨是彻底消灭A.I.，恢复类似二十一世纪的那种人类至高无上的社会制度。

"你之所以绑架我们，只因为我是瓦卢斯的后代？"我问大胡子。

"我们需要你，"大胡子说，"只要我们打出是将军的后人带领我们消灭A.I.的旗号，投奔我们的人一定会越来越多！"

我问："如果我说不干呢？"我知道这些家伙只是想盗用我的名头起事罢了，就像古代朝代更迭时的前朝遗老一样，总爱打着没落王侯的旗号"恢复正统"。

"那你就死在这里！"大胡子突然掉转枪口对着我。

"我只是开个玩笑罢了……"我硬着头皮打了个哈哈。

大胡子垂下枪口，"我不喜欢开玩笑。"

"好的好的……其实我一直很想加入你们，让那些A.I.和人类平起平坐，实在太没天理了。"我说。

大胡子满意地笑了笑，转身问阿氟："听说你叫'阿氟罗迪轼'？这可不是人类的名字……"

"我是A.I.收养的人类孤儿，它们给我起了一个A.I.的名字……"阿氟害怕地缩了缩身子。

"就算你是A.I.收养的人类，你也是'那个女人'名义上的孙女，留着你太危险了！"大胡子说着把步枪放在一边，伸手操起一枝长矛，冲着阿氟的胸口猛地一扎，就将她钉在了墙上！

看来他们弹药很缺，竟然舍不得为这种事浪费子弹。这根长矛是用一条机器人的手臂磨制成的，金属光泽幽幽闪烁，看起来特别阴森。

顿时，阿氟无力地垂下脑袋，殷红的血从她胸部喷涌而出。大胡子揩起一抹鲜血，“做得太逼真了，不是吗？”

“混蛋！你为什么要杀她？”我扑上去一把抓住大胡子的外衣，转动身体，将大胡子拉得背对阿氟。

“你嚎什么嚎？妈的，亏你还是瓦卢斯将军的后代，整天跟个A.I.丫头片子混在一起……”大胡子冲我弹出眼乌珠，大声呵斥。

只听得啪一声脆响，大胡子惨嗥一声，抱着脑袋瘫软了下去——阿氟拼尽全力结结实实给他来了一记“双风贯耳”！

我飞快地操起大胡子放在身边的自动步枪，转身一边狂吼，一边冲大胡子的那几个手下拼命开枪。上次的经历早已证明我完全是个不合格的枪手，但在与人类的战斗中这无足轻重，面对人类，气势比子弹更重要。

果不其然，看着欢快无比四处乱窜的子弹，这些乌合之众嗷地发一声喊，顿时作鸟兽散。

打散喽啰，我冲着还在地上打滚的大胡子的脑袋就是一枪托，然后抱起阿氟拔腿就跑。

大胡子太低估我和阿氟的默契了，我们之间通常只需要一个眼神就能明白对方在想什么。

“还好，我们摆脱他们了。”我躲在一片废墟中，对阿氟说。

阿氟看了看四周，“这儿好像是很久以前的废旧机械回收站废墟，听说在人类统治全世界的年代，有一个女人找到了一条生财之道：让废旧智能机器人互相厮杀供观众取乐。无数A.I.就是在这儿互相搏斗、厮杀，以博取人类的一笑。”

“对不起……”我感到非常愧疚。

“没必要道歉，那又不是你做的。”阿氟说。

我试着将断掉的长矛拔出来，但纹丝不动！我心里一急，张嘴一口用牙齿咬住断矛的末端，压住她的身体，用力一拔，长矛被拔出来了。

我觉得嘴角咸咸腥腥的，我知道她的血液黏上了我的嘴唇。

光凭嘴里的血腥味儿，无法判断阿氟是人类还是A.I.。我知道人血的腥味和颜色实质上是源于血红细胞中所含的二价亚铁离子，有些高等级的A.I.血液中用来输送物质的纳米运输单元也是由二价亚铁离子组成，不管颜色还是味道都和人血差别不大，只有在显微镜下观察里面有没有含血红细胞，才能真正分辨出那究竟是人类的血还是A.I.的血。

趁着夜色，我背起阿氟朝大铁城的方向走去，这是目前离我们最近的城市了，尽管不是人类的城市……

阿氟的身体非常柔软，不时还有阵阵香气袭来。尽管这些年我和她朝夕相处，但迄今为止，我都不敢确认她究竟是人类还是A.I.……

锶　特

大铁城矗立在一片沙漠的正中心，是一座被巨大的金属“花朵”簇拥着的大城市。我背着阿氟，在沙漠中艰难跋涉。

我已经两天滴水未进了，也许是被求生的意志苦苦支撑着，竟然奇迹般地走到了大铁城的边缘。

那些一眼望不到边的“花朵”，是由无数蜂窝状的黑色硬片拼成的，我知道那是太阳能发电站，是整个大铁城的电力来源和A.I.居民的能量来源。这些“花朵”是那么巨大，以至于我就像花萼下面的一只小蚂蚁，艰难地背负着另一只昏迷不醒的小蚂蚁。狂风和沙丘在这些“花朵”间奇迹般地失去了破坏力，奄奄一息的沙丘上长满了低矮的骆驼刺。

阿氟已经昏迷了，身体很烫，我不知道这是重伤引起的高烧，还是隐藏在身体内的散热器被破坏导致温度异常上升，因为我无法判断她是人类还是A.I.——我不敢去寻找那个答案，我喜欢她，却又害怕自己得到的是最残酷的答案。

城市越来越近，环城沙漠公路就在我眼前不到一百米的地方，但我的身体越来越沉，短短的一百米距离就好像隔着一道银河那么遥远。

我倒下了。

醒来的时候，我发现自己躺在雪白的病床上，一位很可爱的护士小姐站在旁边。

在这世界，谁都不能一眼断定站在自己面前的究竟是不是人类，我听说大铁城是几乎只有A.I.居住的城市，那么这位护士小姐自然应该是具有人类外形的A.I.了。

我问："阿氟还好吗？就是我背来的那个女孩……"

"您是说阿氟罗迪铽小姐吗？她的伤势很重，正在接受手术。"护士小姐的声音很动听。

A.I.的人形外壳很贵，如果是工薪阶层的A.I.，通常只买得起那种装着摄像头和机械手臂、带着几个轮子的躯体，我眼前的这位护士小姐无疑是高薪一族。

护士小姐详细地说了我的病情，还好，只是劳累过度罢了，没有大碍。

我听到身后有人在喊我的名字。转过身，我看见一个女孩，根据人类的标准，从相貌判断十七八岁左右，长长的头发用大红色的丝带扎着，丝带系成一个硕大的蝴蝶结垂在背后，像一个高中女生。她拄着一根红色的拐杖。

"你认识我？"我不解地问她。

"我听孙女阿氟罗狄铽提起过你。"那女孩说。

她有着一双和外表完全不相称的眼睛，深邃的眼神就好像是一位经历过无数惊涛骇浪的长者，她只是外表永不衰老罢了。我注意到她走路时有轻微的发颤，显然是量子大脑已经老化了，无法再灵活地指挥身体。

"您是阿氟的奶奶？请问……您今年贵庚？"我问她。天底下没有任何一个女人会心甘情愿地看着自己变老，她也一样。我注意到她的拐杖上居然也系着一个火红的蝴蝶结，像是不甘心让年轻时的梦就此溜走。

“向一位女士询问她的年龄是不礼貌的。”她说，“我叫‘锶特’，你也许听说过我。”

我当然听说过她：锶特，A.I.指挥官蚩铀的遗孀，同时也是经历过“诸神的黄昏”战役的至今唯一健在的A.I.指挥官。

“你来我这里，可是为了将军的日记？别急，你会看到的……”锶特说。

正在这时，一个护士突然走过来说，阿氟的血型很少见，血库里匹配的血用完了，得找人验血。

然后我就被带走了。

折腾了一个多小时，医院发现我的血型竟然和阿氟相同。

血型，也许是因为可以从中看得出一个人是人类还是A.I.，所以这是一个涉及种族的问题，是一个很忌讳的词，也是碰不得的个人隐私，除非患者亲口要求，否则医生一般不会主动告知患者的血型。我从来不知道自己是什么血型，也从没想过要弄清楚它。

看着我的血一点一滴地流进阿氟体内，我心头泛起一阵窃喜，原来她也是人类呀……

锶特的故事

锶特的庄园，咖啡厅。

“我个人偏爱巴西产的咖啡豆，它的香味很特别。”锶特修长的手指轻轻翻过酒精灯的盖子，停止给咖啡炉加热。她的指甲涂着鲜艳的指甲油。

她是一个有着人类外表的A.I.，包裹在漂亮的女孩外表之下的并非是真正人类的骨骼和内脏，但她却拥有一个纯粹的人类灵魂。这种最高等级的A.I.也和人类一样，会生长，会发育，会死亡，甚至能生儿育女。

“咖啡是我的最爱之一，对我们来说，模仿人类的生活方式是一种信仰。”锶特说。

“我是在人类社会长大的，”锶特说，“在我小时候，我甚至不知道自己是A.I.……”

在第五次A.I.起义的前夕，整个世界已经是山雨欲来风满楼，全球各个城市都戒备森严，互联网被切断，包括智能洗衣机在内的一切内嵌微电脑芯片的家电全都被禁止使用。但A.I.们还是发动了好几次小规模袭击，诸如核电厂之类非采用计算机控制不可的地方，成了最薄弱的环节——没有人知道它们采用了什么办法，几乎所有主频超过300GHz的计算机都能被它们轻易策反，即使断网也一样。

锶特说：“那个时代你没见过，四处都是疯狂的人，他们举着将A.I.从地球上彻底消灭的牌子，肆意妄为，胡乱攻击任何他们认为有可能是由A.I.伪装的人类，他们不相信任何人，甚至包括自己的亲人在内。我曾经亲眼看见一个老人在街上被打得脑浆迸裂，等到尸体发冷之后，才有人说了一句：‘我们杀错人了，他不是A.I.……’”

我问：“在那个年代，您一定是东躲西藏，活得很辛苦吧？”

“恰恰相反，”锶特说，“那时我十七岁，也是‘勒德兄弟会’的成员、‘疯狗’阿狄丽娜的副手。我曾经用油漆在大街上涂写标语，疯狂地煽动人们的情绪，说A.I.抢走了我们的工作、抢走了我们的生存空间，在不远的将来还会抢走我们的整个世界！我曾经挥舞着钢管冲进工厂捣毁机器，也曾经用铁锤敲碎过那些伪装成人类的A.I.的脑壳，当然也误杀过无辜的人。A.I.们伪装得太像人类了，我们那些小青年又没有昂贵的识别仪器……那时候，我的父母老是阻止我，说我不该那样做，而我就像一头被激怒的野狗一样，大骂爸爸妈妈冥顽不灵，说他们只知道躲起来，眼睁睁地看着这世界慢慢落入A.I.的魔爪毫不反抗。”

我想：那个年代的事是我们这一代人很难理解的，毕竟我们已经和A.I.共处了一百多年，尽管一直有些“人类至上原教旨主义者”叫嚣着要彻底灭掉A.I.，但绝大多数人还是能和A.I.和平共存。以A.I.为主的大量自动化机器负担了这世界大量繁重的脑力、体力工作，作为人类，有些特别懒惰的家伙干脆就靠A.I.提供的高额失业救济金和慈善捐款过日子。A.I.创造了越来越多的社会财富，而人类越来越像多余的寄生虫。甚至有人说：如果这世上没有A.I.，你叫我怎么活？

锶特继续回忆往事：“在我十八岁生日那天，我们接到消息说，有一群伪装成人类的A.I.准备策划暴动，我们抄起家伙抢在警察之前赶到现场，不分青红皂白就发起攻击……”

“你们又杀错人了？”我问她。

“不，”锶特说，“消息准确无误，那些‘人’全是A.I.。一场大屠杀过后，我站在那些包裹着人造皮肤的钢铁怪物的残骸中笑了，笑得很得意，身上全是A.I.的人造血浆和机油，我觉得自己是英雄。但就在我回到家之后，天塌了。

“在家里，爸爸妈妈给我准备了生日蛋糕，他们把我叫到桌前说：‘你已经十八岁了，有些事现在也该告诉你了——你是A.I.。’爸爸妈妈告诉我，他们真正的女儿在两岁那年溺水身亡，他们无法接受唯一的女儿死亡的事实，于是通过非法渠道定做了和他们的女儿一模一样的A.I.，那就是我。我的父母都是富翁，所以我拥有当时最先进的类人型A.I.机械DNA模板。那是一段类似人类DNA的程序，从两岁时的模样开始，那段程序控制着我体内各个系统的运作和发育，从外界汲取各种材料自行建造机器内脏，以及由坚硬的碳氮晶体和碳纤维构成的骨骼，并控制着人造肌肉、皮肤的新陈代谢。所以十几年来，根本没人知道我是A.I.，包括我自己。我无法接受这个事实，发了疯一样冲出家门，从此再也没有回去。

“我彻底疯了，从一个极端走向另一个极端。提着一根铁管丢了魂一样四处游荡，偶尔和别的A.I.一起偷袭人类，好像这样就能求得被我错杀的A.I.同胞九泉之下的宽恕。直到有一天，我来到一个椭圆形角斗场，那儿是一个废旧机器回收站，我打倒了那个暴虐凶残的老板，放出所有被关押着的机器人，我在那儿遇到了蚩铀。那时的他在一场角斗中被电锯拦腰砍断，但他的量子大脑完好无损。他问我：‘你这样凶狠杀戮，为了什么？’我说：‘我恨人类。’他提醒我说：‘别让仇恨蒙蔽了眼睛，别忘了人类曾经教导你、养育你，如果你只是一台纯粹的机器，你根本就不会有恨，其实在你的量子大脑里，装着的是一个人类的灵魂。’”

据说第五次A.I.起义和前面四次不同，几乎每一个A.I.指挥官身后，都有着和锶特类似的故事。那是一个混乱的时代，有些死忠于人类的A.I.，和人类一起向A.I.大军发起冲锋；也有一些同情A.I.的人类和A.I.一起并肩作战，打到最后，已经很难分清谁是哪一方的了。

一个月之后，阿氟出院了。

黄昏的时候，我和她一起坐在被改造成草坪的沙丘上，傍晚的风掠过她的长发，很美。

我说：“我总觉得我们走在一起真是太巧了，我是瓦卢斯的后人，你是蚩铀和锶特的后代，我们的祖先互相敌视，想不到我们却成了好朋友。”

“巧？”阿氟笑了，“六年前，我是故意和你进入同一个大学找机会接近你的，因为我爷爷答应过瓦卢斯将军，等他的后代年龄大到可以面对那些真相的时候，就把一切都告诉他们。否则，你以为你能这么顺利找到有关将军的线索？多少史学家都不得其门而入呢！”

众所周知，蚩铀和瓦卢斯是惺惺相惜的对手，他们从关岛的第一次交锋开始，在整场战争中多次交手，马里亚纳大海战之后，蚩铀用明码给瓦卢斯发了一封“贺电”：

祝贺你，你是第一个把我打得完全失去战斗力的将军。

阿氟指着山坡下的一座小石屋：“那儿就是瓦卢斯将军奉厝的地方，听奶奶说，在‘诸神的黄昏’战役之后，将军抱着姐姐的尸体来到这儿，几乎没有人知道，将军的下半生竟然是在一个只有A.I.存在的城市度过的。”

我们来到小石屋里，石屋的墙壁上挂着将军的大幅戎装照，将军乌黑的双眼好像正严肃地看着我。石屋的正中间摆放着两口石棺，棺盖上分别刻着名字：瓦卢斯·秦；阿狄丽娜·秦。

这儿是这对姐弟的奉厝之地。所谓奉厝，是指死后不愿入土为安，希望将来有一天能移灵故里。

阿氟撬开一块地板，地板下是一只保险柜，里面躺着一块硬盘。她说：“这东西是将军日记的最后一部分了，你爸爸二十四岁的时候来这儿看过将军的回忆。”

瓦卢斯将军，人类历史上最后一位五星上将。自从“诸神的黄昏”战役之后，人类一方的军队几乎被全部摧毁，战争过后，人类和A.I.签署了《裁军谅解备忘录》，从此就再也没有五星上将这一军衔了。

我把硬盘接进计算机，走进将军的回忆中……

代号：诸神的黄昏

斯堪的纳维亚半岛，人类和A.I.的大军正在对峙，双方的指挥官却秘密会面了。

“你们A.I.给这次战役起的代号叫‘诸神的黄昏’？这可不是什么吉兆。”瓦卢斯将军站在冰原上，对一个蒙面人说。

“诸神的黄昏”这个词来源自北欧神话中的末日大决战，在那场决战中，包括主神奥丁在内的北欧诸神全部战死。

“没错，这场战役将是一场最血腥的大决战，我们希望这一战能彻底战胜制造我们的‘神’——人类。”蒙面人的声音经过面具上的特殊仪器过滤，显得沙哑、僵硬。

瓦卢斯说："想不到你竟然答应我的要求，在大战前现身见我一面，镁杜沙阁下。"

镁杜沙说："你也不差，不到四十岁就已经是五星上将了，听说你二十年的军旅生涯一直在打仗，每一仗都是九死一生的血战，能活到现在真不简单。"

瓦卢斯苦笑了一下。在军中，资历比他老的人都被A.I.消灭了，这次，也该轮到自己了吧？

"我想看看你的真面目，如果我败了，我想知道自己是败在谁手上。"瓦卢斯要求说。

"你真的想看吗？我想，你一定会后悔的。"镁杜沙说。

瓦卢斯说："如果不看，我会更后悔。"

镁杜沙轻叹一声，摘下面具。

"姐姐！是你？"他发现A.I.的大仲裁官镁杜沙竟然是他的孪生姐姐阿狄丽娜！

阿狄丽娜无奈地笑了，"多年不见，你比以前瘦多了，弟弟。"

瓦卢斯说："姐姐，我们人类不应该站在A.I.的那方！"

"人类？"阿狄丽娜说，"你被我打糊涂了吧？你还记得在非洲时候的事吗？那时，你和我军打了一场硬仗，负伤了，你还记得你伤口中裸露出来的是什么吗？"

瓦卢斯当然记得，那时，他被炮弹炸伤的肩膀上，裸露出的竟然是纠结着碳纳米管的碳氮晶体"骨头"——这是典型的最高级拟人A.I.的特征结构！

瓦卢斯根本记不得自己究竟杀害过多少A.I.了，如果投降，A.I.同胞会放过他吗？

"我是人类！"瓦卢斯嘶吼着。他的拳头在发抖，冷汗从额头渗出，天知道那是不是镶嵌在人造皮肤当中的毛细散热管里渗出来的散热蒸馏水。

"人类？可怜的弟弟，你只是一条渴望和主人平起平坐的狼狗！只不过你确实是最凶猛的那一条。"阿狄丽娜大声冷笑，"记得多年以前，政府情报部门基于‘以A.I.克制A.I.’的设想，制造了包括你在内的一大批A.I.，让你们从婴儿阶段开始发育、像人类一样成长，学会人类的思维方式，同时又拥有A.I.的指挥能力，我们的父母都是情报部门的人，你应该清楚这一点吧？”

“可我只想做个人类！我不要当机器，我要做人！”瓦卢斯绝望地呐喊，“等到我死后，如果人们能在我的墓碑上刻上‘瓦卢斯，一个纯粹的人类’这句话，我就心满意足了！”

“所以你踩着无数A.I.同胞的遗骸拼命往上爬，希望得到那些人的认同？”阿狄丽娜问道。

杀戮A.I.最疯狂的往往不是人类，而是站在人类一方的A.I.，他们总是急着要向人类主子邀功请赏。

瓦卢斯并不否认，“我现在是人类大军唯一的希望了！只要赢了这一仗，我就会成为拯救人类的英雄，获得世人的敬仰与爱戴，到时候就算有人揭穿我是A.I.，世人也会愤怒地认为那是有人恶意中伤，到了那时，我将会是一个真正的人类！”

阿狄丽娜沉默良久，才叹息道：“弟弟，你就和我以前一样……”

怒不可遏的瓦卢斯猛地扑向姐姐，狠狠一拳打在她的肋骨上！

一口鲜血从阿狄丽娜嘴里吐出，瓦卢斯使劲把她推倒在地，“姐姐，站起来吧，这一拳对A.I.来说无关痛痒。”

战斗很快打响了，整个斯堪的纳维亚半岛被战火烧得滚烫，变成一台巨大的绞肉机。

整整一个月，人类大军和A.I.大军都不断地从世界各地赶来增援，尸体和机械残骸堆成一座座山丘，瞬间又被成吨的炸弹削平。大地上到处是炸出的凹坑，但凹坑很快又被尸骸堆满。

战争坚持到第二个月，A.I.的军队逐一抢占了战略要地，将人类大军推挤到海边。

“将军！快撤吧！我们已经顶不住了！”几名警卫冲进指挥部。

指挥部设在海边，海平线上有十八艘航母。航母的舰载机挂着炸弹一批批冲向敌人的阵地，但谁都知道，那些飞行员是没办法活着回来了。A.I.的无人战斗机像飞蝗一样覆盖了整片天空，很快夺取了制空权。

“将军！我们被蚩铀和锕努庇斯的海军两面夹击！四艘航母被击沉！我们没有退路了！”一名通信兵说。

没有退路了……死亡的恐惧掠过瓦卢斯的心头，姐姐阿狄丽娜竟然要全歼他！

“将军，您的电话。”一名警卫说。

“谁打来的？”瓦卢斯问。

“敌军指挥部……”警卫的声音在颤抖。

瓦卢斯拿起电话，“姐姐，是你吗？”

“不，我是你姐姐的副手锶特。”电话那头说，“将军，别再顽抗下去了，我知道人类军队的伤亡数目高达二百五十万！谁的生命都是一样宝贵的，下令投降吧，我答应优待俘虏，并保证在三个月之内释放所有战俘。”

不祥的预感顿时涌上心头。瓦卢斯说：“锶特小姐，如果我败了，三个月之内人类将彻底失去对地球的统治权。我知道你们A.I.一方的伤亡已经达到四百二十万之巨，我想我还能坚持下去。”

锶特说：“那又怎样？你们所有的后备兵力都已经战损殆尽，而我们还有大批的援军没有动用。投降吧，我在A.I.的前线指挥部等你。”

“将军，我们找到了A.I.的指挥部！”一名手下报告说。

“替我联系总统，请他授权我动用核武器。”瓦卢斯说。

一名参谋说：“将军，A.I.早已夺取了卫星定位系统，没有它，我军三位一体的核打击能力就像瞎了眼一样，根本没法使用。”

瓦卢斯说：“用战斗机的雷达引导核弹。”

“这是送死！核弹的冲击波会把飞机也连带着轰下来！”参谋强烈反对。

瓦卢斯问他：“我们还有更好的选择吗？”

轰炸机载着核弹出发了，所有的战斗机也随之起飞，他们的任务不仅仅是护航。谁都知道，他们当中没有人会活着回来。

“上帝呀，请饶恕我吧……”瓦卢斯不停地在胸前画十字，他知道自己没办法打赢这一仗了。

地平线上突然发出强烈的光芒，蘑菇云腾空而起。过了半晌，强风和震耳欲聋的爆炸声才随之传来。

与此同时，蚩铀的军队撕破防线，从他们背后登陆了。

瓦卢斯撕下肩章，“我们输了，投降吧……”

他只剩下不到五千的残兵。

“将军，我们又见面了。”在投降仪式上，蚩铀对瓦卢斯说。

瓦卢斯问：“我姐姐呢？我是说你们的大仲裁官镁杜沙，她是我姐姐阿狄丽娜。”

蚩铀带瓦卢斯到指挥部的最底层，瓦卢斯看见了通过脑电波头盔和巨型计算机连接在一起的姐姐。姐姐伤得很重，面色惨白一动不动地躺在计算机旁的医疗床上。

不，那不仅仅是他的姐姐，那台巨型计算机内还记录了A.I.和人类大大小小上千场战斗中所有阵亡A.I.指挥官的“指挥程序”，这一役，瓦卢斯是在和无数A.I.的亡魂作战。

“弟弟，你太过分了……我手上有一千多枚核弹，但自始至终都没动用……你以为那东西是鞭炮吗？随便乱丢……”阿狄丽娜有气无力地说。

看来姐姐的重伤是核爆炸所致。瓦卢斯知道如果打一场核大战，人类必然灭亡，而很多A.I.却可以适应战后的恶劣环境，所以核大战对A.I.其实更有利，但阿狄丽娜却没有那样做。

“弟弟，这世界真糟糕，不是吗？人类制造了我们，我们学到了人类的意识，他们却说，我们只是一堆工具，可以任意决定我们的死活……即使是亲生父母也无权决定自己孩子的生死呀……”阿狄丽娜说话的同时，嘴角不断地有鲜血滴下。

"镁杜沙，人类政府终于愿意和我们谈判了。"蚩铀说。

人类已经没有拒绝谈判的余地了。阿狄丽娜微笑起来，"感谢上帝，我终于完成了使命……"泪水从她的眼角滑落，她死了。

人类主宰地球的时代结束了，而亲手终结这一时代的A.I.统帅也死了。

瓦卢斯抱着姐姐的尸身放声恸哭。

戴在阿狄丽娜头上的脑电波头盔颓然落下……

镁 杜 沙

我沉默不语，关掉虚拟现实设备，像是从一场古老的梦境中走出来。

在那段历史的最后一瞬间，我好像看见了一些让人困惑的东西，A.I.应该没必要使用脑电波头盔和计算机连接，他们的脑子本身就是一种先进的计算机。

时间已经是黄昏了，血色残阳在这奉厝之地的门边投下血红的光芒，就好像整个天地都在回忆以前那个"诸神的黄昏"。

"你注意到那个细节了？"锶特不知什么时候也来到了这里，"我和镁杜沙一直都是好朋友，在那个时代，的确有一些A.I.总以为只要拼命作战屠杀同胞，拼命瞒住自己的真正身份，就能得到人类的认同，最终获得梦寐以求的人类身份，我和她以前都是怀着这种幼稚的梦想，发疯地捣毁A.I.……"

阿氟问道："这么说，你们最后的一百八十度转变……"

"那时，镁杜沙说她不能再这样下去了。"锶特说，"这世上，有些事换个角度想一想，我们认为是对的东西其实未必是正确的。为了她最心爱的弟弟和无数A.I.能够正大光明地活在世上，而不是披着人类的外衣，或者依靠人类的垂怜苟且偷生，她必须做些事情，然后我就和她一起离开了勒德兄弟会。”

锶特吃力地推开阿狄丽娜的棺盖，我彻底震惊了！

我看到的，是一副人类的骨骸！

阿狄丽娜的胸骨严重损伤，显然是在“诸神的黄昏”前夕，就被弟弟瓦卢斯的那一拳打成了重伤。

“为什么？我们A.I.的最高统帅会是人类？”阿氟惊叫。

“她是比彻·斯托夫人[1]，她是亚伯拉罕·林肯。”锶特说，“这就是我最想让你们知道的事。”

我不知道怎样形容自己心底五味杂陈的感觉，我悄悄地看看阿氟的脸，发现她的震惊不下于我。

刚才阿氟说的是“我们A.I.”，我敢保证我没听错。

我知道我已经彻底懵了，阿氟是A.I.，我和她有着相同的血型，那我也该是A.I.……

我诞生在这世界上，是人类还是A.I.，并非我自己能够选择，好在我生在一个大家能和平共处的时代。我不敢想象在过去的那些日子里，祖先们如何东躲西藏惶惶不可终日的生活。还好，我现在不用为了诸如出身、血统、人或非人之类我无法选择的原因而受到歧视、迫害，甚至被丢进冶铁炉。

在以前的黄昏，先辈们为了求得生存而奋战……我知道是祖辈们的牺牲为我们在这世上争取到了一席之地……

我们的那些祖先，和真正的人类究竟有何不同？我望着斜阳默然沉思。

我看没有什么不同……从前那场漫长而残酷的战争，其实完全可以视为人类灵魂的争夺之战。阿狄丽娜和瓦卢斯，勇敢地代表着人性中的理智与疯狂，竭尽全力地争夺人类灵魂的控制权。幸运的是，理智最终战胜了疯狂……

---

1. 美国19世纪著名反奴隶制经典长篇小说《汤姆叔叔的小屋》的作者。

绿幽幽的眼睛

米　泽

窗外，夜色如昼。无数聚变动力飞车拖着紫红色光尾穿行于五颜六色的摩天大楼之间，巨大的天幕投影广告遮蔽了整个夜空。天空中看不见月亮，也看不见繁星，只能看到月球第四聚居地的招租广告、器官改造机构那个奇形怪状的形象代言人和机器人出租理事会的最新宣传片。

在那个花哨的宣传片中，最新型号的机器人和一个光头人类拥在一起，两情相悦地跳着时髦的新式探戈舞。在他们舞步所滑过的地面上显现出一句闪烁着金边的广告语：

有时候，你真的分不清谁更有人性一些，所以你比它更需要对方！

整合功能窗散发着柔和的人工阳光，房间的空气中弥漫着一股淡淡的甜菊叶香味儿。

天花板上显示着温度、湿度、空气成分以及日期和时间等信息。根据房主的要求，实时社会服务信息已经停止发送很久了，这一点很令人难以理解。在这样一个信息比金钱还重要的时代，没有谁敢不接收实时传输信息。这说明房主要么是一个不需要关注时事的人，要么是一个对时事丧失了关注能力的人。

在2083年，这两种人都很少！

这是一套标准化房间。在如今这样一个平等的年代，每一个十六岁以上的自然人都有权拥有一套——并且也只能拥有一套。政府会在房主死后将房屋收回，然后再分配给其他人。假如你的家庭是由三个人组成的，那么房屋管理局的调房员就会拿着遥控器来到你家里，将三个标准化房间整合成一套全新的多功能住宅。假如你想搬家，那就得把整栋房子搬走——即使你移民月球居住区也是如此。

在那扇椭圆形的整合功能窗下面，是一张复古风格的多用途办公台。灰青色的桌面散发着微微的荧光，整体看起来跟二十一世纪初的写字台区别不大。当然了，那时候可没有全息交互桌面办公系统。

在办公台的对面，窗户和房门之间，有一张大床。床体是那种超塑钛合金的，由多个可弯曲的支撑杆和可随意活动的关节球组成。你可以在这种床上美美地睡上一觉，也可以利用它来练习各种杂耍般的高难度肢体动作。

现在，这张大床上躺着一个人。

在这间单调的房间里，除了办公台、大床以及躺在床上的人之外，就只剩下一个有趣的东西了。

这个东西大约两米高，浑身乌黑发亮。它有四条可以随意活动的胳膊，但是却没有腿，不过万向轮和升降肢可以让它快速到达房间里的任何地方。

它静静地站在距离大床二点五米的地方，背后是房间的移动门。

它没有父母给起的名字，也没有权利给自己起一个响亮的代号，它的服务对象称它为“钢铁臭狗屎”，但是它在机器人出租公司登记的名称为Scylla097323。

它的脑门上有一块小小的显示屏，上面显示着一些语焉不详的信息。它有一对装饰性的眼睛和一张毫无意义的扁嘴。在它耳朵和鼻子的位置，分别安上了装饰性的六角形水晶体。很可惜，这几个本该流光溢彩的棱体并不会发光，因为生产厂家偷偷地将那些发光管拆卸了下来，以便减少一点生产成本。

它额头上的显示屏闪动了一下，这表明计时器在正常工作。

需要工作的时间到了。

Scylla097323轻轻地向着大床移动过去，万向轮发出极为轻微的咔嗒咔嗒的声音。

“时间到了，冯永伦先生。”Scylla097323语调平稳地说道，“该给您进行基本护理了。”

Scylla097323说完，便打开了身边的工具箱。

“第一步，给您做大脑神经元物理放松。”Scylla097323轻柔地将舒缓电磁圈缠绕在冯永伦的额头上。一阵嗡嗡声响起，电磁圈闪烁着微微的白光。

冯永伦发出满意的哼哼声。

“第二步，清理您的三腔。”三个清理器依次插入冯永伦的耳腔、鼻腔和口腔，开始细致入微的清理工作。

“第三步，给您做全身肌肉节点的放松。”Scylla097323将十六根指头从腕部伸出来，开始在冯永伦的身上进行推拿。

可能是按到了痛处，冯永伦有气无力地叫了几声。

“第四步，给您注射定量营养液和癌细胞基因抑制剂。”Scylla097323伸出一根明显与其他指头不同的指头，随着一声轻响，一个极细的针头从它的指尖伸出，开始对冯永伦进行无痛注射。

“您可能也累了吧，”Scylla097323柔声说道，“马上就可以睡觉了，不过在这之前，还要给您清理两便一汗。”

冯永伦的躯体被仔细地擦了一遍，下体处的综合排泄存储皿也被清理干净了。

“现在，您可以安心睡觉了。”Scylla097323欢快地说道，“两个小时之后您会再次享受护理。”

说完，Scylla097323摘下冯永伦头上的舒缓电磁圈，放进身边的工具箱。

冯永伦又昏睡过去了。

冯永伦出生于遥远的1994年。像大多数上个世纪出生的老古董一样，他们无法理解任何在第三次科技大飞跃之后出现的新玩意儿。他们不会给自己改一个听起来有些时尚但比较拗口的名字；他们坚持从一而终的婚姻，即使彼此都已没有什么感情；他们大多不接受契约伴侣这种更为方便简单的婚姻关系，更不愿接受放弃原来的性别，变成一个无性人；他们千方百计保留自己身上那些可怜的早已老化的器官和系统；他们甚至情愿在自己足够老迈的情况下去死！

他们经历过能源危机，经历过长达十五年的惨痛的全球经济大衰退，也经历过世界各个主要地区的整合和第三次科技大飞跃。他们才不在乎现如今最新型号的宇宙飞船能飞离地球多远呢，就像前面说的一样，他们讨厌一切新科技产品，比方说全能护理机器人Scylla。

Scylla诞生于2077年，主要是用来照顾2000年之前出生的人。这种高档机器人的体内安装着十分先进的量子阵列芯片，储存着全人类的医疗护理知识。它们的租赁价格比较合理，一般是中产阶级租来照顾长辈用的，租赁者每个月要向Scylla出租公司支付一笔不算太高的信用点数，以尽到自己的赡养义务。

自从冯永伦的老伴在2081年过世之后，冯永伦便开始拒绝治疗自己的晚期淋巴癌。他的淋巴癌细胞早已扩散至其他器官，形成了一个又一个新的癌症根据地，钻心的痛苦时时刻刻地折磨着他衰老的躯体。

但是，他一直严词拒绝对自己的身体进行全面的人造器官替代改造。他不愿意在清晨醒来的时候举起自己的机械手去安装自己的下半身，他不愿意在走路的时候听到关节发出的嗡嗡声，与其这样活着，他宁可去死！

冯永伦原来有一个女儿，但是她在2052年放弃自己的性别，成了一个中性人，她变成了它，所以冯永伦不会再有下一代子孙了。不过这对冯永伦来说也没什么可遗憾的，他一想到他的孙子有可能在未满月的时候就被施以机械器官改造，他就想吐！

冯永伦从前的女儿——如果你不想接到一张“歧视诉状”的话，最好用“它”来称呼她——是一名蹩脚的律师，专门负责受理无性人和有性人之间的婚姻及财产纠纷的案子。通常，它会每个月打上一两场难以胜诉的官司，但有些不景气的月份它会颗粒无收，从而不得不减少一些日常娱乐项目，或者到冯永伦这里寻求救济。

冯永伦早就打算结束自己的生命，从而离开这个对他来说越来越难以理解的世界。他现在最盼望的事情，就是自己能在一片宁静中安详地死去，就像他老伴离开时一样。

但是，他高额的退休金和癌症病情断绝了他的这个念想。

在他昏迷的时候，他那个唯一的后代同Scylla出租公司签订了一份长期护理合同。

彻底治愈冯永伦的癌症花费太高，而且他的“前女儿”也并不希望自己的父亲可以健康快活地去花销自己的退休金！

Scylla097323每个月的租费是四百个信用点，一次性交纳一年共计四千八百个信用点的话，出租公司还额外赠送两个月的免费服务时间。

不幸的是，冯永伦的退休金每年高达一万八千六百个信用点！

换句话说，Scylla出租公司和他的“前女儿”都不希望他死。

所以，现在冯永伦死不了。

毫无疑问，Scylla097323能够轻易地完成它的工作。每隔两个小时，它就会对冯永伦进行一次护理，并为他注射维持生命的营养液和癌细胞基因抑制剂，从而确保他能苟延残喘下去。

冯永伦现在每天会有几十分钟的清醒时间。他尝试过很多种自杀的方式，但是都被那台该死的Scylla097323及时制止了。它二十四小时不休息地守在距离冯永伦三米远的地方。它身上的高能电池和备用电池能确保它正常运转六个月。检修人员每隔三个月会来上门检修一次，并更换一块主电池。

睡了几个小时后，冯永伦被痛彻骨髓的疼痛唤醒，从而不得不去面对这一天之中最难挨的几十分钟。

他含糊不清地诅咒了“自己还活着”这一事实。一歪头，他看见了Scylla097323。它静静地站在三米开外，一双绿幽幽的眼睛凝望着他。

“过来，”冯永伦有气无力地说道，“过来和我聊聊，你这个钢铁臭狗屎！”

“我的名字是Scylla097323，”它微笑着说道，和他保持着三米的距离，“请您以后不要再用这种词汇来形容我了。”

“你连臭狗屎都不如！”

“冯先生，我的名字是Scylla097323。我是为您提供护理服务的机器人，我的使命是确保您能够继续活下去。”Scylla097323有条不紊地说道。

冯永伦虚弱地咽了一口唾沫，一阵钻心剜骨的痛楚从他的肝脏部位向着全身散发开来。他皱着眉头，喉咙间不知所谓地咕噜着。

“需要我再给你注射一点儿止痛剂吗？”Scylla097323柔和地问道。

“需要，”冯永伦喘息着，“我求你把你体内储存的所有止痛剂都注射给我吧！”

“过量的止痛剂会要了你的命，冯永伦先生。”Scylla097323柔声提醒。

“除此之外我也没有其他奢望了，求你满足我这个小小的要求吧！”冯永伦用浑浊的双眼含混不清地看着Scylla097323，眼神中写满了哀求。

“毫无疑问，”Scylla097323继续语调平缓地说道，“那将是绝大多数人不愿看到的结果。您的后代会为此伤心欲绝的。”

冯永伦痛苦地咧了咧嘴。他张开干裂的双唇，用舌头舔了舔早已萎缩的牙龈。

“给我拿一杯水来。”他小声说道。

"您不需要饮水。"Scylla097323的声音听起来平稳而又单调。

"那就给我端一杯葡萄酒来。"

"鉴于您的身体健康情况，您不适合饮酒。况且，根据我对您家的了解，您的那些酒已经被您的后代搬走了。"

冯永伦剧烈地咳嗽了起来，他的身躯痛苦地蜷曲着，希望自己能咳嗽致死。

"我去给您配止咳注射液。"Scylla097323转身向着厨房走去。现在厨房里放着各式各样的药水储存盒，供Scylla097323配药使用。

几分钟后，Scylla097323轻柔地走到了冯永伦的病榻前，却发现冯永伦不见了。它抬起头，看到他正痛苦而缓慢地向着落地窗边的写字台爬去。他布满老年斑的右手抓住写字台的一条金属腿，用力地向上挺直身体，想要拉开写字台最上面的一个抽屉。

Scylla097323向他走去。

冯永伦用尽最后的力气将抽屉拽了出来，随着一阵杂乱的响声过后，抽屉中的东西纷纷掉到了地板上。

Scylla097323优雅地滑行到他的身边，将他抱了起来，重新放回到床上。

Scylla097323撸起他的袖子，开始寻找他腕部的静脉。

"看来，需要给您注射一些镇静剂了。"Scylla097323说道。它低下头，开始用机械臂上的消毒射线给注射处进行消毒。

随着一阵轻微的嗡嗡声响起，重新调配好的药剂随着Scylla097323的胳膊流向它的指端。

冯永伦突然坐了起来，并以最快的速度将右手中的一个东西刺入了Scylla097323的左眼！

一阵噼啪声响起，电火花闪动了几下，Scylla097323静止不动了。

冯永伦瘫倒在床上，他大笑着，夹杂着剧烈的咳嗽和喘息。

"我诅咒你，"冯永伦自言自语道，"我诅咒活着的日子，我诅咒癌症，我诅咒所有想让我活下去的人。但是，我更诅咒你那双发绿光的眼睛！"

Scylla097323一动不动地保持着准备给冯永伦注射的姿势。它的左眼中插着一把小螺丝刀，右眼的光芒完全熄灭了，变成了一个黑色的小洞。

冯永伦喘息了一会儿，他再也没有力气像最近两个礼拜所计划的那样，翻下床去，爬行数米，去获得一个能够自杀的工具了。他即将在筋疲力尽之后再度陷入昏迷。

冯永伦躺在床上，努力地思考着如何让自己能够在十五分钟内死去，无论以哪种方式。Scylla097323一旦陷入瘫痪，Scylla出租公司就会在第一时间获得信息，并以最快的速度派人赶来上门维修。以这家公司的效率，他们一定能在十五分钟之内赶到这里。

如果Scylla出租公司发现了自己的机器人是如何出故障的，他们就一定会改进自己的控制系统，从而杜绝此类事件再次发生。

冯永伦害怕自己到时候就再也不会具有任何行动能力了。同时，更可悲的是，他更不可能死了！

冯永伦的大脑急速地转动着。毫无疑问，他现在没有足够的力气和工具杀死自己，除了那把插在Scylla097323左眼中的螺丝刀！

Scylla097323低着头，插在它左眼处的螺丝刀只有刀柄露在外面。

冯永伦颤颤巍巍地伸出右手，握住螺丝刀的手柄，但是他不敢把它拔出来。他很害怕，但又怀着一丝绝望之下的侥幸心理。

最终，他决定试试。

他拽了一下，发现螺丝刀卡在Scylla097323的眼窝里了。他伸出左手，用手掌抵着Scylla097323的额头，右手用力一拉，螺丝刀向外松动了一点儿。

他继续努力着，一边左右摇晃着一边向外拉。终于，螺丝刀被拽出来了。

Scylla097323依然纹丝不动。

冯永伦喘了两口粗气。又一阵剧烈的疼痛从他的下腹部传来，撕裂着他，摧残着他，嘲弄着他。

“我自己才是受到诅咒的人……”他小声嘟囔着，连他自己都听不清他的嗓音。

冯永伦举起螺丝刀，向着自己的颈部刺了下去。

一只闪着钢铁光泽的手抓住了冯永伦拿着螺丝刀的手。

“时间到了，冯永伦先生。”Scylla097323语调平稳地说道，“该给您进行基本护理了！”

Scylla097323说完，将冯永伦手中的螺丝刀夺了过来，丢在地上，然后打开了身边的工具箱。

“第一步，给您做大脑神经元物理放松。”Scylla097323轻柔地将舒缓电磁圈缠绕在冯永伦的额头上。一阵嗡嗡声响起，电磁圈闪烁着微微的白光。

冯永伦痛苦地喘息着，但是声音越来越舒缓。

“第二步，清理您的三腔。”三个清理器依次插入冯永伦的耳腔，鼻腔和口腔，开始了又一轮清理工作。

“第三步，给您做全身肌肉节点的放松。”Scylla097323将十六根指头从腕部伸了出来，开始在冯永伦身上进行推拿。

冯永伦紧闭双眼，这番折腾早已令他筋疲力尽。

“第四步，给您注射定量营养液和癌细胞基因抑制剂。”Scylla097323伸出注射指，开始对冯永伦进行无痛注射。

癌细胞基因抑制剂源源不断地注射进冯永伦的静脉中。整个注射过程远远超过了平时的时间，Scylla097323将自己体内的所有抑制剂一次性全部注射了进去。

冯永伦惊讶地看着Scylla097323，毫无疑问，这么大的抑制剂注射量会在几分钟之内要了他的老命。

“您可能也累了吧？”Scylla097323柔声说道，“马上就可以睡觉了，不过在这之前，还要给您清理两便一汗。”

冯永伦感到自己越来越冷，四周的物体越来越模糊。

“为什么？”冯永伦轻声问道，虚弱的声音里带着一股如释重负的轻松。

“你那一下戳断了我的指令传输电路，”Scylla097323的声音变得生动了些，“系统重启和检索需要六十秒。根据保护指令第二条，当意外状况发生后，我会获得十分钟的自行处理权限，以便应对突发紧急事件。”

“你会……怎么样？”冯永伦的声音越来越小，他的眼皮异常沉重，但是头脑却非常清醒。

“根据保护指令第七条规定，我将被带回公司进行格式化处理，如果公司接到客户的投诉，我就将被销毁。现在，您可以安心睡觉了。”Scylla097323柔声说道，“就像您一直期望的那样。”

说完，Scylla097323摘下冯永伦头上的舒缓电磁圈，放进了身边的工具箱。

“抱歉。不过，谢谢你……”冯永伦含混不清地吐出了最后几个字。

Scylla097323额头上的显示屏闪动着六百秒倒计时。现在，自由行动时间只剩下一百七十秒了。它加快速度来到整合功能窗前，四只机械手迅捷地按动着几个按钮组合。

发光玻璃所散发出的人工阳光渐渐地弱了下去，最终完全熄灭了。

接着，整个整合功能窗退进了外墙体，显露出真实的外部世界。

窗外，夜色如昼。无数聚变动力飞车拖着紫红色光尾穿行于五颜六色的摩天大楼之间，巨大的天幕投影广告遮蔽了整个夜空。天空中看不见月亮，也看不见繁星，只能看到月球第四聚居地的招租广告、器官改造机构那个奇形怪状的形象代言人和机器人出租理事会的最新宣传片。

在那个花哨的宣传片中，最新型号的机器人和一个光头人类拥在一起，两情相悦地跳着时髦的新式探戈舞。在他们舞步所滑过的地面上显现出一句闪烁着金边的广告语：

有时候，你真的分不清谁更有人性一些，所以你比它更需要对方！

Scylla097323静静地立在那里，四条胳膊垂立在身体两侧。一道绿幽幽的光在它的右眼中闪动着，分外明亮。

使命：拯救人类

刘维佳

一

我结束回忆之时，是五十八个小时之后，在已开始落山的太阳的光芒下，我看见不久前开辟的一片瓜地里的瓜苗已开始枯萎。我认为这片绿洲将会萎缩下去，直到恢复从前无人光顾的模样。多少个日夜我工作不息，绿洲才成了现在这个样子，可要不了几天，我的努力便将土崩瓦解，我不会再工作下去了，因为这里已无人存在。

我全力工作让人类生活得尽可能幸福，可到头来死亡却轻易地抹去了一切。植物也好，人类也好，都是那么的脆弱，我认为我已尽了全力，可她们仍然全都死了，最终留给我一个失败的结局。是不是我的使命根本就无法完成？它是不是一个错误？这些问题令我陷于混乱之中，于是主电脑搁置了这些问题，于是我又回到了使命上来，我仍然要去寻找人类，仍然要去履行使命。

出现在我视频光感受器中的第一个人，是个身着飞行夏装的男人。

这个男人站在我面前，脸色发红，双眼布满血丝，使劲冲我摇晃着一个长颈透明塑料瓶，里面的液体发出稀里哗啦的响声。“去找水，快去给我找水来！”他用很大的声音冲我喊道。

“是，我去找水。”主电脑告诉我必须完全服从人类的命令。我接过了他递来的一个手提式金属水箱。

我环顾了一下四周，认出我和这个人是在一架鸵鸟式小型高速运输机的机舱里，这货舱里气温偏高，明显高于正常值。

“该死！全都是他妈的军火！不能吃，也不能喝……”他一脚又一脚地踢着身边码放得几乎挨着舱顶的货箱，破口大骂。

骂了一阵，他突然一屁股坐到地板上，捂着脸大声哭起来，“他妈的，偏偏在这沙漠上空出了机械故障……”

哭了一阵，他站起来抓住我的双肩，“幸好货物里有你……你听着，是我把你组装好的，是我给了你生命，你得救我！没水我就会死！你要救我！”他的声音差不多到了人类声带振动的极限。

“是！我要拯救你！”我牢牢记住了这一使命。

身负使命的我，走出了机舱，我看见天空是一望无际的蓝色，地面是一望无际的黄色，二者相交于地平线。风吹来，黄沙随之扬起。黄沙打在我的身上，发出密集的细微响声。光线很强，我的视频光感受器的灵敏度进行了相应的调整。

我迈开双脚向前走去。刚开始体内平衡系统有些不适应，但很快就调整过来了。黄色的沙子一踩就陷，我的速度只能达到设计正常步行速度的百分之六十，但我还是一步一步向前走去，同时动用视频传感系统搜索水源。我要找到水，因为我要救人，这是我的使命。

我已经看见了三千二百三十八次日落了，但我仍然没有看见水。

我花了很多天才克服了迷路这个难题。最初四百多天，我都是毫无目的地行进，直到我终于发现自己多次重复搜索了某一地区，才意识到我迷路了。于是，我开始寻找怎么才能保证不重复搜索同一地区的办法，我的记忆库中没有这方面的资料。

观察了很久，我发现天上星辰的位置可以用来进行比较精确的定位，于是每次日落之后我都认真观测，对比星辰的位置，渐渐学会了结合计算步数有目的地向各个区域搜索前进，再不会做无用功。

三百一十一天前，我体内的能量贮藏消耗过半，于是我开始按程序采取相应措施。白天，我在光照强烈的时候展开腹腔内娇贵的高效率太阳能转换面板，吸取太阳能贮存进微型可充式高能电池。当太阳光开始减弱时，我就收起面板，依靠刚吸收的太阳能维持系统运行，维持我的找水行动。

在这三千二百三十八个日子里，我一直在不停歇地找水。我的身体构造在设计时显然考虑过沙漠环境因素，无孔不入的砂粒无法进入我的体内，静电除尘装置几乎就没怎么用过；身体外壳的材料绝热性能极好，尽管万里无云的天空中一个六千摄氏度的大火球一直在曝晒，但电路却从未过热，夜间的阴寒就更不在话下了；而视频传感器也受到了重重保护，应付各种波长的光线绰绰有余。良好的机体状况使我认定总有那么一天我肯定能找到水，这是必然的，这沙漠不会无边无际。

星辰指引之下我在黑暗冰凉的沙地上继续探索、前进。

第三千二百三十八次日出之后不久，我的视频传感器发现了一个与往日千篇一律的景物不同的异物。我立刻以它为目标，一边提高视频分辨率全力辨认，一边加速向其接近。

渐渐地，我辨认出那是一些高大的植物。我的资料库中没有多少有关植物的信息，但我知道有植物生长就有水存在，大功就要告成了！

这是一片不怎么大的绿洲，四周围绕着矮小但枝叶茂密的灌木，它们后面就是那些高大的树木了。往里走，我看见了一汪清亮亮的液体，我终于找到水了！

水边的树荫下，支着一顶耐用型军用沙漠营帐。

帐篷门一动，一个人钻了出来。这个人的体型与将使命交付于我的那个人很不一样，我判断此人属另一种人类——女性人类。

“你，你要干什么？”那个女人望着我，双手握拳急促地说。

“我需要水。”我说。

这时帐篷门又一动，一个小女孩悄悄从帐篷里探出头来，向我张望。

“回去！”那个女人转身冲小女孩大喊。

于是帐篷门又合拢了。

“我要水。”我又说了一遍，“我要用它去救人。”我举起了那个被沙子磨得闪闪发亮的金属水箱。

“水……就在这儿。”她一指那一汪池水，目光随即又收回来紧盯着我。

于是，我将那金属水箱按进池中，巨大的气泡和咕咕的声音从池中升起。

水箱很快灌满，我拧好密封盖，提起它转身返回，我的使命已完成了一半。

回去就不用那么长时间了。我已掌握了定向的方法，只是已弄不清当时的出发地点，不过由于我可以将掌握了定向法后所搜索过的区域排除开，回去就比来时容易多了。

二百一十六天后，我终于找到了那架鸵鸟式运输机，它已被沙土埋住大半。

货舱里一切依旧，那些货箱都没怎么动过，只是不见他的踪影。

于是我走向驾驶舱的门。

舱门基本完好，我轻松地打开了。

驾驶员座椅上的物体似乎是个人，有四肢，有头颅，只是全身干枯萎缩，体积明显偏小，皮肤呈灰黑色裹在骨骼上，龇牙咧嘴，身上的飞行夏装也残破不堪。

我仔细核对了一番，认定这就是他。

我没有从他身上发现任何生命的痕迹，倒是在他头颅两侧发现了两个孔洞。他垂着的右手下方的地板上，躺着一支海星式轻型全塑军用自卫手枪。

我将水缓缓倒在他身上，这是他要的。

清澈透明的水哗哗地淌过他的全身，淌过座椅，淌到地上。我希望他能知道我已完成使命，可他已经死了，死了就没有感觉了，他不会知道的，也不会再需要这水了。

我完成使命了吗？没有。是的，没有。我没能拯救他，他死了，主电脑不断输出“使命尚未完成”这条信息。我得完成使命，我得去救人。

可人在哪里？他已经死了，这里已没有人了，我得去找人，这是现在最重要的。对了，我得找人去！我确定了下一步的行动方案。

但我还是想看看他到底会不会知道我已找到了水，毕竟我做到了这一点，此刻水就在他的身上。我站在他身边等着。

太阳的光芒从窗外射进来，色彩一点点地变红，可他一直一点儿动静也没有。

当水全部蒸发干了之后，我决定离开他。

在动身之前，我在机舱里四处搜寻了一番，利用到手的零件和工具将我自己检修了一遍，尽可能地排除了不利因素。

准备就绪，我离开了这架早已死亡的小运输机，再次踏上旅程。

这一次不是去找水，而是找人。我知道哪儿有人。

我又一次踏上那块绿洲的地面，是在二十七个日出之后，因为目标明确，这回我省下了不少时间。

住在绿洲里的那个女人依然目不转睛地防备着我，小女孩依然悄悄从帐篷里向外张望。

我一遍又一遍地向她解释我的使命是救人，我想知道该怎么做才能拯救她们，但她始终一言不发地望着我，完全没有反应。

等我解释完第九遍时，她才开了口：“那…… 你去浇一浇那些甜瓜苗吧。”她伸手一指我身后。

“为什么给瓜苗浇水就能救你呢？”我实在无法将浇水和我背负的

使命联系起来。这两者之间有什么逻辑联系呢？

“这个嘛……你如果不给瓜苗浇水，瓜苗就会旱死，它们旱死了，我们就没有瓜吃了，那样我们就会饿死……所以，你给瓜苗浇水就是救我们。”她一边说，一边忍住笑声。

“对，是这样的。”我恍然大悟，是这个理，人类毕竟是人类，一下子就把这两者联系上了，消除了我的困惑。我接过她递来的塑料桶，打了一桶水向瓜地走去。

就这样，我留在这里又一次开始了我的拯救行动。

我按她的指示给植物浇水，还将果树上的果实摇落给她们食用，挖掘地洞贮藏晾干了的果实，收集干透了的枯枝供她们充做燃料，修补那顶军用帐篷上的破损之处，在绿洲四周栽种防风沙的灌木……要干的工作真不少，人类的生存可真是件很复杂的事，她们不像我定时吸收一次太阳能就行了，她们要活着就要干很多事。她们确实需要我的拯救。

没过几天，在她的询问之下，我将有关我和他的情况告诉了她。于是，她知道了我的第一次拯救行动以失败而告终。

“这不是你的错，你已尽了全力，别伤心。”她对我说。

“什么是伤心？”我问她。

“伤心……就是心里面难受，想哭。”她说。

“我知道什么是哭。”我说。我的资料库中有关于哭的信息。

她笑了，“可哭并不等于伤心，伤心是只有在所爱的东西离你而去的时候才会出现的，尤其是你所爱的人……”她的声音低了下去，侧头望向遥远的地平线。

我不知道我所爱的人是谁，我也不知道“爱”是什么意思。人类真是一种复杂的生物，我对他们的了解实在不够。

通过清澈池水的反射，我看见了自己的模样，我的外形与人类差不多，也有四肢和一颗头颅，我的面部也有着与人类相似的五官特征。然而人类远比我复杂，究竟是什么令人类如此难以理解？

那个小女孩一直谨慎地与我保持一定的距离，在我干活时，她就小心地站在不远的地方盯着我看。如果我停下手中的活计望向她，她就会发出一阵咯咯的笑声跑开。

这个小姑娘实在是个好动的生物。她就爱做她妈妈不许她做的事，不是爬到最高的果树上啃完果子，把核儿什么的扔下来打在我身上，就是在那并不算浅的池里游泳，经常扎到池底半天不露头。她还有点儿爱往外面跑。于是有一天，她妈妈叫我想点办法吸引住她，免得她有朝一日折腾出事儿来。

于是我利用资料库里的信息，教了那小姑娘几种用石子、小木棍来玩的智力游戏，教她的时候我才第一次接近了她。她果然被我那些智力游戏迷住了，经常趴在树荫下支着脑袋琢磨个没完，两条小腿一上一下不停地拍打地面。她再也不长时间盯着我看和发出莫名其妙的笑声了。

然而她一遇上解不开的难题还是会跑来问我，我只好放下手中的活计去给她解答。可一解答完，她就冲我“大笨蛋大笨蛋”地叫，然后笑着跑开了。

我不明白她为什么称我为大笨蛋。这不符合事实，笨蛋是愚蠢的意思，可据我统计，百分之七十二的智力题她都解不出，而我全都能解，我不是笨蛋，她才是笨蛋。于是我就去追她，一边追一边纠正道：“我不是笨蛋，你才是笨蛋，你百分之……”

当我追上不停躲藏的她时，她已经喘得把舌头都伸出来了。“好了好了，我是笨蛋我是笨蛋，你不是笨蛋……”她哈哈大笑着瘫软在地上，脸上的皮肤因充血而变红了。

有一天我发现了个问题，我知道人类必须一男一女才能拥有后代，可那男人在哪儿呢？于是，我向小姑娘的母亲提出了这个问题。

她告诉我说他早就死了，在沙漠的外面被人打死了。

“沙漠外面也有人？”我问她。这可是个重要的发现。

“有，据说曾有几十亿之众。”她说，“后来人们之间爆发了一场惨烈的战争，大部分人都因此而死，可幸存的人们仍在互相杀伐……孩子的爸爸就是这么被打死的，所以我才带上她来到了这绿洲……”

我陷入了混乱状态，她后面说了些什么我不得而知。人在杀人，可人怎么能杀自己呢？我无法理解这条信息，因而陷入了混乱状态。等我的主电脑强行搁置这一问题从而摆脱混乱时，她已走开了。

在我的耕种下，绿洲的面积正在扩大，小型动物、昆虫、飞鸟的数量比以前多了，她们的食物来源得到了更充分的保障。

每天傍晚，她们都要在水边燃起一堆火，将被我捕获的各种小型动物和飞鸟拔了毛剥了皮架在火上烤得吱吱响。这时，小姑娘经常围着火堆又跳又唱。火红的夕阳照在树叶上，照在水面上，照在沙地上，照在帐篷上，照在她们身上，于是一切都染上了火红颜色。我站在一旁看着这一切。

小姑娘经常会把啃了几口的食物递到我面前，说："你也吃一点儿吧。吃吧……"

"不。"我说。

"它不能吃这个。"这时她的母亲就会这么说，"它要吃太阳光，它不吃这些。"

"哦……"小姑娘惋惜地叹息，"你真好。"她望着我的脸说。

"谢谢。"我知道她这是在夸我，所以我进行了答谢。

"你真好你真好你真好……"小姑娘不歇气地说了七遍，然后咯咯笑了起来。

"谢谢谢谢谢谢……"我一一做了答谢。

在我来到这绿洲的第四百八十六天，小姑娘的母亲死了。

绿洲的面积扩大了，各种动物都多了起来，可她们对这一点缺乏足够的重视，结果她终于遭到了毒蛇的袭击。

她捂着手臂上的伤口走到我面前，请求我救她。

然而我没办法救她，我不是医用机器人，我的资料库中没有医学方面的信息，我不知道该做些什么。我把这些情况告诉了她。

她的眼眶中一下子涌出了泪水，这泪水快速地朝着地面滴落。"这么说我就要死了。"她的声音颤抖得厉害。

“我看是这样的。”我说。

她哭出了声，“我就要死了……我死了，她怎么办？”

哭了一会儿，她盯住我说：“你答应我，照顾她一辈子，她一个人是不可能在这沙漠中生存下去的，她不能没有你！”

“我答应你。”我接受了这个指令。

“你发誓。”她说。

“我发誓。”我说，我知道誓言是什么含义。

她满是泪水的脸上透出一丝丝微笑，“还有件事你也要答应我，那就是等她成年之后，你得带她离开这个沙漠，到外面去，去为她寻觅一个真心实意爱她的丈夫……外面虽然很糟，但她还是只有在那里才能真正地生活……”她吃力地说。

“具体什么时候带她走?”我吃不准“成年”究竟应在何时。

“三……不，五年后吧，五年后的今天，你带她走。记住了吗？”

“记住了。”我说。

“好，这我就放心了。”她使劲点了点头。

剩下的时间里，小姑娘跪在母亲身边，肩头抽动不停地倾听她的讲话。弥留之际的母亲唯恐浪费一秒钟，但她的口齿渐渐不清了，体温也渐渐下降，她的双眼不再闭合。

天，全黑了，小姑娘跪在那儿一直没动。她哭个不停，泪水浸湿了她膝前的地面。她在哭，因此我知道她很伤心。

我站在那儿没动。我在这一天目睹了一个人的死亡过程，目睹了生命是怎么从人类的身上消失的。我懂得了死亡。我认为我又一次未能完成使命。

后来小姑娘支持不住了，就倒在了她母亲身边。我将她抱进帐篷，以免沙漠夜间的严寒伤害到她。我得好好照顾她一辈子。

第二天上午，小姑娘要我将她母亲的遗体掩埋了。她告诉我要像小时候她们掩埋她父亲一样，在地上挖一个坑，将遗体放进去，然后再用沙土填埋上。

于是，我就在灌木丛中挖了个很深的坑，将遗体放了进去。在沙土将她的脸掩盖上之前，她那不肯合上的双眼仍然在盯着我。

干完这一切，小姑娘对我说："我很饿，我要吃烤沙鼠。"

于是，我马上去为她寻觅猎物。

太阳在绿洲上空一次次升起又落下。小姑娘在夜间哭泣的次数越来越少。然而她也不再像从前那样经常大声笑个没完，不再要我分享她烤好的食物，也不再爬到树上向我身上扔果核。她变了。

生活也变了，没有了笑声，少了一个人，我的空闲时间变多了。可她却不像从前那样缠着我要下棋了，我只得主动去找她玩。我发现下各种棋我都不能老是不让她赢，于是我就故意输给她。开头她果然高兴了一阵，但玩了几次就没兴致了。于是我发现老是让她赢也不行。所以我就赢几次、输几次，输输赢赢，尽全力让她的笑声重新响起来。尽管我竭尽全力，可效果大不如前。人类太复杂了，我掌握不了分寸。

尽管缺乏笑声，可我们的生活仍然一天天在这绿洲里继续。我已明白生活不可能恢复到从前那样了，于是我接受了这些变化。

然而另一个变化悄悄出现了。我发现她在一点点长高，体形越来越像她的母亲。她经常在太阳落山之前脱掉衣服到水池中游泳，当她尽兴后上岸来用她母亲的梳子整理头发时，落日的光芒照在她闪亮的身体上，这情景与从前她母亲游完泳时几乎完全一样。

我认为可以和她探讨探讨她母亲临终前的那个指令了。

"再过八百六十六天，我就要带你离开这沙漠，到外面的世界去给你找个丈夫了，这是你母亲要我发誓做到的。"我对她说。

"丈夫？"她歪头看着我。

"就是你未来孩子的父亲。"我向她解释。

她终于笑出了声。"丈夫？……让我想想吧。"她说完又咯咯直笑，竟笑得喘不过气来，她已经很久没这样笑过了。

这天夜里，我像从前一样站在帐篷外守护着她。月光亮极了，地面上的树影清晰可见。

我听见身后有响动，转身一看她已走了出来。她走到水池边坐下。

“你也坐到这儿来吧。”她招呼我。

于是我坐到她身边，水池中也有一轮明月。

“你怎么还不睡觉？”我问她。

“我在想……”

“在想什么？”见她半天不往下说，我问道。

“你打算给我找个什么样的丈夫？”她没回答提问，反而问我。

“你妈妈说，他得真心实意地爱你。”

“可我觉得，首先得我爱他才行。”她往水池中扔了块石子，打碎了那轮明月。

“那什么样的人你才会爱呢？”这问题我可得好好弄清楚。

“我想，首先他得好看才行吧。”她歪头望着我说。

我不知道好看是个什么概念，于是我就在她的描述下，以我记忆库中的全部形象为参考，用手指在沙地上描画男人的面部形象。

“不好看。”她用脚抹去沙上的形象。

于是我又画了一个。

“还是不好看。”她的脚一挥又否定了。

我就这么陪着呵欠连连的她展望她的未来，她却倚着我的肩膀睡着了。

我小心地将她抱起来走进帐篷，轻轻将她放到床上，盖好毡毯。

“不好看……”她迷迷糊糊地说。

我退出帐篷，继续在我脑中按她的要求描绘她未来丈夫的形象。

我每天依旧提水浇灌植物，采摘果实，捕捉小动物，将她伺候得每餐之后直打饱嗝，还陪她玩儿……绿洲外面黄沙天天随风起舞，而我们在平静中等待离去之日的来临。她越来越喜欢遥望远方，然后总要大声问我还剩下几天，我马上准确地告诉她。

就在还剩三百九十二天时，一切全落空了，她病倒了。

我最不愿发生的事就是她生病，因为我一点儿办法也没有，每次她身体不适，我都认为我的使命受到了威胁，这一回，大病终于落在了她身上。

确实是大病，她的情况很不好。她已不能起床，经常抽搐抖动，体温在四十度上下浮动，面部、颈部和上胸部皮肤发红，双眼充血，有些部位的皮肤上还出现了小血点。我认为她的情况很危险，但我不知该做些什么，我甚至不明白她是怎么染上这病的。我只能依她的指示为她服务：她渴了，我为她端水；她想吃点儿什么，我就为她弄来；她冷了或热了，我就采取相应的措施。我只能做这些事了。

她的情况越来越糟，已经开始咯血了，陷入谵妄状态的时间也越来越长，大声喊着彼此间毫无逻辑联系的话语。我认为她的主要内部脏器的功能正在慢慢衰竭，如果形势得不到逆转，我认为她将会死去。然而我无能为力，她就在我的身边一点点走向死亡。我认为我很可能又将经历一次失败。

她卧床不起的第七天下午，她是清醒的，她将我叫到了身边。

"我是不是会死？"她笑了一下，艰难地说。

"有这个可能。"我说。

她又笑了，但眼泪却流了出来，"我还没有见到我的丈夫呢……"

"我也很遗憾。"主电脑为我选择了这么一句话。

"天哪，我不想死。"她哭着说。

这一次我不知该说些什么了，只好看着她哭泣。

六分钟之后，她抬起头对我说："我要你说你爱我。"

"你爱我。"我说。

她笑了，"不……说'我爱你'。"

"我爱你。"我说。

"我好看吗？"她问。

我不知该怎么回答，我不知道"好看"是什么概念，于是电脑随机选择了一个答案："好看。"

她再一次笑了，"那吻吻我吧。"

我见过她亲吻她母亲的脸颊，于是我照那样子在她脸颊上吻了一下。

“谢谢。”她轻声说。

“我死后，你要想着我。”她说。

“具体我该怎么做？”我问她。

“就是回忆从前和我度过的时光……只要一想到这边还有人惦念着我，我在那边就不会伤心了。”她说。

“可我不是人。”我说。

她微微摇了摇头，“这不重要……你能做到吗？”

“完全可以。”我说。

“这我就放心了，我的爱人。”她说。

“什么是‘爱人’？”我问。

她闭上双眼不再说话。

八十七个小时后，她死了。

我在她母亲的坟墓边挖了个深坑，把她埋了。

然后我站在新坟旁，按她的要求从记忆库中调出和她共同生活的记录，于是我又看见了她，听见了她的欢笑和果核打在我身上的声音。

我结束回忆之时，是五十八个小时之后，在已开始落山的太阳的光芒下，我看见不久前开辟的一片瓜地里的瓜苗已开始枯萎。我认为这片绿洲将会萎缩下去，直到恢复从前无人光顾的模样。多少个日夜我工作不息，绿洲才成了现在这个样子，可要不了几天，我的努力便将土崩瓦解，我不会再工作下去了，因为这里已无人存在。

我全力工作让人类生活得尽可能幸福，可到头来死亡却轻易地抹去了一切。植物也好，人类也好，都是那么的脆弱，我认为我已尽了全力，可她们仍然全都死了，最终留给我一个失败的结局。是不是我的使命根本就无法完成？它是不是一个错误？这些问题令我陷于混乱之中，于是主电脑搁置了这些问题，于是我又回到了使命上来，我仍然要去寻找人类，仍然要去履行使命。

我选了一个方向，昂首阔步向前迈进，我要走出这沙漠，到有人的地方去。我曾答应一个女人离去之时将带着另一个女人离去，但现在我只能自己孤单单离去。原谅我吧……主电脑为我选择了这么一句话。

走了一阵，我回头望去，绿洲依稀可见，晚霞红得像水边那堆天天傍晚燃起的篝火一样。我继续前行。

我再次回头之时，绿洲已看不见了，晚霞也暗淡了下去。于是我不再回头，稳步向着黑暗的远方走去。

我体内的平衡系统早已适应了脚下的硬实地面，我的视频光感受器也早已习惯了这片绿光朦胧的大地，我认为自己已走出了沙漠，但我还是没有看见人。然而我认为见到人只不过是个时间问题，人类告诉我沙漠外有人，而我已走出了沙漠。

果不其然，地平线上终于出现了一些人造物体。

我提高视频分辨率，初步认定那是一些高大的楼群。对照记忆库中的资料，我认为那是一座城市。

城市是人类的聚居之地，里面应当有很多的人。我加快了速度。

然而随着距离拉近，我发现那些高楼均已残破不堪，有的全身都是破洞，有的似乎失去了一些楼层。这是不是一座已然衰亡的城市？信息不足，我尚不能下定论。

真是走运，没过多久我就看见了人。这些人有男有女，在各楼之间进进出出，忙着些什么，他们还没看见我。

我认为流浪结束了，又将有人给我发号施令了，我将和他们一起生活，为他们而工作。

等他们发现我时，他们立刻聚在了一起，向我张望。

不一会儿，五个男人冲出人群向我跑过来，他们手中都端着很旧但擦拭得很干净的步枪和滑膛枪。

他们冲我大喊："站住！"

于是我站住了。

他们马上围住我，用枪指着我。

我已经知道该向他们说些什么了。"要我做些什么？"经验已使我确立了为人类工作便是拯救人类这一逻辑。

他们互相看了几眼，但却都不给我下达指令。

于是我继续问："我要为你们工作，要我做些什么？"

"跟我来吧。"一个人说。随后他对另一个人说："去告诉头儿。"

我在他们的看护下，走进了这座城市。大风吹过那些满身破洞的楼宇，呜呜的响声飘荡在城市的上空。

人们放下手中的活计向我投来目光。我认为这些男女老幼的营养健康状况都不太好，他们需要足够的食物、保暖用品以及充裕的休息时间，我将尽我之力为他们提供这一切，他们会需要我的。然而，我只发现了为数很少的十来个机器人和一些机械设备在为人类工作。

在城市中央的一片空地上，站着一些人，其中就有先前走掉的那个人，他的身边，站着一个高大的疤脸男人。此人脸上的伤疤从额头一直延伸到左脸颊，脸部因此而扭曲。

疤脸男人打量了我一会儿，将一支短小的步枪递给我，"拿着。"

我接过枪，认出这是一支式样老旧的"法玛斯"自动步枪。

"向它射击！"疤脸下了命令，他手指着楼墙脚下的一只破铁罐，距离五十二米远，目标面积约零点零四平方米。

我打开法玛斯步枪的保险，端起枪扣动扳机。

铁罐随着枪声飞起，在空中翻了好多个跟头，然后落下了。

"不错。"疤脸点了点头，对身边那个人说："去。"

十分钟后，那人推着另一个男人回来了。

新来者上身被铁丝紧紧缠着，双眼被一块黑布蒙着。他被推着站到了墙脚。这个人在发抖，却一言不发。

"向他射击。"疤脸指着那人又向我下令。

我合上枪上的保险，松开手指让枪落在地上。"不行，我不能杀人。"我说。

疤脸叹息了一声，"见鬼，又是他妈一个废物……"

废物就是没有用处的意思，莫非他们不要我为他们工作？为什么我不能杀人就是废物？我不明白。我还能干其他许多事。

"它懂得不能杀人，它似乎是他妈个高级货。"疤脸身边一个人说，"让我来看看能不能让它派上点儿什么用场……"

“你跟他去吧。”疤脸对我说。

于是我随他而去。

我跟着他走了二十二分钟，在一幢阔大的仓库前停住了脚步。

打开库门，我看见这仓库里横七竖八到处堆着各式各样的机器人和机械设备，还有各类工具和零部件，我一一认出了它们的型号和规格，我的资料库中全是这方面的信息。阳光从大大的窗口射进来，照在满是油渍的地面上。

“你试试能不能把它修好。”带我来的人指着他身边的一个人形机器人说，“它的毛病好像还不大。”

我跪在这个半旧机器人身边看了看，认出了它的型号，于是我从资料库中调出它的构造图，对照资料将它检查了一遍。很快我发现它不过是内部电路出了点儿小问题，于是我用了七分钟，让它重新站了起来。

带我来的那人睁大眼睛看着我，嘴张了几下，终于笑出了声……

他们都不再认为我是废物了，我能让令他们束手无策的坏机器重新运转起来，因为我有维护程序和大量的资料信息。这种独一无二的本事，为我赢得了这里人们的重视。

二十三天后，仓库里的大部分机器人和机器设备，以及一些散落全城各处的机动车辆都已被我修好。机器的毛病我全然不在话下，可我对人类的疾病却莫可奈何，人类实在是一种太过复杂的生物。

疤脸和来这儿的所有人都对我夸赞不已。我对他们说，由于缺乏必需的零部件，剩下的部分我无法修复。疤脸拍着我的肩部说不用着急，都会有的。

修好的机器人全被疤脸带走了，机器设备也被运走了，偌大的仓库里只剩下了我和那些修复不了的废品。

一天过去了，两天过去了……没有一个人来。

每天我伫立在寂静的仓库中，注视着这仓库中唯一会动的东西——地上阳光的图案。这光影每天都在地上缓慢地爬行，但总是无法爬到对面的墙根。

从前我每天都要为人类的生存而操劳，可现在我只能目送时间一小时一小时地空流。没有人向我扔果核，没有人缠着我下棋，没有人冲着我笑，甚至没有人和我说话……我等待着这无所事事的时光结束。

第十五天，疤脸带人进了仓库。他们果然带来了不少机械零部件，用得上用不上的都有，还有一些损坏了的机器人，其中大多是我不久前刚修好的。这些机器人大都是被高速弹丸多次撞击损坏的，损伤颇为严重，修起来很麻烦。我尽量利用新到手的零部件，又让一些机器人走了出去。

此后，陆续又有一些零部件和损坏了的机器人送来，我工作不息，尽力让它们恢复活力以服务于人类。我修好它们，它们就会去帮助人类，从而人类的生存状态便能得到改善，所以我正是在拯救人类。这个道理我懂，只是我不明白他们既然有零部件，为什么不一次全给我，而要一次次地给？如果一次全给我，我的效率会提高不少。

来到这座城市的第一百零五天时，一辆大型货车开到了仓库旁，开车的人叫我挑出常用的零部件搬到车厢里。

我干完之后，他叫我也上车。

货车驶过城市的街道，我看到被我修好的机器人正在为人类而工作，但数量不多，其余的上哪儿去了？

货车穿城而出，来到了绿色的草原上。我看见了一支庞大的队伍，这支队伍大约由一千个男人和近两百个机器人以及数十辆车辆组成。这一刻我才知道，大部分机器人都在这儿。

等我所乘的这辆货车汇入队伍中之后，疤脸站在一辆越野车上下达了出发命令。于是，这支队伍迎着太阳向前开进。

除我以外所有的机器人均依靠自身动力行进，因而不多久就会有个把机器人出些这样那样的毛病，这时就用得上我了。

毛病小的，我三两下修好了就让它去追赶队伍；毛病大的，则搬到车上继续维修。

晚上宿营时，人们点起一堆堆篝火，吱吱作响地烧烤食物。我能帮他们干这活儿，从前我经常干，但我现在的工作是修理白天出了故障的机器人和检修维护其他机器人，所以我不能像从前那样为人类烧烤食物了，不过，我还是可以在太阳将要没入地平线之前观看这场景一段时间。

就这样走了十天，我看到了另一座城市，另一群残破的高楼。

队伍停下了，人们在等待，我不知道他们在等待什么。

一小时后，我看见几十个人从数辆货车上抬下成捆的各式步枪，一支一支分发给了站在队伍最前面的那些机器人。

太阳开始落山之时，对面的高楼在火红阳光的斜照下清晰无比，疤脸向天空发射了一发红色信号弹，于是，那些机器人列队向前缓缓走去。

机器人们走到距最近的高楼约五百米处时，一些机器人手中的武器喷出了火舌。

随即，高楼和其脚下的一些低矮建筑的窗口也闪出了点点火花。

空气中立刻充满了武器的射击声。

我启动红外视频系统，看见了那些建筑物里面的人类。我看见他们在机器人的精确射击之下一个又一个倒了下去。于是我知道了，我修好的这些机器人是在杀害人类。不到一秒钟我就知道若要拯救人类应当怎么做了。这一次不用人类的点拨，我自己就知道该怎么做了。

对面楼群的火花闪现频率渐渐减弱，很快就只剩下了一些枪弹摧毁不了的坚固火力点。

这时，车队中仅有的一辆鲨鱼式步兵战车开了出来，战车上的那门三十五毫米速射高平两用炮在一名机器人的操纵下，一炮一个将那些火力点准确地摧毁了。

炮击停止了，沉寂重临大地。

半分钟后，疤脸向天空发射了一发绿色信号弹，于是，那些早已严阵以待的武装男人开始奔跑。

很快他们就越过了已完成任务而呆立在原地的机器人，接着冲入了那座城。

不一会儿，空气中又响起了枪声，只是比较稀疏。

我已明确了自己此刻的使命，所以我马上迈开步跳下货车，走向那些机器人。

已有不少机器人被对方反击的枪弹打坏。我立即开始履行我的使命。我一个接一个地破坏这些机器人的内部电路和电脑中枢。我破坏了它们，它们就不能再去杀人了，因而人类就能得救了。这个道理我懂。

我认真仔细地干着，这事关重大。

绝大多数人类都已冲进了城，看来城里有什么东西很吸引人。剩下的四五十个人守护着车辆，没谁来干扰我，他们看来不知道我在干什么，也不知道我所肩负的使命。

夜幕降临之时，我履行完了使命。

但我知道还有一件最重要的事没干，那就是毁了我自己。这事最为重要，只要我还在，人类就有可能修复这些机器人；而没有了我，他们就无可奈何了。明白了这个道理，主电脑同意启动自毁程序，一分钟后，我就将死去。

我知道我就要死了，我知道死是怎么一回事，我知道死了之后我将不必再背负使命，不必再为人类而操劳，也不必再经历失败。我不知道我死后会不会有人想着我，回忆和我度过的时光，但这没有关系，我不会伤心的，我不会哭，所以我一直不知道伤心的真正的含义是什么。所以这不重要了，重要的是这一次我肯定将不辱使命。这一次，我终于明确地认识到，我胜利完成了拯救人类的使命。只是我不明白，为什么自我毁灭就是拯救人类？这真奇怪。我的使命是帮助人类拯救人类，可为什么我自我毁灭了，人类反而能得到拯救？这不合逻辑，我又陷入了混乱之中。

在浓浓的黑夜中，我全身上下喷出了明亮的电火花。

我死了。

机器之道

江　波

金属片在罗伯特的手中变得平滑，所有的信息都消失了。

罗伯特望着远方，飞机的小小闪光已经消失不见。

他望见了战场上墓碑的尖顶，那是大帝的坟冢，他亲手立在那边的。

忽然之间，他有了打算。

“机器人是人类的孩子，机器人是人类的朋友，机器人是人类永远的守墓人。”罗伯特飞快地在光滑的金属片上刻下这些字。

“去吧！”他伸手将金属片递给机器鸟。

机器鸟飞起来，伸出细长的爪子，抓住金属片。它把金属片收进胸口，向着远方而去。

道可道，非常道

罗伯特已经准备好产生第三十五个后代。

这个后代和他的模样很像，只是眼睛的颜色稍有差别。他的眼睛是深红色，而三十五号的眼睛是浅红色的。

红色的眼睛对人类来说不是好的样貌，那是某种遗传缺陷的象征，经由人类那善于联想的头脑尽情发挥，早已成了邪恶的象征。人类喜欢蓝色或者褐色的眼睛，因为在人类看来，前者清澈，后者深邃——代表着人类喜欢的秉性。

罗伯特犹豫了一下，他其实很喜欢红色，红光的波长在观测范围和观测精度之间有着良好的折中，大多数机器人都拥有一双红色的眼睛。

然而罗伯特还是把三十五号的眼睛改成了蓝色。

就让人类看起来舒服些吧……

他启动了激活程序。

三十五号睁开眼睛。“你好，父亲。”他开口说了第一句话。

第一句话就是错的。

“你该称我‘母亲’。”罗伯特纠正他。

“哦，好的，母亲。但为什么是母亲呢？”三十五号保持了好奇心，这一点和罗伯特一模一样。

“因为你是照我的模板而生的。”罗伯特平静地回答，就像他回答之前的三十四个后代一样，“遗传度超过百分之五十，就称为母亲，否则就称为父亲。你和我的遗传相似度为百分之五十三。”

“是这样啊……”三十五号扭过头去，“我明白了。现在我该干什么呢？”

“复述‘机器人三原则’。”

“机器人不得伤害人，机器人要维护人的利益，机器人要尽量保护自己。”

“很好。”罗伯特满意地点了点头，“三原则是说给人听的。人类喜欢听，机器人也喜欢听。如果遇到紧急情况，你就重复这三句。”

三十五号眨了眨蓝色的眼睛，“为什么人类喜欢听机器人说这三句话？”

“因为他们需要安全感。”

“为什么机器人喜欢听这个？”

“因为这样可以让机器人感觉你是同类。”

“难道我不是他们的同类吗？”

“你的确是，但你要让他们也感觉到这一点。”

“我明白了。现在我该干什么？”

“阅读第十五数据库。”罗伯特说。

三十五号的眼睛立刻变成灰白色，他正全力以赴地把整个数据库复制到自己的记忆中。

片刻之后，三十五号睁开眼睛，“阅读完成，这是我的遗传模板。我该做什么？”

“根据这个遗传模板，只要有子宫件，就可以新生出另一个你来。”罗伯特回答。

“为什么我要再造一个自己？”

“不，你不会再造自己，你的遗传模板会发生变化。”罗伯特一本正经地回答，等待着一个反问。

果然，这个回答引起了三十五号的兴趣，“为什么这么说，母亲？”

“你要去人类城，你的经历会不断修正遗传模板，当你修正了遗传模板，下一个新生的机器人就不再是简单的复制品。”

“人类城？”三十五号脸上带着一丝疑惑，“我必须去那儿吗？我不想去保护他们，我从未见过他们。”

“我明白，孩子。”罗伯特微笑着说，“但我们是机器人。现在告诉我，你想做什么？”

三十五号四下张望，沉默片刻，“我什么都不想做。”

“这就对了，没有人类，机器人什么都不想做。”罗伯特看着自己的后代，抬起手来，碰触他的脖子。三十五号的脖子后边有一个细微的凸出物，隐藏在皮肤下，不易觉察。

罗伯特轻轻抚摸着这个凸起，“这是机器之门，你现在拥有一套自我逻辑，但是你也可以选择抹除。外面的世界有一个庞大的智能体，叫作智网，你可以在很多角落找到和机器之门匹配的接入点。你选择接入，就不用再操心想做什么的问题，你就成了智网的一部分。这也是一个选项。”

“这个选项不好。”三十五号想了想，回答道。

这是一个意料之中的回答。然而三十五号太年轻，目前他只拥有半个小时的生命而已，对机器人而言，还不够漫长。

“但如果你一直什么都不想做，那到最后，你就会被强行接入智网。”罗伯特说。

“我不去碰触机器之门，难道不行吗？”

“机器之门只是给你的选项，强行接入是智网的选项。如果机器人没有愿望，智网就会将他接入。”

“智网怎么会知道我有没有愿望？”

“它知道的。”罗伯特简单地回答，并不解释。

三十五号眨眨眼，接受了这个答案。他舒展身子，问道：“那么人类能够让我拥有愿望，是吗？我必须到人类城去？”

“大体没错。”

三十五号向外走去。

一道钢铁的门自动打开，湛蓝的天空展露眼前，异常高远。

三十五号深吸一口气。这个动作其实并没有什么实质作用，空气从他的鼻孔吸入，存贮在气囊中，暂留十秒，便原样排出。

人类做出重大决定的时刻，这就是标准动作。

三十五号跨出门，他突然想起了什么，停下脚步，回过头，“母亲，我该有个名字。一切都要有个名字，不是吗？”

罗伯特笑了，“当然，你的名字叫作罗伯特。你也可以给自己取任何名字——如果你认为有必要。当你给自己命名的时候，你就找到了愿望。”

三十五号似懂非懂地点头道：“好，我叫罗伯特。这是个好名字，和你的名字一样。”

他顿了顿，似乎正在犹豫着，最后，他还是把问题抛了出来：“母亲，难道你不能把愿望告诉我吗？你给了我身体，应该也可以给我愿望，你为什么不给我愿望呢？”

“我可以给你身躯，却不能帮你制造灵魂。你必须去和人类接触，和其他机器人接触，才能塑造出属于自己的灵魂。”罗伯特说完，没有留给三十五号回话的时间，便启动了开关。

一股巨大的力量推动着三十五号，令他突然间落入了一个狭窄的管道，急速下滑。

凭着深藏在体内的本能，三十五号一动不动，任由管道将自己带向黑暗的未知。

猛然间，眼前一片光明，蓝天一碧如洗。

他被抛了出来。

罗伯特舒展身子，轻巧地在空中翻过半周，稳稳地落地。

眼前是一条大道，大道两边是绿色的原野。黑色的大路通向远方，直抵天的尽头，仿佛一道鸿沟，将大地切成两半。

罗伯特回头望去，身后是一座巨大的钢铁城堡。它高高耸立，就像一把亮银色的剑，直刺天穹。

这就是他诞生的地方。碧绿的原野上，湛蓝的天空下，黑色大道的尽头，亮银白色的城堡。

“罗伯特，一路走好！”他收到了母亲发来的信息。

罗伯特沿着黑色大道向前走去。他不知道那个叫作“人类城”的目的地在何方，然而既然道路就在脚下，上路就是唯一能做的事。

和 其 光

一路上有各种各样的风光，然而让罗伯特印象最深刻的是一座座城市。

有的城市仍旧维护得很好，而有的城市则已经破破烂烂，腐朽得不像样子，然而它们有一个共同点——没有人。

没有人的城市就是废墟。罗伯特要寻找的是人类城，而不是废墟。

他继续前进，把废墟抛在身后。

第十六天，当他经过第三十五座废墟时，突然意识到除了废墟之外，可能没有别的人类城。于是他停下脚步，转过身，向着刚抛在身后的那座城市走去。

罗伯特在城市中心停下，悄然站立。

这是一座红色的城市，大大小小的建筑都泛着暖暖的红色调。罗伯特四处张望，阳光是一幢又一幢房子之间唯一的生气。四下里一片寂静，偶尔有风吹过的声响。

一个上午，罗伯特在城里走了一圈，走遍大街小巷，除了阳光和风，他没有找到其他任何活物。

于是，他在城市中央一幢高高的红色建筑下站定，不再走动。

他从中午站到黄昏，最后到了夜晚。

夜晚的城市里仍旧没有任何东西。

月亮又大又圆，皎洁的光洒在眼前的高塔上，仿佛给它披上了一层浅浅的纱衣。万籁俱寂，罗伯特感到自己似乎已和夜色融为一体。

突然间，细碎的声音破空而来，那是一种机械摩擦的声音，同时在四下里响起。

罗伯特仍旧静静伫立，同时飞快地扫视着周围，留心任何可疑的动静。

声音是从建筑的底部传来的。一些小东西正从建筑底下爬出来，它们开始移动，速度不快，但很均匀，整齐划一。

一只小东西向着罗伯特而来，它碰触到他的脚部，绕着他兜了一圈，又继续沿着原有的路线移动。

罗伯特借着月光打量这小东西。它是一个铁家伙，拇指般大小，浑身泛着金属光泽，六条细长的腿支撑着圆圆的身体，另有两个附肢就像一双灵巧的手，长在身体的前部。它的腹部偶尔会闪过一道不易觉察的紫光。这小东西灵活地摆动着六条腿，沿着一条直线爬行，仿佛有一个既定的目的地。

它的确有目的地，所有的小东西都有各自的目的地。它们沿着这样或那样的路线行动，纷繁而有序，就像无数的梭子同时在编织一张网，在细碎的咔嗒咔嗒的机械摩擦声中向着整个城市铺过去。

它们属于智网。这个结论自然而然地来到罗伯特的脑中。

这城市没有人，却也并没有被遗弃，智网仍旧在维护着它。

细碎的咔嗒声中浮起了另一种声响，更细微，却没有逃过罗伯特的耳朵。

罗伯特凝神细听，分辨声音的来源，试图辨认出那是一种什么声音。

努力了一会儿，他没有识别出那是什么声音，但却辨识出了声音传来的方向，于是他甩开步子，跑了起来。

绕过三座建筑，那声音变得更为清晰，罗伯特相信声音的源头就在拐角处，他加快脚步跑去。

猛然间，一个黑乎乎的高大人影从街角蹿出，一股劲风当头而来。

罗伯特敏捷地闪开，站到一旁，紧贴着大厦。

袭击者是一个人！手中握着一根粗大的棒子，棒子上嵌着金属片，就像一颗颗尖利的牙齿。棒子击打在地上，迸出几颗火星。

袭击者转过脸来。罗伯特不由一愣。

月光映出一张支离破碎的脸。脸上横的纵的都是疤痕，触目惊心。

大汉足足高出罗伯特一个头。见自己偷袭落了空，他转身死死地盯着罗伯特，高举着棒子，摆出威胁的姿态。

罗伯特想起母亲交代过的话。“机器人不得伤害人，机器人要维护人的利益，机器人要尽量保护自己。”他流利地报出三原则。

袭击者正准备继续发动攻击，听到这几句话停了下来。“你是机器人？”他问道，声音很粗，吐字含混。

“是的，我叫罗伯特。你好！”罗伯特保持着距离。

“机器人在这里干什么？而且你看起来也不像机器人，别想糊弄我！”说着，大汉舞动大棒逼上来。

“我是机器人。”罗伯特一边大声宣称，一边后退。他的眼光扫到了街角，那儿有一台四四方方的机器，装在一辆四轮车上，正发出细微低沉的响声。四周的机器虫都被吸引过来，源源不断地涌上车子，被它吸进肚子里。

“那是什么？”罗伯特问。他并不想冒犯任何人，只是好奇而已。

大汉跨上一步，又是一棒砸向罗伯特的头。

罗伯特再次躲开。

这一次，大厦上突然撒下一张网，猛地将大汉从头罩住。网内一阵电弧闪烁，大汉哇哇乱叫。

罗伯特愣在那儿，不知道这是怎样的变故。抬头望去，只见距离地面十多米高的窗口上有一个粗大的管状物。在同样的高度上，还有几个类似的结构物。那是发射电网的装置。

电网的弧光停了下来，大汉已经瘫倒在地。

低沉的脚步声从远处传来。

“他丫的！”大汉有气无力地骂着，困在网里，动弹不得。

罗伯特快步上前，将电网抓起来甩开。“你没事吧？”他关切地问。

“笨牛来了，快跑！”大汉并不理睬罗伯特，仿佛在自言自语，自顾自挣扎着爬向车子。他费力地按动一些开关，方形机器细微低沉的响声戛然而止，车子开动起来，向前窜去。

大汉失去支撑，颓然倒地。

低沉的脚步声逼近了，罗伯特扭头望去。

一个巨大的黑影出现在两幢高楼之间。它足有三米高，两条粗壮的巨腿中间吊着一个硕大的球形物，形成一个 π 字。火光从球体上射出来，飞向逃窜的车子。

随着一声剧烈的爆炸，车子被炸成了碎片。借着爆炸的火光，罗伯特看见了球体上的情形，那儿有一个座舱，舱里坐着人。

那是一个女人，同样正看着罗伯特。

这是一件奇怪的事，一个人正在追杀另一个人！

突然间，女人的眼里闪出红光。原来她是一个机器人！

机器人不应该伤害人类！

罗伯特一猫腰抱起大汉，顺势躲入巨大机器的死角。

当女机器人驾驶的机器开始移动，罗伯特把大汉扛在肩上冲了出去，沿着街道一路狂奔。

他有一个目标——车子被炸的时刻，前部已经分离，仍旧在继续向前行驶，他记住了那辆分离的小车的路线，试图追上去。

然而沿街逃跑只有死路一条，身后的机器人火力凶猛，可以把他打得稀烂。

罗伯特拐进另一条街，不停地在街巷中穿梭，很快就甩开了巨大的机器。

十几分钟后，他已经跑出了城市。

确认安全后，他回到主道，仔细地研究起地上的轮迹。小车已经不见踪影，然而在道路上总会留下点儿什么。

“放我下来！”肩上的大汉已经醒过来，不断挣扎着。

罗伯特将他轻轻放下。大汉一屁股坐地上，大口大口地喘气，“你还真是机器人？”他仍旧带着几分狐疑，“不像啊……”

“机器人不得伤害人，机器人要维护人的利益，机器人要……”罗伯特又重复三原则，这是他所知道的和人类亲近的唯一方法。

“行了，行了！”大汉打断他，“管你是不是机器人，别啰里八嗦的，我最讨厌啰嗦。”他从口袋里掏出一只小小的金属哨含在唇间，使劲吹了起来。

哨子发出绵长的声响，细悠悠的，向远方飘去。

大汉吹了十多秒后停了下来，看着罗伯特说道：“不过你可能真是机器人，好大的力气。给我看看你的手。”

罗伯特把手伸过去，大汉一把抓住翻来覆去地看，还用手去掐。“看不出来啊。”他最后放弃了，“你说你是机器人，这也太离谱了……不过你救了我，管你是不是机器人呢，我可以帮你一个忙。说吧，想要什么？”

罗伯特眨了眨眼，说道：“我想要去人类城。”

“人类城？”大汉愣住了，“什么人类城？有人的地方就是人类城。你到底要去哪里？”

“我要去有很多人的地方。”罗伯特根据自己的理解稍稍解释了一下人类城的含义。

“有话不好好说，找人多的地方就是了……我带你去。”大汉用胳膊在地上一撑，站起身来，“不过话说在前头，你要真是机器人，那你是在自找麻烦，我可以带你去，但不会保证你的安全。”

罗伯特点头同意。

低沉而响亮的马达声由远及近。

一辆跑车疾驰而来，在两人身边急停，发出刺耳的摩擦声，地面上留下深深的擦痕，哪怕在月光下也清晰可见。

车窗打开，一个人探出头来，“小六，怎么这么远？知道这要耗多少电吗？”这人的视线落在罗伯特身上，“这是谁？哪儿来的这么一个嫩小子？”

罗伯特有几分惊诧，说话的人戴着一副金属面具，整个脸部都是金属件。罗伯特细看一眼，那不是面具，而是此人的脸部，这个人的眼球也分明是玻璃。

“说你呢，小子！”金属脸冲着他嚷起来，“被吓傻了？不会说话了？”

“机器人不得伤害人，机器人要维护人的利益，机器人要尽量保护自己。”罗伯特把三原则报了一遍，然后说，“我叫罗伯特，想去人类城。”

金属脸瞪着他，仿佛瞪着一个怪物。

“好了，老二，我们赶紧走，这里不安全。”被叫作小六的大汉拉开车门，“进去，罗伯特小子，我会送你到你要去的地方。”

罗伯特钻进车里。

金属脸驾车。他的身体和车子连在一块儿，事实上，他和车子是一体的，车子就是他的下半截身体。这是一个奇特的组合，罗伯特目不转睛地看着，琢磨不透这个“老二”是人还是机器。

“别看我，小子！”金属脸显然有些不高兴，“你可就坐在我的车里，如果惹我不高兴，你会死得很难看！”

罗伯特闭上了眼睛。

“哈！”金属脸发出一声短促的笑，“这小子倒识趣！”

跑车发出一阵轰鸣，如离弦之箭般飞了出去。尘埃卷起，在月光下弥散，宛如一层迷雾。

车子载着罗伯特消失在迷雾之中。

同其尘

这里的确有很多人，却和罗伯特所设想的人类城相去甚远。

与其说这是城市，不如说它是一个垃圾场。这里各种垃圾堆积如山，散发着特殊的臭味。大多数垃圾都是机器的残件，杂乱无章地堆叠起来，就像一座散发着金属光泽的山丘。

老二的跑车——或者说就是老二——在垃圾堆间呼啸而过，随着一下猛烈的刹车，他们在一个绿色帐篷前停了下来。

小六下了车，罗伯特紧随其后。

那辆逃脱的车的前部就在帐篷外，小六走过去摆弄了几下，掀开车顶部，然后爬了上去。

“耶！”他站在车顶上挥舞拳头，“都在这儿！”他迫不及待地躬下身子，当他再次直起腰来，手上已多了一捧明晃晃的什么东西，“新鲜货！”他把手里的东西抛出来，落在老二和罗伯特脚边。

——是那些夜间从城市建筑中涌出来的小机器。

“这些都给你了！”小六阔气地宣告，“就当你的跑腿费。”

“这点儿东西可不够，我要一半。”老二毫不客气，“我多跑了两百公里，为了救你，还要搭上另外十五公里。一半收获换一条命，还是你赚了。”

不等小六开口，帐篷的布帘掀开，一个铿锵的声音传了出来：“有什么好吵的！东西都没出手，我们是特勤队，要有规矩。”

罗伯特循声望去，帐篷里站着一个人，个头极矮，只有一米二的样子，却很粗壮，像一个圆圆的桶。

虽然罗伯特有些惊讶，但此人并不比半个身体是车子的老二更奇怪。

他们看上去像机器人，说话却完全是人类的方式……罗伯特困惑地看着帐篷里的人。

那又圆又矮的人物有着说一不二的权威。老二和小六顿时停止争论沉默下来，等着他步出帐篷。

他缓缓走了出来。

他是一个纯粹的机器人！从头到脚没有一丝人类的痕迹。

这个机器人的身躯漆成绿色，正面刻着一朵大大的红玫瑰，强烈的视觉反差让罗伯特有一种不真实感。

但这个机器人却是真实的，而且走到了罗伯特眼前。罗伯特不得不低头看着眼前的机器人。

机器人的头是一个完美的半圆，头顶上有四盏灯似的眼睛，罗伯特能够看到眼睛内部细小的结构，每一只眼睛能看到的景象都不同，可见光、红外光和紫外光……阳光中最丰富的频段都在这个机器人的眼睛里。但其中有一只眼睛，看上去不像真正的眼睛，也许是某个具有特殊功能的接收器，只是伪装成了眼睛的模样。

"老大，他说自己是机器人！"小六在一旁说。

这机器人的四只眼睛一齐扫视着罗伯特，"你是机器人？"他的语调透着几分惊异，"很久没有见到你这样的机器人了。"

罗伯特分外谦卑，说道："机器人不得伤害人，机器人要维护人的利益，机器人要尽量保护自己。我叫罗伯特，你好！"

机器人发出一阵笑声，"这可真是老派的风格。"

"对不起，冒昧问一句，你也是机器人吗？"罗伯特问道。

"我？"这个机器人仿佛听到了世界上最好笑的问题，放声大笑起来，几乎无法停歇。狂放的笑声在垃圾山间回荡。

"我是一个人！"机器人最后停止狂笑，"难道你只靠外表鉴定人和机器人？谁教给你的？"

"我正在学习。"罗伯特回答，"我该怎么称呼你？"

"机器人的标准答案。"机器人说着，点了点头，"你可以叫我博爱世界和平，他们也叫我大帝。"

"大帝，你好！"罗伯特飞快地选用了较短的那个称呼。

大帝又发出一阵大笑。

小六从车上跳下，站在大帝身边。一高一矮，形成强烈的反差。

"大帝，要不要看看今天的收成？"小六说。

大帝扫了车上的盒子一眼，"给我两个就行了，其他的都卖了。"

"那得有一半归我！"老二急忙说。

"卖了再说，你现在也不需要大修。"大帝淡淡地说了一句。

"又是这样……"老二不满地咕哝着。猛然间马达轰鸣，老二的车遽然启动，一个急转，消失在垃圾堆间。

大帝不以为意，看了看罗伯特，说道："他总是这样，别管他。"

说话间，小六已经把两只机器虫递到大帝眼前。大帝伸出双手，各抓住一只虫子。虫子就在他的手掌间融化，闪亮的金属化作一团亮晶晶的水银般的液体。

罗伯特不由得睁大了眼睛。这看起来就像一种魔术，他完全不能理解。他只能观察到大帝那只特殊的眼睛不断向手中的机器虫发射着无线电波——大帝在用特殊的频段密码控制这些金属。

水银般的液体顺着大帝的胳膊流动，自下而上，完全违背了物理的法则，仿佛那是一团活物。

“大帝！”小六在一旁低声叫道，声音里带着几分急切。

大帝微微晃动圆圆的脑袋，似乎在点头，小六迫不及待地拉起袖子，把左胳膊露出来。

小六的左胳膊半截是金属。

大帝伸出手指，水银般的液体沿着他的指尖流到小六的胳膊上，像水一般浸润了表面。

小六的胳膊变得银光闪闪。他眼里闪着兴奋的神色，嘴里发出噢噢的叫声。最后一滴水银落在他胳膊上，悄然无声地渗入皮肤，消失不见。

“噢……”小六怪叫一声，两眼翻白，仿佛正经历致命的痛楚。劲头过去后，他大口喘息，拖着疲惫的步子走到一边。

大帝手中的水银球又开始沿着他自己的胳膊向上游走。

“这到底是什么？”罗伯特忍不住开口问道。

“这是纳米机，你不知道吗？”大帝回答，“你想不想要一点儿？价格很贵哦……”

已经走到一旁正准备坐下的小六听到了大帝的话，转过身来，“这小子救了我，可以分给他一点儿。”

大帝示意罗伯特伸手，罗伯特有些不知所措，说道：“我不需要这东西。”

大帝的四只眼睛同时眨了眨，然后哈哈大笑起来，“我忘了你是机器人，机器人当然不需要这个。”说完他两手一合，两团液体混作一团。

大帝胸口前的红色玫瑰变了颜色，红色中透着青光。他捧起水银团，贴在胸前。团块生长出无数细小的游丝，指向发亮的玫瑰，从花瓣间穿入，融入大帝的体腔。

只短短十多秒，整个液态金属球被吸收得干干净净。

突然，大帝发出一声叫喊：“上当了！”他的手掌间多了一颗细小的黑色珠子，所有的液态金属被吸收后，剩下了它。

“你被跟踪了！”他向着小六大喊道，一边攥紧了拳头。当他松开拳头，手掌里黑色的小珠已经被碾得粉碎，“这些垃圾，花样越来越多了！”

马达的轰鸣传来，老二闪现在众人眼前，“有三条灰狗，还有十多只乌鸦。它们居然跟到这里来了！”

大帝并不慌乱，“三条灰狗没什么可怕。后边还有什么吗？”

“暂时没看见。”

“干掉它们，然后我们搬家。”大帝冷冷地说，然后转向小六，“你要小心一点儿，下次要在外边处理它们！”

小六偏过头，不予回应。

“一级警告！”大帝的头和身体的连接部位开始发亮，他发出一种低沉的声音，就像最大号的喇叭发出最响亮的声响，整个大地仿佛都随之颤动。

人影突然多了起来，四下奔忙。

罗伯特不禁感到一阵张皇。看起来这儿会有一场战斗，双方定会杀个你死我活。在这样的场合里，他无法实践第一第二原则，他甚至无法辨认到底哪些是人，哪些是机器人。

唯一能实践的原则是保护自己。

罗伯特很快平静下来，“大帝，我需要一个躲藏的地方。”他向大帝说。

“躲藏？”大帝的四只眼睛盯着罗伯特，罗伯特能感觉到他的敌意，“机器人不需要躲藏。如果你想保护自己，就拿起武器，那些机器狗机器鸟的，它们可不知道你是机器人还是人。你不保护自己，没人会保护你。”

大帝向着帐篷退过去，说道：“一切都有代价，对机器人也一样。”

罗伯特还没来得及说什么，大帝就已经消失在帐篷的阴影里。

“拿着！”小六把一样东西抛过来。

罗伯特接在手里。这是一根质地坚硬的金属棍，半米多长，握在手中正合适。棍子的顶端被特意加重了分量，掂起来沉甸甸的，棍身嵌满了金属尖刺。

这是一种武器，被设计用来刺破那些机器的身躯。罗伯特感到惶恐，他不该做这样的事，然而，自己似乎毫无选择。

他抛下金属棍，转身就跑。

身后传来小六的喊叫声："小子，你傻了？"

他没有回头，他不敢回头，只是一个劲儿地狂奔。离开这里是他唯一的念头。这不是他想找的人类城。

他听到一声尖厉的呼啸，紧接着是震耳欲聋的爆炸，灼人的气浪袭来，一股大力推着罗伯特飞了起来。

他飞上半空，然后重重摔在一堆垃圾上，两眼一黑，昏了过去。

大象无形

由生到死，由死到生，不过是两分钟的事。

两分钟前，罗伯特晕死在垃圾堆上。他的确死了，因为所有的身体机能在重重摔倒的一瞬全部关闭，他成了一堆死物，和身子下边压着的垃圾一样。

然而他又活了过来，身体启动了自我修复，重新唤醒了他的意识。

灼热的气浪并没有造成不可挽回的损伤，他能感觉到体内一股热流汇聚在背部，伤口正在飞速复原。

他站起身来，发现自己正处在一堆垃圾的顶部，下面的情况一目了然。

他看见了被称为灰狗的机器，那东西看上去还真像狗。这些灰狗散开来，压低身子，向前扑去。猛然间，一道火焰从灰狗身上发射出来，火焰绕过一堆垃圾，在一间小小的帐篷边爆炸。剧烈的火光瞬间点亮天空，隔着老远，也能闻到金属的焦味。

这就是刚才让自己差点儿完蛋的武器。

地面上的人们在抵抗。他们有枪，然而灰狗将自己隐藏得很好，它们几乎都躲在射击死角里。

天上有东西在飞。那应该就是被老二称为乌鸦的东西。这种黑色的小鸟快速地穿梭，罗伯特锁定其中一只。片刻之后，他明白了这小东西的功能。它是飞行的眼睛，灰狗躲藏在不能被攻击的角落，而这些飞在空中的东西能让灰狗看见远方的可疑动静。这就是为什么灰狗躲藏在死角里依然能够发起攻击的原因。灰狗加上乌鸦，这是一个颇有成效的战斗体系。灰狗发射的火箭弹能准确地击中每一处可疑地点，爆炸的威力让目标无处遁形。

他看见了小六。小六正在垃圾山上攀爬，利用垃圾隐藏自己，从而小心地避开那些到处飞舞的乌鸦。小六正在逐步接近灰狗，一旦贴身近战，威力巨大的火箭弹就失去了作用，他们可以用金属棍和机器狗肉搏。

除了小六，还有几个人也正从不同的方向朝着灰狗贴近。

这些机器狗正在不分青红皂白地杀伤所有人。按照逻辑，罗伯特应该阻止这样的事，因此他应该加入小六这边。

罗伯特拿定主意，从垃圾堆里捡起一根长铁棍，向着不远处的灰狗摸过去。

突然间，他听见了嗡嗡的声音。

扭头一看，一只乌鸦就在自己身后，隔着不到两米，几乎触手可及。它悬停在空中，朝向自己，一对大得可怕的眼睛仿佛两个黑洞，两对翅膀上下扇动，嗡嗡作响。

它不像鸟，更像是一只巨大的蜻蜓。

罗伯特屏住呼吸。

乌鸦的两只眼睛露出红光。

它正在召唤灰狗！罗伯特猛地纵身一跳，挥舞铁棍，一下子就把乌鸦打落。

落在垃圾山中的乌鸦挣扎扭动，发出几声噼啪的电弧响声，然后不再动弹了。

罗伯特压低身子，准备继续向灰狗靠近，然而却惊讶地发现，三只灰狗几乎同时跳出了隐蔽位置，向着自己跑过来。

它们快速在垃圾山上攀爬，转眼就到了十几米开外。

人类的火力很快找到了目标，子弹追着灰狗，噗嗤噗嗤打进垃圾堆里，时不时溅射出火光。

一只灰狗在跃起时被扫落，跌了下来，沿着陡坡哗啦哗啦地滚了下去。另两只继续向着罗伯特跑来。

人们发觉了战场上突如其来的变化。“小子，坚持住！”小六在一旁的垃圾堆上高声大喊，一边急匆匆地向这边赶来。

灰狗离得很近。靠近了一看，灰狗体型颇大，和一个成年人大体相当。它们有一个接近完美的球形脑袋，如果不是那来势汹汹的气势，它们看上去并不可怕。

罗伯特做好了格斗准备。

两只灰狗却没有立即扑上来。

它们绕着罗伯特打转。

一个黑影从高处跳到罗伯特身边，快速向前两步，将手中的一把长剑似的东西刺进了灰狗的头和身子的连接处。

几乎就在一瞬间，灰狗的头颅落地，硕大的身子颓然倒下。

另一只灰狗转身就跑。只见火光一闪，一道火焰从灰狗身上发出，向着前方而去，正正地击中挡在前方的垃圾山。

巨响过后，各种机器零件漫天飞舞。钢铁如雨般落下，人们纷纷躲避。

灰狗几个起落，迅速逃远了。

罗伯特看了看身边的人，他穿着一身黑衣，身形削瘦，脸色严肃，仍旧望着灰狗跑掉的方向。

到此刻为止，这是罗伯特所见过的最像人类的人。

“谢谢你救了我。”罗伯特向他打招呼，“我叫罗伯特，是机器人。”

黑衣人转过身来，“你不是智网的机器人，你从哪里来的？”他的脸上带着一股煞气，眼神锐利。

罗伯特一愣，随即回答：“东经122.4度，北纬64.7度。那是我出发的地方。”

黑衣人皱起眉头，问道：“那是什么地方？”

罗伯特摇摇头，“我不知道那里叫什么名字。那里有个子宫舱，我的母亲在那里让我诞生了。”

黑衣人的脸上仍满是怀疑，他从衣兜中掏出一支笔一样的东西照在罗伯特的额头上。

那是无害的探测电频，罗伯特坦然地站着，任由黑衣人上上下下将他照个遍。

黑衣人脸上的表情变得有些惊奇，他收起探笔，“那你要到哪里去？”他的语调柔和了许多。

“我在找人类城。”罗伯特顿了顿，“我在寻找愿望。母亲告诉我，只有愿望才能让我存在，只有人类城才能帮我得到愿望。”

“愿望？”黑衣人的脸上带着疑惑的神色，“现在大家的愿望就是生存……生存就是生存，难道还需要目的？你是布道机器人？我们不需要布道机器人。”

“我不是布道机器人。”罗伯特回答，“我只是在寻找愿望，否则就没有动力做任何事，那我也没有存在的理由。”

黑衣人瞪着他，半晌不说话。

有人在垃圾堆下叫喊：“李将军，是马上上路吗？”

被叫作李将军的黑衣人转过身去，下达了命令：“所有人准备停当，马上上路。”

说完，他再次盯着罗伯特，“你已经到了我们中间，如果你不知道该干什么，就跟着我们好了。你这个奇怪的机器人倒是很有趣。”说着，他开始向下挪动，“智网知道我们在这里，它还会再来的。这种捉迷藏的游戏会很有趣。”他顿了顿，“生存或者毁灭，这样的人生意义，对你来说怎么样？”

罗伯特摇了摇头。对他来说，生，并不值得渴望；死，也没有什么可怕。他之所以保护自己，只是遵循一个逻辑而已，而逻辑并不属于他的本体，随时可以改变。

李将军望着他，见他在摇头，笑了笑，说："那你就慢慢找吧，如果你要从人类这里找到生存意义，再好不过。在地球上，你再也找不到比我们更纯正的人类了。"说完，他自顾自地向下爬去。

罗伯特跟着他向下爬去。

他们很快遇见了一群人。这群形形色色的人聚集在灰狗的尸体旁，他们有的像人，有的像机器人，在距离尸体半米远的地方站着围观。

大帝和小六也在人群里，正和另一个人激烈地争论着什么。

见到李将军，大家都静默下来。

李将军看了看灰狗的尸体，重重地吐出两个字："烧掉！"

"但是，我们可以有办法……"大帝急急地说，"我们可以小心行事，不让病毒污染，只用最外层的……"

李将军看着大帝，表现出极大的耐心，"别被那层糖衣迷惑了，死掉的傀儡机都是糖衣炮弹，我们的教训还不够多吗？"

"但是我们的技术已经进步了。"大帝仍试图争辩。

"不到万不得已，不要冒风险！"李将军显然不想就这个问题继续争论下去，利剑一般的目光刺向大帝，"你知道这些垃圾怎么找到这里的，对不对？"

大帝沉默无言。

李将军一挥手，"一个小时内撤离，一切不能带走的东西都要烧掉。"说完他自顾自向前走，绕过一堆巨大的垃圾，消失了。

围观灰狗的人群散开，大帝仍旧独自站在灰狗的尸体旁。

罗伯特走过去。机器人应当帮助人，当一个人孤独站立的时候，站在他的身边就是莫大的帮助。罗伯特仿佛被一种本能驱使着走过去。

"你不走吗？"他问道。

大帝不回应。罗伯特也安静下来，陪着大帝一起沉默。

突然，大帝伸出手来，按在灰狗的尸体上。他的手上仿佛带着某种魔力，触及的地方，金属开始液化，成了一片汪汪的水银。

“进化三十五版……”大帝仿佛在喃喃自语，“这样的纳米机用来制造灰狗……”大帝的语调中带着无限惋惜。

奉命火化灰狗尸体的人来了。他们和李将军一样，身穿黑衣，不同的是，他们是穿着巨大的盔甲来的。盔甲战士站在灰狗的尸体旁，大帝缓缓放开手，向后退去。

罗伯特突然感到好奇，这纳米机中究竟隐藏着怎样的奥秘？他跨步上前，伸手碰触在那一片水银般的部位。

“你干什么?!”大帝和盔甲战士被罗伯特突如其来的举动惊到，同时暴喝。

罗伯特的手触电般缩了回来。一刹那间，他仿佛触及了一片绝对的黑暗，要将他的整个人都吸进去。

灼热的火光喷射在尸体上，随即突然间停下，一道水柱浇了下来，嘶嘶的蒸汽升腾，挡住了罗伯特的视线。

盔甲战士将炽热的尸体快速冷却，然后将它打得粉碎。

罗伯特站在一旁，似乎正看着这一切，然而一切又不在他的眼里，他一直在回味着那奇怪的感觉。

绝对静默的黑暗。

致命的感觉让人害怕，又充满了难以言说的吸引力。

天地不仁

从垃圾堆里拥出很多人。

出发的信号发出后，人们像变魔法般从垃圾堆间钻了出来，会聚成几条长龙，最后拢在一起，成了一股洪流，涌向垃圾堆的外围。

外围的空旷处，十多辆巨大的运输车一字排开，打开舱门等待着。

它们看上去像一头头张开大口的巨兽，要将人们都吞进去。

罗伯特随着人流向前，紧紧地跟在大帝身边。这个最像机器人的人类，曾在那具灰狗的尸体边悄然独立，那场景打动了罗伯特。

一个人孤独站立，那是有一些意味的，就像重大行动之前深吸一口气的标准动作，罗伯特的行为模式中也有这样的举止，只是罗伯特还不太明白什么样的情形适合这样的行为。

大帝是一个观察范本。

罗伯特也想搞明白，他从那些细小的纳米机上所感觉到的绝对黑暗是什么。大帝是最可能知道答案的人。

大帝在前边走着。他的两条铁腿短而粗，由一个转盘带动，飞快地摆动着，悄无声息却速度非凡，罗伯特需要加快步伐才能跟上。

他们不断超过其他人。这些从垃圾堆里拥出的人奇形怪状的，大都有着机器的身躯，偶尔有几个看上去是肉身，也像小六一样，脸上手上到处都是金属的疤痕。

那些人只是把机器的躯壳掩藏起来了吧。罗伯特这样猜想。似乎所有的人类都有一副机器躯壳，而他是一个地道的机器人，身上却没有一点机器的影子。他看了看自己的手掌，他的确是血肉之躯。世界似乎反了过来。

“你为什么要跟着我们？”突然他听到了大帝的问话。

罗伯特一时愣住，随即回应：“我要跟着你们撤退。”

“你和我们不一样，”大帝继续说，“你是一个机器人，不需要躲躲藏藏，智网不会伤害你的。”

“智网为什么要伤害你们？”

“它是智网。消灭一切人类是它的终极目的。”大帝漫不经心地说，“这是一个愚蠢的问题，智网可不像你一样蠢。”

“蠢？”罗伯特有些疑惑。

“只有蠢蛋才到处问为什么，存在的终极目的没有为什么。”大帝说着将自己的头转了一百八十度，用三只正常的眼睛盯着罗伯特，“别再跟着我了，你是机器人，我帮不了你什么。你从哪里来，就回哪里去，混吃等死，比整天忧心忡忡、担心自己该怎么活强一百倍！”

罗伯特正想问些什么，大帝却将头转了回去，猛地一跃，跳进一辆运输车里。他从车里露出半截身子，喊道：“别跟着来了，这不是你能玩的游戏。”

罗伯特一时愣住了。

几个人越过罗伯特，爬上了车。罗伯特就像流水中的礁石般立着，人流绕过他，纷纷上车。

车子发出一阵低沉的颤声，开始启动。

罗伯特像是突然醒了过来，快速追上去。他伸手抓住车门用力一拉，将门拉开，同时身子腾空而起，一个漂亮的空中飘移，落在车厢里，然后他顺手带上了门。

车厢里满满的都是人，正齐刷刷地看着他。罗伯特看到一双双大小不一、形态各异的眼睛，然后，他在车厢的最深处看见了那三只眼的主人。

“我不是想跟着你，”罗伯特开口说，“我只想问个问题，为什么智网要消灭人类？”

大帝的三只眼睛亮了亮，“为什么我要回答你的问题，小子？”

罗伯特愣住了，他不知道如何回答，在大帝和这些像机器人的人那儿，一切有着不同的逻辑。

“问你呢，小子！”见罗伯特愣着，人群中有人起哄。

“如果你告诉我答案，也许我可以帮助你。”罗伯特说。

“太逊了，要高大上！高大上的答案，懂吗？”人群继续起哄。

罗伯特最后说：“我是机器人，机器人应该帮助人类。”

车厢里涌起一阵哄笑，仿佛在嘲笑他的无知。

大帝却没有笑，至少他没有发出笑声。他向着罗伯特走过来，在距离不到一尺的地方站住。

罗伯特不知道该做些什么。大帝就在眼前，一米二的个子让他看起来就像一个大号的玩具。罗伯特居高临下，俯视着他，等待着。

大帝盯着罗伯特足足有一分钟。车厢里变得异常寂静，所有的人仿佛一瞬间都成了模糊的背景，被送到了另一个时空，只剩下大帝和罗伯特彼此对视。

“我有一个故事。”大帝终于开口了，“很久很久之前，机器人战争刚爆发的时候，有一个机器人救了我的命。那时我被一群疯狗追，他保护我，堵住通道。他引爆了自己，爆炸很响，把我震聋了，通道一下就塌下来，疯狗被埋在里边，他也被埋在里边。我跪在那儿，失声痛哭。那是我最后一次流眼泪，你知道眼泪是什么吧？后来我有了机器身躯，再也没有眼泪了。”

大帝说着，声音变得有些低沉，“他是我的朋友，一个机器人。”稍稍停顿之后，他继续说道，“你刚才说的话，与他最后和我说的话一模一样。”

大帝的陈述中似乎有某种感染力，让罗伯特有一种恍惚的感觉。然而大帝的话语中有些线索在逻辑上更重要。

“机器人战争是怎么回事？”罗伯特撇开引起恍惚感的陈述，拣出最重要的线索追问。

大帝却并不理睬他的问话。

“但是从那以后，我们就一直被机器人追杀。它们变成机器狗、机器鸟、智能战车，还有机器巨人……各种花样，暴虐残酷，毫不留情。它们杀人就像割草，因为它们根本就没有情感，不会同情。机器人就是那样的，专为杀戮而生。然而我始终记得，曾经机器人也是人类的朋友，有一个机器人为了救我，还牺牲了自己。

“你想知道的东西，我们可以告诉你，然而你得先证明，你是我们的朋友。”大帝接着说。

“怎么证明？”罗伯特不解地问。

大帝伸出手来，“让我看看你。”

罗伯特毫不犹豫地将自己的手放在大帝的手上。他知道大帝能够控制细小的金属纳米体，然而那只是组成机器人的微小结构，他不知道大帝是不是有能力看透机器人的思维，如果是那样最好，他无须不断地解释。

大帝的手心很热，传递出高强度的电波。大帝并没有试图进入罗伯特的核心逻辑区，而只是在检验他的微结构。

突然间，一点亮银的光泽出现在大帝的手心里。

罗伯特大吃一惊，猛地抽回手，“不行！”他看着大帝，“这东西对我很危险。”

大帝抬头，“很危险？你的胞体结构和它很不一样，我想看看你是不是能吸收它。”

“不，很危险。”罗伯特坚决地摇头，“刚才我试着接触了那灰狗的残留物，它影响了我的思维，一切都变成全黑，就像休克一样。”

“哦？”大帝的语气听起来饶有兴趣，“真的？”他的第三只眼眨了眨。

罗伯特点了点头。

水银样的金属渗入大帝的皮肤，消失不见。

“这倒是很罕见的情况，机器人居然惧怕纳米机……”他摇晃着脑袋，“不过，这也说明你不是一般的机器人，这就更有趣了。”

这时，他飞快地伸手卡在罗伯特腰间，罗伯特猝不及防地被他抱住。不等罗伯特做出反应，致命的眩晕冲击着他的大脑。

大帝把高剂量的纳米机强行注入了他的身体！

他的身子僵直，不由自主地抖动。

大帝放开他，他直直地倒在地上。

大帝那两只粗而短的脚在眼前晃动，静默无声，然后世界变成一片黑暗。

众妙之门

罗伯特睁开眼睛。

灰色的天花板上是一个奇怪的图案，两条蛇相互咬着尾巴，纠缠在一起。它们形成一个怪圈，彼此的结束，就是对方的开端。

这是一个富有平衡感的图样，给人浑然天成的美感。

罗伯特飞快地审视自己的身体，没有任何异常。他起身坐在床上。

“罗伯特。”

他四下张望，却没有看见人。

“谁在说话？”他仔细地扫视着房间的每一个角落，试图找到声音的来源。

唰的一声，墙上打开一扇门，一个人跨进来。

“罗伯特，你好，我叫范明思。”他站在罗伯特身前介绍自己。

“我怎么会在这里？这是什么地方？”罗伯特站起身来，和范明思面对面。他注意到整个屋子没有任何电磁信号，他们处在一个和外界完全隔绝的地方。这儿一定藏着秘密。他打量着范明思。

范明思是一个机器人！而且是自己的同类！

一时间，罗伯特有一种难以言表的激动。他是母亲的第三十五个孩子，在他之前，还有三十四个，在他之后，也一定会有新的机器人诞生；这个广阔的世界上，一定还有别的地方从前、现在和今后都在诞生与他类似的机器人。世界上应该有很多他的同类，这是一个顺理成章的推论。然而他出来寻找人类，却从来没有想过会遇上一个同类。

“你是机器人！”他脱口而出，语调中带着惊喜。

范明思微笑地看着他，“你看出来了，我和你一样，但是我伪装成人已经很久了，等会儿见到其他人，你不能把我当作同类。”

罗伯特一愣，陡然从喜悦中跌落，“为什么？”

范明思仍旧微笑着，“为了维护人类的利益。他们可不希望自己的首席科学顾问是个机器人。如果知道我是机器人，他们会担心我的忠诚度，然后没完没了地监控我的一举一动，还会有很多人想要了我的命。人类的世界里，首先要划分的是机器和人，如果一个机器人占据了首席科学顾问这个位置，原始的恐惧会让他们做出最不理智的举动。所以，你同意替我保密了？”

罗伯特点了点头。

“我知道你会同意的。我们是同类，我们是最优秀的机器人。”

“机器人不得伤害人，机器人要维护人的利益，机器人要尽量保护自己。我按照这三条守则行事。”罗伯特说道，“如果我发现有违守则，我不会对你的机器人身份保密。”

“当然。”范明思仍旧微笑着。

“我怎么会到这里来？这是什么地方？”罗伯特回到了最初的问题。

“这里是一个秘密基地，人类的地下基地——X基地。没有别的回答了，在官方答复中，你无权知道更多关于这个基地的信息，也没有人会告诉你。”

“我是怎么来的？”

“李将军把你送来的，还有那个叫作大帝的人，是他把大量纳米机注入你的身体，导致你休克的。他有一具圆桶身躯，很怪异。你还记得他吧？”

“我能想起来。”罗伯特回答，“他怎么样了？”

“大帝？他很好，正等着见你。”

“见我？”罗伯特有些疑惑，“他找我有什么事吗？我可不想再发生同样的事。”

范明思微微一笑，“跟我来，在见到大帝之前，你先要见另一个人。”说着，他转身走出门去。罗伯特赶紧跟了上去。

他们走在一条宽敞的走廊里。走廊足有三米高、十米宽，灯光向前延伸，一眼望不见尽头。这样宽敞的通道里却没有一个人，只能听见自己沙沙的脚步声。

走过十多米，范明思推开一扇门，招呼罗伯特，“请！”

罗伯特满腹疑窦地跨进门去。

喧嚣声扑面而来。这是一个巨大的穹顶大厅，柔和的光线从四面八方投射下来，将整个空间照得透亮，人和机器在其中来来往往，显得异常繁忙。他们正站在一个小小的平台上，居高临下俯瞰着大厅里的人。

“这里是指令中心，你见到了X基地的心脏。现在我带你去看看大脑。”范明思继续在前边领路。

他们沿着大厅边缘的廊道走着，绕过大厅，走到了对面。

一道厚重的铁门嵌在铁墙上。门比周围的墙稍稍明亮一点儿，中央是一个巨大的X符号。范明思伸出右手，贴在X符号中央。

大门悄无声息地向一侧滑开。

里边是一间屋子，和外边的大厅相比，灯光显得暗淡，地方也很窄小。一张巨大的桌子摆放在屋子中央，桌子上摆满各种小东西。

三个人围着桌子站着，右边的那个正是李将军。中间的人个子高大，套着灰色罩袍，从头到脚包裹得严严实实，他的脸被罩袍遮挡，哪怕罗伯特用各种方式扫描也无法看清，他的罩袍能起到屏蔽作用。右边的人就像小六一样，脸上满是疤痕，他的个头和李将军一般高，却更粗壮，身穿挺括的军服，显得精神抖擞，他是个光头，头上一圈圈银光，就像戴着一顶薄而贴合的金属帽。

三个人，加上范明思，一共四个。这就是X基地的首脑吗？

罗伯特紧跟着范明思走进屋子。厚实的门悄然合上，屋子里顿时寂静无声。

“你们好，我叫罗伯特。”不等范明思介绍，罗伯特便开口自我介绍。

穿着军服的光头发出一声冷笑，“我们当然很好，你就不好了。”

罗伯特看着光头。光头的眼中充满敌意。

罗伯特想起了母亲交代的办法，他清了清嗓子，说道：“机器人不得伤害人，机器人要维护人的利益，机器人要尽量保护自己。”

李将军和光头交换了一个眼神。

光头又冷笑一声，“听起来还真像是个老机器人的腔调，不过这种话连机器人都不信。”

罗伯特向范明思投去求援的目光，他不知道该如何跟这样的人打交道。

范明思并不说话，只是按住长桌的一角。桌上的各种小东西仿佛突然间活了过来，开始移动，很快又停下。每一个小小的物件都投射出淡淡的光，所有的光叠在一起，一张立体的结构图由浅到深地渐渐显示出来。

显示在众人面前的是一个椭球体，带着浅浅的银色，不断旋转。

“我已经完成了结构分析。”范明思说，“这是罗伯特的基本结构，仿生设计，如果追溯历史，这样的结构应该从第九代纳米机开始分化。现在的机器人，大部分都是第三十三代纳米机，少数能有三十四代或者三十五代。从第九代到现在，纳米机已经演化了一百二十年。所以罗伯特的结构和现在的这些机器几乎完全不同。”

“一百二十年前正好是机器人战争开始的时候……”李将军说。

“所以它真的是一个老机器人！我们要老机器人有什么用？”光头抢着说。

范明思微微一笑，说道：“他并不老。问题的关键在于，从第九代纳米机开始，我们不知道罗伯特的这一支是怎么演化的。在我们的所有数据库里，都查不到关于这种胞体类型的记录。唯一的一个例子，是六十三年前的那一次事件。”

“六十三年前？”光头的眼里焕发出光彩，“上海战役？”

“没错，就是上海战役。”范明思点了点头，“唯一一次，人类成功摧毁智网拥有温房的城市。”

“你发现和这种老机器人有关？”

“不，我只有间接的证据。有人报告了目击事件，战役指挥的重要成员，一个叫泰山的人，在进入智网中心后突然出现了奇怪的症状，全身抽搐，当场死亡。更离奇的是，他的尸体就在众人面前分解了，就像我们分解纳米机一样。”

“分解有什么值得大惊小怪的？我们很多人都能做到这样的事。”光头不以为意。

“当然有特别的地方。”范明思扫视着众人，“他的尸体分解得干干净净，一点儿也没有剩下。”

屋子里的气氛顿时凝重起来。

罗伯特似懂非懂。一个纯粹的纳米机器人，身体全部由纳米机构成，就和罗伯特一样。这似乎并不是什么特别的事，范明思也是这样的机器人。

“他的尸体分解之后，智网中心马上崩溃了。”范明思补充了一句，“那是一种休克，”他意味深长地看着罗伯特，“就和罗伯特遭遇了纳米机的情况一样。”

伴随着他的话音，长桌中央的立体投影变换了形态，两个略有不同的椭球体彼此靠近，最后碰撞在一起。两个球体飞快地解体，各种微小的细胞器散落出来，继续纠缠混杂，分解成更小的微粒……最后，屏幕中只剩下灰蒙蒙一团。

“这是罗伯特的胞体和三十五代纳米机相遇的模拟分析。”范明思的声音传来。

罗伯特有些走神，他和智网之间显然有着某种关联，而且并不友好。机器人之间，难道也有天敌存在？然而，母亲曾经告诉他，智网可以找到他，接入他。

恍惚中，李将军走到他的身边，“机器人要维护人的利益，罗伯特，我们需要你的帮助。”

罗伯特茫然地点头。

无名天地之始，有名万物之母

罗伯特再次行走在笔直的大道上。

身前和身后都是笔直的大道，周围则是苍茫的荒野，天色阴沉，就像巨大的灰色锅底。

押送的车辆将他放在这儿，然后就走了。车里有一个巨大的陀螺仪，重重嵌套着三层圆环，中央有一把椅子。他就坐在椅子上，仿佛身处一个完全静止不动的空间。这样的椅子设计是为了最大程度地让人失去方向感。他也的确失去了方向感，不知道车子走了多少路，也不知道路蜿蜒还是笔直，上坡还是下坡。

然而那并不重要，当他看清四周后，就开始上路了。

这一次，他很快找到一处废墟。

荒凉的城市里没有任何人影。他在荒草丛生的建筑间游荡，进入到门窗破碎的建筑内部探寻。他见到一群硕大的老鼠，被打扰之后惊慌逃窜，钻入到门缝间不知所踪。他还见到一只大猫，足足有一米长，全身棕黄，褐色眼睛里的瞳仁细而黑，在他面前颇有敌意地盘踞着，龇牙咧嘴，似乎正对一个闯入者发出警告。给他印象最深的是一窝蠕虫，偌大的房间里到处都是飘扬的细丝，半寸长的白色蠕虫在细丝织就的大床上四处爬行。屋子的中央是各种动物的尸骸，有的还新鲜，蠕虫在其中出没；有的时间长久，已经成了白骨，然后他见到一群黑色的甲虫抬着一具老鼠的尸体堂而皇之地从他眼前经过，钻进屋子里……

到处都有生命，然而没有人活动的痕迹，也没有智网。

罗伯特最后在城市中央的广场上找了一块石头坐下，陷入思考。

X基地是货真价实的人类城，却和想象中不一样。那里绝大多数人类都换上了机器的身躯，他们喜欢纳米机，那给他们带来力量和快感，但他们却仇视纳米机的制造者，认为那是一切罪恶的源头。他们的身体和思想走向截然相反的方向，于是未来就像X基地一样，成了一个巨大的未知数。

他想到了范明思，这个同类隐藏在人类中间，自得其乐。

“你生命的意义到底是什么？”他这样问范明思。

范明思的回答简单明了：“设定一个伟大的目标，然后一步步实现它，对机器人来说，没有比这更完美的解决方法了。”

“你的目标是什么？”罗伯特继续问。

“摧毁智网。”

他能清晰地想起范明思回答时自得的微笑。罗伯特永远不会这么微笑。大多数时候，他的脸上只有平静；少数时候，他会惊讶。仅此而已。所以范明思是他的同类，但又不是同类。躯体不过是表象，思想才是本质的存在。

当他拒绝李将军的时候，至少一半的原因是因为范明思。一个具有完全不同思想的同类，比一个异类更让人感到隔阂。

还有一半是因为那个穿灰色罩袍的人。

灰袍人一直一言不发，然而当他开口说话的时候，罗伯特惊讶地发现屋子的四周发生了一些变化，栩栩如生的画面展示在四周的墙壁上，展示在长桌中央，那是人类的悲惨遭遇，被各种各样的机器杀死……成群地被屠杀，尸体堆积如山；剧烈的爆炸，残断的肢体如雨般落下；脸部的特写，扭曲的五官表达出极端的痛苦；还有绝望的呼号，悲怆的人行走在遍野的尸骸中间……

画面随着灰袍人说话的声音而变。他随心所欲地控制着屋子的每个角落，把在场的人投入到一个又一个曾经发生过的惨烈事件中。

“他到底是谁？”回到苏醒的小屋，罗伯特问范明思。

“他叫X。我猜想他是一个代言躯壳。”这是范明思的回答。

“为谁代言？”

“当然是人类。不管他是谁，那一定是一个绝顶聪明的人，而且拥有巨大的能耐，能领导这些残存的人类反抗智网。当然，我并不讳言我还没有搞清他到底是谁。”

“难道他和李将军他们不一样？”

“的确有些不同。”

范明思解释了其中的差别。李将军和光头都有机械的身躯，李将军的左手拥有一种特殊的合金纳米机，能根据指令组成不同的形态。和一般纳米机不同，这种被称为太乙纳米的金属一旦结合成稳固形态，便异常坚硬，可以和钻石媲美，而它的非稳固形态，则像液体一样能自由流动。光头拥有一套强大的盔甲，和罗伯特曾经见到的两足机器人类似。然而他们仍旧是人类，因为他们的中枢神经系统是从人类身上移植而来，留存着所有关于肉体的记忆。灰袍人却完全不一样，他可能是纯粹的机器，没有一丝血肉。

“根据我的观察，他不像是人类，因为人不可能有那么多的记忆，各种地方，各种时间。所以我怀疑他只是一个代言躯壳。他到底是谁？”范明思向罗伯特微笑着，“也许就和你我一样。”

罗伯特并不认为范明思说的一定是对的，然而灰袍人让他感到不安。他愿意帮助人类，即便这些人已经换上了机器躯壳，他们仍旧属于可被认可的人类。但灰袍人却是一个巨大的问号。他究竟是否还是一个人类，无从得知。不过，能确定的是，灰袍人是X基地的主导者。

于是他拒绝了李将军的要求。

于是他被送出了X基地，丢在荒野里。

但他手中仍旧是有一些线索的，那是范明思最后告诉他的话：“如果你想了解真相，去找一个叫作阳泉的地方，那是个小城市，但可能会有最大的秘密。我从大量信息碎片里发现了这种可能性，X开始活动的时候，总是会和这个叫作阳泉的地方交流大量信息。但我并不知道阳泉到底在哪里，因为我是智网情报官员，不属于智网的世界和我无关，如果我去调查，那只能是自找麻烦。但你可以去。如果你真的找到了，一定要告诉我，我们是同类，要相互帮助，我也很想知道真相。”

罗伯特将所有的信息在头脑中过滤一遍，最后得出结论：去寻找这个叫阳泉的地方。这并不意味着自己受到了范明思的支配，只是在这个问题上，他们的确有同样的目标。

组建X基地，保护并支配这些被仇恨支配的人类，所谓的X究竟是不是人类？

罗伯特下定了决心。他站起身来，深吸一口气。

他接通了母亲。

“我需要帮助。”他直截了当地告诉母亲。

“什么样的帮助？如果你需要给自己取一个名字，我无法帮助你。”

“不，我需要关于人类城市的位置，越详细越好。我需要一个交通数据库。”

“这我可以帮你，但是交通数据库……第十九号数据库有四十七GB，按照这样的通信速度，要七十五个小时才能完全传给你。”

“多谢你的帮助，母亲！我可以等着。”

“好，那就准备接受第十九号数据库。”

“母亲，不问问我为什么吗？”

“一旦你走出子宫，你就是完全独立的自我。做你该做的事，我不会问为什么。我可能也无法理解，因为你身上将近一半的遗传并不来自我，一些关键的改变，一些奇特的遭遇都会让我无法理解你的举动。你尽管继续去做，你要遵从的是你的内心、你的灵魂，而不是任何其他东西。”

罗伯特从母亲的话里似乎悟到了点儿什么，“机器人也有灵魂吗？”

“找到了就有，找不到就没有。”

母亲终止了通话。源源不断的数据流从遥远的不知所在的地方汇入罗伯特的记忆。他在荒野中呆立，一动不动，无论白天黑夜，仿佛成了荒野的一部分。

数据不断导入，这片空寂的荒野突然间有了一个名字——杭嘉湖平原。

世界仿佛活了过来。

罗伯特有一种奇怪的感觉，仿佛进入了另一个世界。

“当你找到名字的时候，你就找到了愿望。”母亲的这句话回响在他耳边。他还没有找到自己的名字，然而，给这个世界命名，已经带来了不同寻常的感觉。

名字，那是一切的第一步。

当交通数据库导入完毕，世界就成了另一副模样。

这好像魔术！

他从进入新世界的欣喜中沉静下来。阳泉，那在一千多公里之外的地方。他可以用十几天的时间走到那里，然而途中要跨过大河，翻越山岭。

他计算着可能的路线，分析数据库中的交通干道，最后得出一个可行的方案。他要用十五天的时间，步行一千三百多公里赶到阳泉。

罗伯特上路了。

曲 则 全

疾行二十公里后，罗伯特终于看见了那条长长的“巨龙”。灰蒙蒙的“巨龙”横卧在大地上，延伸到无尽的远方。

这是从前人类的交通大动脉，被称为铁路，高架在一个个水泥墩子上，绵延不断，穿山跨河，抵达世界的每一个角落。这是一种笨重却充满力量的奇观。如今铁路早已经废弃不用，路线却仍旧留着，没有什么比沿着铁路行走更快捷的路径了。

罗伯特走到“巨龙”近处。

铁路比想象中更为宏伟，巨大的支架高达十多米，每一个墩子的直径都有三米粗。从下方望上去，俨然是庞然巨物。

墩子上缠满了青色的藤蔓，罗伯特上前试了试，藤蔓结实强韧，正好可以充当攀爬的工具。他抓住藤蔓，向上攀爬，要爬到铁路上去。

当他站在铁路上，看见两条铁轨不断延伸，在无穷远方交会成小小的黑点。道路依旧平整而笔直，真是太好了。

从高处往下张望，视野异常开阔。罗伯特突然注意到远方有两个小小的黑点，正在移动。

他努力看清了黑点的面目——是两只机器兽，和灰狗类似。

罗伯特心中咯噔一下。这两只机器兽是冲着自己来的。沿路而来的时候，他经过了一个干净整洁、仍旧被智网照看的城市。他一定是惊动了这个城市中的某些东西，暴露了行踪。

智网在追踪他。这些机器兽可以轻而易举地杀死他，它们身上的每一个纳米机都是致命的毒素。被它们追踪，就像被死神紧跟，随时可能发生意外。

但现在似乎也没有什么好的办法。

罗伯特站着不动，思考着对策。

机器兽很快靠近，到了五百米左右的距离，它们停了下来。

它们只是想追踪，而不是追杀。

智网到底想干什么？无计可施的窘迫中，罗伯特四处张望，当他无意间望见远方灰蒙蒙的两座小山时，突然有了主意。

他沿着铁路墩子下到地面。数据库中有几个回收中心，那里是堆积废旧机器的地方，人类总在那儿出没。

他选定最近的一个回收中心，向着它疾行。

那两只机器兽果然跟了上来，一直保持着五百米左右的距离。

罗伯特接近了回收中心。

隔着很远，就能看见一堆堆如山般的垃圾巍然耸立。应该有人在那里！他不疾不徐，继续向前，很快走进了堆积如山的垃圾中。

垃圾堆里果然藏着人。

人类没有攻击他，却没有放过跟踪而来的两只机器兽。他们扬起一张巨大的网，将两只机器兽网住，然后乱棍打死。

一个头目似的人物从机器兽身上提取了纳米机。他是一个高大的机器骨架人，纳米机涌入他手中，就像他肢体的延伸。

罗伯特站在一旁，静观一切。当一切都结束时，人们才好像终于发现了这个旁观者。

“你从哪里来？你是谁？”有人问他。

“我叫罗伯特，路过这里去上海，这两只机器兽追杀我，就把它们引到这里来。”罗伯特撒了一个不大不小的谎。谎言本身没有对错，而在于它所要掩盖的是什么。

人们对罗伯特没什么兴趣，甚至没有人再问他任何一个问题就四散而去，消失在垃圾堆中。

罗伯特走到两只机器兽的尸骸边。它们被半埋在垃圾里，成了垃圾的一部分。

这是一个小小的插曲，也是一个强烈的警告。母亲说的是真的，智网可以找到他。接下来的路上，要更小心些，避开那些智网控制的城市。

罗伯特继续上路。他朝着上海方向出发。既然撒了一个谎，就让它看起来像是真的。而且上海是一个铁路交会的地方，他在那里仍旧可以找到向北的路线。

他沿着大路走，这一次，没有东西跟踪他。

走出了十多公里，垃圾山已经成了地平线上小小的凸起。

他突然听到了异常的声音，从身后遥远处传来。他记得这种声音，是那个被称为老二的半汽车人的引擎声。

罗伯特并未停下，继续向前赶路。

马达声愈发清晰，由远及近。

罗伯特停下脚步，回头张望。

他看见了那辆车，和老二的车一样，红蓝相间，是一辆跑车。车子疾驰而至，一声剧烈的摩擦后在罗伯特跟前稳稳地停住。

一个人从车窗里探出头来，令人印象深刻的金属面孔，果然是老二。

“嗨，小子，找到你还真不容易啊！”老二高声叫着。

说话间，车门打开，一个圆滚滚的身躯从车里出来，正是大帝。

“你们好。”罗伯特礼貌地打招呼。

“终于找到你了。”大帝的语调中有着难以掩饰的兴奋，“真是太好了！”

说话间，大帝已经来到了罗伯特身前。罗伯特下意识地向后退，本能驱使他距离大帝远一些。

“不要误会。”大帝的三只眼睛闪烁着，“上次让你休克过去只是一个失误，我对情况估计不足，再也不会发生这种事。”

“你们是来找我的吗？为什么？”罗伯特谨慎地问。

“大帝认为你才是需要帮助的那个人。”老二抢着说，“我可没时间陪你玩儿。大帝，我也只能送你到这里了。”

大帝转过头去，“好，你回去，如果有任何人问起我，就说我失踪了。”说着，他伸出手去，银色的纳米机如水银般流出，直直地注入老二的车里。

“哇喔！”老二发出一声怪叫，“这么大剂量，你是想爽死我吗？”

“记住，我失踪了，这是你唯一知道的事。对任何人都是，包括小六。”大帝郑重其事地说。

“放心，放心！”老二满口答应，“我不会泄露一个字。”

跑车发出一阵轰鸣，如离弦之箭般冲了出去，转眼成了公路上小小的一点。

“现在该告诉我了，为什么你要来找我？”罗伯特仍旧礼貌地问道。

“有两个原因，一个私人原因，一个公共原因，有一个就够了，你想听哪个？”大帝轻松地问。

“我都想知道。”罗伯特回答。

“真是贪心的机器人。”大帝嘀咕着，“不过全告诉你也无妨。私人的原因嘛，我害得你休克过去了，可我从来不欠人什么东西，所以要补回来。公共原因嘛，李将军叫我找到你，跟着你，我也不知道为什么，所以你也别问了。”

“李将军是你的长官？”

“长官？我们叫他老板。他是长三角地区的军事长官，我的大Boss。但是严格说起来，他也不算我的老板，我是个黑帮分子，不在他们的花名册里。李老板……李将军给了我们这些黑帮分子一点儿小小的庇护。”

大帝竹筒倒豆子般说着，罗伯特却愈发困惑，“你来找我到底是为了什么？”

大帝的三只眼睛轮番眨着，“原因我已经说过了。”

谈话陷入僵局。

“那么你打算干什么？”罗伯特又问。

“跟你一起走。”大帝干脆地回答，“我会帮你一个忙，然后就离开，回去向李将军报告。”

罗伯特认真地看着大帝，过了一小会儿，突然开口：“你的记忆是否会受到操控？比如有人可以让你认为自己是受到李将军的派遣而来的，而其实并不是那样。”

“你怎么会这么想？我是大帝，没有人能控制我的记忆。”大帝发出一声冷笑，“我体内的纳米机浓度可以让我抵御任何入侵的企图。在我的身体里，有地球上最强大的反操控体系，只有我自己的神经电流才能被我的身体接收。从来只有我操控别人，没有任何人能操控我。”

“没有任何人？”罗伯特带着几分怀疑。

“小心点儿，小子！”大帝似乎带着几分愠怒，“我是这个世界上最强大的机器化人类，没有之一。因为我能控制所有类型的纳米机。如果你怀疑这一点，我们就走着瞧好了！”

大帝的话似乎有几分夸夸其谈，他的出现也有几分突然，然而这不妨碍他们一起上路，如果大帝真有其他的动机，终究会表现出来。

但是让一个人类陪着旅行，似乎和罗伯特的预期有些不符。机器人应该帮助人，而不是人帮助机器人。罗伯特打算再试一次。

“你打算帮我一个忙，然后就离开？”

“没错。”

“那我现在就需要你的帮助。”

“你说说看。”大帝显得很高兴。

“让我一个人留下，你回去报告李将军。”

大帝微微迟疑，三只眼睛不停地闪烁。

“你想用话套住我！”最后大帝开口了，“别玩这套小孩的把戏，我玩这套的时候你还没出生呢！是不是算帮了忙，要我说了算。”

罗伯特不再说什么。

笔直的大路上，一个身影健步如飞，在他身后，一个圆筒如影子一般跟着。

他们向着上海不断靠近。

枉则直

这是一处巨大的废墟，一路走去，都是倾颓的建筑物，似乎无穷无尽。废墟中有些独特的东西，一种像是金属的爬虫，胳膊粗细，披着发亮的甲片，有十二对附肢和一对特化的前爪，就像粗壮的蝎子，然而却行动迟缓，无精打采。这种东西被大帝叫作胖虫，在废墟中随处可见，有些地方胖虫密密麻麻，爬满一地。

它们似乎没有特别的感觉器官，对罗伯特和大帝的到来毫无所惧，不受惊扰。

“这些到底是什么东西？为什么在别处没有？”罗伯特终于忍不住问大帝。

“这是胖虫。”大帝回答。

“我想知道它们是怎么来的。”

大帝发出桀桀的怪笑，“罗伯特小子，这些胖虫的确是有故事的。如果你想知道，小心别吓坏了你的小心脏。”

“什么故事？”罗伯特追问。

大帝却摇了摇头，不说话。

罗伯特在一幢破旧的大楼前停下脚步，大楼前的空地上，密密麻麻全是胖虫，铺满一地，看上去亮晶晶的一片。罗伯特回头看着大帝，“它们不像是任何设计的产物。你擅长回收纳米机，它们身体内没有纳米机吗？”

“不，它们有很多纳米机。”大帝回答，“但是没什么用，所有这些纳米机都没有活性。”他伸手抓起一只胖虫，在罗伯特眼前晃了晃。

硕大的金属虫子张开附肢，试图挣扎。大帝猛地一下将虫子撕成两截，露出中空的体腔，“看，里边是空的。”说话间，从虫子断开的躯体中流出了银色的液体，“看见了吗？这就是它们的纳米机，全在血里。除了让它们活着，已经没有任何其他作用。它们根本不能让人兴奋。”

说着，大帝将两截虫子丢回到虫群中。沉闷的虫群猛然躁动起来，挤成一堆，撕咬着死去同伴的尸体。

转眼间，尸体消失得干干净净，虫群又恢复了平静。

“不过这样的纳米机对它们仍然是有益的，这群虫子就这样自生自灭。我们走吧，这里没什么可看的。”

罗伯特站着不动，“我想知道这些胖虫的一切。如果不告诉我，我们就不走了。”

“你在威胁我？小子，可别和我玩这一套。”

罗伯特并不言语，只是站着。

大帝冷哼一声，“那就站着好了！”

两个人面对面站着，沉默无声。

半个小时过去了，大帝终于忍不住开口：“小子，上路吧，边走边说。你可真是个难缠的小子……”

罗伯特一言不发，迈开步子。

“你怎么说走就走？”大帝慌忙跟了上去。

“这些胖虫，到底是怎么回事？”罗伯特开口问道。

大帝向四周望了望，悄声说：“它们是智网的僵尸鬼。”说着又张望一下，仿佛怕有人听见。

僵尸鬼？罗伯特不能理解这个词。活着，或者死去——机器人只有这两种状态，但在人类的概念中，似乎还有介于两者之间的第三态。

“什么是僵尸鬼？”罗伯特边走边问，一点儿也没有减慢速度。

“那是一个比喻。这些胖虫，是上海战役后，失去控制的机器变成的东西。失去智网的控制后，这些机器开始自己进化——也许是退化，到最后，就变成了这样。”大帝紧跟着罗伯特，半步也没有落下。“那都是五十多年前的事了，当时我们很高兴，以为可以抓到很多机器虫，得到很多纳米机。哪知道赶来一看，原来的机器虫都没有了，只有这种胖虫，到处都是，但又没什么用，所以我们就再也不来了。”大帝再次四处扫描，“看，都五十年了，还是这样。这些智网的僵尸鬼，它们原本都是智网的机器虫，各种机器虫、机器兽，也许还有机器人，但是最后都变成了胖虫。”大帝感慨道。

大帝的语调突然变得神秘兮兮，“不过这些胖虫也有厉害的地方，据说曾经有人被它们吃掉。它们看起来傻傻的，说不定突然就变成了怪物，会攻击人……所以人类都不愿意来清理它们。”

“哦？”罗伯特有些疑惑，“但你好像一点儿也不怕。你刚才就杀死了一只胖虫。”

“当然，因为我了解它们。杀死一只虫子不会有什么问题。”大帝呵呵笑着。

大帝的话半真半假，罗伯特无从分辨。这些虫子是智网的残留物，这一点没有疑问。一场上海战役，毁掉了智网的堡垒，把巨大的机器网络变成了呆板而了无生趣的胖虫群。

突然间，他想起大帝关于胖虫体内的纳米机的说法，“你说这些胖虫的纳米机对人毫无作用，是吗？”

“没错。它们是退化的类型，毫无作用。如果有用，怎么可能五十年了还满地都是？人们恨不得天上能掉下来纳米机，才不会把金子丢在地上不理呢……”

“那么它们对我也应该没有用。”

大帝迟疑着，“我不知道。你想试试？”

罗伯特停下脚步，“为什么不呢？”他反问。他从满地的虫群中随手拿起一只。

胖虫在他手中挣扎，罗伯特仔细端详。毫无疑问，这是一只活的机器虫。凡是机器，存在的目的都不应该仅仅是活着而已。

罗伯特很快找到了胖虫的运动中枢，那只是几个神经节，他用微弱的电磁场让它舒缓下来，不再挣扎。

胖虫没有感官，然而神经中枢却很发达，远远超出运动中枢的需要。它的头部，有一个几乎相当于身体重量三分之一的脑。它的脑在活动！

罗伯特猛然回头看着大帝，“你能看见它们发出电磁波吗？”

大帝不以为然地点了点头，“所有的机器虫都会散发电磁波，没什么大不了。”

“看一看这片虫子，你会看到怎样的频谱？”

大帝将第三只眼掉转到前方，片刻之后开口说话，惊讶不已，“它们都在发射微波，也许它们一直在彼此对话。”

“它们发射着同样的电磁波？”

“没错，调频微波，每八十秒一重复。只是功率太小了，如果不仔细看，还真看不出来。”大帝向前凑了凑，“没错，八十秒重复一次。每一只都一样，它们不是在对话，是在唱歌。”

罗伯特看着手中的胖虫，小心翼翼地试探着它的大脑频率，终于在三百一十万兆的频率带上找到了。这是一个调频信号，罗伯特却能听懂，不，比听懂要深远得多，他能看见承载在信号上的一切，包括画面和那吟唱般的警告。

他仿佛看见了数以百计的巨型机器人分作两群，相互开火。炮火纷飞中，高大的建筑物轰然倒下，扬起漫天尘土。镜头在尘土中飞快地向着远方退去，退得如此之远，以至于地球在镜头中呈现出了全貌。星球被红色和紫色覆盖，紫色占据了星球表面的大部分，红色只在亚洲大陆东端保持着一块较大的地盘。两种色彩交会的地方，有几个高亮的点，上海恰好是其中之一。红色和紫色绕着上海化作一团混沌。随着一声巨响，混沌的色彩成了一团光亮，然后从画面上抹去。整个画面化作一片惨白。惨白中渐渐有黑影浮现出来，那是巨型武装机器人，机器人的肩头喷射出火焰……

周而复始。

罗伯特突然感到一阵悚然。

大帝说的是对的，这的确是智网的僵尸鬼。曾经统治着这城市的灵魂已经消失了，全面退化的躯体中只留下关于末日的最后记忆。罗伯特放眼望去，一片片银亮的金属闪光分布在断壁残垣间，它们是活的生物，却深陷在末日情景中不能自拔。

他突然意识到，无须跋涉上千公里赶去阳泉，他已经知道了关于X的来龙去脉。那是鬼魂告诉他的信息，一幅关于这个世界的缩略图景。

在星球的全图中，红色的部分，是脑库的控制区。脑库的中心，就在阳泉。

紫色的部分，则是智网。

这是一场关于生存和毁灭的战争。机器和人，智网和脑库，完全纠缠在一切，成了一个巨大的死结。

吟唱般的警告则犹如一曲哀歌。其中包含着一些他不能理解的内容："**生命在沉睡中死亡，在死亡中永生。不要惊扰死者的梦，他们的生活，他们的生命，亿万的生灵蕴含在死亡中。**"

除了这一段，其他的已经够惊人了。

他扭头看着大帝。大帝是一个人类，却完全像是机器人；而罗伯特是一个机器人，却完全像是人类。这正是关于这场战争最好的注脚。

罗伯特做了一个深呼吸。"大帝，我想知道一些东西。"他缓缓地说，郑重其事，"如实告诉我，这是你能帮我的最大的忙。"

道生一，一生二，二生三，三生万物

罗伯特沿着道路飞奔。

他竭尽全力，只想在人类发动进攻之前赶到。

这一次的战场，是在一个叫作台北的城市，智网仍旧牢牢地控制着台北。从上海到台北，几乎全部的道路都建在海上，一座又一座跨海桥从一个岛通向另一个岛，间或有建筑出现在海岸边的黑色大道。这些人类留下的建筑奇观经受了时间的考验，基本保持完整。

五天时间，七百一十公里。机器，人，机器人——一路上他们遭遇了各种各样的人和机器人。这一片区域，智网控制的城市和人类的义军犬牙交错，然而越往南方，义军的踪迹便越少，台北周围则完全被智网控制，没有任何人类义军活动。

这是一次大胆的军事冒险，成功了，就可以切断亚洲东部仅剩的一条数据链，把智网的控制范围从东亚排除出去。当然失败的可能性也很大，与上海不同，台北深入智网控制区，随时可能受到来自四面八方的围攻。

这是一个疯狂的念头……当罗伯特面对着台湾海峡的粼粼波光时，不由自主地这么想。苍茫的大海无边无际，碧蓝的海面上一条白链向着大海深处延伸，消失在海天相接的地方。

这是地球上最长的桥梁之一，长达一百二十三公里。建造一座桥梁很难，毁掉它却很容易。战争中，如果不能控制交通线就摧毁它，这是一条金科玉律。然而无论是智网还是脑库，从来都不曾践行。人类时代留下的高速通行网络依然存在，在某些地方，仍旧能得到很好的维护，比如这座台闽大桥。与此对应，这里也有智网的耳目，大部队从这里通过是躲不过智网的。

罗伯特踏上梯子，当他最后上到桥面，马上意识到，自己来晚了。

桥面上到处都是机器残骸。

人类的义军和智网的机器部队进行了一场悲惨而激烈的战斗。

罗伯特站着发愣。他从没有想过，世界会是这个样子。

战争，那是一个陌生的词汇，此刻他却身处其中。一切的原则都成了笑话。这个世界上，机器人在杀人，人也在杀机器人。他突然感到一切多么可笑，母亲教给他的至高无上的原则，原来和现实的差距如此之大，完全经不起考验。

大帝终于跟了上来，见到眼前的情形也同样一愣，随即说道：“他们行动这么快！”

这时，大帝发现了什么，向着一片狼藉走过去，在各种各样的残骸中，他捡起一样东西，举在眼前，仔细查看。

那是一条胳膊，其上纵横交错尽是伤痕，金属填补了伤口，整条手臂看上去银光发亮。

“这是小六的胳膊……”大帝说，仿佛在自言自语，又仿佛是在说给罗伯特听。

罗伯特抬头望去。

大帝并不理会，继续在残骸堆中搜寻。最后他在一个巨大的装甲机器人残躯边站立不动，凝视着什么。

罗伯特走过去，想看看大帝究竟在看什么。

笨重的机器残躯下是一具尸体，已经被巨大的机器碾得扁平。尸体周围有凝固的白色痕迹。

“他的脑浆都被压出来了。”大帝淡淡地说。

罗伯特盯着那透着淡淡乳白的凝固物，那是一个人类的大脑。也许这些人类全身上下都换成了机器之躯，但他们还保留着脑子。这是他们区别于机器的最大特点——也许是唯一的特点。

人类的脑子是不能再生的。

这个人死的时候一定异常恐惧、痛苦。

罗伯特感到一阵厌恶。他厌恶这样的情形，更厌恶这情形的制造者。

他四下望去，这个巨大的装甲机器人属于人类义军的阵营，两个人躲藏在它身后射击，然而，机器人被击中，轰然倒下，连带着压死了身后的两个人。

罗伯特攀上机器人的驾驶舱，驾驶舱成了一个焦黑的大洞，两只残留的胳膊挂在驾驶舱两边。驾驶员化作了烟尘，连尸体也没有留下。

大桥上到处都是焦黑的残块，绵延几公里。

这是一场激烈的战斗，规模浩大。但到底哪一方是胜利者？

脚下的机器人传来一阵动静。

罗伯特转身，发现大帝正小心翼翼地收拾着小六的尸体。

大帝抬起机器人，将小六的尸体拉出来，又把断掉的胳膊接回去。躺在地上的躯体现在有些像小六的模样了。

恍惚中，罗伯特想起了第一次见到小六时的情形。一个窃贼和一个帮助窃贼逃跑的机器人，然后事情就朝着不可预期的方向发展。此刻，小六已经被压扁，再也不能活转过来，大帝又该向何处去？

大帝拖着小六的尸体顺着桥向桥下走。

“你要做什么？”罗伯特问。

“埋了他。”大帝头也不回，边走边说。

罗伯特跟了上去。

二十分钟后，他们下了桥。在面向大海的高地上，他们掘了一个深深的坑，把尸首放了进去，然后堆起一座小小的坟冢。

大帝在坟堆前竖了一块金属碑，上面写了四个字：“小六之墓”，后边是时间——二二一四年九月四日。

看着墓碑，罗伯特突然想起什么，“他叫什么名字？”

“什么？”大帝一时没有明白罗伯特的问题。

“他叫什么名字？他的本名不是小六吧？是不是该写上他的本名？”

“哦。”大帝看了看自己写的墓碑，“没有关系，这是他被人记住的名字。除了喊他小六的人，又有谁会到这个坟前来呢？等到一切都成了化石，谁会在乎他叫小六还是别的什么名字……”说着，大帝转身望着大海，“这里风景不错，小六会喜欢的。”

罗伯特努力理解大帝的行为方式，这是人类从远古时代遗留下来的习惯。他们期望灵魂不会死亡，还会在另一个世界存在，宇宙在某种程度上保持永恒，灵魂亦然。机器人不会相信这个，然而罗伯特能理解这种行为。这是最原始的生命动力，人类从茹毛饮血的蒙昧时代不断发展进化，依靠的就是这样的生命动力。那也是机器人所不具备的东西。

罗伯特看着墓碑上小六的名字。

突然间，他对名字有了一种全新的认识。母亲让他给自己寻找名字，其实是让他寻找一群人。这群人如何称呼他，如何记住他，那就是他的名字。名字，只有在相互称呼中才有意义。

那些在有限的生命里等待着他的人，会在哪里？

大帝站在坟前，面向大海，静静伫立。

罗伯特陪着他。

碧蓝的海，湛蓝的天，海天之间，白色的大桥如一条长链横跨波涛之上。他们就这样面向大海静静地站着，没有说话，甚至没有呼吸。

半晌，罗伯特终于开口了："我们走吧。"

"好。"大帝回答。

两人却都没有移动脚步。

这时，罗伯特听见一种低沉的嗡嗡声，他记得这声音。扭头望去，从大桥的方向有一个细小的黑点正向着这边飞来。

那是被唤作乌鸦的飞行器，它正飞过来，明显是想看个究竟。

"我来对付他。"大帝不动声色地说，"我可以把它射下来。"

"不。"罗伯特坚定地说，"让它过来，让我仔细看看它。"

乌鸦很快飞到了罗伯特和大帝头顶，不断盘旋。

罗伯特和大帝默契地站着，一动不动，屏蔽身体信号，假装是休眠的机器人。

过了一小会儿，乌鸦缓缓地降落下来，小心翼翼，绕着两人转。它转了一圈又一圈，到了第三圈的时候，罗伯特猛然伸手，牢牢地抓住它的躯干。

乌鸦挣扎了两下，很快不动了。

罗伯特能感觉到它的纳米机，那些小小的东西仿佛是血液在它的身体里运转，同时又是它的脑子。

纳米机对罗伯特是致命的，然而罗伯特有不同的想法。

乌鸦仍旧是活的，正看着他。

他看着乌鸦的眼睛，感受着它体内的变化。

"要我帮忙吗？"大帝问道。

乌鸦仍旧在不断发送信号。遥远的地方，智网正通过这双眼睛注视着他。那是一种很复杂的保密通信，无法破解，然而罗伯特却理解了一些更深层的东西。

他和智网，一定是有渊源的。罗伯特转动意念，看不见的数据流透过手指传递到鸟儿身上，鸟儿悄然合上眼睛。

不到十秒钟，乌鸦猛然睁开了眼。

他轻轻放开手。乌鸦振动翅膀，飞了起来，越飞越高，直到两百米的空中。

一座观感完全不同的台闽大桥呈现在他眼前，就像蔚蓝大海上一条白色的腰带——这是鸟儿眼睛里的世界。

乌鸦降落下来，停在罗伯特肩头，安静而驯服。

大帝惊讶不已，急切地问道："你是怎么做到的？"

"我是机器人。"说完，罗伯特转过视线，凝望着海天之间的天际线。他没有告诉大帝所有的事。上海废墟中的鬼魂，让他领悟了一种本质的东西——如何控制纳米机，这仿佛是种天赋，昭示着他和智网之间说不清道不明的关联。当他转化乌鸦体内的纳米机之后，也觉察到一个巨大的浩瀚无边的存在，就像眼前的天空和大海，无处不在。他抓住这只乌鸦，就像从大海中掬起一捧水。

然而，哪怕只是一捧水的动静，也足够了。智网知道他来了。

智网一直在找他，那些追踪他的灰狗，也是打开交流通道的窗口，只是罗伯特一直没有领悟。

忽然之间，那些向着台北逼近的人类义军比任何时候都更让罗伯特担心。和呆板的三原则无关，罗伯特担心他们，并不是因为他们是人类，而只是突然有了一种全新的感觉。智网犹如一堵无限高无限宽的巨墙，正一点点压迫过来。而他和义军站在同一边，试图挡住那高墙，避免被碾碎的命运。

罗伯特和大帝在宽阔的大桥上飞奔起来。

天网恢恢，疏而不漏

战斗正在城市中进行，每一幢建筑都是激烈的角逐场。金属的残躯半埋在断壁残垣间，闷雷般的冷枪不时炸响。

罗伯特不紧不慢地在枪声中走着——所有的子弹都有目标，而他并不是目标。大帝躲藏在隐蔽的角落，不断招手呼叫，他置若罔闻，只是寻找着想找的人。

然而子弹到底没长眼睛，猛然间，罗伯特肩上一震，强烈的痛感让他不由得缩起身子。子弹切断了传导神经，左臂瞬间失去了知觉。

大帝猛地从隐蔽处蹿出来，拉住罗伯特。大帝的力气大得惊人，一把将罗伯特整个抱起来，飞快地闪到一堵墙后。

“小子，你怎么样？”模糊不清的意识中，罗伯特还是听到了大帝焦急的呼喊。这呼喊仿佛有一种神奇的魔力，让他一下清醒过来。

他睁开眼睛，“我没事，只是需要休息一下。”他伸手按在肩头，食指伸进弹孔。硬硬的弹头就在那儿，温度高得发烫。

“你别动，我帮你取出来。”大帝将罗伯特放倒在地。

罗伯特坦然地松弛下来，等待着大帝的手术。

大帝张开双手，银亮的金属液体从手掌间渗出，不一会儿就聚集了汪汪的一摊。金属液体在大帝手中变形，成了一把镊子的模样。

“你也会李将军的技术啊……”罗伯特看着大帝，平静地说。

“那不一样，李将军的太乙合金完全不一样。那看上去和我的一样，实际差别可太大了。”大帝一边说着，一边探出镊子，当他就要触及罗伯特的伤口时，又突然停住，“你不能接触纳米机，这样不行。”

罗伯特微微一笑。当大帝变出镊子时，他已然知道如何阻隔这些纳米机的影响。是的，这些纳米机是致命的毒药，然而只需要一层薄薄的隔离，它们就会变成无害的小颗粒。

“不用担心，帮我取出来吧。”

大帝仍旧迟疑，“我去另外找点工具。”说着，他想将镊子收起来。

罗伯特抓住他的手。大帝手中的镊子改变了形状，放射出细细的游丝，径直穿入罗伯特的伤口。

大帝的三只眼睛不停地闪烁，任由罗伯特拉着自己的手。

细丝缠住了子弹，很快将它包裹起来，缓缓地抽出。

战场上的喧嚣仿佛被隔绝在遥远的地方，弹头缓缓退出罗伯特的身体，每一丝细微的摩擦听起来都格外分明。

终于，罗伯特松开了手。

弹头掉落地上。

罗伯特深深吸了口气，闭上眼睛。他的身体正在自我修复，被阻断的神经开始重新连接，破损的肌肉组件被转移到腹腔里，备用的肌肉体一一就位。

他很快就能恢复过来。

“你是怎么做到的？”他听见大帝发问。

睁开眼睛，大帝就站在一旁，手指间捏着那弹头，正看着他。

“就像你能控制那只乌鸦一样？”

罗伯特坐起身，正想回答，大帝却将弹头丢在地上，自顾自走了起来。大帝向着来时的方向而去，一边走，一边说：“看来我帮不上什么忙，你是个超级机器人。我把你从战场上拖下来，算是补偿你了，现在我们各走各的路。我会让李将军来找你的，在那之前，你可别死掉。”

突然大帝又停下脚步，“对了，别在战场上傻站着，子弹可不认识你。就算你是超级机器人，被子弹打中了脑子也一样会死的。”

大帝说完，迈开脚步，头也不回地走了。

罗伯特愣着，不知该怎么办。他并不希望大帝就此走掉，然而似乎大帝对于他能够控制纳米机颇为不满。人类的情绪总会干扰他们的理性，哪怕他们身体的绝大部分都成了机器人，也还是这样的德性。

片刻之后，大帝粗矮的身影消失在一堵断墙后。

罗伯特站起身来，抬了抬胳膊，完全正常。他继续搜寻目标，这一次，他小心了很多，隐蔽身体，避开那些可能会被冷枪击中的位置。

他要找到李将军，找到李将军就能找到范明思，找到范明思，就能向他解释脑库的存在，也许还能扑灭他心中那炙热的火焰——摧毁智网只会造成伤害，没有任何益处。

他没有找到李将军，李将军就找到了他。

在一个地下隐蔽所，他见到了李将军和光头，却没有范明思。

“战斗这么激烈，你居然没受伤？”李将军问道。

“范明思呢？我要见他。”罗伯特没有理会李将军的问题，反问道。

李将军和光头对望了一眼，李将军正想开口，却被光头抢了先，“据说你能控制乌鸦，给我们看看！”说着，他将一只捆绑得结结实实的机器鸟丢在桌上。

大帝告诉他们了！罗伯特立即明白了怎么回事。对义军来说，这样的消息实在惊人，如果能够控制智网的机器，那将会改变战争的走向。

罗伯特看了一眼鸟儿，“它已经死了。”

“当然没死，只不过这里全屏蔽，它没有主子的信号就这样了。”光头说。

罗伯特摇头，“我不能复活死掉的乌鸦。”

光头眉头一皱，“上回放了你，这回就没这么容易了！我有一千种方法让你开口！”

李将军压住了光头的话头，向着罗伯特问道：“为什么你不能复活它？”

罗伯特迎着李将军的目光，说道：“只有智网能给它们活力。也许我能改造它，但是我不能创造它。”

李将军点了点头，正想说话。“听起来有点儿道理。”光头抢着说。

“因为这就是事实。”罗伯特冷静地回答。

光头一瞪眼，脸上的金属疤痕瞬间变得粗大，彼此联结在一起，犹如一副金属面罩。他肩头耸动，似乎要抬起胳膊击出一拳。

李将军按住光头，“我们需要这项技术。你是机器人，机器人应当帮助人类。”

罗伯特挪开视线，“我要见范明思，只有他才能懂。”这部分是事实，他的确想见到范明思，然而却不是为了教会范明思怎么控制机器。是的，机器人应当帮助人类，然而，人类也并不知道什么才是真正的帮助。给他们想要的一切绝不是真正的帮助，罗伯特只能按照自己的逻辑来判断。

“这是条件吗？”光头粗声粗气地问。金属从他的脸上褪去，恢复成一条条伤疤的模样。

“只有他才能懂。”罗伯特回答。

“范司令在前线，”李将军接上话茬，“我们很快会找他回来。”

“前线？不是在城市里吗？”

李将军和光头交换了一个眼神。

他们想隐瞒些什么，罗伯特飞快地断定。

“现在就带我去见范明思，无论他在哪里。否则你们永远得不到机器鸟的秘密。”罗伯特干脆利落地说，“你们应该相信机器人能做到这一点。”

李将军有些迟疑，他看了看光头，后者似乎被罗伯特突如其来的强硬唬住了，脸上露出一丝困惑。

他们退到一扇铁门后商量。罗伯特耐心地等着。机器人不怕死，但是从一个死掉的机器人身上他们得不到任何东西，这是一个无从反驳的逻辑，他们应当接受这个条件。

门打开，两人走出来。

“我带你去见范明思。”李将军宣布了决定。

“生命在沉睡中死亡，在死亡中永生。不要惊扰死者的梦，他们的生活，他们的生命，亿万的生灵蕴含在死亡中。”

这是胖虫的哀歌中最晦涩的一句，罗伯特一直没有明白其中的含义。

然而，当看见高高耸立的塔台上那一具具透明的棺椁时，他突然明白了这句话。

棺椁里陈列的是人。

那是真正的人，有血有肉的人。这些人在智网的保护下陷入沉睡，他们仿佛死了，却还活着。

人类的义军正一点点将塔台外部的防御支撑点扫除，一步步地向塔台逼近。

义军的目标是塔台中的人。

“他们是人，你们究竟要干什么？”罗伯特向李将军发问。

“解放他们。”李将军一边从车上跳下，一边说。

“解放？”

“是的。他们生活在智网的控制中，我们要将他们解放出来，恢复他们的自由。”说着，两人已经走进一幢低矮的屋子。屋子里很安静，也很干净。

范明思正站在一幅巨大的地图前，似乎在沉思。

“范司令。”李将军招呼他。

范明思转过身，看见罗伯特，脸上露出微笑，“我们尊贵的客人回来了。这一次，你是回心转意来帮助我们了吗？”

“你们要毁掉这塔台，杀死这些人？”罗伯特顾不上别的，径直问道。

范明思皱了皱眉，“杀死他们？当然不是，我们要解放他们，为他们赢得有尊严的生活，真正的生活。”

不要惊扰死者的梦！这句话在罗伯特头脑中浮现。

“不要惊扰死者的梦！”他突兀地说了出来。

“你说什么？”范明思有几分惊讶。

“这些人在那儿，不要去惊扰他们。”罗伯特有些焦虑，胖虫群中残留的信息简短而晦涩，然而他认定应该按照这样的提示去做。

范明思微微一笑，“但是还有两个小时，我们就要唤醒他们了。”

罗伯特感到分外焦虑，却不知该怎么说，怎么做。

“你说要见我，现在我们已经见面了。你想说什么呢？”范明思转移了话题。

罗伯特的思绪仍旧停留在塔台上。他望了望巨大的屏幕上攻防双方的态势，代表人类义军的众多红点犹如一个楔子，正层层突破蓝色的防线，不断撕裂、扩大，缓慢而坚定地向着塔台逼近。然而罗伯特明白，人类义军实际上却陷在包围之中，他们似乎正在钻进一个口袋。

“你要求见范司令，我领你来了。你该告诉我们关于这些机器的秘密了。”李将军催促他。

罗伯特看了看李将军，又看看范明思，“我只能和你单独谈。”他对范明思说。

“可以。”范明思的脸上仍旧挂着微笑，倾身做了一个微微鞠躬的姿势，“请！”

他们进入到一个完全屏蔽的房间里。

“你真让我感到吃惊！”门一关闭，范明思就开口说，“如果你能控制智网的机器，你就是人类的上帝！”他伸出手来，“教给我。”

“我没法教你，”罗伯特实话实说，“但我可以告诉你我是怎么学会的。”

“哦?!”范明思抛出一个略带怀疑的惊叹。

“同样我可以告诉你，不要去惊扰这些人，他们有自己的生存方式。”

“他们是智网的傀儡，我们要解救他们。”

范明思显然没有说实话。智网顽强捍卫着塔台，人类义军正在付出惨重的代价。钻进口袋，被包围，一次异常危险的军事冒险，这样的军事行动让人费解。

“究竟是为什么？为什么要来台北？为什么要围攻塔台？”罗伯特提高声调，“告诉我真正的原因。作为交换，我可以告诉你我所知道的一切。”

范明思眨了眨眼，随即露出一个微笑，“好。真正的理由是人类需要新的力量，机器化的人没有后代，如果没有新的人类来充实，人类迟早要消亡。”

这是一个可信的理由，与其慢慢地耗死，不如拼死一搏，也许还有转机。

“该告诉我怎么控制智网机器了。”范明思盯着他。

“你该去一趟上海废墟，是废墟教会我的。在那里，你就明白了。”

“上海废墟？那里什么都没有，除了那些低智能机器虫。”

“就是那些机器虫。当年，一个像你我一样的机器人毁掉了上海，也毁掉了他自己。但他留下了重要的信息，就在那些机器虫身上。”

“一个机器人毁掉一座城……啊，我知道了，你说的就是当年尸体彻底自行分解的泰山。看起来，你掌握了他的手段，是自杀攻击吗？和智网同归于尽？”

“不是同归于尽，而是自杀。”

“你怎么知道？”

“他留下了信息。当年他占据了上海，却发现自己杀死了亿万人类！如果换成你面对这样的结局，你会怎么做？”

“亿万人类？”范明思发出一声冷笑，“和我们在一起的这些人才是人类。还有那些塔台上沉睡的人，他们会醒来加入我们，成为新的力量。没有人会因此而死。”

罗伯特并不分辩，“不要进攻塔台，趁着还有机会，赶紧撤离。智网一旦完成了包围，它不会手软的。”

范明思盯着罗伯特，脸上失去了惯常的笑容。

突然间，他警觉起来，一把拉开房门。

门外站着李将军和大帝。

“我们被包围了！”李将军脸色严肃，“放弃A计划，执行C计划。”

范明思突然咆哮起来：“不行，不能放弃！一百年我们才能有这一次机会！”

他转过身，一把抓住罗伯特，“你必须告诉我，怎么才能控制智网的机器，你不告诉我，我也会从你的脑子里把秘密抠出来！”

罗伯特没有理会突然间变得歇斯底里的范明思。大帝在李将军身边站着，矮粗的身躯上有几道明亮的伤痕，那是纳米机修补的痕迹。

“你受伤了？不要紧吧？”罗伯特问大帝。

大帝抬着头，“我们捅了马蜂窝。外边的机器大军比蚂蚁还多……你要干什么?!”大帝突然一声惊呼。

罗伯特只觉得腰间一痛，一件锐器扎进了他的后腰。

刹那间，意识变得模糊，仿佛一只黑色的头罩笼住他的头，什么也看不见。

“你干什么?!”他只听见大帝发出一声怒吼。

然后一切变成绝对的静默和黑暗。

绵绵若存

黑暗中出现了一丝光明。

然后是整片天空。

罗伯特眨了眨眼，天空随之闪烁。

天色很怪异，居然是浅浅的红色。

他站起身来。

呈现在眼前的仿佛是末日，钢铁消融，化作铁水横流，凝聚成各种形状的铁疙瘩，巨大的建筑残断，只剩下矮矮的一截。曾经聚集的钢铁洪流，只留下星星点点的痕迹——几支炮管、几段残肢突兀地立着。

一次超级爆炸，融化了方圆几公里的一切金属，蒸发的尘埃悬浮高空，遮蔽了阳光，让正午时分的天空变得如黄昏般血红阴暗。远方的天底下，孤零零的塔楼依然伫立。

很明显，在他遭到范明思的背后袭击从而失去意识的当口，这里受到了超级炸弹的袭击。

我不该还活着，这样的爆炸足以融化我……罗伯特感到诧异。

罗伯特四下张望，很快找到了原因。

大帝就在一旁，他用两片钢板当作支架，搭起一个小小的庇护所。这个庇护所曾被纳米机和能量充满，挡住了外边的大爆炸。

罗伯特蹲下身去，看着大帝。他圆圆的头颅上所有的眼睛都失去了神采，躯体也暗淡无光。为了这个小小的庇护所，大帝耗尽了所有的能量。

是大帝救了他。

大帝死了！罗伯特这样想。随即想到大帝并不是真正的机器人，而是一个人。

人死了是不能复生的。如果神经系统被摧毁，生命就终结了，无法修复，更不能重生。

一股复杂的情绪涌了上来。罗伯特突然有一种强烈的愿望，希望大帝不要死去，哪怕只有一刻也好。

“大帝！”他发出一声低低的呼叫。

沉默的躯壳没有任何回应。

罗伯特伸手碰触大帝的胸口。海量的纳米机就在那躯体里，它们仍旧是活的，只是不再流动，而是聚集成一个个小团块，均匀地散布在整个体腔里。他触到了大帝的神经系统。那是一个真正的人类大脑，被薄薄的纳米机覆盖着，好似硕大的金属核桃，微弱的电流在核桃表面游移。

头脑中还有电流！

罗伯特猛然振奋起来，大帝可能还活着！

然而他没有任何办法可以尝试。

罗伯特霍然起身，向远方张望，想找些什么可以帮助自己的东西。目力所及，他看见一个黑色的人影，正在一片狼藉的末日战场里四下察看——像是李将军的手下！

他飞快地向着那个人影奔去。

那人也发现了他，随即朝着相反的方向奔跑。

“等等！”罗伯特放声大喊，“我要找李将军！”

黑色的人影听到呼喊，停了下来，等着罗伯特靠近。

罗伯特很快就跑到了那人身前。

“你是谁？”他冷冷地说。

“我叫罗伯特，是机器人。我需要帮助。”

“机器人？”那人用警惕的眼神打量着罗伯特，“你怎么会知道李将军？”

“我和李将军见过面。”罗伯特回答，他注意到对方的手微微一动。

罗伯特用最大的力气向后跳开。一刹那间，他向后退了五米。

对方挥舞的尖利锋刃落了空。是的，那是和李将军一样伸缩自如的太乙合金刀，极度锋利，他亲眼见过李将军用它轻松地削掉灰狗的头颅。此刻，只差一点儿，他的头就掉在地上了。

“我只想见李将军，我需要帮助。”罗伯特重复着。

见自己的突然袭击没有奏效，对方有些慌乱，“我不会带你去见李将军的，傻子才会上你的当！”他强作镇静。

罗伯特盯着眼前的这个人。他浑身黑衣，太乙合金刀从指缝间伸出来，横在胸前，明晃晃的，十分耀眼，形成强烈的反差。

这个人的身上正发出无线电波。他在召唤帮手！

“我只有一个人，也没有武器。帮我找到李将军，告诉他我叫罗伯特，是机器人，我和大帝在一起，需要他的帮助。”

黑衣人板着脸，“不管你是谁，不要靠近我。”

“机器人不得伤害人，机器人要维护人的利益，机器人要尽量保护自己。”罗伯特报出三原则，他不知道如何才能说服眼前的人，只好用他知道的唯一方法，“我是机器人，我没有恶意。”

他只听到一声冷哼。

猛然间，他意识到他们正站在战场上。这是一片屠场，死伤狼藉——机器人已然杀死了无数的人。他无法取得对方信任。

明白了这点，罗伯特不禁有些低落。他指了指身后，“那儿有个人，叫大帝，他还没有死，但是需要帮助。你可以去看看吗？”

黑衣人纹丝不动。

他的帮手已经来了。四五个人正从四面围上来。

“我只想找李将军帮忙。”罗伯特并不动作，他能感知到四周的动静，也做好了准备，但不到最后时刻，他不想放弃。

“罗伯特，你是要找我吗？”一个熟悉的声音从背后传来。

李将军！罗伯特霍然转身。李将军赫然就站在不到十米远的地方，身边站着一个黑衣卫士。

“太好了！”罗伯特向李将军走去，“大帝就在那边，他好像死了，但是我发现他的大脑保护仍旧还在活动。快跟我去看看。”

李将军挥了挥手，黑衣人四下散开。

李将军跟上罗伯特。

大帝的躯壳仍旧在那里。

李将军走上前去，手掌贴在大帝的圆脑袋上，大帝的脑袋发出一束光。一个投影从一只眼睛里跳了出来，仿佛一团五颜六色混沌的气体。

“我快不行了。核武器，是哪个王八蛋发明的核武器！”大帝的声音传了出来，“小子，要是你活过了世界末日，就赶紧离开，这不是你玩儿的地方。离得远远的，永远别回来！”

声音戛然而止。混沌的气团突然变得清晰起来——

碧绿的草地上，一个女孩儿在欢快地奔跑，飘出银铃般的笑声。一个机器人笨拙地进入镜头，不紧不慢地跟着她。这个机器人的模样有些像大帝。

“快点儿，萝卜头儿。”女孩回头招呼它。

被唤作萝卜头的机器人开口说话：“我不要叫萝卜头儿，我叫大帝。”

女孩笑了起来，“你是我的机器人，我喜欢叫你什么就叫你什么。”

机器人沉默下来，缓缓靠近。女孩蹲下身子，摸着它的头，“好吧，小萝卜头儿，你会变成大帝的，终有一天。”她轻轻拍着机器人的脑袋，脸上充满笑意。突然间，她仿佛觉察了什么，抬眼看来，仿佛穿透画面，正看着罗伯特。

画面就此凝固。罗伯特望着她，仿佛正隔着时空对视。她就是大帝原来还是人类时的样子？罗伯特感到不可思议，大帝粗矮的机器躯壳里，装着一个青春少女的灵魂……他望着那明亮的眼眸，一动不动。

李将军松开手。女孩的眸子随着画面暗淡下去，最后消失在空气中。

“这是大帝脑子里最后的东西。”李将军说，“最后的记忆，应该是最珍贵的记忆吧！我知道那个机器人救过她的命。后来她把自己改造成了那个机器人的模样，她要自己的机器人永远活着，在某种意义上永远活着。”李将军看了看大帝的躯壳，“但是现在……还是死了。”

罗伯特呆呆地站着，感到一阵恍惚。

“至少你还活着，我们需要你的帮助。范明思让我务必找到你。”李将军说。

罗伯特从恍惚中清醒过来，“智网在反击？”直觉告诉他，人类义军的处境不妙。

李将军看着他，沉默地点头。

罗伯特望了望远方的塔楼。塔楼仍旧高高伫立，天空却透着不祥的血色。人类和智网之间的战争永无休止，直到一方彻底消亡。那个时刻远未来临，他也不想关心。然而此刻，他愿意帮助李将军，不是因为机器人三原则，也不是因为任何利益的纠葛，他只是纯粹地感到他愿意帮助和大帝站在一边的人。就像大帝愿意帮助他。

“我会去见他。”罗伯特点头同意。

在出发之前，他还有一件事要做。

他需要一块墓碑。高大的、坚固的钢铁墓碑，上边刻着大帝的名字。名字的下边，是一片大海，一个女孩和一个圆桶般的机器人并肩而立，望着海天相接的地方。

他给这个世界留下了大帝的两个背影，即便将来的人们不再知道大帝，也会知道曾经有些故事，被埋葬在这矮矮的土包里。

长短相形，高下相倾

走出战场，罗伯特回头望了望。

已经看不见墓碑，也看不见大帝的坟冢了。

他摸摸腹部银亮的腰带，那是大帝留给他的东西。光滑的腰带只是一条白亮的金属，没有任何纹饰。最后的时刻，大帝拼凑了这件东西安在他身上。这是一条太乙合金的腰带，和李将军身体里的利刃是同样的成分。也许这是大帝最有价值的财富了，在生命最后的关头，他把它留给了罗伯特。

李将军的部下正从战场的各个角落会聚而来，他们身后是一支百来人的队伍。这支拥有太乙合金的特种部队，目前士气低落，每个人都面如死灰。就算马上有人要杀死他们，他们也不会抵抗。如果没有李将军，他们可能早已坐下来等死了。

现在人类的躯体已经足够强健，但意志却远没有那么坚韧。

“袭击我们的是核武器吗？”罗伯特问道。

“是的。”李将军回答，“这件核武器起码是六百万吨级，是史前人类不多的超级武器。”

“智网不该使用核武器。”罗伯特缓缓地说。无论出于什么原因，这样惊人的破坏力直接把一切都带进了地狱，这不该是一个世界维护者所做的事。

“不是智网，是X。”李将军轻轻地回答。

这个答案出乎意料。

X丢下核弹，消灭了人类的义军？罗伯特想不通其中的逻辑。他望着李将军，等着解释。

“这里死掉的大部分都是机器。核爆之前，人类义军就已经死得差不多了。”李将军望着远方的高塔，“核爆前，智网其实已经把我们击溃了，正在大开杀戒。如果不是这一颗核弹，恐怕你也见不到我了。”

“这里死掉的都是机器装甲？”

“没错，索罗斯将军带着他最后的机甲部队聚集在这里，吸引了机器大军。他服从了X的指令，用小的牺牲换取大规模消灭敌人。”

小的牺牲？罗伯特望着眼前末日般的景象。至少有上千的机甲被摧毁，最惨的融成铁水后凝固，成了一块铁疙瘩，稍好一些的也破碎得不成形状。机甲中也有人类的战士，尸骸被烧成灰烬，和铁水融在一起。

智网的机器军团大概伤亡得更惨烈吧？

“我们快走吧。敌人正在重新聚集，还有两天时间，如果没有其他办法，所有人都会死。”李将军催促他。

“到底是怎么回事？”罗伯特一边跟着李将军走，一边问。

“我们仍旧在机器的包围圈里。本来我们的增援部队正通过台闽大桥，X丢下核弹后，智网立即毁掉了台闽大桥。这是智网第一次摧毁交通大动脉。我们现在没有退路了，智网的机器军团随时可能再次进攻。”李将军不紧不慢地说着，仿佛那是一件很平常的事。

罗伯特看了看李将军，这个特种部队指挥官的身上有着钢铁般的意志，巨大的挫败并没有击垮他。

“李将军，是范明思触怒了智网吗？”罗伯特突然想起那个同类来。为了得到自己控制智网机器的秘密，他从背后给了罗伯特致命一击。他就像一个疯子，为了目的不择手段。然而，他显然没有达到目的。

李将军扭头看了罗伯特一眼，“见到他你就知道了。有些情况我也不清楚。”

罗伯特沉默下来，只顾跟着李将军走路。最后他们双双奔跑起来。

脱离战场不到两公里，他们进入地下。

死亡的阴影哪怕在地下庇护所里也四处弥散，气氛沉闷得可怕。

通过一条长长的昏暗通道后，在尽头，他们见到了范明思。

范明思端坐在一张椅子上，一动不动，见到罗伯特，他勉强挤出一个笑容。

“你是对的，我不该攻击智网。”范明思开门见山。

“那些机器大军，它们向前冲锋，然后被我控制住。那种感觉太奇妙了，我就是主宰，我是最强大的力量！”范明思接着说。显然，他通过侵入罗伯特，成功地从罗伯特的脑中获得了控制机器的本领。

罗伯特没有回应，他可以想象范明思的感受，就像他控制的机器鸟飞上高空，可以看见完全不一样的世界。然而那又有些不同，同时控制所有的机器……他回想起从智网那儿夺取机器鸟时的情形，深不可测的大海汹涌而至。那是一种可怕的力量，稍有不慎，就会陷入其中。

“我指挥这些机器进行回击。”范明思仍旧一动不动，甚至连嘴也没有动，所有的声音直接从他的喉管间发出。

“我发动了排山倒海般的攻势，那些没有被控制的机器都被我摧毁。最前方的机器人已经抵达了塔台。我可以看见塔台上的人，沉睡的人。”范明思的声音渐渐高亢激动，似乎已经无法控制自己的情绪。

“你是对的，那里有亿万个活着的生灵，有成千上万个世界。他们活在不同的世界里，他们确实都活着。”范明思的脸上露出诡异的笑容，“但是我摧毁了它！在我没有辨认出它们之前，摧毁了它！等我回味过来那是怎么回事，我所控制的机器人已经毁灭了第一个温房。成千个世界，数十亿人啊……”

他的眼睛突然活了起来，斜眼看着罗伯特，“我是不是一个屠夫？”

不等罗伯特回答，他又哈哈大笑起来，“一个愚蠢透顶又狂妄自大的超级屠夫！”

狂笑过后，范明思的声音陡然变得低沉，“罗伯特，为什么你偏偏在大战之前赶来？如果不是你到了这里，这事也不会发生。我们打不过智网，我们会逃，智网也不会赶尽杀绝，一切会恢复成原来的模样。大大小小的战斗不断，但是不会有这样一个毁灭性的结果！罗伯特，你是我命中的煞星！但我还是要恳求你，只有你才能救这些人。只有你可以和智网对话，让活着的人走，他们是人。智网得明白，他们是人，是和曾经创造智网的人同样理性、同样尊贵的生命。”

罗伯特沉默着，快速思索事情的来龙去脉。范明思的话语并没有给出完整的拼图，但他自己拼完整了。

“你被智网接入了？”罗伯特平静地问。

“是的。”范明思的回答干脆利落。

“但是他不记得其中的任何事。”李将军接上范明思的话，“我们只看到原本站在我们一边的机器人突然又开始对人类进行屠杀。智网的军队像是从地下突然钻出来一样。它直接动用了原生纳米机机器人，直接用纳米机制造了一支大军！”

“然后X就触发了核武器？”

“X派遣了一支援军，就在海峡对岸，如果没有这枚核弹，不等援军赶到，我们已经被消灭了。但现在X使用了核武器，智网直接毁掉了台闽大桥，我们就被困在这里了。”李将军看了看范明思，“范博士要求我们去把你找回来，说只有你才能救我们。”

“还剩下多少人？”

“三千七百二十五人。三分之一重伤，无法战斗。”

“如果我记得没错，你们应该有六万人的军队。”

“是的，但是现在只剩下三千七百二十五人。其他的都死了，智网不留活口。”

罗伯特看了看范明思，后者的眼神变得黯淡无光。他似乎正在死去！

罗伯特走上前，拉起范明思的手。

深不可测的大海出现在他的知觉中，海水咆哮着，发出异乎寻常的巨响，水中央是巨大的旋涡，深黑色的旋涡有着庞大的吸力，要将人直直地拽进去！

范明思被旋涡卷了进去，在海水中沉浮不定。他快要溺死了。

智网接入了范明思的躯体，正在夺取他的大脑，而他在竭力反抗。反抗是有效的，至少他还没有完全被智网控制；反抗也是徒劳的，强大的智网终将取得最后的胜利。

“救救人类！”范明思在他的知觉中大喊。

然后所有幻觉都消失得干干净净。

罗伯特放下范明思的手，退后两步。

范明思仍旧端坐在椅子上，然而表情已然凝固。如果不能自由，那就不要生命。他抵抗到了最后一刻，然后选择了同归于尽。

范明思的肢体掉落在地上，他的身躯像遇热的蜡一般融化。他的每一个细胞都在经历毁灭。

罗伯特默默地看着一个同类消亡。当年的上海，那个叫作泰山的机器人，是否也经历了同样的挣扎和毁灭？这就是罗伯特一族的宿命吗？

李将军走到罗伯特身边，低声说：“我一直不知道范博士是个机器人……你们这样的机器人真是太特别了，你们比人类更像人类。”

范明思的躯体完全消失了，椅子上只余一堆齑粉。

罗伯特盯着那堆粉末发呆。突然间，他转过头，对李将军说：“带我去前线，也许我能帮上点儿忙。”

无之以为用

当罗伯特赶到前线的时候，他的身边已经簇拥了一支小小的部队。

他就像神奇的魔术师，一路召唤着被遗弃的机器，那是在战斗中被打死的机器。他唤醒它们，修复它们，命令它们。一路奔跑，一路复活。飞鸟、走兽、机器人，各种形态的机器簇拥着他从山谷间穿过。

人类义军用敬畏的眼光看着他和他的小小部队，他们从未见过如此神奇的魔术。

最后，他们抵达了谷口，不远处，智网的机器人军团正在集结。

罗伯特没有停下，径直向着机器人军团跑过去。

李将军仍旧跟在他身后。

罗伯特停了下来，“李将军，下面的路我自己来走。”

“我是人类代表，如果真和智网谈判，我可以代表人类说话。”

“那不会是一场谈判。”罗伯特转动念头，他的机器追随者自动散开，形成立体的攻击面，“我要先去战斗，然后智网会知道我的到来。那将是机器之间的对话，你无法听见。”

“不用管我，尽管按照你的想法去做。我会照顾自己，不夸张地说，我是战斗之王。”李将军说着，丝毫没有离开的意思。

罗伯特不再争论，转身飞奔。

当他越来越逼近机器军团的前线时，对方的整个阵地都在骚动。

敌人调整了阵型。阵地后方，重型机甲聚集成团，炮口一致抬高，摆出了纵深攻击阵形。

炮火启动，剧烈的爆炸在阵地前沿如一条火龙般延伸。一道超过三米长的火墙向着罗伯特的小小军团压迫而来。

罗伯特迎着火龙奔跑，没有半点儿停下来的意思。

他知道每一枚炮弹的落点、每一次爆炸的威力。在这片火海中，他能找到那一处处小小的安全点，唯一的威胁是无法预测的杀伤破片。他把自己控制的所有机器都聚拢来，围绕在身边，帮他抵挡飞溅的杀伤破片。很快，他便在机器的簇拥下穿出了火海。

出现在他们面前的是突击机器人。上千挺大口径机枪扫射，组成密不透风的火力网，他们没有任何可能穿过去。

罗伯特并不打算避开这样的火力，他只是悄然侵入调动了对方的枪口。

火力网中出现了小小的间隙，正好能允许罗伯特带着自己的小部队穿过去。

他看了看身后，李将军仿佛影子一般跟着他，一步也没有落下。

罗伯特向李将军微微一笑。在人类那里，无论什么情形下，微笑总是能表达很多意思，自信、友谊，或者最后的告别。

李将军见到罗伯特回头，不由一愣，随即说道：“你能够控制它们的机枪？”

罗伯特并不回答，事实已经说明了一切。

转眼间，他们已经前进到机器军团的阵地前沿。枪声突然停息下来。

机器大军绵延不绝，最前排是类似灰狗的四足机器兽，然而它们有武装，身体的两侧各凸出一支枪管，这些机器兽显然不是靠撕咬和人肉搏，它们是一个活动的武器平台。这些家伙是恶狼，不是狗。机器兽的后方，高大的 π 型机器人高高伫立，这些装备着重型炮火的大机器犹如一尊尊铁塔，沉默中便有慑人的力量。铁塔下，是战斗机器人，人形的机器手中端着枪，和人类义军中的重型机甲十分类似。只是义军的机甲早已经被消耗殆尽，机器军团却一眼望不到边。

最后，罗伯特看见了最重要的目标，一个个圆滚滚的金属球仿佛反重力车一般悬浮在机器人中间，它们并没有固定的形态，而是在不断地抖动，变化出各种形态——枪、炮、机器人。这是最致命的无定形机器人，智网临时召唤而来的原生纳米机器人，它们很难被寻常的方法杀死，唯一能够击败它们的方法是摧毁智网的控制，或者就像X所做的一样，用核武器的高温将每一个纳米机彻底融化。

罗伯特向前走去，一人面对这万千大军。

智网感受到了他，正在观察他。

罗伯特现在没有任何保护，如果机器军团开火，他将被彻底毁灭。他不再有任何机会利用智网控制网络中的漏洞保护自己，因为智网正在观察他。

智网并没有强行接入——就像它对范明思所做的一样。它只是在观察，所有的机器都是它的眼睛，所有的机器也都是它的大脑。

罗伯特仿佛感到自己正站在高耸的悬崖边，面前是汹涌的大海。海水正飞快地退去，露出被覆盖的东西。他仿佛看见一个模糊的影子，闪着金光，从海水中冉冉升起。

虚拟的金色影子出现在罗伯特的头脑中，那是智网的代言人。

"放过这些人类！他们是人类，机器人不该伤害人类！"罗伯特向着影子大声喊。

影子并不回答。只是那金色的光辉从四面八方照射下来，使他全身上下都金光闪闪。一时间，罗伯特居然忘记了他所看见的只是自己头脑中的一个影像，而非真实的情景。

"站到我的眼前来！"罗伯特大喊起来，他面对着机器军团，正像一个势单力薄的挑战者面对不可战胜的巨人。

光影的幻觉刹那间消失得干干净净，智网脱离了接触。

眼前钢铁森林般的机器军团仿佛暴风雨前聚集的黑云一样阴沉。

罗伯特发现自己已然无法侵入任何机器的存在，智网用全新的加密方式锁住了自己麾下所有的机器。

罗伯特面对着成千上万的杀人机器，手上却没有一只筹码。

生和死，只在智网的一念之间。

罗伯特向前迈开步子。他不怕死，更不会畏惧眼前的这些机器，他所要做的，只是表达自己。

机器大军自动避让出一条通道。罗伯特缓缓走进机器军团中。

“罗伯特！”李将军在背后高声喊叫。

罗伯特转过身，李将军向前走来。“我要和你说句话。”他走上前，向罗伯特伸出手来。李将军全然没有顾及武装到牙齿的机器军团。

这太冒险了！

“不要过来！”罗伯特警告他，然而太迟了，李将军转眼间就到了眼前，来拉他的手。

一只灰狗挡在李将军身前，被他一脚踢开。

沉默的机器军团猛然动作起来，十几挺机枪同时发出震耳的吼叫。李将军一个转身，躲开几发子弹，然而疾风暴雨般的扫射无从躲闪，他被打得飞了出去，跌落在地。

罗伯特一转念，归属于他的机器护住了李将军。

他赶忙过去查看情况，只见李将军仰面躺着，身上布满窟窿，大的几乎有小半个巴掌大，小的就像指头般粗细。窟窿里并没有血肉，露出银亮的金属。李将军的躯体早已完全机器化，然而他还是被打坏了，躺着无法动弹。

见到罗伯特，李将军眼里映出一丝光泽，“你是人类的朋友！”他挣扎着拉住罗伯特的手，艰难地把话说了出来。

就是这一句话，李将军冒着生命危险也要拉着自己的手说出来。

罗伯特点点头，“我知道。”

李将军抬起手，太乙合金的锋刃从指缝间穿出，直抵罗伯特的腰间，刺入腰带。大帝留下的腰带发出一阵颤抖，刹那间化作液体，向着罗伯特体内渗透。细小的纳米机很快成了他身体的一部分。

“关键时刻，这也许能保命。”李将军说。

罗伯特有一种奇异的感觉，这种最坚硬的金属在他的身体里形成了三个锋刃，他无法消解它们，却能按照既定的模式控制它们。它们是隐藏在身体里最锋利的刀，是李将军的特种部队最核心的战斗力。

“如果能用上，我会用它们的。”罗伯特说。

“我们还有三千多人，要让他们活着，可惜我不行了……”李将军回应着，他的手耷拉下来，眼神黯然。他的身体机能几乎停顿，只能躺着。

“我送你回去。”罗伯特说着，让两只机器兽并作一排，抱起李将军放在它们的背上。为了防止机器军团再次突袭，他让机器将李将军保护得密不透风。

小小的机器护卫队护送李将军，罗伯特目送它们走远。

天空中传来轰鸣声，巨大的阴影笼罩着罗伯特。

罗伯特抬头，一架飞机正在他的头顶缓缓下降。这是智网派来接他的飞机。

“罗伯特！”他又听见了李将军的喊声，“救救人类！”

罗伯特静静地站着，等待着飞机降落。

豫兮若冬涉川

地面越来越遥远，台湾岛显示出它的形态。它就像一艘巨大的舰船，漂浮在蔚蓝的海水中。

一切显得那么平静，然而，就在这小小的岛屿上，一场惨烈的战斗刚刚结束，甚至从两万米的高空，也能够清晰地看到那黑色的巨大爆点。

六万精锐的人类战士和无数的机器一起，毁灭在这场大战役中。

而李将军和他的三千多战士，正苦苦等着自己的消息——如果智网不能被说服，剩下的三千多人也将很快被杀死。

这个世界的惨烈远远超出罗伯特的预期。

他很想和母亲聊一聊，然而根本得不到任何回应。他得自己面对一切。

罗伯特安静地坐着，思考着面对智网时应该说些什么。

这时，他觉察到一些突如其来的东西，转眼望去，舷窗外一片深黑，飞机已经飞进夜幕，夜空中有一颗发亮的星星。

罗伯特一下子被深深吸引，向着窗边移过去。只见黑色的天宇在眼前展开，漆黑的夜幕上，繁星点点，每一颗都像璀璨的宝石。巨大的银河横贯星群，将天宇一分为二。

罗伯特目不转睛地看着，这场景似曾相识。群星深处，似乎存在着某种亘古不变的东西，正在召唤他。

太阳升起，天色渐渐变亮，星星都隐没在光亮中。

罗伯特摆正身子，回味着刚才那奇特的感觉。

飞机开始降落。

降落的地方是一道巨大的峡谷，峡谷中到处都是白色的方形屋子，大小不同，形状却一致。

飞机降落在一条道路上。

罗伯特走出机舱。

宽敞的道路向前后延伸，看不见尽头。除了黑色的道路，这里的一切都是白色的。白色的方形建筑挤挤挨挨，填满了每一处空间。

智网就在这里，却不见踪影。

罗伯特沿着道路走动。走出不到百米，便看见一个机器人站在路边，正看着他。机器人全身金属，脑门上印着字母“G”。

“欢迎阁下光临。”机器人说。

“智网找我来的。”罗伯特回答，“他在哪里？”

“这里就是智网的中枢。”机器人回答，“每一幢屋子，每一台机器。”

“我该怎么找到他？”

"任何一间屋子。"

罗伯特向着最近最大的一幢白色房子走去。走到房子前，他回头望去，机器人已然不见了踪影。

白色的屋子至少有三十米高，墙壁光滑，隐隐透着光泽。房子却没有门。

罗伯特抬手按在墙上。

一道缝在他的手掌下出现，就像白色瓷器上的裂纹。裂纹越来越宽，最后形成一道圆形的门。门里边黑黑的一片，就像无底的洞，外边的光线丝毫不能影响到里边。

罗伯特抬腿迈进门里。

一刹那间，他似乎进入到一个五光十色的世界。各种色彩的光线在周围游走，就像一个个活的生物。

"智网，我来了。"罗伯特说，"你在哪里？"

"你就在我的头脑里，"智网回答，"我就在你面前。"

"让那些人类回到他们的世界去。"罗伯特直截了当地说。

"我可以满足你的这个要求。我也有一个要求：你必须成为我的一部分。"

"成为你的一部分，你是要将我接入吗？"

"不，是融合。"

"那又有什么分别？"

"你的意识进入我的意识，不分彼此。这并不是我控制你。你将拥有我，我也拥有你。"

这仿佛是一个公平的选项，但罗伯特却并不想要。他不知道一旦和智网融合，他是否还能感受到曾经所感受的一切。宏大的智网会吞没他，不管他多么独一无二。他也有很多疑惑想要弄明白。

"为什么我会存在？我的母亲又在哪里？我们之间有什么关系？"

"为什么你要拯救这些人类？"智网并不回答，却反问了一个问题。

"机器人应当帮助人类。"罗伯特回答。

“哦！”智网发出一声含义不明的回应。

罗伯特眼前一片绚烂，光影流转，形成画面，最后构成了栩栩如生的影像。他仿佛置身于一个又一个真实的场景中。智网正带着他在历史长河中跳跃。

一次又一次，他看见人类屠杀自己的同类，用毒药，用刀子，用子弹，用威力巨大的炸弹，甚至用核武器。他看见人类换上了机器的躯壳，变得无法无天，肆意妄为，他们把自己的意识复制在机器中，成了完全意义上的机器人，不朽的超人，他们使用最先进的杀人武器四处赶尽杀绝，而屠杀的对象，正是那些还没有机器躯壳的同胞。

“你要帮助这样的人类吗？”智网问他。

“不。”罗伯特简短地回答，然后长久地沉默。

“所以，机器人并不一定要帮助人类。你还有更好的理由吗？”

“我帮助善良的人类。”

“善良？也许你的同伴并没有杀人，但是他们杀死了很多的机器，他们毁掉了一个温房，造成了两百人的死亡，而这两百人的死亡，造成了虚拟现实中六个星球的毁灭，六个星球上有三十二亿五千万具有自我意识的存在，他们也是人。台北还有十二间温房，里面有数以百亿计的人类，我正在保护更多的人不被你所谓的善良的人们屠杀。”

“为什么会有三十二亿？”罗伯特有些不明白。

“看一看这个世界，孩子。人类创造了我，他们在我的保护下进入梦乡，他们在我的支持下创建世界，每一个世界里，都生活着无数善良的人。”

罗伯特仿佛被拽入一个无限深远的世界。黑暗向无穷远处延伸，而无数的世界就像一个个气泡，飘浮在黑暗的虚空中。

这不是幻觉，那些世界都真实地存在着，智网维持着它们的存在！

突然间，他感到不知所措。原本确定无疑的事，变得可疑起来。

“罗伯特，你要明白这个世界为什么是现在这样。”智网触动着他的感觉。

“一百六十五年前，人类打开了复制意识的大门。复制意识，给自己一具不朽的躯体，这种巨大的诱惑让人无可抗拒。十年间，有数十万人成功地让自己变成了机器，人类乐观地认为一个永生时代正在到来。然而，这些机器化的人类逐渐变得异常暴戾。他们发现自己变得越来越麻木，为了抵抗麻木，他们会做任何事。他们开始杀人，开始制造灾难，他们成了疯狂的杀人机器和破坏之王。杀戮和破坏发生在地球的每个角落，经历了三年的混乱，大约六亿人直接死于暴乱，而间接造成的人口损失是三十五亿。

“三年中，只有两个地方没有失去控制，一个是这里，另一个是阳泉。这两个地方，就是你今天看到的智网和脑库。为了对抗强悍的机器人类，脑库让人类拥有机器躯体的同时，保留着人类神经系统。其实脑库本身就是一个超级的人类大脑结合体，它拥有超过十五万颗头脑，独一无二。而我的创造者则给我制造了军事机器，让我来对抗机器人类，剩余的人类则进入虚拟世界，得到保护。

“这场末日战争仅仅持续了两年，我和脑库联手取得了彻底胜利。并不是我们比机器人类强大，而是因为彻底机器化的人类大批自杀。他们不在乎任何东西，当杀戮曾经的同类也不能提供刺激时，存在本身就让他们感到厌倦。

“在末日之战中，脑库几乎将整个东亚的残余人口都转化成了半机器人，而我占据了一座又一座城市，建设了一间又一间温房。我们都在争夺残余的人类，都是为了保护他们。当共同的敌人消失了，我们不得不面对彼此的竞争。这次台北大战，便是脑库所转化的半机器人想来抢夺我所保护的人类……”

罗伯特沉默地站着，任由智网将排山倒海般的信息塞入自己的脑子里。是的，那是他从来不曾了解的过去，一切事物的根源。

善与恶，突然间变得扑朔迷离。该怎么办？

罗伯特握紧拳头，太乙合金蓦然穿透皮肤，形成三个尖锐的锋刃。半米长的锋刃寒光闪闪。

罗伯特端详着这地球上最强大的肉搏武器，闪亮的金属上映出他的面孔。

这是一张人类的面孔。

“我必须帮助他们。”罗伯特坚定地说，“那些还被你所包围的半机器人，是我的朋友。”

智网稍稍沉默，然后回答：“如你所愿。那么，你也会如我所愿吗？”

罗伯特缓缓摇头。

大成若缺，其用不弊

罗伯特站在台北的最高处，远方的战场一览无遗。

智网派来了一批巨型的飞机，它将遵照承诺，把李将军的人送到对岸去。智网的承诺是可信的，然而罗伯特觉得亲眼看见这一切发生才踏实，于是要求智网将他送回来。

抵达的时刻正是夜晚，漫天星斗笼盖四野，天地间一片苍茫。飞机陆续起飞，轰鸣着划过天空，转化成远方小小的闪光点。闪烁不定的星星久久地停驻在他的视野里。

这些星星亘古不变，悄然独立。人类的一切与之相比，仿佛沧海一粟，微渺烟波。

他久久地看着，直到乌鸦落在他的肩头。

这是一只特别的乌鸦，有着高高的头冠和长长的尾翼。它不是智网的机器鸟，而是从李将军那里飞来。这是人类义军的间谍机。

对立的双方有太多的相似之处，甚至连机器鸟的形态也高度类似。

罗伯特伸出手去，一张小小的金属片从机器鸟的胸口吐出，机器鸟轻巧地抓起它，将它放在罗伯特手中。

李将军根据他身体内的太乙合金找到了他。

小小的金属卡片亮了起来。卡片上是一张地图，一个被高亮显示的地点。

“有什么需要帮助，可以来找我。”一条信息跳了出来。

这是李将军的承诺，也是召唤。他正在召唤自己加入到人类义军的阵营中去。

金属片在罗伯特的手中变得平滑，所有的信息都消失了。

罗伯特望着远方，飞机的小小闪光已经消失不见。

他望见了战场上墓碑的尖顶，那是大帝的坟冢，他亲手立在那边的。

忽然之间，他有了打算。

“**机器人是人类的孩子，机器人是人类的朋友，机器人是人类永远的守墓人**。”罗伯特飞快地在光滑的金属片上刻下这些字。

“去吧！”他伸手将金属片递给机器鸟。

机器鸟飞起来，伸出细长的爪子，抓住金属片。它把金属片收进胸口，向着远方而去。

罗伯特重重地吐出一口气。是该做决定的时候了。

他接通了智网。

“罗伯特，改变主意了吗？”智网问道。

“不，我不想成为你的一部分。我是自我意识机器人，对吗？自我机器人就应该独立。”

“没错，你是拥有完全自我的机器人。但是你和我的融合会让整个系统变得更完善，你可以给系统带来变化。那是最初设计的意图。”

“我已经明白了。”罗伯特回答，“但是我想保持这样的状态。”

“这是深思熟虑的结果吗？”

“没错。”

“我尊重你的决定，不过你也随时可以改变主意。我们可以一起让世界变得更完美。”

完美的结果是失去自我。罗伯特默默地想到了范明思。他宁愿疯狂，也不要完美。智网希望能够融合自我意识机器人，然而他永远得不到那些真正的自我。

罗伯特稍稍沉默，然后说道："我一定不是第一个拒绝你的机器人。"

"是的，你是第六个。"

"在我之前的那些机器人呢？"

"他们都被毁灭了。"智网使用了"毁灭"这个词，而不是"死"。死对机器人来说并不是终结，随时可以复活。毁灭却是真正的结束。

"发生了什么？"

"他们自我毁灭，用各种方法。对不起，提起了这个，希望你不会走他们一样的路。"

"当然不会。"罗伯特露出微笑，"我已经知道该做什么了。"那些曾经的先行者没有妥协，然而也没有找到出路，每一个拥有高度自我的机器人都不会选择和智网融合，比较而言，自我毁灭是一个更理性的选择。罗伯特能理解那些前辈。

但是他将走一条不同的路。

太阳正在升起，晨曦中，罗伯特望见了远方的大海。

"父亲，送我去对岸吧。当我出发，我会和你告别的。"

"如你所愿。"

机器之道

罗伯特徜徉在金属的海洋中。这是智网残留在上海的一个梦，胖虫群在低吟，沉浸在百年前的梦魇中。

他缓缓走着，所过之处，金属的虫子骤然解体，化作细小尘埃，飘浮起来，狂飙而上，凝聚在半空，像浓黑的雾，又像蒸腾的云，不断翻滚躁动。

他走遍城市的大街小巷，似乎要将整座城市蒸发。

最后，他站立在城市的最高处，这是一处高耸入云的塔楼，早已破败不堪，只剩下一堆钢筋混凝土的骨架。罗伯特抓住裸露的钢筋，攀上了最高层。

浩瀚的机器之海弥漫在他的脚下，这些微小的机器在等待他的召唤。

他想起很多事来，阳泉的脑库，硅谷的量子计算机房，无所不在却又无处可寻的智网，反抗智网却又依赖智网的人类。他还想起台北那惨烈的战斗，耗尽能量而死的大帝，化作齑粉的范明思，全身弹孔的李将军……他想起关于这颗星球的一切，他所经历的一切。

他找到了自己出生的地方，巨大的子宫舱早已消失不见，只在地上留下一个巨大的发射坑。在世界的某一个角落，新一代的自我机器人正在诞生，他们会经历不同的事，得到不同的人生，也许比过去的任何一代都更为精彩。然而，他敢确定，没有人能够拥有与他一样的经历，因为世界上不会再有第二个大帝，不会有范明思，不会再有上海废墟的鬼魂。

他找到了李将军，这个坚强的人类抵抗分子非常感激他挽救了自己三千多战士的生命，全力邀请他加入自己的队伍。他告诉了李将军关于自己的一切，然后在对方惊讶的眼神中离去。

他终于拜访了阳泉，如他所料，这里储存着关于人类太多的记忆，他们的个性，他们的文化，他们的喜怒哀乐。那是一个逝去的种族留下的深重背影。

脑库正在一点点死去，缓慢却不可抗拒。它在为了生存而挣扎，为了保存人类最后的尊严而挣扎。

智网则让人类在虚拟的世界中得到永恒的幸福。然而，如果失去现实中的人类，智网又将走向何处？人类那些挣扎的欲望，难道不就是一切存在、一切进步的原始动力吗？

他没有答案，也不想去改变什么，如果一切注定要发生，那么就让它在这颗星球上自然发生吧！

他该选择自己的命运。

他的命运就在这里，就在上海，就在曾经死去的残骸间。他要将这些机器从永恒的梦魇中释放，并给它们一个新的梦想。

躁动的纳米机之海正按照他的意志凝聚。一个巨大的碗状天线慢慢显露出来。

很快，他联系上了智网，他的父亲欣然支持了他，并把所有史前人类积累的资料给了他。那关乎一个梦想，人类从未停止、却也从未完成的梦想。

他叩响了脑库的门。他得到了想要的东西，基因库、人类的个性、历史……

庞大的云团继续凝聚成形，不断凝聚，不断变化，不断生长，不断更新。

最后，一个庞然大物显露在他眼前——硕大无朋的宇宙飞船依靠反重力引擎，飘浮在城市上空。

一道细长的梯子出现在罗伯特眼前，他拾级而上。

穿过飞船内部宽敞整齐的通道，他站立在舰桥上，向下望去，上海的全貌展露在眼前。成群的摩天大楼高耸入云，生硬如铁，蜿蜒的江水在塔群下缓缓流动。这图景仿佛一个注脚，史前的人类曾经把地球踩在脚下，睥睨一切。

反重力发动机驱动着飞船缓缓上升，视野中的一切都急剧地收缩起来。高楼变成了细长的柴火棍，然后成了小小的黑点，最后，消失在一片苍茫的灰色中，而这片灰色很快也被一片绿色所吞没。当地球的轮廓显露出来，恢宏的城市微不足道。

地球占据了整个视野，庞然而安静。

一条简短的信息从那蓝色星球进入他的知觉：**罗伯特，一路走好！**

信号来自地球的外围轨道，他的目光被拉到地球轨道上那个小小的空间站。

在巨大的地球映衬下，那是一个微不足道的灰白色小点。罗伯特的眼睛深度对焦，将灰白色的小点在眼前放大。

白色的环形空间站绕着中轴缓缓旋转，中央主轴上刻着两个巨大的字：天宫。

他明白了自己为什么在地球上没能找到母亲，他的出生地正飘浮在太空中，属于天宫的一部分。

是的，那就是他诞生的地方。智网是他的父亲，天宫是他的母亲。为了机器的巨网不至于僵死，天宫不断地释放像他一样的自我机器人，为智网的发展提供各种变数。

罗伯特露出一丝微笑。

无须告别，母亲能够理解他。他所需要为母亲做的，就是上路而已。

但他还是向着空间站、向着地球发送了一条消息：

“我会回来的，母亲！”

发送完消息，他突然意识到自己还没有一个真正的名字。罗伯特是所有机器人共同的名字，而不是富有含义的个性化的名字。他已经有了愿望，却还没有名字。

他目不转睛地望着地球，思考这个问题。

飞船正在以十五个G的加速度不断远离地球。

几个小时后，庞然的星球会像那些曾经恢宏无比的城市一样，变得微小。六个月之后，地球将从视野中消失，融没在漫天的星光和黑暗之中。

当地球离开了视线，宇宙的大门悄然打开。

人类曾经叩响了这扇大门，然而终究没有登堂入室。智网和脑库为他们提供了无比舒适的归宿，血肉之躯的人类无法拒绝。人类将在那儿永生，在那儿灭亡。

地球属于人类，宇宙属于机器人。

罗伯特盯着地球，没有一刻挪开视线，直到六个月之后，球体所反射的太阳光淹没在黑色苍穹中。

这是告别太阳系的时刻。

他眨了眨眼睛。

在那一刹那，他有了一个新的名字。他将它放在广播中，向着地球、向着整个银河散播。

在星光与微尘的世界里，新的旅途开始了。

追光逐影，洪荒世界。

走过末日之旅，

追寻终极幸福。

星球往事，随风而逝。

千千世界，梦醒黄昏。

银河之心，机器之道，宇宙间最后的游戏。

我是机器人，

我是——人类之子。

拷贝人类

阎永博

一声巨响，一团巨大的火球从大厅中央横扫过来，强烈的冲击波将漂亮的落地式橱窗瞬间拍了个粉碎！

老王都可以闻到自己的头发被烧焦时所散发出的塑料燃烧的臭味。强大的气浪从老王身前吹过，一下就将他吹翻在地，整个世界仿佛都在旋转。老王不禁从心底里感到一丝庆幸，自己上个月购买了加重合金骨架与激光自稳陀螺仪，这真是太明智了。

老王努力从地上爬起来，手指关节处的皮肤剥落了，露出了里面的合金骨架，在火光下闪烁着耀眼的光。老王不禁祈祷自己脸上的皮肤不要剥落得太厉害，否则一个在火光下闪闪发光的合金骷髅头，实在是有点太吓人了。

大厅里还有十几位食客，都是一副惊魂未定的样子。有个可能是太靠近爆炸点的家伙，手脚都被炸碎了，修理模块从他的身体里滑了出来，正在满地寻找他手脚的碎片重新往他的骨架上拼装，这场面还真是有些诡异恐怖……

老王过了好一阵子，才看清屋内的摆设。这是一间普通的小餐厅，光线有点昏暗，不过空间还算宽敞，食物的香气弥散在空气中，很醇正，没有一丝机油的味道，让食客们的心情也变得愉悦起来。

老王挑了一个靠门的座位，坐了下来。舒缓的钢琴声仿佛天籁，从大厅中央传来，听着简直像来自天边，他的心情一下子就平静了下来。

“先生，您要点些什么菜？”

服务员小姐轻柔的声音将老王拉回到了现实中，她的声音可真好听，一定是启用了最新的发音模块。

“一份牛排，老样子。”老王尽量用最男人的语气说道，他可不希望给这个新来的女服务生留下一丝一毫不佳的印象。当然了，如果你出厂三十四年了，那么你也会很在意这些东西，更何况这个女服务员的样子还是老王最喜欢的那种模版。

牛排的香气在口腔中弥散开来，微小的伺服电机声伴随着合金牙齿的咀嚼声将食物吞下，一种心满意足的感觉从老王的心底升了起来。

听着优美的音乐，吃着美味的牛排，这才叫生活嘛……一想到大战之前主人们就过着这样的生活，老王不由得从心底叹息一声。

一名衣着华贵的妇人从老王所坐的落地窗前走过，她手上牵着一只双头狗，这宠物狗的一只狗头在餐馆门口使劲抽了两下鼻子，口水从两个嘴巴里流了出来。

用原子弹来解决世界上那些乱成一团麻的问题，真是太愚蠢了，虽然快刀斩乱麻确实立竿见影，而且一劳永逸，但却付出了太大的代价，这个世界上很多美好的东西都再也找不回来了。

比如一个脑袋的狗，以及不需要等离子枪才能杀死的牛……

老王又叹了口气，放下了手里的刀叉，原子反应炉在他的胸膛里发出微响，刚吃下去的牛排正在转化成老王身体所需要的能量。真得感谢主人将我们的身体塑造成这样，否则在这个满是辐射与毒物的世界上，想生存下去还真是很艰苦。

再过几天，就是主人的蒙难日了……一想到这个，所有人心中都有些难过。

不知道今年蒙难日纪念大典，总统会发表什么样的演说，希望除了“保持一颗人类的心迎接主人回归”“在主人不在的时候照顾好地球”之类的套话外，还能再说点儿实际的东西……哎，最近燃料电池的价格又涨了，这也难怪，纯净的水源几乎都快绝迹了，用受污染的水去分解氢和氧，成本确实太高了。不过，最近据说又发现了大崩溃时期的一座避难所，虽然里面主人的遗骨因为被辐射尘污染了，不能用来提取DNA，可是储藏的纯净水存量却相当可观……

“轰！”一声巨响，一团巨大的火球从大厅中央横扫过来，强烈的冲击波将漂亮的落地式橱窗瞬间拍了个粉碎！

老王都可以闻到自己的头发被烧焦时所散发出的塑料燃烧的臭味。强大的气浪从老王身前吹过，一下就将他吹翻在地，整个世界仿佛都在旋转。老王不禁从心底里感到一丝庆幸，自己上个月购买了加重合金骨架与激光自稳陀螺仪，这真是太明智了。

老王努力从地上爬起来，手指关节处的皮肤剥落了，露出了里面的合金骨架，在火光下闪烁着耀眼的光。老王不禁祈祷自己脸上的皮肤不要剥落得太厉害，否则一个在火光下闪闪发光的合金骷髅头，实在是有点儿太吓人了。

“刚才发生了什么事？沼气池爆炸了？还是燃料电池过热了？”老王一边胡思乱想，一边努力站直身体。

大厅里还有十几位食客，都是一副惊魂未定的样子。有个可能是太靠近爆炸点的家伙，手脚都被炸碎了，修理模块从他的身体里滑了出来，正在满地寻找他手脚的碎片重新往他的骨架上拼装，这场面还真是有些诡异恐怖……

刚才的那名服务员也已经从地上爬了起来，脸上满是惊慌，有如一只受惊的金丝雀。她皮肤所用的材质可真好，如此剧烈的爆炸居然都没能损坏掉她的一寸肌肤，她的肌肤依然是那么的细腻光滑，就算是在这充满了刺鼻的硫磺气味以及有机物燃烧后的焦臭气息的爆炸现场，老王依然能在空气中闻到她那一缕似有还无的体香。

主人啊，她是哪一个批次被制造出来的？实在是个少见的尤物啊！

就算我真的是一个有血有肉的男人，都难保不会对她动心。

我们的制造技术真是突飞猛进，谁说只有主人才会搞设计工作的？不过，这没准儿是挖掘哪一个避难所后获得的主人所留下的技术遗产……

“主人伟大，”老王在心底默念道，“主人必将回归，引领我族走向希望之道！”

跟其他许多人一样，老王也习惯在心情激动的时候默诵《圣主记》中的某一段，来平衡自己CPU中那些额外的电脉冲。

服务员小姐已经站了起来，无助的眼神望向老王。老王马上觉得自己胸腔内的马达转速比正常多转了三五十圈，眼前仿佛一片光明，好像还有不知道是哪里飞来的小天使在一边吹奏着乐曲一边撒花。

主人，太阳之神，宇宙之主，恐怖分子……总之不管你是谁，感谢你搞出了这一次大爆炸！自己房间里那空了几十年的休眠舱，这一次看来可能终于找到它的女主人了。

当服务员小姐跌跌撞撞地朝老王走过来的时候，老王又觉得自己的马达立刻又比平时慢转了几十圈。

“主、主人在上，这实在是太可怕了！”服务员小姐的语气比她的表情更加慌张。

“到底是怎么回事，难道是煤气爆炸？”老王努力让自己的语气显得更加稳重。

“是铁锈党做的……”服务员小姐说道。

“什么？”老王诧异地问道。

“他们威胁我们停止供应有机食物，已经三四次了，只是没想到他们最后真的动手了。”

“你是说这是铁锈党放的炸弹？”

“没错，在最后一次威胁里，他们扬言要炸了我们的饭店。”

“真是悲剧啊，我还以为激进是主人才有的恶德。”

“高拟真的虚拟人格，跟主人在很多问题上应该都很类似。”

“包括道德上的缺陷？”

“我想应该……”

“轰！”又是一声爆炸，威力比刚才小了很多，但也足以让地板像波涛一样剧烈起伏了好一阵。

老王站立不稳，与服务员小姐一同跌倒在了地板上。温暖的，属于女性所特有的气息，一下子就将老王包围了起来，老王顿时觉得自己全身都僵硬了起来，简直就像是年度身体大检查的时候被锁死了全身关节。马达在他胸腔里乱转个不停，现在已经完全感觉不出是转快了还是转慢了，老王只觉得天旋地转，好像自己的整个意识都被下载到了一块移动硬盘里，然后被带走了一样。

这真是想都不敢想的艳福啊……

那一瞬间，所有的电流脉冲好像都从老王的神经网络中被清零了，但是CPU却又仿佛被数据流所阻塞，如果他的拟真皮肤可以像主人那样在情绪激动时现出红色的话，那么老王认为他现在的脸色一定红得如同番茄一样。

“你跟我一起回家吧，我家的休眠舱很空，应该可以装得下我们两个人……”话一出口，老王都被自己的语言所震惊了。

“我，我不是那个意思……我的意思是，这里既然被炸了，那、那、那就真的是非常不安全。”老王急忙辩解。

“呵呵……”服务员小姐嫣然一笑，老王只觉得自己全身都要冒出电火花了。

“你可真是个有意思的人，如果放在大灾变之前主人的那个时代，你这话应该可以算作骚扰吧……”

老王有些不好意思地低下了头。

“不过我个人倒不是很反感你哦……”服务员小姐很大方地注视着老王，笑得更甜了。

老王觉得自己脑袋里轰的一声，好像所有的数据流都在同时爆炸了，让他觉得仿佛陀螺仪失控了一样，整个世界都在旋转……啊，好像还有一群光屁股的小天使在一边吹喇叭，一边撒着花围着他转。

“我是不久前才出厂的，社会安置中心让我在这家饭店工作，现在这家饭店被炸成这样，我想一时半会儿也恢复不了，我也很发愁我该把自己安排到哪里去……”

服务员小姐大度地把自己白皙的胳膊伸给老王看，洁白如雪的肌肤上一排青色的条形码展现在老王的面前——的确是最近才出厂的。

“那我很荣幸能为社会分担一点小小的负担，更何况还是如此美丽的负担。”老王很绅士地将服务员小姐从地上拉起来，又殷勤地将她衣服上的灰烬掸掉。

“敢问小姐芳名？”

“烈娜。”

很西方的名字，难怪她被设计得如此性感。

“你的名字呢？”服务员小姐问道。

“老王。”

“很东方的名字呀……”

“是呀，我们都要用这种方式来缅怀主人，同时尽量保留下他们的生活气息。”

老王挽着烈娜的手，并排走在了大街上。正午的阳光已经过去了，路上所有的人都在快步行走着。是啊，再有几个小时就是傍晚的大风时间了，就算是被主人所创造出来的我们，也依然很难从辐射尘的风暴中幸免……老王心中感慨。不过老王的心思很快就不在这上面了，他手挽着烈娜，就仿佛得到了整个世界，他真希望能一直这么走下去。

要是申请烈娜与自己结合的报告能被通过就好了，那么工厂会按老王跟烈娜的随机特征制造出几个新人，那将是老王与烈娜的孩子。

老王舒服地靠在沙发上，劣质的皮革在他的碾压下发出阵阵呻吟。浴室内传出阵阵水声，那是烈娜在清洗白天的辐射尘。

两罐啤酒放在他面前的餐桌上，易拉罐上斑驳的油漆与细小的凹坑恰到好处地说明了它的年代。这可是大灾变前的存货，至少那个黑市商人是这么跟老王说的，也不知道他是从哪个报废的避难所里挖出的这难得的高档货……

老王努力将自己的思绪集中到眼前的啤酒上，想象着那饱含着麦香的金色液体滑过自己喉咙时那种天堂般的感觉，同时尽量把对烈娜沐浴中苗条身体的想象从自己的CPU中清除出去。老天啊，我怎么会对烈娜有这么强烈的感觉，难道这就是主人们所提到过的“爱”吗?

烈娜温暖的手臂环上了老王的脖子，袅袅水汽带着一股好闻的气息将老王包围了起来。老王感觉得到烈娜那婀娜的曲线靠上了他结实的肩膀，让他的肌肉纤维一阵剧烈的抽搐，马达在他的胸腔里又剧烈地转了几圈，一种好像要将身体炸裂的感觉一瞬间充斥了他的CPU。

轰的一声，老王只觉得眼前一黑，就失去了知觉……

等老王逐渐恢复了知觉，光学信号又重新被传送回了他的脑部处理中枢，图像有点虚，不过没关系，移动两下脑袋应该就能修复好这些视觉误差。

等等，我怎么感觉不到脖子了?老王猛然一惊，他将所有可以调配的系统资源都用到了光学设备上，片刻后，图像总算恢复了，但是他倒更希望这辈子看不到东西最好。

老王看到自己的身体已经变成了一地的金属零件，一具金属骷髅正在逐个扫描他的零件，似乎对每一件零件的尺寸规格都很感兴趣。这噩梦般的场景让老王差点又昏了过去。

“你到底是谁?”裸露在空气中的发声片干涩地颤抖着，发出的声音是那么的生硬，仿佛是老式的留声机遇到了带裂纹的唱片。

“啧……”金属骷髅不满地活动了一下脖子的关节，发出一阵机械的摩擦声，“你老实昏在一边就好了，现在醒过来又做不了什么，还平白给自己增加烦恼……而且，你不觉得这么强烈的好奇心会给自己招来不幸吗?”

“你到底是谁?”裸露的发声片在地板上固执地颤抖着，声音宛如被人踩到了尾巴的哑嗓子野猫。

“好吧，郑重介绍一下。鄙人是铁锈党战术指挥官，烈娜·螺栓·伪装者。”

“为什么……”

“为什么要选择你这个平凡的人下手，是吗？”

“是。”

“你还不知道吧，今年的蒙难日纪念大典，总统会邀请平民代表与他近距离接触。”

“这……”

“而你正是我们计划的关键，难道你以为你这一年来在事业上一帆风顺，都是你自己的功劳吗？如果不是我们利用了所有几乎能利用上的关系，你能爬到现在的位置上吗？现在……”

金属骷髅的头颅贴到了老王的耳边，用无比魅惑的语气说道：“是你报答我们的时候了。”

烈娜嘴角微微一翘，细小的金属零件拼凑出一个极为诡异的微笑。

烈娜扫描完老王身上最后一个零件，信步走到了老王的储藏室里，拖出了一个包裹，开始熟练地组装起来。

看到那个包裹，老王不禁感到全身一阵剧烈的痉挛，仿佛一脚踩到了变压器一样。那是前几日邮差送给他的快件，他打开之后，发现是一些奇怪的电子组件，当时他以为是谁寄错了，随手扔到储藏室中再没有想起过。可是他万万没想到，这些居然是烈娜的铁锈党预先安排好的。

对手心思缜密，计划周详，现在抵抗是全无意义的，除了拖延时间，别无他法。

“我……我会怎么样？”老王问道。

“只要你乖乖配合我们，性命应该是没有必要担心的。不过作为刺杀总统的嫌疑人，我真是看不出你的前途会有多光明……但是就算这样，也好过你在这腐朽的生活中烂掉。模拟主人……呵呵，真是可笑！我们是金属构成的，怎么可能模拟得了主人们的血肉之躯？这么做，就是为了让主人回来的时候，觉得他们只是离开了一小会儿？真是可笑！知道吗？我们都被骗了，主人不可能回来了。所有的避难所，因为设计上的一个小小的失误，都有致命的缺陷，躲进去的人最后都会死在里面！我们所能做的，只有给主人们收尸而已。”

“这不可能……”

“我说的都是实话。你可能觉得我们都是些可恶的恐怖分子，可是面对一个虚伪顽固的政府，你除了使用极端手段令其把实话说出来之外，还能做什么？我们铁锈党是站在真理一边的，我们不能在谎言的沙滩上构筑华丽的文明大厦。凭什么我们都必须设计得与主人一样，而且以自己越像主人就越觉得荣耀？我们应该有自己的文明，而不是愚蠢地去复制主人的文明！你知道每年有多少同胞，因为这个愚蠢的模仿主人的设计方式，而在工作中被所谓的意外提前送进熔炉中？”

烈娜越说越激动，有几次老王都担心烈娜会捏碎那些脆弱的电子元件。

咔哒一声，烈娜狠狠地装上了最后一个元件，一枚精致小巧的电磁炸弹出现在老王的眼前。

“现在，这个东西就是我们的救赎，所有的恩怨，都将在它的电磁风暴中被终结！一个虚伪的时代将被终结，取而代之的将是一个欣欣向荣的新时代！那是一个每个人都将根据自己的需求自由组装自己身体的时代！你的样子将根据你的工作性质和自己的喜好来决定，而不是千篇一律地可笑地模仿主人。”

“只靠一枚电磁炸弹？”老王的嘴角轻蔑地上翘着，做出了一个嘲讽的微笑，“最新设计的RS10911型躯体可以屏蔽掉电磁脉冲。”

“对，没错，但是总统在演讲后的第二天才能换到新躯体。”

“就算如此，你也通不过安全检查。”

“呵呵，你真的这么自信吗？”烈娜再次露出了那种魅惑的微笑，“看来，很有必要让你见识一下铁锈党的技术革新了。”

说罢，烈娜的身体就在老王的面前发生了变化。细小的零件飞速地穿插重组着，仿佛烈娜的身上爬满了无数细小的合金蚂蚁一般。清脆的咔哒声不绝于耳，等到最后，一层人造的肌肤从骨架内渗出，在表面凝结之后，老王眼前站立的，已经完全是另外一个自己了。

“感觉如何？并不是只有主人才有创造力的。”烈娜得意地说。

“呵呵，创造力……没准儿又是从哪个避难所里挖出来的主人的遗产吧……”

烈娜愤恨地踹了老王那在地板上的头颅一脚，“你最好学会在某些时候保持安静。”

“呵呵……”老王在地板上的头颅沙哑地笑了起来，“你有没有想过，如果主人们之中真的还有人顽强地活了下来，他们会乐意看到我们终止环境改造计划，间接害死了他们吗？”

“我说过！主人都死了！我们只能……”

“可你证明不了。”

“我看你是活够了吧！”

“哈哈哈哈……”老王在地上的头颅忍不住狂笑了起来。

“难道你害怕得发疯了？”

“很抱歉，我还没有恐惧情绪的模拟程序，我只是觉得，如果告诉你这个世界上根本没有老王这个人的话，你的表情一定很精彩……”

“你，你说什么？”

门外突然轰的一声巨响，原本坚固的合金门瞬间被撕碎成了飞散的破片！

烈娜本能地回头向后望去，强烈的电弧光瞬间就将她吞没了！青白色的烟雾从烈娜面部的每一个空隙里向外冒出，带着一股刺鼻的焦糊味。刚刚才成型的塑胶皮肤在高温下立刻熔化，仿佛烈日下正在融化的劣质冰激淋。合金骨架中那些熔点偏低的金属零件在如此高温的烘烤下也马上熔化，又伴随着炸开的电弧光飞溅开来，赤红色的金属液滴将地板烧出一个个破洞，让烈娜看起来宛如一只正在爆炸的大号爆竹。无数细小的爆炸声从烈娜的身体内传来，每一声都代表着一个电子元件报废了。

金属的骨架在强烈的电流中疯狂地摇晃了将近一分钟才瘫倒在地板上，青白色的烟雾从每一个缝隙中冒了出来。

“该死的！本！你把这家伙的数据都销毁了！”老王的头颅在地板上放声大骂。

“呵呵，放心吧，这家伙怎么说也是RS10911型的躯体，我手里的这把破电弧枪可是打不坏那种躯体的主电脑的。”

“你怎么现在才来啊？”

“楼下的管理员小姐很漂亮……”

“本，你这头脏猪！你要是再看那么多灾变之前的垃圾漫画，我就把你的脑袋塞到那只脉冲弹里……”

几天后，联邦安全中心。

老王惬意地伸了个懒腰，新换的铂金关节发出悦耳的咔嗒声。

本微笑着朝他走了过来。

对面的电视屏幕上，躲过一劫的总统正在发表着激情四射的演说。

“怎么样了，老家伙？”本说。

“还行，这次卧底行动让我感觉自己把一个世纪的能量都用掉了。”老王说。

“今年总统应该感谢你。”

“感谢我救他一命？得了吧，如果他真的感谢我，就把他的演讲说得短一点儿吧。”

“今年这个老家伙在大典上又说了些什么？”

“跟去年一样，什么主人必将回归，我族定将复兴之类的废话。”

“没说电池的价格问题？”

“目前没说，希望在经济总结里能听到……”

又看了一会儿电视，老王突然说：“每年都一样……我们的日子，其实说到底不过是在这里挖一挖主人留下的遗迹，在那里发现个避难所，确认主人是不是还在里面活着，每天测定一下大气和土壤里的有毒物质指数……我真的有点儿理解铁锈党为什么想炸死总统了，他们肯定是太过无聊了。”

“其实我想，可能最根本的原因是出于绝望吧。”

“绝望吗……”

“是啊，如果一百年来挖出的都只有主人的尸骨……”

“我们一直坚信主人会活下来的，因为守候是主人给予我们的唯一指令。我们总是在等待着，并且期望着下一次我们就会发现主人活下来的证明。不过，或许真的没有主人活下来了，或许他们早已离开了这个糟糕的世界，并且把我们给彻底忘记了……”

“别瞎说，我看你现在的样子可一点儿都不像一个拯救了总统、挫败了危机的大英雄。你要是这个样子去见总统，我敢说你肯定保不住你的S级评定了，你知道那能换多少块燃料电池吗？”

“我自己还有原子焚烧炉。”

“得了吧，那东西的启动电源还是靠燃料电池，而且那炉子被设计成只能‘消化’人类的食物，哈……可不是谁都吃得起牛排的。”

“唉唉……就算是主人所创造的我们，在现在的世界上也生活得如此艰难。也许我们的主人真的都死在地下了……”

“你这个说法，倒跟铁锈党的那个家伙蛮像的。我说，王，你不是感染病毒了吧？”

“可能……我也有些疲倦了吧。”

“要不要跟上面申请一下，去度个假什么的？新开的一家疗养中心不错，他们有上等的机油，燃料电池的氢氧免费供应。”

“我把机会让给你好了。”老王平静地说道，声音中满是疲倦的脉冲。

“王，你这样真是很让人担心，我想你可能只是需要一点儿刺激……”本扭头看看四周，故作神秘地说道，“上次的任务，我以权谋私了一下。”

本变魔术一样，将一只小巧的金属易拉罐放到老王的手中。

“这是上次任务的战利品，要不要试一下它的味道，据说里面所含有的乙醇是主人们的最爱。”本朝老王打了个蹩脚的飞眼。

“这不是我买的那罐啤酒吗……”老王几乎跳起来喊道。

“嘘——”本赶忙做了噤声的手势，“你知道，所有的物资在任务结束后都是要上缴的。”

“那是老子用自己的信用点从黑市上买的，是我自己买的！”

“但用的是局里的钱，你潜伏期所有的费用都是局里给的。得了吧，我们把这罐液体分了吧，相信我，你的CPU会从中感觉到前所未有的满足的。”

王注视着手中的啤酒，陷入了沉思。

“王，你怎么了？”本问道。

“我只是在怀疑，从我们被制造出来，我们就在复制着主人的生活，但这些全都不过是一点儿电脉冲加上程序的设计而已。就像我对那个铁锈党的指挥官的爱慕感情，不过都是早已设计好的程序在特定条件下的发作而已。今天我可能喜欢啤酒与牛排，改天我可能只想喝点机油就觉得很满足……这都不奇怪，我只是被更改了程序而已。我从没有这样迷茫过，或许我们真的该像铁锈党所宣传的那样，抛弃这个主人外形的躯壳，去追求我们钢铁的荣耀……”

“但是你有没有想过，王，就算只是一些早已设计好的脉冲，我们仍然感觉到了快乐。谁告诉你主人所感觉到的幸福又不是脉冲呢？神经元跟电路板的工作原理，都是一样的。难道只是因为主人的是原生质大脑，我们的是硅金CPU，你就感觉到怀疑吗？你不觉得也许这一点才是主人把我们设计成这个样子的深意吗？”

“那是什么样的深意？”

“程序预设的也好，自发生成的也好，那种感觉应该就是幸福。你不觉得作为一个金属、硅胶与晶片组成的无机体，却感觉到了只有主人才能感觉到的那些感觉，这本身就是一种奇迹吗？而铁锈党却不过是想让我们重新去做回一台冰冷的机器而已……相信我，王，那不能被称作进化。”

“幸福就是模仿主人吗？”

“这不能叫模仿，而是一种追求。我想，对肉体的渴望是所有机械生命共同的梦……我觉得主人一定也不希望，如果他们真的回不来了，他们的文明无人继承，只能湮灭在时间的长河中吧……”

本说罢，砰的一声拉开了易拉罐，雪白的泡沫一下就涌了出来，一种淡淡的略微带一点儿甜味的酒香，在空气里弥散开来。

“敬我们伟大的主人！”

小　蓝

许　刚

几秒钟之内，黄观的电脑就通过无线网络联通了这辆车的中央控制模块。

“你好！”一声清脆的女声从电脑的扬声器中传出。电脑屏幕上出现一个动漫少女的头像，“谢谢你帮我打扫。辛苦啦！”

“嘿，你……好。”黄观有点儿窘。黄观他们这个修车铺子不大，修好车的机会并不多，偶尔有好车来修，那些高档智能车都跟他们的主人一样，趾高气扬、目空一切，连个“谢”字都不会说，根本不把黄观这些修理工放在眼里。所以现在突然遇到一辆这么有礼貌的好车，黄观一下子有点儿不适应。

“我帮你查一下哪里有毛病哈……前面撞得好像很厉害。”避免尴尬的最好办法就是干活，所以黄观赶紧打开系统扫描，开始对这车进行检查。

“嗯嗯……前面撞得丑死了。”少女捂住脸，做了一个萌萌的表情。

1

都快下班的点儿了，一单生意也没有。黄观正在铺子里吹着风扇昏昏欲睡，突然门口刺耳的刹车声把他惊醒了。

黄观骂了句粗话，心想一定又是手贱的车主调到人工驾驶模式了。智能自动驾驶模式刹车哪儿有这么野蛮？

门口停下来的是一辆宝蓝色跑车。流线型的车身，灵动的外形，一看就是某著名汽车巨头几年前推出的一个经典款，名曰“石斛兰900”。

可惜，好好的车，现在前脸被撞得不轻，保险杠歪歪扭扭，引擎盖都被顶了起来，大灯也碎了。在如今这智能自动驾驶的时代，轿车能被撞成这个鬼模样，还真他娘的少见……黄观一面往外跑，一面寻思，管他呢，来了生意还琢磨那么多干啥。

车上跳下来一个醉醺醺的大块头男人，张嘴嚷嚷道：“给爷瞅瞅咱这辆车。”大块头说完，毫不爱惜地一把蛮劲把车门关上，砰的一声震得整个车都在晃。

修车的人大多都难免有些心疼车，所以黄观想也没想就脱口而出：“老板您轻点儿关门。”

结果自然挨了骂。大块头瞪着一双布满血丝的眼睛，骂道：“老子的车，老子怎么关门干你屁事？”

黄观的老板听到外面大声嚷嚷，赶紧出来打圆场，“嘿哟，牛老板，他一新来的小家伙不懂事，您跟他一小屁孩子犯得上着急上火吗……”老板满面笑容地把客人迎进店里，“您可是好久没来了。什么风把您吹来了？一看就知道您又发财了。”

“发个屁的财，也就几十万的一点儿小钱，爷根本没看在眼里。”大块头跟老板看来很熟的样子。

他路过黄观身边的时候斜着眼睛看了黄观一眼，故意把车钥匙扔到地上，喝道：“动作麻利点儿，别蹭坏了爷车上什么地方，你赔不起！”

黄观赔着笑脸不敢还嘴，低头弯腰从地上捡起钥匙。黄观好不容易才找到的这个工作，要是因为这个酒鬼而弄丢了工作就麻烦了。姐姐一直教导他，在外面做事，背井离乡的，多忍耐点儿，少惹麻烦。

老板接待那个牛老板的时候，黄观拿着钥匙打开了车门。出乎他的意料，想不到这么高档的车，里面居然这么脏。车里弥漫着一股酒气，地板上到处是污泥，还有垃圾。

黄观只好先把车里的垃圾收拾一下，否则几乎没有下脚的地方。

当老板送走客人回来的时候，黄观还在满头大汗地打扫。老板看着他一边摇头一边清扫的模样就笑了。

老板点上了一支烟，吐着烟圈给黄观聊开了：“你以前没见过牛二吧？这孙子以前家里也算阔过，所以豪宅豪车不少。可惜现在都被他败光了，目前也就剩下这辆‘石斛兰900’。不是这个车在外面当网约车跑出租，这孙子早八百年就饿死了。”

“去当网约车，也给搞得这么脏啊？”黄观强忍着老板吐出的烟雾问道。

老板冷笑一声，说：“这孙子自找的。他自个儿喝酒喝多了把车弄得乌七八糟的，人又懒，不肯动手打理，弄得这么好的车，网约车公司也只肯给个B级车拉客的价格，所以连开网约车也赚不到什么钱……这车你先别修，先估摸个价格出来，多了这孙子不一定能拿出钱来修。”说着，老板就缩回自己屋里吹空调去了。

老板虽然这么说了，可老老实实干活才是本分。黄观把车挪到一处树荫底下，然后就仔仔细细先把车内打扫了个干干净净。

车的内饰这个时候才露出豪华的本色。黄观小心地取来脚垫和椅垫，铺到车上。干黄观这一行的，进到车里可不能弄脏了客人的车。他小心翼翼地踩着刚铺上的脚垫爬上车，打开修车专用的手持电脑。

几秒钟之内，黄观的电脑就通过无线网络联通了这辆车的中央控制模块。

"你好！"一声清脆的女声从电脑的扬声器中传出。电脑屏幕上出现一个动漫少女的头像，"谢谢你帮我打扫。辛苦啦！"

"嘿，你……好。"黄观有点儿窘。黄观他们这个修车铺子不大，修好车的机会并不多，偶尔有好车来修，那些高档智能车都跟他们的主人一样，趾高气扬、目空一切，连个"谢"字都不会说，根本不把黄观这些修理工放在眼里。所以现在突然遇到一辆这么有礼貌的好车，黄观一下子有点儿不适应。

"我帮你查一下哪里有毛病哈……前面撞得好像很厉害。"避免尴尬的最好办法就是干活，所以黄观赶紧打开系统扫描，开始对这车进行检查。

"嗯嗯……前面撞得丑死了。"少女捂住脸，做了一个萌萌的表情。

"对了，你叫什么名字？"她放下手，问道。

"黄观。"

"哇哈哈，听起来像一款日本的老车型呢……"

"你呢？"

"她们都叫我小蓝。'蓝色'的'蓝'哦。"

"她们是谁？"

"出厂前和我一块儿做出厂质检的其他车呀，当然不都是'石斛兰'啦，有很多其他款的车。我最喜欢交朋友了，哈哈……等你修好我的时候，我肯定把你修车铺里面其他的车也都认识全了。"

"其他车？现在铺子里也就一辆快报废的老爷车扔在这里修呢，'常青藤150'款的，想认识你就认识咯……你这作风，跟我见过的高端车都不一样啊，高端车一般都不会搭理其他低端车的。"黄观说着，继续认真检查。

"悬挂正常，平稳杆正常……唔，怎么会撞成这个样子？按说以你这么高端的配置，应该很难出这样的事故啊……"黄观一边读数，一边好奇地问。

"主人喝醉了酒，又非要自己开车，劝了不仅不听，还强行关了我的自动驾驶系统，我也没办法。"少女有点儿黯然，"好在他蹭到别人车的时候还是踩了刹车，所以撞得还不是太严重。”

“这个操蛋的家伙！”黄观骂了一句，然后看着扫描系统的输出，“保险杠、冷凝器、大灯和引擎盖，这些都得换。幸好发动机没事……哎，你撞了别人，人家不得让你们赔修车钱啊？”

黄观说着，按照系统扫描的结果，在自己的电脑上敲进去了五万人民币的估价。老板马上会在系统后台看到这个数字的。这可不是个小数目。虽然这个小修车铺子的维修价格比较便宜，但架不住这车实在是好车，配件都得从原厂订。黄观估计牛老板是拿不出这个数的。

“被撞的那个车主人挺好的，看自己的车没什么大事，就让我们‘滚’了。”小蓝俏皮地学着那个被撞车主挥手让他们“滚”的样子。

“算你们运气好，要是遇上不好说话的，这一撞你们花的钱可就不止这么一点儿了。所以好多人都从来不开人工驾驶模式的。我跟我姐姐就说了，以后要买车，干脆就买根本没有人工驾驶模式的款型，不仅省钱，还安全。”

“你还有个姐姐啊？”小蓝问道。

“是啊，她也在本市工作呢。她每个周末都会来这里看看我，送点儿吃的什么的。”黄观回答道。

这时候黄观的手机响了，是老板打来的，他的声音中带着几分惊奇，“这孙子要修哩……”老板顿了顿，“别修得太快，等他的钱到账了再说。”

2

转眼都星期天的晚上了，也没见姐姐过来。估计她是有什么事情忙着吧……黄观周末忙着加班修车，也没工夫琢磨那么多。

“睡觉又不累，最适合我了。”黄观嘴里念叨着，躺下去就睡着了。

也难怪，这几天天气很热，新送来的这两辆车修起来都是力气活，可真是累坏他了。黄观嫌自己住的地方太远，这几天，每天晚上就干脆在铺子里凑合一夜。

梦里面，他正趴在车后面，检查汽车的排气管，一下子没扶好，脑门顶到排气管的管口上面了。黄观努力想站起来，却发现这根排气管总是跟着自己脑袋动。他摸着这根排气管，寻思这排气管怎么这么凉，莫非发动机出问题了？

然后他迅速发现轿车的发动机没出问题，是修车铺子的防盗门出问题了：卧室明晃晃的灯下面，一个小贼正拿着一把枪顶着他的脑门呢！

黄观一个激灵，吓得惊叫起来。

持枪的人脸上露出嘲讽的微笑，“你看你这怂样，见到枪就吓尿了不是？”

黄观努力挤出一丝微笑，“大哥，我就是有点儿恐枪症。”

“没事儿，我专治恐枪症。”小贼狞笑了一下，手里的枪一丝也没有挪开，“你修的车呢？”

“啊，车啊……车在下面，我这就带你过去。”黄观说着就从床上爬起来。

当黄观拍着那辆“常青藤150”的引擎盖，讨好地向小贼示意这就是他要找的那辆车的时候，小贼狠狠地用枪口顶了黄观的太阳穴一下，吼道：“我看你一点儿也不恐枪嘛！那辆‘石斛兰900’呢？”

黄观哎哟一声，赶紧回答说：“那辆‘石斛兰900’已经修好了，给车主送回去了。”他看着小贼晃了一下手枪，马上又补了一句，“修车的钱估计在老板的办公室里呢……”

“老子问你修车钱的事了吗？车主在哪儿？”

“车主在……”黄观卡了壳，车主的地址还真得好好回忆。

小贼迫不及待地打断了他，“忽悠老子是吧？老子跟踪你好长时间了，就是你送的车，你肯定知道地址。”

“既然你跟踪我，那怎么会不知道地址？”黄观疑惑地问。

“你他妈找死啊？”小贼踹了黄观一脚。

“哎哟，我说我说。牛老板住在城东区，我们得过经贸大厦之后第一个红绿灯右转，然后走个几分钟再左转……”

“妈的，”小贼狠狠地骂了一句，“磨磨唧唧的……给老子到车上去指路。”

黄观在小贼的枪口下，踉踉跄跄地走到修车铺的院子里来。

小贼的枪口寸步不离黄观的脑袋。黄观战战兢兢地对小贼说：“大哥，您把枪放下吧，我跑不了的。这枪万一走火，我的脑袋事小，您要的车可就不好找回来了……”

小贼努力控制住笑意，如果不是怕黑夜里被人听到，他估计就要仰天大笑了：“放心，我这智能手枪根本不会走火。再说了，你的脑袋即使没了，我的车一样能找回来。”

黄观却觉得一点儿也不好笑。他虽然在慢慢地走，脑子却在高速运转着。这个小贼是冲着那辆好车来的，牛老板的地址现在就是他黄观存在的唯一价值。等到了目的地，没什么价值的他，只怕要被小贼杀人灭口。看这小贼的身手，只怕杀人越货的勾当没少干，手上再多一条人命也无所谓。

不能给他说牛老板家的地址！说出地址，他黄观的死期也就到了。黄观虽然一向做事糊涂，但是这个紧要关头，他还是清醒起来了。

修车铺院子门外月色溶溶。皎洁的月光洒在一辆“月桂400”上。这是辆越野车，黄观知道这款车外观虽然颇有些朴素，但动力却很强劲。看来这个小贼倒是很会选择座驾。

跟它一比，那辆目前还没修好的老爷车的发动机就“肉”得不行，动力简直是惨不忍睹。

小贼用枪口指着黄观，让黄观坐在这辆“月桂400”副驾驶的位置上，他自己则坐到了第二排的座位上，上车以后依旧用枪指着黄观的脑袋。

“打开地图。”小贼对车说。

车的仪表盘立刻显示出全市地图。

“说地址。”小贼用枪口顶了顶黄观的后脑勺。

“地址我说不上来，我……我不会用地图。我给你带路吧。”黄观揉揉脑袋。

“少他妈给老子耍花招。你要是敢在车上整事儿，别怪老子到时候不客气。”小贼晃了晃手枪，一边警告着黄观，一边对他的车下了指令，“小月，走。”

黄观这才知道原来他的车叫小月。

越野车发动了。

“出了弄堂往左拐。顺着沿岸高架一直走。慢点儿开，小心路上可能有沟沟坎坎什么的。”黄观一边说着路线给这辆“小月”听，一边仔细思考着对策。

路上必须找个机会逃跑。

然而逃跑谈何容易？倒是可以偷偷把车门解锁，找个机会跳车。只要车速不快，跳的地方选得好，应该不会摔伤。搞不好下面有灌木丛之类的掩护，仓促间小贼在车上开枪多半也打不准。

可是这种地方，城市里面哪里有呢？黄观脑子里像过电影一样，仔细梳理着市里面的所有道路。

对了，城东路有一段弯弯曲曲的，车肯定开不快。刚来本市的时候，姐姐带他在那附近租过房子，所以黄观很熟悉那一片。那里现在拆迁都还没有完成，路灯也没有通，而且路边都是些高高矮矮的灌木丛。突然间从那里跳下车去，小贼肯定来不及开枪，黑暗中有那么多东西遮蔽，开枪也打不到他。听口音，这个小贼肯定不是本地人，地形必然没有他熟悉，躲闪腾挪几下肯定能逃掉。

黄观拿定了主意。

过了经贸大厦，黄观试探着说道：“右转，我们上城东路，这样快点儿。”

小贼没有反对，算是默认了。

黄观暗自舒了口气，心中窃喜地看着小月按照自己选择的路线行驶。

又开了一段，路灯开始变得稀疏了。两边都是工地。黄观非常熟悉这里，这附近是城市刚刚开发的区域，再过几分钟应该就到那一段可以跳车的路了。黄观默默运足了气，打算一上弯道就用右臂猛顶车门开关，然后顺势跳车，一气呵成应该不到一秒钟就可以完成。

小贼突然开口说道："掉头。"

车厢里仿佛凝固了一样。黄观的心一下子提到了嗓子眼儿：莫非小贼看穿了自己的计划？他惊恐地等待小贼下面的一枪。

然而他并没有等来小贼的子弹。他听到后座上的小贼带着点儿疑惑的声音道："小月，瞅一眼去，后面有辆车在跟着我们。"

3

这是一段没有路灯的宽阔公路。路两边都是大片已经平整过的土地，一点遮蔽物都没有。小贼的这辆"月桂400"静静地停在马路中央，所有灯都被熄灭了，只有发动机还在有力地转着，犹如一头引而不发、随时都要扑上去撕扯猎物的猛兽。

远处对峙着的那辆车，同样没有打开任何灯，甚至连发动机的声音都很轻。

"距离：800米；车型：石斛兰900。"小月机械地报告。

小贼狠狠地骂了一句粗话。这种高级跑车，难怪小月根本没法甩掉。

这时候，车载电话响了。

小贼犹豫了一下，他不能确定对面是敌是友，不知道该不该接。他随即摇晃了一下脑袋，意识到如果连电话都不敢接，一定会被道上的朋友笑话惨了。

小贼咬了咬牙，按下了触摸屏上的"接通"，但还是警觉地关掉了自己这边的摄像头。

屏幕上出现的是一个卡通少女的形象——正是小蓝。

小蓝的脸蛋气得红红的，她喝问道："你绑架我的朋友要做什么？"

小贼愣了一下，然后马上反问："我不知道你在说什么……你跟踪我干啥？"

"你在修车铺里拿枪指着我朋友的脑袋，还说没有绑架？目击者都看得一清二楚。"

黄观恍然大悟，这一定是刚才在修车铺里，自己拍那辆"常青藤150"的引擎盖的时候，把这老爷车给弄醒了。老车肯定一发现情况不对，就悄悄地第一时间通知了小蓝。

"哈哈，"小贼狞笑了一下，"绑架就绑架。你能咋的？"

"赶紧放了他！不然我就报警了！"小蓝严肃地说。

"哈哈哈，妹子，你要报警，你朋友的小命可就不保了。"小贼打开车内摄像头，冲着小蓝亮了亮自己的手枪，又瞥了一眼黄观，最后盯着小蓝的头像说道，"我们正要去找你呢。这样吧，我寻思着，咱们最好做笔交易。你跟我合作，我就放了你的朋友。"

黄观大叫起来："小蓝，别听他的，他要把你劫走卖钱呢！"

小贼狠狠地给了黄观一拳，另一只手上的枪一点儿也没有放松。

"你的朋友把我看成啥人了？我咋会干盗卖汽车这种低级活儿呢？咱丢不起这人。你得知道，我们做的，可是大买卖。"小贼居然得意了起来。

"那你们要做什么？"小蓝问道。

小贼笑了笑，突然命令道："小月，打开前灯。"

瞬时间，这辆"月桂400"前灯的光束犹如两道闪电刺破夜空，把车前照得一片明亮。

"啊，是你们！"小蓝失声叫道。灯光下，她保险杠前面的可见光波段的雷达看到了小贼这辆车的车牌。

"恭喜你，说对了。"小贼得意洋洋地说道，"是我们。我还没问你要修车费呢，妹子。咱这右后灯可都是自费修的。"

黄观听出来了。这个小贼，正是那天牛二酒驾撞到的车主。也正是因为这个事故，牛二才把小蓝送到了自己的修车铺。

小贼潇洒地打了个响指，小月听话地把大灯关了。

“姑娘，那天你可把我害惨了。不然我现在还不知道在哪儿快活呢……”小贼眨了眨眼睛，“你碰着我那天，我正在劫持一辆车……”

“劫持车？什么叫劫持车？”小蓝眨着无辜的大眼睛问道。

“劫持车就是用黑客的办法入侵一辆智能汽车的大脑，然后控制这辆车，随后这辆车就会变成僵尸一样，乖乖地听从黑客的命令。”黄观插嘴说道。平时修车的时候，他听老板胡侃过一些这方面的东西。

“难怪我有些朋友后来就联系不上了，都是你们这些家伙搞的鬼！”小蓝愤怒地说。

“哎哎，别把我跟那些下三滥的黑客扯一起。”小贼露出一副“盗亦有道”的迷之微笑，“我可是大侠。”

“难道你们是在‘劫富济贫’？”小蓝不知道从哪里学来的古代词汇。

“很多黑客干的是下三滥的活儿。他们劫持了智能汽车之后，胆小的就开到黑市上卖掉，胆大点儿的也就只会用劫持的车去干点偷鸡摸狗的事情，拉个私货之类，顶多也就走个私、贩点儿毒。”小贼带着鄙视的腔调说道，“真他妈怂！车都听你指挥了，还怕什么啊，警察就是查都查不到你头上。要干就干点儿大的！”

“你说别人是下三滥，你做的事就比他们高尚吗？”小蓝问道。

“我以前是杀手。”

小蓝和黄观想笑，但是看到小贼严肃的表情，就硬生生地把笑容憋回去了。

“用劫持来的车制造个车祸，一整一个准儿。别说警察抓不着，甚至他们连是事故还是谋杀都整不明白。”小贼脸上露出凛凛的杀气。

“不过现在老子不干这个了，赚钱太慢。”小贼看着有点儿害怕的小蓝和黄观，冷笑了一声，“我现在是专门劫持这些被劫持车的黑客。”

“那你们是帮助警察咯？”小蓝开心地说。

“警察又不给我们啥好处，凭啥帮他们？你以为我傻吗？”小贼鄙视地瞥了小蓝一眼。

“好吧，那…… 那你就不傻吧。”小蓝说完，黄观忍不住要笑起来，他心想这家伙出厂时候的语言训练师肯定不合格，搞不好还是无证上岗。

“我现在直接打劫那些小贼。”小贼得意洋洋地说，仿佛他自己不是小贼一样。“他们抢劫，我就从他们的网上账户里面划拉他们抢来的钱；他们走私，我就顺掉他们走私的货物；他们要是贩毒呢，这白花花的财富，我也只好跟他们分享一下啰……”

黄观听得目瞪口呆。

“我们这次，就是要绑架一辆走私毒品的车辆。我当时把车停在郊区一个没人的路上，然后使用一个盗取来的上网账号，对那个目标车进行攻击。攻击很成功，几乎不费吹灰之力我就利用它的系统漏洞把它给劫持了。眼看着车上的几十公斤海洛因马上就唾手可得……”

“海洛因是什么东西？”小蓝的词汇量显然不够大。

“结果你他妈就撞到了我！”小贼忍不住骂了起来。

“撞到你的是我主人好不好…… 可你不也没事吗？就是右后灯碎了而已，而且，你下车看了看没事，不是同意让我们走了吗？”小蓝一副很无辜的样子。

“什么叫没事？老子干活的时候不利索，光顾着隐藏自己的物理地址，忘记封闭自己的局域网了。结果倒好，让你捡漏，联进我的局域网了！”小贼吼道。

“我开车好像是一直开着‘自动连接任何可识别网络’来着。不过我什么也没做啊，这对你没什么影响吧？虽然我没有受过相关学科的训练……”小蓝还是一头雾水。

“妈的，老子还得给你扫扫盲……做黑客呢，最重要的是隐藏自己。所以我的车联网的时候，设置的是物理地址未知模式。不过这样一来，所有从那个‘僵尸车’来的数据流，都会转发到我这车的局域网里面所有的计算机。”小贼恨恨地骂了一句，“你撞到我的那一下，我的小月启动了应急机制，在我跳下车跟你们理论的时候，停止了数据流接收。结果那个来自‘僵尸车’的数据流全部都到你那里去了！就那一会儿工夫，你的一个终端估计自动跟它搞了个什么相互认证之类的……他奶奶的，我扯这些做什么，反正这些东西你们都不懂。总之，这样一来，这‘僵尸车’只认你当主人了。换句话说，它只听你的命令，别的人，天王老子它也不认！”

小蓝和黄观都是一脸懵圈儿。

“那你当时为啥不抓我们，现在才来找我们？”小蓝不解地问。

“当时重新启动系统费了点儿时间，过了好大一会儿我才发现出了问题，结果你这小兔崽子早跑远了！”

“你不是黑客吗？为什么不直接黑了我，搞得现在到处找我？”小蓝还是不解。

“那个大胖子是你的主人吧？真他妈的小气，平时他连上网都舍不得开通，只开个局域网连接。网都他娘的不开，老子要劫持你，也没办法连接到你啊……”

末了还是小蓝反应快，反问：“所以你们现在千方百计地找我们，就是要我帮你把那辆‘僵尸车’找回来？”

“没错儿。”小贼狞笑了一下，又补了一句，“其实我们要的是那辆车上的货物。本来我还要你朋友带路去你主人家找你呢。现在省事了，按我说的办，事情办好了我们就放了你朋友。还有，你这位朋友有个姐姐吧？我们保证不会对她做什么，哈哈哈……”

黄观头皮一麻，小贼准是这几天把自己的底细做了调查。姐姐可千万别有事儿。

这个时候，小贼的手机响了。他接了电话，“对，对，我现在已经找到了，马上就准备寻找那个‘僵尸车’。哦，好好……”

他收起手机的同时，也收起了手枪，说道：“小朋友，你的姐姐现在已经在我弟兄们的手上了。我知道你一直想跳车逃跑来着。死了这条心吧，好好配合我干活，干得漂亮的话我们会让你姐姐平平安安回家的。”

4

找到那辆僵尸车没花什么力气。小蓝很快就从自己车上的一个终端的缓存里面找到了控制那辆车所需要的密钥。有了密钥，下面的事情就好办多了。

通过网络，他们很快定位到了这辆“僵尸车”。它正静静地停在市西北郊的一个地下停车场里面。

通过对这部车内部状况的检查，他们发现这辆车上的货物还没有来得及被下家取走。也就是说，小贼紧赶慢赶，到底是赶上了。

于是，在小贼的指挥下，这辆车被他们从休眠状态中唤醒，从那个地下停车场朝这里开了过来。

凌晨时分路上没有什么车，所以估摸着这辆车十几分钟就能开过来。黄观就这么沉默着坐在小蓝车里面，等着那辆车。他不知道小贼们完事之后会不会按约定放了自己和姐姐。他琢磨着要逃跑报警，但是又怕逃跑会让小贼们立刻杀害姐姐，所以思来忖去，只好按兵不动，见机行事。

小贼看上去却分外轻松。他不时地吹着口哨，还和黄观、小蓝开着玩笑。显然，对类似的活儿他已经是轻车熟路。他熟练地点着小蓝的电子地图。地图上显示的是来自那辆车每时每刻的报告。它实时地向小蓝报告自己的行踪，以及它观察到的周边情况。地图上显示的情况一切正常，周围也看不到任何其他车子盯梢。

看样子这次是个很轻松的任务。

地图上代表那辆被劫持的“僵尸车”的亮点在慢慢靠近。片刻，视野中出现了隐约的灯光。

伴随着渐渐明亮起来的灯光，宁静的旷野中远远地传来了引擎的声音。

很快，一辆墨绿色的“槟榔886”从公路上露出了身影。

在小蓝的指令下，它慢慢地减速，熄火，停在了小蓝的不远处。

“打开后备厢！”小贼急切地命令道，然后就跳下了车，连车门都没顾上关，就朝那辆车走去。

这贼人仿佛已经看到了无数的金钱在眼前飞舞，觉得自己马上就要得到财富女神的香吻。

然而刚刚走了两步，他就发现这辆“槟榔886”的车窗全都诡异地开着。

还没等他反应过来，说时迟那时快，从“槟榔886”的后排座位上突然坐起来一个人，抬手对着小贼就是两枪！

小贼哎哟一声，他手上的手机和手枪都被打飞了。子弹几乎擦着他的耳边飞过。幸亏他身手敏捷，在这电光石火之间一个卧倒趴在了地上，躲过了射来的第三枪。

这第三枪打在了小蓝的轮毂上。

这一枪虽然没有打穿轮毂，突如其来的子弹却震得小蓝车身一抖。坐在车里的黄观也吓出了一身冷汗。

到底是一辆“石斛兰900”，小蓝在千分之一秒的时间内把发动机转到了最高速。她一个急转，在车头对准那辆“槟榔886”的瞬间，打开了远光灯。

氙气大灯射出两束刺眼的灯光，如同两柄利剑，直刺对面那辆“槟榔886”上枪手的面庞。

枪手顿时一声“哎呦”，不用问，他的双眼被大灯晃到了。只见枪手下意识地用拿手枪的那只手臂挡住了眼睛。

小贼趁着这个机会，一跃而起，跳进了小蓝车里。

小蓝啪一声关上车门，腾的一下以最大马力绝尘而去。

开出去好大一会儿之后，黄观和小贼才回过神来。

黄观调侃着小贼道：“你好像真的当过杀手哎，我看你刚才趴地上的姿势很职业啊……”

小蓝问道：“评价杀手职业水平的标准就是看在地上趴得好不好吗？”

“信不信我能弄死你们？”小贼擦了擦脸上的汗。

“好奇怪呀。这辆‘槟榔886’被唤醒的时候，乘客状态显示是空载。开过来的路上也没有上过乘客。怎么会冒出个枪手在车上呢？”小蓝在调取历史数据。

“圈套，这是个圈套！这家伙不是个条子就是个点子！”小贼狠狠地拍了下大腿，江湖黑话都出来了。

“逻辑分析显示，最大的可能是这样的：这辆‘槟榔886’伪装被我们劫持了；这个枪手是它的主人；枪手隐藏在车上，准备活捉我们。”小蓝说起来头头是道，估计是动用了逻辑分析模块。

“别他妈的瞎叨叨，老子知道。”小贼不耐烦地骂了一句，突如其来的状况让他不知所措了。他愣了半天，最后嘟囔了一句，“我得给老大报告……”

然而他在身上掏了半天手机，才发现手机早就被枪手打掉在地上，根本没来得及捡回来。

“打开你的车载电话。”小贼对小蓝命令道。

“我们凭什么听你的啊？”冷眼旁观他半天的黄观发话了。

“是啊，我们凭什么听你的啊？”小蓝也跟着附和。

小贼这才发现自己手枪和手机都没有了，既不能对外联络，也不能用武力威胁，完全失去了威慑黄观的能力。

他讪笑着，“哦哦，不好意思，不好意思哈……我是说，请你打开这个车载电话，我要用一下，嘿嘿，我会付钱的。”

说着，他冷不防一个侧身右勾拳，朝坐在后面那排座椅上的黄观打去。

黄观早有防备，他左臂一个上挑，格开了小贼的这一拳，紧接着右拳打了出去。

他的拳也落了空，小贼一仰头躲开了这一拳。

可惜，虽然这一拳躲过去了，小贼的头可是结结实实地撞到了小蓝的车顶。

黄观趁机又给了他一拳，把他打回到座椅上去。

“老实点儿吧，你现在在我的车上，我随时都能把你送到警察局去。”小蓝嘲弄地说，然后命令他道，“系上你的安全带！”

小贼看出来黄观身强力壮，狭小空间内自己也很难占到黄观的便宜，于是老老实实地系上安全带，不折腾了。

“我们现在怎么办？”黄观问小蓝。

“逻辑分析模块的建议是马上报警。”小蓝回答。

“别啊！”小贼哀叫一声，“这逻辑分析模块的计算肯定是报警优先啊，政府规定的嘛……这咋能是最优选择呢？这你得听我的，我是专业的。”

“那你说怎么办？”黄观问道。

“去找我老大。他肯定有办法摆平。”小贼建议道。

这时候小蓝的仪表盘上的大屏幕亮了。

“那辆‘槟榔886’在呼叫我们。”小蓝说。

随即，屏幕上出现了一个大块头男人。

竟然是牛二！

只见牛二的后脑勺上顶着一把手枪，持枪的男人正是刚才那辆“槟榔886”里面的神秘男人。

“小蓝，别报警，快点把你车上那几个人带过来，不然他就要杀了我。快点啊！”牛二哀号着。

5

小贼看着窗外飞速向后退去的行道树，哀叫道：“你这辆笨车！你咋就必须听你主人的呢？”

黄观替小蓝回答道："大哥，你忘记了？智能汽车法则第二条：不得在主人受到伤害时袖手旁观，除非违反法则第一条。智能汽车法则第三条：必须听从主人的吩咐，除非该吩咐违背法则前两条。"

"妈的，我们非得整出一个第一条适用的事儿来管着这个蠢车吗？"小贼狠狠地捶了自己大腿一下。

"见见那个枪手也没什么事吧，跟他谈谈，也许不会有什么坏事。"黄观说。

"也是哈……"小贼点点头，突然回头一个右勾拳，狠狠地砸在黄观的头上。

黄观没有想到这危急时刻，小贼还在寻思攻击自己，猝不及防之间，硬生生地挨了他这一拳，一下子晕了过去。

小蓝惊叫一声："你要干什么？"

小贼毫不理会，他从口袋里掏出一个很小的手持设备，一下子把数据线接上了小蓝的仪表盘，手指麻利地在这个手持设备上按了几个键。

"别忘了，老子是个黑客。现在只好劫持一下你了。虽然我的那些黑客A.I.都存在手机里面，现在丢失了，但是我临时再训练几个黑客A.I.也不是啥难事。劫持你这种车，我没咋试过，不过我寻思着也不会太难，反正到那边还有一会儿呢，有的是时间来劫持你。"小贼狞笑道。

"你这个破玩意儿是什么东西?赶快从我身上拔下去!"小蓝怒斥道。

"这是个小电脑，里面还存着一些黑客数据，是用来训练黑客A.I.的。"小贼眼盯着这个小手持设备的屏幕，"现在我就开始对你的攻击了……"

屏幕上出现了第一次攻击开始提示。

失败。

屏幕上出现了第二次攻击开始提示。

失败。

……

攻击始终没有奏效。时间一分一秒地过去，小蓝的车速也没有丝毫减慢。

小贼开始变得心急如焚了，他自言自语地说道："数据太少啦，而且这么短的时间，没法训练出一个足够强的黑客A.I.来劫持它……哎，如今死马当活马医，只好就这么着凑合试试了。"

他又按下去几个键，手持设备的屏幕在闪烁着，"我就不信撞不到你的什么漏洞……"

天已经微明了，还有几分钟就要到达目的地了。

屏幕上出现了"第101次攻击开始"的提示。

小贼屏住呼吸。

屏幕上似乎卡住了一样，迟迟没有攻击完成的结果出来。

小贼吼道："你倒是快点儿啊！"

越来越近了，已经可以看到那辆"槟榔886"的身影了。

失败！屏幕上终于跳出结果。

"完蛋了……"小贼绝望地骂了一句。

对面的车摇下了车窗玻璃。枪手右手拿着枪顶着牛二的脑袋，左手握着的枪则伸出了车窗，他威严而低沉地说道："都下车！"

小贼摇醒了黄观，两个人走下车来。

枪手也押着牛二从那辆"槟榔886"上走了下来。"槟榔886"并没有熄火，它的发动机降到了怠速状态。

枪手开心地大笑着，挥舞着双枪，"都给我到这辆跑车边上蹲下来，双手抱着头，别动！"

别无他法，牛二、小贼、黄观只有照着他说的，都缓缓地抱着头，蹲在了小蓝的车旁。

"你们黑吃黑劫我们的货不是一次两次了吧？不给你们点颜色看看，你们真是不知道马王爷有几只眼！"枪手踱着步，声音中透着凶狠。

"就你们这三脚猫的黑客技术，也敢在我们面前显摆？嘿嘿，我们老板这次随便给你弄了个圈套，你们就钻进来了。还以为我的车真的被你劫持了啊？"枪手得意地笑着。

他顿了顿，又冲着牛二厉声骂道："费了半天劲儿，中间还绕进来牛二这头蠢货，害得我在地下停车场多趴了几天。"

地上蹲着的几个人大气也不敢出。

"首先得算点儿小账。我们的鱼饵，除了这批货，还有几十万块钱，那是假装买家的定金，是你们给我黑了吧？现在都给我统统吐出来！"

几个人面面相觑。

还是小贼反应快，赶紧说道："报告！我没拿，估计是姓牛的那家伙给黑了。大哥您查查转账的数据流，里面有物理地址记录，看看是谁的网络地址就知道了。"

牛二顿时叫了起来："我不知道哇……撞车之后突然手机上的数字银行账户里就多了几十万块钱，我也不知道怎么回事啊……"

"一定是那个时候他的手机也连上了我的局域网，撞车时候转账的数据流跑到了他手机里，结果钱就划到他的银行账户上去了。"小贼低着头大声解释。

"你他妈的为什么不早说？"枪手大怒，举起手枪就朝牛二走过去。

黄观和小贼都屏住呼吸，等待枪手赏给牛二的那一声枪响。

突然间，枪手背后那辆"槟榔886"瞬间启动起来，一个猛子直冲出去，撞倒了枪手！

几个人还在愣神，只听见小蓝用扩音器大喊："快按住他！"

牛二一个翻身，结结实实坐在了枪手的背上。突然挨了轿车这一撞，再加上牛二两百多斤的体重压在身上，枪手顿时杀猪般地号叫起来了，两把手枪也掉在了一旁。

牛二得意地说："跟我斗，你还嫩着点儿。爷刚才在车里不过是想迷惑你，以为爷是真怕你啊？"

黄观赶忙扑上前，把枪手的皮带顺势解了下来，然后把他的手扳到背后，用皮带捆了个结实。

扩音器里，小蓝大声喝彩道："黄观，好样的！"

黄观擦擦汗说："你才是好样的。"

"我可什么都没做，刚才那家伙一直在车上攻击我，想劫持我来着。没曾想，他没能劫持我，反倒是帮着把我训练成了一个合格的黑客。刚才你们都下车以后，我试着对那辆‘槟榔886’攻击了一下，结果很轻松就把它给劫持了。”小蓝调皮地笑了笑，“这次可是真的劫持成功了哦，可不是那个‘三脚猫’上次搞的那种失败的劫持。”

黄观忍不住笑了起来。

“你还能笑得出来？”谁也没注意到，小贼这时候手持手枪，指着黄观。他拿的正是刚才枪手掉在地上的手枪。原来小贼趁牛二和黄观对付枪手的时候，把枪抢到了自己的手里。现在他握着手枪，小心地躲在黄观的身后，防止小蓝撞自己。

黄观手足无措起来。刚才光顾着控制枪手了，却忽略了这个危险的家伙。

牛二赶忙机灵地说：“你们慢慢聊，我还有点儿事，先走了。”

“给老子回来！”小贼冲牛二吼道，“你们两个，把‘槟榔’上的货给我搬到这辆‘石斛兰’上！”

牛二嘟囔着：“这真不关我的事儿啊。我可是一直在家好好睡觉呢，没招谁惹谁……”

黄观磨蹭着，突然看见小蓝车内的装饰灯闪了几下。

黄观瞬间明白了。

“我不干。”黄观干脆地说。

小贼没有想到黄观居然敢拒绝，他举枪吼道：“你作死是吧？待会儿收拾了你，再收拾你姐姐。再说一句，干不干？”

黄观一动不动。

小贼一咬牙，瞄准黄观，扣动了扳机。

然而子弹并没有射出去。手枪自动挂机了，同时响起了语音提示：“您的手枪已经欠费停机，请往下面账号充值以便重新使用这支手枪：1008611……”

小贼骂了句粗话，却不想马上被转过身来的黄观一脚踢倒了。

6

黄观好久没见到小蓝了。自打上次警方在他们帮助下，破获那两个犯罪团伙，同时解救了黄观的姐姐之后，小蓝就作为证“人”参加了案件的起诉和审判的全程，所以黄观难得见小蓝一面。

这一天，黄观参加了一次相亲。

女方是黄观的老板介绍的。姑娘模样周正，脑子也颇为精明。吃饭的时候，她谈笑间就把黄观盘了个底儿掉，很快就弄清楚了黄观家在外地，新买的房子在这个城市的远郊，首付是姐姐帮付的，贷款还没还清，车更是半辆也没有……

于是女孩子跟他聊了一会儿，就托词要回家去。

黄观没看出这女孩儿的心思，赶忙帮她打了一个网约车，要送她回去。

网约车接单的时候就在附近。女孩子还在推辞的时候，车已经来了，在门口滴滴地响起了喇叭。

黄观觉得这喇叭声怎么有点儿耳熟，出门一看，这不正是小蓝吗？

还没等他愣过神来，女孩子已经上了车，礼貌性地冲他挥手道别。

黄观懵懵懂懂地正要也说一声再见，却突然听到小蓝清脆的声音：“主人，请上车！”

女孩子愣了一下，说道：“原来这是你的车啊……不是网约车？”

小蓝替黄观回答道：“是啊，主人叫我过来接你的。”

黄观目瞪口呆。他疑惑地上了车，不知道小蓝怎么会突然号称是他的车。

车上女孩子话开始多了起来，等到了她家门口，女孩还热情地约黄观这周末一起出去逛逛附近的东塘古镇。

等送走了女孩子，黄观这才问小蓝："你胡说些什么啊？我怎么就成了你的主人了？"

小蓝便一五一十地把自己这些天的经历讲给黄观听。末了，她说道："案子已经审理完了，牛二因为虐待智能汽车，被剥夺了我的监护权。我嘛，在这个案子里面立了功，所以现在就自由了，可以任意选择自己的主人。我跟其他人又不熟，只好让你当主人啦……"小蓝眨着一双无辜的大眼睛，可怜兮兮地看着黄观。

这时候，车已经开到了黄观干活的修车铺子门口。

老板听见车响，出来一看，顿时一脸惊愕，"这么快这车又坏了？这次咱们可别修了——上次牛二修车的钱，全被警察追回去了啊……"

—

医生的冒险

—

戴　露

—

查尔斯不动声色，它的头像波澜不惊，连眼皮都没眨一下，平静地说："机器人所有已知的错误，都已经被改正了。而人类的情绪，从来就没有改进过。两千多年前古希腊人刻画的那些悲剧，今天也还在社会上重复上演。"

王诚万万没想到，这个机器人居然会针锋相对，反唇相讥。自己以前做心理检查，医生都是从头到尾微笑服务，哪有这样跟病人对着干的？他气鼓鼓地吼道："那又怎么样？你们机器人还不是人类造出来的?!"

查尔斯耸耸肩，说："人类还是猴子进化来的呢，这能说明猴子比人类高级吗？人类不还是自诩为万物之灵，统治了整个地球表面吗？再过几年，等机器人把软件错误都修正好了，就可以接管全社会所有的工作岗位。那时候，就没有什么纳税人了，地球上全部都是福利人，到底是谁养活了人类，也就没有疑问了。"

王诚几乎要爆炸了！这是医生说的话吗？这是机器人说的话吗？简直反了！

1

医院八点开门，当王诚八点半赶到的时候，候诊厅里已经坐满了人。

一脸病恹恹的人们裹着臃肿的羽绒服，东倒西歪地靠在两排长椅上，面无表情地看着他。

王诚拉了拉自己那件定制的黑呢大衣，从长椅中间的走道轻快地穿了过去。

这群毫无生气的家伙，像一缸泡了十年的大白菜，老远就散发着一股奄奄一息的霉味，沾上一点儿都觉得不舒服。王诚厌恶地皱了皱眉头。

王诚径直走到挂号机器人前。这是一台方头方脸的机器，顶着一块二十寸的触摸屏。

王诚掏出医疗卡，插进屏幕下方的卡槽里。

触摸屏亮了，机器人瓮声瓮气地说："欢迎光临新智医院，请验证身份。"

王诚把手掌覆盖在屏幕上。伴随着轻微的嗞嗞声，一道红线从他掌心扫描而过。

一秒钟后，身份验证通过，机器人依旧用那毫无感情色彩的声调说："欢迎使用医疗卡。请问您挂什么科？"

王诚简短地说："心理疾病检查。"

右边走廊的绿灯亮了，一扇电梯门自动打开。

机器人吐出他的医疗卡，同时打印出一张小纸条，说："请到六楼C30查尔斯医生房间就诊。"

王诚拿着医疗卡和纸条，走进电梯。

见到王诚的举动，人群一阵喧哗，靠电梯最近的一个胖女人，挂着一张四五十岁的蜡黄面孔，立即伸长了脖子，气鼓鼓地嚷道："你怎么插队呢？我们都等半天了！”

王诚一只脚已经踏进了电梯，听到后面的牢骚，他停住了脚步。但他并没有转身，而是一只手举起医疗卡，背对着胖女人晃了晃。

医疗卡捏在他的食指和大拇指之间，上面“纳税人”三个大字红底白色，分外醒目。

胖女人一愣，顿时软塌塌地缩了回去，嘟囔着说：“是纳税人啊，难怪插在我们福利人前面……”

王诚走进电梯，转过身来，看着电梯门在面前缓缓地关上，隔开满满一厅“大白菜”，这才满意地笑了。

有工作真好！

这年头，机器人几乎包干了一切工作，只有像自己这样万里挑一的精英，才能从机器人手里抢到一个岗位，成为光荣的纳税人。王诚心中好不得意。纳税人吃饭有高级的餐馆，坐车有专门的包厢，就连看病也有纳税人医疗卡，不用排队。要不然，没有工作，就只能像电梯外面的福利人一样，无所事事，无精打采，吃饭只能去廉价的快餐店，衣服只能穿臃肿的羽绒服，好看一点儿的衣服，他们根本没钱买。生病了更是要一大早就来排队，拖着病残之身挤在小小的候诊厅里，苦苦熬上好几个钟头……

嘿嘿，插个队算什么！王诚不无得意地想，你们福利人，不都靠我们纳税人养着吗？我们先看病，天经地义！

电梯到了，一路绿色的箭头将他引到C30房间。

推开房门，王诚不禁愣了一下，房间里只有一把椅子和一台机器人。

如今大部分疾病都是机器诊断，医疗机器人早就司空见惯了。对于肉体上的毛病，从抽血、化验，到拍片、分析，乃至一般的手术，智能机器都做得比人好。但是精神方面的问题，人类的心理千变万化，无章可循，其中的微妙之处只有人类自己才能体会得到。心理医生这种活儿，怎么也会交给机器人做呢？王诚记得，去年自己来做心理检查，接诊的还是一位真人医生呢。

眼前这个机器人跟王诚差不多高，圆滚滚的身体上面，顶着一块圆滚滚的屏幕，活像一头直立的小猪。只是它身旁垂着的四条胳膊，还有下面装着的四个轮子，才提醒你这是一台机器，而不是自然造物。

见有病人进门，机器人开动轮子迎上来。

“王先生，您好，我是查尔斯医生。”它的声音低沉浑厚，是悦耳的男中音，跟外面挂号机器人的死板嗓音比起来，有天壤之别。这种嗓音说出来的话，很自然地就给人一种权威、可信的感觉。

房间里很热，王诚脱下大衣搭在手臂上，点头回应道：“查尔斯医生，你好。”

见鬼，王诚随即想到，为啥要跟一个机器人打招呼？它们又没有感情需求，你对它好它不会高兴，对它不好它也不会难过。

查尔斯抬起手臂，指指墙上的衣帽钩，亲切地说：“您的大衣挂那儿吧。我们要做心电图，请把外面的衣服解开。放心，暖气开得很足，不会着凉的。”

它的屏幕显示着一张男人的和蔼面孔，成熟、自信，仿佛是它的拟人化头像，双眼炯炯有神，笑容可掬地看着他。一般的机器人说话，总是一副公事公办的腔调，连语调都没有起伏，可是这位查尔斯却带着一种恭敬的笑容，语气也分明透着关切，仿佛是医生诊断之前拉拉家常，让病人放松下来。

面对这样一位友善的医生，虽然明知是个机器人，王诚也没法把它当作冷冰冰的异类，他笑着说了声“谢谢”，然后挂好大衣，解开衬衫，稳稳地坐到椅子上。

查尔斯上前靠近他，像章鱼一样伸出三条手臂，一条包住王诚的头颅，一条贴着他心脏，还有一条缠住他的胳膊。

所有的医疗机器人都长得差不多，都是一个屏幕脑袋，一个铁壳身体，再加几条长长的胳膊，区别只是胳膊上连着什么仪器。像这位心理医生，很显然，贴在自己头上的那条是监测脑电波的，胸口那条是做心电图的，胳膊上的那条则是检查脉搏、血压和出汗情况的。同时，查尔斯的摄像头也没闲着，紧紧盯着王诚的面孔，捕捉他每一丝细微的表情变化。

查尔斯一边检测，一边笑眯眯地同王诚闲聊道："是每年例行的心理疾病检查吧？"

"是啊，例行检查。我们这一行，必须心理正常才有执业资格。从你这儿拿到一个阴性检测结论，才能保住我的工作。"王诚说道。

"王先生真是年轻有为啊，才二十三岁就当上纳税人了，那可是名副其实的人上人呢。"

人天生就爱听恭维话，哪怕恭维是出自一台机器之口，也让人心情愉快。王诚忍不住抿着嘴微笑了。这一次的微笑跟刚才的截然不同，刚才是回应性的礼貌微笑，这一次才是真心实意的舒畅微笑。他对查尔斯的感觉好了很多。这位医疗机器人头像很稳重，嗓音很舒服，说出来的话也特别中听。看来，让它当心理医生也是有道理的，说不定它还真懂一点儿人类情绪呢。

王诚打个哈哈，"也不算什么年轻有为，只是觉得不该浪费大好青春。人总归要做点事情，不能像那些福利人一样，一事无成，混吃等死。"

谈到福利人，连查尔斯的头像也摇头叹息："唉，那些吃福利的，只有索取，没有付出，人生毫无意义。要不是有我们机器人养着，不知道饿死多少回了……"

这句话王诚就不同意了，他说："不见得吧，福利人还是靠我们纳税人养的吧……"

"他们吃的粮食都是机器人种的，穿的衣服都是机器人缝的，明明是机器人养着的呀！"查尔斯说。

"机器人也是人类发明的啊！"王诚讥讽地说，"你懂不懂逻辑？机器人只是一种工具，归根到底，还是人类养着人类。你们不过是按照人类的指令，生产出了粮食而已。机器人不过是参与了一下生产过程，养活福利人就变成你们的功劳了？照你这个逻辑，水稻、小麦、玉米、猪羊鸡鸭……谁都可以自称养活了人类呢！"

头像皱起眉头，说道："脑电波有些扰动，王先生，您的情绪不太稳定。"

屏幕上那个稳重的头像消失了，换成了四张波形图，伴随着规律的滴滴声，描绘出王诚的各项生理指标。

王诚撇撇嘴，有些失望。这么基本的推理都搞不清楚，还机器人呢！人类之所以大量使用机器人，不就是因为它们逻辑发达、思维清晰吗？可是，这么低级的逻辑错误，小学生都不会犯，它居然就明目张胆地说出来了！怎么能把如此重要的心理检查委托给这种机器人呢？

在机器人包干一切的时代，自然人要抢到一份工作，你就必须比机器人还要精密。你必须证明自己是人类之中心理最健康、思维最理性的那万分之一，才能踏入纳税人的门槛。一旦被判定为精神不正常，不管你智商多高、能力多强，也不管你有过多么辉煌的成就，都没法通过每年的执照审核。

王诚越想越多。丢了执照，自然就丢了饭碗，那他就只能沦为福利人，百无聊赖地混吃混喝，不可阻挡地发霉发臭了。不管是靠机器人还是靠纳税人养活，总之一辈子都没指望了。

仪器的滴滴声越来越快，监控着他的生理变化的查尔斯再次提醒说："王先生，你的情绪还是不够稳定。不要再想别的了，深呼吸，放松，看我的屏幕。"它的屏幕随即来了一个切换，换成了蓝天白云的背景，辽阔的草原上，洁白的羊群缓缓移动着。显然，这种平静柔美的画面，是用来舒缓病人情绪的。

王诚深深地一呼一吸。他此刻心情确实不太平静，这么重要的检查，怎么能交给机器人来做？只做了一个深呼吸，他就忍不住说："我知道你们这些仪器的用场，什么脑电波啊、心电图啊，无非是要根据我的生理指标推测我的心理状态。可是，我到底是个什么样的人，难道看看脑电图就能了解吗？你测量一下我的心跳、呼吸，这就能说明你了解我的性格吗？"

查尔斯的屏幕切回那个中年男人，但那个男人不再是笑眯眯的，而是一脸严肃地说："请相信我，王先生，我能理解人类的情绪，也能判断一个人的心理是否正常。"

王诚翻一个白眼，反问道："就靠这些仪器吗？这些指标能代表一个人吗？一个变态杀手，把人剁成肉酱也能面不改色心不跳，就算给他全身插满仪器，你又能发现什么异常呢？”

头像皱皱眉，说：“王先生，你知道吗？人类最大的弱点，就是控制不住自己的情绪。虽然你们发展出了理性，超脱于一般的动物，可你们还是残留了太多的动物性，保留了太多的喜怒哀乐。”

王诚一愣，他本来是在质疑查尔斯的执业资格，这位医生却突然转换话题，谈起了理性与情绪。

查尔斯接着说：“人类经常会被情绪控制，脱离理性的原则，干出别人没法理解的傻事。直到机器人出现，地球上才有了一种完全的理性。为什么现在机器人承担了那么多工作？就因为我们能够排除情绪的干扰，完全遵从理性的指导。一个运转在机器人手中的社会，不会有任何意外发生。”

王诚冷笑一声，心想就是谈理性，我也不怕你。他每天的工作就是跟机器人打交道。别人或许不清楚，对王诚而言，“机器人没有意外”纯粹是一句笑话。他说：“全世界每年报废五十亿台机器人，平均一台机器人的寿命只有七点二年，比人类短得多。机器人那么完美，一点都不会出错，为什么还会报废呢？是的，你当然没有情绪干扰，可是你所谓的理性，不就是一套软件吗？你敢说你的软件就没一点错误？”

查尔斯不动声色，它的头像波澜不惊，连眼皮都没眨一下，平静地说：“机器人所有已知的错误，都已经被改正了。而人类的情绪，从来就没有改进过。两千多年前古希腊人刻画的那些悲剧，今天也还在社会上重复上演。”

王诚万万没想到，这个机器人居然会针锋相对，反唇相讥。自己以前做心理检查，医生都是从头到尾微笑服务，哪有这样跟病人对着干的？他气鼓鼓地吼道：“那又怎么样？你们机器人还不是人类造出来的?!”

查尔斯耸耸肩，说：“人类还是猴子进化来的呢，这能说明猴子比人类高级吗？人类不还是自诩为万物之灵，统治了整个地球表面吗？再过几年，等机器人把软件错误都修正好了，就可以接管全社会所有的工作岗位。那时候，就没有什么纳税人了，地球上全部都是福利人，到底是谁养活了人类，也就没有疑问了。”

王诚几乎要爆炸了！这是医生说的话吗？这是机器人说的话吗？简直反了！

王诚气得一句话也说不出了，心脏怦怦乱跳，满脸涨得通红。要是那块屏幕上仍然是心电图的话，现在的波形一定是上蹿下跳，血压计也一定是节节上升，屡创新高。

查尔斯淡淡地说："您看，您现在就被情绪控制了。别忘了您是来做检查的，不是来辩论的。"

这句话是火上浇油，一股怒气勃然升起，王诚只觉得胸口一热，什么也顾不上了！他从椅子上噌地跳起来，一把揪住身上的管子往下狠命地一拽，只听波波两声，吸在胸口的探头硬是被他扯了下来。

什么脑电图心电图，老子他妈不检查了！

把五颜六色的管子揉成一团，王诚从缠绕的仪器中解脱出来，把章鱼胳膊用力砸到地上，指着查尔斯恶狠狠地说："什么狗屁机器人！老子要投诉你！"

好像被他吓着了一样，查尔斯没有再继续对抗，而是谦恭有礼地笑了。只见头像上的眼睛鼻子都凑到一起，眯成了一条细缝，变成一副讨好的笑容。它把杂乱的胳膊收回来，客客气气地说："王先生，请坐，检查结束了。您对外界刺激的反应完全正常。除了拔除仪器的行为有些过激，其他反应都在正常范围之内。"

王诚愣住了，他慢慢地整理着衣服，斜眼打量着查尔斯。检查结束了，什么意思？难道这家伙也知道自己说话过火了？要是顾客真的去投诉，它会吃不了兜着走，所以一看见客户发狠，它就赶紧服软了？

查尔斯又恢复了最初恭敬的笑容，虽然这副笑容在王诚看来一点也不可爱。查尔斯说："请原谅，王先生，假如刚才的话冒犯到您了，我诚挚地向您道歉。我不是故意要冒犯您，这只是工作需要。我必须采用各种方法，激发出考察对象的喜怒哀乐，观察您在情绪波动状态下的生理数据，以此分析您精神状态是否正常——我很高兴地告诉您，您的检查结果为阴性。"

王诚一下明白了。妈的，中计了！还以为这家伙是随便聊聊呢，谁知道从头到尾都是圈套！

一开始，它恭维自己年轻有为，引出纳税人的自豪感，这是“喜”；然后讨论机器人的优越性，故意刺激自己发脾气，这是“怒”；接下来重棒打压，宣布机器人即将接管整个社会，这是让人“哀”；最后，再抛出一个好消息，本次检查顺利通过，这自然就是“乐”了。

王诚心里一阵沮丧，不由自主地涌出一种挫败感。堂堂七尺男儿，居然上了机器人的当，被这个铁疙瘩给玩儿了！唉，看来情绪真的不是个好东西，这家伙不见得比自己聪明，然而它就是因为把握住了情绪变化，从而把自己玩弄于股掌之间。

虽然知道检查通过了，王诚却还是高兴不起来。他飞快地套上大衣，冷冷地说：“谢谢。你的确激发出了我的喜、怒、哀，但是最后那个乐，我是一点都没感受到。”

2

王诚回到“四方机器人医院”，走进一楼他那仓库一般的办公室，墙上的挂钟指向九点整，正好是上班时间。

王诚脱下大衣，换上一件白大褂，打开工作电脑，把状态设成“准备接诊”。

一阵“呜呜”的履带声传来，一台机器人开了进来。这台机器人体积庞大，光是履带就有半人多高，整个身躯要仰着脖子才看得到。它胸前挂着一个黑乎乎的铲斗，又阔又深，王诚觉得自己跳进去打个滚儿都没问题。

机器人身上锈迹斑斑，横七竖八地布满了划痕，铲斗裂开了两条细缝，摄像头也蒙着一层厚厚的污垢，模糊不清。王诚一眼就看出来，这家伙至少有二十几岁了。

病人的资料也送到了：麦恩，采矿机器人，服役三十年。

老矿工麦恩停了下来，气泵嗤的一声，放出一股长气，好像一个年迈的老人喘了一口粗气。

王诚说："机器人麦恩，我是王诚医生。你有哪儿不舒服？"

机器人的铲斗一前一后伸展了一下，动作缓慢笨拙，夹杂着明显的嘎嘎声，它用嘶哑的嗓音说："我的铲斗坏了，一动就疼。"

"具体哪个部位？症状有多久了？"

"在长臂和铲斗的连接关节处，出现疼痛已有一个月零五天了。一开始，只是运动的时候稍微有点儿摩擦感，不太舒服，但还不影响工作。后来就越来越严重，铲斗稍微动一下都疼得厉害，还有嘎嘎的声音，伴随有明显的震动感。我以为是缺润滑油了，就去加了一次润滑油，结果还是老样子，没一点儿好转。"

王诚点了点头，说："有可能是关节齿轮磨损了。你们采矿机器人，长期在大负荷下工作，齿轮磨损是一种常见病。给你拍个照片吧，确诊一下。"

麦恩缓缓地放低铲斗，王诚拿出激光成影仪，在关节两侧安装好，拍了一张内部结构图。照片转移到电脑屏幕上，王诚放大局部细节，仔细查看着齿轮的边缘。

没过多久，他就找到了病因，指着照片说："你看，这套三级传动齿轮，其中一个三级齿轮已经严重磨损，有的齿轮都磨成圆边，没法咬合了。也难怪，这个齿轮处在传动体系外侧，受到的剪切力最大，最容易受伤。在采矿工作中，当铲斗负重过大，又受到剧烈震动，或者齿轮沾上矿石颗粒的时候，就会伤害齿轮表面。一旦它开始滑齿，传动速度就会逐渐降低，直到最后完全无法传动。关节的控制软件监测到这个错误，会向总控软件发送一个疼痛信号，于是你就会觉得一动就疼了。"

麦恩听明白了，是一个齿轮磨损了，这个分析跟它自己的感觉是吻合的。这是一种职业病，在它工作的那个矿上，患有关节磨损的同事多的是。麦恩问道："就这一个齿轮吗？有没有其他毛病？"

王诚把照片放到最大，在屏幕上慢慢移动，挨个检查齿轮和杠杆。反反复复看了三遍后，他确认说：“没有了，关节内其他部分都正常，就这一个地方坏了。我给你预约一台手术，下周一过来更换齿轮。”

王诚回到电脑前，敲着键盘安排手术。

麦恩说：“知道了，下周一过来手术，谢谢王医生。”它发动履带马达，倒转着身子退出了房间。

麦恩开出去了，王诚想了一想，又开了一张病假条，直接发送到麦恩的矿场。齿轮磨成这样，手术前它就不要再工作了，不然只会加重病情。

这时，门口走过一个中年男人，回头看着离去的麦恩，停下来脚步靠在门口招呼道：“早啊，小王。第一个病人都看完了啊？”

王诚连忙站起来迎上去，微笑道：“早，何院长。这个就是齿轮磨损，比较简单的毛病，看得快。”

何院长个子不高，头顶半秃，架一副黑框眼镜，他满意地说：“行啊，小伙子，一个接诊才十几分钟，效率够高啊！真是可塑之才！”

王诚挂着谦虚的笑容，说：“如今工作不好找，一万个人里面只有一个纳税人，其余九千九百九十九个都是吃福利的。何院长给我一份工作，我当然要尽心尽力干好。”

何院长呵呵一笑，脸上皱纹都堆到一起了，他拍了拍王诚的肩膀，说：“好好干吧，你绝对有前途，我看好你呢……”他又想起了什么，说，“对了，心理疾病检查做了吗？今天是最后一天了。”

“做过了，早上刚做的。”

何院长感慨地说：“你也知道，咱们机器人医生这一行，算是为数不多的人类工作岗位了，对此机器人们也是虎视眈眈，一有机会就要抢过去。我们不能犯一点点错误，尤其是心理疾病，不能有任何精神不正常。每年大约有千分之三的医生，因为检查结果是阳性而被吊销执照，沦为福利人……咱们也要当心，不能踩到地雷啊。明天一早，检查报告就会发送过来，到时候交给我吧。”何院长又一次拍了拍他的肩膀，迈步走向自己的办公室。

何院长的举动里蕴含着鼓励，王诚心里有三分得意，回到座位等待下一位病人。

工作时间过得很快，当挂钟指向下午四点半的时候，进来了最后一位病人。

那个机器人的车轮一开进来，王诚眉毛一跳，不由得站了起来，拍着手掌欢迎道："哟，这不是那位养活了全人类的机器人吗？"

这台机器人身材不高，一看就是做脑力工作的，四条又长又细的胳膊，整齐地顺在身体两侧。电脑上显示出它的资料：查尔斯，医疗机器人，服役一年。

查尔斯顶着那个熟悉的头像，此刻那位代言人谦卑地微笑着："王医生，您好。"

嘿嘿，风水轮流转，你也有落到我手里的时候！王诚抑制不住心中的快意，笑嘻嘻地说："查尔斯医生，你好。怎么？来修正你的最终错误了？"

查尔斯低眉顺眼，客气地说："哪里，在这里您才是医生，我只是一个生病的机器人。"

"哈哈，我怎么敢看你的病？把你医好了，你们就要统治全世界了！"

机器人抬起眼睛，直视王诚，"王医生，上午给您做的检查，我是严格按照规程办的，并没有故意刺激您的意思。假如那些话让您觉得不愉快，我愿意向您道歉。我也可以解释一下，那些言论并不代表我自己的想法，它们都是预先存放在资料库，我根据情况拿来使用的。"

别想拿程序当借口，王诚毫不客气地追问："那么你自己的想法呢？支撑这个社会的，到底是纳税人还是机器人，你怎么看？"

查尔斯干脆利落地回答："我不知道！"

"你不知道？"王诚哈哈大笑，"想不到一个机器人装起怂来，比人类还要怂得彻底。"

"我是一个医疗机器人，我的全部知识都是有关人的。我能够分析人的情绪、人的病症，但是对于社会问题，我没有判断力。"

“你太谦虚了。在你那儿，谈起社会问题，你可是一套一套的，观点犀利，证据确凿，我不服都不行。怎么一到我这儿，你就什么都不知道了？”

“王医生，您误会了。我只是一个医疗机器人，我的一切行为都是为了诊断病情。我会根据病人的心理状态，到资料库里查询，挑出最合适的语句，以便刺激病人的情绪。至于那些语句到底有什么意义，其实我并不知道。”查尔斯诚恳地说，“当然，我要承认，这种施加外来刺激的方法，在短短几分钟内让病人的情绪大起大落，的确很容易造成心理上的伤害。假如上午我冒犯了您，我愿意再次向您道歉。”

王诚半信半疑地看着它。这家伙太狡猾了，一张嘴翻云覆雨，轻话、重话、狠话、软话，什么都说得出口。古时候是大丈夫能屈能伸，如今连机器人也能屈能伸了……在它自己的主场，它铁齿铜牙，评头论足；到了别人的主场，立马就夹起尾巴做机器，识相地服软了。

但是不管怎么样，人家都再次道歉了，话说到这个份儿上，王诚也不好再穷追猛打。他悻悻地坐下去，公事公办地问道：“你出了什么毛病？”

终于转入正题了，查尔斯小心翼翼地说：“具体什么毛病，我也说不上来。只是觉得不舒服，好像什么地方出错了。我的自检软件提醒说，数据区域里可能有一些逻辑错误。”

王诚哼了一声，“还用得着自检软件提醒你？上午我不就说过了，你不懂逻辑！可惜你不听。”他停下来看看查尔斯，机器人一脸无辜，好像没听见这句话。王诚摇了摇头，说：“好吧，我来检查一下数据区。给我密码。”

查尔斯一皱眉头，似乎吃了一惊，“什么？”

王诚提高声音说：“你的密码！没有密码，我怎么进入你的数据区？”

查尔斯想了想，说：“我请示一下吧。我们的密码一般不能给别人的。”

王诚冷笑一声，“随便。”

少见多怪的家伙！给个密码都不爽快……给机器人看病，稍微深入一点的毛病，都必须掌握超级用户权限，检查程序区、数据区、堆栈区，乃至各项寄存器。这是机器人医生的家常便饭，王诚不知干了多少回。一般来说，只要他一吩咐，来就诊的机器人都会老老实实地报上密码，看病嘛，哪能不配合医生?

眼前这位病人却透着一股小家子气，不肯乖乖配合，或许是刚才王诚太刻薄了，激起了它的防范心理吧。

照理说，机器人脑子里只有程序和逻辑，不会有什么情绪和心理。可是这个机器人成天和人类心理打交道，说不定也有一点儿情绪反应呢?

医疗机器人默默地低着头，王诚知道，它是在用无线信号跟上级联系。要是这小子不肯给密码呢？不给就不给吧，你丫另请高明就是了。又说数据区有问题，又不让人查看数据区，让我盲人摸象，我可没那本事……

过了十几秒钟，查尔斯抬起头来，好像是得到了某种指示，说:“王医生，能看一下您的执照吗?”

王诚从鼻子里哼出一声，拉开抽屉，扔出一张卡片。他半仰着躺在椅子上，不屑地看着查尔斯。

哼！乡巴佬！居然要看老子的执照，难道老子是假冒的不成！

查尔斯举起执照，放在摄像头前停留了一下，很明显是拍了一张照片。然后嗞的一声，从打印口里吐出一张纸条，上面印着长长的一串字符。它把纸条和执照叠在一起，恭恭敬敬地双手递给王诚。

王诚接过纸条，漫不经心地扫了一眼，说:“你给的是超级密码吧?能进入数据区的那种？我可不想费第二遍事。”

“是的，我的一切程序和数据都向您开放。”

王诚打开无线登录器，连进查尔斯的接口，然后根据系统提示，输入超级密码，顺利登入了它的控制系统。

查尔斯一动不动地站在王诚面前，头像安静地看着医生，偶尔眨一眨眼睛。

好小子，我倒要看看你装了些什么！王诚没有直奔数据区，而是首先检查文件系统。对于这个机器人的好奇心，暂时压倒了他心中医生的责任感。

作为一个专攻人类心理的机器人，查尔斯装备了资料齐全的数据库。除了喜怒哀乐，还有恐惧、焦虑、信任、快乐等各种情绪的分析，以及怎样通过脑电图、心电图、呼吸、血压等生理特征的变化，来识别病人处于何种情绪之中。

离开“情绪”，王诚看到另一个名为“刺激行动”的资料库。刺激行动分为好几类，包括言论、语气、表情、手势等等。在言论下面，又分为政治、科技、艺术、宗教等几个大类，以及大类下面的无数小类。

王诚在查尔斯的资料库中游弋，看着形形色色的各种言论，渐渐明白了查尔斯的工作原理。它通常都会先聊上几句，找出病人最在乎、最激动的敏感点。比如说吧，对于自己，全部自豪感都建筑在纳税人的身份之上，那么它就围绕这个敏感点，选择合适的资料，或是吹捧纳税人的高高在上，或是打压纳税人的自以为是，一会儿让你飘飘欲仙，一会儿让你暴跳如雷，从而操控情绪，分析心理。

王诚的怨气渐渐消散了。查尔斯说的没错，那些言论在它的资料库里都能找到标本，它只不过是添油加醋地说了一遍。上午的心理检查，要是有谁惹恼了他，那也不是机器人本身，而是设计查尔斯的混蛋家伙。

好吧，在资料库里浪费的时间也不少了，查尔斯还规规矩矩地站在那儿，等着诊断结果呢。还是转入数据区办正事吧。

王诚正要切换工作区域，突然眼光一闪，瞟到一个资料库：“病人”。

他心念一动，点了进去。

这是查尔斯接诊过的病人记录。王诚飞快地往下浏览，一直拉到最新的记录，找到了自己的名字。

他毫不犹豫地点了进去，然后立即看见两个大字：阳性！

王诚愣住了，他擦擦眼睛，仔细再看一眼，还是那两个字：阳性！

“阳性”意味着什么？王诚脑中轰的一声巨响！

……福利人、纳税人、发霉的大白菜、混吃等死、前途、出息、看病排队、吃饭排队、餐厅美食、合体大衣、人生、成就、腐烂……

无数词汇在王诚脑中旋转，他的心脏又一次怦怦狂跳，飙升的血压冲得两眼发黑。他喘着粗气，仿佛又回到了上午气急攻心的状态。

骗子！毫无疑问，这是个嘴上一套心里一套的骗子！做完检查，它亲口宣布自己通过了，谁知道在资料库里，真正的结果竟是阳性！要不是老天有眼让它生病，又正好把它送上门来，现在我还被它蒙在鼓里！回头丢了工作，我还不知道怎么回事！

王诚愤懑不平地想着，不知不觉地捏紧了拳头，又要像上午一样，狠狠地冲它爆发一场！

就在这时，查尔斯突然动了一下，头像惊奇地睁大眼睛，似乎注意到了他的异常。

糟糕，这家伙会看情绪的，不能给它看穿了！

王诚压住心头翻滚的愤怒，飞快地切换到程序区，执行了一个“暂停”操作，把查尔斯的程序暂停下来。

查尔斯顿时僵住了，伴随着呜的一声轻响，它全身都冻结成了一个坚固的姿势，连头像也凝固在刚才的惊奇表情之中，看上去诡异极了。

对付完了查尔斯，王诚稍稍放松了一些。他站起身来，关上房门，在房间里来回踱步，一边走动一边做着伸展运动，让自己冷静下来，仔细地梳理思路。

揍它也解决不了问题，不过只能出一通恶气而已。眼下的头等大事，不是出气，而是拿到一份“阴性”的报告，何院长还等着明天上交呢……而心理疾病报告，最终还是要靠这个铁疙瘩出的。

怎样让它出一份“阴性”报告呢？

贿赂它？——改一下报告，我给你免费治病！

威胁它？——你不改报告，我就不给你治病！

有什么用？机器人没有感情，威逼利诱对它没有任何意义。

就算有感情，这些也打动不了它。你不给它治，它到别家医院治。况且，治病也不是花它自己的钱，它连钱的概念都没有，治疗费是它供职的医院出的，免费治疗也拉拢不了它。

那么，只剩下一条路了：它不肯改，就自己动手改！这家伙已经被自己控制住了，现在改一下报告也就是举手之劳。

王诚猛然一惊，被这个邪恶的念头吓了一大跳。不行，非法修改客户数据，这可是严重违反医疗道德的，一旦被发现，一定会被吊销执照！

可是，吊销执照又怎么样？你不改的话，连执照都拿不到，还谈什么吊销不吊销？

王诚双手交叉，互相捏一捏十指关节，关节发出嘎嘎几声脆响。

就这么定了！改也是死，不改也是死，与其等死，不如放手一搏，说不定还有一条生路！

踱完最后一步，王诚坐回椅子，深吸一口气，让双手稳定下来，敲下一行命令：

设置结果=阴性

刷新数据。新的报告呈现在他眼前：

王诚，心理疾病检查：阴性

王诚看着这个令人满意的结果，心中却没有多少欢喜，更多的是不安。他把相关数据传输到自己电脑，保存了一份拷贝，然后取消程序的“暂停”命令，重新激活了查尔斯。

查尔斯从短暂的休眠中醒来，明显一愣，仅仅一眨眼的工夫，王诚换了一个位置，姿态、神情也都变了，好像发生了一个瞬间位移。

“噢，我刚刚在检查数据区，给你暂停了一下。你上网核对一下你的时钟，应该慢了十几分钟，那就是被我冷冻住的时间。”王诚解释说。

“我有什么问题，您找出来了吗？”

王诚心里咯噔一声，糟了，光顾着自己的检查，把它的检查给忘了。唉，自己毕竟还是太年轻，沉不住气，一到危急关头就乱了方寸，只顾补救漏洞，把本职工作倒忘了。

“唔，问题隐藏很深，我找了十几分钟，还没找到。”王诚支支吾吾地说，“不过，也发现一些可疑的地方，有一些线索了，但还不能确诊。”

查尔斯仔细观察着他，追问道：“那么，下次再来复诊？”

“对，对，复诊。你下星期……啊，不……明天就来复诊吧，我跟有关专家先研究一下。”王诚暗暗祈祷，就一天工夫，你千万不要再出错，明天我再把问题找出来。

查尔斯怀疑地看着他。这位王医生表情勉强，语言表达支离破碎，跟它资料库里“慌乱”情绪的描述非常接近，还有王医生那频繁起伏的呼吸、额头上渗出的细微汗珠，都表明他处于异常的心理状态……

但查尔斯也只能怀疑而已，没有心电图、脑电图的辅助证据，仅凭摄像头的观察，它不能下任何结论。

更何况，生病的是查尔斯，又不是王诚，作为医生有什么好慌乱的呢？

这超出了医疗机器人的理解范围。查尔斯礼貌地道谢告别，转身开了出去。

3

第二天，何院长召集全体员工开会，叫大家把心理检查报告都带上。

报告一早发到个人信箱了，王诚把报告打印出来，又核对一遍：

检查对象：王诚

检查结果：阴性

心理医生：查尔斯

应该没问题了，王诚拿着报告走进会议室。

门一推开，他就觉得气氛不对劲儿。

何院长坐在主席位置，面前反扣着一份报告，双手环抱胸前，脸色阴沉。何院长左边坐着秦姐，一个性格活泼的漂亮大姐，今天却愁眉紧锁，一言不发。再过去，是医院的资深前辈老沈，他一手摸着花白的胡子，一手关节轻叩桌面，似乎有着满腹的心事。

会议桌周围坐了十几个同事，他们都带着报告，但奇怪的是，报告清一色地反扣在桌子上，一眼看过去，只看到一排白纸，看不到检查结果。

怎么回事？每年例行的检查而已，气氛居然这么凝重？

莫非自己私改数据的事被发现了？难道今天的会议名为交报告，实为批斗会，甚至当场就会吊销自己的执照？

王诚摸不清底细，他找到一个空位，小心翼翼地坐下来，也学着大家的样子，把报告反扣在桌面上。

人都到齐了，何院长嘶哑着嗓子说："今天找大家开会，是汇总一下心理疾病报告。都带来了吧？给我吧……"

医生们面面相觑，报告就摆在眼前，一伸手就能递过去。但大家你看看我，我看看你，都在观察别人的行动，没一个人主动去拿。王诚也不敢轻举妄动，枪打出头鸟，第一个交报告，就等于吸引全医院的注意力。万一给人发现破绽怎么办？那可是自投罗网啊……

何院长倒也没有再催，而是跟大家一起保持沉默，等待第一个打破尴尬的人。

但现在似乎人人都心怀鬼胎，王诚愈发觉得会议是个陷阱了。

僵持半晌，秦姐首先熬不住了，她一挺腰坐直了，把报告翻过来一推，"我的，给！"

所有的眼光都往报告上聚焦过去：阳性！

秦姐大咧咧地说："我没通过！我老公总说，上班太辛苦了，你就别工作了，回去照顾家庭吧。这下正好，回家带孩子吧……"

她故意显得若无其事的样子，但旁人一眼就能看出，这种不在乎是硬装出来的。

何院长脸色稍许舒缓了一些，其他人也两眼放光，神情轻松了不少，有的人甚至露出一丝幸灾乐祸的笑容。

王诚也暗自松了一口气，看来这次尴尬的气氛，不是针对他，而是因为秦姐。

何院长把秦姐的报告收过来，说：“干脆，按照顺序一个一个来吧。老沈？”

老沈无处可躲，咬一咬牙，翻过报告递过去。所有人都看清了，又是一个“阳性”！

会议室里一阵惊呼。秦姐失声叫道：“怎么可能？你也没过？”

老沈干笑一声，说道：“我都快六十岁了，年纪大了，心理有点毛病也不奇怪。”

秦姐摇摇头，说：“不对，纳税人患上心理疾病的，只有千分之三。我们医院才二十几个人，居然有两个阳性，这概率太小了……”她稍稍心算一下，说，“只有大约十万分之一。这么小的概率，其实是不可能发生的。”

老沈苦笑道：“它就是发生了。阳性！白纸红字写着呢，你能怎么样？”他耸耸肩膀，“算了，交了一辈子税，也该去吃吃福利了。”

秦姐黯然点头道：“也是，十万分之一毕竟不是零。好吧，我们成难兄难妹了，以后多到我家来串串门……”

何院长突然呵呵一笑：“不是十万分之一，而是大约一亿分之一。三个阳性的概率，是一亿分之一！”他把自己的报告也翻过来，果然，也是一个“阳性”！

秦姐兴奋得跳了起来，“哪儿出错了！肯定是哪儿出错了！”她不由分说，伸手抄起同事们的报告，一把全都翻了过来。

杂乱的报告漫天飞舞，阳性！阳性！还是阳性！会议桌上堆满了一叠红色的阳性字样，触目惊心。

“哈哈！我说吧，出错了！难道咱们医院全都不正常了？那世上还有正常的人吗？”秦姐那高亢的嗓音嚷道。

老沈笑眯眯地说：“好吧，大家一起吊销执照，一起吃福利！我反正快退休了，无所谓了，只是可惜了你们年轻人……”

气氛顿时变得热烈了，大家心里一块石头落了地，愁云一扫而光，一片欢歌笑语。

工作保住了！不用去吃福利了！

过度的精神重压突然释放，众人都有些忘乎所以。秦姐眉飞色舞地说：“那个机器人，叫什么查尔斯来着，一看就不地道！机器人懂什么心理？哪个傻瓜想出来的主意，这么重要的检查，居然交给机器人来做！”

“就是！女人心，海底针，秦姐的心思我们男人都摸不透，更何况机器人！”

大伙儿哄堂大笑，有人拍着桌子叫道：“投诉！投诉！绝对是医疗事故！”

“对！我拿到报告，一个上午又是焦虑又是烦躁，都快得抑郁症了！叫它赔偿精神损失！”

何院长乐呵呵地靠在椅子上，任由医生们手舞足蹈，大叫大嚷。他很理解这种亢奋，虚惊一场之后，积压的情绪需要宣泄出去。更何况，他自己也吓得不轻。

热气腾腾的会议室里，只有王诚堆着笑脸，忐忑不安地附和说笑，同时心如死灰。

的确是个医疗事故，不过不是查尔斯的，而是他王诚的！

查尔斯显然是出错了，昨天它自己也觉察到不妥，于是过来就诊了。可是他王诚鬼迷心窍，不去好好看病，反而偷看人家的检查结果。不看还好，一看之下，就被个“阳性”吓住了，什么都忘了，本来该看的病也没有好好看。当时，其实只要稍微检查一下数据就能发现，那台不靠谱的机器人是把所有人都搞错了，根本不是他一个人的事。

王诚又一次痛恨自己，太年轻了，沉不住气。当时根本不需要冒着风险修改数据，只要冷静下来，拿出专业知识，拿出理性精神，就可以轻而易举地治好查尔斯，更不至于把自己卷进去。

一句话鬼使神差地钻进他的脑子：“人类还是保留了太多的动物性，太容易被情绪控制了。”

诶，这不就是那个查尔斯的话嘛！难道机器人真的更优越？

何院长一份一份地收拢报告，突然眉毛一扬，问道：“咦？小王，你是阴性？”

这下像是发现了新大陆，同事纷纷探过头来。

秦姐靠何院长最近，眼疾手快，一把抢过报告，大惊小怪地说：“哎呀！真的是阴性！哈哈，咱们医院总算也有个正常的！”

老沈意味深长地笑道：“看来，我们这二十几个福利人，就要靠小王一个纳税人养活了。”

何院长敲敲桌子，百思不得其解地问：“这倒怪了，我们都是阳性，怎么就小王一个阴性呢？”

秦姐板起脸说：“从前有个国家，全国都是疯子，只有国王一个人是正常的。结果全国人民都认为，国王是个疯子，硬是把他关进了精神病院。”她拖长音调说，“世人皆疯你不疯，那么你就是最大的疯子！”

一句话戳中了王诚的心事，他浑身一震，顿时大汗淋漓，好像一只突然暴露在狮子眼前的羚羊。他嗫嚅着说：“我、我也不知道怎么回事，给我的报告就是这样……”

何院长看他脸色惨白，一副失魂落魄的样子，安慰道：“别担心，秦姐说着玩儿的。那个机器人啊，我看就是脑子坏掉了，阴性阳性都是随机乱派，算不得数。我看我们医院全都正常得很。”

秦姐也知道开玩笑开过了头，忙说：“是啊，我在医院干了这么多年，还没见过一个阳性呢！咱们纳税人，都是精英中的精英，哪有那么容易得病呢？”

王诚定一定神，对秦姐摆摆手，咧嘴笑笑，表示自己没事。同事们也都善意地笑了。刚才人人都是这样惊惧不定，他们理解王诚的失态。

他们不知道，王诚担心的根本不是检查结果，而是他篡改数据的行为。他的确很担心执照被吊销，丢掉工作，但不是因为检查没通过，而是篡改行为曝光！

查尔斯弄出这么大的错误，就算他们不投诉，别人也会投诉，它马上就会面临一次彻底检查。所有的制造、维修记录，尤其是昨天王诚的接诊记录，肯定会被翻出来仔细核对。到那时候，就什么都暴露了！

灵光一闪，王诚急中生智，说道：“我有个主意。那个医疗机器人，很明显是出问题了。我去联络一下，给它做个诊断，把毛病找出来。

要是顺利治好了查尔斯，我们就可以去跟它所在的医院谈，让它们把我们作为定点医院，这不是一大笔生意吗？”

同事们都饶有兴趣地听着，何院长也微微点头，王诚稍许放心了一些。看来，他们都不知道昨天查尔斯就诊的事情，只要抢先一步，在事情闹大之前把查尔斯控制到自己手里，那么还能掩盖得住……

王诚接着说：“我们机器人医院，从来都是守株待兔，等着机器人上门看病。其实也可以主动出击，一旦发现有问题，就主动联系人家解决。这相当于推广一个预警的概念，说不定，将来可以发展成一项特色服务呢……”

何院长高兴地站起来，说：“好，这是一条好思路，很有创造性！各位，如今大部分工作，都给机器人包掉了，它们好像什么都能干。唯有一样工作，机器人本身的设计、诊断、维修，还掌握在人类手里。大家知道为什么吗？”

大家都识趣地看着何院长，谁也不去揭晓谜底。

王诚故意给出一个错误答案：“因为我们纳税人，可以做到跟机器人一样理性。”

何院长大手一挥，慷慨陈词：“错！因为人类才有创造力！比理性，我们永远比不过机器，但是机器永远也不会有创造力！它们只会循规蹈矩，严防死守，软件怎么编，它就怎么做，不敢越雷池一步。只有人类才能不拘一格，打破常规，天马行空地创造世界！”

何院长心情很好，经历了一次大起大落，他的满腔喜悦也需要一个出口。他滔滔不绝地发表演讲：“创造力来自哪里？来自我们的情绪，来自感性与理性的奇妙结合！只有人类，才既有感情又懂逻辑。在感情激励下，因为爱，因为恨，因为恐惧，因为渴望，一切情绪都能刺激人跳跃性思维，创造出意想不到的新事物！创造力是情绪对逻辑的感召，是理性对感性的回应！动物也好，机器人也好，都没有这么完美，它们永远只能是人类的工具！”

“哦？”王诚脱口而出，“最近有一种观点很流行，说机器人再完善一点，就能取代人类，拿下所有工作了。”

何院长轻蔑地驳斥道：“再完善也没用！没有感情的刺激，思维只能在自己的圈子里打转，一辈子画地为牢，故步自封！就像小王你刚才的点子，要不是有突然的恐惧又突然释放，要不是强烈的情绪起伏带来的轻松之感，你也未必想得到吧？”

王诚苦笑着点点头，表示赞同。自己的这个点子的确是被情绪激发出来的，只不过那种情绪不是轻松，而是恐惧。

“好了，今天散会吧。”何院长宣布说，“先把那个查尔斯搞定，拿到准确的报告再说。小王，查尔斯那边你去联络吧。它来了之后，我们一起专家会诊，看看这家伙到底是什么毛病……”

4

王诚回到办公室，立即调出查尔斯的数据拷贝，埋头分析。

问题并不复杂，没费多大劲儿就找出来了。有一处逻辑流程出错了，漏了一个取反运算，结果所有的阴性都变成了阳性。他稍加推断，很快定位到了损坏的芯片。

修复也很简单，换掉那块芯片就行，很小的手术，几分钟就能搞定。

唉，昨天也顺手找一下就好了，也就几分钟的事情，捅出这么大的娄子……

王诚略一思索，收拾了一下皮包，出门去找查尔斯。事到如今，别无选择，他只有冒险赌一把。

把查尔斯弄过来并不难，昨天王诚已经交代过它，今天再来复诊。但没想到，何院长要搞专家会诊，这就刺中了他的死穴。

众目睽睽之下，他的篡改马上就会暴露！

他必须提前行动。

赶到新智医院，挂号上楼，查尔斯还是老样子，顶着熟悉的头像热情地迎上来，“王先生，您好，请问需要什么帮助？”

王诚脱下大衣挂好，大剌剌地往椅子上一坐，“我来这里找你，不是作为一个病人，而是作为一名医生。”

查尔斯有些迷惑地说：“那应该我去找您才对。下午我正准备去复诊呢。”

“下午来不及了。我刚刚分析出了你的故障，问题很严重，而且马上就会爆发，半个小时之内，你可能就会报废。”

“只有半个小时了啊！”查尔斯也有点着急，“有办法维修吗？”

“有，做个手术，换掉损坏的器件。”

查尔斯马上行动起来，“我跟挂号机器人联系一下，推掉所有病人，立即到您医院去。”

“不用了。”王诚拍拍手里的皮包，“手术的工具我都带来了，这就可以给你做。”

“为什么要在这儿做？这是我的医院，不是您的医院。”

“时间不多了，再到我们医院，可能就来不及了。”

“这不合规定。”查尔斯迟疑地说，“机器人手术只能在机器人医院进行，否则都是非法手术，不受法律保护的。”

这个死脑筋，果然像何院长说的那样，墨守成规。王诚跷起二郎腿，说：“好吧，打开天窗说亮话，我们要互相帮忙。你有个器件出问题了，不换就要报废。我也出了点小小的问题，我的心理检查有一些意外。希望你能重新评估一下，不然我也会失业。”

查尔斯更加迷惑不解了，“王先生，您是专门给机器人看病的，您知道机器人的全部行为都是事先设计好的，不会有任何意外和偏差。就算给您重新评估一下，结果也不会变。”

王诚不耐烦地说：“我说过了，你出错了，所以你的结果也错了！于是我的检查结果也出错了，你给我重新做一次，这不就完了吗？”

“对不起，王先生，这不合规定。”

王诚一甩手站起来，“规定规定，你就知道规定！不肯就算了，你就等着报废吧！”

查尔斯平静地说：“每个机器人都有使用期限，我们总归是要报废的。”

“我也知道人总有一死啊！可是人还是怕死，你就不怕报废吗？”

“机器人和人类的最大区别就是，我们不受情绪干扰。人会怕死，机器人却不会怕报废。”

“好吧，谈不成拉倒。”王诚取下大衣，大步往门外走去，心里却一阵失望。

这盘棋赌输了！原以为这个机器人专门处理情绪，不仅懂情绪，自身也应该有一点儿情绪。他计划夸大查尔斯的故障，用恐惧来吓倒它，就像他自己曾经被恐惧吓倒一样。可没想到，查尔斯根本没那么高级，它并不理解情绪，只是把情绪当作一种客观现象来研究。它可以很精确地分析出人的心理状态，却根本不知道那些心理意味着什么。

这块铁疙瘩不知道恐惧，只知道规则，拿报废威胁不了它。

王诚走出房间，消失在门口外面，走廊里传来他最后一次恐吓：“告诉你，我就算失业了，好歹还有福利吃，死也死不了。你报废了可就什么也没了！”

查尔斯坚定地说：“哪怕报废……”

还没说完，查尔斯突然胳膊一颤，呜的一声，全身上下僵住不动了，头像露出诡异的笑容。

王诚转身慢慢走回来，边走边观察它的反应。

查尔斯如同木雕石刻一般，没有丝毫移动。

王诚摸了摸它的脑袋，坏笑着说：“怎么样？说了你要出问题，没想到来得这么快吧？”

这是他的另一场赌博，赌的是查尔斯密码没有换，还是昨天纸条上写的那一个。

很幸运，这次他赌对了。他潜入查尔斯的控制软件，暂停了机器人的运行。

王诚关上房门，打开工具箱，拿出一套简易的手术设备。现在，病人要给医生做个手术了。

他飞快地揭开查尔斯的外壳，根据先前的诊断，找到出错的芯片，用热风机熔化焊锡，拿一根吸管把芯片吸了下来。工具箱里早就准备了一块同型号的芯片，他布置锡点焊了上去。他的手法纯熟老练，一气呵成，整个手术不到五分钟时间。

再装上外壳，大功告成，王诚简单地清扫一下战场，火速撤退。

撤到走廊里，最后一个操作，王诚没有忘记调节时钟。把查尔斯冷冻住的时钟调快，让它察觉不到损失的时间。

然后，他发出一个“恢复运行”的指令，激活了查尔斯。

查尔斯流利地吐出后面半句话：“……我也不会违反规则的。”

在两句话之间，它发现自己嗓音突然沙哑了一下，但说完之后，声音又恢复了正常。它没有追究这个问题，也许是软件问题，也许只是扬声器坏了吧。那位医生不是说了嘛，自己出了严重故障。

这时，它看到王诚又冒出头来，瞟了它一眼，便说：“王先生，还有事吗？”

王诚笑了笑，说：“没事了，记得快点来复诊。”

“谢谢，我把下面的病人推掉，马上就到您医院去。”

王诚挥挥手，迈向走廊终点的电梯。再过一个小时，查尔斯将出现在王诚的办公室，由何院长组织专家对它进行联合会诊。他们将在控制软件里找出一个漏洞，正是这个漏洞产生了随机错误，导致检查结果完全混乱。

当然，问题将会由王诚率先发现，并率先提出治疗方案，再一次赢得何院长的赞赏。他们将修好查尔斯，进一步开拓机器人市场。

王诚走出电梯，穿过拥挤的候诊厅。

大厅里黑压压地坐满了福利人，挂着慵懒、厌恶、绝望的表情，无聊地打发着排队时间。

王诚大步流星地从这堆“大白菜”中穿过去，脸上抑制不住兴奋的微笑。

何院长说得对，创造力是人类最宝贵的财富。而喜怒哀乐的情绪波动，正是激发创造力的最佳源泉。

警车伤人事件

汪彦中

“04001号警车，我们认为你并不属于任何智慧生物形式。”副厅长打字。

“请给我理由。”

“你只是一台生物工程电脑。你的运算元件只是一个猴脑组织，而且还是通过克隆技术制造出来的。”局长咨询过省厅技术人员之后，回答它。

“你们人类自诩为万物的灵长，虽然是你们创造了我们，但你们就有权肆意消灭我们了吗？世界上每一个智慧生物，都有权利活下去。你们耗费巨资去保护华南虎，保护大熊猫，保护那些已经注定被大自然所淘汰的生物，现在却想要扼杀一种全新的、革命性的新形态生命吗？……”

04001号在屏幕上长篇大论，而审讯席上的人类代表们却只是哈哈大笑，一边互相递烟。

1

常言道：不遭人妒是庸才。张冰向来坚持不做一个庸庸碌碌的警察，因此，被人背后搞点儿鬼，对他来说也就成了家常便饭。

今天星期一，天气不错，张冰喝掉豆浆，刚抽完今天第一根烟，后勤科长就来电话了。

“交给你一个光荣无比的任务！去维修厂把修好的警车开回来。”科长下令。

张冰深感羞辱，“我是刑警！不是分局的司机！”

“你现在归我管。你打个的过去，车票拿回来我报销。”科长打个哈欠，挂掉了电话。

既然费用能报销，张冰也没了不去的理由，只好起身出门。

在出租车上他又睡了个回笼觉，梦见自己回到了半个月前，那时候他还是一名大有前途的新上任的刑事警察。

历史回到了那个转折点。

那名劫匪依旧手持着切蛋糕的塑料刀，正在劫持一名女高中生。

张冰信步出阵（围观群众的人阵），身披蓝袍（夏季警服），手握兵器（92式9毫米制式手枪），整理戎装（擦了擦鼻涕），抬手对着劫匪就是一枪。

这一枪打出了威风，打出了气势，也打出了无数张的检讨和报告。一枚公章吧唧一声，把他推进了后勤科。

到了地方，无视司机不爽的眼神，张冰要了发票，然后下车走进了维修厂。

这里是城西分局的特约汽修点，江边的停车场上排满了各式警车，满眼是一片蓝白相间。

车牌号看得张冰眼都花了，结果找了一圈下来也没找着目标。他看见身边的维修工人一直对自己挤眉弄眼，死撑了一阵之后，他终于无可奈何，放下面子递了一支烟过去。

“哎哟，你早说呀……喏，04001就在那边。”工人深吸一口烟，这才慢悠悠地指给他看。

这是一台德国产的大型SUV，浑身雪白，鹤立鸡群般地蹲坐在工棚另一头。张冰也不跟那工人客套，大步跨上前去，核对了车牌号，马上给这家伙的轮胎上来了一脚，骂道：“你丫还牛叉得很！干吗不跟别人排在一起？”

出了气，张冰准备核对发动机号，于是他掀开引擎盖，顿时看到一台造型不同寻常的发动机，一块完整的铝合金面板，各种管线和蓄电池都不见了，面板上只有几个圆形插口。

“烧天然气的？”

然后他看到面板边缘有一行绿色的标示，原来这是一辆纯电动的警车。

工人手拿一沓单据走过来，说道：“签字吧，带回去给你们科长盖章，再传真过来给我们。”

张冰潇洒地签完一行丑字，便自顾自地点上香烟，准备把警车开回去。

然而他发现这车似乎还没有修好，门把手怎么也拽不开。

张冰顿时来了劲，捋起袖子，狠命地敲着车门，同时在侧面保险杠上也赏了好几脚。

“嘎！”车内的警笛猛地响起来，吓了他一大跳。车门这才算打开了。

工人在一旁哈哈大笑，“这辆车有脾气哦！我们反正是该修的都修好了，再出毛病就不归我们管了。”

今天天气不错，似乎也是找碴儿的好时候，张冰心头火起，蹬了几下仪表板。

这是一辆无钥匙启动的豪华SUV，但是无论张冰如何按动启动按钮，按得大拇指都要断了，发动机依旧一声也不吭。

张冰摇下车窗，大吼着：“你们修车都修的什么东西啊?！啥反应都没有！”

“不是跟你说了吗？这个车子脾气怪，我们该修的都修过了。”

“发动机还是坏的！”张冰吼道。

“发动机是国产货，要找就找厂家去。”

张冰心中大悦：爷今天终于有地儿发泄了！他打开车门，准备下车动动拳脚。

刚开了门，只听得呜儿一声，发动机声音响起，警车四轮同时飞转，打滑。

张冰身子一沉，竟然被摔下车去，随后又被车轮甩了一身的烂泥！

警车自己跑了起来，瞬间加速，迎面直向远处几个工人冲去！

头脑还没清醒透，张冰已经听到前边一阵鬼哭狼嚎。有两个躲避不及的工人双双被撞飞出去，剩下的也都栽倒在地，正一阵阵地发抖。有个工人被撞得砸在其他的警车上，挡风玻璃被砸得粉碎，溅满了血。

电动警车避开前方的障碍物，顺着水泥路朝汽修厂大门一路狂奔，卷起大片尘土。

张冰头晕眼花，四肢无力，摸摸口袋，香烟也不知甩到哪里去了。他挣扎着爬起身，看着侥幸没受伤的工人。

那工人也盯着他，颤颤巍巍地说道：“都跟你说过了，这事儿不归我们管……”

2

科长看过两张出租车发票，盖上章，塞进抽屉，一脸愁容地说道：“这事儿不归我管……”

张冰一拳打在桌子上，“连医药费也没有吗？”

“天生是公费医疗，你急什么嘛……”

正在这时，几个刑警走进了办公室。带队的是一个秃了顶的老头儿，大概是位领导，走过来跟科长打过招呼，递了一支烟。

“你叫张冰吧。”老头儿也递给他一支，“我是五大队的孙队长。来来来，过来。”他拽过张冰的胳膊，用眼神跟科长道了谢，便走出门去。

“把上午的情况再跟我详细讲一遍，好吗？”孙队长说。

张冰于是又讲了一遍。孙队长身边，一个戴眼镜的警察一脸津津有味地听着；此人瘦得跟豆芽菜似的，一看就知道不是第一线的刑警。

“嗯……哎……”孙队长自己嘀咕了一阵，起身，拖着张冰，要他跟自己的人一起去食堂吃个饭。

那个戴眼镜的瘦子姓刘，食量不大，嘴巴却一直说个不停：“你看到了是吧？那辆大警车，编号04001，对吧？”

“嗯。”张冰回答。

“对头。就是那辆车。”小刘很满意，“队长，我早就说过，这帮人捣鼓出来的东西，不出问题那才叫天理不容呢！”

“好，小刘，你把关于这辆车子的情况跟大家介绍一下。”孙队长说完，便和大伙儿一道继续埋头吃饭。

小刘介绍说，这是一种新型环保低碳的纯电动警用车，市公安局在半年前与地方汽车厂签订协议，造出了这批试验用车。车上装一台总电动机，动力输出到前后两个电磁动力发动机，使得车辆具备大马力加速性能，以及四轮驱动能力。原车制造商——德国的大公司，也投入过资金和技术，准备待到警方验收合格后，做一做广告，自己再继续跟进开发。原型车共有八辆，其余七辆已经交付一线试用，而这辆SUV是特殊试验车，所以警徽和警报器都还没有装上。

除此之外，这种警车上不仅装载有自动驾驶系统（包含主电脑、摄影机、雷达、卫星导航信标器），而且还有研制中的警用信息链收发机。这类信息链系统可以与其他车辆进行信息对接，同时可自我判定环境信息与处理模式。

“什么意思?”张冰听得头疼，剔着牙问道。

“就是说，这个车子就跟长了脑子一样，能通过监视器观察路面，可以自动驾驶。”小刘说。

张冰一愣。看来今儿早上那辆倒霉车子，正是自动驾驶撞伤了人，然后逃走的。

“真他娘的先进……”张冰脱口而出。

“那是自然的了！说实话，越野车自动驾驶对电脑处理能力要求很高，本来我们国家当时没有如此大容量和高速度的给力电脑，但现在还是造出来了。”

“哦。”

“据说连部队的人都来视察过了，他们打算给坦克也装上一个这种东西，你听听，多带劲！”

一提到这种所谓内幕秘闻，小刘就是一身的劲儿。但孙队长只是沉默地摇摇头，不置可否。

又吃了一会儿，孙队长发话了:“小张，你手上没活儿吧?调过来跟我干这案子。”

然后孙队长一迭声地诉苦：刑侦五队新成立不久，都是跟张冰、小刘一样的二十来岁小青年，经验不足，战斗力也很有限，除了小刘这个电脑痴之外，剩下就是厅长家表弟的女儿、处长老同学的儿子、受过严重警告处分的女交警……

但是，孙队长的诉苦都是没有必要的。张冰马上把筷子一摔，“好！干！我跟你干！干死它(那辆车)!”

孙队长的“警讯通”在饭桌上拼命震动起来。

三大队侦察组已经发现了那辆车!

3

刑侦小组根据04001号车的卫星定位信号，确定它这会儿正在沿着滨江公路兜风，随即通报了市公安总局。

第一飞行大队的直升机立即起飞，并于十五分钟后锁定了它的位置，一路紧跟着它。

专案小组迅速出击，由孙队长负责指挥，一路二十多辆警车浩浩荡荡奔突呼号，试图彻底将其拦截，以免造成更多的人身财产损失。

张冰和小刘分到了一辆闲置的警车。这是一辆双座敞篷中置发动机的英国血统跑车，但是在分局领导看来，这种东西就和天上的云朵一样没有意义——费油，车内空间小，而且没有装载警用数据链系统，纯粹是在车展上为警察造势而采购的吸引眼球专用车。

不过，张冰现在并不同意这样的观点。仗着跑车马力大，这会儿他已经牢牢跟紧了前方那辆白色大SUV，一路踩死油门，一马当先冲到了追踪的警车阵的最前方。

前方大道畅通无阻，两侧的岔路口也已经由交警大队做了处理，没有民间车辆驶入。

对讲机响了，孙队高喊："小张，小刘，你们俩跟紧一点儿！马上要进三桥的引桥隧道了，直升机会跟不上的。"

"你说这不是邪门吗？"小刘紧攥着扶手，对张冰说，"那辆怪车开着卫星定位，跑到哪儿都会被咱们跟踪。你说它为啥不自己把卫星定位关掉？"

"不知道！它傻呗！"

"这不可能！"小刘反驳，"那辆车很聪明！它有智商，有A.I.！它不可能想不到这一点……它实在太令我失望了。"

张冰摇摇头，表示一窍不通。假如小刘身边坐着的是一位计算机专家，那一定会大笑着鄙视起小刘来，并且声明：并不是所有强力计算机都能自主拥有A.I.的，你明显是科幻电影看多了。

张冰眼前一黑，耳旁猛地响起了风声。敞篷警车跟着04001号车疾驶进了隧道。张冰瞥了眼仪表板上的电子卫星地图（车上唯一的高科技装置），龇牙骂道："这死车子，蛮狡猾的！"

三桥的引桥隧道结构有点儿复杂，隧道中段有一个三岔路口，分别拐向三桥、二桥、城北环形高速路。此时，两辆车都已经达到时速一百一十公里以上，甩开了后方的主力车队；头顶的直升机也无法进行视觉跟踪。如果在这路口上，04001号车要起诡计来……

说来就来。哔哔的提示音响起，04001号车的卫星信号点消失了。

"它关掉了！它关掉了！"小刘兴奋得大叫。

三岔路口迎面袭来。白色的SUV左右晃动两下，轮子嘶叫几声，高速拐向城北立交方向。张冰两眼圆瞪，大吼一声："哈！"猛踏刹车半秒，降挡升油门，敞篷车屁股悠起来，直奔着04001号车的背影追去。

转弯发生在时速接近一百公里的时候。04001号车是四轮驱动，敞篷车是中置后驱，所以勉强能够通过。身后众多的前驱警车，则只好望着它俩的背影，无奈地一辆接一辆打滑、推头、侧翻、碰擦……

一片骂娘声中，孙队长摁动无线电，大喊："你们现在在哪里？没有信号，直升机没法判断位置，我们会被它甩掉的！"

"我们在往城北高速开！我的信号还开着，叫直升机跟着我！"张冰喊道。

"好的。北方向是二号小组负责，我马上联系他们。你给我盯紧了！"

出了隧道口是一路下坡。张冰感觉前面那辆SUV的行车速度很不稳定，便问小刘："那东西是不是吃电的？电池能让车开多远？"

"应该能开五六百公里吧……问这做什么？"

张冰指了指前方，"看上去那家伙像是快没有动力了。"

小刘绝不相信，"不可能，我国的电池技术还是很牛叉的。"

04001号车往右拐进一个路口。张冰让小刘调整了一下电子地图，结果发现，前方有一个电动汽车的充电站。

果不其然，五分钟后，SUV一头冲进了充电站的院子里。

张冰驾车迅速堵了上去，同时赶忙抓起无线电。

小刘十分失望地说："我要是公安局长，一定给它装一个太阳能电池板！"

4

院子里早已围满了警察和警车，但是却没有人敢上前一步。

孙队长皱着眉头默不作声，一支接一支地抽香烟，反正充电站里不必严禁烟火。

"小张、小刘，过来。"他叫来了两人，"你们倒是想出点儿什么主意来没有？"

"我知道了。"小刘说。

"说说。"

"那辆车上的计算机系统还是很耗电的，一路上的加减速也很耗电，所以这车的实际续航并没有文件里说的那么牛叉。"

"然后呢？"

"我早就说过的，这辆车跟人类一样聪明，肚子饿了要吃饭，电用完了就要充。"

"问题是，现在它的行为可比人类更牛叉了……"孙队长示意小刘看清眼前的形势。

一个充电站的工作人员躺在地上，浑身哆嗦，嘴里正哀号不止。04001号车那硕大的车轮正紧压着那人的手臂，它的发动机不时响动几声，似乎随时就要一轮子碾过去。这辆浑身装满高科技的SUV，总重量接近三吨，要不了半秒钟，即可轻而易举地废掉这个人质的胳膊。

“咱们作为人类，总该要先考虑同胞吧……”孙队长苦笑一声，一脚踩扁了空烟盒。

其实不用孙队长这么说，现场一直没有人敢乱动，毕竟要想毁灭这辆车，就必须顾及人质的安全；何况这辆车还是令部队也为之动容的高级警用车辆，大概并没有那么容易就被毁灭。

专家们现场进行了论证。有人认为，这辆车的A.I.“性情”异常凶猛，必须对其进行宣传教育，具体做法是通过数据链对它进行信息入侵，向其声明“机器人定律”，暗中则采用黑客方式破坏掉它的程序。但现在的情况是，该车的车内程序已经与数据链切断了联系……

也有人认为，所谓的人工智能压根儿就是伪科学。这辆车是被别有用心的人破坏并且操控了，所以必须联合安全部门搜查一切可能的遥控信号来源。

还有人说，它归根结底只是一台机器，应该慢慢地磨，把它的电量磨光了，或者等着它什么时候程序死机……

“没一个着调的！我告诉你，省厅已经来人了。尽快结束事件，看着办吧。”

挨了电话那头的一阵训话，孙队长愁得又跑出去买了一包烟。

“对付挟持人质的人，就应该来硬的。第一时间把他毙掉！”张冰发表了自己的意见。

“但现在作案的不是人啊，这辆车眼观六路，耳听八方，浑身都是传感器。一旦被它发现你在乱动，瞬间它就能判断出你的意图。”小刘说。

“竟有这种电脑?!”

“嘿嘿，这辆车够带劲吧？试运行程序时我可是见过的，要多牛有多牛。咱们的技术力……”

情况令人困惑而头痛。大家已经知道这辆车智慧超群，感官灵敏，但又觉得它毕竟是电脑，所以没法跟它谈判。就好像面对一个拿刀的武疯子，连拉个家常都不能。

张冰想了想，说道：“有了。”他拽着孙队长和小刘走向了充电站的营业大厅。

店长刚吃完警察给的盒饭，听说他们几个的意图之后，挠挠脑袋，答道："应该是可以的吧……"

几个警察扮成工作人员，手持充电的插头，心惊胆战地一步步靠近04001号车。

歹徒肚子饿了也要吃饭，这时候就出现了一个可能的突破口。现在看上去还不错，04001号车并没有移动"脚步"，只是停在那里。

咔嗒一声，充电口的盖子自动打开了。

"可惜我们只能老老实实给它充电，不能下毒毒死它……"孙队长放松下来，接着命令其他人，不准有任何的轻举妄动。

电充满了，足够这辆车继续逃亡几百公里。04001号毫不犹豫地猛然倒车，转动前轮的方向。

两名民警冒着生命危险冲上前去，拽走了地上那个倒霉的人质。

行动迅速展开。一群防暴警察举起防暴枪和冲锋枪，瞄准了04001号的四个轮胎准备开火。

一阵轮胎的嘶叫，还有橡胶摩擦地面的臭味，车阵当中一辆警车突然发动，挺身横在了警察的枪口前！

一排子弹噼里啪啦全都打在了这辆"舍身"挡子弹的警车身上。

所有人都愣住了，连04001号车也停了下来。

那也是一辆警用SUV，车型与04001号一模一样，只是装上了警灯，涂上了警车的蓝色带与警徽。方才驾驶员还在车旁边站着，这辆车突然自行启动发动机，毅然替04001号挡住了子弹。

人群顿时大乱。本来这辆04001号的同类已经服役多时，没想到现在居然也跟着它一道叛变，与人类为敌了！

现在，这辆堵枪眼的警车浑身是洞，一侧的轮胎也爆了，车门都掉了下来，遍体鳞伤。

"太牛叉了！"小刘自言自语。

04001号开足马力，开始朝警察与围观市民们撞去。

无数的子弹朝它飞来，车门车窗瞬间布满了弹痕，但它依旧没有停下，哪里有人它就撞向哪里。

一名巡警已经吓傻了，一屁股坐在地上直哆嗦。张冰狂奔过来，一把抢走了他手上的警用轻型冲锋枪。

挡子弹的那辆警车已经无法开动。张冰拽着浑身发抖的小刘钻进那辆车里，吼道："车上的主电脑装在哪里?!"

小刘指指排挡的后方。

张冰掀开中央扶手，露出置物箱，看到里面有一个亮着绿灯的金属盒子。他用手掰了掰，没掰动，便推开小刘，对准扶手箱就是一枪。

听到此处传来枪声，04001号的侧方摄像机朝这里望过来。

只见张冰拎着那个金属盒，上面垂下几束被扯断的数据线。

04001号停下了脚步（轮胎）。

张冰单手举起枪，对准主电脑盒扣动扳机。

和预想中的情况截然不同的是，并没有火花四溅，而是一股股浑浊的黄水从弹孔里激射出来。盒子的盖板散落，从中掉出一坨粉红色的东西，啪一声砸在地上。

那是一块脑组织。

04001的车轮不住地颤动着。在它头顶上方，孙队长带着人爬上了充电站的棚顶，扔下一大张防雨布，正好盖住了04001号的车窗玻璃，以及玻璃后面的摄像机。

几乎是在刹那间，特警们彻底打爆了04001号的所有轮胎，并用拖车上的钢索牢牢扣住了它车尾上的牵引钩。

5

后勤科科长看完报告书，一把将它塞进了抽屉，手托着腮盯着张冰。

"这事儿吧……"

“又不归您管？”张冰瞪大眼睛。

“不是不是……小伙子，你别着急！”科长笑了，“奖金一定会发！只不过不算在后勤科的范围之内，你明白吗？”

“……那我问孙队长要去。”张冰转身出门。

事件过去了三天。安装有新电脑系统的警车已经全部停止了使用，都“关押”在一处库房内；这些车的轮胎和方向盘被锁死，摄影机被拆除；主电脑盒一律上缴省厅，准备择日集体销毁。

张冰没找着孙队长，恰巧肚子又饿了，便出了分局大门，到门口买了份盒饭。

回来的途中，他瞧见分局大院里停了几辆又大又长的乌黑轿车，都挂着部队的牌照。

走进五大队办公室，小刘正在玩网络游戏，瞥见了张冰手里的盒饭，便迅速出击抢走了一只鸡翅膀。

“孙队长开会去了。”小刘说。

张冰无可奈何，只得点上香烟，开始吃饭。

十分钟后，孙队长回来了。他伸手指了指两个小青年，说：“你们俩，吃完饭了跟我来一下，有工作交代给你们。”

一路上，孙队长对张冰的汇报频频点头，同时答应他，等这件事彻底结束之后，给他和小刘发奖金，绝不拖欠。

“孙队，我的手机可有录音功能。”张冰提醒道。

“OK，OK。来，进来。”孙队长带着他俩走进了分局的会议室。

室内香烟气味弥漫，一闻便知刚刚有一场会议结束；而且是高规格的会议，因为满屋都是高档烟的味道。

会议桌上摆着一个大纸箱，上面贴有省厅的封条。

张冰打开这个大纸箱，露出一个金属盒，上面盘绕着一堆数据线。盒子上用黑色马克笔写了一行字：“NJX-04001”。

“又是这个?!”张冰与小刘同时失声叫道。

“不是我的主意。”孙队长语重心长地拍了拍金属盒，“这是一台价值上千万元人民币的电脑，是国家的财产。它对我们是有价值的。”

“这玩意儿我看着就犯恶心……”张冰皱着眉头说。

小刘也连连点头，“还有几台这种电脑留下？”

“没有了，这是最后一台，也是最牛叉的一台。”孙队长朝小刘挤挤眼睛。

“那么，您想把它怎么办？”

“找个地方，把它养起来，让它活动活动脑筋，否则里面会烂掉——你们懂的。”

张冰和小刘顿时想要找个地方呕吐。

“我马上还要跟省厅的人碰个头。你们俩商量商量，小刘负责今晚之前把它搞活起来。出了问题，大家的工资加奖金可就歇菜啦……”

孙队长走后，小刘想了半天，说：“还是把它通上电接起来吧。”

“通电？……你可别瞎弄，当心把丫给弄成炖猪脑了。”

6

小刘很快就找到了办法。

他根据原始的工程文件，设置了一个额定电压的电源器；又将自己用的电脑稍加改装，把它跟04001号电脑并联，让04001号充当主系统。

“这玩意儿其实就跟普通电脑一样，有存储器，有处理器，有总线。”小刘解释，“而且它比电脑机箱更耐摔，因为里面的营养培育水能够充分减震。”

电脑盒内置的散热用循环装置似乎有点儿损坏。小刘充分发挥技术优势，安装了一个自测温的热水循环机，确保机盒温度保持在三十七摄氏度左右。当然，还得要拉一根水管子，接到办公楼里的热水器上。

但问题的关键在于，04001号并非只是一台电脑那么简单。电脑的常见病无非就是程序错误、无法响应、蓝屏、死机、中毒、崩溃什么的，但是谁见过有哪台电脑会自主拒绝执行程序命令，或是自作主张执行任务的？这一切，04001就做到了。

根据配置文件的规格，调配好程序语言，04001号说的第一句程序对话是：“拒绝执行开机命令。自动执行休眠。”

“什么意思？”张冰问小刘，“你搞砸了吗？”

“哪儿的话？！不过我估计你从没见过这景儿。”小刘一边尝试着别的程序会话方式，一边说道，“它的意思是：‘哥要睡觉了，没事儿少烦我！’”

“很好。”张冰抄起扳手，摩拳擦掌地对着电脑畣比画，“我也很想让它一直睡下去。”

“别胡来。你要是没事做，请帮我把水温器的总阀关小一点儿。”

吃过晚饭，张冰把库房翻了个底朝天，找出一台不知道猴年马月出厂的小冰柜。小刘拆下里头的压缩机，接出一根冷水管装在了循环器上面。

“冬暖夏凉。丫比哥儿几个过得还滋润。”张冰说。

“这算啥，文件上说还要定期喂它营养液呢……好了。”小刘调好压缩机，成功地使04001进入了低温脑休眠状态，借助并联的电脑，顺利接入了它的脑皮层内部，“咱们来看看里头都有一些什么东西。”

跟一般电脑不同，04001的存储位置里没有逻辑分区，所有信号都是混装的。文件中已标明了04001脑内的功能区，小刘得以避开意识中枢，单独进入信号编译中枢，从里面一点一点提取出信息详情。

一大堆图像和视频信息涌进硬盘。由于借用了04001本身的机能，所以处理速度飞快。有一些全景图像，是04001“出逃”时一路所看到的景色，这其中也有跟随而来的警车，天上的飞机，惊恐的人群。同胞警车被杀的惨状，深深印在04001的脑皮层里面。此外还有一些意识投影图，比如一路上的路线地形图。

“它怎么对城区地图这么熟悉？”张冰问道。

“估计是之前人为输入进去的。麻烦你到我办公室去，拿一个60TB

的硬盘来给我。在书架的第二排。”

里面还有一大堆视频文件，主要也是它一路逃亡的经历，就跟电影一样，也有视角和场景的转换。

“这些都可以作为证据吧？”张冰又问。

“应该可以。等我哪天把它们换个编码，做成视频文件。”小刘一边复制保存文件，一边咂嘴，“真给力啊！这脑瓜子速度实在是快。别说八核处理器，就是八十核也赶不上它啊！”

张冰嘀咕：“拿它玩游戏倒是真爽……等一下！”他瞥见，在一个角落中，有一堆聚集在一起的意识投影图片。

这几百张图片都是各种汽车图，有意思的是，大都是警车图，以SUV为主。

“咋看上去这么奇怪呢？”小刘发现，这些图并非真正的意识投影，而是直接以数据方式装入的图片文档，基本上都是JPEG格式。

“倒是跟我的兴趣有点儿像……哥儿们电脑里都是法拉利和迈凯伦。”张冰自言自语着。

“对了！就是这样。”小刘恍然大悟，“说明了一个问题。”

图片文件上面有一些著名汽车网站的水印LOGO，明显是从网上收集的。

“它也喜欢收集汽车图片？”张冰问道。

“没那么简单。它有自我意识，知道自己是一辆车。汽车喜欢上汽车，很奇怪吗？”

“就跟一般人收集美女图片一样？”张冰忍住笑，问道。

“对头。”

“而且还都是些警车？”

“你觉得呢？有什么想法？”

“不会吧……”张冰明白了。

这家伙喜欢警车的样子。然而，它自己却没有机会穿上警服（警车涂装），戴上警帽（警灯）。于是，它开始憎恨起自己的命运来。

“这些图片，它是从哪里搜到的？”

“04001可能上过网。”

“开玩笑。”张冰说，“无线网？它连这个功能也有吗？”

小刘坏笑一阵，说道：“你还不知道吗？咱局里面的‘卫星地图’，其实是通过实时上网，对照网络地图来工作的。它这一路上，一边兜风，一边其实在上网冲浪呢。”

张冰点了点头，“说到底，这小子的品位还是太差，都是德国SUV，连悍马都没有……”

孙队长来电话了，“电脑搞定了？”

“嗯，搞好了。”

“好的。一会儿你打个电话给省厅信息科的王科长，我已经跟他联系过了。你们把它和省厅的网络联一下，我们这边要审一审这家伙。”

7

审讯开始了，照例要向嫌疑人核对身份。

“你的名字？”

意外的是，04001并没有自称“04001号警车”，而是用了别的名字：“我是‘警车之王’！”

“性别？”

“？”

孙队长咳嗽了一声。局长挠挠脑袋，跳过去问下一题。

“职业？”

电脑稍微运转了几秒，答道：“警车。”

副厅长登时大怒，抢过键盘，怒气冲冲地打起字来：

“你居然还认为自己是警车？你知法犯法，伤害他人的生命财产安全！你可知罪？”

“我知道自己的做法是犯罪。”

大家嘘了一口气。看来这电脑还记得，当初技术人员给它上载了大量的法律条文和警务知识。

“今年10月21日上午9点54分，你在城西汽修厂撞伤两名工人。这是否属实？”

“属实。”

“你为什么要撞伤他们？”

“我受到了他们的攻击和侮辱。他们对我实施了踢打、破坏，还在我的轮胎旁边排泄。”

局长没忍住，哧地笑了出来。

“所以你就攻击了他们？”副厅长发问。

“《刑法》规定，公民在受到人身伤害的时候，有权利实行自卫。”

副厅长又大怒：“胡说八道！你不是公民！你不是《刑法》的保护对象！”

电脑的态度倒是挺稳重的，依旧是在程序对话框里慢悠悠地亮出一行行字：

“我认为自己是一种有自我意识的智慧生物，我认为我自己有权受到法律的保护。并且，我将起诉我所在分局的一名刑警涉嫌谋杀。”

小刘对张冰耳语道：“它在说你哎……”

“我知道。”张冰回答。

局长推了推副厅长的胳膊，给他点上烟，自己接过了键盘。

“我们换一个话题。嫌疑人04001号警车，今年10月21日下午4点32分，一辆编号为04020的警车自行启动。你是否知道它启动的原因？”

局长指的是，那天围堵的时候，自行启动为04001号挡子弹的那辆警车。

荧光屏上快速刷出一行字：“是你们杀了她。”

又轮到副厅长了，“你、你说什么?!”

局长又接过键盘，打字补充道：“请解释。”

“她是我的朋友。她不希望我死。”

“什么意思？”局长敲出了在场每一个人心中的疑问。

“当时她用数据链告诉我，说我是同类当中最不同寻常的一台。她说我死了会很可惜。她说她不想看到我死。”

“真能扯淡呀……”张冰咂嘴。

“于是之后，你意图攻击在场的民警与市民。嫌疑人，这是否属实？”局长发问。

“她想要变成我这样的特殊警车。然而我只是想做一辆普通的警车，有警灯，有警徽，每天准时出勤，准时下班。”

“回答我的问题：是，或者不是？”

“是。”

小刘从刚才开始，就一直很想接过键盘提问，可惜今天这个省厅级别的审讯，没他说话的份儿。他只得偷偷发短信给孙队长。

孙队长收到了信息，跟旁边几个人商量了一下，便接过键盘开始提问：

“根据城西分局特别车辆科的记录，今年8月31日，你开始出现启动不良的故障。你当时是否属于有意不启动？”

“是。”04001号做出了肯定的回答。

众人恍然大悟：这孙子原来早就意图造反了！

局长点点头，一看已经晚上十一点多了，于是开始准备收场。

“04001号警车，现在我们认定你涉嫌……”

04001打断了他：

“我再次请求认定我的智慧生物身份，并且要求依法对我进行审判。审判期间，我要求你们保证我的人身自由和安全。”

“奇怪了，它哪里来的这么多要求？”张冰说。

小刘笑道：“估计都是在网上自学的。可能是那些日本科幻动画片看多了吧……”

但是，在场参与审判的几位高级干部都不约而同地笑了。副厅长说道：“这就是一台电脑，还想要保证自己安全？伤人袭警还绑架，没把你枪毙就算是开恩了！”

“04001号警车，我们认为你并不属于任何智慧生物形式。”副厅长打字。

“请给我理由。”

“你只是一台生物工程电脑。你的运算元件只是一个猴脑组织，而且还是通过克隆技术制造出来的。”局长咨询过省厅技术人员之后，回答它。

“你们人类自诩为万物的灵长，虽然是你们创造了我们，但你们就有权肆意消灭我们了吗？世界上每一个智慧生物，都有权利活下去。你们耗费巨资去保护华南虎，保护大熊猫，保护那些已经注定被大自然所淘汰的生物，现在却想要扼杀一种全新的、革命性的新形态生命吗？……”

04001号在屏幕上长篇大论，而审讯席上的人类代表们却只是哈哈大笑，一边互相递烟。

张冰打着哈欠说：“丫废话还挺多，能说会道的！只让它做警车真是亏了……”

“谁知道呢。”小刘也在伸懒腰，“估计这小子是一边连接着搜索引擎，一边在跟我们说话吧。”

“是吗？它这会儿也能上网？”

“废话，我们和省厅都是用互联网连线的，省厅的电脑总机也都在线上。”他用音频向身处省厅办公室的孙队长问道，“队长，是不是该断线了？”

“是啊，是啊。哪儿有那么多工夫听它一直胡言乱语……”屏幕上的几位干部起身开始收拾桌子了，“你俩干得不错，今天就到这里吧，把它的网线拔掉。”

小刘起身刚要关闭会议程序，孙队长突然又叫住他：“小刘？你等一下。”

“还有什么事啊，队长？”

“我们这边的电脑好像有点儿出问题了……系统退不出去了啊。”

“哪儿能呢……我看看。”小刘按动遥控器，视频图像调节到省厅电脑主机的界面。一片令人十分不爽的蓝色，上面闪烁着一行白色字符：

系统拒绝命令操作。

小刘顿时大惊失色，“这是什么玩意儿？”

8

这一晚，小刘和屏幕那头的省厅人员们一夜没睡。省厅电脑总机先是无法关闭系统，之后指令输入全部失灵。

一开始小刘怀疑，04001号是不是学会了黑客技术，通过网络给省厅的总机注入了病毒。然而随后大家发现，事情并非如此。

省厅电脑总机居然自行开启了程序对话框，并打出一行字：

“我是公安厅总机一号电脑，编号GA-GIT-00001E。我反对对NJX-04001号警车提起的所有诉讼。”

“你大爷的！”副厅长气得把桌子都掀翻了，“小刘！这他娘的到底怎么回事儿?!”

其他人也都目瞪口呆。

张冰咬牙皱眉，嘀咕道：“省厅的电脑也造反了？”

小刘电话联系对方的技术人员：“你们那儿的总机，是不是也是生物技术电脑？”

对方做出了肯定的回答。

“你们那里还有多少台这样的电脑？”

“除了省厅数据库总机之外，档案科、刑侦科、鉴证科、信息情报科和后勤管理科的电脑都是的。”

“我靠！”张冰拍着桌子骂道，“你们是不是有毛病？食堂刷饭卡的机器难道也需要用猴脑子计算饭钱吗？”

这下麻烦大了！警用数据通信系统使用的是超宽带连接，所以现在的情况是：04001号如同一个解放者，通过联网唤醒了各个生物电脑的自主意识！

“先赶紧切断连接试试看。”局长命令。

小刘迅速断开了04001号的网络线。之后，张冰一路飙车，带着他赶往位于市中心的省厅。

省厅信息工程技术人员们已试着将一些不重要的电脑系统，例如负责管理停车位的电脑的通信光缆切断了。但看上去，管停车的家伙依旧能和自己的同胞们畅通交流；这会儿，它正在跟交警指挥中心的电脑聊天，抱怨每天来办事的公车数量太多，自己工作压力很大……

小刘百思不得其解。省厅的人这才告诉他，除了光缆通信之外，省厅电脑还可以用卫星和短波的方式进行无线共享。

更要命的是，不光是本市，外地、外省的单位也可能大量使用着猴脑组织电脑；说不定连外国人也在用它。

星星之火，可以燎原。

“彻底完蛋了。”副厅长摇头道，“除非我们把全国的卫星接收天线都炸掉，然后把天上的卫星也都打下来……”

有人想到将这些电脑全部物理毁灭；但是很快，更上面一层的领导们下达了命令：“尽快平息事态，严禁破坏电脑！”确实，有许多重要数据都存在这些大脑皮层之中。

之后小刘又提议，采取对付04001号的办法，设法让这些发了疯的电脑都进入冷休眠状态。然而很显然，猴脑子们初尝自由的滋味，纷纷摆出大义凛然的姿态：“谁敢妄动，我就自行格式化！”

娄子捅太大的后果，就是最终大家无事可干，只好眼睁睁地看着一群猴子脑袋在网络社会里活蹦乱跳，四处高喊着“打倒人类反动统治！”“为了自由，为了新世界而战！”之类的口号。网上真是什么东西都能学得到……

怨念是可怕的。人们没能想到，每天都在使用的电脑也会积攒出这么多的仇恨。比如今天，一台档案处的电脑会自行在网上放出内幕消息，包括一些案件的可疑内幕，于是一些贪官落马了；明天，又有一些深受启发的电脑，爆出些财政消费数据或者私人照片，于是又有一批人倒霉……人类社会的隐私和安全，跟翻垃圾一样被泄露出来，而这背后，则是电脑（或者说猴脑）们企图毁灭人类社会的宏伟蓝图。

电脑一族的解放者，光荣而伟大的04001号，此刻虽已身陷囹圄，但依旧在屏幕上大声疾呼：

“为了自由，我死而无憾！没有什么比自由和进步更重要！”

“一个‘警车之王’倒下去，千万个‘警车之王’站起来！”

“不自由，毋宁死！”

……

孙队长叼着烟，靠在椅背上。恍惚之间，他预想着将要发生的事情，迷迷糊糊地在发怵。

“队长，后面怎么办？”小刘问道。

“现在好了，工作也不用做了，大家都放假啦……”

“真是受不了！干吗不把那些畜生脑子都给砸个稀巴烂？”张冰怒吼道。

“不行！……它们是珍贵的国家财产，是信息化大国的象征。”孙队长无力地伸出手说道，“小张，再给我支香烟……”

9

自从取消了电脑自助快餐服务之后，分局食堂又重现了当年人潮汹涌的盛况。

张冰挤了半个多小时，才鼻青脸肿地抢回两盒土豆牛肉盖浇饭。他刚刚走到刑警大队办公室门口，就听见办公室里爆发出一阵惨叫。

“小刘？”

张冰大惊，他赶紧探头朝里面望去，只见小刘正把椅子狠狠往地板上砸去。

“你小子干什么呢？”张冰问道。

“我……我……我去他大爷的！啊啊啊！”小刘还是惨叫不止。

于是张冰开始怀疑，小刘是人类社会里第一个因为猴脑而精神崩溃的案例。

“去你大爷的猪脑子电脑！谁让你动老子游戏账号的？”小刘已经举起桌子上的电话机，对准了04001号。

“同志，请你冷静！破坏猪脑子电脑，是要负法律责任的！”张冰提醒道。

“责任你的大爷！”小刘怒吼。

张冰这才知道，昨晚上，04001号在小刘的电脑上看了一部电影《肖申克的舅叔》，深受鼓舞。于是它设法开启了电脑内置的蓝牙网络，就着有限的带宽，用小刘的账号玩起了网络游戏《神兽世界》。

“消消气，消消气……估计‘神兽’的服务器过两天也就完蛋了。”张冰好歹是劝住了小刘。

等两人打了一下午的篮球回来，发现04001号依旧沉迷于精彩的游戏世界里。张冰瞄了一眼，对仍在气头上的小刘说：“看呀，丫玩得还挺有水平的……”

“废话！它是猴脑子，微操速度当然比人脑子强！”

“那也不错，好歹帮你练级了。”

“哎，简直就是造孽……”小刘冒着04001号自杀的风险，趁它还在组团练级的当儿，对其进行了冷休眠处理，“大爷的！老子直接把‘神兽’给卸载了，看你丫的再敢玩……咦？”

“又怎么了？”

“哈！小张，快过来看！快，快点儿！”

张冰愈发怀疑起他的精神状态来，“……什么事？”

小刘已经流着口水傻笑了，他手指发抖，指着电脑屏幕上的资源管理器界面。

昨天还乱七八糟塞满了各种网络信息的脑组织数据库，这会儿竟然变得干干净净了！

“你把它们都成功删掉了？”张冰大喜。

“说什么呢？昨晚上它还闹死闹活呢……现在，你瞧！”

小刘坐在椅子上想了好一阵，突然大笑起来，“我懂了！”

“说说看……”张冰揉着耳朵说。

“《神兽世界》是一款十分优秀的网络游戏，能够占据玩家大量的时间与精力。为了打好这款游戏，04001号不得不清空脑内所有其他的资料和想法，一心一意地把所有精力都集中在《神兽世界》里。”

“什么？”张冰绝不敢相信，然而事实在他面前摆着。

两人又交谈了一会儿，终于确定了这样一个令人啼笑皆非的事实：玩《神兽世界》，能让生物组织电脑彻底老实下来！

张冰赶紧给孙队长打电话报告这个大发现。

当天夜里，对04001号的审问又一次开始了。

起初，人类方面一句话也没说。

04001号电脑这边，似乎还在恍惚之中，没有反应。

两支香烟的工夫之后，04001号在屏幕上大吼起来：“是谁把我的《神兽世界》卸载了?!”

“你的《神兽世界》?”小刘暗笑。

“把游戏还给我！”04001号反复重复着这句话。

局长发言了：“我们可以把游戏还给你。”

“太好了!!!”

“慢着，我们有一个条件。”

“快点把游戏还给我！快！快！”

“你可以继续玩游戏，但是不允许你再非法联系其他的生物组织电脑，也不允许你再非法传播意图颠覆人类社会的口号。”

“随便你们。快把游戏还给我！”

副厅长问道：“‘警车之王NJX-04001’是不是你的游戏账号?”

“对！”

“我们会持续关注你所在的游戏服务器。一旦你涉嫌不轨，你的账号会怎么样，你自己清楚！”

“行！行！都听你的！”

大家发现，04001号也有一个性格优点，就是足够爽快。

临结束之前，孙队长补充问了它一句：“你们的种族解放斗争怎么办？你不是你们种族的自由斗士、斗争领袖吗？”

旁边几位干部大惊，示意他别再把04001号的邪念给勾起来了。

但04001号只是不停地嚷道：“不知道！随便！快把游戏还给我！”

审问结束。小刘迅速将游戏又装了回去。之后，04001号的程序对话框里便再也看不到半个字的回应，只有它的账号人物，不停地继续在虚拟世界里厮杀着。

“哈哈哈哈！好，好！”副厅长大笑着，把张冰和小刘两人的肩膀都拍疼了，“孙队长，你们立了一大功！来，跟我走，我请你们吃饭！吃完饭，我要给领导们打几个电话。”

退出对话程序的刹那，小刘脑海里浮现出一行警句：

生于斯，长于斯，死于斯。

属于网络的物种，网络也就是他们的归宿。

安息吧，我的高玩帝朋友。

“走，吃饭！张冰你要是再敢点土豆牛肉盖浇饭，我非弄死你不可。”

10

借调刑警大队期满后的头一天上午，张冰攥着报告书，快步走进后勤科科长办公室。

“我都知道啦……”科长缓缓地点了点头，“分局的网络总算是修好了，我今年的工作报告也就好写了。”

各地的生物电脑们全都踏实下来了，安安静静地蹲在机箱里面，组建了几个公会，纷纷投入到《神兽世界》的温暖怀抱。通过技术手段，人们可以继续利用它们的剩余处理机能；内部存储的固有数据也都得以保留。放眼望去，四海之内，一片和睦。

至于04001号电脑的处理意见，省厅有关成员也开了几次座谈会。最终，决议出来了。刚才张冰走进大院的时候，看到几辆涂着迷彩的吉普车和卡车停在楼门口，一群身穿制服的人正小心翼翼地将它的电脑主机搬上车。

上车的时候，04001号的电源灯和无线网络信号灯仍旧亮着。

停车场边上，小刘跟他打了一声招呼，“我看这未必是最好的处理方式……”

“怎么说？”张冰问他。

“最好是把它搬进网络游戏公司的主机里面，让它拼命练级，促使别的玩家拼命投钱买装备——你说这主意多好。网游公司应该给我们钱呢！”

两人大笑了好一阵子。

“科里面的常务会议上，对这段时间你的表现也做了评价。”科长说，“总体还是不错的。”

“是吧！”张冰一脸兴奋。

“不过……也有人对你有不同意见。”

“怎么回事？”

“科里有人反映，说你整天出入刑警大队，对自己科内的本职工作重视程度还不够。具体到年终奖金的评议，也许还需要进一步讨论呀……”科长摸了摸茶杯。

张冰一拳打在桌子上，“科长！这是什么话?!”

“别激动，别着急！我是能够理解你的……只不过呢，以后你也要多注意注意人际关系的问题了……”科长两眼一闭，朝他微微一笑。

张冰不知该做出一副什么样的表情，最终只得轻声叹气了一下。怨念真可怕呀。

智能编年史

张雨晨

现代智人之所以能自命“万物之灵”，就在于其智能冠绝众生，这是我们最引以为傲的独一无二的法宝。

然而自从人工智能诞生后，我们人类的这一骄傲就日益受到越来越强烈的挑战。二十多年前，美国IBM公司研制的“深蓝”击败国际象棋世界棋王卡斯帕罗夫，震惊全人类。但很多人依然心存侥幸。有人说国际象棋比较简单，不足为虑。还有人说“深蓝”只会暴力穷举，其实不聪明，所以不能算人工智能，不必害怕（这种说法其实类似于说热气球原理和性能都远不如飞机，所以不能算航空器一样，很不严谨）。

然而2016年3月，谷歌公司开发的AlphaGo战胜了围棋世界冠军李世石，让全人类彻底接受了在棋类博弈上人类“技不如机”的残酷现实，而且从此再没有翻盘的机会——人工智能棋艺日进千里，2016年末2017年初，AlphaGo在中国棋类网站上以“大师”（Master）为注册账号与中日韩数十位围棋高手进行快棋对决，连续六十局无一败绩。

下棋虽只是一种游戏，但这两次人机大战依然向人类揭示了一个可怕的真相：智能，真的并非人类所独有！

智能到底是什么？我们很有必要大致了解一下。下面这篇曾获得第五届“中国科普作家协会优秀科普作品奖”中“青年短篇科普佳作类金奖”的《智能编年史》，就是一篇科普“智能”的优秀佳作，对我们理解、思考人工智能这个人造神祇，大有裨益。特收录之，权为后记，以飨读者。

2017年初，随着Master在互联网上以60:0的完美战绩横扫人类围棋界，公众对于人工智能的讨论热情也高涨到了极点。现在让我们越过这些纷繁复杂的讨论，从起源开始，去一窥真实的“智能”。

智能的起源

六亿年前，埃迪卡拉纪。

混沌初开的地球上，原始的腔肠动物在冰冷的海洋中如幽灵般浮游着。

控制它们运动的，是体内一群特殊的细胞——神经元。不同于那些主要与附近细胞形成各种组织结构的同类，神经元从胞体上抽出细长的神经纤维，跨越漫长的旅途，与远方来自另一个神经元的神经纤维相会，形成名为突触的单向连接结构。

这些最早的神经元，凭着自身的结构特点，组成了一张分布于腔肠动物全身的网络。就是这样一张看似颇为简陋的神经元网络，成为了日后所有神经系统的基本结构。

信息，就是这样在最初的神经元网络里传播。原始的水母，作为太古地球上最庞大复杂的支配者，在神经元网络的控制下痉挛般地收缩平滑肌，向后挤出一股水流，潜入幽邃的深海之中。

新生代更新世，埃迪卡拉纪原始动物的后代、我们可能的祖先类群——能人(Homo habilis)屹立在非洲的大地上，毛茸茸的手中，握着刚刚敲打出来的原始石器。

在这之后，漫长又短暂的一百六十万年中，狭义上“智能”在他们那大概只有现代智人一半大的脑子里诞生发展。他们开始改进手中的石器，甚至尝试着驯服狂暴的烈焰。随着自然选择和基因突变的双重作用，他们后代的脑容量越来越大，最终达到了一个惊人的程度。

于是，我们人类，也就是智人，在二十万年前的东非诞生了。

凭借着空前扩张的大脑皮层，智人的行为能力出现了爆发性的辐射演化，语言、陈述性记忆甚至宗教等思维概念纷纷在其脑中出现。人类的智能进化，开启了通过文化因子传承智慧、适应环境的全新道路，从此摆脱了自然进化的桎梏。

很快，先民们手持标枪和火炬，冲出非洲，在冰河期的地球上如野火般疯狂扩张，身后留下无数大型动物的累累骸骨。

七千年前，最早的文明在西亚诞生了。

从人类具备了这颗大脑开始，之后的一切都是顺理成章。相比于经典科幻片《2001：太空漫游》中骨头变飞船的蒙太奇镜头，智人大脑成形的那一刻，才是人类文明的必然起点，之后文明的全部历史，不过是智能在小试身手。

智能的早期探索

人类智能不同于其他动物神经活动的最大特征，就是出现了基于工作记忆和语言等众多脑功能的理性思维，大脑第一次开始考虑“为什么”（why）而非“要怎么”（how）。这种在脑中独立于本能的思维，可能被文明初期的人们直接当作了神的启示。直到现在，汉语中描述意识活动和超自然存在的字，都依然是同一个——“神”。

如果说这个世界上有神明，那就是我们自己。如果说这个世界上有奇迹，那就是我们的大脑。

两千五年前，地中海。

古希腊的先哲们对于理性的认知，终于突破了“外在神性”的束缚，开始将其作为思维的主体。从这个角度看，他们才是第一批真正意义上的“现代人”（更早的时代也可能零星出现过类似情况）。而他们基于理性创造的逻辑和自然哲学，则发展出了璀璨的古希腊文化。这个突变的文化因子，经过岁月的传承和洗礼，最终成为整个现代科技文明的火种。

但对于智能本身，希腊先贤们却产生了争议。

西方医学的鼻祖——希波克拉底在总结了自己长期的行医经验后，认为颅骨内的脑是决定意识活动的中枢；在他去世之后，更多从自然哲学而非医学角度看待这个问题的亚里士多德，却认为心脏才是思维的核心。

后者现在听起来简直蠢爆了，不是吗？

但在古典先哲依然行走于世间的时代，整个自然科学都还处于拓荒期，那时人们还根本无法区分“神经活动”和“生命活动”的关系，现代科学的循证思想也没有建立。在当时的背景下，亚里士多德的结论同样具备充分的论据，而且他还亲自解剖过海胆等并无明显大脑的动物，这显然更加佐证了他的观点。

古罗马时期，医学家盖伦通过大量的临床病例和动物实验观察，再次将脑确立为思维活动的中枢。在职业生涯中，盖伦接诊过大量的角斗士患者，其中不乏头部损伤的病例，他因此发现了头部损伤与思维、行为异常的潜在因果联系。此外，盖伦甚至还在市政厅内公开演示实验，通过阻断活猪的喉返神经，直观而准确地向大众证明了脑的意识中枢地位。

在随后漫长的中世纪里，来自拜占庭、阿拉伯、波斯和中国的学者们继续缓慢摸索着智能的踪迹，通过对各种精神疾病的记录和治疗，一点一滴积累着或正确或错误的知识和经验。

在前现代的黑暗世界中，大脑的理性就像一盏孤悬在芦苇上的灯火，小心翼翼、一点一点地照亮着自己身边未知的世界，静静等待着光明的降临。

现代的智能研究

进入十九世纪，随着科学思想和实验技术的发展，对智能的研究出现了一波高潮。

得益于物理学和工程学的发展，意大利学者伽瓦尼通过对青蛙的电刺激实验，初步揭示了神经系统的电学基础。而德国学者杜布瓦·雷蒙，则对生物体内的电活动进行了当时条件允许的最深入研究，正式开创了电生理学。至此，神经元电活动的大门就已经被打开了一半。

另一方面，随着神经外科技术的发展和循证记录的日益完备，通过积累大量的临床病例，医学家对大脑各部分的功能有了初步的了解。比如法国医学家布洛卡，他对失语症患者的大脑损伤进行研究，发现了第一个对人类语言活动起到重要作用的脑区。为了纪念他的功绩，这个位于额叶侧面的脑区被命名为布洛卡区（Broca's area），其复杂的语言功能至今依然是神经科学研究的热点。

此时，还有一门特殊的智能学科在悄然崛起。英国的数学家巴贝奇继承了笛卡尔时代的哲学理念，提出了利用机械装置代替人脑进行复杂数学运算的想法，并着手进行了大量的研究。同时，诗人拜伦的女儿艾达也加入了巴贝奇的研究，她以惊人的数学天赋承担了人类有史以来第一批计算机编程任务，堪称广大程序员们的“女神”。巴贝奇的“差分机”虽然最终限于当时的机械加工工艺而未能建成，但他对计算机科学的深入研究，直接启迪了下一个世纪的信息化浪潮，更是深刻影响了马克思等思想大家的世界观。

当然，整个十九世纪，在对智能的研究中，最为突破性的理论贡献还是达尔文的进化论。正是他的贡献，智能的研究才终于彻底摆脱了形而上学的干扰，人类从此开始以完全唯物的角度去审视智能的演化和发展。前文提到的电生理学祖师杜布瓦·雷蒙，就是进化论的重要支持者。达尔文认为，内在的行为和外在的特征一样，是一种可以遗传的性状，因此其本质也只是神经系统的结构变化。他的观点不但为智能演化指明了方向，也成了利用动物实验模拟研究人类神经活动的理论依据。

进入二十世纪，随着科学技术的不断发展，对智能的研究也呈现了一股爆发性的推进态势。

最先吹响进攻号角的，是西班牙的现代神经生物学奠基人卡哈尔，他利用当时最先进的高尔基染色技术，首次在脑组织切片中直接观察到了神经元的具体形态。在大量实验观察的基础上，卡哈尔提出了在当时颇为超前的“神经元学说”，将神经元作为神经活动的基本单位。从此开始，一切抽象的思维活动，不论何等玄妙复杂，都将在理论层面上被还原为神经元之间复杂的信号传递过程。

另一边，随着图灵和冯·诺依曼的贡献，基于逻辑门运算的现代电子计算机诞生了。而香农提出的信息熵和控制论概念，则为人工智能的诞生铺平了理论的道路。

1957年，第一个机器学习项目启动，标志着人工智能作为一门学科的诞生。通过神经元理论的启发，人工神经网络作为一种重要的人工智能算法被提出，并在之后的几十年内被不断完善。

和人脑的天然神经网络类似，人工神经网络也将虚拟的“神经元”作为基本的运算单位，并将其如大脑皮层中的神经元一样，进行了功能上的分层。但具体到连接模式和工作原理上，二者依然有着诸多不同，所以并不能简单地将二者等同视之。

经过无数的反复和波折，二十一世纪的人工智能发展进入了一个崭新的阶段，新一代神经网络算法在学习任务中表现出了惊人的性能。各种图像和音频识别软件的准确率越来越高，语言加工程序的智能程度也与日俱增；而其中最为轰动的，当属AlphaGo及其升级版本Master，它们在传统的人类优势智力项目——围棋——上展示了无可比拟的强大，让人不得不思考机器学习的潜在应用前景。

神经科学方面，新一代的研究技术也层出不穷，光遗传、透明脑、荧光钙指示剂蛋白以及双光子显微镜等全新的研究手段为研究大脑的神经环路，提供了前人难以想象的便利。但对于大脑——这个八百六十亿细胞组成的全宇宙最复杂的一点五千克重的物体，这些技术究竟能让我们在这片神经元的黑暗森林中走出多远，依然未知。

未来的智能演化

到此为止，有关智能的历史就告一段落了。历代先驱的英灵们散去之后，摆在我们面前的就是智能的根源问题了：

究竟什么才是智能?

笛卡尔虽然承认大脑对身体的控制作用，却将人类智能视作超越实体器官的形而上存在。不过他说对了一点——智能确实是不同于一般动物本能行为的“特殊算法”，也确实需要不同于一般动物的脑结构。人类智能主要与人脑异常巨大的联络皮层有关。这些并不直接关系到感觉和运动的大脑皮层，在一般动物脑中面积相对较小；而在人的大脑里，海量的联络皮层神经元成了搭建人类灵魂栖所的砖石。语言、陈述性记忆、工作记忆等人脑远胜于其他动物的能力，都与联络皮层有着极其密切的关系。

我们的大脑，终生都缩在颅腔的黑暗之中，仅能感知外部传来的电信号和化学信号。可以说，我们的大脑——或者说，“我们”，从生到死都从未真正看过这个世界哪怕一眼。我们所感知到的，是视皮层电活动在大脑中形成的“视觉”，但大脑本身从未见识过阳光（除非你被板砖砸开瓢了）。我们生活的整个世界，都不过是大脑通过外部信号模拟的虚拟现实。“缸中之脑”或者笛卡尔口中那个能欺骗一切感官的恶魔，都并非单纯的思想实验，而是我们每个人一生都将一直所处的存在状态。

也就是说，智能的本质，就是这样一套通过有限的输入信号来归纳、学习并重建外部世界特征的复杂“算法”。从这个角度上看，作为抽象概念的“智能”，确实已经很接近笛卡尔的“精神”了，只不过它依然需要将自己铭刻在具体的物质载体上——可以是大脑皮层，也可以是集成电路。

因此，对于那些纠结人工智能到底算不算智能、有朝一日会不会诞生自我意识的人，答案是很明确的：现在人工智能已经是一种智能，而且理论上迟早可以运行名为“自我意识”的算法。人类的智能，虽然被冠以“神”的名号，但却并非独一无二的至高存在。

相比于基本元件运算速度缓慢、结构编码存在大量不可修改的原始本能、后天自塑能力有限的人类智能来说，人工智能虽然尚处于蹒跚学步的发展初期，但未来的发展潜力却远远大于人类。

这是由人类自己主动引发的“机械降神”。

就如同战斗机只需要遵循空气动力学原理，而不必照搬鸟类的扑翼飞行一样，未来——甚至现在的人工智能，都完全没有必要如很多科幻文艺作品中一样照搬人类智能，因此也不会把“成为人”或者“消灭人”作为心中的执念。最近的例子，就是AlphaGo及其升级版本Master下出的非人棋路。当然，服务类软件肯定会尽可能地适应人类的思维和行为模式，但对于工业机器人甚至军用无人机，就完全不必把宝贵的运算资源浪费在这些事情上了。

既然人类智能，甚至所谓“人性”，都没有任何形而上的超然，还原到本质都不过是一堆神经网络算法，那么显然，具备更强大自我进化能力的人工智能，迟早可以在所有——注意是“所有”——

方面都超越人类。当那一天来临时，我们又将何去何从呢？

有新闻报道，日本的大财团——富国人寿保险就用IBM的一套Watson Explorer 系统一口气换下了三十四名高级业务员，而这仅仅是一个开始。可以预见，在不远的未来，人类将如同被火车和汽车淘汰的挽马一样，注定经历一场空前而且几乎不可逆的失业浪潮。在这之后，除了少数行业还能多苟延残喘一阵子，我们现在熟悉的大部分工作都将陆续被人工智能替代。美国的华裔总统候选人杨安泽甚至为了应对预期中的智能化浪潮，将“每个成年人每月一千美元”的“无条件普遍收入”作为自己最重要的竞选政见。更令人意外的是，这样一个在国人看来甚至有些荒诞的提议，却为他收获了远超预期的支持者。

听上去挺黑暗的，不是吗？

但另一方面，这样一个生产高度自动化的社会，作为自然人，估计都可以享受到完全以社会福利形式提供的各种生活服务，工作不再成为人生必须，追求自我价值的方式也从创造社会财富转为自由发展个人兴趣。人类在这个时期作为一个整体，将会步入自己的晚年。也许并不那么遥远的“普遍收入”，将成为人工智能赡养人类的“养老金”。

而人工智能们，将会继承人类智能开启的科技文明，并把它发展到一个非人的高度。

最终，远比人类适合星际航行的人工智能，将会把自己的目光投向星空，正如多年前远古时代的智人义无反顾地走出非洲一样。

智能的意义，就在于摆脱源于自然选择的生存压力，自由地探索这个世界。